中国社会科学院老年学者文库

中国社会科学院老年学者文库

域外古典散文选注评析

谭家健/编著

社会科学文献出版社
SOCIAL SCIENCES ACADEMIC PRESS (CHINA)

2018 年与韩国诸海星教授合影于广东珠海

2018 年与日本道坂昭广教授合影于广东珠海

2018 年与越南黎氏秋荷硕士合影于北京大学外文图书馆门前

越南古建筑夜泽庙配殿（照片由越南陈文亮硕士提供）

1991 年摄于新加坡总统府前广场

1993 年摄于马六甲明代建筑青云亭前

1998 年摄于马来西亚马六甲郑和遗迹三宝井

2001 年摄于马来西亚新纪元学院校园内

马来亚华侨机工回国抗战殉难纪念碑立于马来亚槟城，原照 1947 年摄

1998 年与夫人合影于马来西亚新山柔佛古庙门前

泰国勿洞刘关张赵义祠（原照片摄于 1950 年）

2003 年摄于泰国曼谷市内佛亭前

2003 年与夫人合影于泰国攀芽湾钉子石码头前

2009 年与印度尼西亚华文学界朋友合影于雅加达

2009 年摄于雅加达印尼华人文化公园门前

2009 年摄于印尼传统民居船形屋前

印尼豪华民居大门，2009 年摄

新加坡双林寺大殿，2016 年摄

应邀出席韩国启明大学 2004 年主办的国际汉学研讨会并与主要学者合影

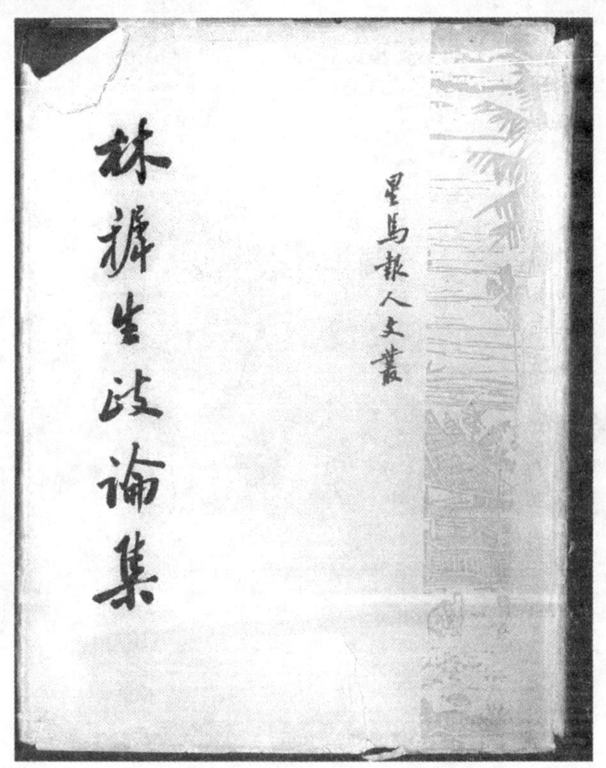

新加坡学者林穉生的政论集封面，星洲世界书局 1969 年出版

本朝文粋作品表（本書でとりあげたものは番号をゴチックで示した）

〔巻一〕
賦
天象
1 菅原文時　繊月の賦
2 源英明　繊月の賦
3 菅原道真　清風寒を戒しむる賦
4 紀長谷雄　春雪の賦
水石
5 菅原道真　秋湖の賦
6 菅原文時　織女石の賦
樹木
7 紀長谷雄　柳化して松と為る賦
8 紀斉名　落葉の賦
音楽
9 紀長谷雄　風中の琴の賦
居処
10 源順　河原院の賦
衣被
11 菅原道真　未だ旦ならざるに衣を求むる賦并せて序
12 源英明　孫弘の布被の賦
幽隠
13 兼明親王　兎裘の賦并せて序
14 大江以言　雲を視て隠を知る賦
婚姻
15 大江朝綱　男女婚姻の賦
雑詩
古調
16 菅原道真　野大夫を傷む
17 菅原道真　少男女を慰む
18 紀長谷雄　貧女の吟
19 村上天皇　射を観て左親衛将軍に寄す
20 源英明　二毛を見る
21 橘在列　秋夜感懐
越調
22-29 紀長谷雄　山家秋歌八首

169

《本朝文粹》目录，日本岩波书店 1964 年重新排印出版

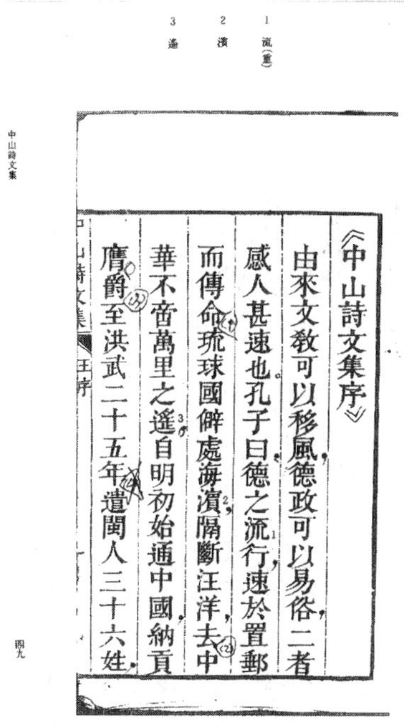

1 流（重）　2 濱　3 遙

《中山詩文集序》
由來文教可以移風德政可以易俗二者
感人甚速也孔子曰德之流行速於置郵
而傳命琉球國僻處海濱隔斷汪洋去中
華不啻萬里之遙自明初始通中國納貢
膺爵至洪武二十五年遣閩人三十六姓

中山詩文集　王序

四九

琉球程顺则编《中山诗文集》书影，1725 年福建刊印

琉球國新建儒學碑文
中國無孔子廟、皆學也。自京師，至於十四直省，府州縣無慮千百。靡不設學。學之中開堂寢以釋奠於先師。歲再舉。著不忘其自。正所以為學也。若徒廟祀孔子。與浮屠氏之宮。何以異。且聖德侔天。籩豆。易克報稱。而以廟、為中山之祀孔子也。四十餘年矣。其未知立學也。人之謂中山也、云何。及廟既立。人之稱中山者。又云何。

中山詩文集

一五三

琉球学者程顺则文章的书影，在《中山诗文集》中

高丽作家李奎报文章的书影，韩国培材大学校图书馆影印自高丽崔瀣编选的《东人之文四六》

前　言

灿烂辉煌的中华文化，从秦汉以后陆续向周边地区传播，形成当今所谓的汉字文化圈。周边各国人民在相当长的时期内，以汉字为书写工具，以古典散文（古代称古文，近代称文言文）为主要文体形式，撰写了大批古代文书，记录该地区的政治历史事件，各类人物活动，自然和社会状况，伦理道德、哲学宗教观念，等等。这笔巨大的文化遗产，是中华文化与周边各国文化长期交流、融合的结晶，既属于各国人民，也是全人类的共同财富。

朝鲜半岛与中国山水相连，至迟在秦汉之际，汉字和中华经籍已经传入。儒家经典，佛道经注，文史哲等著作，随着人们不断交往而进入朝鲜半岛。当时该地区尚无文字，汉文典籍成为居民学习文化的教材和写作的样板。据记载，公元前1世纪，高句丽建国初始，已编写《留记》（已佚）。今天尚能见到最早的朝鲜古文，是公元28年高句丽大武神王致汉辽东太守的一封信（见金富轼《三国史记》）。公元375年，百济人高兴奉命撰修《书记》。公元545年，新罗王命贵族居柒夫等修撰《国史》（两书均佚）。今所见朝鲜三国后期的成熟古文是《百济上魏王请伐高句丽书》，此文以散句为主，间用骈语，符合中国北魏时期文章风格。

公元660～668年，新罗在唐高宗的帮助下，先后灭百济、高句丽，统一朝鲜半岛。乃学习唐制，派出大批留学生入唐考察。有些人留唐多年，担任官职，回国后，传扬中华文化，进行文学创作和学术著述。其中最著名的是文学家、骈文家崔致远（857～?）

高丽王朝于958年开科举（延续到1894年），定期派留学生入宋朝、元朝学习，最著名的文学家、史学家当推金富轼，他仿司马迁《史记》作《三国史记》。所处时代大致相当于元朝的高丽中后期文学家有李奎报、李齐贤以及权近、李穀、李穑等，皆长于古文。清代初期，朝鲜李氏王朝汉文学家辈出，著名的古文家和古文作品当首推朴趾源及其《热河日记》。

15 世纪以前，朝鲜一直使用汉字，读音不同而字义相同。15 世纪初，世宗大王发布《训民正音》，从此朝鲜有了自己的文字——谚文，即现在通行的朝鲜文（亦称韩文）。但相当长时间内应用不广，主流仍是汉字，20 世纪初才普遍推广，至今韩国文字中仍保存不少汉字。

朝鲜半岛的常用文体，在相当于唐宋时期的时代以骈文为盛，古文为次；在相当于元明清时期的时代逐渐转变为古文为主，骈文为次。今所见韩国刊印的《韩国文集丛刊》有 300 多册，收唐代至清末作家 200 多人的古诗文作品。今所见收古文和骈文最多的总集是徐居正（1420 ~ 1488）编选以文为主的《东文选》133 卷，和李荇等人编选的《续东文选》22 卷。今存还有大批《燕行录》，是朝鲜使臣出使中国的记录，皆用古文写作，目前中国已出版 14 辑。杜宏刚等主编的《韩国文集中的明代史料》13 册、《韩国文集中的清代史料》17 册，由广西师范大学出版社于 2006 年、2008 年先后影印出版。两书皆用古文写作（有少量骈文，不收诗），其中不少文章具备文学价值。

汉字进入日本，至迟在东汉初年。日本江户时代（1603 ~ 1868）出土一枚东汉光武帝赐给倭王的金印，上刻“汉委奴国王”几个汉字。可见日本早已有人认识汉字。公元 285 年，居住在朝鲜半岛的王仁，将《论语》等书籍带到日本。这时日本尚无文字，皇室延请王仁等来自朝鲜的老师教皇室子弟学汉文，随后国人跟着学习。用日本语读汉字，会其义而不用其音。

中国南朝梁沈约所著《宋书・夷蛮传》记载一篇倭王武来使的上表，其时间是 478 年，用汉字书写，四句居多，整齐而不求对仗，属于古文而非骈文，流畅简约，符合东晋文风。

从隋代起，日本向中国派遣留学生，一直延续到宋代。皇室成员学习汉文成绩最好的是圣德太子（574 ~ 622），他是日本重要的政治革新家，摄政期间撰写的《宪法十七条》，参考了大量中国经典，以儒学为经，佛学为纬，参用法家，文字精粹，整齐有序，是优秀古文。其《法华经义疏序》也是古文，其《道后温泉碑文》是今存日本第一篇骈体游记。

日本明和七年（1770）出土一块墓志铭，作于707年，被认为是日本最早的古文传记碑文。日本和铜四年（711），元明天皇命太安万侣根据“旧辞”撰写《古事记》，次年成书，是日本第一部史书。用变体汉文写作，有的汉字表意，有的表音，中国人看不懂，一般日本人也不懂。只有该书序言是比较流畅的汉文，上半篇多骈句，下半篇多散句。

公元713年，天皇下令各地编写风土记，今存五种，其中《常陆风土记》最接近汉文学，多为古文，间有骈文。其他几种有的用变体汉文，也有一些文章用纯粹汉文。

整个8世纪，日本的汉文著作越来越多，9世纪达到高潮。其中以空海（774～835，法号遍照金刚）撰写的《文镜秘府论》和圆仁（793～864）撰写的《入唐求法巡礼行记》比较著名，皆用古文写作。

8世纪中叶，日本开始出现“万叶假名”，9世纪逐渐完善，称为和文，即日本民族的文字。此后，纯汉文体、变体汉文体、和文诗文，三者长期共存。相当于中国的唐和北宋时期的日本平安时期的文坛，以骈文为盛。受北宋古文运动的影响，相当于南宋及元代时期的日本镰仓时期的文坛，古文受重视，骈文渐衰。而整个汉文文学也逐渐让位于和文文学。10世纪中叶日本汉文学主力军是菅原、大江两家以及藤原氏、纪氏、源氏等文学世家。从平安后期到镰仓时代，人称五山时代，僧侣文集中颇多骈体短文。江户时代（1603～1868），日本文坛重古文，轻骈文。明治（1868年起）以后汉文学边缘化，仍有人写作古文，日文中至今仍保留许多汉字。

日本国收集古文和骈文的总集，最重要的是《本朝文粹》，藤原明衡（989～1066）编选，收810～1037年间汉字文学共14卷，仅1卷为诗赋，其余为文。以骈文居多，古文较少。其后80年，藤原季刚编《本朝续文粹》，起自1018年，迄至1140年，以骈文为主，诗4首而已。其他文集诗文兼收。1140年以后的汉文学总集当数《五山文集丛刊》，目前在中国图书馆很少见到。中国学者王强主编的《日本汉诗文集》（全46册），2018年3月由凤凰出版社出版。收17世纪末至20世纪初日本作家的诗文集80多种，是目前中国出版的最大型的日本文学总集。

越南古称“交趾”“交阯”，唐以后又称“安南”。公元前214年，秦始皇于岭南地区置三郡，其中象郡包括今越南北部地区。汉武帝置交阯等三郡，辖地扩大至今越南中部和南部地区。秦汉至北宋初，越南是中国的郡县，越南史家称这900年为“北属”时期。从秦汉开始，汉字传入交阯，成为当地民众唯一书写符号。西汉至唐代，交阯人士和中原人士一样，学习中华文化，参加察举和科举，到中原各地求学、做官、经商、游历。唐德宗时交阯爱州人姜公辅曾任宰相，与陆贽同朝为官，今存骈文一篇。968年，安南人丁部领，统一安南内部，建国称帝，号“大越瞿国”，从此由中国之郡县改变为藩属国。此后相继有前黎朝、李朝、陈朝、黎朝、南北朝、西山王朝、阮朝，中国清嘉庆帝应阮朝开国君主阮福映之请，正式确定其国号为越南。1884年，中法战争后，越南成为法国的“保护国”。1945年，胡志明领导的八月革命，推翻阮氏王朝，建立越国人民共和国。

从13世纪下半叶起，越南有了“喃字”，是借用汉字某些部件，运用形声、会意、假借等方式组成的方块字，用越南音来读，越南称为“国语”。从13世纪末到18世纪初，喃字使用不广，汉字仍为主流。18世纪下半叶以后喃字逐渐扩广。19世纪末，法国统治者强行推广拉丁化越南文，到20世纪30年代，取代汉字和喃字，成为现代越南唯一书写符号。

在相当长的时间内，越南民众用汉字书写大量文书。文学作品以古文为主，骈文为次。著名的通史性著作是《大越史记全书》，作者吴士连，于后黎朝洪德年间（1470～1497）编成，二百年后由黎僖增补。全书起于黎朝开国之始，讫于1697年，用汉字古文写作。重要古文作家有张汉超、阮飞卿、阮荐等。早期碑铭虽有作者姓氏，但不知生平。越南的总集性著作有《越南文学总集》，越南社会科学出版社1997年出版，共42册，前21册先选汉字文章，再以越南文译注，文为主，诗为次。后21册是现代越南文，汉文不多。傅吾康主编的《越南汉文铭刻汇编》共4册，原文和注释皆汉字。陈庆皓、孙逊总主编的《越南汉文小说集成》20册，上海古籍出版社2002年出版。此丛书包括大量笔记小说，多为真实记录而非虚构，不少文章可视为古典散文作品。据王小盾等调查，越南有大量汉文文集，保存在书库中尚不能借阅。

东邻古国琉球，又名中山，从明初起，即受中国册封为藩国，与中国往来密切；居民中多华裔，受中华文化影响很深。朝廷常派留学生渡海来华学习，中方为之在福州专设琉球馆，一直存在到清末。琉球官方文书通用汉字，民间百姓多懂汉文。1879 年日本吞并琉球，改称冲绳县，才改用日文。此前五百年间，汉文诗文写作一直不衰。今存最早的琉球人的汉字古文是明成化五年（1469）所铸钟上的《相国寺钟铭》，作者是该寺住持溪随。共 96 字，多为散句，有一联四六对句，还有四句七言诗，庄重清雅。今存重要汉文学总集有程顺则编纂的《中山诗文集》，1725 年刊刻于福州，收诗 256 首，作家 39 人；文 23 篇。琉球今存最大的一部国史是《球阳》，18 世纪中期郑秉哲用汉文写成。还有一些个人文集，汉文碑记铭刻等，散在各处，尚未见收录编辑成总集。

新加坡、马来西亚、印尼、泰国的古典散文，与朝、日、越之古文有所不同。第一，作者都是华侨、华人，而非原住民。他们多数在中国受教育，而后移居南洋，少数近现代作家是在南洋接受双语教育。第二，内容不同。南洋古文多记述华人祠庙、会馆、义山创建经过，学校、医院、剧社发起缘由，有些是功德碑、纪念碑、诗文学社活动启事、诗文集序言、私人传记、信函，等等，作者皆非官方人士。这些文章，反映了华侨华人在南洋各国的社会活动，记录了他们团结互助，和衷共济，开创事业，继承和发扬中华文化的经历、感受与心态，具有相当高的史料价值。第三，四国古典散文的写作时间，今所见最早是明末清初，最晚是 20 世纪六七十年代，比朝、日、越之古文写作时间开始得晚但延续时间长。以新加坡为例，从 1880 年开始有报纸，到“五四”以前的报刊都用古典散文中的“报刊体”。1914～1919 年刊行的《国民日报》即是代表。1920 年以后逐渐出现少量白话文，到 1923 年以后越来越多，越来越通俗，人称近代文言文，19 世纪三四十年代新加坡、马来亚、印尼、泰国的报刊之文言文一直未断，民间使用时间更长范围更广。

目前南洋各国的华文总集，据我所知者有：《新加坡华文碑铭集录》，陈荆和、陈育崧编，香港中文大学 1970 年出版；丁荷生、许源泰主编《新加坡华文铭刻汇编（1819—1911）》，广西师范大学出版社2017年出版；《马来西亚华文铭刻萃编》（3册），傅吾康、陈铁凡合编，马来亚大学1982年出版；《泰国华文铭刻汇编》，傅吾康主编，台北新文丰出版公司1998年出版；《印度尼西亚华文铭刻汇编》（4册），傅吾康主编，新加坡南洋学会1988年出版。这些铭刻之文，大多数是古文，有少量骈文。南洋知名古诗文作家的文集不多。许多古文散见于会馆史、祠庙史、学校史、医院史，基本上都是近代文言文。

据我所知，中国学者所编著周边国家的文学史代表性著作主要有：李岩等《朝鲜文学通史》上中下三册，社会科学文献出版社2010年出版；叶渭渠、唐月梅著《日本文学史》4册，昆仑出版社2004年出版；陈福康著《日本汉文学史》上中下三册，上海外语教育出版社2011年出版；于在照著《越南文学史》，军事谊文出版社2001年出版；梁立基著《印度尼西亚文学史》（只讲印尼文书写的文学），世界图书出版公司2014年出版。栾文华著《泰国文学史》，社会科学文献出版1998年出版。上述各书皆从古代写到现当代，其中论介汉文古文作品较少，只有陈福康书中占篇幅较多。黄孟文、徐迺翔主编《新加坡华文文学史初稿》，新加坡国立大学中文系、八方文化企业公司2002年出版；庄钟庆等《东南亚华文文学史》，人民文学出版社2000年出版。两书只讲“五四”以后的新文学，不讲古代文学。关于周边国家的古诗文选本，我所见只有陈蒲清、（韩）权锡焕合著《韩国古典文学精华》，岳麓书社2006年出版，分类选注神话传说、古典野谈小说、古典国语（韩语）诗歌、古典汉诗、古典散文、古代寓言六类，有注有译。其他国家的古文选本不论是分国别的还是综合性的，目前我尚未见到。

编选《域外古典散文选注评析》，我酝酿已久。多年来，我以中国古代散文为主要研究方向，先后出版了多部古典散文研究著作和古文选本。1991~2007年，曾多次应聘到新加坡国立大学、新加坡东方文化学院、马来西亚新纪元学院担任全职客座教授，累计授课八年。主要讲中国古代文学，有机会接触新、马先贤的古典散文作品，以及南洋其他各国出版的相关文献。对优秀古文、近现代文言文和骈文，随手记录、复印。这十多年间，分别到过韩国、印尼、泰国开会、讲学、考察。造访过这些地方的主要图书馆，翻阅图书，结识朋友。2014 年，我向国家社科基金办公室申报“中华古今骈文通史”的课题，获准立项后专门到新、马两国收集南洋骈文（包括古文）资料。2017 年，该课题结项，2018 年 11 月出版同名图书，约 115 万字。其中的《外编》论介域外骈文创作，约 20 万字。

从 2017 年下半年起，开始构思新的课题，把历年来收集的八国古文编成一本书，即《域外古典散文选注评析》。目的是填补这个领域一块小小的空白，为中外文化交流大厦添加一块小小的砖瓦，为推进“一带一路”经济带注入一点点文化因素，为提高中华民族文化自信心贡献绵薄之力。

本书把“域外”限定为八国，不再扩大。因为年老体弱，力所不逮。

本书把文体定为“古典散文”，其中包括古代所称“古文”和近现代所称“文言文”。不包括白话文和骈体文（另见前述《中华古今骈文通史》）。

本书的选文标准：碑铭之文，取清晰可读，具有一定的历史文献价值者；文人之文，取具备一定文采和写作水准，内容与现代社会相协调，能提供不同程度的正能量者。全书风格杂取百家，力求丰富多彩。

本书编排，依题材大致分编。第一编，神话、传说和寓言；第二编，纪实传记和谐传；第三编，山水风物和建筑碑记；第四编，家教、兴教之文；第五编，域外文论及其他。每编之下再按国别、题材和作品产生时代和作家年齿排序。凡朝廷诏令、群臣奏议、历史专著、哲学宗教、文学抒情、杂感小品等，一概割爱。非不为也，是不能也。不可求全责备。

本书的注释，本着“知之为知之，不知为不知”的原则。有些人名、地名、官称、借代、历史典故、方言俗语、外语华译等，难以求解者，只好存而不注。文章古奥者注释较详，文章通俗者注释从简。

本书所据版本，多数来自域外，少数存于国内各地，极少数转引他人著作。第一次出现注明出版者，以后再次出现即从略。有的书是影印拓本或手写本，有些文章字迹缺损，或模糊不清，没有把握不妄改臆断，一仍其旧。尽管这样，鱼鲁亥豕之讹，管窥蠡测之讥，在责难辞，尚希方家鉴谅、指正。

目　　录
CONTENTS

第一编　神话、传说和寓言

第二编　纪实传记和谱传

第三编　山水风物和建筑碑记

第四编　家教、兴教之文

第五编　域外文论及其他

第一编　神话、传说和寓言

简　说

世界许多国家都有本民族的神话。人们通过超自然的想象来表达自己的理想，试图说明本民族的起源，歌颂英雄的祖先如何战胜自然和展示社群矛盾、各种磨难，展示祖先们如何开疆拓土，繁衍家族，建立邦国，发展壮大。许多民族的神话是和历史混在一起的。神话开始都是群众集体口头创作，在长期流传中，不断有人不自觉地添枝加叶，踵事增华，从而使群众心目中的偶像逐步被集体塑造为全民族崇拜的神灵、帝王，以及各类英雄。神话起源很早，但记录较晚。朝鲜、日本、越南都是在汉字传入以后才见有文字记录，现在所见署名者都是记录者而非创作者。神话语言大体浅近，有的无须注释，有些人名地名是想象的，很难确解。

传说的范围比神话更广，更多地反映社会生活的各个方面，体现人们的人生经验教训和价值观。其故事主角更加人化，有的是在真实历史人物身上加以理想化或幻想化，往往真假难辨，后来人们把无法证实又无法否定的故事皆称为民间传说。也有些传说基本上是真实的，本书将它们列入纪实传记类中。朝、日、越的传说常常反映该地区的特色（如越南的《槟榔传》《鱼精传》、朝鲜的“熊虎同穴”等），也可以看到中国传说的影子，或借鉴，或吸收，或模拟。

寓言产生比神话传说要晚。它是作者的自觉创作，有意识借此喻彼，借物喻人，借古喻今，言在此而意在彼，在简单的不合情理的假设故事中，寄寓比较深层次的道理，通过自相矛盾的行为，令人产生深思。寓言教诲意义特别明显。早期的寓言叙事多于说理，后来往往说理多于叙事，近于杂文。周边国家寓言中有不少作品受到中国名作的启发和借鉴，甚至是反其意而用之。

本书所选录的域外神话、传说和寓言，仅取自朝、日、越三国，因为它们都是用汉字书写的。而马来西亚、印尼、泰国，各国用本民族自己的文字书写本国文学，今天我们中国读者所见马、印、泰国神话、传说、寓言作品，都是现代人用汉语翻译的，故不在本书范围之内。排列次序大致依作品产生的时代，先神话，次传说，后寓言，其中神话传说的记录者可能晚于这些作品产生的时代。

朝鲜神话、传说和寓言

一　僧一然《坛君神话》

古记云：昔有桓因庶子桓雄[1]，数意天下，贪求人世。父知子意，下视三危太伯可以弘益人间，乃授天符印三个，遣往理之。雄率徒三千，降于太伯山[2]顶神坛树下，谓之神市，是谓桓雄天王也。将风伯、雨师、云师，而主谷、主命、主病、主刑、主善恶，凡主人间三百六十余事，在世理化。

时有一熊一虎同穴而居，常祈于神雄，愿化为人。时神雄遗灵艾一炷、蒜二十枚，曰："尔辈食之，不见日光百日，便得人形。"熊虎得而食之，忌三七日，熊得女身；虎不能忌，而不得人身。熊女者无与为婚，故每于坛树下咒愿有孕。雄乃假化而婚之，孕生子，号曰坛君王俭。以唐高[3]即位五十年庚寅，都平壤城，始称朝鲜。又移都于白岳山阿斯达[4]，又名弓忽山，又今弥达。御国一千五百年。周虎王[5]即位己卯，封箕子于朝鲜，坛君乃移于藏唐京[6]。后还隐于阿斯达，为山神，寿一千九百八岁。

注释

［1］桓雄：韩国古代神话中的天帝。原注云："谓帝释也。"帝释：印度古代神话中的天帝，后来被佛教作为护法神。因为《三国遗事》的作者一然是佛教僧人，所以用帝释比喻桓雄。

［2］太伯山：朝鲜平安北道的妙香山，山中盛产檀香木。

［3］唐高：指中国的唐尧。古代朝鲜以唐尧五十年为檀君元年，约相当于公元前 2333 年。

［4］阿斯达：山名，即黄海道文化县的九月山，属于白岳山脉。

[5] 周虎王：即周武王。据说周武王三十三年（约相当于公元前1122年），封箕子于朝鲜。

[6] 藏唐京：即白岳山。白岳是跨黄海道信川、安岳、殷栗三郡的巨大山峰，山中保存有坛君台遗址。

（陈蒲清、权锡焕注释）

评析

坛君神话见《三国遗事》卷一《纪异》，记录者僧一然（1206~1289），高丽王朝名僧。该书共五卷，分纪异、兴法、塔像、义解、神咒、感通、避隐、孝善八项。它是一部佛教史著作，也是记载三千年历史的通史性著作。共有140多个条目，包括神话、传说、宗教故事。其神话故事主要在纪异部分，传说故事散见于全书各部分。

坛君神话是古朝鲜的开国神话，反映了古朝鲜原始社会时期的图腾崇拜观念和部落间的关系。虎、熊同居一穴，曲折反映了各部落间在原始时代的亲密关系。熊变成女人，则是母系社会的反映。桓雄大王为天帝之子，坛君为天帝之孙，反映了对氏族酋长的神化与美化。熊变为人，虎未变成人，说明熊图腾的部落在发展上领先一步，取得了主导地位。也许这个神话是萌芽于熊图腾部落的。桓雄“降于太伯山顶”，说明妙香山脉一带是古朝鲜原始氏族的发源生息地。

二 僧一然《赫居世神话》

前汉地节[1]元年壬子三月朔，六部祖各率子弟，俱会于阏川岸上。议曰：“我辈上无君主，临理烝民[2]，民皆放逸，自从所欲。[3]盍[4]觅有德人为之君主，立邦设都乎?”于是乘高[5]南望，杨山下萝井旁，异气如电光垂地。有一白马跪拜之状。寻检之，有一紫卵，马见人长嘶上天。剖其卵，得童男，形仪端美。惊异之，浴于东泉，身生光彩，鸟兽率舞，天地振动，日月清明，因名“赫居世”。……是日，沙梁里阏英井边，有鸡龙现，而左胁[6]诞生童女，姿容殊丽，然而唇似鸡嘴。将浴于月城北川，其嘴拨落[7]，因名其川曰“拨川”。营宫室于南山西麓，奉养二圣儿。男以卵生，卵如瓠，乡人以瓠为朴，故因姓朴，女以所出井名名之。二圣[8]年至十三岁，以五凤元年[9]甲子，男立为王，仍以女为后，国号徐罗伐，又称徐伐，或云斯罗。初王生于鸡井，故或云鸡林国，以其鸡龙现瑞也。

注释

［1］地节：汉宣帝年号，其元年为公元前69年。朔：农历每月初一。

［2］临理烝民：管理众百姓。

［3］放逸；放纵，随意，无拘无束。自从所欲：各人从事自己所喜欢的活动。

［4］盍：何不。

［5］乘高：登高。

［6］左胁：左边腋下。

［7］拨落：脱落。

［8］二圣：指童男童女二位神圣之人。

［9］五凤：汉宣帝第五个年号，其五凤元年为公元前57年。

评析

这个神话见于僧一然《三国遗事·纪异·赫居世王》，反映了朝鲜半岛东南部斯卢地区原始部落制后期人们的敬神意识。“六部祖”意味着六个氏族部落的族长。他们会于阏川边，相商立君设邦的事情，隐约反映出这一地区血缘相近的氏族部落结合为原始部落联盟的过程。联盟不是以武力统一，而是以和平的方式结成。白马似是天神的使者，斯卢地区的六村需要一位“邦君”的时候，它送一卵于六村，而后“长嘶上天”。六村长老剖卵得男童，身生光彩，鸟兽齐舞，天地震动。其景象十分神奇灵瑞，生动感人。童女的诞生也是古怪的，她从鸡龙的左胁生出来，姿容美丽无比，但唇似鸡嘴，洗浴以后鸡嘴剥落。六部落建宫室于南山西麓，奉养男女二圣，年至十三，赫居世为王，阏英为王后，此为朝鲜称为鸡林国的开始。此文形象地反映了朝鲜半岛南部一些原始部落所崇奉的原始信仰观念。

三　僧一然《露首王神话》

开辟之后，此地未有邦国之号，亦无君臣之分。越有我刀干、汝刀干、彼刀干、五刀干、留水干、留天干、神天干、五天干、神鬼干等九干[1]者，是酋长。总领百姓，凡一万户，七万五千人。多以自都山野，凿井而饮，耕田而食。

随后汉世祖光武帝建武十八年壬寅三月禊浴之日[2]，所居北龟旨[3]有殊常声气呼唤，众庶二三百人集会于此。有如人音，隐其形而发其声曰："此有人否?"九干等云："吾徒在。"又曰："吾所在为何?"对云："龟旨也。"又曰："皇天所以命我者，御是处，维新家邦，为君后[4]，为兹故降矣，尔等须掘峰顶撮土。歌之云：'龟何？龟何？首其现也！若不现也，燔灼而吃也。'以之舞蹈，则是迎大王，欢喜踊跃之也。"九干如其言，咸忻而歌舞。

未几，仰而视之，唯紫绳自天垂而着地。寻绳之下，乃见红幅裹金盒子。开而视之，有黄金卵六，圆如日者。众人悉皆惊喜，俱伸百拜。寻还，裹著抱持而归我刀家，置榻上，其众各散。过浃辰[5]。翌日平明[6]，众庶复相聚集，开盒，而六卵化为童子。容貌甚伟，仍著于床。众庶拜贺，尽恭敬止。日月而大[7]，逾十余晨昏[8]，身长九尺，则殷之天乙[9]；颜如龙焉，则汉之高祖[10]；眉之八采，则有唐之尧[11]；眼之重瞳，则有虞之舜[12]。其于月望日[13]即位也，始现，故讳"首露"[14]，或云"首陵"。国称大驾洛，又称伽耶国，即六伽耶之一也。余五人，各归为五伽耶主。

注释

[1] 干：古代朝鲜土语，指酋长、君主。

[2] 建武十八年：公元 42 年。禊浴：中国古代习俗，农历三月三日，人们到水边祭祀，洗浴，称为修禊。

[3] 北龟旨：朝鲜南部山名。

[4] 君后：君王，后即王，非指帝王之妻。

[5] 浃（jiā）辰：十二天。

[6] 翌日平明：第二天早上。

[7] 句意谓一天天长大。

[8] 句意谓过了十余天。

[9] 则：效法。天乙，民间尊奉的神仙。殷之天乙，指殷王汤。据孟子说，汤身长九尺。

[10] 颜：额头。据传说，汉高祖的额头像龙。

[11] 据传说，唐尧的眉毛有八种色彩。有唐、有虞的"有"字是置于朝代之前的助词，不是有无之有。

[12] 据传说，虞舜每个眼睛里有两个瞳仁。

［13］月望日：农历每月十五日。

［14］旧时不敢称帝王或尊长的名字，叫讳。伽耶国开国之君名为首露。

评析

此文引自《三国遗事》卷二《纪异二》。古代朝鲜半岛南部有许多小国，此文记述其中的伽耶国开国的神话传说，其首露王乃天降神卵而生。据同书记载，新罗开国之君名脱解，也是卵生，长大后与伽耶国的首露王斗法。后来新罗在南方逐渐壮大，成为朝鲜半岛三国之一，唐高宗时统一全朝鲜，至五代时为高丽王朝所取代。本书关于僧一然三则神话的注释，参考了（中）陈蒲清、（韩）权锡焕编著的《韩国古典文学精华》的部分注释。

四　金富轼《朱蒙传说》

始祖东明圣王，姓高氏，讳朱蒙。……有一男儿破壳而出。骨表英奇，年甫七岁，嶷然[1]异常，自作弓矢射之，百发百中。扶余俗语，善射为"朱蒙"，故以名云。金蛙有七子，常与朱蒙游戏，其技能皆不及朱蒙。长子带素言于王曰："朱蒙非人所生，其为人也勇，若不早图，恐有后患，请除之。"王不听，使之养马。朱蒙知其骏者，而减食令瘦，驽者善养令肥。王以肥者自乘，瘦者给朱蒙。后猎于野，以朱蒙善射，与其矢小，而朱蒙殪兽甚多。王子及诸臣又谋杀之。朱蒙母阴知之[2]，告曰："国人将害汝，以汝才略，何往而不可？与其迟留而受辱，不若远适以有为。"朱蒙乃与乌伊、摩离、陕父等三人为友。行至淹滞水，欲渡无梁，恐为追兵所迫，告水曰："我是天帝子，河伯外孙。今日逃走，追者垂及[3]，如何？"于是鱼鳖浮出成桥，朱蒙得渡，鱼鳖乃解[4]，追骑不得渡。朱蒙行至毛屯谷，遇三人，其一人着麻衣，一人着衲衣[5]，一人着水藻衣。朱蒙问曰："子等何许人也？何姓何名乎？"麻衣者曰："名再思。"衲衣者曰："名武骨。"水藻衣者曰："名默居。"而不言姓。朱蒙赐再思姓克氏，武骨仲室氏，默居少室氏。乃告于众曰："我方承景命，欲启元基[6]。而适遇此三贤，岂非天赐乎？"遂揆[7]其能，各任以事，与之俱至卒本川，观其土壤肥美，山河险固，遂欲都焉，而未遑作宫室，但结庐于沸流水上，居之，国号“高句丽”，因以高为氏，时朱蒙年二十二岁。

注释

[1] 嶷然：幼年聪慧，卓异。

[2] 阴知之：暗中得知谋杀计划。

[3] 追者垂及：追兵即将赶到。

[4] 鱼鳖乃解：鱼鳖组成的桥梁便解散了。

[5] 衲衣：僧衣或道袍。

[6] 二句意谓，我正在承奉上天旨意，打算开启首创的基业。

[7] 揆：审度，估量。

评析

这个传说见于金富轼《三国史记·高句丽本纪》。金富轼（1075～1151），高丽王朝历史学家、政治家，曾两次出使中国宋朝。整个故事跌宕离奇，波澜壮阔，把人带入神圣的传说世界。以感人的情节凸显高句丽开国英雄形象——朱蒙，他是天神的后裔，从小胸有大志，智勇双全，长大以后经历各种危难，克服内部斗争，破解恶势力的阴谋，团结朋友，开拓疆土，披荆斩棘，草创大业，终于成为开国的君王。

五　朴寅亮《竹筒美女》

金庚信自西洲还京，路有异客先行，头上有非常气，息于树下，庚信亦息佯寝[1]。客伺绝行人[2]，探怀间出一竹筒，拂之，二美女自竹筒出，共坐语。还入筒，藏怀间，起行。庚信追讯之[3]，言语温雅，同行入京。庚信与客携至南山松下，设宴，二美女亦出忝[4]。客曰：“吾在西海，娶女子于东海，与妻归宁[5]父母而已。”风云冥暗，倏忽不见。

注释

[1] 佯寝：假装睡觉。

[2] 客伺绝行人：那位客人等到没有行路之人。

[3] 追讯之：追上去问他。

［4］忝：意谓忝列末座，作陪。

［5］归宁：夫妻共同到女方家中省亲，探访。

评析

这个神奇传说选自《新罗殊异传》，该书包括公元前 1 世纪至 10 世纪的 13 篇故事，原作者不可确考，记录者一说是崔致远（857～?），一说是朴寅亮（?～1096），后者较可信。这个故事情节与梁吴均《续齐谐记》所载《阳羡书生》颇相似。吴均所记文字篇幅比《竹筒美女》长三倍，记东晋许彦与一书生同行，书生提一鹅笼，云脚痛，二人乃入笼中歇息。书生从口中吐出馔食美味，又从口中吐一女子陪饮。书生醉卧，女子从口中吐出男子，共卧。男子又从口中吐出一女互相调戏。俄而闻书生动作声，男子乃纳女子于口中。书生欲起，原所吐女子乃纳男子于口中。书生全醒，纳所吐女子及杯盘酒食于口中，送一铜盘与许彦留念而别。《阳羡书生》故事梗概又见于东晋干宝《搜神记》。朴寅亮所记录者是两文的缩写。反映了中朝两国的文化交流和影响，类似的改写故事还有不少。

六　朴寅亮《石南还魂》

新罗崔伉，字石南。有爱妾，父母禁之，不得见数月。伉暴死。经八日，夜中伉往妾家，妾不知其死，颠喜[1]迎接。伉首插石楠[2]，分与妾曰："父母许与汝同居，故来耳。"遂与妾还到其家，伉逾垣[3]而入。夜将晓，久无消息。家人出见之，问其来由。妾具说。家人曰："伉死八日，今日欲葬。何说怪事?"妾曰："良人[4]与我分插石楠枝，可以此为验。"于是开棺视之，尸首插石楠，露湿衣裳，履已穿矣。妾知其死，痛哭欲绝，伉乃还苏[5]。偕老[6]二十年而终。

注释

［1］颠喜：狂喜。

［2］石楠：石楠花。

［3］逾垣：跳墙。

［4］良人：古代女子称自己的丈夫为良人。

[5] 还苏：死而复活，苏醒过来。

[6] 偕老：结为夫妻，共同生活，一直到老。

评析

石南还魂故事见《新罗殊异传》。

这个故事歌颂了爱情战胜死亡的力量。篇幅虽然短小，却具有离魂、人鬼幽会、还魂之类的情节。其主题与风格与中国六朝志怪小说相似。据西晋干宝《搜神记》，喻姑娘与青年王道平相爱，私订终身。后道平出征，父母逼女出嫁，怨愤而死。道平归来到墓前痛哭。喻姑娘托梦相告，我未死，开棺即活。道平从之，女果活。遂结为夫妻，活了130岁。

七 李齐贤《海龟报恩》

近世通海县有巨物如龟，乘潮入浦，潮落而不得去，民将屠之。县令朴世通禁之，作大索两舟曳放海中。梦老父拜于前曰："吾儿游不择日，几不免鼎镬[1]，公幸活之，阴德大矣。公与子孙必三世为宰相。"世通及子洪茂，俱登宥密[2]，孙瑊以上将军致仕[3]。怏怏[4]作诗曰："龟乎龟乎，莫耽睡！三世宰相，虚语耳。"是夕，龟梦之曰："君溺于酒色，自灭其福[5]，非予敢忘德也。然将有一喜，姑需焉[6]。"数日，果落致仕为仆射[7]。

注释

[1] 鼎镬：铜铁制成的烹饪器皿。

[2] 宥密：朝廷机密机构。

[3] 句意谓，朴世通之孙朴瑊任大将军后退休，未能担任宰相。

[4] 怏怏：心中不悦。

[5] 自灭其福：自己削减了福分。

[6] 姑：姑且。需：等待。

[7] "落致仕"为古代官员任用方式。此处意为退休后，又起用为宰相（仆射多为虚衔，位略相当于宰相）。

评析

这个传说见于李齐贤《栎翁稗说·前编》。李齐贤（1287～1367），高丽末期文学家、政治家，曾六次出使中国元朝，居留元大都十年，元至正十二年（1352）以后，董理高丽国政，历任监国、右政丞、宰相，享高寿八十。此文主旨不限于记载怪诞，同时具有警世劝诫意义。朴世通放龟和海龟报恩是故事的前因，其孙朴瑊因为沉溺酒色，自灭其福是后果。朴瑊最终在退休时给予宰相待遇，海龟也实现了自己的诺言。文章表达了祸福自招，应当谨慎做人的道理。

故事前半段与中国的"黄雀报恩"略似。据西晋干宝《搜神记》，汉末杨宝救治一只受伤黄雀且将其放飞，黄雀托梦感恩道，君家子孙必荣登高位，后来果然应验。《海龟报恩》下半段批评子孙溺于酒色，自灭其福，是朝鲜半岛民间作家的补充发挥。

八　郑麟趾《池鱼传书》

世传，书生游学至溟州，见一良家女[1]，美姿色，颇知书。生每以诗挑之[2]，女曰："妇人不妄从人，待生擢第[3]，父母有命，则事可谐[4]矣。"生即归京师，习举业[5]。

女家将纳婿[6]，女平日临池养鱼，鱼闻謦咳声，必来就食。女食[7]鱼，谓曰："吾养汝久，宜知我意。"将帛书投之[8]，有一大鱼，跳跃含书，悠然而逝。生在京师，一日为父母具馔[9]，市鱼而归。剥之得帛书，惊异。即持帛书及父书，径诣女家[10]。婿已及门矣，生以书示女家，遂歌此曲[11]。父母异之[12]，曰："此精诚所感，非人力所能为也。"遣其婿而纳生焉[13]。

注释

[1] 良家女：指正常人家的女儿，有别于娼门女子或低贱人家之女。

[2] 以诗挑之：写诗向该女调情、示爱。

[3] 擢第：被选拔而登科举。

[4] 则事可谐：则求婚可成。

[5] 习举业：温习科举之学业。

[6] 句意谓，女子没有得到书生的消息，其家为之择婿，并准备接纳女婿进门。

[7] 食：读去声，义同"饲"，喂养。

[8] 句意谓，女子将择婿出嫁之事记于帛书投于水中。

[9] 具馔：准备食物。

[10] 径诣女家：直接到女家。

[11] 遂歌此曲：原文之前有该生示爱之诗，“此曲”指该诗。

[12] 父母异之：女子父母看到池鱼传书以及书生父母为子求婚之书，感到很奇特。认为是该生精诚感动了神灵才有此怪事。

[13] 末句意谓，于是送走上门的未婚女婿，接纳书生为女婿。

评析

池鱼传书故事见郑麟趾（1396～1487）主编的《高丽史·乐志》。郑氏是朝鲜王朝初期大臣、学者，他主编的《高丽史》是记述高丽王朝（918～1392）的通史，是继《三国史记》之后，韩国最重要的历史书籍。书中除历史事实外，也有少量传说故事。

他记录的这篇故事通过神奇的情节，渲染真挚爱情的感人力量。中国古代也有鱼雁传书的故事。如东汉蔡邕写的《饮马长城窟行》说：“客从远方来，遗我双鲤鱼。呼儿烹鲤鱼，中有尺素书。长跪读素书，书中竟何如？上有加餐食，下有长相忆。”

九 金富轼《兔与龟》

昔东海龙女病心，医言：“得兔肝合药则可疗也。”然海中无兔。不奈之何[1]！有一龟白[2]龙王言：“吾能得之。”遂登陆，见兔，言：“海中有一岛，清泉白石，茂林佳果，寒暑不能到，鹰隼不能侵。尔若得至，可以安居无患。”因负兔背上，游行二三里许，龟顾谓兔曰：“今龙女被病[3]，须兔肝为药，故不惮劳负尔来耳。”兔曰：“噫！吾神明之后，能出五脏，洗而纳之。日者[4]小觉心烦，遂出肝洗之，暂置岩石之底。闻尔甘言径来，肝尚在彼。何不回归取肝？则汝得所求，吾虽无肝尚活，岂不两相宜哉！”龟信之而还。才上岸，兔脱入草中，谓龟曰：“愚哉，汝也！岂有无肝而生者乎？”龟悯默[5]而退。

注释

[1] 不奈之何：莫奈其何。

[2] 白：禀告。

[3] 被病：得病。

[4] 日者：近日内。

[5] 悯默：失意而沉默。

评析

金富轼（1075~1151），是高丽王朝著名政治家、历史学家。这则寓言见于金富轼《三国史记·金庾信传》，是韩国古代保存至今最古老的寓言之一。故事出于《三国史记》。其背景为：公元642年，百济国进攻新罗国，新罗执政大臣金春秋到高句丽国求援。高句丽索取土地，金春秋不答应，高句丽王囚禁并准备杀他。金春秋贿赂高句丽王宠臣先道解，先道解便讲了这则民间故事。金春秋领悟其中寓意，上书答应归国后献出土地，于是被放还。金春秋走出高句丽国境后对陪送的人说："我上书只是为了挽救自己。"

这个寓言的情节可能来自佛经中的"虬与猕猴"。后来在民间广泛传诵，至18世纪时，经过民间不断加工铺衍成著名的寓言小说《兔子传》，情节更为繁杂，内容更加丰富。

十　李奎报《舟赂说》

李子南渡一江，有与方舟而济者[1]。两舟之大小同，榜人[2]之多少均，人马之众寡几相类。而俄见其舟离去如飞，已泊彼岸；予舟犹邅回[3]不进。问其所以，则舟中人曰："彼有酒以饮榜人，榜人极力荡桨故尔。"予不能无愧色。因叹曰："嗟呼！此区区一苇所如之间，犹以赂之有无[4]，其进也有疾徐先后。况宦海竞渡[5]中，顾吾手无金，宜乎至今未沾一命也[6]！"书以为异日观。

注释

[1] 方舟：两船相并。济：渡河。

[2] 榜人：划桨的水手。榜（bàng），船桨。

[3] 邅（zhān）回：艰难迟缓的样子。

[4] 一苇所如：乘一根芦苇便可到达的地方，形容河面极易渡过。《诗经·卫风·河广》：“谁谓河广？一苇杭之。”赂：财物，引申为用财物贿赂。

[5] 宦海：官场如海。竞渡：官职竞争，如江河竞渡。

[6] 命：本指任命官员时的信瑞之物（如玉圭、服饰等），引申为任命。

评析

本文引自徐居正编《东文选》卷九十六，日本东京学习院东洋文化研究所1970年影印本，以下凡引此书，只注卷数，不注出版者。本文作者李奎报（1169～1241），高丽中期文学家、政治家，号白云居士，出身两班。自幼聪慧，九岁能诗，21岁中状元。早年仕途不顺，遭打击，被流放。复出后任地方州一级的属官司录、书记。曾供职翰林院，作书劝阻蒙古大汗勿征伐高丽。晚年屡获升迁，任尚书、太尉，参知政事、平章事（宰相），73岁辞世，谥文顺公。李奎报是高丽时期三大诗人之一，被誉为“东国李太白”，有《东国李相国集》，现存诗两千多首，文章七百多篇。此文是早年作品，从乘渡船这件小事发感慨。乘客请船夫喝酒，渡船很快到达彼岸。乘客没有送酒，船夫就慢慢悠悠。作者联想到官场也是如此，向上司行贿，就升迁得快，否则就坐冷板凳。这是一篇著名的杂文，也可算作广义的寓言。

十一　成伣《一妻一妾》

东门柳有一妻一妾而处室者。妻美而妾恶[1]，爱妾而不顾妻。

人有问于浮休子曰：“东门之妻，其貌侈美也[2]，其性婉顺也，其治家有法也，而反目相仇[3]。妾则貌丑而性恶，且未知女功[4]，而昵爱无比。大抵人情好善而恶恶，东门之性反是，何欤？”

浮休子曰：“好善恶恶，常也；舍善趋恶，变也。常无可常，变无恒变，随其所遇而爱憎生焉。女无美恶，悦我目者为姝[5]；人无善恶，适我意者为善。非独女色为然，君臣之分亦犹是也。谚有之：‘芝兰摒野而遏茸[6]显也，骐骥驾鼓而驽骀御也[7]，西施掩泣而嫫母[8]笑也，贤人退隐而谗谀进也。’人皆知善恶而能去就之，则人皆可以为尧舜。惟其不如是，故家国乱亡之相继也。”

注释

［1］恶：面目丑恶。非善恶之“恶”。

［2］侈美：大美，甚美，用如“侈谈”之侈，非奢侈之侈。

［3］反目相仇：夫妻不和，互相仇视。

［4］女功：妇女的工作，如烹饪、缝补等。

［5］姝（shū）：美女。

［6］遢茸：野草。

［7］骐骥：千里马。鼓是一种大型常见乐器，千里马驾鼓是大材小用。驽骀（nútái）：均指跑不快的劣马。御：驾驭贵族所乘车，劣马是不堪乘御的。

［8］西施：春秋末期越国美女。嫫母：古代著名丑女。

评析

此文选自陈蒲清、权锡焕编著《韩国古典文学精华》的第289页。作者成伣（1439～1504），号浮休子，朝鲜王朝初期的学者、散文家，曾两次出使明朝，著有《浮休子谈论》，其卷三、卷四皆为寓言。

此文的前半段写一个变态男人，妻美而性婉顺，治家有法，却视如仇敌；妾丑而性恶，不知女功，而受昵爱。后半段发议论，认为，此人抛弃美好而爱丑恶，这是变态。并联系到君臣关系，有的君王亲近小人，厌恶贤能，使得“贤人退隐而谗谀进”。他主张：“人皆知善恶而能去就之，则人皆可以为尧舜。惟其不如是，故家国乱亡之相继也。”可见这是一篇政治寓言。

在中国古代，评价妇女有四德：首为妇德，次为妇言、妇容、妇功。美而无德者如西周褒姒、晋国丽姬、陈朝张丽华、唐朝杨贵妃等受到后人批判；貌丑而有德者，如黄帝妃嫫母、齐宣王后无盐、汉梁鸿妻孟光、三国诸葛亮妻黄氏（《三国志·诸葛亮传》裴松之注引《襄阳记》说，黄氏皮肤黑，头发黄，而有德才），上述夫妻皆受到后代称赞。成氏此文所记东门柳，不仅一反人们爱美恶丑的常态，且遵循不同于古代重德而轻容的择偶标准。成氏是从屈原对楚国政治的批评得到启发而发此高论，末段所举几个正反事例即来自楚辞。

十二　尹善道《快山冤牛》

昔者，快山野叟，耕田力罢[1]，释耕假寐[2]于垅上。虎来，欲攫其叟。其叟之牛斗逐虎，虎则去而田则蹂躏破坏[3]。叟睡觉[4]，不知牛之为逐虎而躏田，遂怒其牛而杀之。世称快山冤牛。是非邪正，颠倒至此，将来国家之事，罔敢知言，可胜寒心，爱国者固鲜矣！

注释

[1] 罢（pí）：疲倦。

[2] 假寐：瞌睡。

[3] 蹂躏破坏：践踏庄稼，破坏土地。

[4] 睡觉：睡醒了。古代汉语“睡觉”是动补结构短语，现代汉语“睡觉”是二字合成一个动词。

评析

作者尹善道（1587～1671）字约而，号孤山，朝鲜王朝中期最有成就的朝鲜国语诗歌时调诗人，有文集《孤山遗稿》。

这则故事仿宋朝司马光的《冤牛问》，司马光作此文主旨是功臣以身护主，主上不知反而冤杀之。尹善道此文也是讽刺朝鲜王朝迫害有卫国之功的大臣，他们被猜疑、流放，甚至遭杀戮，就像快山救主之冤牛。两文情节相似，只是司马光之文多些议论。

十三　张维《寓言》（节选）

楚公子喜雕刻之巧，天下有以机巧闻者，必厚礼致之，执刀凿而处门下者以百数。郢人有国能者，踵门而自炫[1]。公子问其技，对曰：“臣能以木石为禽兽虫鱼之形，乱之真而不能辨也。”公子大说，膳以太牢[2]，饩以千金[3]，处之华屋之下。三月而为一猴，置之云梦之薮[4]。有母猴失其偶者来依焉，旬有五日而不去。公子以为神，收而宝之。东郭先生自齐过焉，公子出而诧之曰：“公输、墨翟之巧，而有是乎？”东郭先生拊掌大笑曰：

“公子之求巧，末矣。”公子忿然作色而言曰：“夫郢人之技，作假质而感真类，未之前闻也，而先生小之，抑有尚于是者乎？何先生之大其言也?”东郭先生曰：“公子独不闻无极子之巧耳。夫无极子之巧，天下无出其右，而未尝称于人，人亦无得而称焉，公子其欲闻之乎?”公子曰：“愿闻无极子之巧。”东郭先生曰：“夫无极子之巧，视不以目，运不以手，思虑不以心，知镌琢不以椎凿，无缋彩而文，无毛羽而饰，本乎自然，体乎无为，运乎元气，以阴阳为器，以五行[5]为材。行以四时，化以风雨，傅翼而飞，著足而走，根荄华实，羽毛鳞介，情性之通塞，窍穴之开阖，方圆长短之形，白黑玄黄之色，物物具备，充满乎天地者，皆无极子之为也。而无极子未尝自以为巧，问之而不应，求之而无，与冥然独处乎太虚之庭。”公子骇然而惊曰：“无极子之巧，审[6]如是乎？鄙人安得而致之，愿因先生而要[7]焉。”东郭先生曰：“夫无极子未尝远于公子，特公子不能求之耳。公子必欲致之，莫若洁斋洗心，屏思虑，绝嗜欲。……无为而无不为，以合乎天则，然后无极子乃始为公子役矣。……物物皆我之为，而我未尝有所为，则凡天下之大巧，尚有侔[8]于此者乎？不知有此，而乃以雕镂木石，自谓巧之至也，甚矣其昧也。”语未终，公子茫然而惑，失其所以答。

注释

［1］踵门而自炫：登门自我夸耀。

［2］太牢：古代帝王祭天地社稷，用牛羊猪为祭品，称太牢。

［3］饩以千金：以千金为食用之费。

［4］云梦之薮：云梦泽，春秋战国时楚国最大的灌木丛林沼泽地。

［5］五行：金木水火土。

［6］审：果然，一定。

［7］要：古义同邀。

［8］侔：相等，相齐。

评析

本文选自《东文选》卷一百零一，作者张维（1587～1638），号溪谷，朝鲜王朝中期四大文章家之一。此文是一篇哲理寓言，认为刀凿刻雕之巧不是真巧，“无极子”之巧才是大巧。所谓“无极子”就是道家之大道，无为而无不为，运以阴阳元气，行乎风雨四时，创造万物而不以为功，无所不在而不见其形，充塞天地而独处太虚之庭。此“道”显然不是儒家之“道”，而是老庄之道。先秦时对“道”的形容描绘甚多，而此文把它人格化了。张维自己把文章题为《寓言》，旨在以有形寓无形，言在此而意在彼。

十四　金柱臣《二佣说》

玄冥子有二佣，其一佣秃，而一佣眇[1]。玄冥子有事，每任秃而不任眇，眇恒逸而秃恒劳。秃怨其偏而诮[2]。玄冥子始而怒，既而笑曰：“我有两臂，莫非我肤[3]，而尚且一安而一劳，况非我之肤乎？且我尝病痿，而右偏枯[4]。当斯时也，我岂不欲使左而逸右？然使之书，则‘人’为‘入’，而‘手’为‘毛’；使之食，则匕不上则之颐，而不下则之目[5]；使之举则轻物如重物。而右臂虽病，书也千点万画，惟意之适；食也匕不谋而之口；举也能举左不能运之物。若是，则右虽欲逸而左虽欲不逸，得乎？然左不德乎独安，而右不怨其偏劳者，自知其才之巧拙也。今我视眇如左臂，视秃如右臂，而秃乃反怨耶？”

秃闻之，叹曰：“眇之拙，足乎自安；而秃之巧，适以自厉[6]。秃其将教子以拙，可乎？”

注释

[1] 眇（miǎo）：一只眼睛失明，俗称单眼瞎。

[2] 诮（qiào）：埋怨。

[3] 肤：本义指皮肤，此句意谓身体的一部分。

[4] 痿（wěi）：肢体萎缩，动作不便。偏枯：半身不遂。

[5] 匕：食具，汤匙。颐：下巴。此两句意谓，由于手不好使，用汤匙吃食，有时送到下巴，有时送到眼睛。

[6] 自厉：自我折磨。

评析

此文选自陈蒲清、权锡焕编著《韩国古典文学精华》的第 313 页。作者金柱臣（1661～1721），朝鲜王朝散文家，著有《寿谷集》。这篇寓言式的杂文，主张能者多劳而拙者安逸是势所必然，不必互相埋怨。明代袁宏道有《拙效传》，记家有四钝仆，皆极愚拙，但无大过，主人谅之而计口受粟。其他仆人狡狯者，则相继逐去。袁氏认为拙有拙的好处。而金柱臣认为，拙者足以自安，巧者适以自厉，拙胜于巧。二文可以互相补充。

十五　尹愭《二猫说》

人有爱猫者，蓄数猫。其一猫昼常眠，夜则周行扼鼠[1]。人未之见，以为无能也。他猫则夜眠于人侧，昼或得鼠，必衔致人前舞弄之，以供玩笑。家人皆奇之，虽有窃馔噬鸡[2]之习，而不之罪也[3]。鼠以一猫夜猎之故[4]，不死则远避，患遂绝。人以为他猫之功，遂笞其一猫而放之[5]，鼠乃相继而来，不可复禁。使智者择之，宁蓄其一猫耶？将蓄其余猫耶？

注释

[1] 周行扼鼠：四周巡察捕捉老鼠。

[2] 窃馔：偷吃食物。噬鸡：吃鸡。

[3] 不之罪：不罪之，不怪罪它。

[4] 夜猎：夜间捕鼠。

[5] 笞（chī）：鞭打。放：放逐。

评析

此文转引自陈蒲清、权锡焕编著《韩国古典文学精华》，作者尹愭（1741～1802），朝鲜王朝学者，自号无能子，著作编为《无能子集》。作者以猫寓人，一种人干实事而不表现自己，主人不知而以为无能；另一种人取得一点成绩就在主人面前表现。结果前一种人被排斥，而后一种人受重用。主人用错了人，因而吃了大亏。文章告诫主事者，要善于识别埋头干事者，勿蒙蔽于华而不实者。

日本、琉球神话、传说和寓言

一　佚名氏《开天辟地神话》

天地开辟，初于高天原成神也。一记曰：伊奘诺伊奘册尊，先生八大洲，次生海神，次生风神等以降[1]。经回一万余岁[2]。水德未显[3]，天下饥饿，于时二柱神，天之御量事，以天瑞八坂琼之曲玉，捧九宫所化神，名号止由气皇太神。千变万化，受一水之德，生续命之术，故曰御馔都神也[4]。

古语曰：大海之中有一物浮，形如苇牙。其中神人化生，号天御中主神，故号丰苇原中国，亦因以曰止由气皇神也。故天地开辟之初，神宝日出之时，御馔都神、天御中主尊与大日灵贵、天照太神、二柱御太神，预结幽契[5]，永治天下。或为日，或为月，永悬而不落。或为神、为皇，常以无穷矣。光华明彩，照彻于六合[6]之内矣。

注释

［1］等以降：等等以下，从略语。

［2］原注，时代相隔义也。

［3］句意谓，还没有水。

［4］御馔都神：总管天神饮食之神。

［5］预结幽契：诸神预先私下相约，分工。

［6］六合：东南西北上下，谓之六合。即天地间。

评析

本文选自日本《续群书类从》卷三《神祇本源类》。该类记录了许多上古神话，本文开头之前有《大田命传曰》，该书作者及时代无考。从这些神话可以看出，日本远古时代很重视水的作用。一个时期内多神同时出现，后来各有分司，再后来天照太神被尊为至高无上的天照大神——日本天皇的始祖。文中的“丰苇原中国”即日本国。在《神祇本源类》中，也有气之轻者上浮为天，气之重者下沉为地的话，可能是受中国古代神话的影响。

二 出云臣广岛《出云国神话》（节选）

伊和大神巡行之时，苦其心中热，而控绝衣纽，故号阿豆。一云：昔，天有二星，落于地，化为石于此，人众集来谈论，故名阿豆。……沉石落处者，即号沉石丘。网落处者，即号藤丘。鹿落处者，即号鹿丘。犬落处者，即号犬丘。蚕子落处者，即号日女道丘。

……

贺野里币丘，地之中上，右，称加野者，品太天皇巡行之时，此处造殿，仍张蚊屋，故号加野，山川之名亦与里同。所以称币丘者，品太天皇到于此处，奉币地祇，故号币丘。

……

宇贺乡，郡家正北一十七里二十五步，聘造天下之大神、神魂、神御子、绫门日女神。尔时女神不肯，逃隐之时，伺求大神，是则此乡也，故云宇贺。

即北海滨有矶，高一丈许，上生松，下至矶。如乡人之朝夕往来，又如人之攀引木枝。矶之西方有窟户，高广各六尺许。穴内有穴，人不得入，不知深浅也。梦至此矶窟之边者必死。故俗人自古至今，号黄泉之坂，黄泉之穴。

……

上冈乡，地之中下。出云国阿著大神，闻大倭国之亩火、香具、耳梨（梨）三山相斗，此欲谏止。上来之时，至于此处，即闻斗止，遂坐其所乘而返。故号神皋，皋形似覆盖。

（注：本文有不少地名、神灵名很难注释，连日本的文史专家也弄不清楚，因此不加注释。）

评析

日本的古代神话传说，最早的记录著作是《古事记》，成书于和铜五年(712)，记录者太安万侣（？～723）。该书共三卷，用变体汉文写作，现代日本学者多读不懂。用汉文写作的日本古史著作现存有五部风土记。和铜六年日本天明天皇下诏令，命各地修撰风土记（即地方志）。当时写了三十多部，其中出云臣广岛所著《出云风土记》成书于733年，现在保存完好。包括总记、各郡记和卷末记三部分。其中有许多神话传说，如说出云国是因为主神八束水臣津野神用三股绳织成一张网，把周边其他国的山水土地牵引而来，从而造成大国。还记各乡各村名称的由来。文字大多用汉字，语句不甚规整，文采不足，但看得懂。上面节录是其中片段（原文转引自叶渭渠、唐月梅著《日本文学史》古代上卷，第96～97页、第139～140页，昆仑出版社2004年出版）。

三　舍人亲王等《王仁传来汉籍》

十五年[1]秋八月壬戌朔丁卯，百济王遣阿直岐贡良马二匹。…阿直岐亦能读经典，即莵道稚郎子师焉[2]。于是天皇问阿直岐曰：“如胜汝博士亦有耶[3]？”对曰：“有王仁者，是秀也[4]。”时遣上毛野君先祖荒田别、巫别于百济，乃征[5]王仁也。其阿直岐者，阿直岐史之祖也。十六年春，王仁来之。则太子莵道稚郎子师之，习诸典籍[6]于王仁，莫不通达。故所谓王仁者，是书首等之始祖也。

注释

[1] 十五年：日本应神天皇十五年，为公元284年。下文“十六年”，即公元285年，中国晋武帝（司马炎）太康六年。

[2] 此句意谓，就成为太子莵道稚郎子的老师。

[3] 博士：是对阿直岐的尊称。句意谓，能胜过博士您的还有吗？

[4] 是秀也：是位秀才。“秀才”一词在魏晋时可以泛称有学问者。

[5] 征：征召，邀请。

[6] 典籍：在略早于《日本书纪》的史书《古事记》中，明确提到王仁带来《论语》十卷，《千字文》一卷。

评析

此文选自《日本书纪》。该书于720年由舍人亲王等撰写而成，仿《左传》编年体，共三十卷。其中“神代纪”多神话传说，十四卷以后较可信。关于汉籍何时传入日本，有徐福说、神功皇后说、王仁说三种，最后一种信从较多。王仁可能是侨居百济的中国读书人。751年编成的最早诗集《怀风藻》序言提到：“王仁始导蒙于轻岛，辰孙终敷教于泽田。”“轻岛”指轻岛丰明御宇应神天皇。“辰孙”是百济贵须王之孙，曾随使入日本，为皇太子师，“始传书籍，大阐儒风”（见《续日本纪》卷四十条津连真道790年之上表）。有人怀疑，首传汉籍于日本者可能是两个人。又有人提出，《千字文》作者周兴嗣为梁武帝（502～549年在位）臣，285年不可能有此文，当是《急就章》之类“小学”启蒙读物之误会。

四　藤原宇合《童子女松原》

古有年少僮子、僮女[1]，男称那贺寒田之郎子，女号海上安是之娘子[2]，同存望念，自爱心炽。经月累日，嬥歌之会，邂逅相遇。于时郎子歌曰……娘子报歌曰……。便欲相语，恐人知之，避自游场，荫松下，携手低膝，陈怀吐愫[3]。既释故恋之积疹[4]，还起新欢之频笑……俄而鸡鸣犬吠，天晓日明。爰[5]童子等不知所为，遂愧人见，化成松树。郎子谓奈美松，娘子称古津松。自古著名，至今不改。

注释

[1] 僮子、僮女：即童男、童女。

[2] 郎子：贵族青年之美称，相当于中国的“公子”。娘子：贵族年轻妇女的美称，中国古典戏曲中常见。

[3] 陈怀吐愫：陈述情怀，倾吐情愫。

[4] 积疹：因无限思念而积成心病，即相思病。

[5] 爰（yuán）：连词，于是。

评析

藤原宇合（694～737），父亲是太政大臣。藤原宇合到过中国，回国后曾任常陆太守，作《常陆风土记》，是同时期五本风土记之一，记述当地风俗、传说、物产等，辞藻华丽。《童子女松原》摘自该书，描写少男少女相爱，夜间于松树下陈述衷情，不觉天晓日明，愧为人见，乃化成松树。这个民间传说是对纯真爱情的颂歌。其中有几段男女对歌和小段骈文，本书作了删节。

五 都良香《道场法师传》

法师者，尾张国阿育郡人也。不得姓名。相传云，敏达天皇之世，尾张国有一农夫，夏月灌田，于时天噎雷雨[1]，夫避雨树下，支耒而立[2]。俄而雷坠父前，状如小儿。夫举耒将击，雷语夫云："汝莫害我，我必报汝。"夫问雷云："汝何以报恩?"雷答云："令汝生异儿，以此报汝。今所望，为我造一楠舟，其中盛水，泛以竹叶，忽（急）与我。"夫如雷言，以舟与之。雷得舟作便，须臾登天。居数日，夫妻有身[3]。及期生男，其体可惊：灵蛇缠绕儿颈，凡二匝，首尾相至，并垂于后[4]。夫甚异之。童子年十有余，甚有膂力，能举方八尺石，投之数丈。及其投石作力，足迹入地三四寸许。童子师事元兴寺僧，时寺钟堂有鬼，每夜杀撞钟者。童子见众僧，请能止鬼杀，众僧甚悦。其夜童子升堂撞钟，未及数下，鬼来形见。童子便扤[5]鬼头，鬼与童子争力相接。鬼引欲外出，童子引欲内入。天晓，鬼甚欲脱去，童子急握鬼发，鬼发剥落，皮肉兼在，鬼即逃去。明日见地有血，寻迹求之，至寺边柏上而止。验之，寺家昔日所埋恶奴之处也，即知恶奴之为鬼。由是鬼害遂绝。鬼发见在[6]元兴寺宝藏，累代相传。童子复为僧，号道场法师。

注释

[1] 天噎雷雨：天气闷热，憋着雷雨。

[2] 支耒：农夫手持农具，支撑站立。耒（lěi）是一种长柄农具。

[3] 夫妻有身：农夫之妻怀孕了。

[4] 首尾相至：灵蛇很长，缠绕男孩颈脖两圈，蛇头尾相接，垂于身后。

[5] 扤（tuō）：拉扯。

[6] 见在：现在。见，古代亦读现。

评析

作者都良香（834～879），原姓桑原，父亲和伯父都很有学问，弘仁年间改姓为都。都良香早有文名，日本清和天皇贞观二年（860）成为文章生，十七年为文章博士，十八年任侍从，传世有《都氏文集》五卷，散骈皆擅长。这篇《道场法师传》选自《本朝文粹》卷十二。实为"不怕鬼的故事"，前半段颇似我国魏晋志怪，后半段颇似唐传奇中郭元振捉鬼的故事。此文除个别文句略嫌生硬外，通篇畅达，叙事生动。

六　圆仁《五台山孕妇乞斋传说》

入此山者，自然起得平等之心。山中设斋，不论男女大小，亦无僧俗之别，平等供养；不看其尊卑大小，于彼皆生文殊之想[1]。昔者，大华严寺设大斋，凡俗男女、乞丐寒穷者，尽来受供。施主[2]稍嫌云："远涉山坂，到此设供，意者只为供养山中之僧，然此尘俗乞索儿等，尽来受食，非我本意。若供养此等乞丐，只另本处设斋，何用远来此山？"僧劝令皆与饭食。于乞丐中有一孕女，怀妊在座，备受自分饭食讫，更索胎中孩子之分；施主骂之，不与其。孕女再三云："我胎中儿，虽未产生，而亦是人数，何不与饭食？"施主曰："尔愚痴也，肚里儿虽是一数，而不出来，索得饭食时，与谁吃乎？"女人对曰："我肚里儿不得饭，即我亦不合得吃。"便起，出食堂。才出堂门，变作文殊师利，放光照耀，满堂赫奕。皓玉之貌，骑金毛狮子，万佛围处，腾空而去。一会之众，数千之人，一时走出，茫然不觉倒地，举声忏谢，悲泣雨泪。一时称唱大圣文殊师利，迄于声竭喉涸，终不蒙回顾，仿佛而不见矣。大会之众，餐饭不味[3]，各自发愿：自今以后，送供设斋，不论男女大小，尊卑贫富，皆须平等供养。山中风法[4]，因此置平等之式。

注释

[1] 文殊：文殊菩萨，亦称文殊师利，中国佛教信徒认为，五台山是文殊菩萨的道场。此句意谓受施者都会产生对文殊菩萨的感念。

[2] 施主：佛教称施与僧众衣食者，或出资举行法会的主人。

[3] 餐饭不味：吃饭吃不出味道。

[4] 山中夙法：寺庙中固定的规矩。

评析

本文选自《入唐求法巡礼行记》，作者圆仁（794～864），日本名僧，日本天台宗的集大成者。838 年入唐，游学十年，归国后大弘佛法。著作有《入唐求法巡礼行记》四卷，以日记体讲述赴唐一路艰辛和在华求法情形，除有关佛事内容外，还旁及中国政治、外交、制度、民俗等。记述时间长，规模大，内容丰富，有极高史料价值。文字简洁畅达，不求华丽。本篇属于神话传说：五台山大华严寺，设大斋，凡俗男女、乞丐、寒穷者皆来就食。施主嫌人太多，勉强同意施舍乞丐。有一孕妇，索要两份，说是胎儿也要一份，施主不给。孕妇愤而出走，出门变成文殊菩萨，身骑狮子，腾空而去。从此以后，该寺设斋，不分男女、大小、尊卑、贫富，一律平等供养。梁容若《中日文化交流史稿》说："在此两段（包括五台山中写景一段）记载中，可以见到其描写方式，或景物奇特，或故事诙谐，无须刻画，已成逸品……其胸中丘壑，有不可及者耳。"

七　大江匡房《狐媚记》

康和[1]三年，洛阳大有狐媚之妖，其异非一。初于朱雀门前，储馐馔礼，以马通[2]为饭，以牛骨为菜。次设于式部省，后及王公卿士门前，世谓之狐大飧。

图书助源隆康，参贺茂斋院，车在门外。入夜，少年云客[3]两三，推驾其车，兼有偶女[4]乘月行。行经鸭川，到七条川原。右兵卫尉中原家季，相逢于途中。见其车中红衣皎然，入夜有色，独怪之。牛童不堪其苦，平伏道间。云客给一张红扇，倏忽而去。车前轼上，有狐脚迹。牛童归家，明日见之，扇竟是两栗骨[5]也。其后受病，数日而死。其主大恐，欲焚其车。梦有神人来曰："请莫焚之，将以有报。"明年除书[6]，任图书助。

主上依造御愿寺，不满四十五夜，有避方忌之行幸。忽有何人骑马扈从，举左右袖，自掩其面，其后有垂缨小舍人。藏人大学助藤原重隆，怪而问之，不答子细[7]，驰入于朱雀门，瞥尔不见[8]。

增珍律师，说法宗匠也。有一老妪来曰："无赖[9]妇人，欲修法会，忝垂光临。"律师许诺，临其日夕，妪重来屈律师赴请，到于六条朱雀大路人家堂。庄严如常，雅设僧供，无役送人。帘中拍手，偶出酒杯，律师怪之，敢不就馔。先登讲座，打钟一声，灯色忽青，所储之馔，亦是粪秽之类也。事事违例，心神迷惑，半死遁去。后日寻之，扫地无宅。

有人买七栋京极宅，其后坏此屋，到鸟部野，为葬敛之具，其所渡与之直[10]，本是金银丝绢也，后日见之，皆是弊鞋旧履，瓦砾骨角也。

嗟呼，狐媚变异，多载史籍。殷之妲己[11]为九尾狐。任氏为人妻，到于马嵬，为犬被获。或破郑生业，或读古冢书，或为紫衣公到县，诈其女尸[12]。事在倜傥[13]，未必信伏[14]。今于我朝，正见其妖。推及季叶，怪异如古，伟哉。

注释

[1] 康和：日本崛河天皇年号（1099～1104）。

[2] 马通：马粪。

[3] 云客：云游之客。语出《水经注·沮水》。

[4] 偶女：丑女。

[5] 两栗骨：两肋骨。

[6] 除书：委任官员之文书。

[7] 不答子细：不仔细回答。

[8] 瞥尔不见：一瞥眼不见了。

[9] 无赖：无依无靠。

[10] 其所渡与之直：所交付的购房金。

[11] 妲己：殷纣王之妃。小说《封神演义》说她是九尾狐狸精变的。

[12] 以上数例皆狐鬼传说。

[13] 倜傥：怪异，特别。此处不能解为风流倜傥。

[14] 信伏：信服。

评析

本文选自《本朝续文粹》卷十一，有日本岩波书店 1964 年刊本，附在《本朝文粹》之后。本文作者署名“江大府卿”，是尊称，正式姓名为大江匡房（1041～1111），出身名门，是大江匡衡的曾孙，曾任皇太子侍读，太子后来成为三条天皇，匡房深得信任，逐步升迁，官至太宰权帅，故人称“江帅”，诗文兼擅。这篇《狐媚记》属神怪传说，“狐媚”意为妖怪故意捉弄人，不是狐狸迷人的意思。一共五则怪事。一为京都朱雀门，式部府及贵族府第门前出现有马粪牛骨设为饭菜。二是图书助源隆康某夜逢二三少年云游客，推其车，月夜游行，云游客留下一红扇，第二天竟是两根肋骨，车上还有狐脚印，把原来赶车的牛童吓死了。三是皇上夜造某寺，有意避开方士随行，忽有一不知何处来的骑马者扈从，自掩其面，其后有垂缨仆从，官员问而不答，跑进朱雀门就不见了。四是增珍和尚善说法，有老妇请赴法会，夜至其家，屋舍庄严，菜肴雅致，但没有仆役。一拍手，即出现酒杯。一打钟，灯即暗，菜肴尽秽物。和尚吓得逃走，后来寻找，该地干净无宅。五是有人买京都旧宅，破坏后把材料搬到郊外作为葬具。当时所付屋款是金银丝绢，过几天再看，尽是破鞋、骨头、牛角、瓦砾。

作者说，怪异之事，多见中国史籍，未必信服。今在日本，真正出现妖异，其怪如古。大江显然是记述百姓街谈巷说，而不是编造小说，其性质相当于中国的六朝志怪。叶渭渠、唐月梅说：“这些作品都是与贵族的典雅相悖而具‘卑俗’‘滑稽’的庶民性格。”（叶渭渠、唐月梅《日本文学史》上古卷下册，第 536 页，昆仑出版社 2010 年出版）

八　大江匡房《吉备入唐遇鬼》

吉备大臣入唐习道之间，诸道艺能博达聪慧也。唐士人颇有耻气[1]，密相议云：“我等不安事[2]也，不可劣先[3]普通事。日本国使到来，令登楼，令居[4]，此事委[5]不可令闻。又宿楼人多是难存，然只先登楼可试之。偏杀，不忠也[6]。归，又无由。留居，为我等颇有耻议，令居楼之间。”及深更风吹雨降，鬼物伺来。吉备作隐身之封[7]，鬼不见。吉备云：“何物乎？我是日本使也。王事靡盬[8]，鬼何饲云？”鬼云：“尤为悦[9]，我亦日本国遣唐使也，欲言谈云。”吉备云：“然早入，然停鬼形相，可来也。”鬼遂归入，着衣冠来相谒。鬼先云：“我是遣唐使也，我子孙安倍氏。此事欲闻于今，不得也。我为大臣来此，令登此楼，不与食物，饿死也，其后成鬼。无心害登此楼人，自然遇害，如此相逢，欲闻本朝事，不答，遂死也。欣逢贵下，所悦也。我子孙有官位否？”吉备答某人、某某获官过程，谈其子孙七八人之情况。闻大感[10]云：“悦闻此事尤极[11]也。为报此恩，愿向贵下谈尽国事也。”吉备大悦，此乃尤其重要云云。天明，鬼归毕，是早开楼携食物来，未遇鬼害而存命。唐人见之，称感云，谓此乃稀有事也。

注释

[1] 句意谓，唐士人闻吉备诸道艺能博达聪慧，颇感羞耻嫉妒。

[2] 不安事：当作“不谙事”。

[3] 劣先：二字难解。

[4] 令居：当是“另居”之意。

[5] 此事委：此事原委，原由。

[6] 偏：当作“遍”。句意谓，若普遍杀死来使，对唐朝廷不利，不忠。

[7] 封：意为躲藏。

[8] 王事靡盬：忙于公务，不得休息。语出《诗经·唐风·鸨羽》。

[9] 尤为悦：尤其高兴。

[10] 大感：大为感动。

[11] 尤极：极其感动。

评析

此文选自《江谈抄》卷三。该书由大江匡房口述，藤原兼实记录，多用当时口语、习惯语、省略语和语尾词，今天读起来感到不太顺畅，可见未曾修饰加工。成书于1104～1108年间，距唐亡已二百年，内容皆出自记忆传闻，街谈巷议，不可考信。唐代对各国使节、来华僧徒、留学生等是很优待的。不少外国人在中国做官、游学，和许多中国文化界朋友关系密切。像此文所记某些士人出于嫉妒饿死使臣之事是不可能发生的，这个故事连唐人也觉得“稀有”。但是，使节团和留学生中个别人因病或因特殊事故死在中国则不能排除，变成鬼也想念故国亲人，更在情理之中。这个

“鬼话”反映了此类情绪，而且保留了当时的真实语言习惯，“过程”“情况”“食物”“尤其重要”等语词，至今仍在现代汉语中使用。

九 （琉球）郑秉哲《鳣鱼救孟杨清》

首里[1]孟杨清·大里亲方宗森为进贡使[2]，那霸开洋[3]，走到中洋，台飓覆船，人多溺死。杨清随浪浮沉，气将绝息，忽有鳣鱼[4]浪间跃来，撞着杨清。杨清抱鳣鱼，载杨清有相救之形。杨清坐鳣背，任他走去。天昏风猛，不分东西，不知走向何处。已经二昼夜，走到一所，杨清就登岸，乃福建境内之地也。杨清揖鳣而言曰：“汝既救我，我得再生，深恩难报。若得全性命归国，则教我子孙永誓世世弗食汝肉！”哭泣称谢，言罢，鳣鱼摇头摇尾，有欢喜之形。杨清茫茫然，则喜则悲。寻来乡邑，禀报覆舟并鳣鱼救生等。既而归国，孟家一族不敢食鳣鱼，从此而始也。

注释

[1] 首里：1406～1879 年间琉球王国首都。

[2] 孟杨清·大里亲方宗森：前面是唐名，后面是琉球名。贡使：向中国朝贡的使臣。

[3] 那霸：1879 年以后日本吞并琉璃，改称冲绳县，县治在那霸。开洋：出洋，出发。

[4] 鳣（shān）鱼：鳣，古音读 zhān，与鲟鱼同属，大型鱼类，一般长 2 米，最长可达 5 米以上，梭形。生活在黑龙江、黄河及黄海深处，肉肥美，可入药，益气养血。

评析

琉球群岛地处中国台湾和日本鹿儿岛之间，古称琉球王国或称中山王国，从明洪武至清同治年间，一直是受中国册封的藩属国。1879 年被日本吞并，改称冲绳县。琉球居民有相当一部分是中国移民的后裔。藩属于中国近五百年，其间不断派留学生到中国学习中华文化。琉球朝廷以汉字为官方文字，居民多能用汉字写作，今存有汉文学总集《中山诗文集》，汉文史书《球阳》等。《球阳》一书由清乾隆时期琉球史家郑秉哲编著，卷三载有《鳣鱼救孟杨清》。事件发生在明初 1477～1526 年，郑氏记述是在清中期。叙事明畅，语文浅白，与清初民间故事风格相近。与之情节相近的传说又见琉球《大宗蔡姓宗谱》。而在中国古籍中，龟、鱼在海中救人的故事屡见不鲜。新加坡有座小岛名为龟屿，即因海龟救人立祠纪念而成为景点。这种现象正是中外文化交流、融合的反映。

此文转引自陈福康著《日本汉文学史》下册，第339～340页，上海外语教育出版社2011年出版。

十　善居逸《诘眼文》

延喜十三年[1]冬，余年六十七。心未耄乱，眼已昏矇。虽文有所属，而笔不能书。遂作诘眼文，抽叙其志云尔。

有心神诘眼神云："夫心者，身之王也；眼者，心之佐也[2]。王事靡盬，佐职宜勤。而卿疏慵多睡，暗蔽无光。如膏灯之隔纱，似尘埃之点镜。年未艾服[3]，不能见小字之书。龄未杖乡[4]，殆无辨太阳之耀。岂卿之懒，厌此公勤乎？将孤之愚庸，不足辅弼乎？孤虽嚣顽，尝窥典籍，伊尹求致君于尧舜[5]，陶唐乐得臣于夔龙[6]，萧相暂辞，汉皇失手臂之便[7]；孔明尽节，蜀主成鱼水之功[8]。大犹有此，小亦宜然。矧乎孤龄及贰膳[9]，卿老迫悬车[10]。昔与卿同胞而生育，今与卿合体而行藏。相共周旋。渐六十余岁；同欲归老近二三许年。义虽君臣，恩犹兄弟。诚宜竟余日而尽精，何更矫衰暮而旷职。夫以孤之所业者文也，文之所资者眼也。非文何达？非眼孰凭？然则令孤怀积薪之叹[11]者，岂非卿之不明乎？令孤含转蓬之悲[12]者，皆是卿之不忠也。所诘如如此，其说焉在？"

于是眼神听命，泪下数行，顿首谢云："吁！何君言之过也。昔者君始弱冠[13]，深相约励，语臣云：'吾有志研精，亦思干禄[14]，愿假汝耀，用汝明。深究缣缃之幽，终期青云之上。'孔子云：'耕也馁在其中，学也禄在其中。'古语云：明经取青紫，如俯拾地芥，斯言吾所服膺也。汝其从我乎？臣随其绸缪，执其勤役，既忘窥园[15]，无见流麦[16]。度三冬而不暂休，终十舍以未假寐。对烛照帙，忘烟炎之熏眸；堆雪读书，忍冰冻之凝睫。内积饥险，则精气自销，外犯寒飙，则光明易谢。然而臣犹守其久要，欢其劳来，自谓暂劳永逸，先屈后伸。若身致富贵，则玩好之观自臻；若干得欢娱，则矇瞽之患必愈。而君性怀敦庞，志乖功宦，进不能趋卿相之馆炫其才名，退不能媚奥灶之人[17]求其推荐。徒居白屋之中，守素王[18]之储业。尝以箪瓢之食，玩糟粕之遗文。而今君既朽遇，臣亦困穷。空废南亩之勤，永流北门之泳，扬子云之玄草，遂招客嘲[19]；杜伯山之古文，不合时务[20]。于是触物发感，见乐为哀。庾楼夜月[21]，君玩之而添愁，矧薄暮之悲风乎？河阳春华[22]，臣观之而增叹，矧穷秋之落叶乎？忧火常热，则君之方寸成灰；悲泣双流，则臣之两瞳永溺。君之图身拙焉，臣之随谬愚矣。犹亦强荒耄之性，希四科[23]之相兼。责矇昧之明，求五行[24]之双照。纵令能为而无益，况乎难企而不及者乎？亦夫转佐非一，司存区分，官颁其用，务适其才。而今自临君老，莫不尸居。手振而不能持，足痿而不能步，耳聋而不能听，齿蠹而不能食。庶尹皆不堪其任，何独臣一人之咎乎？君其念之。”

于是心神惝怳失度，逡巡思过。谢云：“尔为之将如何？”曰：“当今之谋，无若醉六艺之囿[25]，入三归之门[26]。君能澄清，净如来之国土[27]；臣常合睑，观实智之光辉。孰与夫生前怀惑，遂蹉跎于劫尘之间；老后失明，重匍匐于长夜之里哉？”语未终，心神起拜，唱言曰：“敬承箴诲，请以书绅。”

注释

[1] 延喜十三年：即公元913年。

[2] “眼者”句：意谓眼睛是心的辅佐，助手。

[3] 艾服：古者五十岁称艾服之年。

[4] 杖乡：古者六十岁可以拄杖行于乡。

[5] “伊尹”句：伊尹是商汤的大臣。他辅佐商汤，功业比于尧舜。

[6] 陶唐：即帝尧。夔龙是他的大臣。

[7] “萧相”句：萧何是汉高祖的丞相，他暂时离职，高祖感觉如失手臂。

[8] “孔明”句：诸葛亮字孔明，他尽忠辅佐蜀主刘备，刘备感觉如鱼得水。

[9] 贰膳：古代官员七十岁可以得到两份美食。

[10] 悬车：古人七十岁辞官归家，把车子挂起来，不用上班了。

[11] 积薪之叹：意谓年老者被年轻人超越，老者叹息曰：譬如积薪，后来居上。

[12] 转蓬之悲：像随风飘转的蓬草，一生漂泊不定。

[13] 弱冠：古人二十岁加冠，表示成年。

[14] 干禄：求官。

[15] 既忘窥园：西汉大儒董仲舒，在家中刻苦读书，三年不窥园，舍不得花时间到花园观看。

[16] 流麦：西汉儒生高风专心读书，家里晒的麦子被暴雨冲走，他视而不见。

[17] 奥灶之人：指当代贵宠之人。

[18] 素王：后世儒家之徒称颂孔子，有帝王之德，而无帝王之位，故曰素王。

[19] "扬子云"句：西汉学者扬雄作《太玄》等许多著作，而仕途坎坷，自作《解嘲》以泄愤。

[20] "杜伯山"句：东汉学者杜林（？～47）得古文《尚书》，爱不离身。卫宏等就学，杜林勉励说："古文虽不合时务，愿诸生无悔所学。"后来古文经学大行于世。此"古文"指六国文字。

[21] 庾楼夜月：东晋将军庾亮镇江州，在治所建楼，常与诗友月夜登楼吟游，后来成为文坛典故。

[22] 河阳春华：河阳，河流之北。春华，即春花。语出唐刘希夷诗《洛川怀古》。

[23] 四科：孔子的学生各有所长，大致分为四类：德行、政事、言语、文学。

[24] 五行：通常指金、木、水、火、土，亦指仁、义、礼、智、信。

[25] 六艺：孔子教学生要学习六种知识技能：礼、乐、射、御、书（书法）、数。

[26] 三归：佛教名辞，皈依佛、法、僧，谓之三宝，或三归。

[27] 如来之国土：佛教所理想的西方极乐世界，清净之国土。

评析

本文选自《本朝文粹》卷十二。《本朝文粹》，藤原明衡（989～1066）编，共14卷，收文章427篇，有日本岩波书店1964年排印本。此文作者善居逸（845～918）即三善清行，仕途不顺，发达较迟，37岁方对策及第，55岁任刑部大辅兼文章博士，受到管原道真的轻视，心中愤懑，晚年作《诘眼文》以发泄牢骚。此文体裁学西晋张敏《头责子羽文》，让眼神与心神对话，用问对体表面自责而实际自夸。文章有大量骈句，大段铺陈，近乎骈文。

十一　兼明亲王《发落词》

予病后，鬓发尽白，亦欲落尽，感居易《齿落词》，作《发落词》，以安慰之。其辞曰：问："汝鬓发，何变常质？昔如玄云[1]，今为白雪。宁不见彼松柏，秋霜屡落，不改其绿，亦不见彼璁玉，夜火三宿，无改其洁[2]。不有孤心乎，何已忘契。不有久要[3]乎，何弃吾去？去复去兮，无奈何。晓霜慵照，寻无处。"答云："当君少壮之日，血脉盈而发黑长。及至老烂齿，肌肤虚而鬓苍浪[4]，物之理也。君何为伤？鱼劳尾赪[5]，树病叶秋，马困而有玄黄[6]，乌感而有白头[7]。孟尝君之庭前，只住冯驩[8]；卫将军之门栏，独卧任安[9]。势去乃去，客行不还。气衰又衰，发落不残。事诚有尔，君何叹焉？”吾应曰：“汝言是，安以疑？白尽之后，落尽之时，将下绝簪缨之累，归空门之崴扉[10]”。

注释

[1] 玄云：黑云。

[2] 语出《淮南子·俶真训》：“譬若钟山之玉，炊以铁炭，三日三夜，而色泽不变。”

[3] 久要：《论语·宪问》：“久要不忘平生之言。”

[4] 苍浪：苍阑，花白。

[5] “鱼劳”句：出《诗经·周南·汝坟》毛传：“鱼劳则尾赤。”

[6] “马困”句：语出《诗经·周南·卷耳》：我马玄黄。毛传曰：马病则玄黄。

[7] 乌感而有白头：战国燕太子丹质秦，求归。秦王曰：乌白头、马生角，乃可。此二事是绝对不可能出现的。太子感到没有希望，仰天而叹。结果乌头皆白，马竟生角，乃得归燕。

[8] “孟尝君”句：孟尝君为战国四公子之一，门客众多，失意后，客皆散去，冯煖（又名冯驩）独留。

[9] “卫将军”句：卫将军指卫青，任安家贫，为其舍人（门客），后被人举荐，历任要职。

[10] 空门：佛门。佛教主张四大皆空。崴（wǎi）扉：高门。

评析

本文选自《本朝文粹》卷十二，作者兼明亲王（914～987）又称前中书王，是醍醐天皇第十六皇子，天性豪迈，博学多才，善文章、书法，历任参议、中纳言、左大臣。关白嫉其才，左迁为中务卿。他愤而辞职，不许，乃以多病闲居，作《兔裘赋》，自比贾谊被贬。又仿白居易《落齿辞》作《发落词》，全文假设落发与主人问答，充满牢骚不满的情绪。

十二　栗山潜锋《猫说》

西邻老爷家畜一猫，抚爱百端，膝之[1]有年矣。窃盗尘污，一不以问。虽其家人，不得辄骂。以故饮食大率猫之馂[2]也。吾家每食，遽焉必来，伺候案前。其头与睛，随箸上下。家人厌之，或投之骨，则走就之。嚼噬未尽，乃复如初。村有怯犬，街儿所鞭，猛狗见逐，往往在吾堂下，每为猫投骨，扬尾帖耳，欣欣然欲复就之。猫圆目不瞬，藏爪缩身，为向鼠状，犬逡巡[3]而去。朝餐晡食，以之为常。犬既无食，日以怯懦。猫以为得其术，益以不畏。乍会逸犬[4]过堂下，猫卒然[5]直前，欲复胁之，逸犬乃衔[6]而去。今世之恃势恃外以侮其下者，未有不为逸犬之得也。

注释

[1] 膝之：置之膝下。

[2] 馂：吃剩余的食物。

[3] 逡巡：徘徊不敢进。

[4] 逸犬：野狗。

[5] 卒然：突然，忽然。

[6] 衔：把猫咬住叼走了。

评析

本文选自《敝帚文集》，作者栗山潜锋（1641～1706），名愿，字伯成，潜锋为其号，崎阁斋的再传弟子，因荐仕八条宫尚仁亲王。十八岁时，撰保元至建久（1156～1198）之史为《保建大记》，闻名于时。元禄元年（1688）亲王逝世，他去江户讲学，不久应德川光圀之聘去水户，累迁至史馆总裁。潜锋资性聪明，文笔畅利，不幸英年早逝。著作今存《敝帚文集》二卷，其中《读陈蕃传》《猫说》《陶渊明赞》等，均是短文，笔锋犀利。这篇《猫说》，明显模仿柳宗元的寓言《永某氏之鼠》和《临江之麋》，讽刺那些恃势而无能者，长期恃宠，懒惰成性，一旦外出，遇到凶猛的敌手，毫无抵抗能力而自取灭亡。

十三　松崎慊堂《蝇说》

松子行至藤泽之邮置[1]，连雨，相模河溢，遂留四日。夜则蚊雷寇㡡[2]，蚤锋攒床。天明始眠，则苍蝇拍面聚眦。以扇挥之，纷纷沙散，满案集食，秽不可忍。乃戒僮仆，织箬皮[3]，插竹柄，举而击之，日歼数千头。自此稍稍知畏，闻击声辄飏举[4]，击声止又来。黠避瞥至，不可方物[5]。

其集饵交媾者，乃得一击骈杀耳。渐倦而眠，梦有一物，怒额出目，简口大腹，四手据地，羽服按足，来诉曰："我与子异类，虽姑来扰子，非如蚊与蚤之酷也。子何歼我族之惨也？子之同类，有小人者，好钻君主，洞其心腹，又能毁同类，锢其手足，专以私谋，害民祸世，其众逾我族。孰与吾之营营[6]，不过寻常，而秽迹之所及，止几席杯盘哉？高官大禄，厚自封殖[7]，以自取祸败。孰与我之集饵，惟营一饱而已哉？比而视之，其利害之大小，不必待明智博达而后辨也。此可以警子之同类，而歼我族之何惨也！"余愕然而觉曰："蝇亦有鬼乎？甚矣，小人族子之情状，虽之秽虫亦知恶之矣！虽然，蝇鬼之辩，殆乎佞矣，吾姑记之耳。"明日，河流方缩，吾将逾箱岭之险，谒故君于玉泽之陵墓，振衣于天半之岳巅，俯视一切，吸沆瀣[8]而除粗秽，然后屏迹空山，莳杞菊而远腥膻，虽有是曹，其奈我何哉！

注释

[1] 邮置：驿馆。

[2] 蚊雷寇幮：蚊鸣如雷，幮内乱闯蚊帐如盗寇。

[3] 箬皮：箬是一种大叶竹，箬皮即竹叶，可编织斗笠，插上竹柄，即蚊拍、蝇拍。

[4] 飏举：高飞。

[5] 不可方物：无可名状。

[6] 营营：形容追求奔逐貌。

[7] 封殖：指聚敛财货。

[8] 沆瀣：露水，夜间水气。

评析

作者松崎慊堂（1771～1844），名复，号慊堂。肥后（今熊本县）益城郡人。幼敏慧，好读书，十岁时因父命为僧。十五岁赴江户，路上遇盗，至伊豆三岛投宿寺门。主僧悯其志，介绍于浅草称念寺玄门和尚。玄门虽劝其改心事佛，但亦知无法夺其志，赠盘缠，助其入林简顺门读书，边做工边学习，写作诗文，渐渐崭露头角。林简与之切磋学问和诗文，学艺更进。享和二年（1802）任挂川藩儒臣，后深受藩主尊重，言听计从。幕府曾聘他接待朝鲜使者，文化十二年（1815）致仕后，在江户城西涉谷隐居。

慊堂博学强识，精熟儒学经义，隐退后钻研汉学，于汉唐的经义注释尤有心得，被称为日本研究开成石经第一人、彼邦汉唐学之祖。慊堂的汉文颇有特色，较著名者如《青柳文库记》《赠大相国菅公画像记》《稻川遗草序》《蝇说》。其《蝇说》明显学明方孝孺《蚊对》，讽刺人与人同类相残，其毒超过蚊蝇。此文转引自陈福康《日本汉文学史》中册，第368~369页。

十四　龟谷省轩《卖冰者言》

一叟鬻冰于街，笋笠茅屩[1]，尘汗满颡[2]。有扬扬跨马佩陆离长剑[3]者笑曰："汝何为暴于赤日？汝冰将融。甚矣，汝愚！"叟答曰："口饫甘旨，目眩艳色，身安车马，耳耽笙笛，浚膏血，列琼璧；德泽不施，仇怨日积。果如是乎？楼阁之巍巍，忽化丛棘；缨绶之若若[4]，变为纠缠[5]。是之谓冰山，何独疑于吾冰？"跨马者忸怩[6]……加鞭遽去。叟乃歌曰："晶晶如雪，莹莹如琼。冰兮冰兮，何洁而清。一咽可以润唇舌，一咽可以消中热。"

注释

[1] 笋笠茅屩：竹笠草鞋。

[2] 颡：额头。

[3] 陆离长剑：雕饰着繁杂错综花纹的长剑。

[4] 缨：系官帽的带子。绶：官员系印或佩玉之丝带。若若：众多而下垂貌。

[5] 纠缠：本义为动词，扯不清楚。此处为名词，一团乱麻。

[6] 忸怩：羞愧貌。

评析

龟谷省轩（1838~1913），二十四岁时赴大阪，师从旭庄学诗。后又从安井息轩学经义文章。龟谷省轩是幕末志士，鼓吹王政复古。维新后仕于岩仓具视，参与机密。明治二年（1869）任大学教官，晚年好《周易》《庄子》，旁研佛典。时人认为其文章简练，尽汰赘沉之句。这篇《卖冰者言》，题目和写法受刘基《卖柑者言》启发，而主旨略异，以冰块在烈日下速融，比喻那些暴得富贵者，贪图奢侈享乐，"德泽不施，仇怨日积"，必然如巍巍冰山，很快垮掉。此文转引自陈福康《日本汉文学史》下册，第92页。

越南神话、传说和寓言

一　吴士连《雒龙君传》

炎帝神农氏三世孙帝明生帝宜，既而南巡至五岭，接得婺仙之女，悦之，纳而归，生禄续，容貌端正，聪敏夙成。帝明奇之，使嗣帝位。禄续固让其兄帝宜，不敢奉命。于是帝明立帝宜为嗣以治北地，封禄续泾阳王以治南方，号其国为赤鬼国。泾阳王能入水府，娶洞庭君女曰龙女，生崇揽，是为雒龙君，代父以治其国……

雒龙君教民耕稼衣食，始有君臣尊卑之序，父子夫妇之伦。……

君与妪姬相处，期年而生得一胞，以为不祥，弃诸原野。过七日胞中开出百卵，一卵一男，龙君遂迎归而养之，不劳乳哺，各自长大，智勇俱全，人皆畏服，谓为非常之兄弟。龙君久居水府，母子独居，思归北国，行至境上。皇帝[1]闻之惧，分兵御塞外[2]，母子不得北归，日夜呼龙君曰："君在何处？使吾母子悲伤！"龙君忽然而来，遇于襄野，妪姬泣曰："妾本北地之人，与君相处，生得百男，无由鞠养[3]，请与君从，勿相遐弃[4]，使为无夫无父之人，徒自伤耳。"龙君曰："我是龙种，水族之长；你是仙种，地上之人，本不相属，虽阴阳之气，合而生子，然方类[5]，水火相克，难以久居。今为分别，吾将五十男归水府，分治各处；五十男从汝居地上，分国而治，登山入水，有事相关，无得相废。"百男各自受命，然后辞去。

妪姬与五十男居于峰州，自推尊其雄长者为王，号曰雄王，国号文郎国。

注释

[1] 皇帝：此指中国三皇五帝，不能确考为谁。

[2] 塞外：边界关塞之外，从下句“母子不得北归”可见“皇帝”统治地区在北方。

[3] 鞠养：养育。

[4] 遐弃：弃之远方。

[5] 然方类：此句不可确解，或是“然非方类”。古语有云：方以类聚，物以群分。

评析

此文选自越南15世纪史学家吴士连的《大越史记全书》，吴士连生卒年无考，1437年中进士，参加过黎利领导的蓝山起义，曾任黎朝国子司业，国史院官，礼部侍郎、都御史，1479年开始修史，全书汉语写作，文章通俗易懂。

《雒龙君》神话在口头传说已久，吴士连是记录者而不是创作者。与吴氏同时期的武琼《岭南摭怪》也有部分相关记载，但重点不同。此文首先肯定越南先民乃炎帝之后裔，这是东南亚和中国南方许多民族的共同观念。始祖卵生与朝鲜的创世神话亦相同。一胎生百卵，一卵一男，五十男水居，五十男土居，亦见《岭南摭怪》之《伞圆山传》。说明家族藩衍，子孙分散各地，其首领称雄王，是古代越国各部落共同的开国君主。《伞圆山传》还写到他如何选择该山定居，受唐朝大将高骈“压胜”，高氏无功而返，又有山精水精争娶雄王之女等情节，详见本书的《伞圆山传》。

此文之末提到文郎国，是越南古代传说中一大古国，《大越史记全书》说该国东临南海，西接巴蜀，北临洞庭湖，南至胡孙国。据当代学者研究，其实际控制疆域可能在今越南北部和广西南部，即所谓北越族活动地区。远古时期尚无严格的国家观念，更谈不上国界，然而文化互通相融，则是不争的事实。

二 武琼《伞圆山传》

伞圆山在南越国都京城[1]之西。其山屹立，圆如伞形，故名焉。初貉龙君[2]娶妪姬，生一胞百卵，一卵一男。龙君将五十男归海，五十男同母妪姬分治天下，号曰雄王[3]。而伞圆山大王，乃归海五十之一焉。王自海国由神符海口而归，寻高爽清幽之地，民俗淳朴之乡而居之。遂泝大江以至龙编城[4]，形胜之地，将欲留居，有不满意。后泝泸江[5]而上，至福禄江畔番津，望见伞山崇高秀丽，三山罗立，俨然如画，山下之人俗尚素朴。王于是开一条路，其道如弦，自番津正向伞圆之阳，行至卫洞，又行至岩泉别源之处，又行至石畔，上云梦山头以居之。或时游小浙横江以观渔，凡经过村落，皆作殿宇以为憩息之所。后人因其迹，乃立祠以奉事之。旱时祷，潦时祈，御大灾，捍大患，捷于影响，为最灵应。又晴明之日，如有幡幢之状，缥缈山谷间，附近之民皆谓之山神现。唐高骈[6]在安南，欲压胜[7]灵迹，剖十七人，皆未嫁之女，去肠以恶草充其腹，被以衣裳，坐以登椅，祭以牲牢，向（尚）能举动则拔剑斩之。凡愚弄诸神，率用此术。骈乃以此荐[8]伞圆山，见王乘白马于云端唾之而去。骈叹曰："南方灵气未可量，王气乌可绝也！"其威灵显著如此。世传王与水精争娶雄王之女曰媚娘，王备聘礼先至，雄王嫁之，王迎归伞圆山。水精后至，乃衔怨，率水族击王以夺之。王乃以铁网横截慈廉江以遏之。水精别开一小江，自湴仁江出喝江，入沱江以击伞圆之后。又岐开小浙江以向伞圆山之前，所至甘蔗、东楼、古鸦、麻舍、浴江之岗，破窘为渊，以通水族之众。常起风雨晦冥，引水以攻王。山下民见之，即编竹为疏篱以护之，击鼓相助，大噪以救之。每见梗梃流著疏篱之外，辄射之，中死尽成蛟龙鱼鳖之尸，流塞江渚。水精之众屡败而还，然未曾冷怒。递年七八月间，常多溢水，禾谷损坏，山下之人遍受其害，至今犹有之，世人皆云，山精、水精争娶妇焉。

注释

[1] 伞圆山，在越南国都河内之西，今越南山西省巴位县，三峰峙立如伞，山上有伞圆山祠。

[2] 貉龙君：越南神话中的人物，即前文中的"雒龙君"。

[3] 雄王：越南最早的部落首领，多次出现在不同神话传说中。

[4] 龙编城：即河内，又号升龙城。

[5] 泸江及后文的福禄江、番津、卫洞、云梦山、少浙横江，皆地名。今在何处，待查。

[6] 高骈：晚唐大将，曾任安南都护、静海节度使，辖区包括广西、广东及今越南北部，他十分迷信神仙道法之术。

[7] 压胜：指用迷信的方法镇压妖邪，驱避灾祸，战胜敌方。

［8］荐：进献。

评析

本文及以下四篇神话传说皆选自《越南汉文小说集成》第十六册《岭南摭怪》，上海古籍出版社2002年出版。《岭南摭怪》是一部岭南民间故事集，最初的作者不可确考。从文字看，类似明代民间口头传说。把许多故事编集成书，不是一时一人所为。有些学者认为是15世纪后期的陈世法。稍后的武琼（1452～1516）在前人基础上增补成《岭南摭怪列传》二卷，共22个故事，本书所选五篇皆在其中。武琼是辑录者而非创作者，姑记录于其名下。

《伞圆山传》反映早期该地区部落首领为寻觅安身定居之地的经过。最早的首领为龙君所生，皆号称雄王，后来伞圆大王统五十君，于是雄王不再指群体，而是指统一的部族首领了，至今越族视为开国之君。后段记伞圆山王与水精争一女，反映出当时各部族之间争斗十分激烈。

三　武琼《鱼精传》

东海有鱼蛇之精，长五十丈余，多足，似蜈蚣形，变化万端，灵异莫测。行则动如雨，能食人，人畏之。上古时，有鱼貌似人形，游于东海岸，化成人，通言语，渐渐生长，男女产众多，颇以鱼虾蚌蛤为食。又有蛋人，生居海岱，专以捕鱼为业，后亦成人，与蛮人交易盐米衣裳刀斧，常往来东海间。有鱼精岩，石齿龃龉，横截海滨，下有鱼穴，鱼精所居。风涛阴恶，无由可通，欲开别路，顽石难凿。民船过其处，多为鱼精所害。会夜有仙人凿石为港，欲利行人，其路相通。鱼精化为白鸡鸣山上，群仙闻之，疑其已曙，皆飞升，至今犹呼为佛陶港。龙君悯民被害，化为民船，令水府夜叉禁海神不得作风涛，撑船至鱼精岩谷之畔，佯持一人如将投与食之状。鱼精张口欲啖之，乃以铁块通红火热投之口中，鱼精踊跃翻打其船。龙王斩断其尾，剥皮铺于山上，今呼曰白龙尾。其首流海外，化为狗走去。龙君以石塞海斩之，遂化为狗头，今呼为狗头山。其身流于曼求，故今呼曰曼求水。

评析

这个传说反映了龙君与鱼精的争斗，实际上是龙图腾与鱼图腾两个部落间争斗的折射。其中事物都有岭南水乡特色。语言通俗，无须注释。

四 武琼《槟榔传》

上古时有一官郎，状貌高大。国有赐名高，便以高为姓。生得二男，长曰槟，次曰榔。二人相似，不辨兄弟。年方十七八，父母俱亡，始事道士刘玄。刘家有一女名琏，年亦十七八。二人见而悦之，欲结为夫妻。女未辨其兄弟，乃以盘粥、一双箸与二人食，弟让其兄，始辨之。其女归告父母，嫁与兄为妻。同居时或疏弟，弟自感愧，谓兄得妻忘弟，乃不告其兄而去，回归家乡。行至林野间，遇深泉无船可渡，恸哭而死。化成一树，生于河口。兄不见弟，追寻到其处，亦投身死于树边，成一块石，盘结树根。妻寻夫到此，亦投身抱石而死，化为一藤，旋绕树石上，树叶味香辛。刘氏父母寻至此，不胜哀恸，乃立祠其地，人皆焚香致拜，称兄弟友顺，夫妻节义。七八月间，暑气未除，雄王巡行，常驻跸避暑祠前。见树叶繁密，藤叶弥蔓，王问而知之，嗟叹良久，命人将树果与藤叶亲咬之，唾于石上，其色生红，气芳，乃烧石灰合一而食，最为佳味。唇颊红色，知为物重（种）。乃取而归，令各将种植。今即槟榔、芙蔔叶及石灰是也。后凡南国嫁婚会同大小之礼，以此为先，此槟榔所由始也。

评析

这是一个凄婉的爱情故事。槟榔是东南亚许多国家常见的食物，《宋书·沈约传》已有入贡记载。中国的广东、海南、湖南、台湾皆出产，食用时将槟榔与石灰及蒌花叶合嚼，清爽可口，消滞行气。此文所记食法与近现代相同，可见是近代人所记录。语言浅近，无须注释。故事又见《越南汉文小说集成》第三册《天南云录》，情节大致相同，唯多刘道士一篇骈体祭文。

五 武琼《蒸饼传》

雄王既破殷军之后，国家无事，欲传位于子，乃会官郎公子二十二人，谓曰："我欲传位，有能如我愿，欲珍甘美味，岁终荐[1]于先王，以尽孝道，方可传位。"于是诸子各求水陆奇珍之物，不可殚数[2]。惟十八子节僚，母氏单寒，先已病殁，左右寡少，难以应辨，昼夜忧思，梦寐不安。夜梦神人告曰："天地之物，所贵于人无过米，所以养人，人能壮也。食不能厌[3]，他物不能先。当以糯米作饼，或方或圆，以象天地之形，叶包其外，中藏美味，以寓父母生育之重。"节僚惊觉，喜曰："神人助我也。"遵而行之。乃以糯米，择其精白，选用圆完无缺折者，淅之洁静[4]，以青色叶包裹为方形，置珍甘美味在其中，以象天地包藏万物焉，煮而熟之，故曰"蒸饼"。又以糯米炊要熟，捣而烂之，捏作圆形，以象天，故曰"薄持饼"。至期，王命诸子具陈所献。历而观之，无物不有，惟节僚独献蒸饼、薄持饼。王惊异问之，节僚具以梦对。王亲尝之，适口不厌，胜于诸子所陈之物，叹美良久，乃以节僚为第一。岁时节候，常以是饼奉父母。天下效之，至今以名节僚，故呼谓节僚。王遂传位于节僚。兄弟二十一人分守藩篱[5]，立为部党，以为藩国。迨后从将争长，各立木栅，以遮护之，故曰栅，曰村，曰庄，曰坊，自此始。

注释

［1］荐：贡献、祭献。

［2］不可殚数：不能尽数。

［3］食不能厌：吃了还想吃，吃不厌。

［4］淅之洁静：把米淘洗干净。淅（xī）：淘米。

［5］藩篱：本义指竹木围栏，此指边境。

评析

《蒸饼传》反映岭南蒸饼（实即粽子）产生的故事。在中国民间常有关于某美食、某名菜因某帝王某后妃喜爱而流传下来的故事，实际上是中国古代饮食文化中追求创新和适用的理想的反映。

六 武琼《西瓜传》

雄王之时，枚暹，外国人也。甫[1]七八岁，王买于商船舶为奴。及长，面貌端正，祀诚事物，王赐姓枚，名偃，号安暹。赐以一妾，生得男女。王宠爱之，凡一应事务，悉皆委之，渐成富贵。人自畏服，苞苴踵门[2]，无物不有，遂生骄慢之心，日日口言，尝曰："都是我前身之物[3]，不曾顾有君恩[4]。"王闻之，大怒曰："为人臣子，自生骄肆，不知主恩，谓皆前身之物，今置于海外无人之地，尚有前身之物否?"乃放暹于石炭海口沙洲外田，旁无人迹通焉。留之粮食，足供四五日者，使之食尽而死。其妻悲恸，安暹笑曰："天既生我，生死在天，吾何忧乎?"

居无何，一日，忽见一鸟飞从西方来，止于西嵎，叫号三五声，乃吐瓜核六七个，落于沙中。萌中丛生，延蔓茂盛，结成果实，绵绵繁夥。安暹喜曰："此非怪物，天所以养我也。"遂割而食之，其味馨清。多年种之，食不能尽。以易米谷，给养婴儿。然不知其为何果，以其衔自西方来，故曰西瓜。渔钓商卖之客，共悦其味，远近村巷之民，喜得其种。后王思之，使人就问其存没。其人以事归报于王。王叹息良久曰："彼谓前身之物，诚不虚矣。"乃召还，复其职，赐以奴婢，乃名其所居洲曰沙洲，村曰枚村。或推安暹曰西瓜父母，今为西瓜祖妣[5]，而取之以祭。其所居，今清化道洲中府峨山县安暹洲。

注释

[1] 甫：刚刚，副词。

[2] 苞苴：指用各种财物行贿。踵门：登门。

[3] 前身之物：前生积德报应的结果。

[4] 顾有君恩：享有君王之恩。

[5] 祖妣：祖父、祖母，此指最早的西瓜种子。

评析

西瓜原产于非洲沙漠，耐干旱，南北朝时流入中国，很快普遍种植。这个关于西瓜的故事，说明它来自西方，是符合实际的，但又说是飞鸟衔瓜子而来，乃是神话的夸张。故事的前半段，有劝诫勿恃宠而骄的教训意义。

七 武琼《何乌雷传》（节选）

陈裕宗绍丰三年（1343），麻罗郡人邓仕瀛为安抚使，奉命往使北国[1]，妻武氏在家。本乡有神祠名麻罗神，夜夜其精（灵）作仕瀛容貌，行止酷类仕瀛，入武氏房相与通焉，鸡鸣即起。后夜，武氏问曰："府君奉命北使，如何夜夜常还而日间不见?"神诡言曰："天子已差别人代我，而我代左右奉御围棋，不许我得出外。然念尔夫妇之情，故暗偷还与尔以写恩爱，明旦急趋入朝，不敢久居迟缓。"言讫，鸡鸣复去。武氏暗疑之。期年，仕瀛还，武氏胎已满月，仕瀛具状奏闻，武氏遂下狱。皇上夜梦见一神人前来奉曰："臣麻罗神也，娶妻武氏有孕，而仕瀛夺之。"帝惊觉，明日，乃命狱将武氏来前，曰："妻还仕瀛，子还麻罗神。"后三日，武氏生得一黑胞，破得一男，皮肤似黑。年十二岁，以神无姓，命姓何，名曰乌雷。其色虽黑，而皮肤润滑，始若膏脂。年十五岁，帝召入侍，甚宠爱之，赐为宾客[2]。乌雷一日出游，遇仙人洞宾[3]问曰："好官儿郎，意欲何求?"对曰："当今天下太平，国家无事，视富贵如浮云耳。所好者声色，以娱其耳目而已。"洞宾笑曰："尔之声色得失相半，当赐以绝技，以留名于一世。"遂使乌雷张其口舌，洞宾唾入，使仍吞之，意乃藤运（腾云）而去。自此乌雷虽目不识一丁，而敏捷佞，多有过人，词章诗赋，曲调歌吟，唱咏之声，嘲风弄月，绕梁遏云，每每惊人。众皆乐闻之。常于桥梁寺观闻吟逸兴，既去而余音不绝。妇人女子属意尤厚，而深欲见其面。帝常命于朝曰："乌雷如有犯人家女者，随即将来御前，许以谢钱一千贯；若私自杀伤，甘赔偿一万贯。"时有尊室贵人郡主，名阿金，号金莲娘者，年二十三，夫亡孀居，姿容芳丽，颜色秀异，倾城倾国[4]，绝世无双，嫣然一笑，惑阳城而迷下蔡[5]者矣。上心悦之，求幸不得，心常恨之。谓乌雷曰："汝须何计则得之?"乌雷曰："臣愿以一年为期，如不见臣来，是谋不成，臣已死矣。"拜辞而去。遂之其家，放却衣裳，寝于泥淖，曝于暑，再以致污丑。

因暑布裤为牧马奴，镰一件，竹篓一双。以槟榔一封赂（郡）主侍童，乞入园中刈草。时五月间，茉莉花方开，乌雷一切刈尽，约诸垣中。花园已尽，侍儿见之，呼使执之，以待来赎者，使偿其花焉。乌雷曰："仆本是漂泊人，并无家主父母，常泛佣台求食。昨日见有一官人者，骑马于城南门，饥无草食，马主雇钱五文，使之刈草一台：仆使得钱而刈，不识茉莉为何等物，疑皆是草，今无以偿，愿为奴以偿花债。留于门外月余，侍婢见其饥渴，与饮食，夜常唱歌，与间童听之。主家奴婢以及侍内服膳，闻听其歌唱，咸来听闻。闻者莫不穷于睇眄[6]，忘其志而乐其声焉。有一日，夜已黄昏，犹不点灯。郡主暗坐而左右无一人奉侍者，主因责其婢以废役不供之罪，欲加棰楚而降黜（黜）之。众皆顿首谢曰："仆等耽听草奴歌唱之声，心悦慕之，不觉至此，棰楚降黜（黜），罪万甘。"主因置之不问。时当夏势夜阑，郡主与众婢坐于庭中，迎风玩月，以供胜赏。忽闻乌雷歌唱之声，隔壁听之，恍若钧天节词，殊非世上声音。精神融命，情思感动，尤爱恍之。即命乌雷入为家中奴婢，在左右使令，以听密迩[7]，常使歌吟唱咏，以写[8]郁结之情。乌雷自此益勤奔走服役。郡主以宠无售，昼则奉侍左右，夜则挑灯侍立。乌雷益加努力承顺膝下，动容周施，毫毛不远，求诸俯仰之间，豁然自得。或命歌唱，其洱音彻于内外，其吟嘲风歌曰："风何自兮自土囊，出幽谷兮渐飞扬。向来朗苑弄韶光，伊谁慢自尔幡行。入北窗兮乐羲皇，来夏台兮娱襄王。送人柳下迎客海棠，解此愠兮此娣娘。"其吟谑月诗云："尽是阴精似玉盘，便饶为物量多端。东西宿泊无常处，行见盈虚不一般。却向日驹光借隙，心容素女问高关。长存不老同天地，乐动长长不暂闲。"其歌吟之声，扬抑之调，雁为之扶摇，鱼为之冲窜。主因感动，遂成幽闷之疾。经三四月，其疾愈加。侍婢服事，久而疲倦，夜阑熟睡，主呼不起，惟乌雷应焉，趋内侍疾。主真情逼切难禁，因谓乌雷曰："尔之声音糜我精神，劳我相慕，以致于斯，向尔于庭中，放声一唱，秋风飒飒而来，白云徐徐而过，物尚且尔，况于人乎？过来，为尔声音使吾成疾，吾不以高下介意，尔实知心同琴瑟，言郁兰管钥，不烦他医下手，而自愈矣。"乌雷辞，主曰："尔误矣，以绝无之声，继断世之色，有何不可？而反敢再言，汝过于拘泥，则疾不为矣。"乌雷诺诺，遂与郡主通焉。忘其姊（嫌）丑之态，无所顾惜。其疾稍愈，情爱加笃。欲与乌雷土田以为土宅。乌雷曰："仆本无家主，今遇郡主，真是天仙，仆之福也。仆不愿田土及珍珠金玉，愿得公主进朝积金装玉之冠试之一戴，死便瞑目。"是冠乃先帝所赐，以进入朝贺大礼，而与乌雷，盖情之笃，无所惜也。乌雷得冠，暗行直归，戴而入朝。帝见甚喜，即令郡主进朝，因命乌雷戴装玉冠入奉侍。帝指问郡主曰："曾识此人否?"郡主大惭。乌雷自是以声音名于天下。时乌雷有国语[9]诗云……

王侯家人使女虽常有嗤（笑）其容貌，然终为声音所牵，避不可得，常与之私通焉。乌雷亦自以声音而挑通人家女子，人畏前令，不敢拘捕，恐追偿钱。乌雷以此常通于王侯家女，莫敢捕者。其后乃通于明成王女，捉获未杀。明日王[10]入朝，乃跪奏曰："乌雷夜入臣家，黑夜未分。时臣未详知其人，登时格杀矣。敢请命许谢钱若干得奉进纳。"帝意其死，即判曰："临时格杀者勿论。"（王）还，杖之不死，即以杵捣之。乌雷临死有国语诗曰……昔吕洞宾有戒之曰："尔之声色，得失相半。"其言验矣。

注释

［1］北国：指北方的中国。

［2］宾客：官名，中国历代置太子宾客，为太子属官。

［3］洞宾：即中国传说中八仙之一的吕洞宾。

［4］倾城倾国：典出《汉书·外戚传》，意谓女子美貌绝伦，使全城全国皆为之吸引而倾倒。

［5］惑阳城而迷下蔡：这是中国古典文学中形容美男子的习惯用语。典出宋玉《登徒子好色赋》。阳城、下蔡是楚国贵族公子居住地，美女把此二地公子王孙都迷住了。

［6］睇：凝视。眄：斜视。

［7］密迩：很接近。以听密迩，让他随便接近。

［8］写：同"泻"，发泄。

［9］国语：指越南文字喃字。

［10］王：指明成王，乃皇后之亲侄。他杀死乌雷后，皇帝并未追究。

评析

《何乌雷传》是一篇民间传说，见武琼（1452～1516）编《岭南摭怪》，题为《何乌雷传》。本文的文字取自《越南文学总集》（越南社会科学出版社1997年出版）第23册，第152～159页，与《岭南摭怪》基本相同，细节略有差异。故事的主人公乌雷乃神灵所生，貌丑肤黑而善歌咏，是特殊的歌唱家，皇帝闻其名而召见，并命他勾引寡居的美女郡主，乌雷以侍仆身份入郡主家，郡主迷恋其歌声而与之私通，此后乌雷又多次与王侯家女私通，最后被王侯捕杀。吕洞宾早就对乌雷预言："尔之声色，得失相半"。意即你的成名由于声色，你的失败也由于声色。故事描写生动具体，情节发展曲折细致合理，虽有神话色彩，却具备相当的真实性。《越南文学总集》原文有不少错字、同音记录字、缺笔字，可见是记录民间传说而非文人创作，引文中以（ ）中加字改正，对原文中过长的诗句作了删节。

八 佚名氏《溱津祠迹》

顺安府善才县[1]福寿社地势一区江边处，水绕四城，草木畅茂。内有一堆圆坧，号曰玉凡（丸）。乃于雄王九世丙辰年二月，玉凡（丸）处夜常见红光焕彩，日常见蛟鳖成群。乡中振（震）恐。卜之，断曰："此处必有水神显应"。适于本月辰日辰时，乡中老人年外八十旬（岁），睡熟忽见神人谓曰："本年四月初八日故同来祭祀，常以八日为例。玉皇敕下水国灵神，权掌一方，为民司牧。庙在玉凡（丸）溱津处，故号曰溱津祠，尔村民据石窦所，急急立庙祀之。"老人惊曰："果如公言，敢请谥号。"神人答曰："国王天子吕南邸帝王往（位）撞大王。"老人睡醒，乃以梦中所见导与乡人，写其睿号，立庙祀之，日日灵应，地方震骇。旁接各社人物少安，各就于庙处求之，求之必应。仍皆有辞于本社公写睿号而影祀之，各社列（于）后。迨至士王[2]出治，愈见其灵应，召问事迹，封为中等灵神。及至李朝英宗[3]继世，神旗及风效顺，平贼有功，再蒙加封谥号，褒封吕南邸帝位郎君大王，褒封为上等灵神，并加颁春节礼以祭之。兹以古碑历代字样刓残，仍详抄古碑与今加封敛事，共再刻于旧迹石，使后永监云。李朝龙瑞太平[4]五年二月富徐社始乞写睿号祀之。

注释

[1] 善才：地名。莫朝初改为良才。可知此碑文为莫朝前所刻，大约刻于1175～1225年间。

[2] 士王：即士燮（137～226），东汉交趾太守，民间俗称士王。

［3］李英宗，1137～1175 年在位。

［4］龙瑞太平：李圣宗年号，其五年为 1058 年。李圣宗是李朝第三帝，1054 年即位，国号大越，第一次建立文庙，塑绘孔子、周公及七十二位孔子门生等像以祀之，他也是重视佛教的皇帝。

评析

此碑今存越南北宁省良才县富寿社溱津祠内。碑文先描写溱津地形，再叙述当地在雄王时有神灵托梦求祠，乡民建祠，祭祀，有求必应，后来历代屡加封号，节日以礼祭祀。从碑文中提到“玉皇”“大王”等称号推测，此碑当立于道教流行于民间之时，1175～1225 年之际。原文及注释均见《越南华文铭刻萃编》第一册（北属时期至李朝），第 261～264 页。

九　武芳堤《三海传说》

昆仑三海，白通州名胜处也。旧传伊地方五亩等社，设无遮会[1]，观者四集。有老妇悬鹑而身癞[2]，自来乞食，众嫌其秽，争呵责之。丐无所得，适暮而归，途遇南亩社母子二人，具道其情。那母子叹道：“可怜憔悴至此，我有午饭未食，请让于老妇疗饥。”既而归家，夜见老妇来言曰：“日间推食遗我[3]，甚是仁慈，今无处依投[4]，愿借一宿。”母子即许，入家安憩，而自卧在房中。夜半闻睡声如雷，与世人异，点灯观之，见蛟龙一躯，其形大数围，卧于家内。母子大惊，乃闭门就寝，不敢出声。迨天明窃窥之，那时没见龙形，只见一老妪卧，知是非常人，始启门出，向前施礼。老妇醒起曰：“我才看会，见一场喧闹，大都口佛心蛇[5]，无有好善，不久必有沉沦[6]之苦。唯汝家母子有一点良心，亦是慈悲中流出。我今为汝开诸觉悟，济了迷津[7]。宜急远走在高坡处，不可顾恋家乡。”言讫不见。讵意会犹未了[8]，忽然平地水泉涌出，始于一掬，顷之破溃为沼，复变为湖，不日之间，化成三海。时众人皆走不及，尽投于水。唯那母子早闻其事，已先走过三十里，至于山脚处依焉，母子即于伊处构室居之，其后产育男女，遂成一邑，至今繁衍。

注释

[1] 无遮会：佛教宗教活动，布施僧俗，不分贵贱。

[2] 句意谓衣衫破烂，身上长满疥疮。

[3] 推食遗我：拿出食物送给我。遗（wèi），赠送。

[4] 依投：依靠，投奔。

[5] 口佛心蛇：口念慈悲如佛，内心邪恶似蛇。

[6] 沉沦：被大水淹没。

[7] 济了迷津：度过危险境地。

[8] 句意谓，他们没想到无遮会还没有结束。

评析

此文选自武芳堤（1697～?）《公馀捷记》，收入《越南汉文小说集成》第九册，又见《历代名臣事状》。这个民间传说，证明做善事得善报。语言通俗，浅白如话，带有民间口头创作色彩。

十　武范启《山中杂记》

山居兽多猛，相惊以虎，夜重闭，扃[1]其户，三犬尽哑。日午，枪弩出以猎犬从，遇于狃[2]。有羊质而豹皮者[3]。直前取犬，不食而去。猎者疑其赝[4]，嗾之追，困于石，视之，信羊也。犬益促，追益急，邻犬闻之，百而吠，盖吠形一而吠声百也。猎归，骄其邻。吾歇骄也，饲以肉。饲半，戒之曰："幸豹赝耳，有真豹在，百汝之肉不足，将无狃，戒其伤汝。"后数日，犬果肉于豹[5]。既以语予[6]。笑曰："凡物之遭，有幸有不幸，犬一也，何前之幸，而后之不幸欤？予闻山中有狐，托虎以扬威，迹虎而行[7]，百兽震恐。羊与狐赝等耳，以情言之，羊真而狐狡，羊之蒙豹，无意于欺人；狐之托虎，有心于吓兽也。何幸而为狐，何不幸而为羊。以狐笑羊，是率兽而赝也。狡而幸，真而不幸，岂惟狐与羊，人亦然。文绣其外，败絮其中，蒙豹而羊，托虎而狐，有其名，无其实，滔滔者如是。羊而豹且尔，不羊不豹将谓何？君子曰：宁真而羊，无狡而狐。狐不足道也，羊乎！羊乎！无使尨[8]也吠，识之以自警。"

嗣德[9]二十四年。

注释

[1] 扃（jiōng）：关闭。

[2] 遇于狃：遇见群犬，以为常犬而不重视。

[3] 有羊质而豹皮者：其中有一只羊披着豹皮。

[4] 赝（yàn）：假的，冒充的。

[5] 犬果肉于豹：那犬果然成为豹口之肉。

[6] 既以语予：事后朋友将此事告诉我。下句“笑曰”的主语是作者，以下至篇末皆作者之议论。

[7] 迹虎而行：随虎迹而行。

[8] 尨（páng）：犬。此语出自《诗经·国风·卫风》。

[9] 嗣德：是阮朝第四帝的年号，1848～1883 年。嗣德二十四年为 1871 年。

评析

本文选自《越南文学总集》第 15 册，作者武范启（1807～1872），阮朝学者，文学家。这是一篇寓言，从猎犬遇到假豹与真豹的幸与不幸来讽刺那些“文绣其外，败絮其中，蒙豹而羊，托虎而狐”，有其名无其实，虚有其表的伪君子、伪将军、伪勇士。前半段叙事：三只猎犬外出，头一次遇到长着豹子斑纹毛皮的羊，猎犬追之，引起百犬皆吠，胜利了。后来又遇到长着豹形皮毛者，以为是羊，结果是真豹，于是猎犬被豹子吃掉了。后半段议论，联系到狐假虎威以欺百兽，再转视人类社会，有豹皮而羊者，有托虎威而狐者。人们要睁大眼睛，不要上假货的当。此即本文主旨所在。

十一　范贵适《羽虫角胜记》

青蝇与寒蝉争枝而栖。蝇说：“我是青蝇才子，见闻甚敏，材辩过人，本系寒门，致身富屋。粱肉所余之禄，自有王恩；鼎铲不尽之财，只凭天给。肠充厚味，口润嘉肴。故其头也红，其翅也碧。体貌如此丰实，羽翼如此具成。风流富贵，想亦三生有幸。这尔瘦里，岂能与我匹乎?”蝉反唇相讥，说：“彼青蝇者，贪叨无厌，趋势成群。鲍鱼之肆[1]，出入而不闻其臭；庖厨之下，纵横而不觉其污。睢水不流[2]，行人当掩面也，而汝以为餍足之场；新安城外[3]，时人常痛心也，而汝以为欢欣之所。凡其汝俸汝禄，尽是民膏民脂。故能体腹充肥，头目虚大。不知自耻，反以为荣。是以行踪到处，人皆厌而驱之，恶其非法之物。岂如我冰霜其操，铁石其心。所居者古树老松，所食者清霜甘露。念君臣之义，则冬寒守节，缄默无言；乐圣人之道，则夏暑谈经，弦歌不辍。于畋之驾，缯弋[4]不能施，何其智也！非义之财，毫毛无所近，何其清也！不向人而求饱，何其廉也！不害物以自肥，何其仁也！枯瘦而能为世珍宝，良医往往置诸笼中，号为蝉蜕[5]，以为药物。岂非以其得天地精清之气，用可以医世救民乎？今品评者不原以清浊精粗之迹，而徒取其肥瘦之一节，尚得为定论哉！”

注释

[1] 鲍鱼之肆：卖臭咸鱼的店铺。

[2] 睢水不流：《史记·高祖本纪》，项羽与刘邦大战睢水上，大破汉军，睢水为之不流。

[3] 新安城外：《史记·项羽本纪》，项羽坑秦卒二十万于新安城南。与上句皆言其地死人太多而污臭。

[4] 缯弋：弓箭。

[5] 蝉蜕：蝉所蜕之壳，可以入药。

评析

范贵适（1760～1825），海阳省唐安县人，19 岁中进士，黎朝末期到中国，阮朝初年回国，不愿出仕，归乡讲学，其文章受到世人推崇。著有《新传奇录》,《羽虫角胜记》是其中一篇动物寓言。这篇文章，用拟人化的手法，以青蝇比拟趋炎附势以求利禄的小人，以寒蝉比拟品行高尚洁身自好的正直君子。爱憎分明，行文流利。骈语为主，也杂用散句。范氏《羽虫角胜记》有不同版本，此文选自《越南汉文小说集成》第十九册，第 130 页。

十二　佚名氏《水酒殊滋》

有盂先生与玄冥、曲蘖[1]相友善，方圆长短，委曲相随，洵称莫逆[2]。然玄冥性好淡泊，膏粱甘脂世味无所嗜；趋炎附势，一切世态鄙而不为。其与人交，淡如也。故虽与先生友善，而非夏天盛暑之时，欲与清谈，以消郁热，未尝折柬相要也[3]。而曲蘖则不然，巧言令色，谀媚成性，善逢迎主人意。主人祭神，则为之进馨香，以合神人之和；主人款宾，则悉之和滋味，以联宾主之好；主人好色，则助之以壮长精神；主人好勇，则助之以增其气力。主人为所惑，湛溺已深，终日周旋，没饭未尝忘也。

一日，先生早起，卯时[4]清心，抵隙投闲，曲蘖因之献媚。先生乃缱绻绸缪[5]，恨相识晚。少焉，蓬头跣足[6]酩酊醺酡[7]，兄弟阋墙，夫妻反目[8]，器皿投之而不顾，身体毁之而不惜，愈发愈奇不可胜状。既而气力倦矣，头晕矣，眼花矣，一跌仆地不起，不省人事，濒于死。玄冥闻之，披发缨冠而往救之，用凉水灌其口，以解其热心；用冷药濡其发，以降其郁火。自是先生稍安，淹淹长睡。及晚而觉，顾见形容憔悴，图物狼藉，怪问其故，家人一一述之。有如梦觉，追忆前日所为狂悖，皆曲蘖使之也。后亦疏之，不甚见幸，置不问。

得年余，因有事请客，念及故旧之情，俱请偕来。玄冥则性质依然，始终不变；而曲蘖则相遭淡泊[9]，气味大不如前。先生乃悟而叹曰："君子之交淡如水，小人之交甘如醴。"

注释

[1] 盂：杯子。玄冥：指清水。曲蘖：本指酿酒之发酵剂，此代指酒。

[2] 句意谓，实在可以称为很要好的朋友。

[3] 折柬：折上请帖，放进信封中。相要：相邀请。

[4] 卯时：早上5~7点。

[5] 缱绻绸缪：情意缠绵、殷切。

[6] 跣足：赤脚。

[7] 酩酊醺酡：皆形容酒醉状态。

[8] 两句意谓，兄弟在家里打架，夫妻争吵不和。

[9] 句意谓，酒遭到冷淡。

评析

本文选自《越南汉文小说集成》第十一册，佚名氏《夏余闲话》。作者把水与酒拟人化，水性平淡清净，无所嗜好，酒善逢迎献媚。杯子与酒交往，大醉不省人事，幸亏被水救治苏醒，乃与酒疏远。文章主旨是赞美清水，批评酗酒。与之类似的作品，中国敦煌遗书中有《茶酒论》，把茶与酒拟人化，互相辩论，比较短长。第三者的评判是各有优劣，不必彼此排斥。越南范贵适的《羽虫角胜记》，记蝉与蝇互相攻讦，表白自己，批评对方，蝉胜而蝇败。两文仅有对话，不具备情节。《水酒殊滋》增加第三方杯子作为酒的受害者，把水作为救助者，强调酒的危害性，充满人情世态的故事性，使文章更具备批评性和诙趣意味。

第二编　纪实传记和谐传

简　说

本编所谓纪实传记，主要内容是记人记事，主旨是求真求实，以史为鉴，教育后代。域外此类作品，有的仿效《史记》之列传，有的出自碑传、类传、家传、自传，篇名多称“传”“记”，或采用其他文体。其形式多借鉴中国，其内容则反映域外之人、之事，和某些重要历史片断及各国的社会生活现象。

所谓拟人谐传（简称“谐传”），有的学者称为“假传”，有的归于史传，有的视同寓言或小说。究其实，谐传既兼有上述几种文体的某些特征，又非它们所能涵盖。

谐传的基本特征是虚拟、假托，以物比人，并不追求事实的真实性，不能当史料来使用。谐传是以文为戏，讲究谐趣性，不刻意以文为教，不具备史传的严肃性。史传是其外形，体现于文章体裁和某些史家习惯用语等形式方面，而内容与史传是大相径庭的。

谐传有别于寓言之以此喻彼，意在言外，通过虚构的人或动物或无生物编成故事，提供为人处世的经验教训。而谐传的训诫意图有时并不十分突出，在全文中不占主要地位。有些作品甚至看不出讽刺意味，仅仅是游戏笔墨，显露才情，或表达理想。

谐传不是小说。中国古小说有传奇、志怪一类，常把某些动物、植物拟人化、神化、妖魔化，赋予它们人的或妖魔的感情、意愿，和超人的神奇变化功能。如狐狸精、猴精、蛇精、梅妖、菊妖等。而谐传中的动植物和器物，非神非魔，其行为和特长，既是某物体所具备的基本功能，也是与历史上及社会生活中某些人物相似或可以比拟的。作者采用的是隐喻和双关手法，而非神怪小说中常见的幻想和夸张手法。传奇小说罕见将器物拟人化，在谐传中则是主流题材。

称为“假传”未必允当，某些传奇小说也是假的人物传记，二者难以区别。中国古代文体分类著作中，曾经有过“假传”的名目。明人贺复征《文章辨体汇选》把传体之文分为史传、私传、家传、自传、托传、寓传、假传七类。然而在古代传记类总集中尚未见以“假传”为书名者。倒是以“谐”命名者有多种：明徐常吉编《谐史》四卷，采唐宋以来以物为传者70余篇；明胡文焕编《谐史粹编》二卷，47篇，分身体、珍宝、器用、饮食、药物、花木、鸟兽、昆虫、天文九类；明陈邦俊编《广谐史》十卷，240余篇；明宋维藩《谐史集》四卷；清代有鳌峰老人《历朝谐史大观》等。还有的总集以“滑稽”为书名的，如佚名氏《文章滑稽》四卷，明邹迪光编《文府滑稽》12卷，佚名氏编《滑稽逸传》二卷，周子文编《滑稽文存》四卷，钱翼之编《滑稽文存》前集、后集共62卷，陈斗编《滑稽文存》续集、别集十五卷。清顾余《古文滑稽类钞》，清雷瑨《古今滑稽文选》等（分别见《四库全书总目》及其他书目）。可见明清学者视此类文章为诙谐、滑稽一类，已成多人共识。上述各书选文多从唐代开始，多以韩愈《毛颖传》为其嚆矢。

关于谐传，当代韩国学者称之为“假传”。据他们统计，从12世纪到19世纪，有140多篇，韩国及中国学者的专门研究文章和专著已有不少，可见受到两国学界重视。朝鲜半岛的“假传”，多数与中国谐传题材相同，体裁相似，但内容略有区别。不少传主不是帝王近臣，而是士大夫或平民百姓，结局并不都涉及政治或意含讥讽，仅仅表现某种人生理念。总的看来，既有吸收、模仿中国之处，又有该国本土的社会文化特色。

朝鲜纪实传记和谐传

一　金富轼《金居柒夫传》

金居柒夫姓金氏，奈勿王五世孙。祖仍宿角干，父勿力伊飡。居柒夫少斥弛，有远志，祝发[1]为僧，游观四方，便欲觇[2]高句丽，入其境。闻法师惠亮开堂说经，遂诣听讲经。一日惠亮问曰："沙弥[3]从何来?"对曰："某新罗人也。"其夕，法师招来相见，握手密言曰："吾阅人多矣，见汝容貌，定非常流，其殆有异心乎?"答曰："某生于偏方，未闻道理，闻师之德誉，来伏趋下风，愿师不拒，以卒发蒙。"师曰："老僧不敏，亦能识子。此国虽小，不可谓无知人者。恐子见执[4]，故密告之，宜疾其归。"居柒夫欲还，师又语曰："相汝燕颔鹰视[5]，将来必为将帅，若以兵行，无贻我害[6]。"居柒夫曰："若如师言，所不与师同好者，有如皦日[7]。"遂还国，返本从仕，职至大阿飡。真兴大王六年，承朝旨，集诸文士，修撰国史[8]，加官波珍飡。十二年，王命居柒夫及仇珍大角飡……等八将军与百济侵高句丽，百济人先攻破南平壤，居柒夫等乘胜取竹岭以外高岘以内十郡。至是惠亮法师领其徒出路上，居柒夫下马以军礼揖拜，进曰："昔游学之日，蒙法师之恩，得保性命，今邂逅相遇[9]，不知何以为报?"对曰："今我国政乱，灭亡无日，愿致之贵域。"于是居柒夫同载以归，见之于王。王以为僧统[10]，始置百座讲会，及八关之法。真智王元年，居柒夫为上大等，以军国事务自任。至老终于家，享年七十八。

注释

[1] 祝发：削发，剃光头。

[2] 觇（chān）：窥视，探听军情秘密。

[3] 沙弥：刚出家的僧人。

[4] 见执：被捕。

[5] 相汝：观察你的相貌。颔：下巴颏。燕颔：下巴成斜坡状而又饱满丰起。鹰视：眼睛如鹰。四字连用通常形容武将威猛之状。

[6] 无贻我害：不要加害于我。

[7] 皦（jiǎo）日：明亮的太阳。此句意谓，我若不与老师友好，太阳在上惩罚我。

[8] 修撰国史：据金富轼《三国史记》，公元545年新罗王命金居柒夫等修国史，该书已佚。

[9] 邂逅相遇：不期而遇。

[10] 僧统：统一管理佛教的官员。

评析

此文选自金富轼《三国史记·列传》的第四。传主金居柒夫是新罗贵族后裔，初期为僧，在高句丽结识惠亮法师，法师预料他将来必成将帅。若干年后，金居柒夫偕八将军与高句丽作战，遇惠亮法师，并荐之于新罗王，任僧统。金居柒夫出将入相，最后统领新罗军国事务。在数十年后(公元668年)，高句丽亡于新罗与唐联军。

这是一篇真实的人物传记，以金居柒夫与惠亮法师交往为主线，颇具传奇性。对于金氏如何统兵作战，治国理政具体情状，略而未论。文中有些人名、官职，当是音译，很难注释，有的删而未录。

二　金富轼《金庾信传》（节录）

建福四十六年乙丑，秋八月，王遣……白龙苏判大因、舒玄等，率兵攻高句丽娘臂城。丽人出兵逆击之，吾人失利，死者众多，众心折衄[1]，无复斗心。庾信时为中幢幢主[2]，进于父前，脱胄[3]而告曰："我兵败北，吾生以忠孝自期，临战不可不勇。盖闻'振领而裘正，提纲而网张'，吾其为纲领乎?"乃跨马拔剑跳坑，出入贼阵，斩将军，提其首而来。我军见之，乘胜奋击，斩杀五千余级，生擒一千人。城中凶惧，无敢抗，皆出降。

……十三年，为苏判。秋九月，王命（金庾信）为大将军，使领兵伐百济……大克之，因开加兮之津。己丑正月归，未见王，封人[4]急报："百济大军来攻我买利浦城。"王又拜庾信为上州将军，令拒之。庾信闻命即驾，不见妻子，逆击百济军，走之[5]，斩首二千级。三月，还命王宫。未归家，又急告百济兵出，屯于其国界，将大举兵侵我。王复告庾信曰："请公不惮劳，遄行[6]，及其未至备之。"庾信又不入家，练军缮兵，向西行。于时，其家人皆出门外待来，庾信过门，不顾而行。至五十步许，驻马，令取浆水于宅，啜之曰："吾家之水尚有旧味。"于是军众皆云："大将军犹如此，我辈岂以离别骨肉为恨乎?"及至疆场，百济人望我兵卫，不敢迫，乃退。大王闻之，甚喜，加爵赏。

注释

[1] 折衄（nǜ）：挫败。

[2] 中幢幢主：中军大旗护卫队长。

[3] 胄：头盔。

[4] 封人：边境官员。

[5] 走之：赶跑他们。

[6] 不惮劳：不怕疲劳。遄行：速行。

评析

本文选自《三国史记·列传》的第一、二、三。作者金富轼此书写成于1145年，共50卷，分为新罗本纪、高句丽本纪、百济本纪、年表、杂志、列传六部分，是韩国古代第一部纪传体通史，体例、文笔都模仿司马迁的《史记》。

金庾信是新罗统一时的大将，是新罗太宗皇帝金春秋的妻舅，在实现三国统一中有巨大贡献。多次征战中，有勇有谋。《三国史记》中以《金庾信传》最长，占三卷，本书选其中两个小片段。第一段写他在敌众我寡，人无斗志之时，挺身而出，跨马拔剑冲入敌方，斩敌将头，使新罗军队乘胜奋击，扭转战局。第二段写他率军经过家门而不见妻子，走到门口五十步停下，令人取一碗家乡水，品尝一次旧时滋味，表明他既非常想家，又因军情紧急，没有时间见妻子一面，公而忘私，此举令将士们十分感动。

是大禹治水三过家门而不入的精神在东邻的再现。

三 金富轼《都弥传》

都弥，百济人也。虽编户小民，而颇知礼义。其妻美丽，亦有行节，为时人所称。盖娄王[1]闻之，召都弥语曰：“凡妇人之德，虽以贞节为先，若在幽昏无人之处，诱之以巧言，则能不动心者鲜矣。”对曰：“人之情不可测也，而若臣之妻者，虽死无二者也。”王欲试之，留都弥以事，使一近臣，假王衣服马从，夜抵其家。使人先报王来，谓其妇曰：“吾久闻尔好，与都弥博，得之[2]。来日，入尔为宫人[3]，自此后，尔身吾所有也。”遂将乱之[4]。妇曰：“国王无妄语，妾敢不顺？请大王先入室，妾更衣乃进。”退以杂饰一婢子荐之[5]。王后知见欺，大怒，诬都弥以罪，矐其两牟子[6]，使人牵出之，置小舟泛于河上。遂引其妇，强欲淫之。妇曰：“今良人[7]已失，单独一身，不能自持[8]，况为王卿，岂敢相违。今以月经，浑身污秽，请俟他日，薰浴而后来。”王信而许之，妇遂逃至江口，不能渡，呼天，痛苦。忽见孤舟随波而至，乘指泉城岛，遇其夫未死，掘草根以为食。遂与同舟，至高句丽[9]蒜山之下，丽人[10]哀之，丐以衣食[11]，遂苟活[12]，终于羁旅[13]。

注释

[1] 盖娄王：百济初期国王，公元128~166年在位。

[2] 两句意谓，盖娄王与都弥赌博，国王得胜。

[3] 句意谓，把你送进王宫为宫女。

[4] 将乱之：打算奸污她。

[5] 句意谓，回家后打扮一名婢女伪装她送进宫中。

[6] 句意谓，弄瞎都弥两眼。

[7] 良人：古代妻子称丈夫为良人。

[8] 自持：自己维持生计。

[9] 高句丽：古代朝鲜半岛三个国家之一，起于公元前37年，讫于公元668年，领地在朝鲜半岛北部。

[10] 丽人：高句丽人的简称。

[11] 句意谓：给予衣食。

[12] 苟活：勉强生活。

[13] 句意谓，客死于他乡。都弥夫妇是南部百济人，故视寄居北部高句丽为羁旅。

评析

此文选自《三国史记·列传》的第八，题为《都弥传》，按内容应该作《都弥妻传》。主角是一位普通妇女，美而有德。她拒绝国王的欺骗和淫威，对丈夫坚信不疑，忠贞不渝。两次以巧妙的设计和托词，逃脱魔掌，冒险渡江，得孤舟相救，到达北方，有幸遇丈夫受害不死，二人同甘共苦，偕老于外地。这样的女子十分难得，在中国是可以入《列女传》的。六朝小说之干宝《搜神记》中，有《韩凭夫妇》，国王贪色，霸占韩凭之妻，后来夫妻跳楼而死，化为连理树和鸳鸯鸟。主旨都是抗暴钟情，金富轼的叙写更曲折细致。

四　金富轼《百结先生传》

百结先生，不知何许人。居狼山下，家极贫，衣百结若悬鹑[1]。时人号为东里百结先生。尝慕荣启期[2]之为人，以琴自随，凡喜怒悲欢不平之事，皆以琴宣之。岁将暮，邻里舂粟，其妻闻杵声曰："人皆有粟舂之，我独无焉，何以卒岁[3]？"先生仰天叹曰："夫死生有命，富贵在天，其来也不可拒，其往也不可追，汝何伤乎？吾为汝作杵声以慰之。"乃鼓琴作杵声。世传之，名为"碓乐"[4]。

注释

[1] 悬鹑：形容衣服褴褛。鹌鹑羽毛不整齐无光泽，而且尾巴短，所以人们用以形容褴褛的衣裳。

[2] 荣启期：中国古代隐士，不慕名利。

[3] 卒岁：度过年关。

[4] 碓（duì）：脱壳舂米之器。碓乐：中国古代称舂乐、舂歌。

评析

此文选自《三国史记·列传》的第八，记述一位安贫乐道，具有音乐才华的隐士，家中无粟为舂，他不改其乐，作《碓乐》以慰老妻。其行事有些类似中国东汉处士梁鸿，夫妻隐居，家贫，为人舂米。妻孟光为之备食举案齐眉，相敬如宾，梁鸿曾作《五噫歌》明志。金氏此文，风格平实清淡，记述简明扼要。

五 李奎报《卢克清传》

卢克清者，不知何许人也，官止散官直长同正，家贫，将卖宅，未售，而方因事之外郡。其妇与郎中玄德秀，受白银十二斤卖之[1]。及克济还京师，见其直多剩[2]，遂持三斤诣德秀，曰："予尝买此宅，只给九斤耳，居数年无所加修，而剩得三斤，非理也，请还之。"德秀亦义士也，拒而不纳，曰："尔何独守公理而予不如尔也。"遂不受。克清曰："予平生义不为非，岂可贱买贵卖，黩于货[3]乎。设[4]阁下不从，请尽纳其直，复受吾家也[5]。"德秀不得已受之，因谓曰："予岂不逮[6]克清者耳。"遂纳[7]其银于佛寺。闻者莫不叹息，曰："末俗奔竞[8]之时，亦有如此人者乎！"予恨记事者不详其家世及其余所行而已。

注释

[1] 句意谓，卢克清之妻与玄德秀接洽，收取白银十二斤卖掉房子。

[2] 其直多剩：卖房的价格高过市值。

[3] 黩于货：沉溺于财货。意即一心想赚钱。

[4] 设：假设，如果。

[5] 二句意谓，愿意全部退还房款，收回我的房产。

[6] 不逮：不及。

[7] 此句之"纳"意为捐献。前句之"纳"意为交还，退回。

[8] 末俗：低俗之人。奔竞：互相竞争于钱财。

评析

本文引自《东文选》卷一百。作者李奎报，生平已见第一编之《舟赂说》。此文记述两位义士异乎寻常的重义轻财之举。一般人买卖房屋，卖方总希望高出市值，买方总希望低于市值。卖主卢克清则不然，其妻售房高出市值四分之一，他得知后坚决退还买主。理由是：我住了多年，未加修缮，高于市价卖出，非理也。买主也是一位义士，认为：我们双方已经成交，你讲不能贱货贵卖之理，我讲已诺必诚之理，不能接受退款。卢克清坚持说，你若不接受多收的款，我就全部退款收回房屋。买主只好接受，心中不安，便把退还的银子捐给佛寺。当时人们感叹说：在如今世俗竞相争利之时，竟有如此轻利之人！这样的事情在现代市场经济活动中几乎不可能发生，然而李奎报所记是真实的，并不是清代小说《镜花缘》所虚构的海外奇谈。卖方不索高价，买方已诺必诚。互相都遵守公理，这种高尚的商业道德，今天还是应该提倡的。

六 李奎报《白云居士传》

白云居士，先生自号也。晦[1]其名，显其号，其所以自号之意，具载先生《白云语录》[2]。家屡空，火食不续。居士自怡怡如也。性放旷无检，六合[3]为隘，天地为窄，尝以酒自昏[4]。人有邀之者，欣然辄造，径醉而返。岂古陶渊明之徒欤？弹琴饮酒，以此自遣[5]，此其实录也。居士醉而吟，自作传，自作赞，赞曰："志固在六合之外，天地所不囿。将与气同游于无何有乎。"

注释

[1] 晦：隐去。

[2]《白云语录》：是李奎报的一部语录体著作。

[3] 六合：古人称东南西北四方加上下为六合，概指宇宙。

[4] 自昏：自我麻醉。

[5] 自遣：自我排遣愁绪。

评析

此文选自《东文选》卷一百零一，是李奎报自述其志之作，当作于未出仕或出仕而不得志之时，写法学陶渊明《五柳先生传》。后来他进入高层，任宰相，执国政，不可能还过这种生活。

七 李奎报《接果记》

事有初若妄诞幻怪而其终乃真者，其接果之谓乎。予先君[1]时，有号长身田氏者，善接果。先君使试之，园有恶梨，凡二树，田氏皆锯断之，求世所谓名梨者，砍若干梢，安于断株，以膏泥封之。当其时见之，似妄诞矣。虽至茸抽叶茁，亦似幻怪矣。及郁然夏阴茂，蕡然秋实成，然后乃信其终真者，而妄诞幻怪之疑始去于心矣。先君没，凡九稔[2]。睹树食实，未尝不思严颜[3]，或攀树呜咽，不忍舍去。且古之人以召伯[4]、韩宣子之故[5]，有勿剪甘棠封植嘉树者，况父之所尝有而遗之于子者，其恭止之心何止勿剪封植而已哉？其实亦可跪而食矣。抑虑先君以此及予者，岂使予革非迁善[6]当效兹树耶。聊志而警之耳。

注释

[1] 先君：指死去的父亲。

[2] 稔（rěn）：本指谷物成熟，此指一年。

[3] 严颜：指父亲的面容。

[4] 召伯是西周贤臣，深受百姓敬爱，召伯曾在一棵甘棠树下休息并处理公事，百姓为了纪念他，不忍剪伐此树。

[5] 晋大夫韩宣子访鲁，席间赋《诗经·角弓》，鲁大夫李武子在家宴上，表示要培植好嘉树，以示不忘《角弓》之情。

[6] 革非：改正错误。迁善：向善。

评析

此文选自《东文选》卷六十六。记录当时有人将结果不佳的梨树通过嫁接，结出好的果实，是一项林业科学成果，当时是先进的技术。作者进而从中悟出父亲之所以改良果树，也含有使子孙们能改过迁善的寓意。上半段写嫁接果树相当翔实，下半段引申发挥，浑然在理。

八 李崇仁《裴烈妇传》

烈妇姓裴氏，名某，京山人，父前进士中善。即笄[1]归士族李东郊，善治内事。岁庚申秋七月，倭贼[2]逼京山，阖境扰攘，无敢御者。时东郊赴合浦帅幕未还，贼骑突入烈妇所居里。烈妇抱乳子走，贼追之，及江。江水方涨，烈妇度[3]不能脱，置乳子岸上，走入江。贼持满注矢拟之[4]曰："而来[5]！免而死。"烈妇顾[6]见贼，骂曰："何不速杀我，我岂污贼者耶？"贼发矢中肩，再发再中，遂殁于江中。贼退，家人求得其尸，葬之。体覆使赵公浚上其事，旌表里门云。

陶隐子[7]曰："人有恒言曰：'为臣尽臣道，为子尽子道，为妇尽妇道。'至于临大难，鲜克践之[8]。裴一妇人，而其视死如归，骂贼之言，虽古忠烈士蔑以加焉[9]。余尝南游过所耶江，乃烈妇死节之地，滩水悲鸣，林木萧瑟，令人毛发竖起，呜呼烈哉！"

注释

[1] 笄（jī）：指古代女子成年礼。笄的本义是簪子，古代用来别住发髻，女子十五岁时绾起头发，表示已经成年。

[2] 倭贼：日本海盗，中国称倭寇。

[3] 度（duó）：估量。

[4] 持满注矢拟之：拉满弓搭箭对准她。

[5] 而：通尔，你。

[6] 顾：回头。

[7] 陶隐子：作者李崇仁自号。

[8] 鲜克践之：很少能够履践臣道、子道、妇道。

[9] 蔑以加焉：没有能超过她。

评析

本文选自《东文选》卷一百零一，作者李崇仁（1347～1392），高丽王朝末期文人。此文歌颂一位烈女，临难不苟，誓死不屈服于外来侵略者，表现出可歌可泣的民族气节。文辞简洁，感情深切。

九　李舜臣《乱中日记·露梁海战》

壬辰[1]五月二十九日晴。右水使[2]不来，独率诸将，晓发直到露梁。则庆尚右水使来会约处，与之相议。问贼倭所泊处，则贼徒今在泗川船仓云。故直指同处，则倭人已为下陆，结阵峰上，泊列其船于峰下，拒战急固。余督令将，一时驰突。射矢如雨，放各样铳筒，乱如风雷。贼徒畏退，逢箭者不知几百数，多斩倭头。军官罗大用中丸，余亦左肩上中丸，贯于背[3]，而不至重伤。射格[4]之中，中丸者亦多。焚灭十三只，退驻。

注释

［1］壬辰：1592 年。

［2］右水使：指庆尚道右水使元均。

［3］贯于背：弹丸击穿背部。

［4］射格：射箭和格斗。

评析

李舜臣（1545～1598）是朝鲜的民族英雄，1592 年日本军阀丰田秀吉大举进攻朝鲜，大片国土沦陷，李舜臣等率陆海军奋力抗击，在明朝援军的配合下，艰苦作战 7 年。在海上几次战役中，他的表现英勇，指挥出色，取得了露梁海战的最后胜利。但在结束战争之前夕，他不幸中弹，壮烈殉国。他留下的《乱中日记》，是记录亲身经历的战时日记。从倭乱发生开始，一直到阵亡以前，逐日记录身边发生的事情。主要内容有：对阵地生活的感怀，对国家命运的担忧，对部下的赏罚，战况的报告等。通过这些日记，可以了解到李舜臣作为军事家的雄才大略和他的忧国忠心，谦虚、诚实的品性，以及由于内心烦恼而辗转反侧、难以入眠的平常人的一面。

本文选自韩国赵素昂选编《韩国文苑》，1932 年上海书局影印出版。本文是记述露梁海战状况的片段。当时，日军战船准备进攻朝鲜南部，庆尚右水使元均，在露梁海等待李舜臣救援。李舜臣赶到露梁海与元均会合，了解敌情，积极备战。二十九日清晨，李舜臣率军直扑露梁海面敌方船队，趁其不备，打得日寇措手不及，大获全胜。战斗中，李舜臣身中铁丸，面不改色，泰然处之，表现出久经沙场的英雄本色。文章用平铺直叙的手法，把战斗经过按时间和空间顺序加以铺陈，读来如身临其境，令人倍感敬佩。

十　宋时烈《金应河墓碑文》

初，公领左营兵，隶金景瑞军，至富车岭，诸军轻进失利。公以手下兵三千，策马摆阵。阵既成，告姜弘立曰："速令右营协力迎战。"弘立使右营将李一元相助。公谓一元曰："我军若不据险，必败矣。"一元不从，贼数千骑，横截两阵间，一元遁去。既而贼六万，对阵一里之外，抽拔精锐，直犯其前。公以炮手一时放丸[1]，贼兵退却，如是者三。俄而，大风忽起，烟尘回塞[2]，炮矢不得发。贼乃并力冲突，我军立尽。公手弓腰刃[3]，独倚柳树下，矢不虚发，中必叠双，贼尸成堆。公擐重甲[4]，亦矢集如蝟（猬）[5]，不能穿。矢既尽，手刃击敌。大骂弘立曰："尔辈，爱身负国，不相救也。"刃亦折，张空拳，犹益自奋[6]。有一贼从后击槊[7]，遂仆地而绝，犹握刃柄不舍，怒气勃勃。贼相顾愕然，不敢遽前。弘立等降虏。虏酋使瘗[8]两阵之尸。公独不腐，刃柄犹在其握矣。

注释

[1] 公以炮手一时放丸：金公命令众炮手同时发射炮弹。当时的火炮是前膛炮，把许多铁丸及火药从炮口填进炮膛，再点燃引信发射出去，众多铁丸以散状射杀敌军。现代火炮是后膛炮，炮弹前端为钢铁圆锥，之后为筒形火药筒，炮弹从炮管后推入，发射时先猛击炮弹底部引信，使火药突然燃烧膨胀，迅速推出炮弹头，射向敌军，爆炸后产生杀伤力。所以古代发炮一次之后，需要较长时间才能发射第二次。

[2] 烟尘回塞：大风把炮击产生的烟尘吹回我军阵地。

[3] 手弓腰刃：手持弓，腰插刀。

[4] 公擐（huàn）重甲：金公穿上两层铠甲。

[5] 矢集如蝟（猬）：敌人的箭射到金公铠甲上如同刺猬毛一般多。

[6] 张空拳，犹益自奋：徒手挥动空拳，还奋力搏斗。

[7] 一贼从后击槊：一名敌兵从后面用长矛刺击。

[8] 虏酋：敌军头领。瘗（yì）：掩埋。

评析

1627 年，后金大汗皇太极进攻朝鲜，朝方向明朝崇祯皇帝求救。当时明军与后金正在辽东苦战，在己方处境艰难情势下，崇祯仍指派杨镐出兵援朝。朝军实力不如后金，有人怯敌而遁，有人畏敌而降。唯左营统领金应河积极抵抗。右营统领姜弘立不予配合，临阵逃脱后降敌。金应河以三千弱卒对六万劲军，寡不敌众。动用火炮发射，又因逆风吹尘迷漫，炮弹和箭矢皆不能发，结果全军覆没。战斗到最后，金应河一人身倚大树，手挽弓弩，矢不虚发，身集敌矢如猬，矢尽用剑，剑折徒手相搏。敌兵从背后以长矛刺击，其倒地而绝，犹握剑不舍，怒气勃勃。这样壮烈的将军历代罕见，这样具体的描述亦历代罕见。事后，崇祯皇帝为之撰《祭金将军文》，特封辽东伯，给予极高评赞。

此文作者宋时烈（1607～1689），儒学大师，著作有《尤庵集》。朝鲜学者金荣泽认为："尤庵之文盛矣，简易、曼谷（张维）之后一人矣。"（《北轩居士集》卷16《论诗文》）此文选自《韩国文苑》卷六。

十一　李建昌《秋水子传》

秋水子，少有颖悟。既而病，病十年，弃书，学术数，麻衣、风角多中[1]。病已，复治功令[2]，前后大小试解[3]十数，卒不中。最后，不赴举，归乡，绝人事。古今穷老不遇之士，如此何限？谤者顾反以此罗织[4]之。世之险巇[5]迫隘，不可以居也久矣！然犹不谓其至于是也！方有司执秋水子而诘之[6]，事秘不闻。然五毒[7]备矣，终不挠一辞[8]。无可以为案[9]，居数日，幽杀之，竟不知何说也！

秋水子，性骯髒[10]。意不可人[11]，面赤黑，直视，虽显者不为屈。平生相好，不多人。虽相好，意不可，终自如也。尝与余言："子，名士耳。非能为国家任大事者。"余逊谢，愿闻过。秋水子曰："子好文章……"语中止，气偾[12]，遽引枕卧。余最号相好者，然终不敢自谓秋水子以余为知己也。秋水子尝喟然叹曰："吾所与游，唯赵大夫，今死矣。其次，子矣。吾岂有意于世哉？"赵大夫者，贵戚之贤而好客者也。余始识秋水子，亦于赵大夫云。

概秋水子所以归乡绝人事，其故不过如此。特其负气，或斥语其乡人意不可者。事遽至不可解，悲夫！

然秋水子实孝友慈善，重义，守正直。使其沾一命[13]，遇国家事故，必能死节，以邀人主之褒宠；而相好如余者，可以与而荣也无疑。今不幸至此，余姑为文，以锢诸箧中[14]而已，悲夫！

秋水子，李姓，根洙名，琢源字。岭南之宜宁人。

注释

［1］麻衣：指看相术，相传宋朝麻衣道者发明相术，称为麻衣相法。风角：占候术，根据风向判断吉凶。多中：多数有效验。

［2］病已：病愈。功令：功名，明清时期，人们称举人、进士为功名。略相当于现当代的学位。

［3］试解：应科举考试。

［4］罗织：罗织罪名。

［5］险巇：危险。

［6］有司：官方。诘：审问。

［7］五毒：五种刑罚。

［8］意谓没有一句话屈服。

［9］为案：定罪。

［10］骯髒：耿介，有棱角，不讨人喜欢。此处非贬义词。

［11］意不可人：他的思想意识不被人们认可，别人不同意。下面说“意不可”，指他不同意别人的意见。

［12］偾：激动。

［13］沾一命：担任一个官职。

［14］錮诸箧中：锁在书箱里。

评析

本文作者李建昌（1852～1898），朝鲜王朝末期学者、散文家。有《明美堂集》，这篇《秋水子传》选自该书。本文记述一位士人性情耿直，不合俗，为当时社会所不容，遭到官府迫害，找不到任何犯罪的证据，竟然秘密处死他。作者略于记事，而详于记言，通过秋水子与作者的谈话，显现其孤傲的性格。最后几句，点明秋水子的姓名、字号、籍贯，这种笔法似乎模仿苏轼的《方山子传》。

十二　林椿《麴醇传》

麴醇，字子厚。其先陇西人也。九十代祖牟，佐后稷粒蒸民有功焉，《诗》所谓“贻我来牟”是也[1]。牟始隐不仕，曰：“吾必耕而后食也。”乃居畎亩[2]。上闻其有后，诏以安车征之，下郡县所在敦遣，命下臣亲造其庐，遂定交杵臼[3]之间，而和光同尘矣。熏蒸渐渍，有酝藉之美[4]。牟乃喜曰："成我者朋友也，岂不信然？"既而以清德闻，乃表旌其闾焉。从上祀圜丘，以功封中山侯[5]，食邑一万户，食实封五千户，赐姓为麹氏。五世孙辅成王，以社稷为己任，致太平既醉之盛。[6]康王即位，渐见疏忌，使之禁锢，著于诰令。[7]是以后世无显著者，皆藏匿于民间。

至魏初，醇父酎，知名于世，与尚书郎徐邈，遍汲引于朝[8]。每说酎不离口。时有白上者："邈与酎私交，渐长乱阶矣。"上怒召邈诘之，邈顿首谢曰："臣之从酎，以其有圣人之德，时复中之耳。"上乃责之。及晋受禅，知将乱，无仕进意，与刘伶、阮籍之徒为竹林游[9]，以终其身焉。

汪汪若万顷陂水，澄之不清，扰之不浊，其风味倾于一时。颇以气加人，尝诣叶法师[10]，谈论弥日，一座为之绝倒。遂知名，号为麹处士。自公卿大夫、神仙方士，至于厮儿牧竖、夷狄外国之人，饮其香名者皆羡慕之。每有盛集，醇不至，咸愀然曰："无麹处士不乐。"其为时所爱重如此。太尉山涛有鉴识[11]。尝见之曰："何物老妪，生此宁馨儿[12]！然误天下苍生者，未必非此人也。"公府辟为青州从事，以鬲上非所部，改调为平原督邮[13]。久之，叹曰："吾不为五斗米折腰向乡里小儿，当立谈樽俎之间耳[14]。"时有善相者曰："君紫气浮面，后必贵，享以千钟矣[15]，宜待善价而沽之。"

陈后主之时，以良家子拜主客员外郎。[16]上乃器异之，将有大用意，因以金瓯覆而选之，擢迁光禄大夫、礼宾卿，进爵为公[17]。凡君臣会议，上必使醇斟酌之，其进退酬酢，从容中于意。[18]上深纳之曰："卿所谓直哉惟清，启乃心、沃朕心者也[19]。"醇得用事。其交贤、接宾、养老、赐酺、祀神祇、祭宗庙，醇优主之[20]。上尝夜宴，唯醇与宫人得侍，虽近臣不得预。自是之后，上以沉酗废政，醇乃以钳其口而不能言，故礼法之士疾之如仇，上每保护之。醇又好聚敛营资产，时论鄙焉[21]。上问曰："卿有何癖？"对曰："昔杜预有左传癖，王济有马癖，臣有钱癖。"[22]上大笑，注意益深。

尝入奏对于上前，醇素有口臭，上恶之曰："卿年老气竭，不堪吾用焉。"醇遂免冠谢曰："臣受爵不让，恐有斯亡之患，乞赐臣归于私第，则臣知止足之分矣。"上命左右扶出焉。既归，暴病渴，一夕卒。无子。族弟清，后仕唐，官至内供奉，子孙复盛于中国焉。

注释

[1] 牟（móu）：又作“麰”，即大麦。醇酒是用麦子等酿造出来的，故以麦为醇的祖先。《诗经·周颂·思文》歌颂始祖后稷说：“贻我来牟。”来牟，小麦。

[2] 畎（quǎn）亩：田野。畎是田间小沟。

[3] 杵臼（jiù）：舂捣粮食的木棒和石臼。

[4] 熏蒸渐渍：蒸煮浸泡，使粮食发酵。酝藉：指酒味醇厚，后引申为含蓄。羡：盈余，富裕。

[5] 中山：古国名，故地在今河北省，以善酿酒著称。

[6] 成王：周武王的继承人。《诗经·大雅·既醉》是一首描写酒宴、歌颂太平的诗。

[7] 康王：周成王的继承人。周公辅佐成王时，曾经作《酒诰》，禁止酗酒。本篇误为康王。

[8] 酎（zhòu）：一种醇酒。徐邈：三国时人，曾任曹操尚书郎，嗜酒。有一次，违反禁酒令喝得大醉，要他汇报公事，他竟然说：“我中了圣人。”平日设宴待客，把清酒叫“圣人”，把浊酒叫“贤人”。事见《三国志·魏志·徐邈传》。另有晋代语文学家徐邈，非此人。

[9] 刘伶、阮籍：皆三国晚期文学家，他们与嵇康、山涛、向秀等人结社饮酒，号称“竹林七贤”。林椿与李仁老等人自称“海左七贤”，明显受其影响。刘伶曾作《酒德颂》，为世人传诵。

[10] 叶法师：唐代有著名道士叶法善，作者或假借用之。

[11] 山涛：字巨源，魏末晋初人，竹林七贤之一。入晋后担任吏部尚书与太尉，达十余年，善于品鉴甄拔人才。

[12] 宁馨儿：这样好的孩儿。《晋书·王衍传》说，王衍年幼时见山涛，山涛很欣赏。王衍离开时，山涛目送，并说：“何物老妪，生宁馨儿！然误天下苍生者，未必非此人也。”后来王衍官至尚书令，清谈误国。

[13] 青州、平原：皆郡名。从事、督邮：皆官名。《世说新语·术解》说，桓温有一部下，善鉴别酒，他把美酒叫青州从事，把劣酒叫平原督邮。鬲：可通“膈”，鬲上即不服从上级。

[14] 折腰：弯腰行礼，屈身事人。《晋书·陶潜传》记载，陶潜为彭泽令，郡督邮至，要束带迎接。他叹气说：“吾不能为五斗米折腰向乡里小人！”陶潜性好酒。樽俎：酒樽与盛肉的盘子，代指宴席。很多重大问题都在宴席上解决，故有“折冲樽俎”的词语。

[15] 千钟：高官的俸禄。钟是量器，每钟相当六斛四斗。

[16] 良家：古代有两义，一指出身清白人家，一指善于经营致富的人家。此处指酒，乃用后义。主客：主管接待宾客者。

[17] 金瓯（ōu）：黄金大酒杯。光禄：官署名，主管皇家的宫室、祭祀、膳食、酒宴。设有卿、大夫等官员，卿为长官。

[18] 斟酌：指筛酒，浅为斟，满为酌。又引申为考虑、安排政事。酬酢（chóu zuò）：主客互敬酒。主敬曰献，客答曰酢，主人还敬曰酬。

[19] 启乃心、沃朕心：打开你心中的想法来浇灌我的心。意即以治国道理开导君王，竭诚忠告。语出《尚书·说命上》。

[20] 赐酺（pǔ）：帝王赐臣民聚会饮酒。祇（qí）：地神。宗庙：帝王的祖庙。

[21] 聚斂：搜刮钱财。酒税和盐铁税，是古时朝廷主要财政来源。鄙焉：鄙视他。

[22] 杜预：西晋初著名学者，嗜爱《左传》。王济：晋人，好马成癖，善解马性。事见《世说新语·术解》。钱癖：贪钱成癖。和峤家产很多，但很吝啬，好聚斂。《语林》说，杜预称王济有马癖，和峤有钱癖。

（陈蒲清、权锡焕注释）

评析

本文选自《东文选》卷一百，作者林椿，生卒年不详，活动期在12世纪高丽王朝中期，作品甚知名，有《西河先生集》。此文将酒拟人化，为酒取名“麴醇”，为之作传，广引古代关于酒的记述，以拟人手法，虚构酒的远祖、祖辈、父辈和它一生遭遇。全篇用典娴熟，广征博取，把有关酒的名人故事组织得天衣无缝。多处借酒讽刺逢迎君之恶的佞臣以及信任佞臣的昏庸君主。当时，高丽王朝朝政腐败，毅宗沉迷酒色，有些朝臣不积极进谏，反而阿谀逢迎，终于导致武臣之乱。麴醇便是这些奸佞之臣的化身。篇末还寄托了作者的人生观：为人应清白正直，不可苟合取容。较林椿略晚的高丽作家李奎报有《麴先生传》，对酒以歌颂为主，说它“作王心腹，几致太平”，也批评它“一度泰，使国君游宴无节”。

中国古代关于酒的拟人化谐传甚多，如秦观（1049～1100）有《清和先生传》，林椿比秦观稍晚，两文手法和某些用语相似，或许模仿秦作。其后有杨维祯《麴先生传》、任士林《真一先生传》、刘岐《玉友传》、唐庚《陆婿传》等，不胜枚举。

十三　林椿《孔方传》

孔方字贯之[1]，其先尝隐首阳山，居崛穴中，未尝出为世用。始黄帝时稍操取之，然性强硬，未甚精练于世事。帝召相工观之，工熟视良久，曰：山野之质，虽茸茸不可用，若得游于陛下之造化炉锤间，而刮垢磨光，则其资质当渐露矣。王者使人也器之，愿陛下无与顽铜同弃尔。由是显于世，后避乱徙江浒之炭炉步，因家焉。父泉，周太宰，掌邦赋。方为人，圆其外，方其中。善趋时应变，仕汉为鸿胪卿。时吴王濞骄僭擅权[2]，方与之为利焉。虎帝[3]时，海内虚耗，府库空竭，上忧之，拜方为富民侯。与其徒充盐铁丞。□同在朝，□（两方框字迹不清）每呼为家兄不名。方性贪污，而少廉隅，既总管财用，好权子母轻重之法[4]，以为便国者不必古，在陶铸之术尔。遂与民争锱铢之利，低昂物价，贱谷而重货，使民弃本逐末，妨于农要。时谏官多上疏论之，上不听。方又巧事权贵，出入其门，招权鬻爵，升黜在其掌，公卿多扰节事之。积实聚敛，券契如山，不可胜数。其接人遇物，无问贤不肖，虽市井人苟富于财者，皆与之交通[5]，所谓市井交者也。时或从闾里恶少，以弹棋格五[6]为事。然颇好然诺，故时人为之语曰：得孔方一言，重若黄金百斤。元帝即位，贡禹上书[7]，以为方久司剧务，不达农要之本，徒兴榷管蠹之利蠹国害民，公私俱困，加以贿赂狼藉，请谒公行，盖负且乘，致寇至，大易之明戒也，请免官以惩贪鄙。时执政者以《穀梁》学进[8]，以军资乏，将立边策，疾方之事，遂助其言，上乃领其奏。方遂见废黜，谓门人曰：吾顷遭主上独化陶钧之上，将以使国用足而民财阜而已，今以微罪乃见毁弃，其进用与废黜，幸吾无所增损矣。吾余息[9]不绝如线，苟括囊不言，容身而去，以萍游之迹。便归于江淮别业，垂缗若冶溪上，钓鱼买酒。与闽商海贾。拍浮酒船中，以了此生足矣。虽千钟之禄，五鼎之食，吾安肯以彼而博此哉？然吾之术，其久而当复兴乎。晋和峤[10]闻其风而悦之，致赀巨万，遂爱之成癖。故鲁褒著论非之[11]，以矫其俗。唯阮宣子以放达，不喜俗物。而与方之徒杖策出游，至酒垆，辄取饮之。[12]王夷甫口未尝言方之名，但称阿堵物耳[13]，其为清议者所鄙如此。唐兴，刘宴为度支判官[14]，以国用不赡，请复方术，以便于国用，语在《食货志》。时方没已久，其门徒迁散四方者，物色求之，起而复用，故其术大行于开元、天宝之际，诏追爵方朝议大夫少府丞。及炎宋神宗朝，王安石当国，引吕惠卿同辅政，立青苗[15]，时天下始骚然大困。苏轼极论其弊，欲尽斥之，而反为所陷，遂贬逐。由是朝廷之士不敢言，司马光入相，奏废其法，荐用苏轼，而方之徒稍衰减，而不复盛焉。方子轮，以轻薄获讥于世，后为水衡令，赃发见诛云。

史臣曰："为人臣而怀二心以邀大利者，可谓忠乎？方遭法遇主，聚精会神，以握手丁宁之契，横受不赀之宠，当兴利除害，以报恩遇，而助濞擅权，乃树私党，非忠臣无境外之交者也。方没，其徒复用于炎宋，阿附执政，反陷正人，虽修短之理在于冥冥，若元帝纳贡禹之言，一旦尽诛，则可以灭后患也，而止加裁抑，使流弊于后世，岂先事而言者，尝患于不见信乎。”

注释

[1] 孔方字贯之：钱形状外圆，中有方孔，以绳贯穿，称为一贯。此句暗用其意。

[2] “吴王”句：西汉吴王刘濞骄奢擅权，煮海为盐，私铸官钱，属于不法行为。

[3] 虎帝：汉武帝，曾制造五铢钱。

[4] 权子母轻重之法：权子母，指放高利贷，放本钱（母）以生利息（子）。轻重，指货物贵时钱重（即升值），贱时钱轻（即贬值）。

[5] 交通：指往来勾结。

[6] 弹棋格五：皆赌博、赌钱之术。

[7] 贡禹上书：贡禹是西汉元帝时大臣，上书主张废除钱币。

[8] 榖梁学：《榖梁传》是《春秋》三传之一，这里借用榖梁二字指钱粮之学。

[9] 余息：指后人。

[10] 和峤：西晋人，爱钱如命，自称有“钱癖”。

[11] 鲁褒：西晋鲁褒著《钱神论》，批评拜金主义者追求金钱的恶习。

[12] 阮宣子：西晋阮修，好独步行，杖头挂百钱，常至酒家，自酌自饮。

[13] 王夷甫：西晋王衍，尚节俭，口不言钱。其夫人戏以钱绕床使不得行。他说：“举却阿堵物。”意谓把这个东西拿掉。后人遂戏称钱为“阿堵物”。

[14] 刘晏：唐玄宗时宰相，经济学家，主张铸钱以资国用。著名的“开元通宝”铸于是时。度支判官，相当于今之财政部长。

[15] 立青苗：北宋王安石推行新法，其中青苗法要点是：在农民春种时由官府放钱出贷，秋后以二分息还钱。本意是免得农民急需用钱时受到高利贷的剥削。然而在实际执行中，反而受官府强制摊派借贷，秋后加息还贷之害，惠民政策变为殃民，所以受到苏轼、司马光等的反对。

评析

此文选自《东文选》卷一百，把钱币拟人化，描绘其产生、发展的历史、作用和影响，批判种种拜金主义的不良现象。中国之同题材作品出现很早。西晋鲁褒有《钱神论》，把金钱拟人化，与之对话，首次以“孔方”为钱的外号。宋代吴应紫有《孔元方传》，匡仕衡有《金银传》，元代胡长孺、牟献之各有《元宝传》，涂几有《孔方传》，高明有《乌宝传》，皆对金钱造成社会风气败坏进行揭露批判。元人释克清的《孔方传》，则肯定金钱的财富流通作用，它所形成的不良现象是世人使用不当之过。明人吴达斋《孔元方传》客观地记述钱币产生、经历、作用，无所褒贬。历代拟人化的钱币有铜钱、银锭、纸钞等，形态不一而足。

十四　李奎报《清江使者玄夫传》

玄夫[1]，不知何许人也。或曰，其先神人也，兄弟十五人，皆体巨，绝有力焉，天帝所命扶五山[2]海中者是已。至子孙，形浸小，亦无以力闻者，唯以卜筮为业[3]。相地之利害，不常厥居[4]，故其乡里世系不得详焉。

远祖文甲，尧时隐居洛滨，帝闻其贤，聘以白璧，文甲负奇图来献[5]。帝嘉之，因封洛水侯。曾祖自言上帝使者，不言其名，担"洪范九畴"授伯禹者是也[6]。祖日若，夏后时铸鼎于昆吾[7]，致力有功。父重光，生而有文在左胁，曰："得我者，匹夫为诸侯，诸侯为帝王。"因采其文，名之玄夫。尤沉邃。其母梦瑶光星入怀，因而有娠[8]。始生，相者曰："背法盘丘，文成列宿，必神圣之相乎！"及壮，覃研历纬[9]。凡天地、日月、阴阳、寒暑、风雨、晦明、灾祥、祸福之变，无不逆知。又学神仙行气导引不死之方[10]。性尚虚，常介而行[11]。上闻其名，使命名聘焉，玄夫傲然不顾，乃歌曰："泥涂之游，其乐无涯；巾笥之宠，宁吾所期[12]？"由是不能致。

其后，宋元王时，豫且强逼之，将致于王[13]。未及谒，梦有人玄服而来告曰："我清江使者也，将见于王。"明日，豫且果以玄夫来谒。王大悦，欲爵之，玄夫曰："臣为豫且所强，且闻王有德，故来见耳。爵禄非本志，王岂欲留而不遣耶？"王欲放遣，因卫平[14]密谏乃止。即调为水衡丞，又迁授都水使者，俄擢为大使令[15]。凡国之施为注措，动作兴亡，事无大小，莫不咨[16]而后行。上尝戏曰："子，神明之后，且明吉凶，不早自图，落豫且之谋，为寡人所获，何也？"玄夫曰："明有所不见，智有所不及，故尔。"王笑之，其后莫知所终。至今，间有慕其德用黄金铸像而佩之者[17]。

胄子曰元绪[18]，为人所烹。临死叹曰："行不择日，今而见烹。虽然，尽南山之樵不能溃我。”其慷慨如此。次子曰元伫[19]，浪游吴越间，自号洞玄先生。次子，史失其名，形极小，不能卜，惟升木捕蝉，亦为人所烹。其族属或有得道，至千岁不死，所在有青云覆之者；或隐于吏，世号玄衣督邮云[20]。

史臣曰：“察至微，防未兆，圣人容或有差。以玄夫之智，不能杜豫且之谋，又不救二子之烹，况其余哉！昔仲尼厄于匡，又使门人子路未免于醢[21]。呜呼，可不慎乎！”

注释

[1] 玄夫：龟的别号。

[2] 五山：《列子·汤问》说，海上有五座仙山，每座山由十五只巨鳌分为三班轮流用头顶着，使不随波漂荡。后来，龙伯国的巨人钓走两座山下的六只巨鳌，其中的岱舆山与员峤山便沉没了。本文虚拟龟是巨鳌的后代。

[3] 浸：逐渐。卜筮：占卜吉凶。卜用龟甲，筮用蓍草。

[4] 不常厥居：没有固定居处。厥，其。

[5] 文甲：玳瑁别名，此处指龟。《易·系辞上》：“河出图，洛出书，圣人则之。”《礼记·礼运》疏引《中候握河纪》说，帝尧曾接受龙马从黄河中背出的河图。《尚书·顾命》孔安国传认为，河图即八卦。本文将黄河误为洛水。

[6] 洪范九畴：《尚书·洪范》中的九类治国大法。伯禹：大禹。《尚书·洪范》孔安国传认为，洛书即“洪范九畴”，是神龟从洛水中背出献给大禹的。

[7] 夏后：夏代君主，即大禹。传说夏禹平治水土后收集九州的金属铸成九鼎，鼎上刻画山精水怪的形象，使民众参识它们而不受迷惑。九鼎象征九州，成为传国重宝。昆吾：山名，盛产铜，又是部落名。

[8] 瑶光星：北斗七星的第七星。《宋书·符瑞志》：“帝颛顼高阳氏，母曰女枢，见瑶光之星贯月如虹，感已于幽房之宫，生颛顼于若水。”娠（shēn）：怀孕。

[9] 覃研：深入研究。历：历法。纬：纬书，以儒家经书附会神秘的术数，预言吉凶祸福。

[10] 行气：道家所修习的一种呼吸吐纳之法，以深、匀、细、缓为特点。这种行气又称“龟息”，因为乌龟善于闭气。导引：一种呼吸吐纳与屈伸手足相结合的健身方法。

[11] 介：既指甲壳，又指武士穿的护身铠甲。

[12] 巾笥（sì）：用绸巾包好再放进箱笼中珍藏。笥是盛衣物的方形竹器。《庄子·秋水》说，楚王要聘任庄子做官，庄子回答说：“楚国有只神龟，死以后被楚王用绸巾包好放进箱笼中，珍藏在庙堂里。乌龟难道希望这样的宠爱吗？它宁肯在泥巴里面游玩呢。”

[13] 宋元王：春秋时代宋国的国君。豫且（jū）：一作“余且”，渔夫名。《庄子·外物》说，余

且捕到一只大白龟，献给宋元君，宋元君杀了白龟，用它做占卜工具。以下宋元君做梦情节，均见《庄子·外物》篇。

［14］卫平：本篇杜撰的占卜者的姓名。

［15］水衡丞：官名，管理帝王的池苑。都水使者：总管水域的大官。擢：提拔。大使令：帝王特派的官吏。任命玄夫做官，实际是说把乌龟杀死，用龟壳占卜。

［16］咨（zī）：咨询，此处指占卜。

［17］唐代官僚带上佩戴龟，三品官以上龟袋用黄金装饰，称为金龟。

［18］胄（zhòu）子：嫡子。元绪：龟的别称。

［19］元伫（zhù）：吴越地方龟的别称。

［20］千岁不死：龟长寿，古人认为它可以活千岁。玄衣督邮：龟的别称。崔豹《古今注·鱼虫》："龟名玄衣督邮，鳖名河伯从事。"

［21］子路：孔子弟子，后来在卫国做官，死于动乱。醢（hǎi）：肉酱，被剁成肉酱。《庄子·外物》记载完神龟故事后，曾引用孔子的话说："神龟能见梦于元君，而不能避余且之网。……如是，则知有所困，神有所不及也。"

（陈蒲清、权锡焕注释）

评析

本文作者李奎报，第一编已介绍。本文选自《东文选》卷一百。

这篇传记把龟拟人化，概述经历甚详，作者精心搜罗选择关于龟的大量历史典故，上至神话，下至各种习俗，娓娓而谈，引人入胜。重点突出龟甲可占卜、预测吉凶的作用。最后的感慨是：虽然以神龟可以预知，但仍然不能自救。引申到世间和官场，风波险恶，为人处世不可不谨慎行事。

十五　李穀《竹夫人传》

夫人姓竹，名凭，渭滨人篔之女也，系出于苍筤氏。[1]其先识音律，黄帝采擢而典乐焉[2]。……总角有贞淑姿[3]。邻有宜男者，作淫词挑之。[4]夫人怒曰："男女虽殊，其拘节一也。一为人所折，岂可复立于世？"宜生惭而去。岂牵牛之辈所可觊觎也[5]。既长，松大夫以礼聘之[6]。父母曰："松公，君子也。其雅操与吾家相侔。"遂妻之。

夫人性日益坚厚。或临事分辨，捷疾若迎刃而解。[7]虽以梅仙之有信，李氏之无言，曾且不顾，而况橘老、杏子乎？[8]或值烟朝月夕，吟风啸雨箫酒，态度无得而状。好事者窃写其真，传之为宝，若文与可、苏子瞻尤好焉。[9]

松公长夫人十八岁，晚学仙游谷城山[10]，石化不返。夫人独居，往往歌《卫风》，其心摇摇不能自持。[11]然性好饮。史失其年，五月十三日，移家青盆山，因醉得枯渴之疾，遂不理。[12]自得疾，晚节益坚，为乡里所推。三邦节度使惟箘[13]，与夫人同姓，以行状闻，赠节妇。

史氏曰："竹氏之先，有大功于世；其苗裔皆有材，抗节见称于世。夫人之贤，宜矣！噫！既配君子，为人所倚[14]，而卒无嗣。天道无知，岂虚语哉？"

注释

[1] 筼（yún）：竹名。苍筤（láng）：青色的幼竹。《易·说卦》疏云："竹初生之时，色苍筤，取其春生之美也。"

[2] 典乐：主管音乐。《吕氏春秋·古乐》记载，黄帝时代，命令乐官伶伦制造律管。律管是截取竹管制成的，长短不同而音调差别，用以定音或候气。

[3] 总角：童年时代。贞淑：品质坚贞美好。

[4] 宜男：萱草又名宜男草，又名忘忧草。淫词：男女相爱的歌词或话语。

[5] 觊觎（jìyú）：非分之想。牵牛：双关牵牛花与传说中的牛郎。

[6] 松大夫：指松树。据《史记·秦始皇本纪》记载，秦始皇祭祀泰山，曾在松树下避暴风雨，因而封那株树为"五大夫"。

[7] 分辨：双关，既指破竹为器，又指剖析事理。迎刃而解：形容迅速破竹，引申为事情很快解决。《晋书·杜预传》："譬如破竹，数节之后皆迎刃而解。"

[8] 梅仙有信：梅花早春冲寒开放，报道春天信息。李氏无言：典出史记《李将军列传》："桃李无言，下自成蹊。"指德才突出而不宣扬自己。杏子：犹言杏先生。

[9] 写真：画像，此处指人们画竹子。宋以后，梅、兰、菊、竹四君子是文人画的常见题材。文与可：宋代名画家，以画竹著名。苏子瞻：宋代文学家苏轼字子瞻。苏轼《筼筜谷偃竹记》："故画竹必须先得成竹于胸中，执笔熟视乃见其所欲画者，急起从之。"

[10] 谷城山：一名黄石山，在今山东省东阿县境内。

[11] 卫风：指《诗经·卫风·淇奥》。开头说："瞻彼淇奥，绿竹猗猗。"心摇摇不能自持：字面意义是人不能把握住自己，此处形容竹子在风中动摇不定。

[12] 青盆山：杜撰的地名，指栽竹子的花盆。不理：不治，治不好。

[13] 箘（jùn）：一种竹子。"惟箘""三邦"皆出自《尚书·禹贡》。

[14] 为人所倚：被人依倚，成为竹杖。杜甫《佳人》："绝代有佳人，幽居在空谷。……天寒翠袖薄，日暮倚修竹。"

（陈蒲清、权锡焕注释）

评析

本文选自《东文选》卷一百，作者李穀（1298～1351），字仲父，号稼亭，高丽王朝末期文臣，又是学者、诗人，作品编为《稼亭集》。这篇文章将竹子拟人化，称之为夫人，极力加以赞美。作者抓住竹子的特点，运用典故时往往一语双关，如“迎刃而解”“为人所倚”等。最后一句：“天道无知，岂虚语哉?”寄托了作者对世事的感慨。从篇中描写看，作者的写作手法和道德节操观深受宋代文学和理学影响。

中国古代文学中，以竹拟人之作甚多，不少人将竹枕、竹席称为“竹夫人”，如吕南公《平凉夫人传》（竹枕）、张耒《竹夫人传》（竹席），以及李觉《竹颖传》、刘子翠《苍庭筠传》、杨维祯《抱节君传》等，不胜枚举。两者不同的是，中国的“竹夫人”服务于君王，高丽李穀的“竹夫人”是一介平民。高丽的释慧湛的《竹尊者传》，把竹子比拟为僧人，具备十种品德：初生即秀，渐老益刚，其理调直，其性清凉，其声可爱，其容可观，虚心应物，守节忍寒，滋味养人，多材利世。“竹尊者”实即作者之理想人格。中国清初作家宋琬也有《竹尊者传》，通过歌颂竹子寄托自己的人生理想。不论宋琬是否读过高丽释慧湛的文章，共同的道德规范和文化传承，完全可以产生不谋而合的作品。解读中韩两国许多题目相同或相似的文学作品，皆可作如是观。

十六　李詹《楮生传》

生，姓楮，名白，字无玷，会稽人也，汉中常侍、尚方令蔡伦之后[1]。生之生也，浴兰汤，弄白璋，藉白茅，故濯濯也[2]。其同母弟凡十九人，皆与亲睦，造次不失其序[3]。性本精洁，不喜武人，乐与文士游。中山毛学士[4]，其契友也。每狎之，虽点污其面，不拭也。学而通天地阴阳之理，达圣贤生命之源，以至诸子百家之书，异端寂灭之教，无不记识，征之斑斑可见。[5]

汉策士，以方正应科[6]。遂上言曰：“古今书契，多编竹简，兼用缯帛，并不便。臣虽不腆，请以心胸代之；如其不效，请墨之。”[7]和帝使验，果能强记，百无一失，方策[8]可不用也。于是褒拜楮国公、荆州刺史，统万字军，遂以封邑为氏。树肤、麻头、鱼网、袂根四人[9]，亦同奏，率以不完如奏免。既而学长生之术，不冲风雨，不食壁鱼，每于荐七日吸阳精，祛尘埃，熏其衣，而胜焉。[10]

晋左太冲[11]作成《三都赋》，生一见记诵，人竞传写。虽雅相知，罕得接见。后受王右军墨迹[12]，而其楷法妙天下。仕梁，臣太子统[13]，同撰《古文选》以传于世。承诏，与魏收同修国史[14]，以收好恶不公，谓之“秽史”。请辞，愿与苏绰[15]同考计帐，诏许之。于是朱出墨入[16]，综核明白，人称其能。其后得幸于陈后主，常与狎客安学士辈赋诗于临春阁[17]。及隋军渡京口[18]，陈将密启告急，生秘不开封，以此陈败。大业间，与王胄、薛道衡，事炀帝，共吟“庭草”“燕泥”之句[19]，寻以帝不欲人出其右，遂见疏略。则卷而怀之。

唐兴，置弘文馆，生以本官兼学士。与褚遂良、欧阳询，讲论前古，商榷政事，以致贞观之治[20]。及宋兴，濂洛诸儒[21]，共阐文明之治。司马温公[22]方编《资治通鉴》，谓生为博雅，每与咨焉。会王荆公用事，不喜《春秋》之学，指谓“断烂朝报”[23]。生不可，遂斥不用。逮于元初，不务本业，惟商贾是习，身带钱贯，出入茶坊酒肆，校其分铢[24]，人或鄙之。元亡，仕于皇明，方见宏任。其子孙甚众，或世史氏，或门诗家，草封禅录；登庸在官者知钱谷之数，从戎者记甲兵之初，其职事虽有贵贱，而皆无旷官之诮[25]。自以为大夫之后，举皆带素云。

注释

[1] 楮（chú）：树名，又名谷树，叶似桑，故用作“纸”的代称。楮生，将纸拟人为书生。名白，字无玷（diàn）：双关，纸张洁白无瑕。会稽：郡名，古代盛产名纸。蔡伦：字敬仲，东汉桂阳（今湖南耒阳）人。明帝、章帝时为宦官，和帝即位后，升任中常侍，后来兼任尚方令，掌管御用手工坊。他总结西汉以来造纸原料和技术，造出纸张。和帝推广了他的造纸术。后来被封为“龙亭侯”，其监制的纸称为“蔡侯纸”。

[2] 璋：一种作瑞信的玉器。古代生男孩，叫孩子玩璋，以祝愿他今后成为显贵的人。藉：衬垫。白茅：古代用以包裹或衬垫祭祀品。濯濯（zhuó）：洁白的样子。

[3] 造次：指仓促，匆忙之际。

[4] 毛学士：指韩愈《毛颖传》中的毛颖，即兔毫毛笔。

[5] 生命：即“性命”，儒家最讲究性命之学。异端：与正统思想对立的学派。寂灭之教：指佛教，佛教追求寂灭境界。

[6] 方正：指贤良方正科，汉代荐拔人才的一种科目。

[7] 腆（tiǎn）：丰厚。墨：双关，既指受墨刑（脸上刺字），又指用笔在纸上写字。

[8] 方：用以书写的木片。策：用以书写的竹简。

[9] 树肤：树皮。袂根：烂布巾。以上四物是蔡伦造纸用的主要原料。

[10] 壁鱼：衣服和书籍中的蠹鱼。荐七：古代每逢七天便祭祀一次，叫荐七。吸阳精：吸取太阳精华，此指晒书籍。尘埃：灰尘。

[11] 左太冲：西晋初年诗人左思，字太冲，他写成《三都赋》，后人们竞相传抄，以至洛阳纸贵。

[12] 王右军：晋代著名书法家王羲之，曾任右军将军，人称书圣。

[13] 太子统：梁武帝的太子萧统，未继位即去世，谥“昭明”，人称昭明太子。他爱好文学，聚集文士编成我国最早的诗文总集《昭明文选》。

[14] 魏收：北齐时代史学家，奉命编《魏书》，按个人好恶编写历史，褒贬不公，人称“秽史”。

[15] 苏绰：北周时代名臣。其事迹见于《周书》及《北史》的本传。

[16] 朱出墨入：用红、墨两色书写，表示不同意义。《北史·苏绰传》：“绰始制文案程式，朱出墨入，及计帐户籍之法。”

[17] 陈后主：陈朝亡国之君。狎客：指亲昵的弄臣。安学士：疑为江学士，指江总。临春阁：楼阁名。陈后主穷奢极欲，用沉香木建造了临春等三座楼阁，隋兵入金陵，皆焚于火。

[18] 京口：长江下游重镇，地在今江苏镇江。588 年，隋兵攻陈，陈后主仍与宠臣们饮酒赋诗，守江诸将告急，竟一概不理。隋兵攻入陈都建康（今南京市），俘虏陈后主，灭亡陈朝。

[19] 燕泥：出自薛道衡的名诗《昔昔盐》，“暗牖悬蛛网，空梁落燕泥。”据《隋唐嘉话》说，隋炀帝因此嫉妒薛道衡的才华，薛因罪入狱被缢死，炀帝得意地说：“更能作‘空梁落燕泥’否?”

[20] 弘文馆：唐初设置，馆中置学士，掌管图书，教授生徒，并参议朝廷的制度、礼仪。褚遂良、欧阳询皆唐朝初年文臣，著名书法家。贞观：唐太宗年号，公元 627 ~ 649 年。

[21] 濂：指宋代理学的开山祖周敦颐，因居于濂溪，人称濂溪先生。洛：指北宋理学的代表人物程颢、程颐两兄弟，他们是洛阳人，故其学说称为洛学。

[22] 司马温公：政治家、史学家司马光，死后朝廷追赠“温国公”爵号。

[23] 王荆公：王安石，封“荆国公”。他把记述简短的《春秋》称为“断烂朝报”。朝报：封建朝廷的一种公报，刊载诏令、奏章与官吏任免消息。

[24] 校（jiào）：计较，精细计算。分、铢（zhū）：极小的重量单位。一百分相当一两，二十四铢也相当一两。出入茶坊酒肆，是暗示元朝盛行纸币。

[25] 封禅：帝王祭天地的一种大典。封禅时要文臣起草祭告天地的文书。登庸：被提拔任职。旷官：做官不尽职。诮（qiào）：责备。

（陈蒲清、权锡焕注释）

评析

本文选自《东文选》卷一百零一，作者李詹（1345～1405），高丽王朝和朝鲜王朝初期政治家、文学家，有《双梅堂集》。此文把纸张拟人化为楮生，认为它是发明者蔡伦的后代。作者巧妙地组织历代关于纸的典故，描述了纸的特色和制造工艺，特别是纸张在政治、文化领域的广泛功能。造纸术是中国古代四大发明之一，对中华文化史影响深远。本篇相当于纸的史传，纸的颂歌。明人闵文振有《楮待制传》，清人张潮有《楮先生传》，二文之重点不在纸的历史，而在于与笔、墨、砚合作的贡献，而纸的传播功能至巨，影响深远。最后皆因小人胡乱涂写，蠹虫咬伤残缺，不得不退休，以其子孙继职。这样结尾是双关而且风趣的。

十七　柳本学《乌圆传》

乌圆，字午直，[1]鲁人也。其先有乌公者[2]，游魏人西闾之门，善捕家鹿。闾爱之，给俸日百钱，封为“百钱君”。母梦巨斗覆身，孕三月生圆。幼甚孱劣，不能自持。及长，状貌精悍，骁勇绝伦，眼光烁烁，其瞳至午则纤如线。有以善诇盗[3]，荐于其君。其君甚爱之，常置左右。坐之以氍毹[4]，赐之以鱼肉。圆必伏而食之，饱即曲卷而眠，或终日不觉。君亦不罪之，其亲宠如此。

圆为人，刚猛剽戾，力折群小。每朝，着玄衣缟裳，谔谔声唱而入。[5]群小皆惊避之。其君尝与圆戏殿上，偶触其鼻甚冷，君惊曰：“何汝鼻之冷也！”圆悚而对曰：“臣有鼻病，四时皆寒。至夏至，则少热。”君笑之，命疡医赐乌药水灌之，终不瘳。[6]

圆尝值禁庐。昏夜有黑衣小贼，自内库偷入宫中，从复道攀援欲上。见圆，趱入壁罅，圆知之，乃屏气潜伏于阈外[7]。贼复入室，啮伤器物，窃食方丈之膳。圆用力一跃，扼其项而殪之[8]。君嘉其功，封为乌程侯，食邑于乌鼠山。圆辞曰：“此所谓鼠窃狗偷之盗，臣安敢受封？”君不听。

圆由是气益骄，媢害同类[9]。与猎者卢令有隙相争[10]，令以拳搏之，圆不能当，批其颊，大嗔之。人诉于君，君不悦曰：“乌程侯而受搏于猎者，焉用之?”自此，宠少衰，而且年老，貌甚龙钟，尤嗜眠，不能制群小。君憎之。一日，侍左右，君起如厕，圆暗啜床炙；见君，走入床下。君怒曰：“不能除鼠窃之盗，而反效鼠窃乎?”乃劾不敬。收乌程侯印绶，盛以鸱夷[11]，弃之于道。圆仅得脱，寄食于人家。然善偷，人甚恶之。其后病死。子孙甚多，遍于国中。

太史公曰：“乌圆之所可称者，即刚猛能慑群小。而及其老也，与猎者争哄，又窃其君之膳。此所谓耄荒失其常者耶？夫人之有初有终，诚亦难矣！然，圆有捕贼奇功，而以微过见黜，功不能掩过，岂不冤哉!”

注释

[1] 乌圆：指猫。猫的眼睛又黑又圆，故名“乌圆”。正午时猫眼眯缝成一线，故字之为“午直”。

[2] 乌公：春秋时代，楚国方言称老虎为“乌菟”。作者认为虎是猫的祖先。

[3] 诇（xióng）：侦察。

[4] 氍毹（qúyú）：毛衣，毛毯。

[5] 缟（gǎo）：白色。谔谔（è）：直言不讳的样子。

[6] 疡医：治疮伤的医生。乌药：一种热性的药。瘳（chōu）：痊愈。

[7] 闼（tà）：宫中小门。

[8] 殪（yì）：死亡。

[9] 娼（mào）：嫉妒。

[10] 卢令：指猎狗。战国时代韩国的良犬称为卢令或韩卢。

[11] 鸱夷：革囊。传说吴王夫差把伍子胥的尸体装入革囊抛到江中。

（陈蒲清、权锡焕注释）

评析

作者柳本学（生卒年不详），字问庵，朝鲜王朝英祖时期（1724～1776）文学家。著作编为《问庵文集》。此文为猫立传，对猫的形象，特别是对猫捕鼠的动作，作了传神的描绘。既表现猫捕鼠有功而受赏赐，又记述老猫因懒惰而遭冷遇。本文刻意模仿韩愈《毛颖传》，文末略含褒贬，一是做人要有始有终，保持晚节；二是讽刺君主的刻薄寡恩。

十八　李钰《南灵传》

南灵，字烟，其先有淡巴菰者，当崇祯间以医术闻[1]。尝游九边，治戍卒寒疾甚神，以功封南平伯，子孙遂氏焉，灵其枝叶也。[2]

为人短小精悍，黄黑色，性甚刚烈，习兵书，善于火攻。天君[3]御国之三十三年夏六月，大霖雨逾月不止。于是灵台贼秋心起兵作乱，连陷鬲县齐州等地，方塘失守。[4]围天君数重，困于垓心。征诸将入援。黄卷从银海欲径趋九曲河，贼炽火焚之，卷鏖于眉山，不得入。或荐灵可将，天君乃使火正黎持节拜灵为神火将军平南侯，使火速赴难。灵闻命，仗节临军。设烽燧于金台，从管谷穴道而行，过石城，涉华池，[5]逾咽喉关，击贼于鬲县，烧走之。进战于灵台下，与贼大鏖，火烈风猛，烟气回塞。秋心赴火自焚死，余党悉降。

天君大悦，使册灵为西楚霸王，加九锡。……灵虽受封西楚，而时秋心之徒忧心，犹隐伏于气海[6]。故不许灵之国。灵仕于朝，兼进香使、榷茶使、酒泉太守，[7]权重一世。天君尝指而语曰："不可一日无此君。"

注释

[1] 淡巴菰：烟草在明末由吕宋传入中国，译音为淡巴菰，至今韩国人口语中仍称烟草为淡巴菰。它是从南方传入的，故戏称它姓"南"。崇祯：明朝最后一个君主的年号。

[2] 氏：姓氏。这里作动词用。枝叶：犹言后代的一支。

[3] 天君：人的心性，指挥肉体的精神。此词出于《荀子·天论》。朝鲜王朝作家金宇愚作《天君传》，郑泰济作《天君演义》，林悌作《愁城志》，皆以天君作假传主角。

[4] 灵台：指心，古人以心为思维、情感器官。秋心：合成一个"愁"字，秋心贼指忧愁病。鬲：谐"膈"。齐：谐"脐"。方塘：指心的周围，古人称心为方寸之地。

[5] 金台：指旱烟具的铜嘴，是放烟丝并点火的地方。管谷穴道指竹子做的吸烟管。石城：指牙齿。华池：指口腔。

[6] 气海：穴位，在小腹部位。

[7] 香使：指焚烧的檀香。榷茶使：指茶叶。酒泉太守：指酒。

（陈蒲清、权锡焕注释）

评析

作者李钰，生卒年不详，生活在18世纪，有《文无子文抄》《梅花外史》等。此文是一篇以烟草为主角的拟传体寓言。当时人们认为烟草有治病的功能，一是驱寒，治疗生理疾病；二是解愁，治疗心理疾病。本文将烟草拟人化，将烟草治病的过程虚拟为一场战争过程。朝鲜王朝后期的拟传，历史典故减少，常用一字双关，以形意相近的名词指代模拟事物本身的特点，如“秋心”（愁）、“鬲”（膈）、“齐”（脐）、“方塘”（方寸）、“石城”（牙齿）、“花池”（口腔）、“咽喉关”（咽喉）、“金台”（铜烟嘴）以及“天君”“灵台”等，假设成一场以烟火破敌的战争，显得故事情节复杂，更加巧妙多趣。中国古代以植物拟人化的文章不少，但尚未有以烟草为主角者。朝鲜王朝后期的拟传，用典减少甚至没有，新的题材增多。同时期的中国拟传，有为鸦片、鼻烟壶、纸牌等新玩意儿作传者。

日本、琉球纪实传记

一　佚名氏《威奈卿墓志铭》

卿讳大村，桧前五百野宫御宇天皇[1]之四世，后冈本圣朝[2]紫冠威奈镜公之第三子也。卿温良在性，恭俭为怀，简而廉隅，柔而成立。后清原圣朝[3]初授务广肆。藤原圣朝[4]小纳言阙[5]。于是高门贵胄，各望备员。天皇特擢卿除小纳言，授勤广肆。居无几，进位直广肆。以大宝元年[6]律令初定，更授从五位下，仍兼侍从。卿对扬宸扆，参赞丝纶之密[7]；朝夕帷幄，深陈献替之规。四年正月，进爵从五位上。庆云二年[8]，命兼太政官左小辨[9]。越后北疆，冲接虾虏[10]，柔怀镇抚，允属其人。同岁十一月十六，命卿除越后城司。四年二月，进爵正五位下。卿临之以德泽，扇之以仁风，化洽刑清，令行禁止。所冀享兹景祐，锡以长龄[11]；岂谓一朝遽成千古[12]！以庆云四年，岁在丁未，四月廿四日，寝病终于越城，时年四十六。粤以其年冬十一月乙未朔廿一日乙卯，归葬于大倭国葛木下郡山君里狛井山冈。

注释

［1］野宫御宇天皇：即宣化天皇，535～539年在位。

［2］后冈本圣朝：即齐明天皇（女），645～661年在位。

［3］后清原圣朝：即持统天皇（女），686～697年在位。

［4］藤原圣朝：即文武天皇，697～707年在位。

［5］小纳言：日本官制，有大纳言（正三位）、中纳言（从三位），还有小纳言。阙：空缺。

[6] 大宝元年：大宝文武天皇年号，大宝元年为701年。

[7] 对扬：面君奏对。宸扆：帝廷。参赞：参与协助朝政。丝纶：皇帝诏令。

[8] 庆云二年：庆云为文武天皇第二个年号，庆云二年为705年。

[9] 太政官左小辨：日本天皇之下最高执政官称关白，正一位。其次太政大臣，从一位。左小辨：当为其属下办事官员。

[10] 虾虏：又称虾夷，日本古时北方少数民族，居住在北海道、库页岛和千岛群岛。此句意谓，威奈卿到北部边疆，镇抚虾夷等少数民族。

[11] 享兹景祐：享受盛大的福祐。锡以长龄：上天赐以长寿。

[12] 一朝遽成千古：很快去世，成为千古之恨。

评析

此文转引自陈福康《日本汉文学史》上册，上海外语教育出版社2011年出版，第75～76页。陈福康教授认为，“这是迄今所知日本最早也是写得较漂亮的汉文墓志铭”，是一篇微型的人物传记。明和七年（1770）出土于太和葛下郡马场村，今藏大阪四天王寺明净院。墓主姓“威那”，其他古书或写作“韦那”“伟那”“为那”，大概是宣化天皇的后代。墓志铭介绍威奈卿的仕宦经历，提到“从五位下”“正五位下”。日本官制学习中国，改中国九品为九位，每“位”也分“正”“从”。此人官职不太高，任职北疆，能够“临之以德泽，扇之以仁风，化洽刑清，令行禁止”。历官朝廷，品德“温良”“恭俭”“廉隅”（语出《论语》《礼记》等中国古籍）。行文整饬，语言典雅，“对扬”“参赞”“帷幄”“献替”，皆中国古籍常用词语，下面的二十句铭文，皆为四言，简括工丽。符合中国铭文风格。

此文的少数注释，参考陈福康的注作了补充，有些官职和地名，未得其解，存而待考。

二 纪纳言《亭子院饮赐记》

延喜十一年[1]，夏六月十五日，太上法皇开水阁排风亭，别唤大户，赐以醇酒。盖禅观之暇，袪虑之馀，遣避暑之情，助送闲之趣也。然应其选者，唯参议藤原仲平、兵部大辅源嗣……等八人而已。并皆当时无双，名号甚高，虽饮酒及石，如以水沃沙者也。爰有敕命，限二十杯，杯内点墨，定其痕迹，不增不减，深浅平均。递各称雄，任口而饮，及六七巡，满座酩酊。不道寒温，不知东西，数称见风，起居不静。其尤甚者希世[2]，偃卧门外；次极者仲平[3]，呕吐殿上。其馀我而非我，泥之又泥也。或魂销心迷，尸居不惊；或舌结语戾，鸟啭难辨。至如经邦[4]者，始示快饮，意气洋洋；终事反泻，穷声喧喧。才不乱者，伊衡[5]一人。殊有抽赏，赠一骏马，事止十杯。不更复酌。于时光景渐暮，笙歌数奏，各各缠头，倒载而归。有一病臣，不饮独醒。具见行事，走笔记之。嗟呼！始闻其名，皆谓伯伦[6]再生，犹难相抗，至见其实，即虽病老半死，厥几可及。古之所谓羊公鹤[7]者，诸君之喻欤。

注释

[1] 延喜十一年：公元 911 年。

[2] 希世：指八人中的散位平希世。

[3] 仲平：指参议藤原仲平。

[4] 经邦：指八人中的出羽守藤原经邦。

[5] 伊衡：指八人中的左兵卫佐藤原伊衡。

[6] 伯伦：西晋人刘伶，字伯伦，嗜酒，作《酒德颂》。

[7] 羊公鹤：西晋羊祜夸其鹤能舞，客来而鹤不舞，后世称有名无实者为“羊公鹤”，此句讥讽八位号称能饮者，名不符实。

评析

作者纪纳言，即纪谷长雄（845～912），历任大学头、参议、中纳言，后世又称之为纪纳言，著有《纪家集》。这篇《亭子院饮赐记》，选自《本朝文粹》卷十二。是一幅醉鬼丑态图，滑稽多趣。开头交代时间、地点、主人、客人。太上皇特别召唤大臣赐饮，八位高官酒量都是当世无双者。每人限二十杯，每杯深浅平均，轮番依次而饮，喝到五六巡，满座大醉，不知东西，不道寒温。一人仰卧门外，呕吐殿上，一人腹泻，大吵大闹，有人不认得自己，有人舌头结巴，言语不清，只有一病臣，不饮独醒，走笔记之——这无疑就是作者本人了。在太上皇面前竟然出现如此狼狈场面，也许当时日本朝野不以为非，反以为雅。在中国魏晋时期，文人聚会时有过类似现象，受到人们指责。唐代杜甫有《酒中八仙歌》，分别赞美八位在不同场合狂放不羁的酒徒。此文则是八位酒鬼在太上皇面前集体出丑。可以认为是罕见的奇人奇文，可视为纪实而调笑之作。

三 大江匡房《暮年记》

予四岁始读书，八岁通史汉[1]，十一赋诗，世谓之神童。源大相国，风月之主[2]，社稷之臣也，试赐雪里看松贞之题。此日时栋朝臣在座，笔不停滞，文不加点，相府深赏叹之，幸赐汲引之恩。宇治前大相国，又为被赋诗，忝有征辟，雅豫参不赋之，依当相府之忌日[3]也。十二日，此日相[4]予曰：履地逾人，必至大位。[5]故肥前守长国朝臣，予先祖李部大卿之门人[6]也，长于文章，时在任国，见予诗草，送书贺之。十六作《秋日闲居赋》，故大学头明衡朝臣，深以许焉。常曰："其锋森然，定少敌者。"后作落叶埋泉石诗，感曰：已到佳境，予后日见之，未尽其美。然而感先达名儒如此。故文章博士定义朝臣，谓予师右大弁定亲朝臣曰：定义始不许江茂才文[7]，近日制作，可谓日新。故都督源亚相，久好钻仰，兼知文章，见予文章，必加褒美。马嘶吴坂之风，龟拚卢江之浪，予升进之间，必加吹嘘之力。前肥后守时纲朝臣，深得诗心，见予前大相国表，并源右相府室家源二位愿文，曰：殆近江吏部之文章。故伊贺守孝言朝臣，扫部头佐国，提携于文，浮沉于道。盖后进之领袖也。见予圆德院愿文，并前大相国开白第三表，深感叹。故式部大辅实纲朝臣、雅不深文章，犹非无感激，见予高丽牒而心伏。右中弁有信朝臣，颇得诗心，见予文章，泣而感之。爰顷年以来，如此之人，皆以（已）物故[8]，识文之人无一人存焉。司马迁有谓曰：为谁为之，令谁闻之。盖闻，匠石辍斧于郢人[9]，伯牙绝弦于钟子[10]，何况风骚之道，识者鲜焉。巧心拙目，古人所伤。宽治[11]以后，文章不敢深思。唯避翰墨之责而已。若夫心动于内，言形于外，独吟偶咏，聊成卷轴，仍记由绪，贻于来叶[12]。

注释

[1] 史汉：《史记》《汉书》。

[2] 风月之主：吟咏风花雪月的重要作家。

[3] 忌日：古代上流社会称父母或祖父母逝世之日为忌日。在若干年之内，每逢此日，不能办喜事，不能举行欢庆宴游活动，以表示哀悼和追思。

[4] 相：相面，以预测未来之吉凶祸福。

[5] “履地”二句：指进入仕途，必将超越他人，定能担任高官。

[6] 门人：学生。

[7] “定义”句：起初我不欣赏。许：赞许。江茂才文：江秀才的文章。江茂才指大江匡房，东汉为避光武帝刘秀名讳，改称秀才为茂才。

[8] 物故：去世。

[9] “匠石”句：典出《庄子·徐无鬼》，匠石运斤如飞，削郢人鼻尖之垢而不伤，人叹为绝技。郢人死后，匠石收起其斧斤，不再表演，因为失去合作者的镇定配合，这项绝技表演是不会成功的。

[10] “伯牙”句；春秋时音乐家俞伯牙善弹琴，其友钟子期最能体会其琴心，知其意在高山，或在流水。俞伯牙称之为“知音”。钟子期死后，俞伯牙不再弹琴，因为无人“知音”了。

[11] 宽治：指日本后一条天皇两个相连的年号。宽仁（1017～1021）、治安（1021～1024）。

[12] 贻：赠。来叶：后来人。

说明

本文选自《本朝续文粹》卷十一，署名江大府卿，即大江匡房（1041～1111）。他出身世家，少年成名，仕途顺达，曾任太子侍读，后来官至太宰辅帅，式部大辅、权中纳言，正二位，诗文素负重名。这篇《暮年记》，回顾他从少年时起，屡受前辈先达褒奖。文中列举十二位达官贵人的名字和官职以及他们的评语，显然是自我炫耀。此文立意颇学西汉东方朔的《自荐书》，东方朔自述从12岁到22岁，读了80万言书，相貌英俊，品德高尚：“目若悬珠，齿若编贝，勇若孟贲，捷若庆忌，廉若鲍叔，信若尾生，若此，可以为天子大臣矣。”如此自夸，乃天下奇文。大江匡房借前辈以自夸，也堪称天下奇文。他自称“八岁通史汉”，可见他是读过《汉书·东方朔传》的。

四　藤原敦光《白山上人缘记》

白山者，山岳之神秀者也，介在美浓、飞弹、越前、越中、加贺五个国[1]之境矣。其高不知几千仞，其周遥亘数百里。天地积阴，冬夏有雪，譬如葱岭，故曰白山。夏季秋初，气暄雪消，四节之花，一时争开。侧闻养老年中有一圣僧，泰澄大师是也。初占灵窟，奉崇权现[2]以降。效验被于遐迩，利益及于幽显。参诣其场之者，百日断荤腥；来至其砌之者[3]，二里禁涕唾。依信心之清净，有感应之揭焉。爰西因者，本是肥前国松浦郡人也。龄十有四，出家求道，离本乡，登台山，登坛受戒。其后年年岁岁，在在处处，难行苦行，无有休息，遂到此山，永为其栖久修练行，四十三年于兹矣。兴法之志虽深，利生之愿难大。身无依怙，力所不及。然而且依一大事之因缘，且任十方界[4]之施与。始自今朝，期未来际。先契一万年之星霜，定置十二口之夏葛。昼夜不断，奉念弥陀宝号[5]。是则末法万年之间，弥陀一教可遗之故也。抑勤修此善之道场者，当山之麓，笥笠神宫寺也。半丈六皆金色阿弥陀如来像一躯[6]，訛眦首，莹尊容[7]。负戴其像，奉请此处，将立精舍[8]以奉安置耳。是则所以妙理权现初现弥陀身也。西因便发大愿曰……：伏惟娑婆世界[9]与极乐国土，净秽杂异，机缘甚深。其中我日本国者，佛法繁昌于他境[10]，是以虽为边鄙下贱之人民，谁无见佛闻法之功德，定知有净刹因之辈，生于斯土明焉。嗟乎！十恶五逆者[11]，风前之尘；妄想颠倒者，空中之花。弥陀之白毫[12]一照，烦恼之黑业[13]悉除。然则谁不登观音之金台乎[14]？讵不诣安养之宝地乎？若一人不往生者，我誓不成正觉。况乎此会结缘之辈，此地役膝之人[15]，今生镇蒙我山加护，当来必证彼岸觉位。于时保安二年[16]六月一日，佛子西因为贻将来，扬摧[17]记之。

注释

[1] 五个国：日本列岛古代存在许多小国，后世“国”已不存，地名仍旧使用。

[2] 权现：佛教语，谓佛教菩萨为普度众生而暂时显现化身。

[3] “参诣其场”两句：场，指佛教道场；“砌”，指殿前阶下。两句中的“之”字，在汉语中是多余的，此为日本特殊用法。

[4] 十方界：十方世界。佛教认为东西南北四维上下为十方，泛指一切众生所依之国土。

[5] 奉念弥陀宝号：佛教认为，常念诵“南无阿弥陀佛”能往生净土，逢凶化吉，改变命运。

[6] “半丈六皆金色阿弥陀如来像一躯”：按中国禅宗佛寺惯例，大雄宝殿正中主尊为如来佛，高丈六，金身。左侧为过去佛燃灯佛，右侧为未来佛弥勒佛，是为“竖三世”。另有“横三世”，正中为如来佛，左侧为药师佛，右侧为阿弥陀佛。此句中“阿弥陀如来像一躯”，合二为一躯，

可能有脱文。又，中国佛殿主尊如来佛皆为全塑像，此文加“半”字，疑为半浮雕，以木屏或石屏为背座，可能是日本佛寺特色。

[7] 誂：疑为“眺”字之误。毗首：即毗首羯摩天，佛教大神，是能工巧匠，掌上天建筑雕刻事务。“莹尊容”，为佛像开光美化。

[8] 精舍：初指儒家讲学学社，后来兼指佛教寺庙。

[9] 娑婆世界：佛教语，泛指人的世界，即永远存在缺憾不够完美的世界，与“极乐世界”相对。

[10] 句意谓日本之佛法比其他国家更繁荣昌盛。

[11] 十恶五逆：佛教习惯语。十恶指杀生、偷盗、淫欲、妄语、两舌、恶口、绮语、贪、嗔、痴。五逆指杀父、杀母、出佛身血、杀阿罗汉、破和合僧。此外还有其他解说。

[12] 白毫：指弥陀佛的白色眉毛。

[13] 黑业：指恶业，不善罪业。

[14] 观音金台：观音菩萨有许多化身，其中之一是手捧金台，含笑迎接世上善男信女。

[15] 役膝之人：出力的人士。

[16] 保安二年：1121 年，保安是日本鸟羽天皇年号。

[17] 扬推：略举大要。

评析

本文选自《本朝续文粹》卷十一。作者藤原敦光（1062～1144），《本朝文粹》编者藤原明衡之子，少善文，对策及第后，仕五朝天皇，历任文章博士、大学头、式部大辅。《白山上人缘记》，实际上是《笥笠神宫寺化缘记》，主要记述白山上人即西因和尚筹建该寺的经过。开头一小段简介白山的地理位置和景色，下回一小段简述泰澄大师初次开山，继而一大段叙述西因和尚拓建佛寺的努力。他十四岁出家，在白山修行四十三年，向十方世界化缘，修道场，立精舍，塑造佛像，最后一大段是西因发愿之言：“若结缘此善，远近诸众生，不坐极乐者，我即不往生。……若一人不往生者，我誓不成正觉。况乎此会结缘之辈，此地役膝之人，今生镇蒙我山加护，当来必证彼岸觉位。”

文章骈散兼用，散句占大多数，写景、记事、说理，合为一体，层次井然。除少量佛教用语外，没有生僻典故，也没有大肆宣传佛法，没有描写佛寺建筑将如何华丽。与《本朝文粹》所录“神祠修缮”“供养塔寺”之骈体愿文相比，此文风格较为平实，可能与日本平安后期汉文学创作减少、骈偶浮夸之风渐衰有关系。

五　菊池三溪《市川白猿传》

称江户俳优者，必以市川白猿为巨擘[1]矣。白猿为人豪宕，尚义气，每观其门下众优演剧，诟骂曰："剧部虽小技，亦不可以无气也。儿辈迂拙，其所为皆傀儡[2]之属焉耳！宜乎观者厌弃不顾也！"众唯唯而退。白猿骂詈，日甚一日。众皆愤怨，谋托事杀之。一日，众优潜挟利刃，登场演剧，直薄白猿。凡剧部演击刺之故事，悉须没刃刀，故白猿不知其利刃，机变百出，纵横当之。众优无隙可投，辟易[3]而遁。既而剧讫，白猿欣然，令人招众优。众优惶惧，相告诫曰："事已发露，吾辈不知死所也！"骈首俯伏，莫敢仰见。白猿大具酒馔，自饮一觥，且嘱之曰："卿等今日伎俩，绝类逸群，视诸平日，巧拙天渊[4]，如出别手。"因其问其所自焉。皆俯首不答。研诘百方，始首其实。白猿大笑，抚掌曰："不负我所见！"不复问其罪。闻者吐舌，服其宏度[5]。

三溪氏曰："物之巧拙利钝，皆一气所贯穿，气盛者必克。俳优虽小技，不可无气者如此。况士而韦脂[6]软弱，毫无气力，一戏剧不如，岂不可愧之甚邪？孟轲氏说养气[7]，文天祥赋正气[8]，盖有慨于此也。"

注释

[1] 巨擘：大拇指，比喻在某方面居于首位者。

[2] 傀儡：木偶，此指杂技之类。

[3] 辟易：惊慌地退去。

[4] 巧拙天渊：巧拙相差极大。

[5] 宏度：大度。

[6] 韦脂：韦是柔化的熟牛皮，脂是动物的脂肪，二物性皆软弱。

[7] 孟轲氏：孟子。曾说过："我善养吾浩然之气"。

[8] 文天祥：南宋民族英雄，曾作《正气歌》。

评析

作者菊池三溪（1819～1891），前期为幕府儒官，德川将军侍讲，明治以后参加《日本野史》校订工作，他的文章有野史味道。此文主角市川白猿是戏剧演员，对手下门人的演技不满意时经常责骂没有气质。门人愤怨，密谋在演出时以有刃的真刀当道具杀死白猿。白猿不知其真，但他技艺很高，武打时机变百出，无隙可乘。门人谋杀计划败露后，白猿反而夸他们这次演出技术比平时高出很多，并不问罪。此人颇有侠气，此文可当野史来读。原文转引自陈福康《日本汉文学史》下册，第25～26页。

六　松林饭山《林子平画像记》（节录）

仙台冈天爵，赍藩人林子平画像一轴来，示余曰："此摹林氏传家肖像也，请子为记焉。"余受而观之，摹写入神，须眉皆生动。嗟乎，士负不世之才，抱绝人之明，而坎坷困顿，不得施于用，垂空言以传世者，盖有待于后之在位者。而后之在位者，徒诵其言，而不能尽用其言，竟致天下之祸，溃裂四出，而莫之救，使其人独获知言之名，如吾子平者是已。子平家贫，无妻子，常痛心于外夷[1]，著《海国兵谈》《三国通览》诸书，言触忌讳，幽囚以死。自今观之，何其见之明，言之切！而当时在位者，既狃承平[2]，曾无远虑，无怪乎以子平为罪也。余闻子平在藩邸，一日擐甲[3]上马出邸门，直入水户侯邸。门卒诘其故，曰："马逸也[4]。"问其姓名，曰："仙台林某。"卒白之侯[5]，侯素闻其名，召入。蓬发毵毵然[6]，眼光射人。问曰："汝非著《海国兵谈》者耶?"曰："然。"因赐酒遣还。盖其放荡不羁，类疏狂者之为，而其实眷眷[7]忧世，未尝食顷忘也。今观其像，盖使人想见其生平之概焉。……

注释

［1］外夷：指美国等侵略者以武力叩开日本闭关锁国的大门。

［2］既狃承平：长期因袭、习惯于太平局势。

［3］擐甲：穿上盔甲。

［4］马逸：马不听驾驭奔跑。

［5］卒白之侯：门丁报告水户侯。

［6］蓬发毵毵然：头发乱如蓬草，参差不齐。

［7］眷眷：眷念不忘。

评析

松林饭山（1839~1867），幼年称神童，少年已成名，结交名士，纵论时事，鼓吹尊王攘夷，抵抗帝国主义侵略，招致保守派忌恨，被暗杀，年仅29岁。这篇《林子平画像记》，实为稍前的改革志士小传。林子平“痛心于外夷，著《海国兵谈》《三国通览》，言触忌讳，幽囚以死”。松林饭山也有同样的思想和遭遇。文章只选取林子平初见水户侯一番对话，其放荡不羁的疏狂形象已跃然纸上。原文选自陈福康《日本汉文学史》中册，第562~563页。

七　源桂阁《葬诗冢碑阴志》

是为公度葬诗冢也。公度姓黄氏，名遵宪，清国粤东嘉应州举人。明治丁丑随使来东京，署参赞官。性隽敏旷达，有智略，能文章。退食之暇，披览我载籍，咨询我故老，采风问俗，搜求逸事，著《日本杂事诗》百余首。一日过访，携稿出示，余披诵之。每七绝一首，括记一事，后系以注，考记详核。上自国俗遗风，下至民情琐事，无不编入咏歌。盖较《江户繁昌志》《扶桑见闻记》尤加详焉。而出自异邦人之载笔，不更有难哉！余爱之甚，乞藏其稿于家。公度曰：“否。愿得一片清净壤，埋藏是卷。”殆将效刘蜕[1]之文冢，怀素[2]之笔冢也乎？余曰：“此绝代风雅事，请即以我园中隙地瘗之[3]。”遂索公度书碑字，命工刻石。工竣之日，余设杯酒，邀公度并其友沈刺史、杨户部、王明经昆仲等，同来赴饮。酒半酣，公度盛稿于囊，纳诸穴中，掩以土，浇酒而祝曰：“一卷诗兮一抔土，诗与云兮其千古。乞神佛兮护持之，葬诗魂兮墨江浒。”余和之曰：“咏琐事兮着意新，记旧闻兮事事真。诗有灵兮土亦香，我愿与丽句兮永为邻。”沈刺史等皆有和作，碑隘不刊[4]。明治己卯[5]九月桂阁氏撰并书。

注释

[1] 刘蜕：唐宋古文家，今湖南长沙人，为文不忍弃其稿，掘土埋之，有《文冢铭》。

[2] 怀素：（725~785），今湖南零陵人，唐代书法家，尤善草书，经常练书法，用秃许多笔，筑冢埋之。今零陵有怀素公园，内有“笔冢塔”。

[3] 瘗之：埋葬诗稿。

[4] 碑隘不刊：石碑狭小不能尽刻。

[5] 明治己卯：明治十二年，1879年。

评析

源桂阁（1848～1883），高崎藩主，明治维新后废藩置县，任高崎知事，不久辞官，入修史馆，闲居东京。广交文士，尤喜与旅日的中国、朝鲜文人用汉文笔谈，交情最深的是中国驻日使馆参赞黄遵宪。黄氏是中国近代重要诗人，著有《日本杂事诗》，初稿由源桂阁埋于东京隅田川（墨江）其家之庭院并立诗冢碑。源桂阁作此文记其事，前半段简介黄氏生平和《日本杂事诗》情况，后半段叙写葬诗时与朋友们饮酒赋诗，是中日文化交流史上一桩雅事。原文转引自陈福康《日本汉文学史》下册，第58页。

八 （琉球）陈元辅《中山自了传》

自了者，中山人，始生口哑，父母以为废人，不教以读书。八岁时，以手指天日，向其父欲有问状。父以为哑子故态，不之答。乃登海山绝顶，观日所自出处，晨往暮归。如是者月余，忽鼓掌大笑，似有得夫天地旋转日月升沉之理而快意焉。自是遇一事，见一物，必穷尽夜思索，务得其故而后已，类如此。其兄学枪棒法，自了从旁窃观，尽得其妙。后兄于庭中试其技。自了见之，冷然而笑。兄怒曰："汝以我有破绽处，或者汝能之乎？"自了持棒下庭，盘旋飞舞，势如矫夭游龙，操纵靡不如法，其兄始愧服不敢言。一日同里中儿登山，见一羊从高岩坠下不死，自了凝眸而思，默想所以不死之故也故者。良久忽大悟，遂飞身下岩，众人以为必死，下山视之无恙也。其弟借邻人书，置案头，自了翻阅毕，弟持去，自了索笔疾书，始末无一字错落。喜临池学帖[1]，笔如龙蛇，得王右军遗意。善镌圆章，刻画古朴，有秦汉风。尤工丹青[2]，凡古人墨迹，摹仿逼肖。杂之古书画中，无有能辨之者，后乃以善画得名。中山王闻之，召入内廷命画，凡山水、花竹、翎毛，笔笔入神。王爱之，常侍左右，赐号曰自了。崇祯年间册封行人杜三策至中山[3]。王出自了画，索留题，杜公大加称赏。比之顾虎头[4]王摩诘[5]，以为近代无有也。迄今字画流传国中，人得之如获重宝。年十八无疾而逝，葬三日后，圹开尸脱，唯余空棺衣履，异香缭绕不散。

余独恨自了无文章传世耳，使其父教以读书，则古文词诗歌，必能追踪往哲；不则天或假之以年[6]，阅历久而聪明生，未必无词藻可观也。康熙戊辰[7]春，予下榻琼河古驿，国使者梁本宁与其小阮得济秀才[8]，为予言。余奇其人，异其事，为之立传。

枕山[9]曰：五官[10]之于人，缺一不可，而自了独以口哑致神悟，何哉？盖耳目口鼻，惟口之为害最大。自了岂以不得之于口者，而得之于心耶？不然，何世之利口者多，而会心者少也。

注释

[1] 临池学帖：东汉书法家张芝，常在池边练习书法，池水尽黑。后世称学书法为临池。

[2] 丹青：指绘画。画家常用红色和青色。

[3] “崇祯”句：崇祯是明朝最后一位皇帝明思宗的年号。册封：中国中央王朝对周边藩属国之新即位国王封爵，以金册诏书封赠其为国王或郡王。“行人”，往来于中央和各藩国的外交官员。

[4] 顾虎头：东晋画家顾恺之，小字虎头。

[5] 王摩诘：唐代画家王维别号摩诘。

[6] 天或假之以年：上天如能多给他年岁。假是借的意思。

[7] 康熙戊辰：清康熙二十七年，1688 年。

[8] 国使者：琉球国使臣。与其小，“小”指随员，属下。

[9] 枕山：陈元辅字枕山。

[10] 五官：眼耳鼻舌口。

评析

此文选自《中山诗文集》，作者陈元辅，字昌其，原籍福建，曾任县丞。文章介绍一位天才哑巴，见一事物必穷思其故，见其兄练枪而自学枪法，见弟之书而默写无错字，尤喜书法绘画，成就很高，得到国王和中国使臣赏识，可惜十八岁即去世。作者最后发妙论，认为此人是不得于口而得于心者。世上确实有这样的人，哑巴口不会讲而手却很巧，瞎子眼不能视而听觉敏感，成为音乐演奏家，乃至推拿医生。此文题材新颖，描述生动，语言精练得体，是优秀的传记文。

越南纪实传记

一　佚名氏《皇越太傅刘君墓志》

皇越光禄大夫、推诚佐理功臣、入内侍省都知、节度使、同三司平章事、上柱国、开国公，食邑六千家，食[1]封三千户、遥受（授）上源洞中江镇[2]，太尉国公加太傅刘氏，讳庆谭，九真郡五县江[3]安朗村[4]人也。祖考族母女怀五男，有徽哲公（即）旅于客馆焉，乡党誉美，京国既闻。李天[5]第二世[6]敕进温良之户，充于内侍之侔，公龄仅有字。春秋渐长，忠信倍隆，非特异沐洪恩，只从锐能进立，累格三世[7]。曷一忠[8]，披心腹。以勤劳显臣子之明道，成仁主之申重。迁内掖之长官，承文命者，以律正兮；领军旅者，敏胜为兮。膺四世[9]明奉昌朝，圣帝宠锡，新恩景贶。同心同力，分忧分道，协同怀[10]，佐世兮极（势）荣光，舍寿兮极受[11]。年登六十有九，非折短也；位迁三司贵品，非下达也。从来济世之勋，中外悲[12]之意，有司敷奏，上闻，辍朝，叹人生之修约，系良弼之分事。呜呼！天地本始终之道，人间素生死之机。发肤归地兮清冷，精神在天兮英灵，金炉为奠兮香馥郁，玉卮三奠兮泪成血。白日闲斜，人情转切；一入墓陵，千秋永别。遂为铭曰：邦国升平，村□干城。良弼之庭，半千名世。限终□□，略记芳名。辛巳仲冬[13]，入兹墓茔。香魂杳杳兮斯长在，青冢沉沉兮斯有灵。

注释

[1]“食”字后疑缺“实”字。

[2] 中江镇：据阳亭吴世荣所著《二刘太傅神事状》无“中”字。

[3] 五县江：在今清化省。江为当时行政单位，相当于后来的县。

[4] 安朗村：今属越南清化省绍安县。

[5] 李天：即李朝。

[6] 第二世：即李太宗朝（1028～1054）。

[7] 三世：即李仁宗朝（1072～1127）、李神宗朝（1127～1137）、李英宗朝（1137～1175）三朝。

[8] 曷一忠：“曷”疑为“竭”字。

[9] 四世：三世之误。据墓志，刘庆谭死于辛巳年（即1161年）仲冬，寿年六十九，生年应是1093年。所以上文说他“累格三世”。

[10]“怀”字后疑有缺字。

[11]“受”字后疑有缺字。

[12]“悲”字后疑有缺字。

[13] 辛巳仲冬：即1161年12月。

评析

原文及注释据《越南华文铭刻萃编》第一册（北属时期至李朝）第199～202页。

此碑原立于越南太平省兴河县刘舍社，原碑今已不存。是越南迄今所知最早的墓志，内容与阮朝进士吴世荣（1802～1856）于1855年所撰《二刘太傅神事状》相符，可见吴世荣曾见过此碑。参考《大越史记全书》可知刘庆谭曾历奉三朝，屡立战功，曾任节度使、太尉、同三司平章事（相当于宰相）。此文具有相当高的史料价值，文章结构是越南碑传常见的规格（其中三个方框原字迹不清）。刘氏事迹另见《越南汉喃铭文汇编》第二集（陈朝）第751页，《刘氏祠庙碑》，可与此文合看。

二 胡宗鷟《慈恩寺碑铭并序》

绍宁[1]公主陈建寺于西关中，置所生善惠优婆姨香火堂[2]，起在于辛酉年[3]十一月，以壬戌年[4]十二月落成，太子詹事[5]忠靖上侯名之曰慈恩寺，示不忘本也。公以某尝有平昔之雅，且职在文字，谓金石之文非某不可，因伻图来示，使知地之形势，寺之本末。某敢不庸辞，乃纪其实以诏来者。西关属古屡乡，其东则大江一派，自京至于法口、济沧、汵湾，浸沿万顷，逍逍遥遥，若开若阖，迤其东者为费溪，衍其北者为种溪，朕常（?）回环，泓涵停滀，实为西关庆流所自之地也。岂天施地设必待扶人之德而后予之耶？何往昔之未闻，而创见于今日也。呜呼！曾子之言曰："慎终追远，民德归厚矣。"[6] 盖终者人之所易忽，远者人之所易忘，维孝子为能慎之追之于易忽易忘之际。故其德也，而民欲化之而归于厚矣。公主以帝姬之贵，不忘其本，每于岁时兴所心之思，而西关之地，耿耿于怀，往来屡矣。以至观堂宇之深严，望松横之郁茂，肃然、慄然，感由感生，乃建道场，观为四向之所，香斯火斯，琼（磬）斯鼓斯，以佛之慈思所生之慈，以佛之恩思所生之恩，顾其诚心何如耶？安知西关之民，耳钟鼓之音，目道德之懿，岂不亦化之而归于厚耶？固知斯寺之名，诚有补于世教，非特为佛法赞扬而已哉。

注释

［1］绍宁：是李朝公主的封号。

［2］优婆姨：指在家信佛的妇女。香火堂：礼佛进香之堂。所生：公主所生女。善惠是公主女儿的名字。

［3］辛酉年，1201 年，李高宗在位时。

［4］壬戌年，1202 年。

［5］太子詹事：太子身边的官员。

［6］慎终追远，民德归厚矣：语出《论语·学而》篇。意谓谨慎对待父母去世，追怀久远的先祖，民众的道德归于忠厚。

评析

此文选自《越南文学总集》第 3 册第 324 ~ 325 页，越南之社会科学出版社 1997 年出版。作者胡宗鷟，陈朝状元，累官至光禄大夫守中书令兼翰林学士奉旨。此碑不着重描述慈恩寺建筑之经过和规模，而致力于赞扬创建者绍宁公主的美德，提倡儒家的"慎终追远，民德归厚"，并与佛教提倡的"慈恩"相结合，"以佛之慈思所生之慈，以佛之恩思所生之恩"，以之感化民众，以补世教。

三　谢叔敖《宗庆寺碑铭并序》

夫境者心之光华，名者实之文饰。苟境有山水之灵，而人无才德之杰，则境之清奇，名之英茂，俱泯没于一时，况流传于万世者乎？粤[1]有富令场，通江弘农乡，崇庆寺者，乃父道叔姓阮名隐，字晚觉，之所创也。公好善人也，其配则父道女阮妸，守礼贞淑女也。故先父道阮公，以幼子阮天仗属公教养，俾主是乡。是以天仗渐磨教诲，善性长成。公不好治生，喜济人之急，意慕佛教，不茹[2]荤酒，十斋[3]诵经，率以为常。乡本无寺，而其所居之偏，冈峦郁秀，清泉涌冽，心甚爱之，乃建寺宇，以为晨昏香火之所。经始[4]于绍丰丙申一月，迨四月望日落成，奉安佛像，扁曰崇庆，又施田一园，以给住持者之养。寺成有年矣，某偶因公事至于是邦。公一见之，语及寺事，乃托以铭。顾某非大手笔，何敢当此，然嘉公生于膏粱[5]袨服之家，处薄恶难化之俗，乃能自觉觉他，顾不韪欤？[6]回视一乡一邑之长，以富贵相高，以酒色相尚，不可同日而语也。不揆[7]浅薄，乃为铭曰。……

皇越大治十年（1350）丁未岁三月日，奉读学生书史直首谢叔敖楚乡撰。

注释

[1] 粤：用作虚词，语首发端。

[2] 茹：吃，动词。

[3] 十斋：学佛之人当常食素，如不能，可持六斋（初八、十四、十五、二十三、二十九、三十）或十斋（加初一、十八、二十四、二十八）。后世多以初一、十五为常。佛教吃素的习惯非印度所传，是中国佛教于南朝梁武帝以后逐渐形成的。

[4] 经始：开始经营建设。语出《诗经·大雅·灵台》。

[5] 膏粱：肥肉、细粮，泛指美食。

[6] 顾不韪欤：顾，是转折词。不韪：不善。韪，读 wěi。句意谓，岂不是很好吗？

[7] 揆：揣测。不揆浅薄，意谓不考虑自己才识浅薄。

评析

本文选自《越南文学总集》第 3 册第 465～466 页。作者以简单的文字，记录阮隐创建崇庆寺的动机和经过。阮隐是比较富裕的普通百姓，无官职，非贵族，不好养生置业，喜济人之急。仰慕佛教，建寺的用意是实现自我觉悟，以觉悟他人。作者谢叔敖是陈裕宗时“奉读学生书史直首”，是位普通书生，文章风格质朴。

四　佚名氏《符门庵智禅师传》

黎朝安朗高野山符门庵智禅师，峰州人，姓黎讳铄，御蛮王之苗裔[1]也。早事场屋[2]，举进士第，充恭侯书家。年二十七，日从兄引至戒空法席闻讲《金刚经》，至一切有为法，如梦幻泡影，如露亦如电，应作如是观。忽然感悟，叹曰：“如来五语，盖不虚设。世间诸法，虚幻不实，惟道为实，我复何求。且儒家可说君臣父子之道，佛法可言菩萨声闻之功。二教虽殊，其为则一。然出生死苦，断有无计[3]，非释则不能也。”遂请拔剃，契言之后，径入慈山树下，昼经夜定，精修苦行，誓满六年。一日，丛次[4]见一虎逐鹿来，师论[5]之曰：“一切众生皆惜性命，汝勿相害。”虎低头伏地，作皈依[6]而去。寻庵于山下授徒，四方效供堆积。近山蛮獠，相与啸聚为盗。师每出，常有巨虎踞庵门，盗莫敢犯，其蒙师导诱而为善者，不可胜教（数）。英、高两朝，累征不起。辅国太尉苏公宪诚，太保吴公和姜，皆求执弟子礼，十年未尝识面。忽一日，与诸公相见，大喜，才问讯已[7]。师说偈曰：“即依出素养胸中，闻说微言意允从。贪欲黜除千里外，希夷之理日包容。”又云：“淡然自导，惟德是务。或云善言，拳拳一句。心无彼我，既绝昏霾。日夜陟降，无形可住。如影如响，无迹可趣。”言讫，端然合掌而逝。弟子恸哭，声振山门。

注释

[1] 苗裔：后代。

[2] 早事场屋：早年从事科举考试。场屋：旬中专指科举考场。

[3] 两句意谓，离开生死之苦恼，斩断有无的计较。

[4] 丛次：草丛里边。

[5] 论：讲理，教训。

[6] 皈依：佛教用语，通过一定仪式，表示信赖，依从佛教。

[7] 才问讯已：刚刚问讯完毕。问讯，即互相问候，是常人见面的基本礼节，佛教徒见面有多种手势和形式。

评析

此文选自《越南文学总集》第2册无名氏撰《禅苑集英》。该书记述从丁朝、前黎朝至李朝共十九世多位禅师生平事迹。智禅师属于第十六代，时当李朝英宗、高宗之时。智禅师先学儒，参加科举考试中进士，二十七岁后学佛，精修苦行，能伏猛虎，感化众盗，不入朝廷，不交权贵，无疾而终。这个故事，首尾清楚，言辞明畅。虽然带有神奇色彩，乃是佛家传记常见现象，可以作为传记来读。《禅苑集英》实为越南高僧传，稍晚出现的同类著作还有《上士行状》《三祖实条》等。

五　武芳堤《棋状元记》

武暄，慕泽人，进士武淳之侄也。天庭[1]有一骨突起，形如棋子。少有大志，及长，精于棋。时北国使[2]至，亦以善棋自负，求与我国王角胜，期以连输三局，必动兵端。我国志在屈他[3]，密求能者自助。时臣以其名应[4]，即召试之，的系高手[5]。因用计瞒过他[6]。约至日中于丹墀对局[7]，各留把帕一小的[8]，余必屏去，北使依允。我已于轴（帕）中微穿一小孔，可通日影。暄把之侍旁，每有胜势[9]，辄以隙影引棋子[10]，国王以此累胜。北使不觉叹服。事竣，国王重其能，号曰“斗棋状元”，甚见宠幸。暄自此得名，人无敢与对手。谚言：黄梅酒，慕泽棋。正谓此也。

注释

[1] 天庭：人的额头。

[2] 北国使：中国使臣。

[3] 屈他：使使臣屈服。

[4] 句意谓，当时大臣举荐武暄应命。

[5] 的系高手：的确是下棋高手。

[6] 此句之“他”指中国使臣。

[7] 句意谓，约定中午在殿前台阶上对局下棋。

[8] 句意谓，双方各留一名持遮阳伞的小仆。“帞”，当指圆形如盖之遮阳伞，常见于古代壁画。小的：仆人对主人或餐厅侍者对客人的自称，常见于明清小说戏剧道白中。

[9] 每有胜势：每当出现可能取胜的一步好棋。

[10] 句意谓，（武暄）就移动伞盖小孔透过来的光线指引国王下棋。

评析

此文选自《越南汉文小说集成》第九册《公馀捷记》，作者武芳堤，前文已介绍。文章介绍下棋高手如何装扮仆人以帞孔日光指引国王下棋，从而取胜，乃棋坛趣事。实际上，越南国王是施巧计由埋伏身旁的“枪手”支招，而不是靠国王本人的真本事。

六　武芳堤《交跌状元记》

武丰，慕泽人，尚书有之弟也，相五短[1]，少善交跌。圣宗时观游长安[2]，见皇上御朝有一都力士者，捧铜锥前立，状貌扬扬。公问诸友曰：“此人有甚才能？而昂然若是。”其友曰：“他系武健的人，其交跌一艺，当代鲜俦，以是为进身之地。”公曰：“请与较艺[3]，何如？”友曰：“他身材长大，而公以短小较之，只恐为哄场见笑[4]。”公曰：“吾这艺最精，无能出右。他未逢对手，故得名耳，今番观吾胜之。即具本奏闻，请与力士较胜负。”皇上览奏，判云：“吾之力士，千万人中一人耳。彼何人，敢尔大胆，试看勇力如何？”即允其请，约斗日，亲御观之。两边相对，公潜纳沙手中，挥手突出，即放沙于力士面上。力士眼不能开，措手不及。公用穿肘格[5]，掷倒于地，观者齐声喝彩。皇上嘉其能，即以所封力士者授之。官至锦衣卫尉司指挥使，以平允（庸）见称。人言“唐安四状，慕泽兼之”[6]。盖指黎鼒为字状元，又为饭状元，武暄为棋状元，公为交跌状元云。

注释

[1] 相五短：长相矮小。五短：指身材和四肢比一般人短些。

[2] 长安：借指越京河内，非指中国长安。

[3] 较艺：比赛技艺。

[4] 哄场见笑：全场观众起哄，看笑话。

[5] 穿肘格：摔跤的一种套路。

[6] 唐安：借指河内。慕泽兼之：四名特技状元慕泽一地都有了。

评析

此文选自武芳堤《公馀捷记》。这位摔跤状元先撒一把沙子迷住对方眼睛，乘其不备把他摔倒。这种暗算手法是不符合武术比赛规则的。当时瞒住了观众，获得了荣誉，后来表现平常。武芳堤用“以平允（庸）见称”来评价，一语双关，不仅指其碌碌无为，也包括技艺水平。读者当作如是观。

七　佚名氏《惜鸡埋母传》

昔有海阳清河人，居于京师之市后，家食一斗鸡[1]，十分珍重，饥者饭之，寒者衣之。一日出外，嘱咐其妻曰：“为我保此鸡，否则汝命即鸡之命也。”不意鸡入灶下，彼妇持小刀掷之，偶中其颈而死。惶恐泣谓姑[2]曰：“妾[3]不幸打死此鸡，此良人[4]所不容。但妾有孕已三四月，安得保全母子之命乎?”姑曰：“汝自无忧，我自以（身）当之，子必无杀母之理。”越二日，其夫归，甫入未坐，即问鸡何在，母以前言诳之[5]。此人怒气勃勃，面色如蓝。谓其妻曰；“汝早煮饭，许婆饱食。”食讫，手持锸先行[6]，遣妻以绳牵母而去。出镇武馆乌门之外，掘开一穴。甫悉[7]，天大雷电以风，霹雳一声，打死此人于穴边。京城传闻其事，观者壁立[8]。时有古都尚书阮伯璘，自家赴京，过此，谓家人曰：“天高听卑[9]。信有之乎！但吾尝闻《洗冤传》云：人有被雷打者，以醋洗之，则背后见[10]其罪。”即命以醋洗而观，果于背后有八字：惜鸡埋母，恶不可容。噫，异哉！

注释

[1] 食：读去声，同饲，喂养。

[2] 姑：婆母。

[3] 妾：妻子在丈夫或婆母面前自谦称。

[4] 良人：古代妻妾称丈夫为良人。

[5] 句意谓，母亲拿日前说过的话，骗儿子说斗鸡是自己打死的。

[6] 句意谓，儿子手拿铁锹在前面走。

[7] 甫悉：刚挖好土坑。

[8] 观者壁立：围观者密密麻麻像墙壁一样。

[9] 天高听卑：古人认为，上天有灵，虽然高高在上，却能听到看见下面人间一切事情，作恶犯罪者逃不过天的惩罚。

[10] 见：读现，显现。

评析

此文选自《越南汉文小说集成》第十二册佚名氏《听闻异录》。主旨是谴责不孝之子，竟然为一只鸡而要活埋亲生母亲，结果被天雷劈死。故事又见《公馀捷记》，文字略有不同。

新加坡、马来亚纪实传记和谐传

一　陈大宾《大功德主曾公颂祝碑》

闻之，乾父坤母，人生其间，胞与相属，所谓仁也[1]。世之乘权利济者无论已，次则轻财乐施，拯危救国，苟存心于爱物，于事必有所济，又何间乎州闾与四裔也[2]。晚近世风少偷[3]矣；以余所闻，曾公有足称者。公讳其禄，号耀及，吾同乡鹭岛[4]曾家湾人也。邑距岛尚一水，余未熟悉公之生平。客自甲[5]来者，沐其惠，思垂永久，求所以文之，因具为余言。公少有志，卓荦不群，遭沧桑故[6]，避地甲邦，解纷息争，咸取平焉，以故华裔乐就之。遂秉甲政[7]，章程规划，动有成绩，未易更仆数[8]。请言其加惠我人者：我人之流寓于甲邦也，或善贾而囊空，则资之财；或务农而室罄，则劝之力；或赌博而忘反，则设禁为之防；或死丧而无依，则买山为之葬。至于甲为西洋所经，舟楫往来，不苛其征，商旅悦而出其涂，东西朔南暨矣，宁特吾乡戚属为然哉。余闻之，瞿然[9]曰："有是哉！公之仁也。夫仁者必有寿。"客从而祝曰："愿公饮食宴□，万寿无疆。且仁者必有后。"客又曰："愿公芝兰挺秀，奕叶蝉貂[10]。"余笑而应之曰："此皆公之仁所取之若券者，何足以颂公。然吾得子之言，而知公之德之入人深矣。"因纪之付于贞珉，以传于后，俾旅于斯土者，咸以为劝云。

赐进士吏部观政年家眷弟陈大宾顿首拜撰。

注释

[1] 此句“闻”字前似脱一字，当为“余”字。乾父坤母：指天为父，地为母。胞与相属：胞：民胞，民众为吾同胞。与：物与，众物是吾朋友。相属：互相帮助。民胞物与，是宋代哲学家张载的名句。

[2]“又何间乎”句：又何必有居住在同州同乡与四周外邦的区别呢？

[3] 世风少偷：社会风气稍差。偷：浅薄、不厚道。

[4] 鹭岛：福建厦门本岛。

[5] 甲：代指马六甲。下句甲邦亦同义。

[6] 遭沧桑故：指明朝政权灭亡，为清朝所取代，发生翻天覆地的巨大变化。

[7] 遂秉甲政：当时马六甲为荷兰殖民者所统治，委任华人领袖为甲必丹，管理华人事务。此句可理解为，于是掌管甲必丹事务。

[8] 未易更仆数：意为数不过来。“更仆难数”是成语，形容事物很多，更换多人也数不过来。

[9] 瞿然：惊讶貌。

[10] 芝兰挺秀，奕叶蝉貂：形容子孙后代都很优秀。

评析

此文选自新加坡大学《中文学会学报》第十期（新加坡大学1969年出版）所载饶宗颐《星马华文碑刻系年》，副题为《曾公其禄德颂碑》。作者陈大宾，自署“进士、吏部观政、年家眷弟”，可见与曾其禄同乡同年。文章作于1706年，其时曾氏尚在甲必丹任上。曾其禄（1643～1718），福建厦门人，是马六甲第三任甲必丹李为经之女婿。李为经政治上是支持反清复明的，他曾担任马六甲青云亭亭主，在青云亭保存的碑文中，清初刊刻之文仍称“故明”甚至用明代年号，称当地华人为“避难义士”。曾其禄继任马六甲甲必丹，在保护华侨利益方面有很多贡献。此文列举数端，表示赞颂，称之为“仁者”。作者陈大宾是清朝进士和吏部官员，所以他对曾氏的政治态度避而不谈，对明清易代仅用“沧桑”二字轻轻带过。写这篇文章是颇费斟酌的。

二　陈廷选《薛文舟纪梦碑》

舟因昼梦，而序其略。予方昼而寝，梦见一儒雅之士，玄冠缟衣[1]，轻文尚质，恂恂[2]朴实，威仪堪仰，昂然直入，向予而叹曰："嗟乎！世风之不古也，子其知之乎？"予应之曰："未也。"（客曰）"今将语汝：夫郑李二公之初莅呷政也[3]，化行俗美，家室和平，讴歌弗厌，讼狱无闻。实前辈所不能语，后进靡得而言。故其丰功盛烈，足以垂休光，照后世者，莫不由此始矣。弟[4]年历悠远，踵想之人其绩屡迁，遂至泯灭，耿介之意莫伸，抑郁之怀靡愬，斯亦九原之遗憾[5]者也。幸子之任于斯[6]，则有慈祥恺恻，宜稽古而记今，以成一世之美。故郑李二公，政绩丕显[7]，是皆子之力也。虽冥冥之中，亦有少补焉，子其勉之。"予恍然问其姓，则曰李，问其名，则俯而不答，飘然顾笑。将束整衣冠，若虚左以待，渺无踪迹。予亦惊悟，但见斜红将坠[8]，凭几而坐，遂有深思远虑，仿佛予怀，未易形言，殊有结绳系之[9]矣。忽焉，予姻翁李义育官，偶到门庭，陈乃李为经公令嗣二舍讳芳号仲坚之事[10]，若符所梦。噫！予知之，盖为郑李二公之祀典有征，而仲坚公之神牌，独点点不语[11]，故托予梦而将为之安乎？予抚膺[12]自问，诚哉英伟人也。询其来由，亦职授甲必丹。然宏懿明敏，世载其英，故得任理呷政，循声远播，为国所器。舟亦概闻其作述咸著，缵绪并驱，盖亦寥寥罕睹矣。故修德行仁之事既设，温恭允塞之道尤备，所以德隆业广，令人揄扬不置，岂虚语哉。而今而后，乃知公桥梓[13]明德惟馨，咸在于此。应其神位再入祀典，固为经公配享[14]，使神各有所凭依，庶乎典祀无荒于昵[15]，是或一道也。舟是以再备一百大圆，充为公业，仍依前规，上下相承，如贯珠可也[16]。因梦并记云尔。

道光廿六年岁丙午腊月吉旦漳郡浦邑亭主薛文舟志，澄邑陈廷选敬撰。

注释

[1] 玄冠：黑色帽子。缟衣：白色的衣服。

[2] 恂恂：温恭之貌。

[3] 郑李二公：郑：郑芳扬，第二任马六甲甲必丹。李：李为经，第三任马六甲甲必丹。初莅呷政，初次主持马六甲华人事务。甲，有时写成呷，指马六甲。

[4] 弟：但。转折词。

[5] 九原之遗憾：指郑李二公在九泉之下为其成就泯灭而遗憾。

[6] 句意谓，幸而先生任甲必丹于此邦。

[7] 政绩丕显：政绩大显。

[8] 斜红：斜阳。将坠：将要落山。

[9] 句意谓，不容易形诸语言，很有结绳记事之念，想用文字记录下来。

[10] 句意谓，我的姻亲李义育先生，到我家中，陈说李为经先生二公子李芳号仲坚之事。李仲坚，名正壕，继李为经之后担任第四任马六甲甲必丹，此时已去世。

[11] 点点不语：意谓李正壕在青云亭只有单纯的牌位，没有评语。

[12] 抚膺：扪心。膺：胸部。

[13] 桥梓：亦作乔梓，比喻父子关系。

[14] 句意谓，李正壕的神位有资格列入祭祀大典，与李为经公一同享受后人祭拜。

[15] 昵：亲近。句意谓祀典不应因其人亲近而忽略。

[16] 句意谓，因此我薛文舟再增加一百元，作为基金，依照前规，以后每任甲必丹继承此事，如贯珠不断。

评析

此文作于1846年，由薛文舟口述，陈廷选撰写，选自饶宗颐《星马华文碑刻系年》第24页。薛文舟（1793～1847）又称薛佛记（疑为其公司名），福建漳州人，在新加坡拥有七块土地及其他产业，1843年任马六甲青云亭亭主，姓名多见于有关碑刻，其孙薛有礼创办新加坡第一份华文报《叻报》。英国殖民者于1824年取代荷兰人统治马六甲之后，于1828年取消甲必丹制度，仍保留华人的青云亭亭主惯例，亭主代代相继，以民间社团负责人身份处理华社事务，不再是官委吏员。薛文舟白日做梦，梦见一人与他谈话，说近来郑李二公的事迹慢慢被人们遗忘了，你现在担任甲政，“宜稽古而记今，以成一世之美”，使郑李二公大显于世，使他们在九泉之下不感到遗憾。很巧，朋友李义育也来谈李为经二公子之事，薛文舟认为是二公子李正壕托梦给他，要求凸显其地位。于是出钱一百元，让李正壕与李为经同样享受后人祭拜。故事有些神奇，实际上是为提高李正壕在青云亭的地位制造舆论。在中国古代，什么人能进入文庙配祀孔子，什么人能进入各地先贤祠，都是很严肃很严格的事，需要经过有关部门批准或公众评议才行的，这种习俗也传到了海外。

三　黄位卿《青云亭主梁美吉碑》

言水者必探沧海，言山者必陟岱宗[1]，言人者必究勋绩。粤稽开基亭主[2]梁公讳美吉，生而岐嶷，素抱大志，殖货财而追猗顿[3]，数分金以效叔牙[4]。拯弱扶孱[5]，令闻久钦于昔日；排难解纷，仗义夙称乎当时。是以伟望孔彰，嘉猷丕著，童叟怀其豪侠，士商服其才干，咸以亭主推之。而公犹卑以自牧[6]，无如众议已定，因是而受其任也。且自下车[7]以来，革奸除弊，劝善戒恶，俗有仁让之风，世无夸诈之习。虽有一二狡猾不法之辈，亦自敛其迹而不敢肆其为，岂非公之盛德以化之乎？然不但此也，更有累次勋猷之可考者，犹在人耳所共见。青云亭原为吾侨保障之灵刹，墙围有度，历年久远，突闻上令欲毁垣广道，而公力能挽回其议[8]。三宝山亦是华人瘗玉之古冢[9]，原隰得宜，抔土连络，忽见后隶曾掘土伤坟，而公躬亲遏止其锋，夫若是，较古人之作为，其功不更伟哉。至其修葺宝山亭，与夫题捐不吝[10]者，则又公所乐为矣。碑文之作，恶可已也[11]。俾后之览者，知名识氏，亦将有感于斯文，是为序。姻眷弟黄位卿拜撰，大清道光岁次戊申年仲秋月谷旦福建会馆徐炎泉同耆老等谨立。

注释

[1] 岱宗：山东泰山。

[2] 粤：发语词，无义。稽，考察。开基：开创基业。亭主：青云亭及华社之首领。

[3] 猗顿：春秋末战国初齐国富商。

[4] 叔牙：春秋时齐国鲍叔牙，早年与管仲合伙经商，分配利润时必使管仲多得。后来又把管仲推荐给齐桓公，使齐桓公成为五霸之首。管仲非常感激鲍叔牙，曾说过，当年分金多得，是因为我贫穷，故给予额外照顾。鲍叔分金，后世成为商人之间讲义气、重友谊的典故。此句中用以形容梁美吉经商轻财重义。

[5] 孱（chán）：弱小者。

[6] 自牧：自我约束，谦让。

[7] 下车：古代指太守就职，不是指平常的上车下车。

[8] 青云亭地处马六甲市中心，早有围墙，当地政府欲拆墙修路，由于亭主梁美吉坚决反对，政府收回成命。

[9] 三宝山在马六甲郊外，是当地华人公墓所在地，坟茔累累，备受华社尊崇，后来有当地人掘土伤坟，梁美吉亲临现场予以制止。20世纪中叶马来西亚独立后，马六甲州政府多次以开发土地改善市容为由下令三宝山迁坟，均因华社群起反对而停止。

[10] 题捐不吝：梁美吉曾多次捐款修葺三宝山麓之宝山寺，从不吝惜。宝山寺旁有三宝井，相传为郑和下西洋所凿，至今犹存，亭及井均为马六甲著名古迹，游人必访之地。

[11] 恶（wū）：疑问词。已，停止。句谓，纪念碑文的写作怎么可以停止呢？

评析

此文作者黄位卿，生平无考，文章作于1848年，选自饶宗颐《星马华文碑刻系年》第25页。此碑由福建会馆耆老同立，以颂扬其同乡梁美吉。梁氏为马六甲青云亭第一代亭主，任期当在1828年英国殖民当局废除甲必丹制度之后。青云亭主不是官方委任，而是由华社推举产生，其职责是维护当地华人利益。此文列举荦荦大端，尤其是保存青云亭围墙和制止破坏三宝山两件大事。梁美吉多次捐款之记录，在马六甲和青云亭其他碑刻中多次出现。

四　魏建勋《青云亭主陈宪章德政碑》

古来凡有功德道义之美者，惧后世之不知，必以碑铭传之。然歌颂于生前，或谓其谀；而追维于死后，益征其实，斯美名方得与斗山同垂不朽也。溯夫亭主陈公宪章，字明水，号如玉。幼承庭训，孝亲睦族，志趣言行，为邻里乡党所钦，迨先亭主巨川封翁捐馆[1]，众失依归，佥议非公莫属，遂举焉。公闻，自谦才德弗胜，坚辞再四，奈群论翕然，万难固却，不得已从之。由是公修业承志之忱，昕夕无间矣。念公生平，积德累公，仁民爱物，披心腹，见情愫，孚众望，施厚德，诚难仆数。姑就荣膺乡祭酒[2]以来，恩膏德惠，覃敷甲人者，撮要而识之。南洋各岛，惟麻六甲（开）埠最先，华人之旅居流寓，日增月盛，生齿既繁，贫富不一。如席丰履厚，则易延师置塾，依然中国遗风；细屋穷檐，尚忧粗食牛衣，奚暇培植子弟，虽有一目十行之聪颖，究竟终辱于泥涂，文教不兴，英才从何杰出？公有鉴于此，实为世道深忧，当即并设丰顺义学，以恤寒畯，培千百年后之始基，实他人所不能及也。泰西风俗，凿山填海，有以为常。吾甲有三宝山，乃华人丛葬之地，英人砌路取土，挖伤墓道，物议沸腾。公智量过人，胸有成竹，立谒英官，婉陈枯骨摧残之惨，欲请易地取土，因道远费钜见辞。复坚持不拔之志，亟捐资津贴，并购一山，以听英人取用，立约为据，卒底于成。非公极力周旋，则许多坟茔，何堪设想，西伯深仁，惟公继之。麻六甲地方，虽商贾充斥，民风尚称质朴，廿年前家置时钟盖鲜[3]，每有问夜待旦之苦。公于是不惜重资，筑台置钟，俾远近共闻，受益无穷，公之仁义大矣哉。青云亭为阖甲崇奉香火，神灵显赫，凡捍灾御患，有感遂通，故酧答演剧时有，然支搭蓬棚，微特无以壮观瞻，而且最足兆火患。公时时语及，弥留之际[4]，尚谆嘱其哲嗣[5]，深以戏台未建为念。厥后若锦少君[6]，即善承父志，鸠工庀材，起造完妥。公之心血可想见矣。外给孤独，恤孀嫠[7]，惨贫苦，赈灾黎[8]，勇于为善，惟恐人知。民胞物与之怀，诚为不世出之人也。总之，两大间[9]虽有如公之智量，不能如公之德泽；有公之德泽，不能如公之始终不懈，公其可谓完人矣。于是题碑。

办理拱北口通商税务广东即补同知魏建勋敬撰。

注释

[1] 先亭主巨川封翁：陈宪章的父亲陈巨川是南洋巨商，曾任青云亭亭主。1849 年在新加坡创办崇文阁，1854 年创办萃英书院。捐馆，去世。封翁：陈巨川曾受清廷封爵，故称封翁。

[2] 乡祭酒：祭酒是中国古代最高学府国子监的长官。乡祭酒，指新加坡华文学校的校长或董事长。

[3] 句意谓平民家庭购买时钟的很少。

[4] 弥留之际：临终。

[5] 哲嗣：尊称他人之子，亦称令嗣。

[6] 若锦：陈若锦，陈宪章之子。少君：对他人之子的尊称，相当于俗称少老板、少东家。

[7] 孀嫠：均指寡妇。

[8] 此句意为悲贫苦，赈济灾民。“惨”作动词用，越南人用词与中国人有不同。

[9] 两大间：天地之间。

评析

此文作者魏建勋，曾任广东即补同知。文章作于 1897 年，选自饶宗颐《星马华文碑刻系年》第 40 页，主要颂扬青云亭主陈宪章的功绩。陈氏在任职期间，办了几件大事：一是发展华文教育，设丰顺义学，是面向贫寒子弟的免费学校；二是阻止英国人修路取土破坏三宝山墓道，捐资另买一山供英人取土以替代之；三是筑台置钟为全市报时；四是遗嘱为青云亭修建戏台。这座戏台至今仍然存在，本书选编者曾于 1993 年参观。以上数事记述颇为详细，可以看成对《青云亭主梁美吉碑》的补充。

五　慈妙《莲山双林禅寺缘起碑》

余泉州惠邑（惠安）人也，俗姓萧，一家团圆，颇裕田园之乐。缘吾二子觉悟浮生如梦，劝请弃素从缁[1]。于壬辰年[2]，率合家男女一十有二人，航海到高浪雾，在楞伽山岩七六载。至戊戌季春[3]下山，遍游佛国，后由槟过叻[4]，拟回故国。蒙刘姓施主喜舍此山[5]，故吾长子贤慧在此创建双林禅寺，并拟于大殿之后，结构珠琳庵一区，以为余并吾长女尼禅慧及吾甥女孙尼月光三人栖身之所。讵意吾子贤慧于辛丑季夏顿舍幻化之躯，进入涅槃之藏[6]，致此工程未能告竣。浮生如梦，固如是乎！但吾母子在此数年，满望大工克竣，上报佛恩，今既如此，复何言哉。今吾子贤慧既已归真，吾三女尼未便居此，故将后事咐嘱我次子性慧之徒明光大师管理，唯冀克承先志，不堕宗风，是余所厚望焉。兹因将次附航返国[7]，未免感慨系之。特叙数言，勒之贞石，庶游览诸君知其缘起，并知此珠琳庵即法堂，法堂即珠琳庵也。光绪壬寅年孟秋[8]吉旦比丘尼慈妙立。

注释

［1］弃素从缁：素，白色衣服。缁，黑色衣服，缁衣为僧侣常服。

［2］壬辰年：光绪十八年，1892 年。

［3］戊戌季春：1898 年农历三月。

［4］由槟过叻：从槟城到新加坡。新加坡又称石叻。

［5］刘姓施主：刘金榜，他购置双林山建立双林寺。所谓山，实为丘陵地。

［6］辛丑：1901 年。进入涅槃之藏，佛教用语，即逝世。

［7］附航返国：随船回到中国。

［8］光绪壬寅年孟秋：1902 年农历七月。

评析

此文选自饶宗颐《星马华文碑刻系年》第 41 页，作者是比丘尼慈妙，作于 1902 年，记述她全家信佛出家，在海外十年，又回到中国的大致经过。1892 年，她率全家 12 人出海，先到高浪雾，在楞伽山（地名不详）住六年，1898 年游佛国（可能指泰国），经槟城到新加坡。刘金榜迎接并留其全家，建寺安置。1901 年，慈妙长子贤慧去世后，她决定与长女及甥女等一同回国。于是撰立此碑，记录缘由，以资纪念。此文语言朴实、清晰。叙事中颇富情感。从中国到南洋的僧道甚多，但是，像慈妙这样全家信佛出国，十年后又回国者，实属罕见。双林寺从 19 世纪创办，至今一百多年，几经修缮，2003 年完成下架大修原地重建，结构完全遵循禅宗的佛寺规制，五进两路，殿阁庄严辉煌，成为南洋名刹，本书选注者曾多次造访。

六　侯鸿鉴《高亚云女士传》

高女士，亚云，江苏无锡人。三岁丧母，六岁丧父，有兄二人，共读书，好学不倦。少长，学于神州女学[1]及英人所设之某女校。年二十一，以女友任虔卿[2]绍介，任槟榔梁元藻女学[3]教员。孑身[4]南渡，任教务者期年[5]；性孤郁而貌和蔼，教授耐劳苦，校中师生无间言[6]，成绩颇著。平居勤俭善居积，尝积束脩[7]所入，以赡[8]其家。体孱弱，绩学病瘵[9]，且咯血，适中时疫[10]，入医院，未终日而卒，时民国七年十月二十一日，春秋[11]二十有三。校主梁君为之殓葬于槟城广东冢。殡之日，梁氏学校师生执绋[12]者百余人，陈生某且为之素服期年云。

侯鸿鉴曰："予南游，道黑水山[13]，过女士冢，友人述死状，殊可悯；既而详访其事略于旅槟同人，为之恻然[14]。噫！人既不幸而为女子，又不幸而客死海外。如女士者，其生也伶仃孤苦；其死也风雨酸凉，使万里幽魂，炎荒抔土[15]，常偕异域以为邻，不得返骸骨于惠泉[16]之麓，地下有知，滋余痛矣！故摄其崖略[17]而为之传，一慨女士受教育而冒险以死，一悲中国女子未受教育而杜门[18]以生。"

注释

［1］神州女学：中国江苏省无锡的一所女子学校。

［2］任虔卿：槟城华校女教师。

［3］梁元藻女学：在槟城，是华侨梁元藻先生独资创办的一所女子学校。

［4］孑（jié）身：即孤独一人。

［5］期年：满一年。

［6］无间言：没有不满之言。

［7］束脩：教师工资。

［8］赡：供养。

［9］瘵（zhài）：肺病。

［10］适中时疫：正赶上流行病。

［11］民国七年：1918年。春秋：指年岁。

［12］执绋：送葬。绋（fú）是牵棺材的绳索。

［13］道黑水山：道：经过。黑水山：槟城地名，马来语音译为亚逸依淡山。

［14］恻然：悲痛貌。

［15］抔土：小山丘。这里指坟墓。

［16］惠泉：又名惠山泉，在江苏省无锡市西惠山第一峰白石坞下，有泉亭。水清味醇，唐陆羽以为天下第二泉。这里用以指高女士客死海外，骸骨不能安葬于故乡。

［17］崖略：大概。

［18］杜门：闭门不出。

评析

作者侯鸿鉴，近代教育家，曾南游马来亚。本文选自侯鸿鉴的《南洋旅行记》，记述一位中国女子，只身到达马来亚，服务教育，鞠躬尽瘁，死而后已，这种精神值得纪念。马来亚华人兴学之始，专赖中国师资南来执教。当时马来亚草莱初期，文人视为畏途，而高女士不辞艰险，为华裔造福，以至客死异乡。作者南游，访知女士身世和事迹，特地写作这篇传记，赞美她勤劳教学的美德和万里跋涉为华人服务的精神，委婉动人，读后令人鼻酸。

七　佚名氏《张弼士传》

张公振勋，字弼士，广东大埔县人。好善尚义，而优于才，前清历任槟城领事官、新加坡总领事官，政绩颇优，得侨士心，旋由太仆寺卿晋秩工部侍郎，遂以商而仕矣。

公以壮岁南渡，精计然术[1]，多权略，乃以商业雄于荷属苏门答腊[2]各埠，更辟地种植，皆能得天时地利之宜。浸假而槟榔屿，而新加坡，枝及于马来半岛各埠，香港、上海、天津等处，莫不有其商肆焉。所谓尘市人豪[3]，洵无愧色矣。清德宗[4]时，尝一修朝觐礼[5]，遂蒙特简为铁路大臣，未几即谢事归，而公亦老矣。

初妙莲禅师[6]之营极乐寺也，公与张公煜南[7]实首为之倡，然二公皆不常在屿，及事或扞格[8]，则公亦必遥为擘画[9]，且常先拨巨款以尽提倡之力，由僧等陆续偿还，故所事卒底于成，妙莲以呀嘛挂砂[10]之，以是故也。其后复与张公鸿南[11]，提倡建筑弥陀佛塔，各认独建一层为缘首[11]，豪情义举，略见一斑。不意塔未成而公竟归道山[13]，惜哉！

公生平自奉甚俭，骤见之若寒儒[14]，然好善如不及，槟屿之中华学校，亦公以独力成之，所费巨万。其他善举，尤难一二数也。公在屿素与本忠禅师[15]善，晚年慕道尤殷，相见之下，輙（辄）谈禅理[16]，旁及因果[17]，故于教义亦颇知其概，虽谐谈中，标旨伸义，皆有条理，殊非逐逐于名利之人所可及，固由其福慧[18]致然也。然非积生于佛门中，具般若种智[19]者，又曷克有此？公殁后，其哲嗣[20]均能继志，宏振家声云。呜呼！善人有后，宁不信欤？

注释

[1] 计然术：春秋时葵丘人辛钘，字文子，精于计算，故号计然。越国用他的策略而称霸，范蠡学他的计算方法而致富。后称经商之学为计然术。

[2] 苏门答腊：位于爪哇东北，隔马六甲海峡与马来半岛相对，面积 47 万平方千米。

[3] 尘市人豪：“尘市”指商场，人豪即人中之豪杰。意指商场上的杰出人物。

[4] 德宗：光绪皇帝。

[5] 朝觐礼：觐（jìn），下级进见上级叫觐见。修朝觐礼指臣子朝见皇帝。

[6] 妙莲禅师：妙莲和尚，原籍福建归化，三十三岁时，出家修道于福州之鼓山寺，1888 年到达槟榔屿，任广福宫主持，后来倡建极乐寺。

[7] 张煜南，字榕轩，原籍广东梅县，是苏门答腊岛棉兰的大商人。曾任槟榔屿领事，好善爱民，政绩很好，侨民感戴。

[8] 扞格：抵触不相适合的意思。

[9] 擘画：筹划事务。

[10] 呀嘛挂砂：呀嘛是英文的音译，指地契。掛砂是马来话 Kuasa 之音译，委托管理之意，极乐寺初建时，委托张振勋、郑景贵、谢荣光、张煜南、戴欣然五人轮流值理。

[11] 鸿南：张煜南之弟，亦饶于资，在东南亚一带极负盛名。

[12] 缘首：凡捐善款于佛寺，称为“结佛缘”，“缘首”即谓捐款结缘之第一人。

[13] 归道山：逝世。

[14] 寒儒：贫穷的读书人。

[15] 本忠禅师：福州鼓山寺僧，后任槟榔屿极乐寺的第二任主持。

[16] 禅理：佛教的道理。

[17] 因果：佛家语。因是原因，果是结果。因果即种善因必有善果。

[18] 福慧：因行善所积的福，加上本身的智慧。

[19] 般若种智：般若，佛语，即智慧。种智，亦佛语，谓佛智能知一切种种之法，故名“种智”。意指高级的智慧。

[20] 哲嗣：尊称他人的儿子。

评析

本文原载《极乐寺志》，选自陈育崧编《星华文选》，新加坡商务印书馆1956年出版。记叙张弼士先生的生平事迹，着重指出他对槟城文教事业的贡献。张弼士（1840～1916），出生于广东大埔，18岁下南洋，在印尼、马来亚、泰国等地从事垦殖和工商业活动，成为东南亚华侨巨富，被清廷任命为槟城领事，新加坡总领事，封赠工部侍郎衔。他热心公益事业，捐资办学，设医院，积极支持孙中山革命活动。晚年在山东烟台开辟葡萄基地，创张裕葡萄酒公司，1915年在巴拿马万国博览会获金奖，为中国产品争得荣誉。文章从张氏的籍贯、出身写起，接着写他的经营有术，成为巨商，并担任领事。以后写扩展商业与国内外兴建极乐寺，最后略记日常生活以及对本邦文化的贡献，层次分明重点突出，条理清楚。作者可能是极乐寺中的书记，生平不详，从文章内容推测，可能作于20世纪20年代。

八　黎伯概《与世界第一伟人孔方兄书》

某顿首孔方老兄足下：某闻环球亿兆人，喁喁向风[1]，愿得足下握手为欢，何令人倾慕若是？天至大也，人犹憾焉，尧圣人也，桀犬吠之[2]。兄之周洽人情，帝天不及，何大德之隆也？天下物才多矣，宜于古者不合于今，类于雅者不谐于俗，行于近者不适于远，任其大者不及其细。兄则动中协宜，无用不效，何大才之备也？老兄不出，如苍生何？犹忆甲午搆（构）衅东邻，师徒挠败，敌势汹涌，兄一出立化干戈为玉帛[3]。洎乎庚子，北京肇祸，列强兴师，两宫奔命，危若累卵，卒之藉兄排解，保全大局[4]。或惜兄不出于战而出于和，不知和与战惟当事者是听，兄无成见也。而能使虬髯碧眼者流[5]，不识吾君，不识吾相，独识吾兄[6]。其魄力为何如哉？方今全球争竞，通国张皇，新政多端，皆无从措手，惟兄是赖。兄在天下事尚可为，兄去恐从此糜烂矣。若乃一人之私，又有可言者。往阅报抄[7]，某某等蒙兄为擢，金风一动，天阊大开[8]，宝光再腾，日华蕴彩，卜式、桑弘羊辈[9]，不能专美于前矣。藉非荷兄裁成，安得至此？弟素愚拙，少年意气，妄欲一空倚傍，直上云霄。岂知天下事不如意者，十常八九。今更时局日非，不足发虚名之梦，未能免俗，食饱居安，聊以解嘲，仰事俯蓄[10]，尚冀源源而来，匡我不逮。世［人］往往凭兄颠倒是非，混乱黑白，贻兄以臭名，累兄以黑号。此不肖者所为，弟誓不至此，兄可无虑。顾或谓兄好与面团团、腹累累、目不识丁者游[11]，如弟清癯鹤立，又差解文义[12]，恐兄不太赏识。然弟昔治经史及百家诸子之书，古今名人之诗，嗜好成癖，不敢自讳[13]。今则已悟前非，一概拴束，日驰骤于商场中，固非不达时务者也。虽则腰围不满五尺，然只恐胆未甚练，量未甚大，识未甚高，从无皮毛之见在其目中，而历览彼面团而腹累者，其初亦未遽如是，大抵得兄光宠后，忽然变化。嘻！吾又以是叹兄之神也。然耶？否耶？还以质诸老兄[14]。书不尽意，肃此祇请园安，伏希关照不既。

注释

［1］喁喁向风：民众如同众鱼张口吸气那样仰望风采。

［2］尧圣人也：尧是圣人。桀犬吠之：暴君夏桀的狗不识圣人，要咬尧。成语“桀犬吠尧”，意谓好人受坏人攻击。

［3］甲午句：意谓，甲午年（1894）日本挑起战争，我军失败，敌势汹汹，清廷大量赔款后缔结和约。

［4］庚子句：意谓，庚子年（1900）八国联军攻入北京，慈禧太后和光绪皇帝逃亡西安，国家危急，结果靠赔款才保全大局，没有被瓜分。

［5］虬髯碧眼者流：指卷头发卷胡须、蓝眼睛的洋人。

［6］句意谓，洋人不认识我国君主和丞相，只认识孔方兄——金钱。

［7］报抄：报纸。古代无报纸，而有所谓邸报，专门辑录京城重要消息，不少人抄录许多份，分送各省官员及富商巨贾。清末出现机器印刷，才产生现代报纸，当时叫新闻纸。

［8］金风句：金风，本指秋风，此指贿赂金钱之风。天阊：天门，此指官场及朝廷大门。

［9］卜式，汉代巨商。桑弘羊，汉代大臣，主张发展商业。

［10］仰事俯蓄：仰事父母，俯蓄妻儿。

［11］面团团句：指面圆肚大没有文化的商人。

［12］清癯：清瘦。鹤立：鹤腿细长，显得很瘦。差解文义：略通文墨。

［13］自讳：自己掩盖。

［14］质诸老兄：质问孔方兄。

评析

黎伯概（1872～1943），出生于广东嘉应州，18岁中秀才，三年后补廪，25岁弃举业而学医，勤学苦练，获前辈赏识，劝其悬壶济世。1900年，携眷南来新加坡，任同济医院医师，经验益富，声誉日隆。联络同业，创立新加坡中医中药联合会，曾任会长多年。其医学著作有《医海文澜》四集，出版于1951年。先生亦长于古诗古文，存诗稿近千首。辞世之后，许云樵教授选编其古诗数百首，古文数十篇，名为《名医黎伯概先生诗文集》，新加坡中华书局1977年刊行。其中包括记叙文、滑稽文、论说文、祭文、训诫、遗嘱等。本书所选黎氏文章皆在其诗文集中。

本文属于滑稽文，将金钱拟人化，称之为兄，与之对话，反话正说，以褒为讽，寓庄重于谐趣，读来耐人寻味。自从西晋鲁褒著《钱神论》以来，历代描述金钱之文，为孔方作传者，不绝如缕。对于金钱各方面的作用皆有所论及，尤其着力剖析批判社会上流行的拜金主义、钱能通神现象。黎先生此文述说钱币对于国家、社会、自己的影响。清末以来，中国与外敌屡战屡败，连连割地赔款以求苟安。清廷及其代言人自称“输币”“抚洋”，“保全大局”。黎氏表面说金钱可收拾败局，实际是讽刺政府腐败无能。文章描述官场得意者靠金钱行贿而升迁，商场大腹便便者靠金钱运作而致富，社会上人们喜欢与金钱交朋友等等现象，而声明我则不能，包含委婉而辛辣的批判。据作者自注：“《致孔方兄书》虽滑稽，亦感慨。间闻檀香山某报曾转载之。”

九　黎伯概《冇先生传》

冇（mǎo，没有）先生者，不知何许人也，寄脚于儿戏街，门牌几十号。先生状貌魁梧，少习儒，自四子书[1]外，凡《千字文》、《百家姓》、《三字经》、《千家诗》、《增广幼学》、《童子问路》、《韵对屑玉》、《青云集》、《太上感应篇》、《三国演义》、《铁关刀》、《烧饼歌》、《九子算》、《江湖撮要》等书，无不博览。授徒三十年，饔飧自给，意快如也。先生于书虽无所不窥，而书法则喜仿童体，每一拈毫，辄能与初等小学癸班比美，先生喜甚。科举既废[2]，先生之学问经济不得展，太息者久之。先是葫芦市有某老医，以内科擅名，所入甚丰。先生闻之垂涎，思效其术，乃踵门求谒，拜某老医为师父，执弟子礼甚恭。师父曰："予今老矣，医书汗牛充栋[3]，非老年所能穷其业。为子计，莫若读仲景伤寒[4]？不过一百十三方，易于牢记。桂附参术姜枣等味，百方中居其八九十，俯拾即是。其余他方他法可不必论。人情好补而恶攻[5]，对症不对症可不必论。子但操桂附参术姜枣以往，于事谐矣。子知之乎？仲景书能读者寡，自今以往，不患子医名之不出。虽然，吾在此，子宜往乌目之乡[6]，吾更有秘诀数言以告子。脉论[7]不可不作，赠医不可不先，人面不可不阔[8]，吹嘘不可不力，不可不常去人处坐谈，藉以交欢，并延访奇病久病。天下无人能读仲景，子能读仲景，并尔师父之大名，无妨逢人便说，子其切记。"先生乃闻而跃然曰："有是哉！有是哉！乌目乡哉！吾往矣！"于是挂帆而行[9]，不数日而抵该乡。一一道（遵）师父教，不数月果然医名大噪。先生尝谓此乡无一名医，乡之人亦以乡中向来无此先生。乡人本贵耳而贱目，闻先生名，互相传述，惊动遐迩，无老无少，无贫无富，无不踵门求先生一诊。其不能到门者，先生常跣足而往，乡之人乃大乐。

凡诊一病，莫不有脉论，乡人惊以为神。经先生诊后，莫不小病化为大病，大病化为无病。先生医案，颇多可纪。乌目乡近年米贵，贫民无以度日，多欲戒饭，苦无其法。服先生药后，即无庸食饭。有某某乡人，晨兴夜寐，先生谓其安睡时间太短，一服即长睡。有某某闻声见色，嗜好甚多，服先生药，即如老僧入定[10]，不闻不见。有某某每日言笑动作，活泼异常，先生谓恐其太劳，略施刀圭[11]，即声息渐微，筋骨不动。有某某卧床数日，言动维难，服先生药，即逾垣登屋，呼号詈笑。某大腹贾，拥资百万，娇姬美女，良田广厦，犬子豚儿，备极人世之乐；近以病体多艰，思游天国一拓心胸，欲效黄帝鼎湖故事[12]，献巨金乞先生仙丹。先生笑而颌之，谓药力缓缓而发，即可超度。服药三月，即渐觉去肤存腋，遗貌取神，去飞升期[13]不远矣。其绝技类如此，馀尚不可胜纪。乌目乡人某某，以先生旷代难逢，不可失之交臂，拟师事之，刻正选择某日开幕，行正式弟子礼云。

太史公曰："有先生吾不识其人，若其师父大名，亦在仿佛迷离之列。传闻昔年诊一七十老翁某，谓曰：'子尺脉弱极，必乏子嗣。'老翁嗤之以鼻，拂衣而去，盖老翁固儿孙绕膝，生育一项，在少壮时代，已成过去之事，师父固未尝会意也。虽然，如有先生者，当天演剧烈时代[14]，能舍蒙馆而入医林，更能拜一师为标榜，作脉论以惊人，虽亥豕鲁鱼，处处不免，然在乌目乡中，谁其辨之？宜有先生可以横行一乡，动辄挥笔，不怕人见也。呜呼！如有先生者，亦人杰也哉！"

注释

[1] 四子书：指《论语》《大学》《中庸》《孟子》，此四书是孔子、曾子、子思、孟子的言行录，故称"四子书"，以下所列各书，皆初学者的启蒙读物。

[2] 科举既废：1905 年，清廷宣布废止科举考试制度。

[3] 汗牛充栋：形容书多。汗牛：使牛流汗。充栋：装满一屋子书。

[4] "仲景伤寒"句：张仲景，东汉医学家，元朝以后被尊为"医圣"。著有《伤寒杂病论》，是中国最早的一部医学经典。

[5] "人情"句：一般人喜欢吃滋补药，而讨厌有伤害性的攻毒之药。

[6] 乌目之乡：没有名字的地方，作者所虚拟。

[7] 脉论：中医诊病，开处方之前要先作一段关于病人脉相病情的分析文字以及对症施治的理由，称为脉论。

[8] "人面"句：在他人面前，要讲究脸面，显得阔气，这是中国特殊的人际关系学之一。

[9] 挂帆而行：乘帆船而往。

[10] 老僧入定：老和尚经常静坐，使心定于一，不起杂念，这种修持方法称为"入定"。

[11] 刀圭：此处指药物。

[12] 黄帝鼎湖故事：古代传说，黄帝在鼎湖地方乘龙升天，后世代指帝王去世。此句意谓某富商幻想成仙。

[13] 飞升期：原指道教徒修炼成灿，飞上九天，此指凡人死去。

[14] 天演剧烈时代：指社会进步迅速变化的时代。

评析

此文是一篇虚构的滑稽传记，作者用夸张的手法，痛斥不学无术、吹牛拍马、胡乱行医的骗子，把小病医成大病，把正常人医成废人、死人。许多词语反话正说，诙谐多趣。手法与他的《与世界第一伟人孔方兄书》相近，前文是以物拟人，此文是以假作真。这种庸医、假医，在当时南洋确实存在，作者曾任新加坡中医药学会会长，乃有感而发，不是无的放矢，可能作于20世纪30年代。

十　黎伯概《太平洋大战避难杂记》（节选）

一月三日

余此来以友谊而兼儿媳瓜葛[1]，利赖极多[2]，即假以屋[3]，以便栖止，又筑有防空壕，遇警号响时得栖身其间，多一重保障。何等欣幸？感激无似！余对于居停主人[4]，惟有千万叩谢而已。而私衷犹有抱愧万分者，以七十衰迈之身，遭逢末疾[5]，不便行走，遇警号响时，奔入壕中，蹩躠异常，屯邅[6]无状。在自己固无可如何，怨尤不得[7]，然阻碍他人入壕，因之濡滞。当炮弹杂响之中，一病夫而阻碍群众，其问心难过，惭愧何如？

一月五日

日机于三日午后九点零分轰炸，警号未久，即高射炮与炸弹杂作，火光映入房内。余命仆即在房内躲避，同伏床下，片刻炮弹声止后，乃赴壕中。事后出壕，望见左边不远，火光冲天，知有遭难处。越晨起，闻九条半石[8]焚民房亚答[9]数间，毙十余人，伤鸡豕无数。人有拾弹屑传观者，一块最坚钢铁，如三指大，约有一斤。细阅有颈，颈端有螺丝，当必是炸弹之壳。又闻高射炮之弹，亦系钢铁所造，射出时，高空中望见通红一点如火星；坠落地，如被击中头脑，必立即破裂。故闻炮声作时，切不可出行，危机险迫，不如房内静坐，以待可出时，则速赴防空壕也。是晚有怪[10]警号不早吹者，余思敌机之来，必在万尺以上之高空飞行，实望不见，无从警告。及至目的地始发见，所以吹号未久，即闻高射炮声也。四日，余精神极倦，因连夜不寐，晚饭后，即就寝于防空壕内，但因壕中湿气侵人，又回到房中，蒙衣履横陈而卧，以备闻警立走。上半夜平靖，因得略睡。至下半夜三点半，不见有异，余方庆幸，此晚或可无事，乃脱履登床。乃至四点十分，忽又警号大吹，惊醒大众，起而相率赴壕。所幸高射炮声作后，片刻平靖。凡每晚高射炮声最密时，只约五分钟，可知设备周全，严厉对付，敌机亦不能久留也。

一月十三、十四两日

余来自己园林[11]，一切皆便，无依人之苦。连夜安睡，梦寐不惊，惟关心近日战局，混沌不明。吉隆坡消息不佳，将为北马之续[12]。一身虽安，然大局日危，政府各民族侨商等，处境至为可忧。前几天，我领袖蒋公致电新嘉坡总督，华侨众多，可组织协助，系指当兵而言。近阅各社团机关号召侨众，亦浑言协助当地政府，工作后方，虽颇热烈，大抵忙于开会组织章程宣传演说等事，未有驰赴疆场效命者。而政府亦无入队伍之明文，并无枪枝之发给，其迂缓殊可叹惜。或者军事进行秘密，未便宣布欤？余老不执戈[13]，卧病六年，仓皇避难，兴怀身世，感愧良多；在居间无可效命中，爰有讨论方书[14]之举，亦济人之素志也。惟太平洋大战，旷古一逢，不可不述，于是将身所历者备言之，虽半月间事，亦稍有可观感，作生平之纪念。

一月十九日

日来日军攻势日亟，前线已抵芙蓉[15]（南部马来亚地名），星洲[16]受机轰炸，日必三四次。军港高射炮之烈，每次不过五分钟，日机即退。本日竟至一小时，敌机退时，英机必追，在云层相搏，漳宜海峡[17]间为双方飞机所必经之线，北降[18]处于漳宜对面，军港在漳宜内不过五英里，凡高射炮炸弹等声响，无不闻之，亦可望见之，北降一岛，虽未遭受，亦觉不安。

注释

[1] 句意谓，我此次来到亲家翁家住，是因为友谊和儿媳的亲戚关系。

[2] 利赖极多：得到便利和依赖极多。

[3] 即假以屋：立即把房屋借给我。

[4] 居停主人：让我居住下来的主人，即亲家翁。

[5] 末疾：四肢的疾患。他已经中风六年。

［6］屯邅（zhūn zhān）：形容行走困难。

［7］怨尤不得：不能埋怨怪罪他人。

［8］九条半石：马来亚地名。

［9］亚答：马来语，茅草棚。

［10］怪：责怪，怪罪。

［11］自己园林：黎氏在新加坡泽光岛上有自家的别墅。

［12］将为北马之续：句意谓，吉隆坡将如同北部马来亚那样，相继被日军攻陷。

［13］余老不执戈：我年老不能拿起武器。

［14］讨论方书：研究中医治病方剂之书。

［15］芙蓉：地名，在吉隆坡之南。

［16］星洲：即新加坡。

［17］漳宜海峡：新加坡与马来西亚柔佛州之间，相隔一条两公里宽的海峡，新方一侧是漳宜军港和漳宜机场，马方一侧是柔佛州首府新山，又称柔佛海峡。

［18］北降：新加坡所属小岛，在新加坡本岛东北，今名择光岛。

评析

本文时间跨度十余日，记录了1942年初日寇侵略马来亚时期，十几日内逃难情状，揭露了侵略者的暴行，具体反映了当地民众的困苦处境、惊恐心理和抗击侵略的意志，具有难得的史料价值。

十一　李思辕《柔佛新山区华侨殉难纪念碑记》

世有所谓浩劫者，遭时闵凶，横祸如川壅堤决，人命曾蝼蚁不若。吾侨何辜，竟于日寇南犯时，不幸而身受之矣。当民国三十年十二月八日，北马告警[1]，鲸一跃而吞舟，虎数步而择肉。烽燧竞传，羽书押至。翌年一月卅一日而新山陷。天狼炳耀，参虎扬芒。吾侨燕处燎堂[2]，乌能幸免哉！于二月廿五日至三月杪，先屠哥踏路十三碑暨东山等处，次屠新山市士乃，继屠振林山、十六碑、泗隆园[3]。枭骑所至，吾侨无遗类矣。肤迎刃，血染锷，路铺遗胔，不知凡几。尸填大海之滨，血溅长林之野，山川震眩，日月无光。扬州十日[4]，嘉定三屠[5]，不是过也，更于沦陷三年八阅月中，新山吾侨前后再被掠拷刑戮而死者逾万人，而筹账会职员之罹祸尤惨。新山市有陈君合吉等，班兰有谢君振傅等，十三碑有游君登五等，高踏登宜有杨君清泉等。夫任事而至杀身以成仁，吾侨独能秉河岳星辰两间正气[6]，视死如归，其掷头颅，洒热血，为我民族争光荣，为普天下倡忠义。死事之烈，亘古未有也。幸我联军[7]金鼓誓众，飞将鹰扬。前锋电发，用讨未兆之谋，卒制不羁之虏。海澨残寇[8]，投戈泥首[9]。三载逋诛，一朝荡定[10]。新山同侨，劫后余生，怆深抢地，已闻殇魂之雨哭，复见碧血之夜燃。英灵何依，吊祭毋至。枕骸遍野，暴露堪虞。爰收遗骸二千有余具，卜地公葬。旋即成立建碑委员会董其役。思辕不敏，用敢纪其大略，俾刻金石，以垂不朽。呜呼，孰谓国大人多者不可侮，不自强终何补！洎乎覆巢之下有如此，今而后吾侨其勉夫。五华李思辕拜撰。

注释

[1] 北马告警：1941 年 12 月 8 日，日本偷袭珍珠港之次日，即强行通过泰国南部，突袭马来亚北部，登陆吉兰丹。

[2] 燕处燎堂：华侨如同燕子处于大火燃烧的堂屋之中。

[3] 以上数句谓，日本军先屠杀十三碑和东山，再屠杀新山、士乃，继而屠杀振林山、十六碑、泗隆园。所举皆是柔佛州的地名。

[4] 扬州十日：1645 年 4 月，清军攻破扬州，对平民进行十天大屠杀。

[5] 嘉定三屠：1645 年 6 月至 7 月间，清军攻破嘉定，三次下令屠城。

[6] 两间正气：天地之间的正气。

[7] 联军：中国抗战时期称英军、美军为盟军，东南亚华侨习惯称之为联军。

[8] 海澨残寇：指日本在海外残余的侵略军。

[9] 泥首：以泥涂首，表示自辱服罪。

[10] 三载句，意谓日本强盗占领的三年间，我无数同胞被捕、诛杀，如今强盗一下子扫光了。

评析

此文作于 1947 年。控诉日寇屠杀华侨的暴行，欢呼抗日战争的胜利，为了悼念死难的同胞，特建此碑。文章义正词严，感情深沉、激烈。散句中参用若干骈句，显得典雅庄重。选自傅吾康、陈铁凡合编《马来西亚华文铭刻萃编》，马来亚大学 1982 年出版，第 149 页。

十二　佚名氏《雪兰峨华侨机工回国抗战殉难纪念碑》

中华民国二十六年七七事变，倭寇猖獗，蹂躏神州。我国政府颁发总动员令，全面抗战，歼彼倭奴。南岛[1]华侨，纷起响应，组织筹赈机构，从事救国运动。斯时沿海各地，均被封锁，寇患日深。我国政府为增强长期抗战力量计，遂改辟滇缅公路[2]，为运输孔道，以资接济。惟战区辽广，辎重运输，急如星火。驾车人材，须尽量罗致，方克奏功。本会奉命选拔精于技术华侨，进送回国，肩此重任。抗战八年，沐雨栉风，备尝艰苦，卒获最后胜利，完成光荣任务。生者因受奖南归，死者则名留史迹。此种爱国精神，至为可风。爰为之铭曰：

机工技能，驾轻就熟。祸生陡变，丧身寒谷。

机工勤劬，风尘仆仆。为国牺牲，谁不敬服。

机工任务，滇缅往复[3]。自来殉国，必有纪录。

不畏天阴，褒斜绾谷[4]。勒之丰碑，永志芳躅[5]。

注释

[1] 南岛：此处泛指东南亚各地。

[2] 滇缅公路：抗战时期，日本封锁了中国出海通道，使之无法取得外援。中国乃抢修从云南到缅甸的公路，以便接受英美运到印度孟买的援华物资。该公路实为坚持抗战的生命线。

[3] 机工任务，滇缅往复：华侨机工执行抗战运输任务，驾驶汽车往返于云南和缅甸之间。

[4] 褒斜绾谷：褒斜谷在陕西南部，北起宝鸡眉县斜谷村，南至汉中褒城镇，跨越秦岭群山，沿褒、斜二水二谷，全长 250 公里，是古代著名的山道。此句以之比喻滇缅公路之险峻。

[5] 永志芳躅：永久记录烈士们光荣的足迹。

评析

抗战期间，成千上万的东南亚华侨，回到祖国，参加滇缅公路及其他运输工作，冒着敌机轰炸的危险，克服山路崎岖陡峭的困难，为坚持抗战做出了重要贡献，许多人牺牲在后勤战线上。胜利之后，新加坡和马来亚华侨为烈士们立碑纪念，建有许多座。槟城有一座，建在升旗山下，碑文用骈体文写成。此碑于 1947 年建于雪兰峨，碑文是散文，最末用四言韵语十六句作为铭文。简单明确，意味深长。选自傅吾康、陈铁凡合编《马来西亚华文铭刻萃编》，马来亚大学 1982 年出版。

十三　许云樵《戴春荣传》（节选）

戴公春荣，字忻然，号喜云，道光己酉[1]八月初五，出生于原籍广东大埔永兴甲汶上。曾祖阡辉，父教裕，俱以公贵，赠荣禄大夫[2]……公少岐嶷，有至性[3]，九岁，慈母彭氏见背[4]，辟踊如成人[5]。年长数奇，试不或售[6]。年二十四，以家贫，只身南渡，初至槟榔屿，负贩糊口，营营苟苟[7]，乏善足言[8]，乃去而之太平[9]，摆折字摊，为人作书佣[10]。其摊设于一药肆前，久而识其肆主。肆主见其诚朴，命为掌薄记。薪给所入，悉寄归奉父为养。数年后，以粒积[11]所得，为其异母弟春和授室[12]，以博老父及继母唐氏之欢。后肆主以营业失败，铩羽而去[13]。公乃承顶其业，更号曰杏春堂，自操奇瀛（赢），时年三十有六也。越三年，奉父归里，值秋祭，族人以乏烝尝告[14]，公即为置祭田十数亩。暇过乡塾，见诸贫子脩脯[15]薄，无以延良师，即助之米，岁五担。时家尚未丰也。后逢时会[16]，药业大振，乃分设支店于槟城、怡保[17]，并经营典当等业，不二十年而富比陶朱[18]矣。庚子年[19]，五十二岁。父卒于家，享寿八十有三。公奔丧万里，哀毁逾恒[20]。

公虽从商，然不废经世之学，暇辄手朱大兴、曾湘乡[21]文集不辍。南侨民多鄙塞，中国复积弱，庚子之役[22]后，益受外人奴视，侨民大戚。公曰："此下无学所致也。"会辛丑[23]朝旨令各省遍设学堂。大埔地瘠民贫，无力筹措，几竭经营。公慨然乐输，首先担任官学经费，继则筹及国民学校，又继则创立永兴、三河、高陂、潮汕、星洲、槟城等地十余校，先后斥资十五万金。

公之好义，实出天性。除兴教海内外，于其他公益慈善，亦一掷千金无吝色。见贫民疾困，艰于就医，乃倡设医局，施诊赠药。并资助北京及潮埔医局，凡三万金，皆置产生息以供岁费[24]。又置潮州西门义山，以瘗旅柩[25]。建大埔坪沙安溪桥、乐土新桥，并设义渡[26]，以惠行旅。丁未[27]，埔邑大饥，公输粟数十万担为平粜[28]，虽邻省平民就粜，不吝。遇他省灾荒，亦必捐巨帑助赈。其他睦姻任恤，知无不为。

清廷考察大臣戴鸿慈道经南洋，闻公名，叹曰：汉卜式[29]以天子忧边，尽输其家财，时以为非人情。君乃出至诚，殆将过之。比晤于槟，谈燕极洽，与议论古今，盱衡时局[30]，竟日不倦。以为其言必根砥学术，故每措一词，咸能言人所未言，而适人所欲言，非空疏者所能道也。是年，驻英使臣李经方，以公为侨民所重，檄充槟榔屿领事官。翌年戊申，鸿慈任法部尚书，建北京模范监狱，公首捐三万金为倡[31]，特荐奉旨以道员分省补用，并加二品衔。鸿慈促公入都候简[32]。以年迈辞，不果行。宣统辛亥，驻英使臣刘玉麟复檄兼新加坡总领事官。其年冬，清室鼎革[33]，乃谢事不复出[34]。己未孟夏[35]四月十六日，卒于槟城，享年七十有一。乡邦耆旧暨诸学人，胥往哭奠，有大老徂谢之悲[36]。同年十一月二十六日，葬于槟榔屿南山天德园己山亥向兼巽乾之原。

注释

[1] 道光己酉：1849 年。

[2] “俱以公贵”句：其曾祖、父亲都因为戴公于朝廷有功而显贵，获朝廷赐封荣禄大夫（荣誉官衔）。

[3] 岐嶷：指幼年聪慧特异。至性：很好的品性。

[4] 见背：指去世。

[5] 辟踊：旧时习惯，父母去世，子女悲痛欲绝，呼天喊地，跪拜跌倒又爬起。如成人：九岁的孩子如成年人一样行此大礼，说明他很有孝心。

[6] 二句意谓，长大后命运不佳，几次科举考试皆不成功。古谚有云：学成文武业，货与帝王家。科举中式即可做官，学得的本事可以卖出去了。科举不中，本事卖不出去，故曰不售。

[7] 营营苟苟：或作蝇营狗苟，形容到处钻营，胡混。本为贬义词，此处意谓处处凑合，混日子。

[8] 乏善足言：或作乏善可陈。本为贬义词，此处为中性词。

[9] 太平：马来亚北部城市名。

[10] 拆字摊：摆个摊位为人拆字算命。作书佣：代人写书信、契约等。

[11] 粒积：把微薄的收入，如同一粒粒米积攒起来。

[12] 授室：娶妻。句意谓，为同父异母的弟弟办婚事。

[13] 铩羽而去：生意失败而离去。铩羽，本意指鸟在飞行中羽毛受箭伤。

[14] 烝、尝都是祭祀的名称，此指祭祀物品。

[15] 脩脯：本指肉干，指学生送给老师的酬礼，此处指薪金。

[16] 后逢时会：后来遇到时机和运气。

[17] 怡保：马来亚北部城市名。

[18] 陶朱：春秋末期越国范蠡，传说其助越王勾践灭吴后，泛舟五湖经商致富，号陶朱公。

[19] 庚子年：1900 年。

[20] 哀毁逾恒：居丧哀痛，身体毁伤，超过常人。

[21] 曾湘乡：晚清名臣曾国藩，湖南湘乡人，故人尊称曾湘乡，有《曾文正公全集》。

［22］庚子之役：指八国联军侵略中国。

［23］辛丑：1901 年。

［24］置产生息以供岁费：购置田产或物业以其利息作为每年的费用。这种办法类似基金会。

［25］以瘗旅柩：以安葬客死海外之人的灵柩。

［26］义渡：在码头设公益性渡船，不收渡河钱。

［27］丁未：1907 年。

［28］平粜：平价买卖。以抑制趁灾荒而抬高粮价。

［29］卜式：汉武帝时巨商，曾捐粟以巩固边防。

［30］盱衡时局：观察衡量时局。

［31］为倡：作为倡导。

［32］候简：听候选用。简、选，都是选拔官员用语。

［33］清室鼎革：清朝政府为民国取代。

［34］句意谓，辞去公务，不再出任官职。

［35］己未孟夏：1919 年农历四月。孟夏：夏季之第一月。

［36］句意谓，乡国名流故旧和所捐助学校之人，共往祭奠，有如国之大佬谢世之悲痛。

说明

作者许云樵（1905～1981），出生于苏州，毕业于东吴大学，1931 年到南洋，历任新加坡、马来亚、泰国各地中学教师、《星洲日报》《南洋学报》等多家报刊编辑，1957 年后任南洋大学史地系副教授、义安学院史地系教授，是著名的南洋史地专家，著作甚丰，已辑为《许云樵全集》，马来西亚创价学会 2015 年出版。本文原载《南洋客属公会 1935、1936 年纪念刊》，1967 年出版，收入《许云樵全集》第七册。文章全面介绍马来亚华侨巨商、著名慈善家戴春荣的生平事迹，着重其慷慨乐捐，博施济众的功绩。戴氏捐助领域甚广，包括兴办学校、医院，建桥梁，设义渡、义冢，支持宗族祭祀，救济国内灾荒，等等。对海外侨界及家乡民众贡献巨大，曾被清廷委任为槟城领事官、新加坡总领事，以保护华侨权益。戴公辞世，国内外震悼，名家为之撰写墓志铭，故乡建纪德碑亭，槟城命名戴喜云街，至今犹存。许氏此文，遵照古代纪传文体，立意谋篇，遣词造句，典雅考究，评价允当，褒扬得体。作于古文淡季，弥足珍贵。

十四　许云樵《与先生传》

先生不知何许人也，亦不详其姓字，虽非富非贵，而侧身富贵之间。《孟子》有“富与贵……”[1]，因以为号焉。岸然道貌，能言善辩。少读书，不求甚解，每有宴会，便欣然忘形。性嗜酒，撮合每能常得。头家[2]好其吹拍，或置酒以招之。出入公馆，大得其所。帮闲奉承，手段高人一等。胸无点墨，冒充斯文，排斥贤能，雀巢鸠占，恬如也[3]。常以风雅自命，欺弱侮远，书画并吞[4]，以此孽终[5]。赞曰：剪绺[6]有言：既帮闲于头家，复窃位为侨领，其人殆社会之蛇乎？违心抹理，助强抑弱，厚脸皮之人欤？无心肝之人欤？

注释

［1］此处引孟子的话应是孔子之言，详见评析。

［2］头家：老板，闽南方言。

［3］此成语应为“鹊巢鸠占”。鸠指杜鹃，古称鸤鸠。鸠体形比喜鹊小。有学者认为，可能古人把雀和鹊当同音假借字。所以此成语应为“雀巢鸠占”。此处作者有可能误写成语，也可能自改成语。这个成语意谓强梁者霸占弱小者的东西。恬如也：心安理得貌，此处用作反讽。

［4］书画并吞：意谓将他人的书画佳作窃为己有。

［5］以这种造孽的行为了其一生。

［6］剪绺：盗窃、小偷，闽南方言。

评析

许云樵教授是著名的东南亚史地学家，有时也写作一些古典诗文和白话散文，辑集为《希夷室诗文集》，新加坡东南亚研究所 1979 年印行。共六卷，第一至四卷为古体诗词，共 186 首；第五卷为《明日黄花集》，收书序，杂记等文章 46 篇，有古有今；第六卷为《怪文观止》，收滑稽古文五篇。《怪文观止》大题仿《古文观止》，五篇小题分别模仿中国古代散文名篇，皆附原文于后。几乎逐段逐句仿效古文口吻、语气，变换其内容以讽刺南洋社会各类不良人物和现象，饶有风趣。

《与先生传》题下自注："仿陶渊明《五柳先生传》"。全文文字和写法的确如此，但题目很怪。许氏说，其号取自《孟子》半句话中的"与"字，暗示此先生追求富与贵。细查原文出处，乃在《论语·里仁》篇中，孔子说："富与贵，是人之所欲也；不以其道得之，不处也。"孟子也有类似的话，文字略有异同。许氏把孔孟搞混了。许传中许多句子与陶传正负相反。五柳先生"好读书，不求甚解，每有会意，便欣然忘食"；与先生则"少读书，不求甚解，每有宴会，便欣然忘形。"五柳先生"性嗜酒，家贫不能自得；"与先生也"性嗜酒，撮合每能常得。"以下一大段，将五柳先生之高尚跟与先生之卑鄙暗相对照。八句赞曰，许文与陶文句式相同，对仗相当，感叹词一模一样，而褒贬和意趣相隔天壤。五柳先生令人仰慕，与先生令人唾弃。镂其心而刻其骨，是一幅不可多得的混迹文坛丑角的漫画。

十五　管震民《建筑家杨惺华传》

杨君讳惺华，字万春，江苏无锡人。幼而岐嶷[1]，颖悟绝伦，咸以神童目之。初入县立高小肄业，旋转江阴南菁中学，所习学程，均列优等，英算二科，尤称卓绝。拾级[2]而上，考取南洋大学[3]，以资性所近，专攻土木工程，每冠其曹[4]。1918年学成，获学士学位。校方特派赴暹罗[5]斯旺生公司，助理工程，成绩优异。翌年[6]，擢升星洲[7]总公司任职。迨[8]1921年，爪哇分公司成立，即委其经营惠罗公司，及中华银行两大厦工程，悉心擘画，美奂美轮，虽老于此道者[9]，自叹不及。留爪七稔[10]，声誉鹊起，今犹有人称之[11]。君审时度势，以为因人成事，终难展其抱负。乃于1928年返星，筹设大南洋建筑公司，规模宏敞，设备堂皇。本坡政府[12]慕其才，聘其兼任公共建筑部铁筋混合土工程要职。楚材晋用[13]，侨界荣之。自是以后，不仅星马私人住宅，或银行大厦，归其创造，即政府方面，如星洲海陆空三军公署、工部局、海港局、改良信托部、公众建筑诸机关，非聘其担任职务，即委其承办工程。学以致用，用得其宜，业振名标，非无故也。君秉性忠厚，和气迎人。凡侨社公益，或教育事业，以及祖国筹赈工作，无不慷慨赞襄，尤对乡梓，竭尽敬恭之谊。如创办会馆，设立学校，扩充义园，领导同乡，无微不至。故三江过客，皆誉为万家生佛也[14]。君之资望既孚，宜为侨界所推重，更为中外长官所褒荣[15]，有由来矣。胡天不吊[16]，竟于1952年4月17日子时，寿终正寝[17]，享寿六十有三。卒之日，旅星十侨团，为之组织治丧委员会。越五日，卜葬于樟宜路三江公冢之原。翌年八月卅日，特于三江会馆[18]开会追悼。祖国首揆，暨本外坡侨领乡友，均致吊唁或哀诔，更足见君之行谊感人深也。妻某氏，子六女四。二子现在美求学，馀三子则在本坡经商，其六尚幼读。婿陈永裕亦为建筑界巨子……孔子云：君子疾没世而名不称[19]。杨君有此盛名，永垂不朽，虽死之日，犹生之年也。

注释

[1] 岐嶷：形容幼年聪慧。

[2] 拾（shè）级：按照学校等级次序。

[3] 南洋大学：其前身为1896年成立于上海的南洋公学，1911年改为南洋大学，1921年更名为交通大学，1922年又改为南洋大学，1927年称第一交通大学，1956年分为上海交通大学和西安交通大学，并存至今。

[4] 每冠其曹：每每成为其同辈之冠军、杰出者。

[5] 暹罗：今之泰国。

[6] 翌年：次年。

[7] 星洲：指新加坡，有时亦简称星。

[8] 迨（dài）：等到。

[9] 老于此道者：长期从事某方面工作或某门学问者。

[10] 稔：一年。

[11] 今犹有人称之：至今还有人称道他。

[12] 本坡：指新加坡。政府：指英国殖民当局。

[13] 楚材晋用：此国人才为他国所用。此指中国人才为英国所用。典出《左传》，原为贬义词，此处为肯定之词。

[14] 万家生佛：原指受广大民众爱戴的地方官，后世用来称赞博施济众，好行善事者。生佛：活佛。

[15] 褒荣：给予褒奖和荣誉。

[16] 胡：何。天：上天。不吊：不保佑。为何上天不保佑善人呢。意谓不让他长寿。

[17] 寿终正寝：正常病逝于家中。

[18] 三江会馆：江苏、浙江、江西三省在新加坡的会馆。

[19] 语出《论语·卫灵公》。

评析

本文选自管震民《绿天庐诗文集》，马来亚槟城康华商务印刷公司 1955 年出版。管震民（1880 ~ 1962），浙江黄岩人，1900 年中秀才，1905 年考入京师大学堂（北京大学前身）博物科，1908 年毕业后，历任山西、河南、浙江、缅甸等地教职及浙江省博物馆馆长。1934 年任槟城钟灵中学国文科主任，1950 年退休，1962 年逝世。是当地著名的诗、文、书、画家。本文作于 1953 年，简述建筑家杨惺华生平，在建筑方面的主要成就，对华侨、对故乡的关心及贡献，给予高度评价。此外，管先生还有《槟城三江公所致杨惺华先生诔词》，作于 1952 年三江侨社公祭之时，全部为四言韵语，可与此文合看。

十六　林徐典《先君事略》（节选）

先君讳克谐，字稚生，琼山沙港村人[1]，林氏渡琼始祖裕公三十一世孙。……吾里故濒海，自高祖升隆公，累世均习航海业。先大父[2]启春公且手创二船户，远航江澳与南洋之间。其始也未尝不业日进，望日隆。奈至中年，竟一蹶不能复振。嗣是以后，家渐式微[3]。是时高堂[4]在上，稚子在抱，仰事俯畜，其境可知。旋罄所有以质于市[5]，得资又与乡人合伙，并自就其驾长[6]。讵于航行中与海盗遇，一切都尽，赤手以归，由是不复问航业。迨光绪甲午（一八九四年），年四十，复只身远适南洋，赍志终于客次[7]。

先大父元配叶孺人，因产伤悼，继其室为符孺人，即先君所从出母也。自先君生三岁，先大父见背[8]，其时曾祖父母春秋垂暮，而先君又孤稚，家日萧索，惟凭先大母十指之力以为活。先君记其事云：“（孺人）……每于鸡鸣而兴，栉风沐雨，胼手胝足，耘人之田。出牧牛，入饲豕。……有时断炊，则在田野间拾遗穗，采藜藿以充饿，十数年如一日。”又记其就学之经过云：“忆我年达学龄之日，正世薄公益之时，族无义学，虽孤贫者入塾，当具束脩。孺人……给我等衣食而外，犹须给我膏火[9]，年以千钱。……迨清末造[10]，欧风东渐，俗尚洋文，英文馆应时林立，士子趋之若鹜，顾学费綦重，就之匪易。是时我年十四，稍省人事，遂不敢负笈以从，而重孺人之负，将拜请远行，别图生活，又不果。嗣得师友廉其情，准余以身操厨役为免费生，入学年余而后南走[11]。”

抵叻以后，工余之暇，犹且青灯攻苦。时适孙中山先生在南洋奔走革命，先君久蓄倒满思想，亦加盟[12]焉。

宣统庚戌（一九一〇年），先君归里授室[13]。家慈郑氏，乃同邑水尾村志国公之三媛，生于光绪癸巳年十月初八日（一八九三年十一月十五日），年十八来归。外祖历世务农，家慈秉承庭训，事姑以敬，治家以俭，相夫教子，尤为乡党称誉。

先君婚后，复来星洲。辛亥秋，革命军兴，先君迫于大义，持械归国，从戎北伐。抵港，事为族子探悉，声诸大母[14]。大母涕泣忘食，以书抵责，谓：“我家世微薄，自太高祖国楠公别立祀典以来，凡六世，无以文学发名者；且门祚式微，奉烝尝、裕后昆者，亦惟汝是赖。乃不思积苦力学，而斤斤于武事，一旦沙场不幸，将何以为子？”先君拜诵慈命，星夜改道驰归乡里，不敢有违[15]。

此后，先君往返琼州与星洲之间者屡。民国己未、庚申、辛酉间（一九一九年至一九二一年），任星洲叻报编辑职，主持“本坡新闻”、“附张”（即今之所谓副刊也）、“京省要闻”等版编务，兼撰社论、时评。凡所评述，均以国家社会为重，人莫不赞为谠论[16]。

民乙丑（一九二五年）夏，先君卒业于星洲养正学校师范科，嗣执教育英学校。逾年，又讲学于吾乡宗祠。民戊辰（一九二八年）中，赴砂劳越习商旅，经营火锯业。越四载，遭业务之惨败。自是而后，即长居于星洲矣。

岁次甲申二月初七（一九五四年三月十一日），先君时任琼崖林氏公会秘书，因患高血压症递（遂）捐馆舍[17]，距生于前清光绪壬辰年七月三十日（一八九二年九月二十日），享年六十有三。越二日，葬于淡申律光明山之原。……

一九六九年三月十一日　男　徐典谨志

注释

[1] 琼山沙港村：现已改属海南文昌市。

[2] 先大父：已故祖父。

[3] 式微：衰落。

[4] 高堂：此指曾祖母，

[5] “罄所有”句：拿出全部家当到市上典当。

[6] 自就其驾长：自己担任船长。

[7] 赍（jī）志终于客次：怀着未实现的志向病死于外乡旅馆。

[8] 先大父见背：指祖父去世。

[9] 膏火：膏，灯油。膏火，灯火。此代指读书的费用。

[10] 迨清末造：到了清代末期。

[11] 南走：下南洋。

[12] 加盟：加入同盟会。

[13] 先君归里授室：父亲回到故里结婚。

[14] 此句意谓，参加革命军之事，被同族人告知祖母。

[15] 此数句意谓，祖母阻止，父亲不敢违背，急忙回到故乡。

[16] 谠论：正直言论。

[17] 捐馆舍：逝世。

评析

本文作者林徐典（1930～2019），祖籍海南文昌市，一九三六年随父母移居新加坡，获新加坡大学哲学博士学位后曾任新加坡国立大学中文系主任，教授，著作有《先秦哲理散文》《中国上古文学》等。本文是一篇优秀的传记文，语言精粹，措辞得体，感情充沛，深涵于允当的称谓名词、动词、形容词之中，在20世纪60年代文言文写作十分罕见之时，不可多得。选自林徐典编《林稺生政论集》附录二，星洲世界书局有限公司1969年出版。

印尼、泰国纪实传记

一 梁峰、黄绵《吧国历代甲必丹姓氏年表总录序》

巴之有甲必丹者，自和[1]壹仟六百二十年，大明万历四十八年，大王然庇直郡[2]举苏君讳鸣岗为我唐之长，其官衔称曰和勅禄。是岁，请假回厦[3]，谋聘洋商。次年，天启元年辛酉岁，即转棹同所聘之洋舟通商。由是巴岛生殖而日以炽，民殷而国富，赖有壹百余年升平之秋，稽其牧民[4]甲必丹相承者，计十有一也[5]。迨乾隆五年，岁次庚申，兵戈倏起，谓物盛必衰，泰极生否者是也。斯时也，玉石俱焚，优劣同殃，曷可胜言。及壬戌之春，幸兵纷息矣[6]。大王伴欣木乃擢维翰林公为甲必丹，始设公堂议事。仁心恤民，以教以化，咸臻善道，其遗风以至于今。兹和壹仟七百九十一年，乾隆五十六年九月十四日，而绵忝居是职，溯昔及今之莅政者，皆维世道，莫不以民瘼为己任，矧予不敏，敢不益系夫己饥己溺为念[7]哉。至于历代姓氏及年表，尤当谨志于不泯，而俾今有所视于昔，抑又后之视今为何如耶？辛亥（1791 年）十月初七日，梁峰、黄绵[8]记并书。

注释

[1] 此句中的“和”指荷兰。壹仟六百二十年，是公历，不是日本的和历。

[2] 大王然庇直郡：即荷兰总督燕彼得逊坤。

[3] 厦：福建厦门。

[4] 牧民：管理侨民。

[5] 计十有一也：从碑文所列姓名有，共计 27 人，文中所计十一人，是指乾隆五年以前者。

[6] 清乾隆五年，即1740年，荷兰殖民统治者镇压华侨，制造红溪惨案，华侨奋起反抗，至1742年平息，华侨死者逾万。文中所谓“兵戈倏起”即指此次事件。

[7] 己饥己溺：此语典出《孟子》，意谓，视民之饥如己饥，视民之溺如己溺，即与民同患难。

[8] 黄绵，撰写碑文时任甲必丹。

评析

此碑立于雅加达，记录从1620年起至1791年间，由荷兰统治者委任的印尼侨领（甲必丹）27人之姓名及任期，具有很高的史料价值。引自傅吾康主编《印度尼西亚华文铭刻汇编》，新加坡南洋学会1988年出版，第二册上卷第115页。

二　许金安《苏鸣岗甲太事略》

苏鸣岗，福建同安人也。天资聪颖，少有远志，既长，能文章，擅武术。明万历间，率十数健儿，乘轻舟，破万里浪，遨游南洋。先至爪哇岛之万丹埠，经营数载。稍获名利后，为扩充商业计，与荷兰东印度公司公班衙[1]总督燕彼得逊坤氏缔结互助条约。于是，由万丹迁居吧城，以苏公之鸿猷伟略，周旋于各民族间，亲善和平，信孚中外[2]。至西历一六一九年十月十一日，公班衙特任苏公为甲必丹兼评政院议员，盖犹今之华侨侨长也。苏公自莅任斯职，德政所敷，人民咸安居乐业，我华侨之旅斯土者，多蒙福荫，凡此苏公之勇敢精神，及其爱护侨众之德泽，良堪作吾侪之模范，而深致景仰者也。迨西历一六三六年，苏公乘东印度公班衙之战舰往游台湾，当时之台湾，亦为公班衙所有[3]。苏公此行，深得台湾省长欢迎。待以上宾之礼，旋复聘为政治顾问。任职凡三年余，始返吧城，复任华侨遗产局局长。西历一六四四年四月八日，苏公卒于吧城寓邸，葬于芒果路亚。迄今坟墓犹存。然经二百八十余年风雨之侵蚀，不免渐就颓坏，吾人追念苏公生前伟绩，特于吧国公堂会议公决，提出公款二千五百盾，为重修苏公坟墓及建立碑铭之需，以期保存古迹，而志甘棠遗爱[4]之意焉。

中华民国纪元拾八年　西历一九二九年　十月十一日

吧国公堂主席许金安暨同人等谨志

注释

［1］公班衙：地方政府之办事处。

［2］信孚中外：为中外人士所信服。

［3］“当时之台湾”句：台湾当时被荷兰侵占，由荷兰东印度公司总督衙门管辖。

［4］甘棠遗爱：《诗经·召南》有《甘棠》篇，记西周大臣召伯巡行抚民，憩息办公于甘棠树下，后人思其德，不忍砍伐，作《甘棠》诗纪念。后世引用此典以歌颂官吏勤政。

评析

此文是印尼早期侨领苏鸣岗的小传。苏公于明代末年到印尼经商，他广泛团结各族民众，亲善和平，安居乐业，取得荷兰官员信赖，后又到台湾任职，最后回到印尼。华侨怀念他，在他去世近三百年后，立碑纪念，可见遗爱之深。选自傅吾康主编《印度尼西亚华文铭刻汇编》，新加坡南洋学会 1988 年出版，第二册上卷第 112 页。

三　林清志《三保洞三保庙三保大人简略》

明永乐年间，有郑和者，是中国云南人氏。奉命特派钦差大臣，周游各国，故七下西洋，兹如爪哇、苏门答腊、孟加拉、亚拉伯[1]等国，都是必经之地。受命以来，怀抱绥抚政策，宣扬文化为主旨。所到之地，备受各国欢迎。且有派使臣往还，藉作□报之谊。五百年来，邦交弗替[2]。故吾侨来此谋生者络绎不绝，几如过江之鲫。间有生斯、食斯、长于斯者，瓜瓞绵绵[3]，数以百万计。推愿（推想）原委，非郑公功德之赐而云何？公七下西洋，先后到爪哇两次，始于一四〇六年，继后一四一六年，登陆地点是陇川[4]海滨、西蒙安，行营驻扎于西蒙安之阳，逝世于一四三五年[5]。后之人追念其丰功伟绩，特于是地辟一洞，建一庙，以奉祀之。通称为三保洞、三保庙、三保大人。

弟子林清志立石一九六〇年

注释

［1］亚拉伯：今称阿拉伯。

［2］邦交弗替：与各国邦交至今不曾废止。

[3] 瓜瓞（dié）绵绵：形容子孙繁衍，绵延不断。

[4] 陇川：又称三保陇。

[5] 郑和首次下西洋是1405年，逝世于1433年。

评析

此文选自傅吾康主编《印度尼西亚华文铭刻汇编》，新加坡南洋学会1988年出版，第二册上卷第327页，作者不详。文章简要介绍郑和的生平和功绩，在其庙前撰文立碑，表示感恩和纪念。该碑立于中爪哇，文章作于1960年，文字不多，允当得体（其中方框原文字迹不清楚）。

四 释妙戒《印尼苏岛棉兰天后宫重建碑记》

天后圣母者，即俗称为妈祖，于唐朝壬午年古历三月廿三日，诞生于中国福建省莆田县湄洲岛上，距今已有一千二百五十多年之历史。圣母未婚，俗名林碧娘，父林志善，母陈氏夫人。因生具慧眼，五岁时即能畅念观音经，并依观音法门，受持自修，持斋戒杀，利人救世，终成道果。于示寂[1]时，先沐浴换衣，随即入房坐化[2]，时古历九月初九日。圣母于成圣后，即常在福建、台湾沿海一带显圣，护国救民，平风息浪，使居民得以安居乐业，也令游子心怀安祥。是圣母之所以被带到南洋以及各地，以供人奉祀者。

本宫倡建于张榕轩贤昆仲[3]等人，但因年久剥蚀，殿宇亦狭窄，衲[4]有心以重建。衲出生于福建省仙游县枫亭镇，十五岁时随父在塔斗山会元寺落发出家，皈依兴化莆田县梅峰光孝寺上贤下密为师[5]。廿岁即往福州鼓山涌泉禅寺授具，得戒于上达下真老和尚，随后回归莆田县，在南山广化寺、梅峰光孝寺、囊山寺等山参习，到公元一九四七年岁次丁亥，南来经新加坡、马来西亚，而后来到印尼苏岛棉兰坡，在台北街观音亭寄脚数年，终奉师命来天后宫帮理事务。

辛丑年六月十七日，上人不幸西归[6]，宫内当时人事杂乱，经济困难。衲立志克苦有年，终蒙吾佛垂慈，神明默庇，并赖各寺庙同参道友，佛门信徒，以及十方善信人等，慷慨献助，于焉得以完成新宫。于公元一九七七年岁次丁巳四月初旬动土兴工，至一九七八年岁次戊午冬而告竣，并举行落成开光盛典，是众等因发菩提心，同种福田之成果。特以记载，以垂永远纪念。

公元一九八零年岁次庚申十月初六日主持释妙戒记

注释

［1］示寂：出现死亡迹象，即临终。

［2］坐化：坐着去世。

［3］贤昆仲：昆仲意为兄弟，前加贤字是表示赞美。

［4］衲：原义是佛教僧人的衣服，后常用作佛教长老自谦称，有时也写成“老衲”。句中为释妙戒自称。

［5］上贤下密为师：妙戒和尚的老师是贤密和达真。佛教徒为了尊重老师，不直呼名讳，故意把二字名拆开，写成上某下某，这是近代禅林文章的书写习惯。

［6］上人不幸西归：“上人”是对年高位尊僧人的尊称。此“上人”指原天后宫住持。西归，去世。

评析

此文作于1980年，前面一段是天后圣母妈祖小传，中间部分是妙戒和尚的自述学佛经历，末段说明重建天后宫的过程。从1966年起，印尼政府和军方禁止华侨学习和使用华文，造成华文教育中断十多年。在这种情势下，妙戒禅师能写出如此清晰明畅的古文，要算难能可贵了。选自傅吾康主编《印度尼西亚华文铭刻汇编》，新加坡南洋学会1988年出版，第一册第112页。

五　佚名氏《许公陵墓碑》

为圣上恩诏封褒嶙啷大郡侯许泗漳事。［侯］系福建漳州府龙溪县霞屿社人氏，自二十五岁，出漳郡而入蓬雅[1]，受室[2]经商；振长策而张远略，裕后光前。华道光乙巳年[3]正月初五日，朴总兜圣上封为啷呀主，尚属章笨省节制。时啷草昧未开，住屋只有十七家。至漳鸿荒甫辟[4]，居民遂数千户。熙来攘往之辈，或随山洗锡[5]，以资其生涯；或服贯［挙］车[6]，以收其利泽。昌而炽，著而文，实繁有徒矣。甲寅年[7]，朴总兜圣上加封为唧郡伯。时华人等，类聚群分，民居愈稠密，而漳所垦版图，广增益增；所输国赋，年盛一年也。圣上念其忠勤可嘉，壬戌年[8]三月廿五日，封为唧郡侯。从此易州作郡，辐（幅）员直属京师矣。兹圣上再褒封为嶙唧大郡侯。念漳历仕三朝五帝，上能致君，以匡王国；下能泽民，以厚众生。鞠躬尽瘁，其盛烈丰功，昭然共见。因将生平勋荣，赐石铭勒之茔前[9]，垂之永远，以为官商人等者鉴。

注释

[1] 蓬雅：泰国地名。

[2] 受室：也作授室，意为娶妻。

[3] 道光乙巳年：1845 年。

[4] 鸿荒甫辟：荒地开始开垦。

[5] 洗锡：从锡矿砂中淘出锡米。

[6] 服贾：服务于商贾。辇车：拉车。

[7] 甲寅年：1854 年。

[8] 壬戌年：1862 年。

[9] 句意谓特赐在许泗漳墓前立碑刻铭纪念。

评析

此碑立于泰国拉廊，作于 1883 年，选自傅吾康主编《泰国华文铭刻汇编》，台北新文丰出版公司 1998 年出版。

据泰国洪林、黎道纲主编的《泰国华侨华人研究》记载，墓主许泗漳是泰国南部拉廊府的开拓者，生于嘉庆丁巳年（1797），卒于光绪壬午年（1882）。他最初开挖锡矿，后来担任税官；第二世泰王赐姓麟郎氏。第三世泰王赐封子爵，世袭城主凡三世。第四世泰王时，以其忠心耿耿，致地区繁盛，晋封侯爵。许泗漳的第六子许心美曾任泰国朝廷重要官职，封子爵，升甲叻武里城尹，升伯爵，又升董里府尹。1901 年，任普吉省长，是泰国华侨中第一位省长，在泰国橡胶种植史上有重要贡献。碑文题目“许公陵”在泰国拉廊郡，许泗漳即许公陵之墓主，这篇碑文主要记述其生平事迹。拉廊原名嶙唧，尚未开辟时只有十七户人家，经过许泗漳的经营开拓，后来增至数千家，版图增广，国赋日多，所以泰王不断加封，由唧呀主（即城主），到唧呀伯，到唧郡侯，到唧郡大郡侯。国王念其功勋，死后赐石立碑勒铭，以垂永远。从碑文中可以看出华人移民对泰国的巨大贡献。文章叙事清晰，骈散兼用。具有珍贵的史料价值。其中泰王名号“朴总兜”，地名“嗱唧”，有时称“唧郡”，有时称“唧”，有时称“唧呀”，当是一地。还有“蓬雅”“章笨省”，均待考。

六　高学能《高氏宗祠碑》（节选）

我高氏系出渤海，至忠武军节度使，讳琼公以位业显名赵宋间……靖康寇逼[1]，太和公以新兴郡王子从龙南渡，赐第临安[2]。祥兴末皇驭播迁[3]，航海来粤……崖山国变[4]，遂窜海滨，耕渔立室家，爰成聚落。则我潮州澄海华容高氏所由来也。……

皇考[5]幼惇敏，豁达有识度，少长佐皇祖，服劳田亩，承颜见志，虽休勿休。汴考[6]曜和公，勇果尚义侠，得亲欢。皇考降走，怡怡处父子兄弟间，见称宗族乡党。然而陇畔辍耕，南望沧溟，会心远矣。既冠，辞亲游，徒步千余里，沿嘉惠趋省会[7]，附商航远达暹罗，遂枝栖宗人元盛公家[8]。公伟视皇考，俾司市舶事，且为纳金太宜人于室[9]。暹俗妇女襄贸迁[10]，太宜人夙习俭约，能劳苦，工筹画，既归皇考，同心一志，右挈左提，附翼俱起，井臼不疲，茅茨不葺，铅华不御，刻以治生为务。皇考亦安步当车，晚食当肉。嬉游征逐，口所弗谈；金玉锦绣，心所弗屑。如是者，近二十年，乃得累寸积铢，生计日益饶。太宜人为学能言，皇考令节佳辰，思亲笃切，顾簿书质，剂集沓从，萃掺奇计，赢利无暇，昬终不得归[11]。省及祖疾，闻则星夜奔赴，比至纩[12]已属，哀慕悲号，丧葬尽礼。而环视少慰，则室庐整洁，阡陌垦治，家人上下谧以安。盖太夫人自皇考之出也，奉事舅姑[13]，经理内外，井然秩然，寄顿赡养赀，不妄费一钱。方且晨夜绩勿辍，以远媲美季敬姜[14]，近绳武陈先姑也。大抵皇考得专意营运家园，无返顾忧者，恃蔡太夫人得广居善积。华夷翕洽，货日滋殖者，恃金太宜人，用能创立基业，继自今子子孙孙，苟无险情赘行，鹿获安饱[15]，其毋忘两皇妣矣。皇考遇事有先识，其在新加坡也，利市三倍。知共事者不可与长处乐，风方顺，帆遽收，是以不遭遭波累。其于香江元发[16]也，见元盛公子所好非事，所任非人，知必将败，苦诤不见从，转举元发[17]，畀我重振绪业，是以利赖至今。创万安公司也，坚却劝阻，是以洋人不得擅权利[18]。皇考待人笃恩礼，汴考甫强而殒，计母许[19]抚侄男女各一，均孤弱。皇考教育兼施，俾皆成立。于汴母敬礼有加。元盛公子之败也，感念旧好，冀其复兴，先后资以金数千，并为之往复敦谆劝，启导机窍[20]，家果复兴。皇考交游，矢诚信开烈。杨君勋臣，吴君数辈，率悃愊无华，肝胆相照，久要不忘[21]言。落落若难合。尤佩孔子忠信笃敬，蛮貊可行[22]语，以故交遍中外，不失己，不失人。皇考为善不近名[23]，穗城创八邑会馆[24]，香江创东华医院，均竭力规措赞成，而恂恂众中，未尝自异。丰顺丁中丞捐赈山西，举皇考董其事，知不可辞，而后出为尽力，多所全活，未尝自功[25]。他如一生不入公门，众所争（赞）也。训学能辈使重道谊，汲汲不仆[26]，有义方也。世徒见皇考晋崇阶，致高赀，庆多男，谓昊苍偏钟厚福，庸知固拳拳然，孜孜然，积福惜福，以致福也。其勤明仁俭盖如此。皇考讳廷楷，字宗实，号楚香，生嘉庆庚辰[27]十二月廿四日，终光绪壬午[28]正月十日。诰授资政大夫，赏换花翎奏叙即用知府加五级。……奉旨建坊，得"乐善好施"四字。……於戏！自我皇祖，以勤明仁俭，示身范我[29]。皇考妣禀承之，艰难数十载，仅乃克成厥家[30]。孟子曰：天将降大任于是人，必先苦其心志，劳其筋骨[31]。谚曰，贫贱生勤俭，勤俭生富贵。流俗之言，圣贤之训，若合符节，岂欺也哉。世世子孙览斯文者，见羹见墙[32]，馨咏非远，追维先德，念勤明仁俭之旨，深省猛发，勿以贪馁，勿以富骄。明念创业固难，守成亦非易。庶其观感而兴矣夫，庶其观感而兴矣夫。

光绪己亥[33]五月吉日，戊子科[34]举人拣选知县加五级八旗官教习，男学能啜泣谨述。

注释

[1] 靖康：北宋钦宗年号。靖康元年（1126），金兵攻陷汴京，徽、钦二帝被俘，北宋灭亡。

[2] 从龙南渡，赐第临安：跟随南宋高宗南渡长江到临安（今杭州），高氏太和公定居于此。

[3]“祥兴末”句：祥兴是南宋末帝赵昺年号，南宋小朝廷航海逃到广东。

[4]“崖山”句：崖山，在今广东珠海市，元军追逼到此，大臣陆秀夫抱小皇帝赵昺投海殉国，南宋灭亡。高氏家族于是在海滨耕田捕鱼，形成村落，这就是潮州高氏的由来。

[5]皇考：子女称去世的父亲。

[6]汴考：汴为河名。此句中疑为“叔考”之误写。叔考即已故叔父。

[7]嘉：嘉应州，今广东梅州市。惠：广东惠州市。省会：广州市。

[8]“遂枝栖”句：于是临时择枝而栖息于同宗之人高元盛家。

[9]以上数句意谓，元盛公器重父亲，命他管理商船事务，并且为之纳侧室金氏。古代高官之妻、母、祖母封号为：一品夫人，二品孺人，三品淑人，四品恭人，五品宜人，六品安人。上述称号始自北宋，定于清代。在民间使用并不十分严格，小说、戏剧比较随便，七、八、九品官之妻亦有称夫人者。

[10]襄贸迁：帮助商贸活动。

[11]晷终：晷是古代计时器，以铁针置于对准日光的石盘中心，视其针影而测知白天时间的早晚。晷终即日光已暗，晷针无影，测时功能终止了。句意谓天黑还未归家。

[12]比至纩已属：及至祖父临终之前。纩是新的丝絮，很轻。古人临终，子女或后人以纩置于鼻孔前，以测其是否停止呼吸，称为属纩。

[13]“太夫人”句：太夫人：指父亲正室蔡氏夫人，自从父亲出洋，在故乡奉事公婆（舅姑），主持家务。

[14]季敬姜：是春秋时鲁国大夫公父文伯之母，地位尊贵，犹从事纺织。《国语·鲁语》记录她教育公父文伯，劳则民向善，逸则民忘义。该文是古代散文名篇，句谓蔡夫人可与敬姜相比。

[15]苟无险情赘行，鹿获安饱：此句“苟”字疑为“尚”字之误。“鹿”字疑为“麤”（cū）字之误，同“粗”。“赘行”，累赘，祸害，破坏公共道德规矩的行为。

[16]香江：指香港。元发：高姓同宗人士。

[17]“转举元发”句：意谓高元盛的公子“所好非事，所任非人，知必将败”，所以父亲举荐元发，使我们的公司能重振绪业，获利至今。

[18]“创万安公司”句：意谓父亲不赞成此举，使得洋人不得擅权得利。

[19]汴考甫强而殒：意谓叔父事业刚刚开始强盛却去世了。计母许：“计”疑有误，当作“叔”母，许是叔母的姓。

[20]启导机窍：开导启发贸易之机会窍门。

[21]久要不忘：不忘旧交、旧约。原文出《论语·宪问》：“久要不忘平生之言，亦可以为成人矣。”

[22]“尤佩孔子”句：尤其敬佩孔子的话：“言忠信，行笃敬，虽蛮貊之邦，行矣。”

[23]皇考为善不近名：父亲做善事不是为了出名。语出《庄子·养生主》：“为善勿近名，为恶勿近刑。”意即做好事与求名不沾边，做错事不要干犯刑律。

[24]穗城：广州。八邑会馆：全称潮州八邑会馆，包括潮州府属八县：海阳、潮阳、揭阳、澄海、

普宁、惠来、饶平、丰顺。潮州人在泰国工商界势力最大，在新加坡、马来西亚也有八邑会馆或潮州会馆。

[25] 自功：自以为有功。

[26] 汲汲不仆："仆"疑为"倦"之误写。汲汲不倦，意谓勤奋努力不知疲倦。

[27] 嘉庆庚辰：1820 年。

[28] 光绪壬午：1882 年。

[29] 示身范我：以自身行为作规范。语出《孟子·滕文公下》："吾为之范我驰驱"。我为他按照规范驾车。

[30] 仅乃克成厥家："仅"疑为"谨"字之误。

[31] 孟子的话，见《孟子·告子下》。

[32] 见羹见墙：成语，出《后汉书·李固传》，意谓想念先贤。吃饭就看见先祖先贤的影子在肉汤中，坐下来就看见先祖先贤影子出现在墙壁上。

[33] 光绪己亥：1899 年，指撰文之年。

[34] 戊子科：指 1888 年之科举考试，作者中举人之年。

评析

本文选自傅吾康主编《泰国华文铭刻汇编》，台北新文丰出版公司 1998 年出版。撰写于 1899 年，原文较长，节选其中叙述父亲高廷楷的事迹。他二十岁到泰国，投奔同宗高元盛，协办商船事务，并娶泰女金氏为侧室，全力襄助高氏业务，辛勤工作二十年，生计日饶。祖父病逝于故乡潮州，万里奔丧尽礼。太夫人蔡氏在家乡，上侍公婆，下抚诸子，家族和睦安宁。父亲之见识高远，才能卓异。在新加坡获利三倍，见好即收。在香港发现高元发有才，而高元盛之二公子人品不佳，乃积极举荐元发主持公司业务，果然重振绪业。对二公子也热心帮助，资助千金，启导商机，俾使改过自新。父亲又警惕洋人合作者，不使之专擅权益。在广州创办八邑会馆，在香港办东华医院，在山西捐资赈灾，多行善事而不求名，教育后辈重道谊，有义方。叔父英年早逝，敬礼叔母，使侄儿侄女学业有成。父亲的德行，受到朝廷的嘉奖。儿孙满堂，妻妾四人，生男九人，女二人，孙男孙女各八人，子婿多人有府县级官衔以及功名。此文体例是宗谱传状，全面详细，与其他的单传不同，但颇嫌烦琐。碑在曼谷，原释文常有讹误，文句有时欠通顺。还有些字句不解其意，存疑未注。

七 佚名氏《郑智勇传》

郑智勇先生，原籍广东潮安淇园乡人。1851 年诞生于暹罗，为暹籍华裔。14 岁回国，16 岁即返暹。在祖国时间仅 14 阅月而已，惟爱国族爱家乡之观念特强。先生为人豪放，急公好义。所营事业，如谦和火砻[1]及出入口诸行业，均甚发达；然莫若经营花会大赌场之著名。旅暹华侨咸称其名为“二哥丰”。当其全盛时，居暹京[2]拍抛猜路豆芽廊地方，匾书“大夫第”[3]，交游遍朝野，门下客如云。受暹六世皇御封爵衔为“拍阿努越”，并以挽赐一公路命名为“郑差哇呢”，以纪念其对国家之劳绩。先生虽身居暹地，但对家乡兴学、修堤、筑路，义举殊多，梓人[4]多乐道之。在暹对华侨教育之倡道，与慈善事业之匡助，也不遗余力。毕生资产，几尽投于公共慈善事业而无吝色。本堂创办之初，得先生之力不少。先生于 1935 年卒于暹京[5]，享年八十有四。

注释

[1] 火砻：柴油机或电力发动机器加工粮食，磨粉碾米等。

[2] 暹京：暹罗（即泰国）京城曼谷。

[3] 大夫第：郑智勇曾向清政府捐款，清廷赐爵为“大夫”，故称其居住府邸为“大夫第”，“大夫”是荣誉衔，非实职。

[4] 梓人：乡梓之人，同乡人士。

[5] 据黎道纲先生考辨，郑氏卒于 1937 年。

评析

此文选自泰国洪林、黎道纲主编《泰国华侨华人研究》，2006 年香港社会科学出版有限公司出版。文章作者未署名，据黎道纲介绍，最早见于曼谷《华侨报》及德善堂编《华侨报德善堂建堂四十周年纪念刊》，1950 年出版，故暂定此文作于 1950 年。文章概述爱国爱乡华侨巨商郑智勇的生平事迹，另文《郑公智勇纪念碑》对其捐资筑堤有更具体的描述。

八 陈豹异等《郑公智勇纪念碑》

潮南堤为西南厢保障，堤基之安危，上下游生命财产、田园庐舍利害系焉。戊午[1]春受地震牵动，罅漏百出；一经江水暴涨，冲缺堪虞。都人士为自卫计，思有以补苴之。顾地瘠民穷，且值兵燹余灾，筹措匪易。维时侨暹大慈善家淇园乡郑公智勇方汲汲焉[2]课北偶之巩固，堤防之热心，当不专用于北堤已也。爰请红十字会长杨君春崖，为介绍于公，果邀公允亦捐金巨万[3]，并令两公子雄才、法才董其事，及其侄庆宾、芳躅、材宝、家修诸君督理。鸠工庀材，漏者塞之，低者增之。民国八年[4]八月工程告竣。自今而使居斯土者，庶免"其鱼之忧"[5]乎。同人等相与欢欣鼓舞，咸以化危为安，非郑公之惠不及此也。乃将斯事之缘起泐[6]之于石，以志不忘云。中华民国八年八月，潮南南关厢保卫局绅士陈豹异、张五山、谢作羹、谢淡友、谢屐山、陈筱珊、谢复初暨绅耆陈乐生、陈梅初、陈汉和同敬立。

注释

［1］戊午：1918 年这一年。潮安地震，韩江南北堤受损。

［2］汲汲焉：形容心情急切。

［3］捐金巨万：据洪林、黎道纲主编《泰国华侨华人研究》第 248 页提到，郑智勇捐资修潮安南北堤累计为 38 万银两。

［4］民国八年：1919 年。

［5］其鱼之忧：语出《左传》昭公元年：刘子曰："微禹，吾其鱼乎?"意谓如果没有大禹治水，我们都变成鱼了。

［6］泐（lè）：刻，通"勒"。泐之于石，即刻石立碑。

评析

此文选自洪林、黎道纲编著《泰国华侨华人研究》，比较具体介绍郑公为故乡修堤防的事迹。他先修潮安韩江北堤，用自己的轮船运建筑材料，后修南堤，派二子负责，几位侄子协理。从此潮汕平原免于水患，故乡人立碑以志纪念，碑文作于 1919 年。

九　田梅华、梁炯豪《洪鉴澄先生事略》

洪鉴澄先生，一字高慧，广东省揭阳县棉湖人，少小读书，抱负大志，时当清室之末，西太后弄权窃柄，国事败坏，外侮侵迫，祸急燃眉。先生习闻革命图强之说，认识推倒满清，铲除专制，才是救亡良策，若士子习举业[1]，即令得志，青云直上，亦不过供满人作鹰犬而已，遂薄而不为。尝语人曰，古人有丈夫当立功万里外[2]句，吾人会当发展海外，何用事毛锥子[3]，供人驱役作奴隶也。年廿岁，便即弃离乡井，随同乡亲友南来暹东北之呵叻埠，在友店办事。先生聪慧明敏，远见高识，在职克苦勤奋，待人一秉和善诚实，无论顾客同事，咸相推重，尤得东家欢心，工薪年有增加，积蓄日丰，经此长期奋斗努力，令闻昭著，乃益自奋发，决图创业矣。

先生三十岁时，遂出积蓄，自创洪中欧号于呵叻，发售各国色酒[4]，生意茂盛，赢利颇丰，续在坤敬、素辇两地，增创洪中欧分号，以扩充营业焉。

先生事业发展，商场信誉昭著，嗣得蚬标汽油公司所信任，委托代理售卖蚬标各种油类，暨各种汽车用品，以是营业更盛，赢利倍蓰[5]矣。

先生萦心公益，热爱同乡，事业基础奠定，遂萃心[6]于社团公益，以潮侨居泰，占最大多数，为同乡福利计，与侨贤陈景川先生等数十人，发起组织潮州同乡会，连任执监委员，嗣被推选为中华总商会监察委员。抗日战争，发起组织呵叻救国后援会，任主席，募集巨款汇归祖国充裕战费，一种热情，固为同侨所崇仰，但亦为敌人所侧目[7]。迨日军登陆侵泰，遂嗾使居留政府[8]大捕华侨爱国份（分）子。先生被判无期徒刑，羁押囹圄[9]者，凡三年又七月十二天，直至日敌投降，和平重奠，乃获省释。先生在狱期间，亲友断绝照顾，年衰体弱，艰苦备尝，然其爱国出于天性，毫无畏忌悔恨，以此益见先生志气之高超为非常也。

先生现年七十岁，精神尚旺，有男女公子十八人，子十二，女六，孙曾绕膝，暇时点额含饴，不禁窃窃自慰焉。先生公子爵章君，饱学多才，曾任中华民国驻泰呵叻领事馆秘书，当民国三十六年时，随呵叻领事出巡泰东北各府宣抚华侨，归途汽车失事殉职，为国捐躯，亦一光荣而又可痛惜事也。

注释

[1] 举业：以参加科举考试为事业。

[2] 丈夫当立功万里外：典出《后汉书·班超传》，原文是“大丈夫当立功异域”。

[3] 毛锥子：指毛笔。句意谓何必从事文字写作，以此为生。

[4] 各国色酒：指外国生产的红酒、葡萄酒等。

[5] 倍：一倍。蓰（xǐ）：五倍。

[6] 萃心：专心，集中精力。

[7] 侧目：怒视。

[8] 居留政府：1941 年 12 月日本发动太平洋战争，从泰国登陆入侵马来亚，泰国政府站在日本一边，与之订立攻守同盟条约，成为侵略者的帮凶。居留政府指此时的泰国政府。

[9] 囹圄：即监狱。

评析

此文选自田梅华、梁炯豪编《泰国华侨人物志》，曼谷自由文化事业出版社 1956 年出版。此书介绍数十位华侨杰出人士，每人一篇文字，一幅照片。本文介绍一位广东籍的华侨洪鉴澄先生，出生于 1885 年，二十岁出洋到泰国经商，事业逐步发展，致力于侨团公益事务，抗日战争中，募款支持祖国抗战，被亲日政府判无期徒刑，拘狱三年半，日寇投降后才获释，是一位志气高超的爱国华侨，文章作者给予充分肯定和赞扬。

十　田梅华、梁炯豪《李其雄先生事略》

李其雄先生，祖籍潮安，其先世以耕读传家，有声[1]于乡里。百年前，因北堤崩溃，全乡沦没水中，乃徙居汕头，始从事于商贾之业。先生生于民国纪元前二年[2]，自少即聪隽冠侪辈，为宗族父老所称赞。年方十余，已卒业于汕头之真光小学，旋就读于英华英文专修学校，以勤勉好学，益为师友交游所喜爱。民国十五年春，先生因鉴于国族方当艰危之秋，时代适在动荡丕变[3]之际，非努力再求深造，不足以有为，于是始负笈[4]赴沪，再从名师就学。

初先生之赴沪也，年方十六，头角峥嵘，气概甚昂，立志结交天下士，游于名师益友之门，使得建立学业之基础。故抵沪后，初即考入暨南大学商学院，既又转学于持志大学商学系。时持大虽私立学院，然其中校长教授多属海内外知名之士，因此先生得师友之介，遂得侍从党国元老，如林森先生[5]，于右任先生[6]诸长者游。而诸老之视先生，亦待之若子侄，教之若生徒，谈言诲导，曾无倦意。此为先生建立学识基础之时，亦为先生晋身仕版之阶。然先生志不在此，故于民国十九年毕业于持志大学之后，依然遄返汕头，致力教育事业。其在汕市执教之学校，计有英华英文专修学校，同济、民强、现代各中学，所至莫不勤于诲人，为诸生所敬爱。

民国廿年[7]春，先生离汕南游，抵泰京[8]后，即任职于廖荣兴公司，迨民国廿六年[9]，先生归国考察实业，适值七七事变，抗战军兴，各方奋激，劳费至巨，因奉林主席命来泰，襄助萧佛成[10]先生推销救国公债。所至努力，勤劳卓著，嗣以救亡图存，非宣传不能为功，乃与蚁光炎先生等，创办《中国报》于曼谷，先生自任社长、总编辑兼督印人，至民国廿七年，《中国报》被封，先生乃就其所创办之《中原报》再谋发展，自任总经理职。而《中原报》之有今日，为曼谷各华文报销数最多之报纸，可谓皆先生努力之成果。

先生平素为人，豪侠尚义，慷慨敢言，服务社会，任劳任怨，故当《中原报》出版之前，早已为日阀[11]所顾忌，及至日军侵泰，即遭下令通缉，时先生逃亡泰缅边境者，三年有余，所受苦难，倍于人任。迨日军投降，抗战胜利，先生方再辗转返抵泰京，接收《中原报》，再度出任该报总经理、总编辑兼督印人等职。自此之后，先生即专心办报，并以余力出任侨社各方面之职务，惟均以出钱出力之处为多，从未计本身之利害得失。以是声望日隆，而劳费弥绌，亲朋交游间，每嗤[12]其厚于待人，而薄于待己，而先生不顾也。

今先生年已四十有七，而状貌壮伟，精力过人，每为报社侨社各事经营奔走，日以继夜，不以为苦，是以连年以来，各侨团每逢选举，多推选先生负领导之责任。近年先生虽多方辞卸，终未获准，然仍被选为潮州会馆副主席，报界公会理事长，体育总会理事长，印刷同业公会理事长，潮安同乡会常委兼秘书。惟自青年时，即因专修商科，对于商业工厂之经营，颇饶兴趣，是以得闲[13]亦以其余资投之各项企业，故除被选为上述各侨团负责人外，尚被推为安顺保险有限公司董事，联友火砻有限公司副董事长。近复开展业务，创办伟发药行及三达电器公司，以多方面之才具，肆应多方面之事业，如先生者，也可谓今代侨社不可多得之人才也。

注释

［1］有声：有声望。

［2］民国纪元前二年：1910 年。

［3］丕变：大变。

［4］负笈：背着书箱。

［5］林森（1868～1943）：福建闽侯人。早年参加同盟会，民国初年任开国参议院议长，孙中山大元帅府外交部长，1931 年任国民政府主席，1943 年因车祸逝世于重庆。

［6］于右任（1879～1964）：陕西三原人，早年参加同盟会，创办《神州日报》及复旦大学、上海大学、西北农专，任国民政府监察院长，近代著名书法家。

［7］民国廿年：1931 年。

［8］泰京：泰国首都曼谷。

［9］民国廿六年：1937 年。

［10］萧佛成：详见后文《张君丁传》注［4］。

［11］日阀：日本军阀。

［12］嗤（chī）：嘲笑。

［13］得闲：得空。

评析

本文选自田梅华、梁炯豪编《泰国华侨人物志》，泰国的曼谷自由文化事业出版社 1956 年出版。此书所介绍者大多为工商界成功人士，而本文所介绍者则在许多方面都有贡献。青少年时读英文专科及大学商科，结识林森、于右任诸名士，毕业后回故乡执教各中学，抗战军兴，到曼谷，参与创办《中国报》《中原报》，日军侵泰，逃亡于泰缅边境三年，抗战胜利后又继续办报，参加数家华侨公会，为侨界服务，同时投资保险、电磨、药行、电器等公司。不到五十岁，在教育界、新闻界、侨务界、工商界均获很高声誉，像这样的多面手，实为难得。田梅华、梁炯豪编的《泰国华侨人物志》所选人士，皆为 1956 年尚健在者。洪林、黎道纲编的《泰国华侨华人研究》中的郑智勇及张君丁则是已故先贤。洪、黎的书出版于 2006

年。二书的古文都很浅近，与“五四”以前的典雅古文有区别。

十一　佚名氏《黄师尊史略》

黄东海师尊，俗籍广东饶平县新村乡人。壮岁南渡，初侨居素攀府，操行船业约二十余年。娶妻许秀玉，同居数载，育一男一女，男名阿伦，女名珠，不幸秀玉去世，女珠亦夭折，心遂厌尘，兴念佛法，了脱生死。适[1]素攀冈福寿坛临溪，黄师尊时往来于坛前，闻先师侯志昌为主坛，弘扬佛法，即奉为师。受戒后禅定勤谨惠觉，坛邻古井中发现印绶，刊先道祖章，往勘视，果矣，拾归藏[2]。嗣登渡过岸，同船忽获不素识老叟，授以乌布令，传至今也。师尊修行甚笃，诚心茹素[3]，得佛光示悟，识救世消暑青草长方。时找草药煎汤如茶，挑供路人止渴解暑，益人殊众。及侯先师展创天道堂于泰京软桥，黄师尊随步，恰晤宗亲黄阿溪，道友欢叙，邀同来迈[4]。初住慕鹄义德堂，既而游览黎素帖山，观吕师岩，地势清幽，堪修禅定胜迹。决然孑身携带行装，甫抵山麓[5]，天忽降大雨，身衣俱湿。诸先进知者灵念[6]，黄师尊道躬此行，中途七遭雨阻。相率往视，果如所料，感动道驾下山。于是假[7]道超创宝佛刹寺舍，设坛渡徒，名为天福佛堂。时在佛历二千五百年农历八月初八日，开基渡徒，已四十余名。翌年[8]农历九月十一日亥时道躬圆寂[9]，安葬于华侨山庄。

注释

[1] 适：往、到。

[2] 句意谓，古井发现道祖印章，他去察看，果然如此，便拾回收藏。

[3] 茹素：吃素。

[4] 迈：指清迈。

[5] 甫抵山麓：刚刚抵达山脚。

[6] 句意谓，有些人事先得知神灵意念，说黄师尊中途将遭七次下雨阻挡。

[7] 假：借。

[8] 翌年：第二年。

[9] 圆寂：佛教徒称死去为圆寂。

评析

此碑立于泰国清迈，作于1957年，简略记述一位佛教长老的生平事迹。从娶妻、生子、学佛、出家，到海外拜师，古井拾祖师印章，船上老叟授以乌布令（可能是秘方），识草药方供路人解暑，进山前人们已得神示，知道黄氏中途将七次遇雨。一系列小插曲，虚实参半，略具神奇色彩，读来颇增意趣。其碑目前尚存清迈天福佛堂。碑文选自傅吾康主编《泰国华文铭刻汇编》，台北新文丰出版公司1998年出版，第360～361页。

十二　佚名氏《张君丁传》

君丁七十年前，曼谷称此而不知名者，即潮州名先侨之张宗煌也。

宗煌为广东潮安县西坑乡人，于民国四十年前来泰。初为人厨，继为砻廊火砻劳工。日夜苦役，更不足称。继任役为小船夫，月仅三铢。后改业园丁，月十铢。有所余，贷与人，始暂有所蓄。凡十二年，始以所积创一入口公司[1]，并娶泰女为妻。以其岳母与当时之喃邦府尹有旧，获得当地伐木专利权，因以起家。继更开创金成利行，又专营火砻、火锯[2]、森林、木材等事业，范围之广，规模之大，世无与匹。由是富甲全侨。于民前卒[3]。子见三等继其所业，光大前征，尤著声誉。

见三曾组织华暹轮船公司于曼谷，开华侨经营船务之先声。复曾投资于汕头、粤汉、津浦等铁路，寄意于内外交通事业。至其先后投资于国内银行、矿产、垦殖者，尤不可计算。曾加入同盟会，与萧佛成[4]等为莫逆交。六十年前泰京天华医院之创立[5]，见三与有力焉。子孙众多，中泰鱼龙，已成盛族矣[6]。

注释

[1] 入口公司：进口公司。

[2] 火砻：当时的新式碾米厂。火锯：电力或柴油机发动的锯木厂。

[3] 据黎道纲《潮安张君丁传》（见《泰国华侨华人研究》第288页），张氏生于1842年，18岁来泰国，1919年逝世于中国。

[4] 萧佛成（1862～1940），祖籍福建，生于曼谷，执业律师，1905年在香港认识孙中山，后在曼谷成立同盟会分会，20世纪20年代回国参政，七七事变后返曼谷定居。

［5］天华医院：1904 年成立于曼谷。

［6］盛族：大族。据黎道纲文章说，张君丁在泰国被国王赐封子爵，其子张见三赐封伯爵。

评析

此文作于 1965 年，选自洪林、黎道纲编著《泰国华侨华人研究》。张君丁，即张宗煌，泰国华侨巨商，拥有碾米厂五间，锯木厂三间，船坞一间，其金成利行是泰国一大商号。1903 年曾会见访问曼谷的孙中山，其子张见三曾加入同盟会，曾投资国内银行、矿产、垦殖以及粤汉、津浦等铁路。此文前半段介绍张君丁，后半段介绍张见三，可见泰国华侨对所在国及祖国的巨大贡献。

第三编　山水风物和建筑碑记

简　说

山水风物之文，包括游记（或个人，或多人，或一日一地，或数日各处），以描述自然风光、人文景观、奇闻逸事为关注点，较少议论，文学性最强，文字简练，层次井然，叙述有致。本书所选域外山水古文，描述许多特殊的景物，如装上四个轮子可以移动的小亭，架在两山之间其高无比的桥梁，能容纳数百人的钟乳石溶洞，从数十里长的洞穴行走，最后竟进入地府，而后又回到人间。这些内容十分有趣，引人入胜。

建筑之文包括亭台楼阁厅堂记，记物（环境、建筑物及内外陈设）也记人（作者、宾朋或楼阁主人），常发表各种联想、感慨，抒情述志，有时也歌功颂德。东南亚建筑以祠堂、庙宇、会馆、学校、义冢、桥梁等居多，供奉对象以妈祖、关帝较普遍，以感恩、祈福为主旨，宣扬威灵显赫和宗教思想为次，突出和衷共济、患难相助的基本精神和对祖国的浓厚感情。

从文体看，神话传说寓言和纪实传记以散体文为主，而山水风物建筑常见骈体文或骈句。由于拙著《中华古今骈文通史》已经专门介绍或引述骈体，故本书只选古文。朝、日、越建筑古文，往往仿效中国名篇，如韩愈、白居易、苏轼之作。东南亚建筑之文不少来自碑刻拓片，字迹残缺、模糊，作者多为无名氏或侨界领袖。比较知名的文人之文不多，这些碑记不但在文学史上应占一席之地，而且具有文献史、宗教史、社会经济史等多方面价值，应该深入研究，发掘。

朝、日、越有许多僧人来华求法，历代外交人员出使中国有大批游历记录，称为《燕行录》，篇幅浩繁，精力有限，未能入选，请俟诸来日。

朝鲜山水风物和建筑碑记

一　李奎报《南行月日记》（节选）

夫全州者[1]，或称完山，古百济国[2]也，人物繁浩，屋相栉比，有故国之风，故其民不稚朴，吏皆若衣冠士人，进止详审可观。有中子山者，最蓊郁，州之雄镇也，其所谓完山者，特一短峰耳，异哉，一州之以此得号也。距州里[3]一千步，有景福寺，寺有飞来方丈，予自昔闻之，以事业务剧，不得一访。一日因休假，遂往观焉。所谓飞来方丈者，昔普德大士自盘龙山飞来之堂也。普德字智法，尝居高句丽[4]盘龙山延福寺，一日忽谓弟子曰："句丽唯尊道教，不崇佛法，此国必不久矣，安身避难，有何处所?"弟子明德曰："全州高达山，是安住不动之地。乾封二年丁卯三月三日，弟子开户出，见则（这）堂已移于高达山，距盘龙一千余里也。"明德曰："此山虽奇绝，泉水枯涸，我若知师移来，必并移旧山之泉矣。"崔致远[5]作传备详，故于此略之。

十二月己巳，始历行属郡，则马灵镇安山谷闲古县也。其民质野，面如猕猴，杯盘饮食，腥膻有蛮貊风，有所诃诘[6]，则状若骇鹿，然似将奔遁也。循山缭绕而行，乃得至于云梯，自云梯至高山，危峰绝岭，壁立万仞。路极窄，下马而后行，高山于他郡中颇为不陋。自高山至礼阳，自礼阳至朗山，皆一宿而去。明日将向金马郡，求所谓支石者观之。支石者，俗传古圣人所支，果有奇迹之异常者。明日入伊城，民户凋耗，篱落萧条，客馆亦草覆之。吏之来者，不过累累四五人而已。见之恻然可伤。十二月奉朝勅课伐木边山。边山者，国之材府也，修营宫室，靡岁不采。然蔽牛之大，干霄之榦（干）[7]，常不竭矣。以其督伐木，故呼予曰砍木使。予于路上，戏作诗曰："权在拥军荣可诧，官呼斫木辱堪知。"以类于担夫樵者之事，故也。正月壬辰，初入边山，层峰复岫，昂伏屈展，其首尾所措，跟肘所极，不知几计里也。旁俯大海，海中有群山岛、猬岛、鸠岛，皆朝夕所可至。海人云："得便风直若激箭，则其去中国亦不远也。"山中尤多栗，一方之人，岁常资以为食焉。行若千里，有美箭[8]，直植立如麻。仅数百步，以樊篱障之。绝竹林直下，始得平路。

行至一县，曰保安者也。方潮汐之来，虽平路忽漫然为江海，故候潮之进退以为行期。予始行也，潮方来，尚去人五十许步，于是促鞭驰马欲先焉。从者愕然急止之，予不听，犹驰之。俄而崩奔蹴踏而至，其势若万军，倍道趋来，[?] 穹丰然，甚可畏也。予霍然急走登山，而后仅得免焉。亦能追及而荡马腹也。其或苍波翠巘，隐见出没，阴晴昏旦，每各异状，云霞彩翠，浮动乎其上，缥缈如万迭画屏，举目眺赏，恨不与二三子之能诗者，齐辔而同吟也。然万景触脑，使人情张王[9]。初不思为诗，不觉率然自作也。尝过主史浦，明月出岭，晃映沙渚，意思殊萧洒，放辔不驱，前望苍海，沉吟长久，驭者怪之。得诗一首云云。

闰十二月丁未，又承朝旨，监诸郡冤狱。先诣进礼县，山极高，入之渐幽，奥如蹈异邦别境，悒悒然意渐无聊。日过午始入郡舍，令尉[10]皆不在。夜二更许，令尉各自八千步许，皆奔喘而来。以马缚悬于门柱，戒人不给刍粟，凡马之极于驰者，不如是恐毙也。予阳睡[11]而闻之，知二君顾老夫颇诚[12]，故不得已，听置酒，有妓弹琵琶，颇可听。予于他郡不饮，至是稍痛饮。又听弦声，岂以路远境绝，如入异邦，而触物易感之然耶。自进礼县至南原府，南原古带（代）方国也，客馆后有竹楼，闲敞可爱。

一宿而去。庚申春三月，又沿水乘船，凡水村沙户，渔灯盐市，无不游阅，入万顷陂、沃沟。凡留数日，而行将指长沙[13]。有一岩石，有弥勒像，挺然突立，是因岩凿出者。距其像若干步，又有巨岩，枵[14]然中虚者，自其中入之，地渐宽敞，上忽通豁，屋宇宏丽，像设严焕，是兜率寺也。日侵暮，促鞭绝驰，入禅云寺宿焉。明日入长沙，自长沙到茂松，皆残败小郡，郡事无可记者。

注释

[1] 全州：今称全罗南道。

[2] 百济国：古代朝鲜半岛三国之一，自公元前 18 年至 660 年，亡于新罗。

[3] 州里：指全州城。

[4] 高句丽：古代朝鲜三国之一，自公元前 37 年至 668 年，亡于新罗。

[5] 崔致远（857～?），新罗时期最杰出的文学家。

[6] 诃：责问。诘：询问。

[7] 蔽牛之大：指树冠可以遮蔽一头牛。干霄之榦（干）：树干之高触及云霄。

[8] 美箭：佳竹。

[9] 张王：当作帐幄，以同音字相代。

[10] 令尉：指进礼县县令和进礼县县尉。

[11] 阳睡：假寐。闻之：听到县令和县尉骑马很快跑来，吩咐不能立刻喂马的谈话。

[12] 顾老夫颇诚：接待、照顾我这个老头颇有诚意。

[13] 长沙：朝鲜地名，不是中国长沙。

[14] 枵：读萧，空虚。

评析

本文及以下共四篇文章皆选自《东文选》卷六六。本文是李奎报 32 岁复出，担任全州司牧掌书记巡视所属各县所作日记，从 1200 年农历十二月至 1201 年农历正月。本文前段说："列郡风土山川形胜，有所可记，而仓卒不能形于歌咏，则草草书于短笺片简，目为日录，杂用方言俗语也。"一路上，登高涉水拜访高僧，观察民情，与朋友饮酒赋诗，随手记录见闻和感想，内容十分丰富，且多怪异惊奇琐细之事，饶有情致。写法大致依照行程，与陆游《入蜀记》类似，而文字简略得多。本文是其中一小段，标题是后人加的。

二 李奎报《崔承制十字阁记》

承制尚书崔公[1]，立阁于甲第之西，奇哉异乎，实人间所未尝见也。大抵作屋之制，不过横其梁，纵其栋，桼而棁之，椽而桷之，如是而已耳。

今此阁也，楞四角如十字，而其中则方如井焉[2]，类世所谓帐庐[3]者，故以十字名之。方井之内，悉以明镜填之，光明照耀，洞彻表里，凡人物之洪纤巨细，一变一态，皆泻于其中，仰之可骇也。有若飞甍曲枅，层栌叠梠，皆夭矫横出，杈枒斜据，或若螭腾[4]，或类凤翥[5]，殊行诡制，每各异观，虽隶首[6]算之，茫乎惘乎，弃其筹而莫数也。其髹彤漆绿雕彩之饰，则赫赩璀璨，霞驳云蔚，或如明月之流光，或若繁星之布彩，虽离娄[7]见之，眩眩恍恍，夺其睛而莫敢仰视也。未知《木经》[8]尚有如此制度否？且古亦有豪门巨阀，富贵之薰（熏）天者，非长材异木独产于今，而不产于古也？良工巧匠之若正尔般倕[9]者，亦无代无之，何旷古未曾闻，台榭观游之若此其奇，而乃今日始见之耶？此岂公之眼匠心筹，实出于古人之所未到欤？虽世之公侯卿相欲效而营之也，略不得仿佛矣。假如能营，其保之也愈难矣。何则？功未积于王室，泽未洽于生民，一旦遽有观游之泰[10]过其分，则适为身之累耳，安得而保之哉？今崔公生积善之门，拥倾朝之望，定策安邦之烈[11]，炳炳与日月争明阴，施显德之浃人之肌肤也滋深，则天地神明亦相[12]之矣，庸有累于身而又焉往而不保哉。

注释

[1] 承制：指崔忠献，从1196年起，崔家四代掌控高丽政权达六十余年。“尚书”，相当于今之正部级长官。加“承制”衔，即负责遵照国君旨意起草诏制，地位十分重要。崔忠献是高丽历史上著名权奸，他用阴谋手段从武臣李义旼手中接控国家大权，立即废明宗，立神宗，神宗死后立熙宗，不久又废之而立康宗、高宗，20年间废立国君多次。崔忠献于1219年死后，子孙继续执政近四十年，至1258年，其曾孙被杀，崔氏终于垮台，从崔忠献的两座特大型建筑即可窥其奢华生活之一斑。

[2] 井，即方井。古代屋顶用以采光。

[3] 帐庐：帐篷。

[4] 螭（chī）腾：如螭龙之腾。螭是传说中有角的龙，常用作房屋建筑装饰。

[5] 凤翥：如凤凰之高飞。

[6] 隶首：古代传说黄帝时数学家。

[7] 离娄：传说黄帝时目力最好的人。

[8]《木经》：古代关于土木建筑的书，相传为五代宋初作品，北宋沈括《梦溪笔谈》曾提及，全书已佚。

[9] 正尔，应为王尔，古代能工巧匠。般，指古代巧匠鲁班，亦称公输般。倕，工倕，尧时巧匠。

[10] 泰：奢侈，骄傲。

[11] 定策安邦之烈：这是美化之辞，崔氏多次废立国君，自称为定国安邦。

[12] 相：动词，辅助。

评析

本文选自《东文选》。崔忠献所建十字阁，在其住宅之西，外形像帐篷，其出众之处在于中间有方形天井，用大镜镶填，屋内因反光照彻通明，人物器具巨细动静，皆在目击之中。这样的建筑结构罕见。作者认为，即使让古代最优秀的数学家“隶首”也无法设计出来。而其五光十色，布彩鲜艳，即使让黄帝时视力最佳的离娄也无法施其眼目之巧。紧接着发议论：假如今天的公侯卿相也想仿造，恐怕也不得其仿佛，即使造出来，也难于保存。“功未积于王室，泽未洽于生民，一旦遽有观游之泰（奢侈）过其分，则适为身之累耳，安得而保之哉?”下面转而赞扬：“崔公生积善之门，拥倾朝之望，定策安邦之烈（功烈），炳炳与日月争明阴，施显德之浃人之肌肤也滋深”，天地神明也会相助，怎么会累于身而又不长保呢？这番话既是颂扬也有所期望，只有积功泽民，方能长保奢华富贵。文章如果到此结束，已经意满气足。下面作者又写了一大段讲崔公如何享受夏之日、冬之日的观赏之乐。最后作者补充议论，与其求乐于外物，不如求乐于内心。未免有些画蛇添足了，故删而未选。

三　李奎报《又大楼记》

今承制崔公之所作大楼于居室之南偏者也，上可以坐客千人，下可以方车百乘，高则横绝鸟道，大则蔽亏日月。碧瑶莹柱，玉舄承跋[1]，阳乌负阿[2]，矫首轩拿，飞禽走兽，因木生姿，自栋宇已来未之有也。按仙经，神仙有玉楼十二[3]，然世无眼睹者，不知其制度何如，而其中有何等奇观，尝以此为恨。及观是楼，虽天之玉楼，想不能侈兹也。其东偏安佛龛，有营佛事，则邀桑门衲子[4]，多至数百人，恢恢有余地。直楼之南辟球场，无虑[5]四百许步，平坦如砥，缭以周墙，连亘数里。公尝以暇日，召宾客，开琼筵，命玉觞，及于目倦乎姿色之靡曼，耳厌乎丝竹之激越，则顾可以壮其观，畅其气者，莫若击球走马之戏也。于是乎命善驭如王良、造父[6]之辈，乘十影之足，跨千里之蹄，翕忽挥霍，星奔电掣，将东复西，欲走反驻。人相丛手[7]，马相攒蹄[8]，争球于跳转灭没之中，譬若群龙扬鬣奋爪，争一个真珠于大海之里，吁！可骇也。

注释

[1] 玉舄（xì）：玉制柱础石。跋：某些建筑物之底下部分。

[2] 阳乌：传说为太阳中的三足乌。阿，角落。

[3] 玉楼十二：据《十洲记》，昆仑山有玉楼十二所，仙人所居。

[4] 桑门（亦作沙门）衲子：皆指僧侣。

[5] 无虑：大约。非无忧无虑之无虑。

[6] 王良：春秋末善御者，见《孟子》。造父：相传为周穆王之御车手。

[7] 人相丛手：人手相丛，争抢也。

[8] 马相攒蹄：马蹄相聚。

评析

此文选自《东文选》。这座大楼分为两层，“上可以坐客千人，下可以方车百乘，高则横绝鸟道，大则蔽亏日月。”如此庞大，即使在今天也不多见。而其装饰雕刻之美，前所未闻，可比神仙之玉楼。楼之东是佛寺，可以容纳僧人数百。其大楼之南是球场，广四百步，约合今制 200 米，周以围墙，相连数里。里面可以观看马球比赛，骑士们“翕忽挥霍，星奔电掣，将东复西，欲走（跑）反驻。人相丛手，马相攒蹄，争球于跳转灭没之中，譬若群龙扬鬣奋爪，争一个真珠于大海之里”。这些文字简直是一幅生动的马球图。北宋末代皇帝徽宗爱马球，李奎报生活的时代相当于南宋，很可能马球已传到高丽。

前一篇《崔承制十字阁记》把议论文字放在篇末，这一篇《又大楼记》则把议论放篇首。李奎报写道：“楼台观榭之大小繁简，亦沿人之势而各有当然。虽于位同贵均者，顾人所属望则异矣。人心所不当大而大之，则人不以为可，而皆谓之过矣。至如功丰德巨，望压万人，处一国奔走瞻望之地者，虽极其大也，人不以为侈，而犹以为隘也。”这番话的宗旨是为崔氏建如此奢华的会场球场开脱，认为他“功丰德巨，望压万人”，而且举国瞻望，“人不以为侈，而犹以为隘”。如此吹嘘令人肉麻。崔氏对李奎报有知遇和提携之恩，所以他写下这两篇楼阁记，极力美化。后世及当代的朝鲜文学史家对李氏与崔氏的关系是有所批评的。不过，此二文在朝鲜建筑史上还是具有一定的史料价值。

四　李奎报《四轮亭记》

承安四年，予始画谋欲立四轮亭于园上。俄有全州之命，未得果就。越辛酉，自全州入洛闲居，方有命构之意。又以母病未就，恐因此不能便就，且失其谋画，遂记之云。

夫四轮亭者，陇西子[1]画其谋而未就者也。夏之日，与客席园中，或卧而睡，或坐而酌，围台弹琴，惟意所适，穷日[2]而罢，是闲者之乐也。然避景就阴，屡易其座，故琴书枕簟[3]，酒壶棋局，随人转徙，或有失其手而误堕者。于是始设其计，欲立四轮亭，使童仆曳之，趋阴而就。则人与棋局酒壶枕席，总逐一亭而东西，何惮于转徙哉。今虽未就，后必为之，故先悉其状。四其轮，作亭于其上，亭方六尺，二梁四柱，以竹为椽，以簟盖其上，取其轻也。东西各一栏，南北亦如之。亭方六尺，则总计其间凡三十有六尺也。请图以试之，则纵而计之，横而计之，皆六尺。其方如棋之局者，亭也。于局之内又周回而量各尺，尺而方，如棋之方罫。罫各方一尺，则三十六罫[4]，乃三十有六尺。以此而处六人，则一人坐于东，一坐四罫各方焉。纵二尺，横二尺，总计二人凡八尺也。余四栏罫之方者，判而为二，各纵二尺，以二人置琴一事，病其促短，则跨南栏而半竖。弹则加于膝者半焉。以二尺置樽壶盘皿之具，东总十有二尺，二人坐于西亦如之。余四罫之方者虚焉，欲使往来小选者，必由此路。西总十有二尺，一人坐于北西罫之方者，主人坐于南亦如之。中四罫之方者，置棋一局，南北中总十二尺；西之一人小进，而与东之一人对棋。主人执酌，酌以一杯，轮相饮也。凡肴果之案，各于坐隙随宜置焉。所谓六人者谁？琴者一人，歌者一人，僧之能诗者一人，棋者二人，并主人而六也。限人而坐，示同志也。其曳之也，童仆有倦色，则主人自下袒肩而曳之。主人疲，则客递下[5]而助之。及其酒酣也，随所欲之而曳之，不必以阴。如是而侵暮[6]，暮则罢，明日亦如之。或曰："已言亭方六尺，则其所以计之之意，非有难晓者，何至详计曲算，以棋罫为喻而期人之浅[7]耶？"曰："天圆地方，人所皆知，然说阴阳者，以盖舆为喻。至于纵横步尺无不总举者，欲论万物之入于方圆，皆应形器也。今以是亭，计人而坐，至于陬隙中边，无使遗漏，皆入于用。则非详计曲算而何耶？其以棋罫为喻者，方图画之初，私自为标，以备不惑耳。非款款[8]指人也。"曰："作亭而轮其下，有古乎？"曰："取适而已，何必古哉？"

注释

[1] 陇西子：李奎报自号。

[2] 穷日：竟日，一整天。

[3] 簟（diàn）：竹席。

[4] 罫（guà）：棋盘上的方格。

[5] 递下：顺序下亭。

[6] 侵暮：接近日暮。

[7] 期人之浅：把别人估计得浅薄。

[8] 款款：一条条。

评析

此文是一份尚未施工的小亭设计图。作者的构思是，给一座六尺见方的亭子装上四个轮子，可以自由移动。亭为竹木结构，四柱二梁，竹为椽，草为盖，东西南北四面有围栏，亭中空间三十六平方尺，分为三十六格，每格一平方尺。可坐六人：琴者一人，歌者一人，诗僧一人，棋者二人，主者一人。童仆曳动倦了，主人推拉。主人疲倦了，客人顺次下去助推。若是酒醉了，高兴了，想到哪里就搬到哪里。有人问，何必如此详细擘画算计？作者回答，讲阴阳风水的人，总是以车舆为喻，纵多少丈尺，横多少尺。我这座小亭，计人而建，中间、四边、角落、缝隙，充分利用，以备施工时心中有数不糊涂，并不是每一处都给匠人作指令。文章下半段发挥哲理，六象征什么，四象征什么，二象征什么，索然无味，故删。唐代韩愈有《画记》，一一罗列人物器皿，不抒情，不写景，纯然一纸说明书。

此文亦如此，在散文史上十分罕见。

五　李穀《小圃记》

京师福田坊所赁屋有隙地，理为小圃，袤二丈有半，广三之一，横纵八九畦，蔬菜若干味。时其先后，而迭种之，足以补盐斋之阙。一之年雨旸[1]以时，朝甲[2]而暮芽，叶泽而根腴，旦旦采之，而不尽，分其余邻人焉。二之年春夏稍旱，瓮汲以灌之，如沃焦。然种不苗，苗不叶，叶不舒，虫食且尽，敢望其下体乎。已而淫雨，至秋晚乃霁[3]，没混浊，冒泥沙，负墙之地皆为颓压。视去年所食，仅半之。三之年，旱早晚水皆甚，所食又半于去年半。

予尝以小揆大，以近测远，谓天下之利当耗其大半也。秋果不熟，冬阙食，河南北民多流徙，盗贼窃发，出兵捕诛不能止。及春，饥民云集京师，都城内外呼号，丐乞僵仆不起者相枕藉。庙堂[4]忧劳，有司[5]奔走，其所以设施救活，无所不至。至发廪[6]以赈之，作粥以食之，然死者已过半矣。由是物价踊贵，米斗八九千。今又自春末至夏至不雨，视所种菜如去年，未知从今得雨否？侧闻宰相亲诣寺观祷雨，想必得之。然于予小圃亦已晚矣。不出户庭知天下[7]，斯言信不诬。时至正乙酉[8]五月十七日也。

注释

[1] 旸：天晴。

[2] 甲：种子在泥土中破皮脱壳。

[3] 霁：雨过天晴。

[4] 庙堂：代指执政者。

[5] 有司：指执行部门官员。

[6] 廪：此指官仓。

[7] 不出户，知天下，是《老子》中的话，此处化用。

[8] 至正，元顺帝年号，乙酉年为1345年。

评析

作者李穀（1298～1351），高丽末期文臣，曾多次出使中国元朝，有

《稼亭集》。此文选自《东文选》卷七一。作家以小见大，从自家一块小菜地说起，第一年丰收，菜吃不完；第二年天旱，收成减半；第三年淫雨，减收过半。由此联想到国家，春秋歉收，流民盗贼四起，死者枕藉，政府赈救，也无济于事，今年春末至夏又不下雨，宰相求雨，未知能得否？文章虽没有提出解决问题的办法，然而忧国忧民之情充溢全篇。

六　李穀《东游记·圣留窟》

二十一日早，发蔚珍县，南十里有圣留寺。寺在石崖下，长川上。崖石壁立千尺，壁有小窦[1]，谓之圣留窟。窟深不可测，又幽暗，非烛不可入，使寺僧执炬导之。又使州人之惯出入者先后之。窦口狭，膝行四五步，稍阔，起，行又数步，则有断崖可三丈。梯而下之，渐平易、高阔。行数十步，有平地可数亩，左右石状殊异。又行十许步，有窦，比窦口益隘，蒲伏而行。其下泥水铺席，以防霑（沾）湿。行七八步，稍开阔，左右石益殊异。或若幢幡，或若浮图（塔），又行十数步，其石益奇怪，其状益多，不可识。其若幢幡、浮图者，益长广高大。又行四五步，有若佛像者，有若高僧者。又有池水清甚，阔可数亩，中有二石，一似车毂[2]，一似净瓶。其上及旁所垂幡，皆五色灿烂。始意石乳[3]所凝，未甚坚硬，以杖叩之，各有声，随其长短而有清浊，若编磬[4]者。人言若沿池而入，则益奇怪。余以为此非世俗所可亵玩者，趣以出[5]。其两旁多穴，人有误入则不可出。问其人，窟深几何？对以无人穷其源者。或云可达平海郡海滨，盖距此二十余里也。初虑其熏且污，借童仆衣巾以入。既出，易服洗盥，若梦游华胥[6]，遽然而觉者。尝试思之：造物之妙，多不可测。余于国岛及是窟益见之。其自然而成耶？抑故为之耶？以为自然，则何其机变之巧如是之极耶？以为故为之，则虽鬼工神力，穷千万世而亦何以至此极耶？

注释

[1] 窦：洞。

[2] 毂：车轮的中心部分。

[3] 石乳：钟乳石。

［4］编磬：古代乐器的一种，用石或玉制作，十六面一组。演奏打击时，发出不同音。

［5］趣以出：快步出来。

［6］华胥：《列子》所记仙境，名华胥氏之国。

评析

此文是高丽末期著名作家李穀所作《东游记》中的一小节。李穀于1349年秋天到朝鲜半岛东部金刚山旅游，历时一个多月，逐日记下所见所感。历述沿途奇峰、怪石、曲溪、平湖、寺庙、宫观、关隘、亭台、史迹、碑文、佛像等，描绘简洁生动，笔下时露赞美之情。他认为，此山胜过中国的峨眉山、普陀山，“虽画师之巧，诗人之能，不可得其形容之仿佛也”。今天的金刚山依然是朝鲜半岛最负盛名的风景区，其中的《圣留窟》一段，记录这条地下洞穴曲折、宽狭、高低的情状，千奇百怪的钟乳石，如幢、如塔、如佛、如车轮、如净瓶，五色斑斓，叩之有声如编磬，令人神往。

七　李詹《乐民亭记》

云峰迤东，山谷众水合为大川，经陕草[1]入江，二邑之境，野豁山开，清远可爱，宾客之往来，恨境迎之无所于斯者盖久。洪武癸酉，鸡林[2]李侯仁实，以今盈德最，升为知郡于草[3]，下车[4]数月，政平讼理。明年甲戌，弊祛考成，岁又大稔[5]。乃谋于众，借民力一旬，伐木流川，至役所亭侧。有窑人方陶瓦，继而燔之，食功归直，故功役省[6]。于是役游手者指期经营[7]，始于其年秋七月，不日告成。凡三间，房之以便寄宿，轩之[8]以快观览。凡江山之胜，登临之美属之，使华足慰原隰之劳矣。斯亭之作，岂专在是，为郡宰者，送迎劝课[9]于斯，北望伽耶，南瞻舞月，甲山在其左，黄山[10]在其右，攒青耸翠于几席之上矣。水西转绝壁，东抱断岸，盘涡跳沫于尊俎[11]之间矣。潭烟沙月，汀草岸花，四时之风景变态，而郡宰之乐无穷也。迨夫农者讴，渔者笛，行者歌，可喜可乐者，不离乎檐楹之下矣。李侯于是乐山乐水，乐民之乐，晨往而夕忘归也。亭西数里，道出绝壁，俯仰千丈，道极狭，行人辟易，行数百步，然后脱险。东西行者，必于斯亭焉休息，其为乐如何哉！孟子曰：乐民之乐者，民亦乐其乐[12]。李侯乐于斯亭，而与民共之，民亦乐李侯之为乐也。以至川泳云飞，亦乐得其所止也。於戏，乐之所及者亦广矣。日者李侯请亭名与记于余，余尝游于乡学[13]，悉知李侯仁足爱人，智足务民，乐与民同，故名之曰乐民，且见民乐赴功而亭成，故乐为之记。

注释

[1] 陕草：地名。

[2] 鸡林：指古代朝鲜。

[3] 升为知郡：晋升为郡守。草，指陕草。

[4] 下车：指到任，就职。

[5] 大稔：大丰收。

[6] 这几句是说，有窑工正在烧制屋瓦，官府让他接着继续烧砖瓦，给予工钱和报酬，这样比另起窑炉省工省钱。

[7] 句意谓派闲散无事之人按期施工，这样不误农事。

[8] 房之，轩之：意谓在亭旁盖三间房，其上建高轩。

[9] 送迎劝课：送客，迎宾，劝农，征税。

[10] 伽耶、舞月、甲山、黄山，皆山名。此黄山非中国之黄山。

[11] 尊，酒器。俎，食具。尊俎之间，指饮宴座席之间。

[12] 孟子的话，见《孟子·梁惠王上》。

[13] 句谓本文作者曾就读于陕草郡之国立学校，即乡学。

评析

李詹（1345～1405），高丽末朝鲜初政治家、文学家，著有《双梅堂集》。

此文选自《东文选》卷七七。记乐民亭，并未描述亭的规模形状，只用几行字渲染亭的四周景色，而以主要篇幅强调郡守李仁实就任数月，政平讼理，弊祛考成，借民力而不劳民，而成斯亭，与郡民共乐之。是孟子“与民同乐”思想的具体发挥。

八　权近《月波亭记》

善州之东五里许，有津曰余次，自尚之洛水而南流者也，宾旅[1]之由尚而之南州者，亦至是岵[2]焉，实要衢也。津之东有小山临峙者，金人李君文挺为宰[3]，始构亭，号月波，岁久已废矣。建文元年[4]春，今国舅骊兴伯闵公，奉使过此，惜其废久而无能新之者也。既还，大宁崔君关，适宰是邑。公命新构，崔君乐从之。下车数月，政修人和，更相地于旧址之北，后崖之上，爽垲奇秀，尤得其胜。不欲烦民，乃募僧徒[5]，八月始事，十月告讫。其梓人[6]即营汉城新宫都料匠[7]也，故其制度颇极巧丽，且为燠室[8]以待宾旅之宿。越三年秋，崔君以司水监召还于朝，骊兴公又陪御胎往安于星山，将再过此，征记于予，欲归以揭之[9]。予询其迹于崔君。崔之言曰：亭之上下，稚松郁然，后崖崭然，长江经带乎其前，大野纡余于其外，闾阎扑地[10]，烟火相望，善之邑也。耕牧渔樵，歌讴相答。伛偻络绎于其野者，善之民也。西南天豁，川陆渺漫，云烟变态，气象千万。至若江清月朗，人影相涵，静如沉璧，动如跃金，横如素练，直如卧塔，冲融晃朗，天水一色，此月波之所以得名，而尤此亭之一奇也。北望有山，郁乎苍苍，是昔王氏太祖[11]徂征新罗，驻跸[12]所也。雄风壮气，至今凛凛，直与高山流水而无穷。登此亭者，亦不能不为之遐想者也。若夫骊兴公以国舅之尊，冢相之贵，再来于此，登览啸咏以寓高尚之趣。斯亭之幸，为如何哉。予闻之，书以为记。辛巳冬十月有日记。

注释

[1] 宾旅：来宾和旅客。

[2] 岵（hù）：有草木的小山。

[3] 为宰：担任地方行政长官。

[4] 建文元年：1399 年。

[5] 乃募僧徒：为了不加重百姓负担，招募佛教僧徒负责建亭之事。

[6] 梓人：木匠。

[7] 都料匠：总设计师。

[8] 燠（yù）室：温暖的房间。

[9] 揭：揭示，公布。

[10] 闾阎扑地：房屋遍地，满城皆是（语出王勃《滕王阁序》）。

[11] 王氏太祖：高丽王朝始祖王建。

[12] 驻跸：帝王出征或巡视外地，临时居留。

评析

作者权近（1352～1409）高丽末期朝鲜初期名臣、学者，有《阳村集》。此文选自《东文选》卷七九，记述善州月波亭建亭经过，先言地理环境，再记发起此事的官员，继述设计结构。而以浓墨重彩描写登亭所见之气象风物，末段从高丽太祖征战的历史足迹，联想到今天国舅闵公倡议的高情美意。条贯清晰，层次分明，结构宏大，点面结合，详略得体。尤可贵者，作者并未亲临月波亭，于事于景于情，皆从当地官员崔君口中得来，显然学习、借鉴欧阳修仅凭一张地图而写作《真州东园记》的成功经验。

九　释无畏《孤石亭记》

自铁员郡南行万余步，有一神仙之区，相传曰孤石亭焉。其亭也，巨岩斗（陡）起，仅三百尺，周十余丈，缘岩而上，有一穴，蒲伏而入[1]，屋宇层台，可坐十许人。傍有珉石[2]立焉，乃新罗真率王[3]来游而所留碑也。却出穴[4]，登绝顶，盘陁如圆坛，荒藓衣以铺茵，青松环而张伞。又有大川，自巽[5]而来，泵崖转石[6]，如众乐俱作。至岩下，潴[7]为渊，视之兢战可畏，如有神物居焉。其水溢奔，西走一舍[8]许，触坤[9]而南流，前后皆岩峦壁立，枫楠松栎杂生其上。若夫神妙清爽，奇形异状，虽工文善画者，殆难得其仿佛矣。予越戊子秋，与山人万行等寻之，夕矣，于是发晚游之叹，有再访之期。既记其状，又以诗志之。

注释

[1] 蒲伏而入：爬行进洞。

[2] 珉石：白石，似玉之石。

[3] 新罗真率王：疑为新罗真平王（?～632年）。待考。

[4] 却出穴：退行走出洞穴。

[5] 巽：东南方。

[6] 泵崖转石：从山崖崩流而下，在巨石间洄转。

[7] 潴：水流积聚。

[8] 一舍：古代以三十里为一舍。

[9] 坤：西南方。

评析

本文选自《东文选》卷六八。作者释无畏，生平无考。题目为《孤石亭记》，而以主要笔墨描写峰峦、山洞、巨石、大川、流水、树木，有如一幅精妙的山水画。

十　安震《涵碧楼记》

余自志学[1]之岁，读书草庐中，不识四方者十有年矣。越丁巳秋，将应举中朝[2]，道过平壤，初见永明寺浮碧楼。其后五年，乃出倅晋阳[3]，又登笼头等状元楼，自以谓平生所见南北绝景，无以过此二楼者也。昨因王事[4]将赴江阳，道中望见一楼，檐楹飞舞，丹雘眩曜，若凤翥[5]于半空。余顾谓客曰：彼楼创自何时？相地者谁？客乃答言：惟今太守之所新创也。余闻之欣然，即泛舟渡江，登栏四望，其江山面势，殆不减向之二楼，而丹妆奇巧，则过之也。於戏！自有是州，便有此山，古之英雄豪杰来治此州者多矣，未有一人凿翠壁临清流而起楼者也，唯君始得之，此岂天作地藏以遗其人乎？于是举觞而歌之，歌曰："白云飞兮山苍苍，明月出兮水泱泱，楼上四时看不足，渺渺余怀天一方。山其崩兮水亦渴（竭），使君之德不可忘。"客谓予言："审此歌以为此楼之记。"予即援笔而书之，其经营增损，观览巨细，以待能诗者之发挥，亦未晚也。楼称涵碧者谁？太守自名也。太守是谁？累世功臣上洛公之令胤[6]金君也。

注释

[1] 志学：十五岁。孔子说："吾十有五而志于学。"

[2] 中朝：指中国元朝京城北京。

[3] 倅：郡太守的副手。此晋阳非指中国山西的太原。

[4] 王事：朝廷委派的公事。

[5] 凤翥：凤凰高飞。

[6] 令胤：美好的后嗣。令，善、美，如同"令郎""令弟"之令。

评析

安震（？~1360），高丽末期文臣，曾到北京应元代制科及第，回国后历任艺文应教、书筵官、政堂文学，与李齐贤等共修忠烈、忠宣、忠肃三朝实录。此文选自《东文选》卷六八。先说涵碧楼之风光罕见，再以问答交代楼建于今之太守，然后以诗歌颂太守之善举，行文层次井然，语言雅洁，婉转。“白云飞兮山苍苍，明月出兮水泱泱”脱胎于范仲淹《严先生祠堂记》之“云山苍苍，江水泱泱”。最末交代太守为谁，似乎学习欧阳修《醉翁亭记》之结尾。中国的涵碧楼有多处，其一在台湾日月潭边，现在是高级宾馆。

十一　李廷龟《游千山记》（节录）

翌日，清早入灵远寺，或称祖越寺。寺门金榜[1]曰：“人区别境”。佛殿匾曰：“千峰拱翠”。寺之法主[2]僧普钊，自号松峰，迎于沙门[3]，引入别殿。殿即太监高淮舍施新构，以为游赏留宿之地也。诸僧争荐[4]樱桃，普钊别设茶果珍异诸品。殿后有层楼，高可数十丈，从楼后石磴上二层，有玉皇殿，殿傍大石俨立，刻曰：“太极石”[5]，石左有钟阁，风动自响。又上一层，有观音殿，向之楼若阁若殿，皆倚在峭壁。杉松之属被之[6]，而根柯屈盘，扶疏偃仰，若人栽培者。又有大壁，高可万仞，其面刻大字曰：“独镇群峰”，又曰：“含泽宣气”。不知何物好事者，缘何着手足，做此危绝工夫，岂劈山巨灵[7]，偶然施巧耶。

注释

［1］金榜：金色匾额。

［2］法主：住持。

［3］沙门：泛指佛教徒和佛门，此指佛寺正门。

［4］荐：奉献。

［5］太极石：据明人程启充《游千山记》，祖越寺附近有太极石，可俯看万佛阁。

［6］被之：披覆着。千山许多松树，扎根于高山石壁之中。

［7］劈山巨灵：传说太华、少华二山原为一山，黄河南下被山阻挡。有巨灵神，手劈大山，一分为二，黄河得以东流。今华山附近有仙掌峰，峰崖犹存巨灵神手掌印迹。

评析

李廷龟（1564～1635），朝鲜中期文臣，号月沙，官至左丞相，文章出众，为当时文坛“四大家”之首。他曾多次出使中国，留下文集《月沙集》75卷，收入《韩国文集丛刊》第69卷、70卷。他有三篇游记。《游千山记》作于1604年。千山在中国辽宁省鞍山市东南，素有“东北明珠”之称，其自然景色有很多可记写之处。李廷龟此文主要写灵远寺、龙泉寺等寺庙以及与僧人的交流。其中纯粹写山水之处文字不多，不如明人程启充《游千山记》之细致、具体。李氏只在移步换形之间穿插几句写景之语，简洁、生动地勾画出景物的特征，尤其是几处榜额和刻石。这些寺庙本身就是千山的一部分，并与千山的自然山水融为一体。他关注记载寺庙实际是关注宗教文化，具有“文化型游记”的特征。笔者曾在20世纪50年代多次登千山游览，2017年8月，旧地重游。看到处处旧貌换新颜，李廷龟文中提到的祖越寺、观音殿、玉皇殿……经过修缮，更加辉煌壮丽了。

十二 李廷龟《游医巫闾山记》（节选）

……从者七人随从，穿市出城，行十余里。密树荫路，平绿被野。清晨倚骡坐，意爽然，忽觉沉痾去体。过一岭，得灵宫，云是北镇庙[1]，即余戊戌年与弼云相国游赏之处，有叙若诗。隔陇多棹楔[2]，丹碧隐映，皆城中巨室之别墅云。又行五里许，始望见群峰束立，无不造天，过溪迷路，傅秀才驻马逡巡[3]。山下有村如桃源，俄有人骑牛出洞来，颐指入山路，远远投村去。小庵寄在峭峰上，奇绝如画，即小观音窟也。立马凝望，不忍失之。涉两溪折而北上，有大峰突兀撑空，全石陡绝，飞阁在其半壁。归路遇少女风[4]，甚快意，不知雨已藏山，回视杖屦之地[5]，已在杳霭中。才出洞，雨点随人，爽气洗暍，不觉衣湿，亦一胜也。投入北镇庙，上会仙亭，仍登北楼，雨止风大，不能稳坐。道士出应人[6]，迎坐于松阴，忠实可与语，厨人进酒果数行[7]而别，归店呼灯书。

注释

[1] 北镇庙：在今辽宁北镇县郊区。一百多年后，朴趾源的《热河日记》中有一篇《北镇庙》，对

该建筑的描述非常详细。

[2] 棹楔：建筑物门旁表宅树坊的木柱。

[3] 傅秀才：作者在当地的一位朋友。逡巡：徘徊，犹豫。

[4] 少女风：轻柔如少女之微风。

[5] 杖屦之地：刚才拄杖登山之地。

[6] 应人：接应客人。

[7] 进酒果数行：递送酒果数次。

评析

《游医巫闾山记》作于1617年第三次出使中国途中。李廷龟很有旅游兴致，虽患痢疾，不听他人劝告，扶病游山。沿途欣赏风物景光，目不暇接，竟觉得久病立痊。第一处景光是北镇庙，在山下，此庙遗迹犹存。20世纪90年代中期，笔者曾经造访过，现在已经重建。李氏回顾城中多别墅，仰望群峰高及天，山下有林泉如桃源，他的朋友傅秀才和一位村民指路入山。峭峰上有小观音庵，今称观音阁。路遇微风，回到北镇庙，又上会仙亭（今犹存在，已修葺一新），此行有起有止，写景，写寺，写人物，心情愉快洋溢于字里行间。

十三　李健《济州风土记》（节选）

岛中之人，祀鬼神甚勤。故所谓神堂，处处有之。而南门外，有城隍堂在焉，名曰广壤堂。岛人凡有祸福，无不祈祷于此，颇有其灵云。又有其神祠在于南门外丛薄之间[1]，名曰阁氏堂。其神亦颇灵异，岛人必以朔望[2]来祀于此，以占[3]将来之吉凶。……

岛中女人之汲水者，不戴于头而负于背。作一长桶，如蜂桶之状。汲水负行，见之甚怪。不惟汲水，凡可以戴行之物，皆负而行[4]，如男子负柴。女人有砧杵之役[5]，群聚并力，并发杵歌[6]，数斛之谷，顷刻舂之。而歌声悲凉，不可闻也。

注释

[1] 丛薄之间：茂密的草丛之间。

[2] 朔：农历每月初一；望：农历每月十五。

[3] 占：占卜，预测。

[4] 朝鲜半岛劳动妇女，习惯以头载物。汲水，搬运粮食、水果及包裹，常置于头顶，至今犹然。而济州妇女负于背，所以李健觉得奇怪。

[5] 砧（zhēn）：捶衣石板。杵：木槌或石棒。砧杵之役，指捶衣舂米。

[6] 杵歌：舂米之歌，又名碓歌，碓乐。

评析

李健（1614～1662），李朝皇室成员，15 岁时因光海君的王位事件牵连，流放济州岛，生活八年，作《济州风土记》，主要记述风土民俗。济州岛位于朝鲜半岛西南海中，古代长期荒凉，是流放囚徒、罪臣之地。近数十年，韩国政府和民众已经开发成为韩国著名旅游区。作者关注当地宗教信仰，尤其是妇女的负重劳动和舂谷的悲歌，表现出一定的人文关怀。

十四　朴趾源《盛京[1]杂谈》（节选）

……入外郭门，郭内民物之繁华、市肆之侈盛，十倍辽阳[2]矣。……城周十里，砖筑八门，楼皆三檐，护以瓮城[3]。瓮城左右亦有东西大门。通衢筑台，为三檐高楼。楼下出十字路，毂击肩摩，热闹如海。市廛夹道，彩阁雕窗，金扁碧榜，货宝财贿充牣其中，坐市者皆面皮白净，衣帽鲜丽。……正门曰“太清”[4]，遂进步入门……遂走至前殿，扁曰“崇政”，又有扁曰“正大光明殿”，左曰“飞龙阁”，右曰“翔凤阁”。殿后有三檐高楼，曰“凤凰楼”，有左右翊门。门内有甲军数十人拦路，遂于门外遥望。层楼复殿，叠榭回廊，皆覆以五色琉璃瓦。两檐八角屋曰“太政殿”。太清门东有神祐宫，安三清塑像，康熙皇帝御笔题曰“昭格”，雍正皇帝御笔题曰“玉虚真帝”。

注释

[1] 盛京：明末清初指沈阳。1625 年努尔哈赤将都城从辽阳迁到沈阳。

[2] 辽阳，在沈阳之南。今辽阳市。

[3] 瓮城：在城门以外再筑小城，以防止攻城门。

[4] 以下所述皆清初沈阳皇宫建筑物，今称沈阳故宫。

评析

朴趾源（1737～1805），朝鲜王朝后期著名思想家、小说家、散文家，23岁时，随朝鲜使团到北京，为乾隆皇帝祝寿，在中国居留五个月，到过热河和京都附近各地，著有《热河日记》，详述从入境到回国沿途所观所感，具有很高的史料价值和文学价值，以下各篇，皆选自《热河日记》，题目是后加的。

此文所称盛京，是当时东北最大城市。朴趾源所参观的是沈阳故宫的中路，依次是大清门、崇政殿、凤凰楼、太政殿。崇政殿是清太宗皇太极临朝处理要务的地方，崇政殿北首的凤凰楼，三层，是当时盛京城内最高的建筑物。太政殿俗称八角殿，是清太祖努尔哈赤营建的重要宫殿，盛京皇宫内最庄严神圣的地方。整座皇宫楼宇巍峨，雕梁画栋，富丽堂皇。作者对沈阳商业街市、楼宇宫殿和市井民情的记述和描绘，取舍有择，简繁有度，其中情感流动，赞赏崇敬之意，洋溢于字里行间。

十五　朴趾源《西山景物》

回京官员至此益盛，空车之入热河者昼夜不绝。马头驿子[1]辈有曾往西山者，遥指西南一带石山曰："此西山也。"云霭中百千螺髻，出没隐映，而山上白塔矗立云霄间，屏岑滴翠，画峦缭青。听其两相酬酢[2]，曰水晶宫、凤凰台、黄鹤楼，皆仿写江南。荡漾湖心，白石为桥，曰绣绮[3]、曰鱼贷[4]、曰十七空（孔）[5]，广皆数十步，长百余丈，矫矫如偃虹，左右周以石栏，龙舟锦帆出入桥下。盖引水四十里为湖[6]。泉喷石宝，是为玉泉[7]。皇帝虽巡游江南，驻跸漠北[8]，必饮此泉，味为天下第一。燕都八景[9]，"玉泉垂虹"即其一也。

注释

[1] 马头驿子：率领马帮的驿卒。

[2] 两相酬酢：互相敬酒，此句指驿卒互相问答。

[3] 绣绮：桥名，在颐和园西堤南端。

[4] 鱼贷：当指玉带桥，在颐和园西堤上，半圆形，单孔，高 7.5 米，状如玉带。

[5] 十七空（孔）：指今颐和园中的十七孔桥。

[6] 引水四十里为湖：湖即今颐和园昆明湖。

[7] 玉泉：颐和园北有玉泉山，出泉水甚佳。

[8] 驻跸漠北：指清代皇帝常到承德避暑，围场狩猎。

[9] 燕都八景：乾隆十六年（1751）定燕京八景为：太液秋风、琼岛春阴、金台夕照、蓟门烟树、西山晴雪、玉泉趵突、卢沟晓月、居庸叠翠。并题字刻碑。

评析

朴趾源从承德回到北京，望郊外西山，只见重峦叠嶂，遥遥拱卫燕京古城。古人说它是太行山脉之首。自辽、金，经元、明，一直到清康乾时期，西山以其山水林泉之胜，备受历代统治者的关注，建有多处皇家园林。特别是清康、雍、乾三朝盛世，百余年间，先后营建了“三山五园”。朴趾源所看到的西山，只是其中部分远景，林海苍茫，重峰嶙峋，烟光岚影，白塔高耸。突出写西山玉泉，“泉喷石宝，是为玉泉。皇帝虽巡游江南，驻跸漠北，必饮此泉，味为天下第一”。将西山玉泉的水美特征和“天下甲泉”的声望突现了出来，令人神往。时至今日，玉泉山仍是西山重要景点。

十六　朴趾源《象记》（节选）

余于皇城[1]见象十六。而皆铁锁系足，未见其行动。今见两象于热河行宫西，一身蠕动，行如风雨。余尝晓行东海上，见波上马立者无数，皆穹然如屋，不知是鱼是兽[2]。欲俟日出畅见之，日方浴海，而波上马立者，已匿海中矣。今看象于十步之外，而犹作东海想。其为物也，牛身驴尾驼膝虎蹄，浅毛灰色，仁形悲声。耳若乘云，眼如初月，两牙之大二围[3]，其长丈余。鼻长于牙，屈伸如蠖，卷曲如跻，其端如蚕尾[4]，挟物如镊。卷而纳之口，或有认鼻为喙[5]者，复觅象鼻所在，盖不意其鼻之至斯也。或有谓象五脚者，或谓象目如鼠，盖情穷于鼻牙之间，拈其通体之最小者，有此比拟之不伦。盖象眼甚细，如奸人献媚，其眼先笑，然其仁性在眼。康熙时，南海子[6]有二恶虎，久而不能驯。帝怒，命驱虎纳之象房。象大恐，一挥其鼻而两虎立毙。象非有意杀虎也，恶生臭而挥鼻误触也。

注释

[1] 皇城：指北京城。

[2] 作者所见海上大型动物，应该是鲸鱼。

[3] 围：两手掌张开，左右拇指食指相对形成圆圈，谓之一围。

[4] 此三句中，皆以虫喻象鼻。蠖是能屈伸的软体虫子。跻，应为“蛴”，即蛴蛴，天牛的幼虫，身长，色白，无足。

[5] 喙（huì）：鸟兽的嘴。

[6] 南海子：北京南郊一处皇家园林，今称南苑。

评析

此文原题《象记》，记热河行宫所见大象，对北方稀见动物象的形态描述具体，大体属实，但稍有出入。说象蹄如虎，其实虎有爪而象无爪。说象鼻尾如蚕尾，实际粗得多。说象眼细而能表现性情是真的。象鼻挥动击毙猛虎，很有可能。下面还有大段哲理发挥，删而未录。《热河日记》还有一篇《象房》乃北京所见，给予象奴一些小费，可令象表演，叩头，双跪，以鼻作啸声如吹箫，举鼻尖捶腹如击鼓，煞是有趣。

十七　朴趾源《一夜九渡河记》

河出两山间，触石斗狠。其惊涛骇浪，愤澜怒波，哀湍怨濑[1]，奔冲卷倒，嘶哮号喊，常有摧破长城之势。战车万乘，战骑万队，战炮万架，战鼓万座，未足喻其崩塌溃压之声。沙上巨石，屹然离立；河堤柳树，窈冥鸿蒙[2]。如水祇河神，争出骄人，而左右蛟螭试其拿攫也[3]。或曰：此古战场，故河鸣然也。此非为其然也，河声在听之如何尔。

余家山中，门前有大溪。每夏月急雨一过，溪水暴涨，常闻车骑炮鼓之声，遂为耳祟焉。余尝闭户而卧，比类而听之：深松发籁[4]，此听雅也；裂山崩崖，此听奋也；群蛙争吹，此听骄也；万筑迭响，此听怒也；飞霆急雷，此听惊也；茶沸文武，此听趣也；琴谐宫羽[5]，此听哀也；纸窗风鸣，此听疑也。此皆听不得其正。特胸中所意设，而耳为之声焉尔。

今吾夜中一河九渡。河出塞外，穿长城，会榆河、潮河、黄花、镇川诸水，经密云城下，为白河。余昨舟渡白河[6]，乃此下流。余未入辽，时方盛夏，行热阳中，而忽有大河当前。赤涛山立，不见涯涘[7]，盖千里外暴雨也。渡水之际，人皆仰首视天，余意诸人者仰首默祷于天。久乃知渡水者视水回驶汹荡，身若逆溯，目若沿流，辄致眩转堕溺。其仰首者，非祷天也，乃避水不见尔。亦奚暇默祈其须臾之命也哉！其危如此，而不闻河声。皆曰："辽野平广，故水不怒鸣。"此非知河也，辽河未尝不鸣，特未夜渡尔。昼能视水，故目专于危，方惴惴焉。反忧其有目，复安有所听乎？今吾夜中渡河，目不视危，则危专于听，而耳方惴惴焉，不胜其忧。吾乃今知夫道矣。冥心者[8]，耳目不为之累；信耳目者，视听弥审，而弥为之病焉。今吾鞚夫[9]足为马所践，则载之后车，遂纵鞚浮河，挛膝聚足于鞍上，一坠则河也[10]。以河为地，以河为衣，以河为身，以河为性情，于是心判一坠，吾耳中遂无河声。凡九渡无虞[11]，如坐卧起居于几席之上。

昔禹渡河，黄龙负舟，至危也。然而死生之辨，先明于心，则龙与蝘蜓[12]，不足大小于前也。声与色，外物也，外物常为累于耳目，令人失其视听之正如此。而况人生涉世，其险且危，有甚于河，而视与听，辄为之病者乎？吾且归吾之山中，复听前溪而验之，且以警巧于济身而自信其聪明者。

注释

[1] 此处的"河"及第三段"一河九渡。河出塞外"，皆指潮白河。濑：湍急的流水。

[2] 窈冥：深远幽隐的样子。鸿蒙：古人认为是天地开辟前的一团自然的元气。

[3] 蛟：古代传说中能兴风作浪、引发洪水的蛟龙。 螭：古代传说中没有角的龙。

[4] 籁：从孔穴里发出的声音，也泛指声音。

[5] 宫羽：古代以"宫、商、角、徵、羽"为五音。

[6] 白河：即沽河。源出河北沽源县，至北京密云与潮河合流，称潮白河；至天津流入海河。

[7] 涯涘：水边，岸边。

[8] 冥：深奥，深沉。 冥心：精神专注集中。

[9] 鞚夫：马夫。鞚：马笼头。

[10] 数句意谓，朴趾源的马夫脚受伤，只能盘腿曲膝坐在马鞍上过河，一旦掉下去就坠入河水中了。

[11] 虞：忧虑。

[12] 蝘蜓：古书上指壁虎。

评析

此文是朝鲜文学史上的名作，当代韩国学者评价甚高。写景细致，说理深刻，情感丰富，通过极力刻画河水的不同声音，各种险境和不同的思绪的观感，外物惊心动魄，而内心漠然不为所动。最后归纳为“冥心者，耳目不为之累”，“以河为地，以河为衣，以河为身，以河为性情，于是心判一坠，吾耳中遂无河声。凡九渡无虞，如坐卧起居于几席之上”。其中包含着精邃的人生哲理和积极的处世态度，告诉读者，不论经历怎样的艰难，都应泰然处之，临难不惧，方能化险为夷。

日本、琉球山水风物和建筑碑记

一　圆仁《五台山[1]中台顶》

五台周围五百里外，便有高峰重重，隔谷高起，达其五台而成墙壁之势。其峰参差，树木郁茂，唯五岭半腹向上并无树木。然中台者，四台中心[2]也。遍台水涌池上，软草长者一寸余，茸茸稠密，覆地而生，蹋[3]之即伏，举脚还起。步步水湿，其冷如冰；处处小洼，皆水满中矣。遍台沙石间错，石塔[4]无数，细软之草间，莓苔而蔓生。虽地水湿，而无卤泥；缘莓苔软草，布根稠密故，遂不令游人污其鞋脚。奇花异色，满山四开，从谷至顶，四面皆花，犹如铺锦；香气芬馥，薰人衣裳。人云今此五月犹寒，花开未盛；六七月间，花开更繁云。看其花色，人间未有也。

注释

［1］五台山：中国四大佛教名山之一，位于山西省东北部，五峰耸立，顶平如台。东曰望海峰、南曰锦绣峰、中曰翠岩峰、西曰挂月峰、北曰叶斗峰，各峰下皆有寺。

［2］四台中心：当为台怀镇，有大片湿地草甸。

［3］蹋：即踩踏之踏。

［4］石塔：指水草及湿地中的石墩，不是指佛寺高僧墓地之石塔。

评析

本文选自《入唐求法巡礼行记》（收入《大日本佛教全书》，1911～1912年刊印）。圆仁（794～864），俗姓壬生，幼丧父，性聪颖。九岁时，其兄授以经史。后从唐鉴真和尚的三传弟子广智修学内典。十五岁时赴京都投身最澄大师门下学密教，不满三十岁，已崭露头角，常于各地开讲席。仁明天皇承和五年（838）六月，随日本第十九次遣唐使藤原常嗣，以“请益僧”身份西渡入唐。游唐十年，归国后大弘佛法。直到示寂的十六年间，深受文德、清和诸天皇宠遇，被授予“传灯大师”法位。本文是他游历山西五台山所作游记中的一段，重点描述山间湿地之大片软草和奇花、异色之美。

二 圆珍《行历抄》（节选）

从溪而上，水浅石多，非常难行。此山溪者，天台大师[1]放生之池[2]云云。在后贞观、仪凤[3]之中，敕下禁断，不教（叫）渔捕，永为放生之地。拆寺已后，却如往时。沪梁[4]满江溪，煞生[5]过亿万。今上御宇，佛日再中[6]。僧从知归，俗再温钟。新置国清[7]，兴大师教。……

十四日卯辰之间[8]，上堂吃小食。食后下堂欲归房，忽然起心：圆载不久合来，不用入房，且彷徨待他来。思已，行至南门看望。桥南松门路上（桥者，寺门前桥也）[9]有师，骑马来到桥南头，下马下笠，正是留学僧圆载□也。珍便出门迎接，桥北相看，礼拜，流泪相喜。珍虽如此，载多不悦，颜色黑漆，内情不畅。珍却念：“多奇多奇！若本乡人元不相识，异国相见，亲于骨肉；况乎旧时同寺比座，今遇此间，以无本情[10]。多奇多奇！”相同归院（□内原字迹不清）。

注释

［1］天台大师：指天台山各寺庙之大和尚。

［2］放生之池：大的佛教寺庙常设有放生池。

［3］此处贞观是唐太宗的年号（不是日本之贞观），仪凤是唐高宗的年号。

［4］沪：古时渔具。沪梁：为捕鱼而筑的水坝。

［5］煞生：杀生。佛教宣扬爱惜生命，不杀活的动物。

［6］佛日再中：佛教再次兴盛，如日中天。

［7］新置国清：新建台州国清寺。

［8］卯辰之间：上午七八点钟。

［9］括号内容为原文注。

［10］以无本情：已经没有本国同胞之情，故连称“多奇，多奇”。

评析

圆珍（814~891），日本弘法大师空海的外甥，十五岁师从日本天台宗第二祖义真，二十岁受戒，住山十二年，853年入唐求法，向多位大师学天台教法。著述甚多。其游唐日记《行历抄》仅存49条札记，多为三五句的日记，一百字以上者十五六条。对研究日本佛教史有一定价值，而文学价值有限。

本文选自《行历抄》，第一段记天台山放生池。深感今不如昔，辞意畅达，文笔朴实。第二段记他与日僧圆载相见。描写圆珍本人心理颇细，圆载不大高兴，冷漠寡情，可能圆载当时有心事。此人在入唐日僧中名声甚坏，不认真修习，乐不思归，行为不检点，经常出寺，对尼姑性侵犯，甚至雇用杀手秘密谋害指责过他的圆修。《行历抄》中即有记载。

三 都良香《富士山记》

富士山者，在骏河国[1]。峰如削成，直耸属天，其高不可测。历览史籍所记，未有高于此山者也。其耸峰郁时起，见在天际。临瞰海中，观其云基所盘连，亘数千里间。行旅之人，经历数日，乃过其下，去之顾望，犹在山下，盖神仙之所游萃也。承和年中[2]，从山峰落来珠玉，玉有小孔，盖是仙帘之贯珠也。又贞观十七年[3]十一月五日，吏民仍旧致祭。日加午[4]，天甚美晴，仰观山峰，有白衣美女二人，双舞山顶上，去巅一尺余，土人共见。古老传云，山名富士，取郡名也。山有神，名浅间大神。此山高极云表，不知几丈。顶上有平地，广一许里。其顶中央洼下，体如炊甑[5]。甑底有神池，池中有大石，石体惊奇，宛如蹲虎，亦其甑中常有气蒸出，其色纯青。观其甑底如汤沸腾。其在远辽（瞭）望者，常见烟火。亦其顶上匝池生竹，青丝柔濡，宿雪春夏不消。山腰以下生小松。腹以上无复生木。白沙成山，其攀登者，止于腹下，不得达上，以白沙流下也。相传昔有役居士[6]，得登其顶。后攀登者皆点额于腹下。有大泉出于腹下，遂成大河。其流寒暑水旱无有盈缩。山东脚下有小山，土俗谓之新山。本平地也，延历二十一年[7]三月，云雾晦冥（暝），十日而后成山，盖神造也。

注释

[1] 骏河国：今富士郡之古地名。

[2] 承和：日本仁明天皇年号，相当于 834 ~ 848 年。

[3] 贞观：日本清和天皇年号，贞观十七年相当于 875 年。

[4] 日加午：太阳正当午。

[5] 炊甑：蒸饭的木桶型器具。富士山是活火山，所以山口常有烟火及岩浆沸腾。

[6] 役居士：姓役的佛教居士。

[7] 延历二十一年：相当于 802 年，延历是日本桓武天皇的年号。

评析

本文选自《本朝文粹》卷十二。都良香（834 ~ 879），其父亲和伯父都很有学问。都良香早有文名，日本清和天皇贞观二年（860）成为文章生，十七年为文章博士，十八年任侍从，传世有《都氏文集》五卷，散骈体皆擅。《富士山记》是日本文学史上的名作，当代韩国学者评价甚高。原作为汉文，译成日文后，成为日本中学生必读的课文。文章以朴实的语言和纪实与传说兼用的手法，把富士山描写得既优美又神奇，引人入胜。此文一出，富士山更加闻名于世，如今此山已是全世界著名的风景名胜地。

四 菅原道真《书斋记》

东京宣风坊有一家，家之坤维[1]有一廊，廊之南极有一局，局之开方才一丈余。投步者进退傍行，容身者起居侧席。先是秀才进士[2]，出自此局者，首尾略计近百人。故学者目此局为龙门[3]，又号山阴亭，以在小山之西也。户前近侧，有一株梅。东去数步，有数竿竹。每至花时，每当风，便可以优畅情性，可以长养精神。余为秀才之始，家君[4]下教曰：此局名处也，钻仰之间[5]，为汝宿庐。余即便移帘席以整之，运书籍以安之，嗟呼！地势狭隘也，人情崎岖也，凡厥朋友，有亲有疏，或无心合之好，颜色如和；或有首陀[6]之嫌，语言似昵。或名击蒙[7]，妄开秘藏之书；或称取谒，直突休息之座。又刀笔者，写书刊谬之具也。至于乌合之众，不知其物之用，操刀则削损几案，弄笔亦汗秽书籍。又学问之道，抄出为宗；抄出之用，稿草为本。余非正平[8]之才，未免停滞之笔。故此间在在短札者，总是抄出之稿草也。而闯入之人，其心难察。有智者见之，卷以怀之；无智者取之，破以弃之。此等之数事，内疚之切者也。自外之事，米盐无量。又朋友之中，颇有要需之人，适依有用，入在帘中。闯入者，不审先入之有用，直容后来之不要。亦何可悲，亦何可悲。夫董公垂帷[9]，薛子蹈壁，非止研精之至，抑亦安闲之意也。余今作斯文，岂绝交之论[10]哉？唯发闷之文也。殊慚閫外不设集贤之堂，帘中徒设闯入之制，为不知我者也。唯知我者，有其人三许人，恐避燕雀之小罗，而有凤凰之增逝矣。悚息悚息。癸丑岁七月一日记之。

注释

[1] 坤维：西南方。《周易·坤》曰："西南得朋。"

[2] 秀才进士：日本于公元 8 世纪初，仿中国唐代开科举，分秀才、进士、明经、明法等科。

[3] 龙门：指陕西韩城县境内黄河一段峡谷，有瀑布，落差很大。民间传说，鲤鱼跳过龙门则成为龙。后世称士子考取进士身价十倍，有如登龙门。

[4] 家君：指已故的父亲。

[5] 钻仰之间：《论语·子罕》篇记，颜渊赞叹孔子之道，仰之弥高，钻之弥坚（仰望它觉得越来越高，钻研它觉得越来越坚固，难以透彻理解），此处形容认真钻研。

[6] 首陀：印度语，指庶民、农人。

[7] 击蒙：开蒙，启蒙。《周易·蒙》曰："上九击蒙。"

[8] 正平：指东汉末才子祢衡，字正平。

[9] 董公垂帷：西汉大儒董仲舒，为了专心读书，堂前下帷，三年不窥园。

[10] 绝交之论：东汉朱穆著《绝交论》，示与损友绝交，南朝刘峻有《广绝交论》，增广其说。

评析

本文选自《本朝续文粹》卷十二，菅原道真（845～903），日本平安王朝著名诗人、文学家、教育家，学问渊博，文藻典雅，出身儒林，位登宰辅，曾任天皇右大臣，后因受诬而被流放，死于贬所。《书斋记》作于 893 年，他任参政，兼式部大辅（相当于中国的吏部侍郎），这篇文章，前三分之一写景，后三分之二言情，描述各类朋友到书斋里来，有贵有贱，有亲有疏，目的不同，言行动作表现也不同。有的乱开书箱，随便拿取；有的操刀动笔，擅改文稿。智者卷而怀之，愚者破以弃之。主人心中很不高兴。还有的朋友随便取用米粮油盐，不考虑别人需要与否，主人觉得可悲。他写这篇文章不是杜绝朋友交往，而是图个安闲，抒发心中烦闷。这种罕见题材和坦诚表达，都很像明人小品，与中国以及朝鲜众多以书斋为题的作品颇不相同，可谓别具一格。

五　兼明亲王《池亭记》

处高贵者，无登临之暇；趣名利者，无游泛之情。幽闲懒放之人，得虚无浮荣，富有风景焉。余少携书籍，略见兼济独善[1]义。如今垂老，病根渐深，世情弥浅，七不堪，二不可[2]并在一身。自从草创此亭，尤合心事矣。亭在曲池之北，小山之西。傍山临流。结茅开宇。亭中置笔砚一两而备居闲，携弦歌十数而当行乐。夏条为帷[3]，冬冰为镜，南岛之五大夫[4]作老伴，东岸之一脉泉为知音。况乎竹雾蘋风，沙烟波月，阴晴显晦，有不可形容者。盖洞庭湖之一云孙矣[5]。每见池水绿，岸叶红，花前春暮，月下秋归。一吟一咏，聊以卒岁。独善之计，去此何求？噫人生多故，光阴不留，不知后日复在何处。不击缶而歌[6]，有大耋之嗟[7]。然茫茫万古，有贤人君子之终身在泥涂之中[8]者。吾无古人之德，位三品，龄半百，趣朝有官，归家有亭，一日二日，闲卧此亭，以送余生，不复可乎？因叙大概，书于亭之内壁。尘积雨淋，字销点坏，诚谓之宜。后之观者，与我同志无隐焉，不知吾者不可见之。己未之岁（天德三年[9]）十二月二日记之。

注释

[1] 兼济独善：穷则独善其身，达则兼济天下。语出《孟子·尽心上》。

[2] 七不堪，二不可：语出嵇康《与山巨源绝交书》，这九条都是表示自己不堪忍受官场的各种束缚和应酬，追求言论和行动的充分自由。

[3] 夏条：指夏天的柳条，下垂如帷幕。

[4] 五大夫：指松树。据《史记》记载，秦始皇登泰山，避雨于松树之下。乃封五棵松树为五大夫。此处泛指松树。

[5] 云孙：远孙。作者认为其园林的水池很美，是洞庭湖的远孙，即缩小版。

[6] 击缶而歌：缶，瓦器。据《诗经》《墨子》《淮南子》等书记载，击缶而歌是普通百姓的娱乐形式。

[7] 大耋之嗟：语出《周易·离卦》：“日仄之离，不鼓缶而歌，则大耋之嗟。”意谓太阳刚过中

午，如果不及时行乐，到年老时只有嗟叹了。

［8］在泥涂之中：语出《庄子·秋水》，本意是指处社会最下层。此指贤人君子一辈子处于下层困顿生活之中。

［9］天德三年：959 年。此四字为作者自注。

评析

本文选自《本朝文粹》卷十二。兼明亲王（914～987 年），醍醐天皇第十六皇子，博学多才，历任参议，中纳言，左大臣。关白（掌实权大臣）嫉其才，左迁为中务卿。他愤而辞职，不许，乃以多病闲居，作《兔裘赋》自比贾谊被贬，仿白居易《落齿辞》作《发落辞》，都是发泄不满。这篇《池亭记》开头和结尾说理言志，自称得闲居之乐，离开官场，归老园林，自我满足矣。写景绮丽心情看似放达，其实不然。“人生多故，光阴不留，不知后日复在何处。不击缶而歌，有大耄之嗟”。这才是主题所在。

六　庆滋保胤《池亭记》（节选）

予二十余年以来，历见东西二京[1]。西京人家渐稀，殆几幽墟矣。人者有去无来，屋者有坏无造。其无处移徙、无惮贱贫者是居，或乐幽隐亡命、当入山归田者不去；若自蓄财货、有心奔营者，虽一日不得住之。往年有一东阁[2]，华堂朱户，竹树泉石，诚是象外之胜地也。主人有事左转[3]，屋舍有火自烧。其门客之居近地者数十家，相率而去。其后主人虽归而不重修，子孙虽多而不永住。荆棘锁门，狐狸安穴。夫如此者，天之亡西京，非人之罪明矣。

东京四条以北，乾艮二方[4]，人人无贵贱，多所群居也。高家比门连堂，小屋隔壁接檐。东邻有火灾，西邻不免余炎；南宅有盗贼，北宅难避流矢。南阮贫，北阮富[5]，富者未必有德，贫者亦犹有耻。又近势家，容微身者，屋虽破不得葺，垣虽坏不得筑；有乐不能大开口而笑，有哀不能高扬声而哭。进退有惧，心神不安，譬犹鸟雀之近鹰鹯矣。何况初置第宅，转广门户，小屋相并，小人相诉者多矣，其尤甚者，或至以挟上灭一家愚民。……

且夫河边野外，非啻比屋比户，兼复为田为畠。老圃永得地以开亩，老农便堰河以溉田。比年有水，流溢堤绝。防河之官，昨日称其功，今日任其破。洛阳城人，殆可为鱼欤！窃见格文，鸭河西唯许耕崇亲院田[6]，自余皆悉禁断，以有水害也。加以东河北野，田郊之二也，天子迎时之场，行幸之地也。有人纵欲居欲耕，有司何不禁不制乎？若谓庶人之游戏者，夏天纳凉之客，已无渔小鲇之涯；秋风游猎之士，又无臂小鹰之野。夫京外时争住，京内日凌迟。彼坊城南面，荒芜渺渺，秀麦离离。去膏腴，就硗确，是天之令然欤？将人之自狂（任）欤？

予本无居处，寄居上东门之人家，常思损益，不要永住。纵求不可得之，其价值二三亩千万钱乎？于六条以北，初卜荒地，筑四垣，开一门。上择萧相国穷僻之地[7]，下慕仲长统清旷之居[8]，地方都卢[9]十有余亩，就隆为小山，遇洼穿小池。池西置小堂安弥陀，池东开小阁纳书籍，池北起低屋著妻子。凡屋舍十之四，池水九之三，菜园八之二，芹田七之一。其外绿松岛，白沙汀，红鲤白鹭，小桥小船，平生所好，尽在其中。况乎春有东岸之柳，细烟袅娜；夏有北户之竹，清风飒然；秋有西窗之月，可以披书；冬有南檐之日，可以炙背。予行年渐垂五旬，适有小宅。蜗安其舍，虱乐其缝。[illegible]住小枝，不望邓林之大[10]；蛙在曲井，不知沧海之宽[11]。予杜门闭户，独吟独咏。若有余兴者，与儿童乘小船，叩舷鼓棹；若有余暇者，呼童仆入后园，以粪以灌。我爱吾宅，不知其它。

应和[12]以来，世人好起丰屋峻宇，殆至山节藻棁[13]，其费且巨千万，其住才二三年。古人云：造者不居。诚哉斯言！予及暮齿，开起小宅，取诸身量，于分诚奢盛也。上畏于天，下愧于人。亦犹行人之造旅宿，老蚕之成独茧矣，其住几时乎？嗟乎！圣贤之造家也，不费民，不劳鬼[14]，以仁义为栋梁，以礼法为柱础，以道德为门户，以慈爱为垣墙，以好俭为家事，以积善为家资。居其中者，火不能烧，风不能倒，妖不得逞，灾不得来，鬼神不可窥，盗贼不可犯。其家自富，其主是寿，官位永保，子孙相承。可不慎乎！天元五载，孟冬十月，家主保胤，自作自书。

注释

[1] 东西二京：当指日本京都东部和西部，当时京都称平安京。

[2] 东阁：代指高官。

[3] 左转：左迁，指贬官，降职。

[4] 乾艮二方：乾指西北，艮指东北。

[5] 南阮贫，北阮富：《晋书·阮咸传》记：阮咸与阮籍居道南，其他诸阮居道北，北阮富而南阮穷。此处借指京都居民贫富差异。

[6] 格文：规则。鸭河，又名鸭川，东河。崇亲院，日本贞观二年，右大臣藤原良公以私第建崇亲院，养藤氏妇女之无居处者。

[7] "萧相国"句：萧相国，西汉丞相萧何。他曾对汉高祖刘邦说："臣买田宅，必居穷僻处为家，不治垣屋。令后世贤，师吾俭；不贤，毋为势家所夺买。"

[8] 仲长统句：东汉末文学家仲长统作《乐志论》，表达其择居清旷以乐其志的理想。

[9] 都卢：唐代俗语，副词，意为笼统。句谓该地大约有十余亩。

[10] 邓林：《列子·汤问》篇说夸父逐日，道中渴死，其杖化为邓林，弥广数千里焉。

[11] "蛙在曲井"句：《庄子·秋水》篇说"井蛙不可以语于海"。讥其见识小而不知大。

[12] 应和：日本村上天皇年号，公元 961 ~964 年。

[13] 山节藻棁：语出《论语·公冶长》篇。节指柱上斗拱，棁（zhuō）指梁上短柱。句意谓像山一样的斗拱，画着藻草的梁上短柱，形容房屋装饰奢华。

[14] 不劳鬼：句意谓圣贤造房舍，不供奉鬼神以求庇佑。前文说他自己只置一小堂安放弥陀而已，在佛教盛行之时这是一种节俭的行为。

评析

本文选自《本朝文粹》卷十二。庆滋保胤（934 ~997），出生于阴阳历算世家，他却偏爱文学，曾拜菅原文时为师，与源顺交往。对策及第后，名声大噪，天历末年任大内记。他身在朝廷，心在山林。卜居京师，构建池亭。982 年撰写《池亭记》，不慕奢华，但求安逸。宽和二年（986）出家，法号寂心，十一年后圆寂于如意轮寺。

前半段描述京师民居，西京有人无家可居，有房空无人住。东京多杂居，南面贫，北面富，"富者未必有德，贫者亦犹有耻"。微贱与势家为邻，"有乐不能大开口而笑，有哀不能高扬声而哭"，进退恐惧，心神不安，如小雀近鹰隼。势家为扩建门户，兼并小屋，竟至"以挟上灭一家愚民"。郊外农村多农田，河水破堤成灾，官员不予治理。揭露具体而深刻。后半段讲自己，年近五十，才建小宅，地方不大，十分清静，小阁放书籍，低屋住妻子，“春有东岸之柳，细烟袅娜；夏有北户之竹，清风飒然；秋有西窗之月，可以披书；冬有南檐之日，可以炙背”。“杜门闭户，独吟独咏”。“若有余兴者，与儿童乘小船，叩舷鼓棹”，“呼童仆入后园，以粪以灌”。“我爱吾宅，不知其它”。理想高雅，别有情趣，全文颇似一幅京都社会风情画。

最后一段批评世人好起丰屋，费资千万，大建别墅，造成而不居。提倡“圣贤之造家也，不费民，不劳鬼”。“以仁义为栋梁……以好俭为家事，以积善为家资”。这种人生观和生活价值观是值得肯定的。文章层次分明，语言平畅，记事、写景、说理融合一体，其笔法和文句多仿效白居易的《池上篇》，对于后来日本的随笔散文（如鸭长明的《方丈记》、奈田兼好的《徒然草》等）有积极的影响。

七　横川景三《识庐庵记》

去京相国[1]东者里许，有河曰贺茂。渡河西北折，又东者六七里，有里曰一乘。一乘乃比叡山之西麓也。里有小庵曰投老，前相国仲言老师窣堵[2]是也。其高弟藏连城珍公居焉。而连城与予从游，实非一日也。壬寅之冬，袖一小轴来，告予曰：“此画不知谁某所笔也。先是南游者自彼国[3]持来，得之什袭日久矣。今也轴之，其意在求题诗于上耳。侥[4]有画中宜于斋名者，请赐二字，以扁所居之室，何赐加之！”

予展而视之。呜呼，山偃蹇而落于青天之外者，所谓比叡也耶？渐闻水声潺潺，而映带于左右，清流激湍，合成长河者，所谓贺茂也耶？其山麓，则村家一聚落，茶店之烟，酒旗之风，有歌于市抃[5]于野者，所谓一乘也耶？一把茆茨[6]，惟寂惟寞，短短其篱，窄窄其门，仿佛见青松翠竹之中者，所谓投老庵也耶？于是乎予蹇衣而东望，驰逸想于寥廓之外。甚则如造庵门，与连城相呼相唤，肩拍袂挹者，岂不异乎！抑此佳景也，自彼国而无胫飞为耶？不然，自此方而有物负去耶？[7]何境之与画相谋如此也哉！

宋王半山[8]拜相之日，题窗曰：“霜松雪竹钟山寺，投老归于寄此生。”

后致仕，居金陵，憩法云寺。是日偶林竹霜雪，如诗中谶，非徒然也。窃闻老师未董相国[9]日，创此庵，名投老。方于挝退也[10]，归老于庵，一脚不出门，以到埋光[11]焉。盖菩萨宰相，乘大愿轮世出世间，入真入俗之所使然与？为不诬矣！由是言之，曰比叡者，乃钟山也；曰贺茂者，乃三十六陂也；曰一乘、曰投老者，乃金陵也、法云也。半山诗中有画，连城画中有诗。彼不飞来，此不负出，在人不在境尔。连城自少执侍巾瓶，片时不离师侧，遂奉其后，以知庵事[12]。而才与德在躬，今非可投老之日[13]。一朝大方广席，出据师，则投老之门其谓无人哉?[14]予所望于连城在此矣。住庵有日，霜松雪竹，结为三友，婆娑于岁寒之后，也未为晚矣。予今老矣，果视之否耶？仍摘半山诗中“松竹”二字，以名其斋。诗曰：

万年峰下旧同参，投老归与云一庵。

岁晚无他霜雪底，有松有竹与君三。

注释

[1] 去：距离。京：京都。相国：相国寺。

[2] 窣（sū）堵：本义指佛塔，此指高僧灵塔。

[3] 彼国：指中国。

[4] 傥：同“倘”，表示假设。

[5] 抃：拍手，鼓掌。此处泛指舞蹈。

[6] 茆茨：茅草房屋。茆，亦作茅。

[7] “自彼国”二句：意谓此佳景是从中国无足而飞来的吗？不然，是从此处由有力之物背过去的吗？

[8] 王半山：北宋王安石，号半山，退休后居金陵（今南京），其诗中有“投老”，意即养老。

[9] 老师：当指龙渊本珠。董：动词，董理，监督管理。相国：相国寺。龙渊曾任该寺住持。

[10] 方于挝退也：当他扶杖退休后。挝（zhuā），杖，鞭。

[11] 埋光：韬光。掩藏其光芒，不求闻达。

[12] 知庵事：主持投老庵事。

[13] 今非可投老之日：意谓还不到可以退休之时。

[14] “一朝”三句：意谓，一旦连城和尚进入大方之家，出现在广席之前，这座“投老庵”的门前也许就没有人了。言外之意是希望连城和尚勿忘此庵此景此画。

评析

横川景三（1429～1493），日本文学史上五山时代著名诗僧和佛教长老。他十三岁剃发，投依京都相国寺龙渊本珠，其文学导师是该寺的瑞溪周凤，所以后来他自称瑞溪的老门生。横川前半生经历应仁之乱，流离失所，写过一些纪实诗文。后半生定居京都，生活安定，很受当政的室町幕府重视，出任相国寺等多处名刹主持，为幕府将军写赞歌，代作外交文书等。存世著作有《小补集》《补庵集》《东游集》《京华集》等。这篇《识庐庵记》是其古文中的上品，是应朋友之请而作的题画文。画的作者是中国人，画中的山水景物，与日本京都的投老庵很相似，横川感到惊奇。他联想起王安石早年曾作题窗诗中有“霜松雪竹”之语。退休后住金陵，游钟山，果然看到寺外有“林竹霜雪”之景，疑为诗谶（预言）。横川想起他的老师主持相国寺之前创建投老庵，“投老”二字即来自王安石诗。老师后来归老此庵，足不出户，看来是仰慕王安石且把此地当成金陵了。横川认为王安石诗中有画，朋友所得之画中有诗。希望朋友将来发达之后勿忘此画此境。文章最后表白自己愿与霜松雪竹结为三友。此文写得颇为别致，把中国图画与日本现实之情景相糅合，把王安石与龙渊老师心态相关联，把对朋友的期望与自己的理想含蓄地贯穿，措辞命意令人咀嚼，描写画境令人神往，是反映中日文化交流的佳作，但个别文句似欠顺畅。

此文转引自陈福康著《日本汉文学史》上册，上海外语教育出版社2011年出版，第355～356页。

八　木下顺庵《樱冈记》

名山胜景，蔽于古、显于今者，必有泽美之智举之始，爱物之仁成之终，而后其名可以播远近而垂永久也。所谓“美不自美，因人而彰”。昔闻其言，而今信其事矣。

肥阳距城数里所，有堆冈，曰佐波，加州太守藤公食采之部内也。冈之势，起自平地，不与众山接。坡陀如鳌伏，曼延如龙走。厥初人不知其为胜矣。先太守行部[1]也，一望之觉有异焉。命剪榛秽，屏菑翳，树亭于顶，艺樱于傍，改名樱冈。意筹心谋，设置略备，而有故不果[2]。公乃继先志，益为构筑，更造亭馆，以为游衍之所。其观览之壮也，华甍粉壁之矗耸，闾阎街陌之区别，郁郁葱葱，隐映乔木修竹之间者，佐贺城郭之繁丽也。白水一条，宛转曲折，带荧绳直，鳞朝霞、练晚烟者，小城河流之明媚也。柔柘千村，沃野万顷，田中之庐，伍伍什什，参差交错者，再熟之稻[3]，而陆海之富也。连峰叠峰，崇丘漫阜，茂林修麓，自西而北，自北而东，罗峙绵亘，不可名状，而所谓天山、圆通、岩藏、清水、祇园、高城、水上者，此中佳处，而浮屠之窟宅[4]也。至若岐海之环其南也，雨色晴光，千态万容，涌白熨碧，舸经舫纬，往来不绝，渔网朝晒，蜑火昏明，斜雁独鹤，没于岛云浦雾之外，浩渺乎莫知其所极矣。且温泉岳之隔海，阿苏之异州，遥青远黛，献奇几席之下，效怪眼眶之际。凡数十百里之景象，于是乎钟[5]矣。

呜呼，盛矣哉！先太守之举美也，而取之于榛莽翳会之余，则可谓择而精者也矣。今满冈花树，敷荣烂熳（漫），凝云堆雪，居人悦，游客娱，埃苦由之排遣，尘芳以之消歇，熙熙然逍遥春台和煦之内，则公之成物也，可谓敦厥爱者也矣！然则四方之士，往来乎此者，必指之曰：创揽胜地，善善之智也；恢张先业，亲亲之仁也。智以始之，仁以终之，于其国家，又何有哉？彼乐山与水，则逸政之余事，而其英名茂实，垂于不朽也者，昭昭可期焉耳矣。余之谒公于京东，述其涯略，求为之记。余尝辱先太守之知，其遗美之彰，喜而不辞，遂据所闻而书。

注释

［1］先太守：指加州太守藤公的已故父亲，曾任该州太守。行部：巡视该州所属各地区。

［2］有故不果：由于有某种原因而没有实现。

［3］再熟之稻：一年可以两熟的稻子，即早稻和晚稻。

［4］浮屠之窟宅：指佛教僧人的寺庙。

［5］钟：集聚。

评析

木下顺庵（1621～1699），出生于京都，自幼好学，僧人天海奇之，纳为法嗣。十三岁时，作《太平颂》，词旨淳正，受到光明天皇赞赏。二十二岁时游学江户，后返京都，学朱子学。顺庵潜心读书，学业大成，后设帷授徒，声名甚著。天和二年（1682），任五代将军德川纲吉侍讲。元禄七年（1694），受命修国史。七十八岁时病逝，谥靖恭先生。木下顺庵是江户时代初期汉诗的重要作家，在当时影响很大。他从事教育二十余年，培养出很多著名的诗人和学者，实为一代宗师。在江户游学时，与中国寓日学者朱舜水结为忘年友。他的“敏慎斋”号即为朱舜水所赠。

此文从宏观角度俯瞰樱冈，先记加州太守藤公如何谋划修葺，其子继父志，如何扩建美化，接着写登高而望，山水城郭如何壮观，人民往来如何繁富。最后极力赞扬父子两代的功德。开头结尾，遥相呼应，结构严密，铺陈有序，是精于设计之作。引自《恭靖先生遗稿》，收入《续群书类丛》第十三册，日本东京，1945 年刻印。

九　荻生徂徕《猿桥》

逾狗目岭，有新田，一名恋冢，以至鸟泽驿，皆山路也。日暮，仆从疲甚。民家远，无炬火前导，轿夫脚探岩棱以进。时或蹈虚而蹶，轿辄跳其肩上不已，杌陧[1]欲坠者数。遂下轿冥行[2]，以及所谓猿桥者处，前行者还报：“桥板穿，且梁桡如不支，不可行。”踌躇久之，会一傔探店者[3]操炬来，店主人亦来迓[4]。相语[5]是猿王所架，长十一丈，达水际三十三寻，而水深亦三十三寻。则命傔跳身栏外，而左手据栏，右手垂炬倒照，从旁下瞰，黑深，火力短不及。傔益俯其身臂，遂致火炎逆上，欲烧手，辄遽弃，坠至水际乃灭。予缘是[6]得目送及其未灭而睹仿佛也。皆如其言。桥下无一柱，从两岸累巨栈架起。上者必出下者外尺许，愈累愈出，以得相近而桥之，诚神造也。崖光滑无缝罅，如削立然。土人云：“岩腹有釜，神蛇穴焉。岁旱，民聚汲竭其釜中水，蛇见则雨。”惊问：“何以得至釜处。”乃云：“土人生于土，长于水，虽束其手足投桥下，不死。”闻者皆吐舌。又问：“崖石如无缝，岂苔滑使然欤？”云：“连一驿百家，在一片石上[7]，则是川亦一大石渠耳。”益骇异闻。遂宿于驿。夜寒甚。

注释

[1] 杌陧：危惧，不安。

[2] 冥行：在黑暗中行走。

[3] 傔探店者：旅店揽客侍者。

[4] 迓：迎接。

[5] 相语：相传。

[6] 缘是：因此。

[7] “连驿”句：从前驿站相连到此，一百来户人家，都住在一片石岩之上。

评析

荻生徂徕（1666～1728），江户时代汉文学巨擘，也是精研儒学的大学者，门徒众多，影响巨大。此文值得注意者有三。其一是桥的构造特别。木拱桥跨度十一丈（合今制33米），距水面三十三寻（八尺或七尺为一寻，合26米或23米），水深亦三十三寻，桥下无柱，从两岸以巨木叠加前伸，上者出下者一尺，累次叠加累次向河中延伸，直至两岸对接，形成连通的桥面。这种构造跨度小者不难完成。跨度太大，能否？待考。其二是旅店侍者为了解损坏的桥板是否有支撑力，身跨桥栏，一手据栏，一手举火炬，倒挂下窥，火炬烧手则弃之，当火炬未灭时可睹桥况，这实在危险。其三，桥附近有崖如削，崖壁腹有釜，且有水，天旱，土人汲尽釜中水，则雨。人怎么上得去？这有点像中国江南各地的悬棺葬，如何上去至今是谜。这篇文章是作者纪实之作，详密精细，但几个数字可疑，恐怕是估计数，或有所夸张。桥高二十多米，可能架在半山腰上，河水深亦如此，颇难想象。尽管存疑，但其价值高出文学之外。本文转引自陈福康《日本汉文学史》中册，上海外语教育出版社2011年出版，第98页。

十　中井履轩《记钓游》

履轩幽人，性不喜钓弋。壬辰之秋，有京客投宿其居数日，坂之都，除渔钓外无足赏，幽人乃为客买舟，泛于三津之浦。酒一壶，饭一篮，盐豉称之。幽人素贫，外无所储，其门前即港水矣。下港数里阛阓[1]刺目，经桥十有余，渐离市廛之喧。洲渚皆蒹葭，凄凄焉白露已下。日正午，客下钓辄获，获者为鲨鱼[2]，人各数十，幽人则不能获也。舟人曰："潮方可，宜出海门。"乃乘潮而逝，四望浩浩。右望珠浦赤石，左瞰淡岛，飘飘然若浮波涛上，顾则泉州诸津、界浦、墨江[3]环列其后。幽人诵诗曰："携壶三斗芳酒，倾囊半缗青钱。买得万顷烟波，渔钓一日闲身。"于是客复下钓，有获比目[4]者，有获棘鬣者，皆小不中食。客乃始睹其活者，盆水蓄之，乐观其泼泼。若河豚[5]亦未有毒，若怒钓者，其腹益张，鲨鱼则多矣。幽人独提榼倾壶，陶然自适，又歌曰："钓之曲兮饵之诈，获如丘兮吾奚顾。山光兮为画，潮音兮为歌。我醉卧兮其中，万物兮如我何！"既而白日将没，半天泼江，闪闪砾砾，波涛变色，晻映远接。客敛竿而揖曰："今而后，我知子所乐哉，乐莫大焉。"幽人摄衣而起曰："善哉，吾所不言，而子先获乎！"乃歌曰："斜阳兮冉冉，彩云兮晻晻。我其追乎虞之渊[6]乎？"客乃大喜。于是洗盏命肴，醉歌相属，不知舵转而上，舟舣门前。

注释

[1] 阛阓：市场。

[2] 鲨鱼：一种小鱼，不是吃人的大白鲨。

[3] 泉州、界浦、墨江，皆日本地名，此泉州不是中国的泉州。

[4] 比目：比目鱼。

[5] 河豚：味美，而雌性之卵巢有剧毒。遇外敌，腹腔气迅速膨胀，身体呈球状浮起。

[6] 虞之渊：日落之处，又称隅谷。

评析

中井履轩（1732～1817），江户时期大儒，广览群书，善于思考，敢于辩驳，性情孤僻高傲。他的文章学汉魏，简洁奇古，有的略似《庄子》。这篇《记钓游》，虽然详记钓鱼所获、养鱼之乐和泛舟港中海上所见所喜，但是中心思想是自适于山光潮音之中，醉卧于烟波渔钓之间，做一个快乐的闲人，这就是他所追求的人生境界。文笔汪洋诡异，与其他记游记钓之文颇不相同。此文转引自陈福康《日本汉文学史》中册，上海外语教育出版社 2011 年出版，第 201～202 页。

十一　安积艮斋《小洞天记》

谷堂古贺先生，尝自号顽仙，因又扁其室曰"小洞天"，俾社友为之记。或者疑之以为神仙之说怪诞不经，圣贤所不道，其所谓洞天福地尤属无稽，而先生有取焉，恐非所宜也。予谓不然，身在魏阙[1]而心游江湖，不囿于利欲，不婴于世故[2]，佥然独立于风尘之表，而与造物者为友，是亦仙也。何必卉衣木食，岩栖涧饮，然后为安期、羡门[3]之徒哉？今先生，磊伟俊迈，有挥斥八极之怀，而于声利无所缁[4]焉，殆亦仙中之豪矣。而犹自称顽，盖谦也。且先生偃仰此室，翻五车之书，抽二酉[5]之藏，含其芳腴，咀其精华，钻味弥深，欣然会心，乃曰：此我之服食导炼也。绿酒青樽，击肥鲜而纷罗，轻斝深盏，邀花月而酣嬉，陶然一醉，神融气和，乃曰：此我之沆瀣[6]醹醁也。挥麈凭几，胜流环坐，析学术之源委，辨古今之成败，言谈云起，文采葩流，乃曰：此我之阆苑[7]欢会也。浩兴所到，援笔挥洒，词华墨妙，绚烂粲蔚，泄天机于毫端，缩万象于尺幅，乃曰：此我之烟霞风云也。蕞然斗室，延袤不盈十笏[8]，而蓬山[9]桃源之趣悉具焉。苟非有文辞者，不得闻其户。则谓之洞天，奚不可者？夫以先生才学文章，风韵雅度，其盛如此，而又以精里先生[10]为父，以侗庵先生为弟，名贤硕儒，萃于一门，犹之龙门之司马[11]，青箱之王[12]，眉山之苏[13]。声光烨烨，照耀海内，此又上清真人之所冀而不能获焉。而先生兼之，何洞天福地如之！而犹谓之小，尤谦也！今夫鸾凤之为物，五彩金翠，无所不备，不惟人知其美，虽在鸾凤亦应顾影而自怜也。今以先生之才学门地（第）如彼，岂不自知其宏博华奕，而退托之谦如此，安知其所谓退托者乃不为其所以自负之大也邪？然则先生果仙之顽者乎？抑仙之豪者乎？先生之室，果洞之小者乎？抑洞之大者乎？我将持瓢酒，驾风月，一敲洞门以问之。先生其必哑然，叱我为狂仙。

注释

[1] 魏阙：本意指皇宫观楼，后来代指朝廷。

[2] 不婴于世故：不为世间事故所纠缠。

[3] 安期：安期生，古代齐地方士。羡门：羡门子，传说中秦末之神仙。

[4] 缁：黑色。此处用如动词染色。

[5] 二酉：相传湖南沅陵有大酉、小酉二山，山洞中藏书千卷。后世借指藏书丰富。

[6] 沆瀣：气味相投，俗称沆瀣一气。

[7] 阆苑：传说中的仙境。

［8］笏：大臣面见帝王时所持手板。十笏：十块笏板相连的长度。

［9］蓬山：指传说中的蓬莱仙山。

［10］精里先生：指古贺谷堂的父亲古贺精里。宽政三博士之一。

［11］龙门之司马：司马迁，其父司马谈，陕西龙门人，父子相继为太史令。

［12］青箱之王：南朝刘宋王淮之家族世代为官，其家族典章制度文书置于青箱，相当于名门家族的传家档案箱。

［13］眉山之苏：苏轼，四川眉山人，父苏洵，弟苏辙，皆古文大家。以上数例皆用来称颂古贺家族皆贤才。

评析

安积艮斋（1790～1860），江户后期汉文学作家，以经学为各处教授。本文表现了他的人生观，称赞古贺谷堂不慕荣利，不染世故，独立于尘世之外，而与造物者为友。自谓处世俗中的仙者，所以把他的房子名为“小洞天”，本文是借别人以寄托作者自己的人生理想之作。原文转引自陈福康《日本汉文学史》中册，上海外语教育出版社2011年出版，第393～394页。

十二　斋藤拙堂《梅溪游记》（节选）

其二：

一目千本，尾山八谷之一也。花最饶，故有此名，盖比芳野樱谷云。余与同人出三学院，下前崖，觉山水与梅花皆已佳绝。任意而行，至一大谷，文稼识而言之。径诘曲上[1]，花夹之。步出其间，如蹑白云而行。数百步达巅，弥望皜然，与溪山相辉映。余尝游芳野，观其一目千本，有此盛而无此胜；又尝观岚山樱花，有此盛而无此胜也。更求之西土[2]以梅花名者，杭之孤山[3]，境盖幽，花则寥寥；苏之邓尉[4]，花颇多，地则热闹；唯罗浮[5]梅花村，对俊峰，临寒流，而花尤饶，庶几可比我梅溪欤？日已敛昏，花隐淡烟中，千树依幻，不见其所极。暗香蓊郁袭人，闻溪声益益近且大，至咫尺不辨色而后去。

其三：

昏黑还入院，欲俟月升，复出观花也。余平生想梅溪月夜之奇，欲一游并之。每岁春，有人自伊来者，辄询之。花之开谢与月之亏盈，每龃龉不相合。迟之七八年，至于今岁，欲以今月望前[6]来。然以地在山中，著花殊晚，其盛开常在春分前后数日，而春分在今月之末，如其无月何！忽思邵康节诗云："赏花慎勿至离披。"私谓，及半开则可，何待其烂漫？遂以望后三日[7]来。岂意花开已七八分，或将十分，实望外之喜也。独奈日已落，黑云覆天。意殊怅怅，张烛欲饮。此行购樽容五升者，满贮酒，命奴负荷。呼取之，酌不数巡而竭。怪诘之，乃知奴醉坠地，致倾覆，益怅恨。买村酒，得数升来，洗盏更酌。虽甜不适口，亦自醺然。文稼风流士，公图以诗名海内，而半香善画山水，余人亦皆吟咏挥洒，少慰愁闷。俄而小奚[8]来报曰："云破月出矣。"众惊喜欲狂，舍盏走出。时将二更，月色清朗。步抵真福寺，枝枝带月，玲珑透彻，影尽横斜，宝钿玉钗，错落满地。水流其下，锵然有声，觉非人境。傍岸西行，前望月濑，水清如寒玉，漾月影，蹙作银鳞。而两山之花，倒蘸其上，隐约可见。一棹中流，山水俱动。吾平生之愿，至是酬矣！

注释

[1] 径诘曲上：小路曲折而上。

[2] 西土：此指中国。

[3] 杭之孤山：杭州的孤山。

[4] 苏之邓尉：苏州的邓尉山。二处皆以梅花著称。

[5] 罗浮：广东罗浮山。

[6] 月望前：农历每月十五日之前。

[7] 望后三日：农历每月十八日。

[8] 小奚：小奴。

评析

斋藤拙堂（1797～1865），名正谦，伊势津藩藩士，从小颖悟，师事古贺精里，尤致力于文章，卓然有成。藩主创立有造馆时，他二十四岁即任儒官。赖山阳见其文，大为称赞，遂以友人待之。文政七年（1824），藩主聘为侍读。天保十二年（1841）任郡宰，弘化元年（1844）任督学。安政二年（1855）赴江户，谒见将军德川家定，聘为儒官，以多病为由谢辞。安政六年（1859）隐退，庆应元年（1865）病逝，谥文靖先生。拙堂精古文，通史传，诗宗盛唐，文更著名。其最有名且对日本汉文学有重要影响的著作是《拙堂文话》。此书对日本的汉文历史及各家作品作了评述，也有大量议论中国的文章。斋藤拙堂有不少游记写得非常好，如《下岐苏川记》《游箕面山记》《入京记》等。他的《梅溪游记》共有九篇，是他三十四岁时同友人服部文稼、梁川星岩（公图）和星岩之妻红兰、福田半香等人赴月濑之梅溪“探梅”的游记。在日本文学史上享有盛名。月濑位于大和境内（今奈良县添上郡月濑村），因斋藤拙堂此文而闻名于世，成为著名游览胜地。原文转引自陈富康《日本汉文学史》中册，上海外语教育出版社2011年出版，第441～442页。

十三　重野成斋《锦江秋泛记》

“蒹葭苍苍，白露为霜。”诗人之托兴，正在此时也。晚潮渐进，舣舟抵园洲，傍大小矶而东。到三船，则月出于高熊之顶，倒影大江，金波万道，渊中之怪可窥也。时风恬澜稳，乃放棹。樱峰巍立中江，舟与之左揖右接，或近或远，依依不能相离，诗所谓“溯洄从之，道阻且长，溯游从之，宛在水中央”[1]者。因记癸亥夏，洋舶[2]入港，余与之接话。洋人睨江面，指樱峰而谓曰：“好景胜，江户无有矣。”既而余东行，时方八九月之交，观月于轮台，往复乎金川、横滨之地，每思曩时之语，窃服其赏鉴不左[3]。盖关左之海，与此港酷肖然，而弥望烟水，无山岳为之映带。故其观每失之于空阔，不能如此港之洋峨相逢，峭丽两获，而尤于观月为宜焉。夫品评各地之胜，率皆好胜自私，彼劣此优，狥[4]一己之见；今洋外万里之人，而有此评语，岂非的确不可易欤？众皆大悦，曰：“然。吾今而后，知锦江之胜甲于天下！”于是小酌大斟，颓然醉卧乎舟中，不知月落参[5]横，舟已碇[6]于鹤汀矣，而梦犹在水之中央。[7]

注释

［1］“蒹葭”二句及“溯洄”四句皆出自《诗经》之《秦风·蒹葭》。

［2］洋舶：西洋的船舶。

［3］不左：其鉴赏水平不低。古人以右为上，左为下。

[4] 狥：同“徇”，顺从。句意谓徇一己之私见。

[5] 参（shēn）：星宿名，二十八宿之一。

[6] 碇：系船的石墩，此指停船。

[7] 末句回应前引《诗经》之“宛在水中央”。

评析

原文引自《成斋文集》，重野成斋（1827～1910），名安绎，字士德，号成斋。萨摩（今鹿儿岛县）人。原为萨摩藩士，曾入藩校造士馆学习，后入昌平黉师从古贺茶溪（1816～1884）、羽仓简堂（1790～1862），学宗程朱，精于史学，亦善文。元治元年（1864）成为造士馆助教，兼掌修史。维新后为文部省编修官，又为东京帝国大学教授，文学博士。明治十二年（1879）发起丽泽社，并为盟主，为维持明治汉文学发展做出贡献。同年王韬访日时，他同王韬唱和甚多，并为王著《扶桑游记》作序。王赞扬他“学问渊邃，文章浩博”。他还撰有《本邦汉文沿革史》。成斋以汉文著称，执明治文坛牛耳达三十年，世推为泰斗。其文初学欧、苏，晚宗桐城，有《成斋文集》三编。当代日本学者猪口笃志教授认为，他的文章还是前期作品好，中后期桐城派影响的一些文章反而见拙。松平天行（1863～1946）评论说：“先生之文，尤重体格，庄重典雅，如束带立朝。昔陆士衡，人患其多才；先生虽亦多才，务敛其华，隐约出之。”

十四　三岛中洲《山高月小亭记》

江户川东注，本乡、骏台之间，地卑而水驶，舟筏上下，仰瞻两岸，壁五千尺，丹树翠竹，蒙络阴翳，仅见一线天。人呼曰“小赤壁”。吾友柴原子节，自千叶县令升元老院议官，购宅骏台，适当壁顶。乃筑一亭，为偃息之所。岁之五月，设落宴，会都下文士，问所以名之。此夜月白风清，水声潀然[1]，如在空山穷谷。试倚栏角，有攀栖鹘危巢、俯冯夷幽宫[2]之想。降阶取崖路，屈曲上下，有履巉岩、披蒙茸之概。而觞于亭，成岛柳北携吴江干鲈来，巨口细鳞，如薄暮网中物。一座皆曰：“此宴有此物，亦非偶然。”兴益旺，展纸舐毫，挥洒助欢。时月方中天，小如星。崖影落水，摇曳皴皱，为高山层叠之状。岩迁堂呼曰："奇奇!"乃大书"山高"二字。日下鸣鹤次之以"月小"二字。众哄然同辞曰："此可以名亭也。"遂属余记之。余曰："同是山高月小之景也，东坡以漏贬谪之忧[3]，而子节以寓荣迁之喜[4]，何忧喜之相距，而遭遇之各异也！虽然，遭遇天也，非人所及，人唯尽己而待命已。今子节之与东坡，同以儒生为牧民官[5]，施所学于政治，治绩共显，尽人事于己，而付遭遇于天。于是乎超然游心于山水风月之间，有忧不足为忧，喜不足为喜者，又何问区区异同？善哉，诸子之取名于此也!"子节闻之，肃然危坐，曰："山虽高，或崩；月虽小，复大。盈亏盛衰，天地之数也。但君子谦卑自牧[6]，保盈于未亏，持盛于未衰。吾请以坡老不遇自鉴，以答圣明恩遇!"乃并书其言以为记。

注释

[1] 潨（cóng）：水声。

[2] 冯夷：水神或亦指河神。幽宫：水下宫殿。

[3] "东坡"句：北宋大诗人苏轼，因乌台诗案贬黄州，作《赤壁赋》以发泄幽愤。

[4] 荣迁：柴原子节以县令转任元老院议官是荣升。

[5] 牧民官：治民之官，如知县、知州、知府等。

[6] 自牧：自我约束。

评析

三岛中洲（1830～1919），日本明治时期著名汉文学家，明治维新之际老臣，完成藩封。明治五年后历任司法官、新治裁判长、大审院中制事等。明治十年辞官，办私塾二松学舍（今二松学舍大学前身），后又任高等师范学校教授、东京帝国大学教授等职。享年90岁，他初喜朱子，后学考据，晚年学王阳明，重实用，善文章，人称明治三大文宗之一。松平天行评论他的文章说："先生之作，大题小题，规模画一，必设照应，必点字眼，秩然整然，如田之井，如棋之罫……至于叙事之巧，成斋、瓮江亦当虚左以待。"

这篇《山高月小亭记》，题目取自苏轼《赤壁赋》，处处将柴原与苏轼相联系。面对相同的山高月小的景色，苏氏泄贬谪之忧，柴原寓荣迁之喜，心情不同，态度应该一致。文章认为，官场遭遇无常，乃天命，非人力所及，尽已待命而已。今天我们“超然游心于山水风月之间，有忧不足为忧，喜不足为喜者，又何问区区异同?”最后让柴原作总结：“君子谦卑自牧，保盈于未亏，持盛于未衰。”这种人生态度和表达手法都是很高明的。文章前半段写景及对话，后半段说理议论，有明显学习《赤壁赋》的痕迹，但并非模仿，而是多有发挥，不愧是大手笔。原文转引自陈福康《日本汉文学史》下册，上海外语教育出版社 2011 年出版，第 42 ~ 43 页。

十五　大江澄明《辩山水》

窃以坤仪成形，三山五岳[1]，镇天下而错峙；坎德运化，八水九河[2]，亘地中而分流。故发源于滥觞[3]，千里翻浮天之浪。创基于拳石，万丈丛干云之霄。莫不韬异含灵，孕奇怀怪。沃赤日而吞皓月，出灵雨而合阴阳。遂使张博望之到牛汉[4]，溯十万里之涛；伯司空之凿龙门[5]，遗二千年之迹。

草木扶苏，春风梳山祇之发[6]；鱼鳖游戏，秋水宇河伯之民[7]。韩康[8]独往之溪，花药如旧；范蠡[9]扁舟之泊，烟波维新。盖岭[10]之泉，听鸣弦而忽涌；石门[11]之水，悬瀑布而遄飞。风涛晓喧，惊奔声于马颊[12]；晴空暮净，点黛色于峨眉[13]。投意绪于游鱼之浦，谁见含钩；张月弓于射的[14]之巅，未闻啮镞。歌山[15]缥缈，其奈遏云之唇；舞水[16]渺茫，想象转波之袖。

山复山，何工凿成青岩之石；水复水，谁家染出碧潭之波。翠岚绕峰，镇送伍员[17]之庙；斑竹临岸，还遭贾谊之船[18]。郦县[19]潭畔，芍药含露而已黄；泰山阿中，桂叶蒙霜而犹绿[20]。胡雁一声，秋破商客之梦；巴猿三叫，晓沾行人之裳[21]。斯皆仁智趣别[22]，融结道殊。包天地之精，布神明之德者也。

然则伏羲氏之立姓，风山峙于括地[23]；孙大皇之见铭，浪井穿于遐乡[24]。嵩岳有秘书之谷，云霞栖其隐居；泗滨得浮磬之精，史册编其名字[25]。夔子旧国[26]，为屈灵均之乡；峻异崄邪，具袁山松之记。赤城峻岭，瀑布悬流，云雾开于永明[27]；神瑞呈于齐代。蹲狗路险[28]，石犬吠刘宠之经过[29]；射的潭深，泉鱼惊郑弘之笳角[30]。

澄明词谢雕云，文惭夜月。义实少味，未入光禄之厨[31]；学稼忘秋，何辨琅琊之稻[32]，况乎呻佔毕之易惑，待松容而惊魂[33]；妒短晷之无心，吹藜杖而遗恨[34]。谨对。

注释

[1]“坤仪”二句：指大地形成，有了山岳。三山：指海上之方丈、蓬莱、瀛洲三神山。五岳，指中岳嵩山、东岳泰山、南岳衡山、西岳华山、北岳恒山。

[2]“坎德”二句：指水流运行，出现八水九河。《初学记》谓关内八水为：泾、渭、灞、浐、潦、澧、滈。《尔雅·释水》称徒骇河、太史河、马颊河、覆釜河、胡苏河、简河、絜河、钩盘河、鬲津河为九河。

[3]滥觞：大河初发，细流之水仅能浮起酒杯。

[4]张博望：西汉张骞通西域，封博望侯。牛汉：斗牛、银河，形容张骞所到之处极远。

[5]伯司空：指夏禹。司空是古代管理工程事务之官。伯是古代男子之美称。龙门，在今山西西南黄河之上，为黄河最险的峡口，相传为夏禹所凿。

[6]“春风”句，意谓春风吹拂山上草木，如同为山神梳理头发。

[7]“鱼鳖”句，意谓水中鱼鳖游戏，河神用以养育百姓。字：动词，养育。

[8]韩康：汉朝时人，曾采药于名山。

[9]范蠡：春秋时越国人，助越王勾践灭吴，功成身退，泛扁舟于五湖。

[10]盖岭：在宜城临城县西南，上有舒女泉，作弦歌，有泉水涌动。

[11]石门瀑布，在江西庐山。

[12]马颊：河名，在东光之北，成平之南，上广下狭，状如马颊。

[13]峨眉：四川峨眉山。

[14]射的：山名，在会稽东南，远望如箭靶，即射的。

[15]歌山：在浙江东阳县。有美女登山而汲，负水行歌，莫知所由，因名歌山。

[16]舞水：未详。《水经注》：“朝歌之南有淛水。”或为与歌山相对称而改为舞水。

[17]伍员：伍子胥，助吴败楚，功成而为吴王所不容，赐死，浮尸江中，吴人怜之，为之立庙江滨，名其山为胥山。

[18]斑竹：相传舜之二妃，追寻舜至洞庭湖，挥泪于竹，至今洞庭湖四周各县产斑皮竹。贾谊，西汉文学家、思想家，贬长沙，渡洞庭，为赋吊屈原。

[19]郦县：在河南南阳，县中有菊花谷水，居民饮之悉长寿。

[20]“泰山”二句：《世说新语》记载，客有问陈季方：“足下家君太丘有何功德而荷天下重名?”季方曰：“吾家君譬如桂树生泰山之阿，上有万仞之高，下有不测之深；上为甘露所沾，下为渊泉所润。当斯之时，桂树焉知泰山之高，渊泉之深？不知有功德与无也。”

[21] "巴猿"句:《水经注·江水》有:"巴东三峡巫峡长,猿鸣三声泪沾裳。"

[22] 仁智趣别:《论语·雍也》:"知者乐水,仁者乐山。"

[23] 风山:在山西屈县,山上有穴,风气萧瑟,习常不止。括地:指《括地志》,中国古代地理著作,唐李泰主编,按唐初十道排列358州,分述沿革、山川、城池、古迹、传说、重大历史事件等,保存许多珍贵资料,今存四卷。

[24] "孙大皇"句:孙大皇,指吴大帝孙权。据《艺文类聚》引《浔阳记》,盆城有古井,莫知其所在。孙权标之,掘得之,且有铭曰:颍阴侯所开。井水涌动与长江之浪相连,故名浪井。

[25] "泗滨"二句:《初学记》,泗水之滨有石,可以为磬。故《尚书》有"泗滨浮磬"之语。

[26] "夔子"句:屈原故里秭归即古夔子国。晋人袁山松《宜都山川记》对当地山水峻异有所描述,见《水经注·江水》。

[27] "赤城"三句:赤城霞起,瀑布悬流,出孙绰《天台山赋》和《南齐书》。"永明"是南朝齐武帝年号。

[28] "蹲狗"句:《水经注·江水》记,吴城南乡口溪经狗峡,石隐起如狗形。

[29] "刘宠"句:后汉刘宠为会稽太守,有善政。离任饯别时,父老曰:他人为太守时,吏发求民间,狗吠竟夕,民不得安。自明府到郡,民不见吏,狗不夜吠。

[30] "郑弘"句:《水经注·渐江水》记,寒溪之北有郑公泉,汉太尉郑弘宿居潭侧。

[31] 光禄之厨:唐代以光禄寺为司膳之官。其厨善制作美味佳肴。

[32] 琅琊之稻:《旧唐书·李百药传》记,百药七岁能文,与父客共说徐陵之文,有"刈琅琊之稻",不得其出典。百药进曰:《传称》"鄗人藉稻"。杜预注:在琅琊。客大惊,号奇童。

[33] 呻佔毕之易惑:《礼记·学记》:"今之教者,其呻佔毕,多其讯。郑玄注:呻,吟也。佔,视也。简谓之毕。讯,犹问也。言今之师,自不晓经之义,但吟诵其所视简之文,多其难问。"松容:舂容。郑玄注《礼记·学记》:舂容,谓重撞击也。

[34] 吹藜杖:《三辅黄图》:刘向校书天禄阁,有老人,黄衣,植藜杖,吹杖端而烟燃。曰,我太乙之精。按:"澄明"以下数句,皆自谦之词。

评析

原文选自《本朝文粹》卷二,大江澄明(? ~950),著名文学家大江朝纲(886~959)的长子。他生活在10世纪前半叶(约相当于中国的五代),是文章得业生,天历三年(949)对策及第,曾任兵部丞、民部辅。《辩山水》是他的对策文,这种文体相当于中国六朝时的策秀才文,先由考官出题目,数百字,后由考生作答。此次出题者是大学头橘直幹,正是大江澄明的老师。所谓《辩山水》,即论山水。文章主旨在于论述山水之美,而非描写某一具体景点。作者从宏观上概括中国的一些名山大川及其人文内涵，把奇山异水与名人逸事有机结合，相得益彰。说明山水之美与建功立业、善政高行、文人雅士分不开。所举地点和人物都在中国，所用典故和词语皆从中国经籍中提炼而成，足见作者对中国历史文化十分熟悉，文学造诣很深。全文对仗，几乎没有散句，是精致的骈体文。本书是古文选本，破例选录骈文，说明日本山水文学与中国文学密切融合。

十六　程顺则《琉球国新建至圣庙记》

夫以圣人而君天下，不如以圣人而师天下也。君天下者，泽及于一时。师天下者，举凡古往今来天之所覆，地之所载，舟车所至，日月所照之处，靡不被教化焉。噫！岂偶然哉？盖尝稽古危微精一之旨[1]，尧以是传之舜，舜以是传之禹，禹以是传之汤，汤以是传之文武周公，至我孔子而集其大成。所以删诗书，定礼乐，替周易，作《春秋》，使天下后世之君臣父子夫妇昆弟朋友，无不相安于名分，靡有乱者，较之君天下者，何如也？琉球远在海外，去中国万里，宜若不闻圣道者。然自明初通贡献，膺王爵[2]，至洪武二十五年，王子泊陪臣子弟[3]，皆入太学。复遣闽人三十六姓，往铎焉[4]，虽东鲁之教泽渐濡，而尼山[5]之仪容未睹。及万历年间[6]，紫金大夫蔡坚始绘圣像，率乡中缙绅，祀于其家，望之俨然。令人兴仰止之思，不可谓非圣教之流于海外也。至皇清定鼎，文教诞敷[7]，斯文丕振[8]，较前尤盛。时有紫金大夫金正春，于康熙十一年议请立庙，王允其议，及卜地久米村，命匠氏庀材[9]，运以斧斤，施以丹雘[10]，至康熙十三年告竣。越明年，塑圣像于庙中，左右列四配[11]，如中国制。王乃令儒臣，行春秋二丁释奠礼[12]。既新轮奂[13]，复肃俎豆[14]。猗欤盛哉[15]！从此睹车服礼器，恍如登阙里[16]之堂，躬逢其盛也。师天下之功，不于此而见其无外哉。爰臣顺则奉王命，纪建庙颠末，谨摛笔[17]而记，以勒诸石，永垂不朽云。皇清康熙五十有五年[18]岁次丙申十二月望后二日，琉球国协理紫金大夫臣程顺则谨撰。

注释

[1] 危微精一之旨：古文《尚书·大禹谟》："人心惟危，道心惟微，惟精惟一，允执厥中。"此四句据说是中国儒家文化的"十六字心传"，尧以之传舜，舜以之传禹……大意是说，人心居高思危，道心微妙居中，惟精惟一是道心的心法，要真诚保持，不改变理想和目标，此为尧舜禹治天下之要诀。

[2] 膺王爵：膺：接受。明初，琉球王接受中国皇帝册封为中山王。

[3] "洪武"至"王子"句：洪武二十五年为公元1392年，洪武是明太祖的年号，中山王子及陪臣子弟皆进入中国的最高学府——太学学习。洎：及。

[4] 往铎：此句中疑脱"振"字，铎是有舌的大铃。古时派士人于乡里振铎（摇铃）以宣布政教法令。此句意谓明朝中央政府派福建三十六族人士移民琉球，宣扬政教，传播中华文化。

[5] 尼山：在今山东曲阜东南，相传为孔子出生地，后世以之代指孔子。仪容：相貌。

[6] 万历：明神宗年号（1573～1620）。

[7] 文教诞敷：文德教化大布于天下。

[8] 斯文：孔子说："天之未丧斯文也。"后世以之代指中华传统文化。丕：大；振：振兴。

[9] 庀（pī）材：备齐材料。

[10] 施以丹雘：指涂上各种颜色。

[11] 四配：中国各地孔庙居中主尊是孔子，左右各二，共四人配祀。颜渊、曾参、孟子、子思，称为四配。

[12] 释奠：是国家和社会公祭孔子的典礼，日本、朝鲜、越南皆通行。

[13] 轮奂：美轮美奂，形容建筑物华美。既新轮奂，意谓新装修之后，更加显得美轮美奂。

[14] 俎豆：古代祭祀时盛食品所用礼器。

[15] 猗欤盛哉：多么盛大隆重啊，语出《诗经·周颂》。

[16] 阙里：孔子故里，借指曲阜孔庙。

[17] 摛（chī）笔：执笔。摛，展开。

[18] 康熙五十有五年：1716年。

评析

本文选自《中山诗文集》。该文集由程顺则编纂，收录琉球诗人256首汉诗，22篇汉文，1725年刊刻于中国福州。程顺则（1663～1734），字庞文，号雪堂，是琉球的大诗人，在琉球朝廷官至协理紫金大夫。曾五次来中国，在福州留学七年，四次入北京，自费购买大量汉文古籍带回琉球，有的书长期作为该国国民修身课本。他父亲亦善诗，曾任通事来华，弟弟是中国留学生，次子能诗，有诗集留存。这篇《琉球国新建至圣庙记》，记述该国建立孔庙的经过，充满对孔子及儒家学说的高度评价和尊敬之情，反映了琉球国从国王到臣民对中华文化的尊重和向往，语言典雅，行文流畅，风格清正，是不可多得的优秀古文。

十七　程顺则《琉球国创建关帝庙记》

予至中华，见所在神祠，血食乡土[1]者甚多。独关帝庙貌清肃庄严。上自公卿大夫，下至健儿牧竖，莫不凛然起敬，瞻礼恐后也。帝果何以得此于人哉？盖吾尝闻英雄之生也，其气足以凌霄汉，其节足以激怒涛。夫当汉献孱弱[2]，群雄割据，有一才一技者，孰不思有所依附，以成功名。而帝独识昭烈为帝室之胄[3]，委心事之，间关[4]劳苦，百折不回。且其时江东有权[5]，许都有操[6]，亦足称一代人杰，乃颠倒贤豪，驾驭一世，而独有帝在其眼中。盖吴虽得地利，而不知辅汉；魏则挟天子令诸侯，均非光明磊落之所为。视帝之忠义，奚啻天壤[7]也，其心折于帝也宜哉。且熟读《春秋》，手不释卷，举凡二百四十二年之事[8]，瞭（了）然于胸，所以一举一动，皆本麟经[9]而出之。予尝读帝庙联有云：后文宣而圣，山东一人，山西一人[10]。由此观之，中朝[11]以帝为圣，其尊帝可谓至矣。兹琉球国已建孔子庙，而独于帝缺其祀典。岂帝之声名，止洋溢于中夏[12]而不能远播于海外欤？予谓不然也。岁癸亥为今上御极[13]之二十有二年，册封正使翰林院检讨汪公讳楫，副使内阁中书舍人林公讳麟焻，知吾国有欲为帝立庙意，乃捐俸五十金，以为之倡[14]。爰我王喜为立像祀之，从此俎豆馨香，帝之灵爽实式凭焉。然或则疑之，谓琉球王位世及，相传弗替[15]，小心恭顺，兵革不兴，祀帝之意，果何为也者[16]？不知帝之正气，可以塞天地；帝之大义，可以贯古今。能使后之为臣子者，靡不知有君父焉，岂仅廉顽立懦宽鄙敦薄[17]已哉？若止论其武功，则古今战胜攻取，号称万人敌者，夫岂无人，而何以独帝之声名，至今存也。然则予立庙之意，固在此，而不在彼[18]。时皇清康熙五十五年岁次丙申夏五月十三日，琉球国协理紫金大夫程顺则盥薰谨撰。

注释

[1] 血食乡土：中国古代祭祀神祇必杀猪羊鸡禽，以血肉供神享用，谓之“血食”。

[2] 汉献孱弱：汉献帝刘协，东汉最末一位皇帝，懦弱无能，在位31年，实际上是曹操的傀儡。孱（chán）弱：软弱。

[3] “昭烈”句：昭烈：刘备称帝，死后谥号为昭烈。帝室之胄：皇室的后裔。刘备自称汉中山靖王之后裔。胄：后裔、后嗣。

[4] 间关：形容旅途艰辛，道路崎岖。

[5] 江东有权：占领江东地区的有孙权。

[6] 许都有操：建都许昌的有曹操。

[7] 奚啻天壤：何止天地之别。奚：疑问词，哪里。啻（chì）：止。奚啻：何止。天壤：天与地。

[8]《春秋》，孔子所编著的史书，记事起讫共242年。

[9] 麟经：代指《春秋》。孔子得知鲁国捕获仁兽麒麟，认为世道衰矣，不复著书，于是《春秋》绝笔于鲁哀公十四年获麟之后，后世称《春秋》为“麟经”。

[10] 文宣：唐玄宗时封孔子为文宣王。孔子以后封圣者，山东一人，即孟子，封亚圣。山西一人，即关羽，封武圣。

[11] 中朝：中国古代国家分裂时，称建都中原者为中朝，如东晋之于西晋，南宋之于北宋，南北朝时称南朝为中朝。周边小国有时称中国为中朝。此句泛指中原王朝。

[12] 中夏：指中原或中国。

[13] 今上：指当时在位的琉球国王。御极：登基。

[14] 以为之倡：以表示倡导。

[15] 相传弗替：王位相传，不曾废止，替：废弃。

[16] “兵革不兴”句：意谓琉球立国以来，未发生过战争，该国素无武备，现在祭祀武圣关羽，是为了什么呢？

[17] “廉顽”句：使懦者立，顽者廉，鄙者宽容，刻薄者敦厚。语出《孟子·万章下》：“闻伯夷之风者，顽夫廉，懦夫有立志。”

[18] 此：指立天地之正气，贯古今之大义。彼，指武功，战能胜攻必取，力敌万人者。

评析

本文选自《中山诗文集》，作者程顺则，前文已介绍。文中的“关帝”，指蜀将关羽，后人因其忠义而立祠纪念，由历史人物演化为神灵。宋初封“真君”，宣和间封“义勇武安王”，明代封“三界伏魔大帝，关圣帝君”，清代封“武圣”，立武庙，与纪念孔子的文庙并列。明清以降，由于小说《三国演义》和三国戏的推动，关羽故事妇孺皆知，关帝庙逐渐遍及城乡。

关帝被百姓称为关公、关老爷。其职能包括驱妖降魔、除暴安良、去病消灾、升官发财，有时塑成财神爷像。其影响远及朝鲜、日本、越南、南洋各国，甚至非洲，几乎有华人处必有关帝庙。而在新加坡、马来西亚，供奉关帝的小神龛在许多华人店铺均可见到，成为华侨华人共同信仰的尊神。

这篇《琉球国创建关帝庙记》，记述琉球国王批准建立的首座关帝庙，突出关羽的忠义品德，未言及保境安民、去邪降福等神化功能，与本书所选东南亚民间修建关帝庙碑文略有不同。文章更接近官方文书，不谈募捐集资事项，显得庄重典正，与前面所引建立孔庙碑记的风格相同。

十八　程顺则《重修临海桥碑文》

中山之有那霸[1]，犹藩篱也。东望则王城佳气，葱葱郁郁，巍峨宫殿，高出万松中。西望则姑米、马齿诸山，时隐见于烟云雾雨间。而浩渺汪洋，空碧无际，南北风帆，络绎弗绝。凡迎送封舟，出入贡艘[2]，悉由于此。曩者沿江砌石为堤，设木桥达海门。桥之首则建有迎恩亭，以耸观瞻。自明初抵今，历数百年，为天使驻节地[3]，仪仗旌盖毕集焉，殆所称中山锁钥之区欤？惟是盛衰有数，而兴废系之。康熙甲戌[4]秋，飓风陡作，桥乃陷于巨浸[5]，而堤亦溃。方今圣人御宇，制作维新。而我国王膺封以来，与诸辅臣，勤于政治，时和年丰，百堵皆作[6]，忍视斯桥之倾圮，而不为之构造乎？爰发帑金[7]，补葺旧堤，架石为桥，桥上左右，悉竖石为栏，以垂永久。经始之日，弟见庶民子来[8]，争先恐后，有不日成之[9]之风。既竣厥功，人佥曰：桥以那霸重，那霸以中山重，从兹时修贡典[10]，永沐皇恩[11]，则临海二桥，将与海水泱泱，共千古矣，谨勒石以垂不朽云。

康熙三十五年[12]岁次丙子仲春吉旦，膺选护贡赴京都通事程顺则撰。

注释

[1] 那霸：今日本冲绳县县治所在地。

[2] 封舟：中国朝廷派使臣到琉球封赠爵位之舟船。贡艘：琉球驶往中国朝贡的船只。

[3] 天使：指中国朝廷派来的使臣。驻节地：临时居住之地。那霸在当时琉球京城首里郊区。

[4] 康熙甲戌：1694 年。

[5] 巨浸：大海。

[6] 百堵皆作：百堵，原义为众多的墙，也指建筑群。

[7] 爰发帑（tǎng）金：乃从国库拨出经费。

[8] 庶民子来：百姓如同儿子为父母做事一样来劳作。

[9] 不日成之：没有多久就完工了。语出《诗经·大雅·灵台》。

[10] 时修贡典：按时完成向中国进贡典礼。

[11] 永沐皇恩：永远领受天朝皇帝的恩德。

[12] 康熙三十五年：1696 年。

评析

此文选自《中山诗文集》，赞颂修筑临海桥码头之功用，主要在于便利与中国的交往，可以“时修贡典，永沐皇恩”，可见琉球国对与中国保持友好关系的重视。

越南山水风物和建筑碑记

一 法宝《仰山灵称寺碑铭》（节选）

……太后师［崇］信长老[1]忽从京师过来此郡，旁行教化，导诸异俗，而惩恶怀柔，譬以壹雨所润三草，孰不忻忻然。于是（李）公[2]与师溯游于粉黛海门[3]，舣舟于龙鼻山[4]脚。登白石而碧玉凝浑，窥瀑泉而衣襟映水。而乃创短亭于岳麓，起峷堵[5]于烟杪。师乃咨于公曰："此山胜奇，既已开拓，复有何处清幽，贻名胜迹，畴昔曾闻，愿引嘉访。"公曰："吾师真是法器，遂性开迷，随于利钝之根，诱以顿渐之教。"复领其徒鼓枻西巡，历南硕之清江，达大里之名邑[6]。渡头蹑足，游目瞻视。仅之五里，仿佛于郡中有孤岫，曰仰山，脚盘浒岸，非屺非岵，不崖不峭。岚光凝郁，黛色氤氲。绞岭黄乡，拥团背殿。任峰渥阜，耸奇面势。曩有隐者，独庵此中，而缘化诸方，虽是开拓，净界未严。公乃率部属缘径相跻，但见古木森天，烟霞缭乱，徘徊蹑足，俯仰凝眸。好乐怀生，兴营念起。公乃谓，仁智所乐，山也水也；世代所传，道焉名焉。若非拓其山而著道名，不足以贵乎！于是剪荒秽，鞭巨石。日者度方[7]，良匠呈式，连属凑馈，士俗争趋。输于力，则载刬载劂；善于艺，则将构将营。梵宇启于当阳，齐廊敞其两掖。端御则五智如来[8]纯灿，金色高座，敷出水之莲，环堵绘繗，十六极果[9]之令仪，及其诸等变相[10]，千态万状，不可胜纪。后起宝塔，命曰昭恩。九重层揭，张设网薄；四面门开，周匝栏楯。金铃风度，与幽鸟之和鸣；表刹旸辉，共仄金[11]之晃丽。轩栏围砌，花木罗阶。前有正门，内缩金镛。鲸槌一击，声运穷壤。警迷破俗，劝善惩恶。前之弦直一道，二畔疏渠，而潦水注下，枕江别［置］短亭；略彴憧憧（幢幢），往来舣舟憩息。或环邦真腊[12]，远使而屈膝瞻依；异域遐方，归明而鞠躬稽颡。鄙长者[13]毁宅如王舍大城[14]。噫之乃奉佛之净界，斯谓完矣。肆其毂旦，落成启席。圆顶之流，缁衣之士，云集［禅］扃，咸大和会[15]。撒舍难获珍货，诞（筵）设齐馐；披宣无上灵诠，警告含识[16]。……乃于山之东向，别置圣恩寺。中俨紫磨金容，并辅翊菩萨之粹仪，凡斗柄四周天，肇兹胜事毕矣。於戏！且生蓄我者，莫大乎君［父］，故能敬之；引翼我者，莫尚乎福惠，庶在信之。以此纯禧，祝兹鸿运，曦图延远，国胤绵昌，余益亲缘，倍增戬谷。而公乃谓于予曰："兴功积累，宝界既完，而不铭纪之，即后昆无所徇迹。"乃求文昭述，叙［其］所作，俾人物迁移，淑声永播。予适受知门下，自忖庸鲁，固辞弗允，敢揭清芬，隽于翠琰。

注释

［1］［崇］信长老：崇信应该是指怀信大师，又称满觉大师（1052～1096）。他的传记参见《禅苑集英》上卷。长老：为有道行比丘之通称。自八九世纪起，禅宗亦用来称寺院住持僧。

［2］李公：李常杰（1018～1105），越南李朝大将，宦官，曾任太保。

［3］粉黛海门：指马江注口。

［4］龙鼻山：指龙含山，在今清化市北。

［5］崒堵：即"窣堵坡"，古印度地名，佛教圣地。

［6］南硕之清江：今越南之松泠江。大里：在越南清化省河中县。

［7］日者：上古神职人员，司占卜、天象、地理、阴阳之术。度方：测量建筑的方位。

［8］五智如来：密教金刚界曼陀罗五方之佛。东即阿闪如来，南即宝生如来，西即阿弥陀如来，北即不空成就如来，中即大日如来。

［9］十六极果：极果指正觉之果，此指金刚界曼陀罗中围伴五佛之十六菩萨。

［10］变相：依佛经内容所绘诸佛画像，如净土变、维摩变等。中国敦煌石窟壁画中常见。

［11］仄金：即"赤仄"，古代一种外边为赤铜之钱币，汉武帝时始铸，后泛指钱币。

［12］真腊：今柬埔寨。

［13］长者：佛经中用来称俗家富裕有德之人。

［14］王舍大城：佛在世时印度摩揭陀国之都城。佛曾多次在此说法，亦为佛灭度后佛弟子第一次结集处。

［15］和会：调和不同经论见解的聚会。

[16] 含识：意具有心识者，即有情众生。

评析

此碑现存于河内历史博物馆。根据碑刻落款，本文作于1126年，节选自《越南文学总集》第1册，越南社会科学出版社1997年出版，第309~311页。作者法宝，即海照大师。仰山灵称寺由李朝初年大臣李常杰创建。碑文先记述并赞美李氏生平和功绩（未选），后描述灵称寺环境和创建经过，对寺内建筑之华美壮丽描写得生动具体。文字骈散并用，以散文为主，写作水平较高。该寺今已不存，此文具有文学和历史双重价值。

二　张汉超《浴翠山灵济塔记》

吾乡多胜景，少时游览，足迹殆遍。尝舍舟登此山，拊其崖碑，剥苔认读，则知故塔乃阮朝广祐[1]七年辛未所建也。及陟嶔岑，上嶒巅，但见残砖废址，委翳于幽丛乱石间，不觉愀然长叹。何兴亡成败才二百数十余年，遽成陈迹，将从而磨灭耶？又有作者否耶？自有宇宙，便有此山，登临而同尽者，不知其几也。余后客四方，仕宦于朝，备位台省[2]。天崖归隐，时复梦中游耳。今上[3]即位之二年冬，余在京师。山僧智柔至门告曰："重建宝塔，粤自开祐[4]丁丑岁腊六周，今毕工矣，愿公记之，所有功德不可思议，所有报应亦复如是。初占时[5]，僧德文梦千余人集山巅，其中三贵，相貌殊异，语众曰：汝等当知造塔是拯三涂[6]胜事。及下手日，僧德门夜梦竹林普慧尊者[7]结印安镇。及僧德净、德明前后砌塔门路，推落大石，命与石俱訇磕数仞而下。观者骇散，以为粉碎而尽。及到地扶起，无损伤处。塔成四层，夜放光明，远近咸睹。凡此类者，无非我佛神通力也。且柔闻之，昔阿育王[8]役鬼神，造八万四千塔。瞻礼者如亲见，佛杖头刻塔，亦弭妖氛。跨海浮图，俄随雾隐。事非怪诞，今古同符，请劖[9]于石，以传来世，永托伽蓝境界[10]，用为含识津梁[11]，无乃不可乎？"余谓释迦、老子以三空证道[12]，灭后末时，少奉佛教，蛊惑众生。天下五分，僧刹居其一。废灭彝伦，虚费财宝。鱼鱼而游，蚩蚩而从，其不为妖魅奸轨者几希，彼其所谓恶恶可。虽然，师乃普慧侍者，深得竹林法髓，律身苦行，有蔑三条，直张空拳，成大手段。念其躇云根，累卷石，由寸而尺，尺而仞。一步进一步，一重高一重。以至屹然特立，势倚穹苍，增关河之壮观，与造物而论功，岂滔滔闲衲[13]可同日而语也。

噫！彼此者又几百年，俯仰变灭，重有发余长慨，宁无柔等辈数人，何可必也。若夫翠巘沧波，江空塔影，日暮扁舟，飘然其下。推蓬傲睨，戛船舷而歌沧浪。溯子陵一丝之清风，访陶朱五湖[14]之旧约。此景此怀，惟余与此江山知之。

绍丰[15]三年月日左司郎中左谏议大夫张汉超升甫记。

注释

[1] 阮朝：疑为李朝之误。广佑：李朝仁宗年号。

[2] 台省：指朝廷中央重要职官部门御史台、尚书省等。

[3] 今上：指当时的皇上陈裕宗。

[4] 开祐：陈宪宗年号（1329 ~ 1341 年在位）。

[5] 初占时：指最初谋划时。

[6] 三涂：佛教用语，指火涂、刀涂、血涂。

[7] 竹林：越南佛教派别，陈仁宗所创立。普慧尊者，竹林派第二祖。

[8] 阿育王：印度传说之大神。

[9] 劚：刻凿。

[10] 伽蓝境界：佛教境界，有时指佛寺。

[11] 含识津梁：了解佛教真谛的桥梁。

[12] 三空：佛教用语，《辨中边论》有无性空、异性空、自性空，合称三空。同书又以人空、法空、俱空为三空。

[13] 闲衲：普通的僧人。

[14] 陶朱五湖：指春秋越国范蠡，他辅佐王勾践灭吴之后，不愿为官，泛舟五湖，号陶朱公。

[15] 绍丰：陈裕宗年号（1341 ~ 1358）。

评析

张汉超（？ ~1354），陈朝名儒，杰出的文学家，曾在兴道大王陈国俊门下，参加抗元战争。陈英宗时任翰林学士，宪宗时任门下右侍郎，陈裕宗时任参知政事，死后追赠太傅。他批评佛教，提倡尊儒。著作有诗、赋和散文。赋以《白藤江赋》最有名，文章有碑文《浴翠山灵济塔记》《开严寺碑记》等代表作。这篇碑文先记故塔之兴废，继述复建之奇迹，接着批评佛教“蛊惑众生”“废灭彝伦，虚费财宝”。表明他不赞成佛教徒兴建宝塔之举。但是却肯定僧柔白手成事的辛苦与毅力，最后说此塔今后可以留给人们游览之胜。这种写法十分巧妙、别致。

三　张汉超《开严寺碑记》

象教由设，乃浮屠氏度人方便。盖欲使愚而无知，迷而不悟者，即此以为回向白业地。乃其徒之狡狯者，殊失苦空[1]本意，务占名园佳境，以金碧其居，龙象其众[2]，当世流俗豪右辈又从而响应，故凡天下奥区名土，寺居其半。缁黄归之[3]，匪耕而食，匪织而衣，匹夫匹妇，往往离家室，去乡里，随风而靡。噫！去圣愈远，道之不明，任师相者，既无周召[4]以首风化。州闾乡党，又无庠序[5]以申孝弟之义。斯人安得不皇皇顾而之他，亦势使然也。维北河路上畔如兀甲次二社开严寺，乃李朝月生公主所创也。其面势则仙山望其南，甜江[6]抱其北，一方形胜实萃于斯。伊昔规模隳圮无几。于是内人火头周岁[7]，遂倡率乡人并力重新。繇开祐五年[8]癸酉，越七年乙亥毕工，佛教僧房毕仍旧贯。落成之日，阖境稚耋，莫不合掌赞叹，以为月生复生也。戊寅冬，自来天长，求予文以为记，且曰：“寺故有钟，今始代石。若非记实，恐泯前纵。”予谓：“寺废而兴，故非吾意。石立而刻，何事吾言。方今圣朝欲畅皇风以救颓俗，异端[9]在可黜，正道[10]当复行。为士大夫者，非尧舜之道不陈前，非孔孟之道不著述。顾乃区区与佛氏嗫嚅[11]，吾将谁欺。虽然，岁尝为内密院吏，习于曹事，晚泊士宦，好舍施，固辞厚禄，奉身而退，是吾所愿学而未能也，是可书也。”

开祐十一年[12]己卯岁二月十五日。正议大夫翰林学士知制诰兼佥知内密院事掌宝赐金鱼袋鸦水张汉超升甫记。

注释

[1] 苦空：佛教观念，生老病死，是人生最大的痛苦，要消除这种痛苦，必须认识一切皆空。

[2] 龙象其众：雕绘龙象于众多居处。

[3] 缁黄：指身着黑衫黄袍的僧侣。

[4] 周：指周公旦；召：指召公奭。皆西周初年圣贤名相，制礼作乐。

[5] 庠序：古代国立学校。

[6] 仙山、甜江：地名。

[7] 内人火头：是内廷官职名。周岁，姓周名岁。

[8] 繇：同“由”。开祐：陈惠宗年号。

[9] 异端：指佛教、道教。

[10] 正道：指儒家思想。

[11] 与佛氏嗫嚅：和佛教徒说长道短。

[12] 开祐十一年：1340 年。

评析

张汉超此文以辟佛为主旨，措辞严厉，指责佛徒“匪耕而食，匪织而衣”“天下奥区名土，寺居其半”，属于异端可黜，颓俗当救之列。对于佛寺的兴废，我本无可言。但是主持重建之事者“好施舍，固辞厚禄，奉身而退”的精神值得肯定。有的学者认为，此文反映了当时越南佛教与儒学的冲突，是越南思想史上的重要文献。此文与上篇《浴翠山灵济塔记》皆选自《越南文学总集》第 2 册，越南社会科学出版社 1997 年出版。

四 阮飞卿《清虚洞记》

贤达者之出处，其动也以天，其乐也以天。天者何？一至清至虚至大而已。四时成岁而不显其功，万物蒙恩而不显其迹，非至清至虚至大者畴若是乎？

我冰壶相公[1]以天钟岳降之才，著蔡皇谟[2]，栋梁宗社。顷遭大定之变，有清内难之功。静倒悬于国脉线发之际，任独力于邦基鯢鮀之日，是乃乾坤缔造之一功也，非动以天者能若是乎？及其错乱之迹息，仁义之效白，王业金瓯，国家盘（磐）石，然后留侯、晋公[3]之志，始浩然而不可遏，是又明哲保身之一机也，非乐以天者又能若是乎？于是乃奏乞昆山[4]荒闲之地一区，规为退休之舍。二帝[5]嘉其功，而志勿之夺，俯以徇之。爰相厥宜，审度形势，一鼓牛饮，万夫蚁集，斫幽刈艺，铲巉斧巇[6]。于是玉潆者洒，榛薄者辟。役徒具材，登墺络绎，不阅月而椓筑镘饰之工毕济。高者窿如，卑者皓如，睎遥睇青，圈奇围秀，凡憩息观游之名称不一，而总则曰清虚洞焉。既成，睿宗皇帝亲勒碑，额之洞颜。太上皇帝亲制碑铭，勒于岩阴，皆所以旌勋旧示劝奖也。公朝之退，匹马嘉林，扁舟平滩，携谢傅游山之朋[7]，歌陶潜归去之辞[8]。幅巾徜徉以登乎岩之上，岫烟岛霞，锦蟠绮舒；林荑涧葩，绿翻红骇。凉可漪，浏（流）可掬，芳可咽，秀可餐。凡所谓清冷之状，营营之声，悠悠然而虚，渊然而静，与耳目心神谋者，盖已与溟涬太虚接，而游乎万物之表。噫！宇宙中间，造物者设如此之境以待夫人者亦多矣。然而成功之会，若发踪指示之萧何，且械系焉[9]；椒房至亲之马援，犹谤毁焉[10]，岂成功而不能退休者欤？至若十上丐章之永叔，而思颍之志未偿[11]；一年半病之温公，而思洛之心莫遂[12]，岂退休亦有待而难必者欤？今我相公，其始也，天既以功名之会付之；其终也，天又以泉石之趣委之。无成功不退之嫌，无退休难必之叹。是其出与处，动与乐，皆以天也。顾歉于造物有以待之之意耶？若夫大臣一身进退系国轻重，则君子固有终身之忧，非若鄙夫之事君者，既患得又患失。其得也，售谀献佞，无所不为；其失也，艴然远去，心怀怏怏。此乌足置齿于贤达出处之论耶？呜呼！乾坤之光霁难常；豪杰之经纶有会；安得溯紫清，冲碧虚，以从游于造物之所遇耶？昌符八年[13]甲子腊月蕊溪阮飞卿记。

注释

[1] 冰壶相公：陈元旦，号冰壶，陈朝宗室。陈裕宗末年，杨日礼作乱，陈元旦与恭定王、恭宣王、天宁公主起兵讨平之，因功拜司徒。《越史通鉴纲目》说：胡季犛专朝政，“元旦以宗室大臣，见国柄下移，无经济之致，遂请老归昆山，以竹石自娱，号冰壶”。下文称“大定之变”“清内难之功”等等，即指平杨日礼事。

[2] 蓍（shī）：读思，古时用来占卜。蔡：大龟，古时灼其壳以占吉凶。皇谟：朝廷大事。此句把陈元旦比为朝廷决定大事的顾问和参谋，作用好比蓍草和龟甲。下句“栋梁宗社”意为宗社之栋梁，与前句皆为主谓倒装句。

[3] 留侯：西汉张良，辅佐汉高祖打天下，功成身退。晋公：唐代名相裴度，平定淮西藩镇之后主动退休。

[4] 昆山：亦名昆仑山，在越南海阳省南策府，山下有清虚洞，风景优美。

[5] 二帝：指太上皇艺宗和肃宗。

[6] 句意谓用铁铲和斧头削去危险的石头及山崖。

[7] 句意谓像东晋名臣谢安那样带着朋友游山玩水。

[8] 句意谓像辞官归隐的陶渊明那样吟诵着《归去来兮辞》的诗篇。

[9] 此句中“发踪指示”是汉高祖对萧何的评价。汉定天下，以萧何为功臣第一，军将不服。高祖以围猎为喻，军将为猎狗，发现猎物踪迹指示者萧何，追捕者众猎狗也。其实萧何最大的功劳是为刘邦与项羽争天下提供源源不断的后勤保障。后来有人检举萧何把皇家园林的土地贱卖给开发商并受贿，高祖大怒，把萧何关进牢狱，后经人劝谏萧得释。

[10] 此句是说，东汉伏波将军马援平定交趾，六十多岁又弭平武陵蛮，有大功，女儿是皇后。当年从南方归来，带回一车薏苡，以养身体胜瘴气。有人传言那是一车南土珍宝。马援死后，仇家告发此事。马氏妻儿子孙用绳索捆绑家人请罪。经查，薏苡不过是普通食品，也就是今天南方常见的薏米。

[11] 此句中“永叔”是北宋名臣欧阳修之字，他曾经十次（实为七次）上书朝廷要求退休回到颍上（今淮南市）。此句说“未偿”，实际上最后还是如愿了。

[12] 温公指北宋名相司马光。思洛，代指挂念朝廷大事。他不赞成王安石新法，称病外放。神宗死，哲宗立，太后罢王安石，任命司马光为宰相，他回朝后，尽废新法。此句说“思洛之心莫遂”并不符合实际。有人认为，阮氏并非不懂历史，而是故意含糊其词。

[13] 昌符八年：1384 年，昌符是陈废帝年号。

评析

阮飞卿（1355？～1428?)，著名诗人，十九岁考中太学生，以平民出身而娶陈朝宗室陈元旦之女为妻。长子阮荐，是著名文学家。阮飞卿早年不受重用，仕途失意，胡朝初，得以入朝。明军击败胡朝后，阮飞卿与其他胡朝官员被带到中国金陵，后来在中国去世，他的作品后被收集为《阮飞卿诗文集》。《清虚洞记》是他早年的代表作，本文引自《越南文学总集》第 3 册，越南社会科学出版社 1997 年出版。昌符是陈朝末期睿宗的年号。此文以颂扬司徒陈元旦的功德为主旨，称赞他是“蓍蔡皇谟，栋梁宗社”。接着叙述清虚洞的来历，最后举萧何、马援为例，借以说明，功成而能全身而退很不容易。陈末胡季犛实际掌控政权，诛杀陈氏宗室，唯陈元旦依于陈、胡之间得以保全。下面提到司马光，说“岂退休亦有待而难必者欤”，前面还举到谢安。这里面是否隐约暗含陈氏或许有东山再起之意呢？越南学者对陈元旦有不同评价，其女婿阮飞卿此文是越南文学史上受人注意的散文作品之一，值得咀嚼玩味。

五 武芳堤《昆仑山记》

昆仑山在至灵县支碍社，其山蹲峙兽形，上有洞，其中宽阔，号清虚洞。下有磐石，泉水伏流，号漱玉桥。《广舆记》及《安南志》皆言昆仑有清虚漱玉桥，即其地也。麓下宽广平铺如席，左右群山环抱重重，安阜峰远百余里，卓立朝对，如在眼前。山下有池塘，澄凝清秀，两边泉水流过山前，复曲折而去，数里外入于大江。登山眺望，快人心目，真第一好林泉也。

竹林第二祖法螺始开斯境[1]，玄光师因卓锡修行，嗣后遂为名蓝[2]。陈朝大司徒冰壶相公卜居于此[3]，其外孙承旨冠服侯抑斋先生亦退老焉[4]。故其品题诸诗，往往见于《越音》《群贤》诸集。国朝圣宗[5]御制诗云："净土楼台景致奇，古人陈迹甚依稀。一天草木供吟赏，四顾江山入指挥。代有废兴今亦昔，事无记载是耶非。闲中自有闲中乐，付与僧童意自知。"盖亦有感慨也。今考二公[6]遗址无可见矣，唯古寺及庵存焉。近日首相阮公沆经过其寺，命寺僧修塑二贤像事之，至今犹存。旧俗他方士女以每年新年骈集游观，道路如织，旬月始罢，为一方胜迹焉。

注释

[1] 竹林句：竹林，指越南佛教竹林宗派，第一祖师是陈太宗，第二祖师是法螺禅师，他在昆仑山建寺，实为开山祖师。

[2] 名蓝：著名佛寺。蓝：伽蓝，佛寺。

[3] 大司徒冰壶相公：指陈元旦，详见《清虚洞记》注［1］。卜居：选择退休后居住地点。

[4] 退老：退休后养老。

[5] 国朝：指作者所生活的黎朝，亦称本朝。圣宗（1460～1497 年在位），黎圣宗，著名诗人，曾结诗社名曰"骚坛社"。

[6] 二公及下句二贤：均指陈元旦及其外孙。

评析

此文选自《越南汉文小说集成》第九册《公馀捷记》，上海古籍出版社2002 年出版。武芳堤（1697～?），黎懿宗时进士，历官东阁校书、权南山处参政。此文文体属于随笔性质，前段描写自然景观，中段记述人文历史，末段目击当时所见状况。昆仑山又名昆山，是越南风景名胜区，与中国的昆仑山为神仙所居不是一回事。

六 武芳堤《凤凰山记》

凤凰山在至灵县杰特社，山中极为幽僻，其形象山对立，鳖水横流，为一方胜概。登山眺望，令人有遗世[1]之想。世传，陈世朱樵隐先生，上《七斩疏》，挂冠而归，爱至灵山水，往居之，即此山……

相传山下有井，《传奇录》载僧法云亦避居于此。于今寺僧住持斯山者，多善符咒，盖得山灵默助之力也。又俗传其地出硃[2]，色甚鲜好，异于他产。故《吕塘》诗云："石岩多窟为寻硃"，乃其验也。相传山下有井，水如丹。人以尖竹筒微刺入井底，得硃软如泥，暴之[3]坚好，以为上品。近日有探之鬻于市[4]，中使见之，询知所出，进入税例[5]。乡人多方祈免，相率以巨石填塞井口，仍乞命官望勘，无迹可寻，遂得蠲免[6]。自是失其井处，乡人亦无知者，今所采硃，皆非旧产矣。

注释

[1] 遗世：脱离尘世，回归自然。

[2] 硃：朱砂，又名丹砂，红色颗粒状或片状矿石，可入药，也用作颜料。

[3] 暴之：暴晒。

[4] 鬻于市：在市场出售。

[5] 中使：中央政府派到各地巡查或办事的官员。进入税例：列为常年进贡之物。

[6] 蠲（juān）免：免除。

评析

此文选自《越南汉文小说集成》第九册《公馀捷记》，上海古籍出版社2002年出版。作者略于写景而重点记事。朱砂乃当地特产，为了避免横征暴敛，乡民宁愿牺牲特产，填朱砂井以保平安。弦外之音与《礼记》之《苛政猛于虎》、柳宗元《捕蛇者说》相通。

七 武芳堤《三海风光》

凡环海诸山，皆南亩社地分，为三海之大村岛焉。按昆仑山自宣光至太原横列，壁立千仞，峻岭摩空，人迹所不到。中间开出一洞，高三丈许，阔半之，长约十余丈。上有石乳[1]下垂，望如五色绘画。正是神刊鬼刻，绝胜人为。其［水］源则自上国[2]来，经高平府、太原处、白通州，从那洞中出。右支为仙鸾一海，左支为南亩社二海。穷海夹宣光处，限以石陂[3]，舟楫不能通。水从陂上注下，势若建瓴[4]。每海周围约二三里，环海包之以山。山之旁间以民居，四望皆水石阴森，树花蓊蔚。海之中又有二大层山，叠障（嶂）沉浮，隐现于波涛之间。每风恬浪静，则渔舟上下，泛泛四出，观之不厌。比之潇湘八景[5]，虽五湖[6]佳致，殆无以过，诚世界中一大壶天[7]也。

注释

［1］石乳：钟乳石。

［2］上国：指中国。

［3］石陂（bēi）：石山之坡。

［4］建瓴：用瓶子盛水从屋顶向下面倾倒。

［5］潇湘八景：湘江从湖南永州到衡阳，沿岸有八处景点，历代诗人多有题咏。具体所指，说法不一。

［6］五湖：中国五大名湖，通常指洞庭湖、鄱阳湖、太湖、巢湖、洪泽湖。

［7］壶天：壶中天地，即幻想中的仙境。相传道教祖师张天师的弟子张申有一酒壶，诵念咒语，壶中即展现蓝天大地，园林楼阁。张申能入壶中游息，因号壶中仙。

评析

此文选自《公馀捷记》。作者任职地区与昆仑山相连，着重描写高山峻岭、石乳洞穴和三海——实即三处湖泊。中国也有一些地方称湖为海。

八 吴时任《衡阳闲述》

王勃《滕王阁序》云："渔舟唱晚，响穷彭蠡[1]之津；雁阵惊寒，声断衡阳之浦。”[2]王钦若[3]诗云：“龙带晚烟离洞府[4]，雁拖秋色入衡阳。”潇湘之水合流注于湖[5]，衡阳在湖之南，楚粤山环，潇湘水绕[6]。方其渔唱斜阳，津声嘹亮，龙归洞府，烟景迷茫，洞庭秋色，莹彻潇湘，与衡阳回雁之峰[7]，遥遥对照。一壶景物，鱼龙雁俱，可称三绝。而今使舟[8]之来也，恰值暮春谷雨[9]，潦水弥漫。雁向北而未归，龙行云而方跃。渔舟隐石，不闻短笛之声。但见楼台远浦，甲乙蝉联，赏玩繁华，顿欲出嚣入雅[10]，想起梧桐一叶，挑动金风[11]。落霞孤鹜齐飞，秋水长天一色。南来雁侣，颉颃[12]云端，捱到此时，岂不赏心娱目。纵使蓬莱仙境[13]，出色尘寰，逍遥与游，亦不得衡阳争矣。诗人以起兴而归，重于秋见，秋为衡阳主人也，真见得古作趣味[14]。

注释

[1] 彭蠡：江西鄱阳湖。

[2] “雁阵”句：旧传：每年北雁南飞，至湖南衡阳不再向前，次年春季即北归。

[3] 王钦若（962～1025）：北宋政治人物，曾任宰相，对契丹主和，后人称为“五鬼”之一，能诗。

[4] “龙带”句：传说湖南洞庭湖中有龙府。唐人传奇《柳毅传》即描写洞庭龙女婚姻故事。此句一作“龙带晚烟归洞府”。

[5] “潇湘之水”句：潇水发源于湖南蓝山县，流至零陵注入湘江，此后与湘江合称“潇湘”。湘江是湖南省内最大的河流，发源于广西兴安县，流经永州、衡阳、湘潭、长沙，至岳阳注入洞庭湖。越南使臣来中国，必经之路是从广西乘船沿湘江，过洞庭，入长江，到汉口，溯汉江到襄阳，至洛阳，而后到北京。

[6] 楚粤山环：指湖南衡山山脉在其北，广东湖南之间的骑田岭在其南。潇湘水绕：潇水与湘水在零陵合流后向东，至衡折而向北，故称“绕”。

[7] 回雁之峰：在衡阳城南，实为小丘。据传北雁南飞至此停留，次年即北归，故名回雁峰。古诗文中经常提到，现在是衡阳的城中公园。

[8] 使舟：指越南使臣所乘之舟。

[9] 暮春：农历三月。谷雨：二十四节令之一，在农历三月下旬。

[10] 出嚣入雅：脱离喧嚣，进入幽雅。

[11] 金风：秋风。

[12] 颉颃（xié háng）：形容禽鸟上下飞翔。

[13] 蓬莱仙境：古代传说，东海中有蓬莱、方丈、瀛洲三仙山，神仙所居，著名的传说是八仙过海飞到蓬莱。今山东半岛有蓬莱市，古建筑有蓬莱阁，是中国四大名楼之一（其他三楼为江

西南昌滕王阁、湖南岳阳岳阳楼、湖北武昌黄鹤楼）。

［14］此文之末附有七言古诗十四句，抒发秋过衡阳的心情。“真见得古作趣味”指该诗，文长不录。

评析

此文选自《越南文学总集》第 7 册，越南社会科学出版社 1997 年出版。吴时任（1746～1803），1775 年进士，历任后黎郑氏政权之东阁校书、工部侍郎；1782 年弃官隐居；1788 年投奔阮惠西山王朝，任工部尚书、兵部尚书；1792 年任国史署总裁，次年出使中国；1802 年，西山王朝为阮福映推翻，吴时任被阮朝大臣处死。吴时任是著名历史学家，诗文兼擅，著作颇多，在当时影响较大。《衡阳闲述》是他在出使中国途经衡阳所作散文。他不像徐霞客那样反复考察衡阳附近的山川溪谷，也不像朝鲜朴源趾那样详记热河等地的城市建筑。而是以古代关于衡阳的名句作为起兴，再简述沿湘江而来所见衡阳地理环境，再落脚到这时正是暮春雁未归，龙未跃，眼前不似秋景，胜似秋景，遥望楼台远浦，落霞孤鹜，秋水长天。古今贯通，时空融合，实在赏心悦目，不由得赞美衡阳可比蓬莱。于是诗兴大发，写下了七言古诗十四行。这样的诗序，比诗本身更具有审美价值，在越南古文中不可多得。

九　范廷琥《故乡景物》

余九岁受《汉书》，历四年，而先大夫[1]即世。苫块[2]之内，寒曝靡常，免丧[3]才舍史而经。至于古书古诗，爱之不能去手。岁壬寅，先长兄驰骛京邸，仲兄客居下洪，惟余留籍侍养。时先恭人[4]在内寝，余独居中堂。堂制七楹，坐东朝西，旧为先大夫正寝。西承接霤[5]，客堂五楹，前瞰方塘，种红白莲，环以青柳庐桔；南去客堂五六步，横树竹篱；自中堂南厢西届沼畔，其北则对植，迤逦华屏。沼之东，薄客堂砌，栽茉莉、月季、木樨、山丹三五本。远临旷野，隔竹旅馆，隐隐在焉。每朝饭初罢，出就客堂，傍堆群书数架，随意抽阅。日向夕，村童驱牛，行歌而过，或卷叶作三嶰栗[6]声。午睡初醒，不减若耶溪[7]头听渔舟欸乃[8]歌也。新月既上，散步塘周，哦[9]初唐诗数联，时倚柳根，举花鼻观[10]，或掇莲细嚼。归来堂上，花香月影，披拂几榻间，恒至鸡鸣乃寝。是岁冬季，先仲兄从客中返，与余共晨夕者又几一年。今二兄既没，故里萧条，余且落魄奔走，河山邈矣，能不为之涕焉。

注释

[1] 先大夫：指已故父亲，曾任大夫，故称之为先大夫。

[2] 苫块：寝苫枕块的略语，苫，草席；块，土块。古礼，居父母之丧，孝子以草荐为席，土块为枕。

[3] 免丧：古时子女为父母守丧三年，服丧期结束，称为免丧。

[4] 先恭人：指死去的母亲。古时高级官员之妻依级别封赠夫人、孺人、恭人等称号。

[5] 霤：屋檐的流水。“承”指承霤，屋檐下接水的槽。此句意为房屋西面有承霤接雨水。

[6] 觱栗（bìlì）：古代一种吹奏乐器。

[7] 若耶溪：浙江著名风景名胜地，在绍兴市境内，又名平水江。

[8] 欸乃：旧读奥哀，渔人摇橹声。

[9] 哦：吟诵。

[10] 举花鼻观：举花至鼻以欣赏其芳香之气。

评析

本篇及下篇皆选自《越南汉文小说集成》第二册《雨中随笔》，上海古籍出版社 2002 年出版。

范廷琥（1766～1832），字松年，又字秉道，号东野樵，时称銮老叟，今越南海兴省平江县人。出身于官宦之家，幼习经史，雅学诗文，少入学国子监，适逢内乱频仍，遂隐于乡村，专志于学。著作颇多。本篇写其家庭及个人生平、屋舍、景物环境、生活情趣，极浓细、高雅、闲适，生动有致。题目是后加的。

十 范廷琥《西承山景》

先大夫参西承[1]，余陪从游任所。一日，登卧佛寺。寺在山坡中，前堂左右奉旃檀佛[2]、龙神二位，中间挂竹帘，帘匝地。砌莲花数重，花心一石长丈许，巉岩陵离，极力辨认，仿佛如人仰卧，不知所从来。有云：

旧为道中水闸石，践之者得病，祈祷辄应，始移今处，建寺奉之。又尝游远山寺，山去司治[3]，一望高阜，童然[4]无杂树木，顶上寺屋数十间，相传为古钤[5]大地。登山四顾，远近村落如画。喝江[6]绕其东，望之白练一条，由北而西，西而东，逶迤曲折。纷然如竹叶点缀练间者，行舟也；磊块然如瓜子庵罗子往来于沙中者，行人与村童驱牛也。至今垂三十年，山前风景，犹时在人心目焉。

注释

［1］西承：中央官衙名，可能靠近城郊。

［2］旃檀佛：佛经《大宝识经》所载三十五佛之一，又称旃檀功德佛。

［3］司治：地方官衙所在市区。

［4］童然：干净的样子。光秃秃的山称为童山。

［5］古钤：地名。

［6］喝江：河名。

评析

此文前段写佛寺，从室内角度观赏雕塑及奇石。后段写远山，从高处远望山川屋舍人畜，宛然如画。题目是后加的。

十一　范廷琥《金莲寺》

丁巳秋，偕阮石轩、阮敬甫、黄希杜游宜蚕金莲寺，威王[1]内侍惠和尚住持遗址也。寺背珥河，西湖绕其前，烟波潋滟，天水一色。殿前正殿各五楹，景兴[2]中，掇馆使寺材构之[3]，工制最为坚巧。在首数冈，错落湖水间，砖塔峙其上，松竹萧然。后堂一像，冕笏文领衣，跣足[4]而立，须眉如画，传云先朝威王御容。时寺中行童方折野花进供[5]，邀客小坐。庭除卉石[6]相间，篱菊初黄，相与游览而返。噫！白云苍狗[7]，转眼茫然，观者可以悟矣。

注释

［1］威王：疑为威惠王，陈宪宗时宗室，保惠王之子，文惠王之弟。

［2］景兴：黎懿宗（1740～1787 年在位）年号。

[3] 句意谓，拾取使馆寺庙的建筑材料构建金莲寺。

[4] 跣足：赤脚。

[5] 行童：亦称行者，寺院住持的侍者。进供：供佛。

[6] 庭除卉石：庭除，庭院（除，台阶）；卉：花卉。石：奇石。

[7] 白云苍狗：杜甫诗句有："天上浮云如白衣，斯须改变如苍狗。"比喻世事变化无常。

评析

此文选自《越南汉文小说集成》第十二册范廷琥、阮案《桑沧偶录》，上海古籍出版社 2002 年出版。是一则微型游记，简略勾勒金莲寺外部景色和寺情状，在赏心悦目之后，忽发世事无常之叹。用笔颇为精致。

十二　范廷琥《游佛迹山记》

岁丙辰三月十二日，偕阮子尧明、陈子问之、阮子桂岩、黄子希杜游佛迹山[1]。卯刻发都门，午过金匙路侧寺钟楼，瞰佛迹。登楼西望，山色苍苍然。涉得所江，抵瑞圭，寓国威阮夫人祠。夫人明王太妃妹，出家，修天福诸寺，土人祀之。祠枕山，山界天福、瑞圭二邑，史称石室山，俗号柴山，李时、徐道行证道处[2]。山左衔龙峰，巍然夭矫，龙池抱之，倚峰一冈。天福寺正殿，殿临水，禅师所建，一间二厦，制甚古。中奉佛，左禅师真身，右李神宗御容[3]。御容前仙鹤及占城力士各二，永祐间敕造。相传先朝神宗皇帝后身。寺两腋，跨池建二桥，左日仙桥，通池中岛、三府祠；右月仙桥，接山之右臂。酉刻登天福寺，住持寂洁留谈。寂洁天福人，谈吐风雅。戌刻返夫人祠。

次早，真醉翁登衔龙峰。翁，夫人第三子，领乡荐[4]，今籍瑞圭。峰左半里许，吕南帝[5]遗冢及庙在，民居俗云"吕嘉遗迹"。《天南国语》云"吕嘉冢在竹园"，未知孰是。按史，南帝前后二帝号，吕嘉，赵哀王丞相，俗说似不经，姑存之俟识者。峰背二洞，曰匍谷，谷有水，产鱼；曰神谷，先朝临幸[6]，命内臣入之，见大蛇而返。巳刻，过月仙桥，拾级登山。山腰碑勒定王御制诗。转数级，至天福别寺，禅师焚诵之所。住持先朝内臣，客至，饷山中物，致款曲[7]。寺前三级曰竹园，今无竹，中砌塔四。寺后佛迹洞，外洞日色不甚昏，左奉山神。石滹（罅）一泉，从山间落下，泉口龙首昂然，夏溢冬涸。摩崖碑大小不一，字画剥蚀，皆中兴以后［碑］。中间壁峭立累石上丈许。至内洞口，蛇行而入，曰“各处”。内洞纵横约一丈，禅师尸解[8]于此。岩边“顶迹石”上足迹今存，人以硃刷印，旁坐禅师像。留题外洞：“丙辰季春松年甫携友登此。”午刻，登绝岭天市峰。晴云弥空，清风徐来，峰石巉岩，宜依者，宜枕者，坮者，酒罇者，天然位置，巧绝人工。峰巅一块坦然，凤凰、龟鳞、马鞍、龙斗、花法诸山，回环拱向。

黄希杜放花炮百余，樵牧相顾咤（诧）异。返仙迹外洞，真醉翁[9]、陈问之对酌。山猿三四，出没木梢殿脊间。希杜、桂岩抚掌笑。山谷响答。未刻下山阴福临寺。壁题《登山游览》，不觉诗兴满山，不能收拾，落款“双清”。真吾子戏续云，我亦不约而合。登贝庵峰贝庵寺，寺因洞，木石相半。岩碑洪宁[10]时尊女莫氏捐资建，住持多比丘尼[11]。壁间题咏错落，一览而返。峰下涌佛谷，奉古佛数尊。申刻，拉真醉翁、陈问之饮。日仙桥池莲初秀，水中清翠蹁跹。尧明、桂岩、希杜不解饮，对酒命茶，夜深返寓。

十四日早起，发（登）花发山。山在佛迹左，岩石逼侧，逊佛迹。半山钟阁，佛殿曰花发寺，住持比丘潘客妇，暮年出家，瀹茗款客[12]，有京邑风味。寺后下一级，石塔峙焉。从寺左缘石上绝顶，一石大于屋，呀（压）然欲坠。石旁半间寺，近日乌州人募建，阒无人。巳刻自花发登凤凰山，山势如大鸟斜掠，中开石洞藏佛像，岚气飕飕，游人衣衫俱湿。洞中有三洞，其二小而浅，大者空洞无底，世传与冥府[13]通。洞口树荫婆娑，因拥炉少憩。

未刻东返，抵云耕，宿表兄范县丞材舍。夜间谈佛迹山，表兄语余，外曾祖榜眼公女，余表祖姑，幼慕空门[14]。榜眼公命出阁[15]，烧二指自明[16]。出家，居仙侣寺，尝游佛迹山，入神谷，谷昏黑，昼夜不辨，烛而行。约二三日，犹闻地下鸡犬声。久之，境暑绝，洼凹中骷髅累然，石乳垂垂，险怪百出，人行兽蹲，床枕衣桁[17]，不可一二日数。岛旁一水，色如蓝，老梢公[18]撑船候渡。隔岸天微明，市廛人物，与人世无异。询之，梢公曰：“冥间市。”循石径而前，一叟白师返锡[19]，师不听。大蛇如囷[20]，横截去路，乃返。出谷，一月另二日矣。师戒甚高，想不谬，故并录之。

右山之大略，余耳目不接者弗赘。十五日午刻，东野樵松年甫书。

注释

[1] 佛迹山：在越南仙游县佛迹社，又名烂柯山。

[2] 李时：李朝时。徐道行：禅师名。证道：讲道。

[3] 真身：写真肖像。李神宗，1127～1137 年在位。御容，皇帝画像。

[4] 乡荐：指中举。

[5] 吕南帝：汉文帝时南越国丞相。当时南越王赵兴欲归顺汉朝，吕嘉不从，弑王自立为王。赵哀王即赵兴。吕南帝即吕嘉。

[6] 先朝：指当今皇帝之前的皇帝。临幸：御驾亲临。

[7] 致款曲：表达殷切心意。

[8] 尸解：道教称修行得道之后死去为尸解，意谓灵魂已登仙，留下的尸体乃其蝉蜕、解化之物。

[9] 从上下文看，可能是阮尧明的雅号。

[10] 洪宁：越南莫朝年号（1591～1592）。

[11] 比丘尼：俗称尼姑。

[12] 瀹（yuè）茗款客：沏茶款待客人。

[13] 冥府：阴间，与阳世相对应。

[14] 句意谓，自幼仰慕佛门。

[15] 句意谓其父榜眼公命其出嫁。

[16] 她燃二手指表明诚心供佛。

[17] 衣桁：衣架。

[18] 梢公：船夫。

[19] 一叟：一位老人。白师：告诉女禅师。返锡：持锡杖返回。锡，指僧人随身所持锡杖。

[20] 囷（qún）：圆形的谷仓。此句言蛇粗大如谷仓。东晋《搜神记·李寄斩蛇》有“蛇……头大如囷”。

评析

此文选自《越南汉文小说集成》第十二册《桑沧偶录》，上海古籍出版社 2002 年出版。记述作者与四友同游佛迹山三日的详细经历及具体活动。内容十分丰富。所游览山峰六座，洞穴八处，寺庙八所，泉石、桥梁、碑刻、遗址、佛像、画像等多处，皆以简短数句或几个字，点染各自特点及上下左右方位、距离，有如导游路线图，并逐日记录何时何处出发、停留、活动、住宿，是精细的日记。最具乐趣者，是随手描述朋友们的互动，题咏，饮茶，对酌，会僧，乃至放花炮，惊动山中樵牧。全文以观赏风景为主干，间说历史人事，心情愉悦，意趣横生，而用笔简洁，要言不烦，井然有序。最后一节夜听表兄转述表祖姑出入冥间洞府的传奇故事。不是常见的死去又还阳，而是活着进活着出，在冥间走了二三日，出洞竟然一月零二日矣。虽有骷髅怪兽，未见阎王鬼使，所遇船夫、老叟，言谈如常人。气氛并不特别恐怖，倒像误入神仙洞府。看来是佛教与道教幻想的混合物，是独具特色的游记佳品。

十三　吴时璜《三桥月夜游记》

岁乙丑八月，望前二日[1]，梧雨初晴，风凉日淡。余课徒于义柱溪板桥之上。弟希廉公，老友陈公，各以其徒，自讲馆[2]来会。三村童冠[3]，二三十人，列坐桥之左右。命题以巢父洗耳[4]为诗，严陵濑[5]为赋，富春耕钓为文。课既罢，或临流而濯缨[6]，或倚树而迎凉，欣欣然，各适其性。凭栏望之，溪流曲折，水色清莹，炎暑既退，清风徐来。乃命扁舟载茶酒，老友辞归，独与吾弟揳（携）手登舟，童冠愿从者不禁。对酌舟中，凝眸四顾，远岫孤村，浮云落霞，飞鸥翔雁，古树孤馆，牧竖之往来，田翁之归去，一一在目，应接不暇。即景联吟[7]，命冠者执笔于船头书之。顺流而泛，至华洞桥。维舟泊岸，登桥烹茗，或醉或叫，盘桓若有所待。茶烟歇，暮霭合，桥下晴纹荡漾，如万队金蛇。童子曰："山东月出矣。"收拾归舟，满眼烟花云物，则有一番精神。蒹葭两岸，迭相送迎，风拂稻香，时在酒卮[8]茶碗中。诗兴来迫，吟不成调。诵溪桥之赋，与风声树声溪声间响。静而听之，亦忘溪之东西，桥之上下。月送归舟，瞬息又在课徒之所。诸村叟预设酒殽相待，金镜[9]悬栏，桥光如画。开怀叙饮，月色盈杯。酒到半醉，游兴未阑[10]。将溯龙领之渊[11]，登三层之山。又命舟子沿流而上，至于石桥。夜漏将半，寒霜满溪。于是遣棹[12]，再回板桥。辞舟登岸，仰视长空明月，徘徊不能相舍。乘月而归，步步沉吟。四时之景秋最清，中秋之候月最明。清明意象，造化无尽藏。人与之契会，非豪旷不能得其妙；地皆可赏玩，非清寂不能得其神。我与吾弟，托迹人乡，生涯局于饔褐[13]，末技束于绳墨[14]，诚非豪旷者流，但即所居，因以为乐。寂寥野色，夜深人定。月在天，桥在溪，客在船，都自一壶清秋点化中来。不觉起惰腐为豪旷，换尘嚣为清寂。虽不能尽清明之神妙，亦以志斯游之趣耳。夫华洞桥头，载月以归，故名之曰迎月桥。义柱板桥，邀月而饮，故名之曰得月桥。既得月，又将安之？至于石桥，辞月而返，又名之曰返月桥。以语弟，亦云然，因为之记。

注释

[1] 望：农历十五日。望前二日，即十三日。

[2] 讲馆：课徒之学馆。

[3] 童冠：童指未成年人，冠指成年人。

[4] 巢父洗耳：古代传说，尧欲传天下于许由，许由辞。归语巢父，巢父听了忙去河边洗耳，说不能让这种脏话玷污了我的耳朵。

[5] 严陵濑：严子陵是汉光武帝刘秀的老朋友，不愿为官，在富春江边钓鱼，后世称该处为严陵濑。

[6] 濯缨：语出《孟子》"沧浪之水清兮，可以濯我缨"。缨，系帽子的绳子。

[7] 联吟：联句作诗。

[8] 卮（zhī）：酒杯。

[9] 金镜：代指月亮。

[10] 未阑：未尽兴。

[11] 龙颔之渊：渊中有颔珠之龙。

[12] 棹：船桨。

[13] 饔褐：普通的饮食衣着。

[14] 绳墨：本指木匠以绳着墨汁画线，此指写作诗文的规矩。

评析

此文选自《越南文学总集》第 8 册，越南社会科学出版社 1997 年出版。作者吴时璜（1768～1814），吴时任弟。此文写法颇像明人钟惺《浣花溪记》，移步换形，情景相融，主客同步，全文经过三座桥，景色兴味各异，场景细致而又清静，如诗如赋如画，是难得的情趣流溢的妙品。

十四　佚名氏《屯庄洞》

安定屯庄，与锦水接壤。昔圣宗征占城[1]，俘获人口以居之，今庄人皆其遗种也。其地皆山，山之外拖出一顶小山，山有洞，可融数百人。洞之幽有窦[2]，仰视天日灿然[3]。洞中石乳下垂，结为人物形状，有三五为群，如人之坐立、拜跪者；有散处幽僻，如人之支颐[4]侧卧者。亦有迭突偃蹇[5]，如怒猊之挟石[6]；层累而下，如牛马之饮溪。奇状异形，笔不能画。己亥，樵者于山之麓，伐木铲藤，微见洞口。好事者为之芟芜刈秽，而洞乃出焉，游人络绎不绝。时云耕李陈公参政吾郡[7]，初夏，与其徒游玩，小染，不果至[8]，偶成一律云。（诗略）

注释

[1] 圣宗：黎朝圣宗（1460～1497 年在位）。占城：今越南南部小国，又称林邑，后来被越南所灭。

[2] 洞之幽：洞的深处。窦：小孔，天窗。

[3] 灿然：十分明亮。

[4] 支颐：手托腮颊。

[5] 迭突偃蹇：相继跌倒躺下。

[6] 猊：狮子。挟石：抱着石头。

[7] 参政吾郡：任我们郡的参政官。

[8] 小染：染上小病。不果至：未能到此洞游览。

评析

此文选自《越南汉文小说集成》第十七册《山居杂述》，上海古籍出版社 2002 年出版。作者姓名生平不详，从内容看，当较范廷琥年长，成书当在西山王朝时期。屯庄洞原是安顿占城俘虏之处，后来繁衍成为一处山庄。文章重点描写附近一山洞，许多钟乳石，酷似人物走兽，奇形怪状。当初被砍柴的樵夫发现洞口，后人开辟道路，于是游客不绝。中国一些著名的山洞（如桂林的芦笛岩）也是这样被开发的。

十五　高伯适《梅林山》

东望一山，曰梅林山，皆红梅，无杂树，目前胜览，愈深愈奇，为此方诸山之冠。又西为白雪山，众峰丛翠，其中卓然一石，孤削如筑，故名。乐史《地志》[1]云："一峰笋峭。"山下两石夹立如门扇，中有路，前有石盘，宽广可一亩。山溪流出，水甚清洌，相传为黎朝皇帝御沐之所[2]。有行宫[3]在山侧，名宝基，故址犹存。山畔刻"白雪山"三大字。上有洞，洞口刻"玉龙洞"三大字。洞中有石乳，皑白如雪，号长雪树，叩之成声。石佛石座，铜鼓铜钟，建置犹昨[4]。古木阴森，峰峦上下，溪涧樵隐，山里渔声，自有烟霞之趣。《太平寰宇记》云：交州[5]雪山，在县西南界，有巉岩，路险，人罕得其利。又外为馨蓬山，长江萦迂，两岸峭壁排立，石乳悬珠。景色如画。又外为仙山，石屏竖伞，景致苍幽。

注释

[1] 乐史（930～1007）：北宋地理学家，著有《太平寰宇记》，即句中所谓《地志》，详记北宋初年全国疆域区划、山水、名胜、物产、风俗、古迹等，内容丰富。

[2] 御沐之所：皇帝沐浴之所。

[3] 行宫：帝王在外地巡游时居住的宫室。

[4] 建置犹昨：黎朝制作的石佛和钟鼓很新，看起来像昨天所造。

[5] 交州：交趾，从秦汉至北宋初年，是中国管辖的州郡，故乐史的书中有相当具体的记述。

评析

此文选自《越南汉文小说集成》第十六册《敏轩说类》，上海古籍出版社2002年出版。高伯适（1809～1853），乡试解元，曾任国学教授，因反叛朝廷，事败被杀。《敏轩说类》属于杂记类，第一部分的文章若干篇，各有标题，独立成篇；第二部分属于辑录资料，总称《古迹》，近百条，长者数百字，短者三五句，分别记山水、洞穴、寺庙、碑刻、名人故居等，互不连贯，没有标题。本文是其中一则，文句简洁优美，刻画精细，引经据典，兼具辞章与考据之雅，与清代桐城派文风相似。

十六 铁笔子《玻城铁塔记》

玻城[1]者，法国之京城也。有山耸然，为之屏障矣，壁刍蒙山也。其东南有水，形若弓背，而深广清澈者，莲河[2]也。其间有层楼叠阁，而百物充者，古之皇宫，今之博物院[3]。前有塔屹然[4]，上插霄汉，而俯瞰江流者，铁塔。作者谁？国人爱如勒[5]也。爱君前在兰国[6]造大铁桥，继成此塔，工程家之最极手也。塔之高千有余尺[7]，所用铁则七千三百吨有奇。每吨共一千余斤，合而计之，不知几万之斤也。其下四柱，空而斜，为之足焉。而方其形，所以持危扶颠，宛然四辅图也。四柱之上接主总柱，层累而上，几与天齐，居然一统之规模也。其在八百九十六尺处[8]，有望台焉。台方五十四尺，其上有侧候等房[9]，去天尺五，星辰手可摘也。上焉有灯笼，其高二十二尺，内有极大电灯[10]，外有三色境光照，望之为聚星堂也。又有电管，凡入以引电气，而纳之地中，雷公斧虽激烈无所施也[11]。大风时，塔头稍动，然其根脚定，体势大，封钱少女[12]，亦无为铁塔何。若夫天气晴和，日色清朗，登斯塔以四望，则江山信美，尽在指顾间也。

注释

[1] 玻城：即法国首都巴黎。

[2] 莲河：塞纳河。

[3] 博物院：著名的卢浮宫。

[4] 屹（yì）然：高耸貌。

[5] 爱如勒：今译埃菲尔，巴黎铁塔总设计师。

[6] 兰国：荷兰。

[7] 实际高度为 325 米，合 975 市尺。

[8] 实测为 274 米，合 822 市尺。

[9] 侧候等房：平台四周的观察室。

[10] 极大电灯：指探照灯。

[11] “有电管”句，指接入地下的避雷针。

[12] 封钱少女：此句不可解。封钱，疑为“封姨”（巨风之神）之字误。少女，指微风。

评析

此文选自《越南汉文小说集成》第十三册《野史》，上海古籍出版社2002年出版。作者未署名，据《集成》编者推测，可能是杨琳（1851～1920），举人出身，历任知县、按察使、布政使、工部尚书兼国史馆总裁、越南第一大报《大南同文日报》主任。《野史》收罗许多报章文稿，介绍不少科学知识，如雷电、火山、电力输送、西医治疗等。《玻城铁塔记》的后半篇，全面介绍巴黎全城各方面情况，用越南驻法国大使随行记者的口气，最后一句说："记者为谁？铁笔子也。"也许是杨琳的笔名。本文所记即采访所得，基本上符合实际。全文多用"也"字句尾，乃模仿《考工记》和《醉翁亭记》。

马来亚山水风物和建筑碑记

一　李宜缨《建造祠坛功德碑记》

滨海而城环郭而市者，甲州也[1]。东北数峰，林壑尤美，背城突起，丰盈秀茂者，三宝山[2]也。山之中，叠叠佳城[3]，累累丘墟。因我唐人[4]远志贸易，羁旅营谋，半遂殒丧厥躯，骸骨难归，尽瘗于斯。噫嘻！英豪俊杰魄欤？脂粉裙钗魂欤？值禁烟令[5]节，片楮不挂，杯酒无供，令人感慨坠泪。于是乎先贤故老，有祭冢之举，迄今六十余载。然少立祀坛，逐年致祭，常为风雨所阻，不能表尽寸诚，可为美矣，未尽善也。今我甲必丹大蔡公[6]，荣任为政，视民如伤，泽被群黎，恩荣枯骨，全故老之善举，造百世之鸿勋，义举首倡，援诸位捐金，建造祀坛于三宝山下，此可谓尽美尽善。今将诸姓名列序于左，俾得旅斯土者，知诸芳名，永垂于不朽。余为之序云尔。

注释

[1] 甲州：指马来亚之马六甲州。

[2] 三宝山：位于马六甲市郊一处华人坟山，山下有井，据传为明三宝太监郑和所凿。因名三宝井，山名三宝山，今已成为旅游景点。

[3] 佳城：指坟墓。

[4] 唐人：指旅居海外之华人。世界许多地方皆有唐人街，为华侨聚居中心地区。

[5] 禁烟令：英国人统治马来亚时期（马来亚联邦独立于 1957 年，“马来西亚”的名称出现于 1963 年以后），禁止烧荒，发布禁烟令。

[6] 甲必丹：指官委华人领袖。蔡公，蔡士章，时任马六甲甲必丹，此次由他主持建祠事务，并捐银二百四十大元。

评析

此碑建造于1795年（清乾隆六十年），立于马来亚马六甲三宝山下，碑文作者为李宜缨，生平不详。碑文记录侨居马六甲的各界华人，集资建造祠坛，以祭奠埋葬于当地华人的经过。东南亚各地都有这种义举。此文所记录为清代中期。捐银人士共41位。文章写景抒情，简洁雅丽。原文引自傅吾康、陈铁凡合编《马来西亚华文铭刻萃编》（共三册）。马来亚大学1982年出版。

二 邱华金《马六甲青云亭碑》

青云亭[1]何为而作也？盖自吾侪行货为商，不惮逾河蹈海来游此邦，争希陶猗[2]，其志可谓高矣。而所赖清晏呈祥，得占大川利涉[3]者，莫非神佛有默佑焉，此亭之兴，所由来矣。且夫亭之兴，以表佛之灵；而亭之名，以励人之志。吾想夫通货积财，应自始有而臻富，有莫大之崇高，有凌霄直上之势，如青云之得路焉，获利固无慊[4]于得名也，故额斯亭曰青云亭。独是作于前者，既有吉士[5]；而修于后者，宁无伟人？历岁月之久远，蠹朽堪虞；经风雨之飘飘，倾颓可虑。览斯亭也，未始不触目兴怀，徘徊而浩叹者矣。幸也而有甲必丹大蔡讳士章在，慨然首倡，爰督同海关诸同人等，议举重修，择吉兴工，不数旬而告竣。噫！微斯人，而青云亭何由俨然巨观也哉！甲必丹大诚哉！其英伟人也！不惜重资，鼎力议举，劳心神以董劝，而经始成终。后之览斯亭者，能不幸然高望，追念旧宇之所由新，而相与仰慕夫甲必丹大蔡君等之共乐修此亭耶！宜乎神默而佑之，人颂而美之。自此议问宣昭，将与青云亭并垂不朽也已。于是乎记。时龙飞[6]辛酉年月日信士邱华金敬撰。

注释

[1] 青云亭：位于马来西亚马六甲市中心，1673年由当地华人领袖创建，三百多年来不断扩建修缮，如今已为马来西亚著名景点。

［2］争希陶猗：争相学习古代两位著名商人。陶朱公，即春秋末年范蠡，他辅佐越王勾践灭吴，功成身退，泛舟五湖，经商致富。猗顿，春秋末战国初大商人。

［3］清晏呈祥：河清海晏呈现祥瑞。大川利涉：语出《易经·需卦》："利涉大川。"本义为顺利渡河，引申为动而有功，利于远行。

［4］无慊：不满足。

［5］吉士：善士。

［6］龙飞：此指嘉庆皇帝即位。

评析

作者生平不详。此文作于1801年，说明建亭及修缮的缘由，感谢主事者蔡士章的义举。简明扼要。选自傅吾康、陈铁凡合编《马来西亚华文铭刻萃编》，马来亚大学1982年出版，第238页。

三　佚名氏《槟屿义冢墓道志》

槟屿[1]之西北隅，有义冢焉。其地买受广阔，凡粤东之客，贸易斯埠，有不幸而物故[2]者，埋葬于此。其墓曰义冢[3]，乃前人创置。第其溪水环绕，路道崎岖，登临涉水，是以复筑墓道桥梁，以便祭扫行人。此义冢墓道桥梁，以继前人之未备也。辛酉之春，工始告竣。董事王义德托舍侄东长，旋述于余索记。余欣然援曰："自古圣贤，首及掩骼埋胔，而西伯有溥枯骸之泽[4]，昌黎有著旅榇之文[5]，至今传之，甚盛德也。槟屿有此义举，阴骘之事[6]，孰有大于此哉？阳则可以存乡亲睦姻任恤之谊，阴则可以安死者异地羁旅之魂，此一劳而永逸者也。我粤东东南距海，民之航海以为营生，层帆巨舰以捆载而归者，大率于洋货者居多。然而利之所在，众则共趋，一遇死亡，若不相识，尚何赖乎乡亲乎？有此义冢路桥，勒以碑记，而骨骸不至暴露，既可以表亲友之情；子孙易于跟寻，复可以成孝子仁人之隐。所谓睦姻任恤者，将于过义冢得之。且夫聚首则可以言欢，离群必至于索处，人道鬼道，其理一也。况其远适异域，为昔人之悲乎！得一义冢以聚之，而生前则腹心之朋，死后则为义祭之友，何异于生前之握手以盟心。眷眷乎（桑）梓之亲，怡怡乎客旅之爱，何殊故土之群居而族处。茫茫长夜，郁郁佳城，或亦乐异地如故园矣。是则所以安羁旅之魂者此也。”

注释

[1] 槟屿：又称槟榔屿、槟城，原为马来亚半岛西北部小岛，后来发展为马来半岛三大商埠之一，与新加坡、马六甲合称英属海峡三殖民地。马来西亚独立后，改称槟州。

[2] 物故：死亡。

[3] 义冢：公共墓地。东南亚各地多有。

[4] 西伯：即后来的周文王，他开凿池沼，见枯骨，命吏埋葬之。

[5] 昌黎：指韩愈。韩愈有《祭十二郎文》，悼念客死异乡的侄子。

[6] 阴骘（zhì）：冥冥之中做好事。亦称阴德。

评析

此文作于1801年，作者生平不详。文章具体申述义冢的作用，使死者灵魂得以安息，生者可以成孝子仁人之心，还可以在定期祭祀时聚会言欢，互相交流，加强合作，论析较前文更细致。选自傅吾康、陈铁凡合编《马来西亚华文铭刻萃编》，马来亚大学1982年出版，第685页。

四　陈俊卿《敬修青云亭序》

窃惟鸿基垂世，先哲之弘谟堪称；伟业咸新，后生之素抱有在。粤稽我亭自明季间，郑、李二公南行[1]，悬车[2]于斯。德尊望重，为世所钦，上人推为民牧[3]。于龙飞癸丑[4]岁始建此亭，香花顶盛，冠于别州。民丰物阜，共仰神灵之所庇，猗欤休哉！皆赖先代之善作者也。厥后曾、陈诸公，相踵莅任[5]，仁义居心，化行俗美，芳声丕著，政绩可嘉，兼不惮劳，捐金鸠工，营盖兰若[6]，尊崇佛国，此诚美举，效之固宜。第人以代迁，物于日蔽，青云景色，只见榛棘含烟；禅舍僧堂，惟有鼯鼠栖栋而已。幸有甲必丹大蔡君[7]，卓尔迈众，继秉呷政[8]，广发善心，不惜重赀，义举首倡。爰督海关诸同人，重兴斯亭。于嘉庆辛酉[9]岁告厥成功，美轮美奂，令人敬仰。计今道光廿五年[10]，将有四十余载矣，历多年所，瓦木废颓。舟既推为主治[11]，往来于斯，巡檐趋堦（阶），睹此香界，几化荒庭；触目关心，不能忘怀，舍我谁咎。感佛光之普照攸远，念先贤之创造维艰，一旦任其自倾，深负前哲之功，欲行捐题，殊费周章。舟不忍坐视，愿为仔肩之任，鸠匠仍贯[12]，虽无画栋雕甍之巨观，却免栋折榱崩之贻患。不特舟一人实受其福，定见合呷降福孔多于无疆耳。特此敬序。

圭海陈俊卿撰文道光廿五岁乙巳季冬吉旦，漳郡浦邑亭主薛文舟谨志。

注释

［1］郑李二公：指郑芳扬、李为经。南行：明末从中国到南洋。

［2］悬车：退休。

［3］上人：上层人士，当指荷兰殖民当局。推为民牧：推举为牧民之官，即管理华侨的吏员，马来语称为甲必丹。郑芳扬为第二任，李为经为第三任。

［4］癸丑：康熙十二年，1673 年。

［5］曾陈诸公，相踵莅任：曾其禄、曾宪魁、陈承阳、陈起厚等人相继担任甲必丹。

［6］兰若：佛寺。

［7］甲必丹大蔡君：甲必丹蔡士章。

［8］继秉呷政：继续主持马六甲甲必丹之政务。

［9］嘉庆辛酉：1801 年。

［10］道光廿五年：1845 年。

［11］舟既推为主治：鄙人薛文舟既然被推举管理华侨。此时甲必丹制度已于 1828 年被英国人废止，但青云亭主仍然继续执行管理华侨事务功能，只是由官委改为民选。

［12］鸠匠：纠集工匠。仍贯：仍旧贯，仍然遵照旧有的规制。语出《论语》。

评析

此文选自饶宗颐《星马华人碑刻系年》第 22 页，作者陈俊卿，以薛文舟的口气撰写，作于 1845 年。距邱华金撰写《马六甲青云亭碑》四十余年，两文重点不同，邱文只提到蔡士章一人，此文则从郑芳扬、李为经奠基创建说起，曾、陈诸人扩大规模，再讲蔡士章重修，薛文舟又继续修缮。是一篇青云亭修建简史。除中间两三句外，并不重复，作者的视角显得更加全面了。二十多年后的同治六年（1867），青云亭又一次重修，也留有碑记，主事者为陈巨川，在饶书第 31 页，研究者可以参看。

五 佚名氏《重修新山利济桥碑记》

窃谓人生在世，及时行乐，一滴九泉，千古同哭。新山[1]义冢，叠为寄葬之区；绿野小亭，傍立栖留之所。于是存殁赖托，均安其阴阳，得其稳妥。寒食踏青[2]，履印苍苔之湿；烧衣赴会，杖挂金帛之资[3]。众等常怀扫墓之心，休作断桥之叹。溯自山前之桥，原为守水之总汇；桥畔草亭，亦属看山游访，设创自戊戌上巳，修于庚子中秋，历经二十余载，风雨飘零，桥梁倾倒，亭瓦鳞飞，过客惨然，谁无感慨！复集同人，再联众志，合吾粤广、惠、肇、嘉应、大埔、丰顺、永定之商客人等，凡属迹驻星嘉坡[4]，遨游海国者，踊跃捐金，各解腰囊，鸠工购石，诹日告竣[5]，故名曰利济桥，实行人出入之通津，游客往来之要道。最可喜者，新山之风水尤关，受益靡既，将见先灵显耀于遐方[6]，行看英俊赞助于迩日[7]。谨将芳名勒石，永垂不朽，则天地同春，共结善缘于异域，爰弁片言，聊以志之。

注释

［1］新山：马来西亚柔佛州首府，与新加坡相邻，仅隔柔佛海峡，是马来西亚第二大城市。

［2］寒食：农历清明节前一日为寒食节。踏青：郊游。

［3］烧衣二句：祭祀时，为死者焚烧纸制车马衣服，坟头以木枝挂纸钱。

［4］星嘉坡：新加坡的另一种写法。

［5］诹日告竣：商量选择日期宣告完工。

［6］遐方：远方。

［7］迩日：近日。

评析

此文作于1862年，叙述修建新山义冢利济桥给人们带来的便利，和众人踊跃解囊的盛况，语言亦骈亦散，较为雅致。选自丁荷生、许源泰主编《新加坡华文铭刻汇编（1819—1911）》，广西师范大学出版社2017年出版，第194页。

六　王韬《漫游随录》（节选）

余在香海[1]，与西儒理君雅各[2]译十三经。旋理君以事返国，临行约余往游泰西[3]，佐辑群书。丁卯冬，书来招余，遂行。香海诸君饯余于杏花酒楼，排日为欢[4]。

十一月二十日，附公司轮舶启行，巳正展轮[5]。与余左右房相邻者，为法国医士备德，普国[6]船主坚吴，略通华言。船中无物不具，侍役皆西人，房外即饭厅，非食时亦可小坐观书。

舟离香海未卅里，即觉簸荡，供午餐，不能食，僵卧至晚。既夜，灯烛辉煌，朗如白昼。翌晨头晕稍可，强登舵楼以远眺。弥望汪洋，浩无涯涘[7]，海面飞鱼成群，鼓翅翱翔，似有行列。

二十七日辰正，抵新嘉坡。泊舟正埠，距尘市尚十许里。赁车登岸，觅寓于海滨一酒楼，园囿[8]宽广，楼台轩敞，丛树杂花，风景清绮。晚餐肴馔精美，器具雅洁，丹荔黄蕉，盈盘璀璨，座客皆供以冰。时序正当严寒，而其地热如盛夏，黄赤道[9]气候之异如此。持友人书往访宋佛俭[10]，同乘马车环游一周；为言余旧识邱天生亦在此，走访其家，妻孥[11]团聚，其二女木屐桶裙，作马来妆，见余仍操上海土音，各喜海外相逢，出于意外。邱嫂略知上海烹调法，杀鸡为黍以款余，久不尝乡味，食之殊美。夕留余宿，小屋三椽（椽），云是新筑，自上海回，出囊赀所购者。清晨，天生偕其子为余入市售食物。余问："此间阛阓[12]热闹，可往观乎？"曰："可！"乃以车代步。市中亦有酒炉茗寮，仿佛粤垣[13]。登楼买醉，所饮无算。……

从新嘉坡行二日，乃抵庇能[14]。是岛亦英之属地。庇能，闽人音一名碧澜，亦曰槟榔屿，山水明秀，风景清美，洋房栉比[15]，气象裔皇[16]。轮舟至此，例停四时许，以便装载煤炭。余与二西人登岸，同乘四轮高车游行各处，医士备德谓山顶有泉可浴，盍往一观。车行由渐而上，初不觉其高，至则同舟人大半皆在。室甚轩敞，坐甫定，即进酒醴，供饼饵，意甚敬恭。须臾，馆人请浴曰："汤已具矣！"导入浴房，则每人各据一室。余推扉而进，拾级以上，则方池开广，可容十余人；试之，冷水一泓[17]，深不可测，不敢纵身入内，只坐石上洗濯，然已寒意袭两腋间，殊不可耐矣。亟趋而出，呼酒狂饮，船主坚吴谓时尚早，此地不可久淹，盍觅佳处，以畅襟怀。驱车遂行所经多别墅名园，碧树绿阴，红花翠萼[18]，点缀其间，殊觉绚烂。

注释

[1] 香海：即香港。

[2] 理君雅各：1815～1897，曾任马六甲英华书院校长，该校于 1843 年迁往香港。理雅各着手翻译中国经典，聘王韬助理，理氏回英，又请王韬赴英继续工作，并在爱丁堡大学讲学。

[3] 泰西：通常指欧美而言。泰，是极的意思，泰西即是极西的地方。

[4] 排日为欢：安排日期与友人欢聚。

[5] 巳正：与下文的“辰正”，都是旧时记时的说法，巳正，即巳时正，上午十点。辰正，即辰时正，上午八点。展轮，开船。

[6] 普国：即普鲁士，第一次世界大战前，德意志联邦共和国成员之一，占德国北部，面积最大，人口最多。旧普王兼德意志皇帝，所以也用作德国的别称。

[7] 浩无涯涘：海面辽阔，无边无际。涘（sì），水边。

[8] 园囿（yòu）：有围墙的园地。

[9] 黄赤道：黄道，天球上的一大圈，就是地球轨道平面和天球相交的线，与赤道面约成二十三度半之倾斜。

[10] 宋佛俭：马来亚闻人宋鸿祥爵士之父，英华书院学生。1848 年，理雅各带往英国留学，他是中国人出洋留学的第一人。

[11] 妻孥：妻室和儿子。

[12] 阛阓（huán huì）：即市场。

[13] 粤垣：即广州。

[14] 庇能：即槟城，又称乔治市。位于槟榔屿的东北角，当时是马来亚联合邦的第二大城市。

[15] 栉比：齐整地排列着。栉（zhì），梳篦的总名。

[16] 矞（yù）皇：富丽堂皇。

[17] 泓：清水一道或一片叫一泓。

[18] 萼（è）：花瓣的外部。

评析

王韬（1828～1897），清代文学家、思想家，江苏长洲人，秀才，曾向太平天国献策，清廷严令逼捕，避居香港，助英人翻译十三经，1867～1870 年，游历欧洲，回国后至上海任《申报》社主笔。有《漫游随录》等著作多种，宣传变法维新，名满天下。这篇游记，记叙游览新加坡及槟榔屿情形。采用随笔的形式，随意所指，移步换形，自然流畅。开头写出游泰西的原因，续写航行中情形，接着是游新加坡见闻，最后写槟城风光。选自陈育崧编《星华文选》，新加坡商务印书馆 1956 年出版。

七 佚名氏《槟城宗德堂谢家庙碑记》

古者宗庙之设，所以报本追远，以示不忘也。自天子公卿大夫，以及士庶人，莫不立庙，图谋久远。至于祭祀，则有烝尝[1]，以荐馨香，上下相承，永守弗怠，血食赖以不绝焉，岂好为是虚文云尔哉！谢姓家世，流传久远，昔平王东迁，封其舅申伯于谢，后即以为氏。其间人文之萃，衣冠之盛，至晋尤足称焉。先祖东山[2]仕晋，名高一世，功及百年，当日子孙仕宦不绝，冠盖相望，时人遂有阶前玉树之誉[3]，此宝树所由名也。石塘谢氏，世居漳郡澄邑三都地方，派出自澄城西门外度凤里，簪缨继起[4]，人丁日盛，素为圭海望族；祖庙之建，由来旧矣。无如境狭人稠，衣食不充，间有谋食远方，以致身留异国地名槟城者，积有岁年。今于其处婚姻嫁娶，生聚愈繁，不啻千人矣，非所谓生于斯，哭于斯，聚国族于斯[5]者乎。由是其贤而好义者，追本溯源，不忘所自，遂于咸丰八年[6]，鸠集宗人，捐赀择吉，合议以福侯公租屋之所，以定庙基。复以旧存租项有余者为之用，计縻（靡）费白金壹万贰仟叁佰陆拾柒元有奇，始足告成，名之曰宗德，以福侯二公配焉。今则庙貌峥嵘，俎豆[7]维新矣！凡我子孙，由是而报本，由是而追远，由是而亲亲长长，即敦谊修睦之道，亦于是乎在。人同此心，心同此理，然后知外国与中华，本无异情，亦无异理也，岂不懿哉。爰是乐为之叙。

同治拾贰年[8]癸酉岁次阳月立石。

注释

[1] 烝尝：指春秋二祭。

[2] 先祖东山：指东晋谢安一族。谢安曾隐居东山，后来再起。累官至辅政大臣，淝水之战时谢安任丞相，大败前秦苻坚，为东晋赢得数十年和平局面。

[3] 玉树：谢安之侄谢玄曾说：“譬如芝兰玉树，欲使其生于庭阶。”后世比喻家族子弟人才出众。

[4] 簪缨继起：高官辈出。簪是文官的冠饰，缨是武官帽子下的系带。

[5] “生于斯”三句：《礼记·檀弓下》“歌于斯，哭于斯，聚国族于斯”与此句类似。

[6] 咸丰八年：1858 年。

[7] 俎豆：古时祭祀盛物的两种器皿。

[8] 同治拾贰年：1873 年。

评析

本文选自饶宗颐《星马华文碑刻系年》第 33 页，碑立于槟城，文作于 1873 年。这是一篇宗族家庙的碑记。在东南亚各国，有一些家族聚族而居，或来自同一城市，同一州县，经常联系，从而组成宗族会馆，作为联络所。人口众多之后，又在会馆基础上修建家庙、家祠，以祭祀共同的祖先，同时附设学馆，教育子弟。在马来西亚的槟城，有邱氏宗祠，建于 1905 年，各种雕刻十分精美，富丽堂皇。在吉隆坡，有陈氏书院，建于 1908 年，仿广州的陈氏书院，合宗族、会馆、学堂于一身，两处都是游客必访之地。这篇谢氏家庙碑文，所记是重修，最初成立于嘉庆六年（1801）。

八　韦宝慈《极乐寺游记》（节选）

槟榔屿极乐寺[1]者，福建鼓山[2]之自出也。其山曰白鹤，则名之以其形也。山去市五英里。余尝养疴是间，下车而步，扶筇拾级[3]，登其别殿；礼大士[4]后，循左而升，则栏回径曲，水石清幽，仰望崇坊金碧，耀入云际，此山隈[5]之花坞也。前殿而后，洪台[6]崛起，层累而上出者，大雄宝殿与藏经楼[7]也。苍翠霭如，屏其左右者，青龙白象两岗也。郁郁葱葱，一峰巍然，耸于其后者，白鹤峰也。其间如小孙辟咡[8]，如老人倚杖者，弥陀佛塔与斋堂僧室[9]也。山下椰林十里，一碧芃芃若毳[10]，恍与海澜相接；隔水马来半岛诸山，则如螺如髻，隐于朝烟暮岚[11]之中，若与溟渤[12]烟波相偕而趋于座下，此其俯收远近之景况也。时而晨凉载挹[13]，纵步花间，径似绝而仍通，境入幽而思远。撷芳拂露，倚槛观鱼，水活鱼驯，天机方畅[14]，忽尔泼剌[15]一声，幻波起而群鱼逃。噫！斯亦犹人因幻心成幻象，市中有虎[16]，良宵为厉之类也。虽然，世间一幻境也，人生一幻梦也，顾自篝火狐鸣[17]，黄巾[18]白莲[19]洪杨[20]义和团之伦，何一而非一二人之造幻，而全国亦随扰焉，夫何有于鱼哉？……

注释

［1］槟榔屿：是马六甲海峡中部一个岛屿，临近马来西亚北部霹雳州，现在该岛是马来西亚十三州之一，华人为主，又称槟城，旅游业发达。极乐寺：在槟城市郊，为马来西亚最宏伟的佛寺，寺庙依山而建，综合中国、泰国和马来西亚建筑各种风格。崇楼叠阁，极为壮观。寺前有万佛宝塔，耸峙半空，巍峨富丽。

［2］鼓山：指福州有名的鼓山涌泉寺，由于极乐寺最初的主持僧人妙莲和尚来自鼓山寺，故文中认为“鼓山之自出”。

［3］扶筇拾级：扶着手杖，踏着石级。筇（qióng），竹杖。

［4］大士：指观音大士殿，亦称观音殿或堂。

［5］山隈：山的曲折处。

［6］洪台：即高台。

［7］大雄宝殿：为佛殿中心建筑，供奉如来佛。藏经楼：寺庙的图书馆，通常位于佛寺最后。

［8］小孙辟咡（èr）：小孙，即小孩子。辟咡，是侧着头交谈的意思。

［9］斋堂：僧人的食堂。僧室：僧人的寝室，通常在佛寺两侧。

［10］芃芃若旄：芃芃应为芃芃，形容植物茂盛。旄（mào），通旄，古代用牦牛尾装饰旗子。此句形容椰林茂密如旗子林立。

［11］岚（lán）：山地中像雾的水蒸气。

［12］溟渤：溟海和渤海。泛指大海。

［13］晨凉载挹：晨风吹拂，凉气可掬。

［14］天机方畅：自然界的生机正在蓬勃畅发。

［15］泼剌（là）：鱼跃水面的声音。

［16］市中有虎：《战国策》：“夫市中无虎明矣，然而三人言之，则成虎。”指由于虚传而产生幻觉。下句“良宵为厉”，指夜中因幻觉而出现厉鬼。

［17］篝火狐鸣：比喻造谣惑众。陈涉欲起事，夜置火于笼中，隐约像磷火，更为狐鸣，以惑众人之耳。

［18］黄巾：东汉灵帝时，张角等领导农民起义，士卒裹黄色头巾，称“黄巾军”。

［19］白莲：中国古代的秘密教派，起于元代，明清二代频频起事。

［20］洪杨：洪秀全和杨秀清，清末太平天国领袖。清道光末年，领导农民由广西金田起兵，下湖南、湖北，直达江苏，定都南京，建国号太平天国，时间持续十五年（1850～1864）。

评析

本文作于1880年，原载《极乐寺志》，转引自陈育崧编《星华文选》，1956年新加坡出版。韦宝慈，原籍广东番禺，曾是槟榔屿极乐寺的书记僧，故对寺庙各个方面十分熟悉，信手拈来，都成绝好的资料，足以增进人们对马来西亚宗教建筑景物的认识，是一篇马来西亚华人以古文写景的代表作。文章名为“游记”，但后半段多议论，集中反映了作者对人生的看法。作者先概括极乐寺的地理位置，佛寺建筑和周围环境，叙述层次清楚，刻画景物细致传神，感情细腻，意境深远。然后“倚槛观鱼”，发出“世间一幻境也，人生一幻梦也”的感想，还引用了许多历史人物，来证明自己的看法。这种思想是虚无缥缈的，故删后文而不录。

新加坡山水风物和建筑碑记

一 陈笃生《陈笃生医院缘起》

大凡守望相助，里井原有同情；而疾病相持，吾人宁无夙愿。矧叻州者[1]，西南乃极，瘴疠频生，所以疮伤痍疾之人，尤为狼藉[2]。既无衣食以御其饥寒，复无户牖以蔽其风雨，人生况瘁之遭，莫逾于此，能不目击而心伤哉！前国王[3]树德推恩，经有猪偶[4]之设以为病室。今盛典已不再矣！而道路匍匐[5]，较之昔日而愈甚焉。余自营商贾以来，私心窃念欲有所事于孤苦之人[6]，而有志未举，幸际新嘉埠[7]、槟榔屿、马六甲三州俄文律姑呢咨抵駵、示珍康申喳脂[8]临莅，胞与为怀，痌瘝廑念[9]，嘱余构屋以绍前徽[10]。余因夙有此心，是以直任不辞，另寻淑地[11]，无杂嚣尘，俾斯人得所栖息。此一役也，虽曰亟命使然，而实不负于余之素志云尔。是为序。

注释

[1] 矧叻州者：叻州，指新加坡。矧（shěn），况且。在句中作关连词用。

[2] 狼藉：多而杂乱。

[3] 前国王：指柔佛苏丹胡先·莫罕默·沙（? ~1835）。

[4] 猪偶：福建方言称猪贩交税之处，此指简陋的建筑物。

[5] 匍匐：手足并行，在地上爬着，或躺着。此指病人。

[6] 句意谓心里想着为孤苦之人做点事情。

[7] 新嘉埠：当时新加坡之又一名称。

[8] “俄文律”“示珍康”是两位英国殖民地官员的名字。

[9] 痌瘝（tōng guān）：两字均指病痛。廑（qīn）念：挂念。

[10] 以绍前徽：以接续前贤的义举。

[11] 淑地：好地方。

评析

陈笃生医院由新加坡早期华侨领袖陈笃生（1798～1850）捐资创立。陈笃生，祖籍福建漳州海澄县，生于马来亚之马六甲，家境并不富裕。新加坡开埠后，他随同乡人迁移入境。从乡村购买蔬菜、生果、鸡鸭等到市场摆摊售卖，后来与英国商人合伙做土产生意，同时进口建筑材料，从此业务扩展，崛起为新加坡富商。陈笃生积极行善，扶贫济困。热心公益，率先捐资，于1844年在珍珠山上倡建平民医院。后来该医院以陈笃生命名，目前已发展成新加坡著名的政府医院之一。此文作于1845年，说明创建医院的缘由，原来未署作者名，文章多次使用“余”字为第一人称，可见是陈笃生本人手笔。选自丁荷生、许源泰主编《新加坡华文铭刻汇编（1819—1911）》，广西师范大学出版社2017年出版，第258页。

二　陈笃生等《建立天福宫碑记》

新加坡天福宫，崇祀圣母神像，我唐人所共建也。自嘉庆二十三年，英吏斯临，新辟是地[1]，相其山川，度其形势，谓可为商贾聚集之区。剪荆除棘，开通道涂，疏浚港汊，于是舟樯云集，梯航毕臻，贸迁化居，日新月盛，数年之间，遂成一大都会。我唐人由内地帆海而来，经商兹土，惟赖圣母慈航[2]，利涉大川，得以安居乐业，物阜民康，皆神庥之保护也。我唐人食德思报，公议于新加坡以南直录亚翼之地，创建天福宫，背戌面辰[3]，为崇祀圣母庙宇。遂佥举总理董事劝捐，随缘乐助，集腋成裘，共襄盛事，卜日兴筑，鸠工庀材，于道光二十年[4]告成，宫殿巍峨，蔚为壮观。即以中殿祀圣母神像，特表尊崇。于殿之东堂，祀关圣帝君[5]，于殿之西堂，祀保生大帝[6]，复于殿之后寝堂，祀观音大士[7]，为我唐人会馆议事之所。规模宏敞，栋宇聿新，神人以和，众庶悦豫。颜其宫曰天福者，盖谓神灵默佑，如天之福也。共庆落成，爰勒贞石，志其创始之由，并将捐题姓氏，列于碑阴，以垂永久，俾后之好义者，得所考稽，以广其祀于无穷焉。是为记。

时道光叁拾岁次庚戌年荔月吉日，大董事陈笃生总理等同立石。

注释

［1］嘉庆二十三年：1818 年。英吏斯临，新辟是地：指英国莱佛士向天猛公租用新加坡，辟为商埠。其时在 1819 年。

［2］圣母慈航：圣母，指妈祖，后人称天后圣母。慈航：以慈爱之心保护航海者。

［3］背戌面辰：背靠西北，面朝东南。

［4］道光二十年：1840 年。

［5］关圣帝君：关羽。关帝庙遍布南洋各地。

［6］保生大帝：又称吴真人，福建同安人，北宋名医，死后被尊为医神，封为保生大帝，南洋庙宇颇多。

［7］观音大士：观音菩萨。佛教诸神中最受民间尊崇者。

评析

此文选自饶宗颐《星马华人碑刻系年》第 26 页，作者未署名，文末署“大董事陈笃生……同立石”。作于 1850 年。在新加坡和马来西亚有多座天福宫，主祀为妈祖，故又称天后宫。新加坡天福宫所祀神灵与他处不同。中殿供奉圣母神像，东堂祀关圣帝君，西堂祀保生大帝，后殿祀观音大士。反映了南洋民众多神崇拜的习俗。然而专门奉祀孔子的文庙，并不多见，除越南外，印尼泗水有文庙，马六甲青云亭以偏殿祀奉孔子。孔子思想和儒家文化主要体现在书院和家族祠堂中，人们并没有把孔子当成神灵对待，儒家也没有成为宗教。

今天的天后宫位于直落亚逸街（本文称为直录亚翼），是新加坡历史最悠久庙宇之一，1998 年重修。

三　郭嵩焘《新加坡洪家花园记》

洪家花园，闽广[1]人公众地也。花木成林，有水一溪，极清幽之致。有虎圈一，豹圈二，并张铁纲（网）为外障。狗熊二，山狗三，猨[2]九：有青灰色者，有红面者，[身] 臂或长或短，其种各异；其一甚巨而狞[3]，用铁圈笼之，黄毛长四寸许，则所谓金丝狨[4]也。其豺、狸、黄鼠、松鼠、山獭[5]之类，则制铁网为屋，周环约三十余所，与雀鸟相间。中植花木，五色缤纷。鹦鹉四种：一白，一灰色，一红，一绿，间有身绿而两羽红者。鹰三种：一白，一苍，一灰色。雉三种：一采文[6]，一苍，一棕黑色相间。鸽种甚繁，最奇者翠鸽。异鸟有青鸾[7]，山雀；又一种似山雉，采文而头蓝色或红色；一种似水凫，头有毛一丛，甚长而细。

而吾于其中得奇景三。一罗汉松，高数丈，覆地如钟；披阅其中[8]，松身合抱，枝皆盘曲而中空，绿叶外护，乃极繁密。一藤萝，障天如巨屏，凡数所，有曲折如九叠屏风者，皆拔地而（直）起，高数仞[9]，四无凭倚，花叶周围扫地。一长松，高入云际，凡十余株，距地尺许，横出五枝，悬针[10]周匝而（如）盘，每尺许，辄出数十小枝，远望如数十级浮图[11]，罗列森林中。皆奇景也。

又制铁盘七具，引藤络而上，盖新种者；十年后，必复成一奇景。始知以上数者，皆人力为之，究不知何以能然也。

至蒲葵[12]张翼如巨扇植立，则此间所在有之。其诸花木来自各国 [及诸番] 者，皆插牌标记，足见此园魄力之大矣。

注释

[1] 闽广：福建和广东简称。

[2] 猨：与猿字同。

[3] 狞（níng）：凶恶的样子。

[4] 狨（róng）：猿猴类动物。体矮小，毛黄色如丝状而软。头圆，颈无颊嗛，股无臀疣，耳上有白色长丛毛，吻短，尾长生密毛。常栖于树上，多产于南美。

[5] 獭（tǎ）：贫齿兽类，穴居不入水。

[6] 采文：杂色。

[7] 鸾：传说是凤凰的同类。

[8] 披阅其中：拨开树叶看看里面。

[9] 仞：中国古代八尺为一仞。

[10] 悬针：松叶如针，故名悬针。

[11] 浮图：指佛塔。这种塔形松又称罗汉松。

[12] 蒲葵：棕榈科植物。叶大，掌状分裂，可制蒲扇。

评析

洪家花园即今新加坡植物园的前身，洪家即皇家，作者有意改称洪家。当时地址在三角埔，后来迁到现今的地点，改名植物园。作者郭嵩焘，清湖南湘阴人，道光进士，光绪年间，任兵部左侍郎，他是中国出使英法的第一人。1876 年赴英，道经新加坡，此文当作于此时。作者仿效韩愈《画记》，把当时园中的各种景物一一记录下来，使我们对当时的情形获得具体的了解，是新加坡重要史料之一。本文引自陈育崧编《星华文选》，1956 年出版于新加坡，作为新加坡华文中学高中华文课本，供华校选用。原有详注，选入本书时有删节。

四 佚名氏《重修新加坡恒山亭碑记》

恒山亭[1]者，为妥[2]冢山诸幽魂而作也。道光十年文舟薛公[3]董其事，暨同志诸公筹赀，创建于星嘉坡旧冢山之麓。去坡三里许，枕山襟海，虎踞龙蟠，右则新山雾列，左则荒冢星罗，虽非山水形胜之区，颇负灵秀钟毓之异，祀福德正神[4]于亭中，复募僧以奉香火。自是以来，闽之商旅是邦者，弥觉富有日新，而祈祷斯亭者，亦见熙攘辐辏，信乎地之灵人斯杰也。迄今四十余载矣，日征月迈[5]，雨蚀风残，山川如故，庙宇改容。幸茂元君为文舟公令嗣，有志修葺，遂以重新义举，商于诸君，佥曰善善。乃相与捐金诹吉，革故鼎新，规模概依旧制，气象不减当年。又见新冢山路径崎岖，往来甚苦，不惜浩工巨费，修筑坦平，以便行者。是役也，喜文舟公之有众贤子，而又喜诸君之有善心焉。愿后世登斯亭者，顾名思义，景仰前徽，传斯亭日新又新[6]，恒久不已！则当年名斯亭之深意，庶乎的矣[7]。兹者重修事竣，捐题芳名，宜备泐石[8]，爰志[9]数言，以垂不朽云尔。

注释

[1] 恒山亭：新加坡第一座义冢建筑，始建于 1828 年，位于今中央医院附近，1993 年被大火焚毁，亭中五块石碑存有拓片，本文是其中之一。

[2] 妥：安放，此处用作动词。

［3］文舟薛公：当时甲必丹薛文舟。

［4］福德正神：相当于中国各地的土地神。

［5］日征月迈：日月运行。征、迈都是动词，意为行进。

［6］日新又新：是《礼记》之《大学》篇“日日新，又日新”之浓缩。

［7］庶乎的矣：“的”应为“得”，音同而误。句意谓重修恒山亭，得当年命名之深意。

［8］泐（lè）石：刻石。

［9］爰：乃，语首虚词。志：记述。

评析

恒山亭是为管理福建义山而建的一座建筑物。此文作于 1879 年。先颂扬首创者薛文舟，继而赞美修缮者薛文舟之子薛茂元，最后又肯定捐金诸君之善心。面面俱到，符合纪念碑文体例。选自丁荷生、许源泰主编《新加坡华文铭刻汇编（1819—1911）》，广西师范大学出版社 2017 年出版，第 92 页。

五　邱对欣《琼州会馆序》

琼南与新州相界[1]，吾乡懋迁[2]此地者，货物辐辏，商旅云集。旧有会馆，祀天后圣母[3]，因岁久倾圮，宇向不合[4]，佥议重建于兹。澜水回环，壮襟连之体格；秀峰耸拔，卓笔势于云霄。焕然重新，规模式廓，以今冬落成。不远千里，驰书乞序于余，余以吾乡质朴，颇为近古，风俗茂美，不侈繁华。所愿服贾来兹者，岁时荐馨[5]，敦崇乡谊，谨身节用，以养父母。每当会集时，与亲旧叙离阔，陈说桑梓[6]故事，以为抚掌[7]之资，致足乐也。喜其大工告竣，书此以勖[8]之。是为序。赐进士出身特用知府前知柏乡县事乡人邱对欣拜撰。光绪六年[9]岁次庚辰季春月十三日辰时重建会馆立碑。

注释

［1］琼：海南岛古称琼州。其南面临海，琼州会馆为琼籍人士所立。新州：指新加坡，相界，意为接界。其实两地相距数千里，作者未曾到过新加坡，误以为邻近，故云“相界”。

［2］懋（mào）迁：懋，同“贸”。因贸易而迁居新加坡。

［3］天后圣母：妈祖，海上保护神，尊封天后圣母。

[4] 宇向不合：原会馆的建筑朝向不合风水之地势。

[5] 荐馨：祭祀进献馨香。

[6] 桑梓：桑树和梓树，代指故乡。

[7] 抚掌：笑谈。

[8] 勖（xù）：勉励。

[9] 光绪六年：1880 年。

评析

新加坡、马来西亚有许多地邑性会馆，琼州会馆始建于 1856 年，1870 年又重建，1880 年迁至小坡美芝路，今已修葺一新。是一座七层高楼，第一层为“琼州会馆”，第五层为“琼州大厦”，后进为“琼州天后宫”。三者本是合而为一的海南移民共同组织。此文选自饶宗颐《星马华文碑刻系年》第 35 页。

六 李钟钰《新加坡风土记》（节选）

坡中平阳多而山少，山亦不高，惟居全坡适中之一山，高五十余丈，英总督署即建其上。轮船入口首先望见，此为最高。他如大小坡分界处之王家山[1]，及迤西濒海一带诸山，俱高不过十余丈。王家山有石磴可登，磴止三十余级。轮船入口，王家山及迤西一山，俱升旗以报。各商船瞻其旗号，可识何国、何行、何船从何处来，二山因俱名升旗山。

市廛繁盛莫若大坡，洋行、银行、信馆[2]、海关，均在大坡海滨。小坡虽有集市，皆土人所设土货及各项食物，无一巨肆。其迤北一带，多园林树木，境最幽静。有地名牛车水者，在大坡中，酒楼、戏院、妓寮毕集，人最稠密，藏污纳垢，莫此为甚。煤气灯[3]彻夜不熄。各铺户门首俱悬神灯，初二、十六之夜，家家点灯，至九点方熄。

叻地树木繁盛，尤多椰林，其次槟榔、榴莲、菩提等树最多，然不甚高大。欲求一百尺之材，十围[4]之木无有也。或曰：故多乔柯，六十年前西人开山，被伐殆尽云。松有孤干挺特，高八九丈者，枝叶层层，渐上渐小，多至数十重，其形似塔，因名塔松。初见疑经剪扎，后知自然生成。又有扇蕉，形似扇，其根出地四五尺，两旁各出叶七八瓣，排列甚匀。远望宛然一扇，此二种皆不多觏[5]。椰实有大如斗者，其汁甚清，微有酒味，土人多食之……

坡中道途宽坦，修治之工终年不辍。桥梁多以精铁[6]为之，较之上海租界各桥，更形坚固。马车路四通八达，无往不利。每于申酉之交[7]，驰车骋游，沿海滨以入山内，浓阴深树，细草疏花，不绝于目。时或一溪一桥，两三茅屋，或层楼杰阁，隐约林间。昔人所谓入山阴道，应接不暇[8]，殆亦似之。夕阳将下，闻狺狺喔喔[9]声，恍惚峰泖景象，几忘其置身万里外也。

西人于西北山高处，寻泉源凿池蓄水，用沙滤清，复于山上凿池，激而上之，再用沙滤，以铁管引至人烟稠密处。散入支管，便民取用。居民多通管入屋，量出水口门多少取值，不限用度。惟数日不雨，则受之以节[10]云。

西人所谓花园与中国异。并无楼台廊榭，惟扩地一区，多植树木。其中罗列名花奇卉，供人清赏。豢养珍禽异兽，广人眼界。而花径纵横，亦颇引人入胜。坡中之公家花园即此类也。然草多花少，尚不如香港之园。此外富商巨贾购地为园，则略有楼台，以时宴客，亦颇饶幽致。叻中无名胜地，然一草一木，无不向日似笑，禽言鸟语，尽含欢声。日晡时濒海远望，帆樯林立，中浮峦数叠，隐隐送青，此景不可多得。至如公家花园，虽无足观，亦甚幽旷。而两处出水之山，一泓清水，周以铁栏，旁莳花草，别饶佳趣。

注释

[1] 王家山：又称皇家山，今福康宁山。

[2] 信馆：邮局。

[3] 煤气灯：俗称马灯，常见者为一种多层玻璃罩的手提灯。内层有水蒸气、一氧化碳、二氧化碳等；中层有煤气，燃烧不充分；外层煤气燃烧充分。温度可达800℃～900℃，可用于市内路灯及室内外照明。

[4] 十围：两只胳膊合拢起来的长度为一围。

[5] 觏（gòu）：看见。

[6] 精铁：钢。

[7] 申酉之交：申时酉时之交，即下午五六点钟之际。

［8］入山阴道，应接不暇：语出《世说新语·言语》。山阴道在今浙江绍兴市西南郊外，沿途风景优美，使行人目不暇接，看不过来。

［9］狺狺（yín）：犬相争而吠。喔喔：鸡鸣声。

［10］受之以节：使用自来水受节制。

评析

此文选自李钟钰（1853～1927）《新加坡风土记》，新加坡南洋书局有限公司1947年出版。李钟钰是上海名士，出身小康，擅长医术，常作诗文，与新加坡总领事左秉隆是好朋友。1887年应邀造访新加坡，住了两个月，写成《新加坡风土记》一书，万字左右，介绍比较全面，有很高的史料价值。文章涉及新加坡的地理位置，各民族人口数目，英国殖民当局各个衙门，清廷派驻领事之权限，华人的节日、宗教活动、主要产业、市场和街区情况，政府税收、外来人口接纳、酒楼、戏院、妓院、鸦片馆、赌场、医院、博物馆等，有些描写相当具体（许多内容删而未引）。当时的市区还很小，郊区农村尚未开发，所以既有高楼，也有土屋，既有先进之处，也有落后一面。其中关于商业情形和花园，李氏认为不如香港、上海。经过一百多年的发展，如今许多地名仍然在使用。今天新加坡已经没有农村，全岛是一个大花园。与李氏同时的新加坡人罗翼唐有《与友人论新加坡情形书》（见陈育崧《椰荫馆文存》第三卷），他以主人身份用骈文描述新加坡市容及市民生活，只讲正面，不讲负面，比李文更华美，二文可以互参。

七　邱菽园《新加坡眺望》

新嘉坡本巫来由[1]部落，其地浮洲，自成小国……沿海埔头[2]政治一禀英人。英人固称新嘉坡。新嘉坡犹云泊船岸也。然余尝登高阜而望，每当夕阳西匿[3]，明月未升，隔岸帆墙（樯），满山楼阁。忽而繁镫[4]遍缀，芒射于波光树影间者，缭曲回环，蜿蜒绵互（亘），殆不可以数计。及余驰孔道[5]，驾轻车，则又灯火万家，平原十里，与顷者相薄激。明月为之韬彩，牛斗为之敛芒。若是者，街鼓沉如[6]，东方发白，犹未阑[7]也。乃顾而嘻曰：岛人尝称新嘉坡为星嘉坡，向以为译著之偶异耳，今而后知星字之为美，其在斯乎！况是坡也，一岛潆洄，下临无地，混然中处，气象万千，既以星嘉是坡为表异，何不以洲名是坡为纪实耶？乃号之曰“星洲”，而以“星洲寓公”自号。嗟夫！星坡一弹丸岛耳，容华人廿余万有奇[8]。其来作寓公[9]者，固不只余一人。而余亦既偶然为此廿万寓公之一人，江风山月，式好毋尤[10]，其遂乐此而自足也耶？抑非斯人之徒与而谁与耶？

注释

[1] 巫来由：“马来人”的音译。

[2] 埔头：码头，港口。

[3] 夕阳西匿：夕阳下山，似乎躲在西方。

[4] 繁镫：众多的灯火。“镫”，古同“灯”。

[5] 孔道：大道。当时还没有能力挖掘今市中心之中央隧道。

[6] 街鼓：街巷打更的鼓声。沉如：沉静。古代以更鼓报时。从二更起，击鼓二锤，锣一下；三更鼓三锤，四更鼓四锤，五更不再击鼓鸣锣，街巷安静片刻，快天亮了。

[7] 未阑：指夜未尽，天未亮。

[8] 有奇（jī）：有余。

[9] 寓公：寓居某地并不工作之人。

[10] 式好：式为语首助词，无义。毋尤，无过错，此指没有不满意之处。

评析

邱菽园（1874～1941），祖籍福建，他在故乡受传统教育，考科举，中秀才，成绩优秀，列为廪生。后来到新加坡继承遗产，组织文学社团，结交名士，先支持康有为，后支持孙中山。邱氏将其诗文词论编为《五百石洞天挥麈》，1900 年在广州刻印出版。这篇短文摘自该书卷一（题目是本书编者所加），主要写夜间眺望全岛之美景，文笔很好。他认为“星加坡”的“星”字的由来，是因为万家灯火犹如繁星，自己因而号称“星洲寓公”。1898 年他曾撰文称：“星嘉坡”之称星洲是从他开始的。其说引起多人异议。考其历史，星岛最初名“石叻”“淡马锡”，乃马来语。先有“星嘉坡”，后来才有“星洲”之简称。前引 1862 年佚名氏《重修新山利济桥碑记》已称“星嘉坡”，比邱淑园 1898 年撰文早三十多年。

八　陈宝琛《百年适成亭记》

上世之民聚于农，近世之民散于商，昔子舆氏[1]论井田[2]之善，死徙无出乡，夫生则有宗法之相系[3]，死则有族葬[4]之相依，岂有安居乐业，而情不联，气不应[5]哉？自海禁开，闽粤间民游贾海南群岛者，以亿万计。所之既远，亲故相失，往往以沦于异域，而不能首邱[6]，气涣情漠，势固然欤？怡山僧微妙[7]，自槟榔屿归，数为［余］言逆旅[8]主人之贤，屿有义冢，葬闽客死者，岁久不继，吾商人屡谋广之，乏空地矣！最后得地于峇抵眼东[9]，校以中土弓丈[10]，可容八百五十八亩有奇[11]，开路导泉，筑亭其侧，用番银八万余圆，恐后无考，愿得余文记之，未暇以为也。去年，余为乡人捐募赈款，海南群岛多输金来助者，而屿之人与焉。李君丕耀[12]，复以记请。余惟桑梓[13]之敬无远近，生死一也[14]。观诸君子之施惠者，不忘在远如此，况死丧之感，得自目击[15]者乎？且世之为义冢，止于掩骼埋胔[16]而已，兹冢之设，有举莫废[17]，隐然有同灾共患之意焉。嗟乎！其诚有不可解于中[18]者耶，抑亦有先王睦渊任恤[19]之泽，所贻者远，虽殊方异俗，不能外是而自立[20]耶？又有以为井田废，而民生困于游食[21]；商务盛，死有归，熙熙然[22]，得中外一家之乐。天下之势，聚而散，散而聚，虽曰运会[23]，岂非人事[24]乎？然则斯役也，志世道者[25]，或有取乎是，故乐为之记云。

注释

［1］子舆氏：孟子名轲，字子舆，战国时邹人，接受和传播孔子的学说，在儒家的地位仅次于孔子，被尊为亚圣。

［2］井田：中国儒家理想中的古代授田制度，以地方一里，划成九区，如井字形，四周八区由八家分种，中央一区作为公田，由八家协同耕种，以代租税。

［3］宗法之相系：按宗法制度互相联系。

［4］族葬：同族人葬在一处。

［5］气不应：谓声气不能相通。

［6］首邱：一作“首丘”，《淮南子·说林训》：“鸟飞反乡，兔走归窟，狐死首丘。”后世因谓反葬故乡为归正首丘。

［7］怡山僧微妙：槟榔屿极乐寺僧得知和尚，江西宁都人。受戒于怡山，后游槟榔屿，创建极乐寺。

[8] 逆旅：客店，旅馆。这里指招待僧人微妙寄居的主人。

[9] 峇抵眼东：槟榔屿福建义冢所在地。

[10] 校以中土弓丈：校，核算。中土弓丈，即中国的测量单位。古代以“步弓”为量地之器，五尺为一弓，十尺为一丈。

[11] 有奇（jī）：有余。

[12] 李君丕耀：福建人，捐资购置土地建义冢。

[13] 桑梓：桑梓二木，古人多种于墙下，后人因其多由父母手植，所以备加恭敬。这里用来代指乡里。

[14] 生死一也：指对于同乡的感情，死生如一。

[15] 目击：亲眼看见。此指海外华人亲见同乡人客死异方。

[16] 掩骼埋胔（zì）：骼指枯骨；胔，腐肉。句意是，把遗尸埋葬。

[17] 有举莫废：兴办之后，就不停止。

[18] 诚有不可解于中：实在有不能抛开的感情留存在心中。

[19] 睦渊任恤：和睦亲戚，抚恤弱小。

[20] 不能外是而自立：不能离开这种古训而另作主张。

[21] 游食：意指或工，或商，或农，生活上没有固定的地点。

[22] 熙熙然：和乐的意思。

[23] 运会：时运与际会。

[24] 人事：人事所为。

[25] 志世道者：有志于为社会整顿风气的人。

评析

这篇碑文，着重说明义冢设置的意义。旅居国外的华人，由于离乡背井，间或有身后萧条、无人料理者，就由一些慈善组织代为安葬，俾能死有所归，是一桩善举。本文记叙槟榔屿一处福建义冢的设置情况，以主要篇幅阐发其深刻的思想意义，说理周详，在同类文章中高出一筹。作者陈宝琛（1848～1935），福建闽侯人，出身进士，同治七年（1868）翰林，光绪十年（1884）中法战争爆发，陈奉命交涉失利，革职。光绪末年出游南洋各地，招募漳厦铁路股票。宣统元年（1909）得军机大臣张之洞引荐，始告起复，受命为山西巡抚，未就任，改为宣统皇帝溥仪的师傅。不久后清亡，陈仍一直留任。后来溥仪于东北称帝，立伪满洲国，陈未依附。著有《沧趣楼诗集》及《沧趣文钞》等，此文当作于1900年游南洋时。转引自陈育崧选《星华文选》，1956年新加坡出版。

九　佚名氏《新建广福古庙戏台石碑》

广福庙，古庙也。何名为广福？以为广府[1]奉祀之神，定福庇于我广府也。而肇府[2]亦与其中。祀何神？则齐天大圣、医灵、玄坛诸神也。为庙之主者，实齐天大圣也。初大圣显迹于砖窑，去十字路有半里许，晚间每放毫光，瞬息如电，集于茂林丛草中，土人多觉之，遂为之立庙于此。迨至同治六年[3]，广肇等众，议迁其庙于十字路，埠上工商士女，咸仰眷祐。神灵感应，遐迩共知。又奉医灵于殿左，玄坛于殿右，由是而香火益盛。凡有入庙祷病祈福，罔不获效，而拈香叩祝者，络绎不绝矣。每年于十一月望[4]之前后日，两府酬神，梨园[5]演剧，冀邀神鉴，以表众诚，颇称热闹。独惜无实在戏场，以为歌舞之地，仅以竹木篷板盖戏台焉。然而演戏台成，戏毕台毁，数日兴尽，一旦寂然，未免有事过景迁之叹矣。且往来行人，孰知此间有演戏一事，不知其事即不知其神之灵也。众特商之，爰集同人，妥议一劳永逸之计，作堂皇壮丽之观，于是有建戏台之举也。从兹土木大兴，经营匠力，数月告成。台之规模宏敞，画栋雕墙，洵可观也。而当时士商乐助，众志成城，其急公好义，亦概可见也。余料后之咏霓裳，赓羽衣[6]者，亦奋旧精神，施妙技，以供神圣之视听欤。古人云：十年世事几番新。始则其庙设自砖窑，继则迁于十字路，自十字路有庙而有戏，有戏久而遂建戏台。一时盛事，人运耶？地运耶？抑人杰而后地灵耶？余必谓大圣之灵，乃至于是也。噫！齐呼天德，大哉圣人，昔之显灵于砖窑者如是，今之显灵于十字路者又如是，非圣者孰能之！兹值斯台落成，众特嘱详记其事，俾四方来观者，当亦备悉其颠末欤。光绪辛丑年（1901）三月中浣立。广肇二府众等启。

注释

［1］广府：广州。

［2］肇府：肇庆。

［3］同治六年：1867 年。

［4］望日为农历每月十五日。

[5] 梨园：古代戏剧和歌舞表演团体。

[6] 咏霓裳、赓羽衣：霓裳、羽衣，相传是唐明皇所欣赏的歌曲。赓，继续。

评析

此文作于1901年。广福古庙为广肇移民所建，主神齐天大圣，初设庙于距离新加坡加冷路火城十字路口半里之处。当年这一带称为“梧槽区”，加冷河从旁流过，设有许多板厂、砖窑和牛皮厂。有一老翁携猴居其地，后来老翁去世，猴子旋即他去。不久有人见一岩石，形如齐天大圣，疑是该猴化身，故尊该石为神。好赌者闻讯而至，偶有中奖，咸认该石显灵，故附近居民倡议，立庙供奉齐天大圣于砖窑。这是广福古庙之由来。此庙创设最迟不晚于1863年，广肇移民在同治六年（1867），见该庙失修，地势低洼，有碍观瞻，倡议迁庙到十字路口。1880年，古庙再迁到劳明达街。此庙的行业神色彩较浓，除中殿主神齐天大圣外，左祀神为“万寿长生医灵大帝”（华佗先师）和木匠之神鲁班先师，都与广肇移民从事的药材业、木材业有关联。1918年，收容和教育火城一带的失学子弟之广福学校正式开学，借用广福古庙的酬神戏台。1928年，广福古庙乃兼办广福学校。20世纪80年代，广福古庙和广福学校被拆除。广福学校原址和校舍，由新建的大悲佛教中心取代。原文选自丁荷生、许源泰主编《新加坡华文铭刻汇编（1819—1911）》，广西师范大学出版社2017年出版，第374页。

十　黎伯概《补尖笔峰诗序》（节选）

山在惠阳县[1]西一百二十里，挺拔出群，称为天笔……（某年到山庙）求签问余终身作何事业，签语为“树暗桥稀水没篙，溪中泛泛几渔舟，行人欲向前途去，一路平平上九霄”。不知何谓，遂亦置之……（若干年后）内人[2]节衣缩食，思买山为久住计[3]。余乃入山察视，择定现所居地，凭价购得，不过爱其山水之灵，赏其风光之美而已。当时全山半荒，庐舍全无，忙于建筑，童童矮树[4]，补种未惶（遑）[5]。五年而后开荒，十年而后有成。往来日久，区别路径，分为三条：左路、中路、右路。我山在右，应循右路，靠海岸而行，约二三里，一路平坦。中路一桥，横跨小溪，其中树木幽密，有几家渔夫，乘潮归来，渔艇即在桥头停泊，或拖起岸晒底[6]。远望溪头是为港口，外联大海，渔栅[7]无数，用木杆插成，半漫海中。再行半里平路，即抵山麓，直上山路，愈上愈高，而抵吾庐[8]，以至山顶。据全岛之胜，风景绝美，云山罗列，恍然与签语四句丝毫无异，何其奇也！始知夙缘[9]已定，不待安排，假之神灵默示，不到时不知也。今者老妻久逝，无福同游，余亦一病多年，不履斯地，乃以避乱故，姗姗来迟。往复流连，倍觉境地如新，山容未改，颇有久居之想，其殆夙缘尚深耶？

注释

[1] 惠阳县：今属广东惠州市。

[2] 内人：丈夫在他人面前称自己妻子为内人。

[3] 句意谓，在岛（新加坡之北降岛）上买一块土地，计划日后久住，“买山”并不是买一座山。

[4] 句意谓，岛上光秃秃的，只有矮小的树丛。

[5] 句意谓，来不及补种树木。

[6] 句意谓，把渔船拖到岸上，翻过来晒船底。因为船底久浸水中，定期翻晒可以油漆修补，起到保护作用。

[7] 渔栅：捕鱼人在海水中用木杆围成栅栏，用来捕鱼。

[8] 吾庐：黎氏在北降岛上所建别墅。

[9] 夙缘：上天或神灵早定的因缘。指多年前尖笔山神已预告他将来会到渔岛上居住。

评析

黎伯概，其生平在第二编新加坡纪传类文章中已经介绍。此文作于1942年3月，前半段详记二十几岁时在家乡附近尖笔峰山神庙中，三次求签皆应验，当时不解，到时乃知，作者认为是神示夙缘。后半段继述后来妻子在新加坡附近北降岛上建造别墅的情况。该岛经过五年开发，十年有成，十七年时游山，所见树桥渔舟，山光水色，十分优美，竟然与早年在广东尖笔峰山神庙所得签语相似，备感惊奇。黎氏到新加坡后，发展顺利，事业有成，亦与签语所谓“一路平平上九霄”相符。文章条理清晰，视野开阔，心情愉悦。突然乐极生悲，联想起别墅建造者老妻已逝，不能同游，自己又因病多年未曾登岛，此次为了躲避战难，才重返旧地，故特赋七律四章，以申永怀。感情深笃、自然，而且紧密切合实际，非一般泛泛游山玩水之文。本文节选其后半段。

印尼山水风物和建筑碑记

一　陈一誉《安恤福德神庙建修碑》

安恤福德神护庇巴人[1]，声灵赫濯矣。余莅是邦，深资默相，有祈祷罔不效。但岁月久深，风雨剥落，其庙之外门坏矣，一带木栏及旗杆朽矣，焚金之塔[2]亦残矣。余念神功，期修此报之。追观其殿宇及两旁所有之室，其墙壁瓦砖皆剥蚀、销铄、蠢（畫）啮几穿，岌岌乎有不克久之势。此而不遽修之，其崩塌可立待也。于是概举而修之。鸠工庀作，敝者易，坏者理，虽无丹青黝垩，而绸缪补葺，务期巩固。凡两阅月，厥工告竣，计费白金[3]八百零四盾一六，而庙貌依然壮观也。嗟乎，前人建之，后人修之，固其宜也，况沐其庥[4]者乎。然今修之，过此以往，能保其永贞不坏乎？则修举废坠，又深有望于将来之人也。故志之。道光十九年[5]岁次己亥阳月特授巴国妈腰[6]陈一誉立。

注释

[1] 巴人：雅加达简称巴城，有时也简称印尼为巴国。巴人指居住在雅加达的华人。

[2] 焚金之塔：焚烧冥币之塔形炉。

[3] 白金：银币。

[4] 沐其庥（xiū）：获得神灵保佑。

[5] 道光十九年：1839 年。

[6] 妈腰：荷兰统治者赐给有贡献的居民的封号。“玛腰”是印尼语音译。

评析

作者是当地华侨领袖，生平不详。此碑立于雅加达，作于1839年，简要记述修缮福德神庙的经过。选自傅吾康主编《印度尼西亚华文铭刻汇编》第二册上卷，新加坡南洋学会1988年出版，第26页。

二　马正魁《重兴大觉寺新建功德祠碑记》

盖闻圣王先成民而后致力于神。故自都城郡邑，尊崇圣神者，将以佑民人，利社稷也。我垅大觉寺，中华人之领袖，八芝兰之保障也。东连泗水，西通蛟浪、葛、汶，南入隆、嗹、喏咾、牛吗之属，北至无棣。舟楫往来之区，四境之人，致其禋祀，仰藉神庥[1]，用降遐福[2]。兹寺之建，原非无故而然也。当日石溪陈文蔚公，肇建兹寺于北高（然），迄今历有年所矣。为时既久，不独栋宇朽蠹，墙壁颓坏，而且地啮于潮，基址亦因而缺陷。每当春时，水潦既降，水辄及其半扉，其势渐就倾圮，固宜亟为重新，补修罅漏，俾绍昔时之壮丽焉。所最要者，寺既重新，佥议更立功德祠，以垂永久，而利民生。中堂奉祀厚缘之禄位，旁及配享无依之主。往来之人，供其乏困，及夫鳏寡孤独之人，时加周恤。又设为义塾[3]，以陶升后人。凡此皆此地应行事宜，而缺一不可者也。兹因大觉寺新修并创立功德祠一区，盖将使后人有所遵循，实赖诸善信君子暨列位乡先生，虔诚乐助，共襄义举。不但寺祠并兴，庶几祀典无替，神明感应，幽魂咸依保佑，昭彰毫发不爽，将见功德无量，福有攸归，而贞珉之勒[4]名垂不朽矣。是为记。

道光乙巳[5]春玉正月榖旦玛腰兼甲必丹大陈敬麟重修。

钦加玛腰丽亭[6]马正魁恭订。

注释

[1] 庥：保护。

[2] 用降遐福：以降福于远方异国。

[3] 义塾：免费学校。当时中国尚无现代新式学校，各地私立学校称为学塾。

[4] 贞珉：美石。勒：刻。

[5] 道光乙巳：1845 年。

[6] 丽亭：地名，是马正魁在中国的祖籍。

评析

此文记录印尼中爪哇华侨集资建设公益性建筑物的情况。一是修葺大觉寺，感谢神恩；二是新建功德祠，奉祀捐巨资者并接待往来困乏之人；三是设义塾，实行免费教育。负责人是甲必丹陈敬麟，碑文作者马正魁，生平无考，作于 1845 年。选自傅吾康主编《印度尼西亚华文铭刻汇编》第二册（下）第 383 页。

三 林子荣《修建天后宫乐捐碑》

盖闻祀典之兴，由于恩泽之及人。而恩泽之及人者，莫如天上圣母[1]。是以圣朝崇隆祀典[2]，普天下之处有庙廷（庭），男女老少咸尊崇而敬奉焉。自明季以来，中华之客贩于巴陵[3]、潮海之间，尤蒙圣母垂佑，行贾坐商，各得其宜。盖圣母系出湄洲[4]，为我族之祖姑。我族之先客旅巴陵者，皆深感圣母之庇，且以亲亲之义，崇奉最虔。乃鸠族中同志，而西园天后宫之所由建焉。自是我族之人，悉知尊崇圣母。因逐年轮流值炉主[5]，每逢十秋[6]圣诞，则备礼物，演梨园[7]而庆祝，迄今历有年矣。殿庭之间，宫墙之内，无不损坏，永秀、子荣等在于巴陵所蒙圣母之佑，岂能尽述，触目警心。爰集同志，捐资修葺，及今告成，而庙庭一新焉。愿后之视今，犹今之视昔，永久而常新之，是予厚望也。谨将善信之捐资，列其芳名勒碑，以垂不朽云。观山华峰氏林子荣志之。

注释

[1] 圣母：此指妈祖，亦称天后圣母。

[2] 圣朝：指清朝。崇隆祀典：高度重视祭祀典礼。

[3] 巴陵：此指印尼，非指湖南岳阳。

[4] 湄洲：福建莆田湄洲岛，据称是妈祖的出生地。

[5] 炉主：东南亚华人华侨，每年举行各种祭祀和酬神活动，主其事者称为炉主，逐年更替。

[6] 十秋：十年。

[7] 梨园：本义指戏班，此指戏剧演出。

评析

此碑立于雅加达，作于1859年。作者生平不详，观山华峰是他在中国的地望。选自傅吾康主编《印度尼西亚华文铭刻汇编》第二册上卷，新加坡南洋学会1988年出版，第45页。

四 黄志信《卖时望安地碑记》

时望安为王公三保大人归真之地[1]，山明水秀，树水葱茏，麓有石门，天然成洞，三保圣神著灵于此，俗称为三保洞者，以神得名也。我唐人旅居鸦地者，咸叨庇佑。而航海经商，尤资保护。切（功）在民庶，口悉为碑。是以每逢朔望，善男信女，诣洞恭神，用申悃愫，肩摩踵接，车辘马嘶，诚盛迹也。是山向为宋仔故业，岁索路金五百，我公馆征诸铺户，以供斯款，虽为数无多，而慢神害理，历代相沿，宁有既耶?[2]。信目击情殷，杞忧徒切，乃己卯夏月拍卖嚟啰[3]，赖神默助，竟遂初心。于是除路资[4]，修废圮，新洞亭，浚沟浍，庶士女得尽虔诚，馨香永荐，藉以翼荫，合境康安，炽昌勿替者也。窃恐后人不体此意，爰述所由，勒诸坚石，俾后之承吾业者，遵守勿违，且以明吾之所以得是地，革陋规者，皆出圣神默助致然也。是为识。大清光绪五年[5]岁次己卯望山主人黄志信敬勒。

注释

[1] 三保大人：指三宝太监郑和，他曾率船队七下西洋，最后病故于途中，本文认为印尼中爪哇时望安是郑和去世之地。

[2] 句意谓，慢神害理之事，历代相承，没完没了，岂有尽头。“宁”，岂。用法与“王侯将相宁有种乎”之“宁”相同。“既”，完成。

[3] 嚟啰：地名。

[4] 路资：指宋仔向三宝洞管理者每岁索路金五百。

[5] 光绪五年：1879年。

评析

此碑立于中爪哇，作者生平不详。此文记述中爪哇三宝洞附近华侨集资修亭、浚沟、废除路费的经过。选自傅吾康主编《印度尼西亚华文铭刻汇编》第二册上卷，新加坡南洋学会1988年出版，第319页。

五 应标《吧城创建义祠叙》

尝思过都越国，圣人有行道之怀；浮海乘槎，吾辈为谋财之念。客商之远适异国者，姑不具论，即飘游吧城者，不啻数十万余。捆（稛）载荣旋者固甚多，丧身殒命者亦不少。嗟夫！一朝入梦[1]，故国长辞。残魄孤魂，孰悯凭依之失所；悲风泣雨，谁怜祀奉之乏人。岁逢乙丑，节届清明，应标旅寓结石珍[2]，睹祭祀之萧条，动恤怜之善念，爰集同志仕标、仕梁、科郎、林丙官、张新郎等十余人，共提银数十盾，以为清明应祀之需，始立义祠[3]于结石珍矣。从此，清明及盂兰[4]两节，每岁捐资以应春秋之祀，厥后倡捐会底[5]，乐助般般，多助者固所不拘，少助者一盾为限。逐季权子母而获利[6]生财，较锱铢而裒多益寡。前后十年间，经应标手管理，除置器具外，共计凑成二千有奇盾。甲戌中秋节后，应标、任标、思六等，绘成特牌图式，即往城地沽售。添举颜公德富为总理，荷彼苍之眷顾，果有志而竟成。仅数日之劝捐，得五千之额款。买就克成李公石桥头大屋一所，价银五千五百盾，将结石珍存银先交为定，随后陆续收清始得完讫。乙亥清明始向城厢内外捐赀祭祀。旋于二月间，将结石珍义祠移徙石桥头而享祭焉。迄丙子仲夏，又买就相连德水梁公瓦厝[7]式间，价银一千五百盾。自兹之后，售牌生息[8]，积少成多。谨择丁丑八月平基，九月兴工架造。迨戊寅冬而得告落成焉。然善恶自有报昭，功过必明赏罚。故昔年结石珍之捐银一盾至四盾者，则以侧面五盾谥牌酬[9]之。自五盾至九盾者，则以正面十盾谥牌酬之。自十五盾以上则加倍以酬矣。若历年领薄、捐赀、祭祀之各首事，则酬以五十盾特牌焉。其出银买牌者，该牌内则注明捐银若干。其效力共事者，该牌内则注明酬银若干。其以特牌酬大总理者，该牌内又以赠字别之焉。今日者，栋宇辉煌，灵爽喜依，栖之有室，龛楹峻整。百氏聚香火于同堂，岂不懿[10]哉。

同治四年（1865）乙丑岁三月初三日巳时倡立义祠。

光绪七年（1881）辛巳岁闰七月二十三日年时进火升牌，辛巳、丁酉、癸丑、戊午。光绪七年岁次辛巳仲秋吉旦立。

注释

［1］入梦：句中指死去。

［2］应标：当是作者名字，自称时省去其姓氏。结石珍：地名。

［3］义祠：公共祠堂。中国古代祠堂多为家族祭祖之处。义祠是不分姓氏，皆可来祠内祭祀其祖先，是公益活动之场所。

［4］清明：扫墓祭祖的节日。盂兰：盂兰节，农历七月十五，又称中元节、鬼节，祭祀祖先和孤魂。佛教有盂兰盆节，内容更丰富。

［5］会底：基金，储备金。

［6］逐季：按季度。权子母：把捐款作为基金借贷出去，本金产生利息。母，指本金；子，指利息。不是按年或月计息，而是按季计息。

［7］瓦厝（cuò）：福建方言称屋为厝，瓦厝即瓦屋。

［8］售牌生息：发售捐资牌，类似今之彩票，既有捐助性，又有一定利息。

［9］以下数句大意是，按捐银多少，赠以纪念牌，记录其数额，捐款多少有区别。这是一种奖励措施，鼓励人们捐献。谥牌意为奖牌。

［10］懿：美好德行。

评析

此文选自傅吾康主编《印度尼西亚华文铭刻汇编》第二册（上），立碑于雅加达，撰文于1881年。此文内容特别丰富，详细记述吧城义祠几次迁徙经过。由结石珍而石头桥而德水，实力不断壮大。具体描写十余年来经理人员如何筹措经费，最初仅十余人出银数十盾以立祠，而后每年募捐以应春秋祭祀之需要。继后又招募会底以为基金，放贷获利，总数达二千余盾。又出售特牌发售彩票性质的票证，得五千余盾，义祠遂迁到石头桥，过了几年，又迁到德水，继续售牌生息，积少成多。从同治四年到光绪七年，十七年来，祠堂越来越扩大，“栋宇辉煌”，“甍楹峻整”，“百氏聚香火于同堂”。因而又发出不同类型的奖牌，以表彰不同等级的贡献者。有的是购买牌，有的是捐助牌，有的是酬劳牌。既有纪念意义又有鼓励作用。在其他祠庙、义冢的碑文中，都是一次性记录捐资者姓名和数额。此文之末，没有捐资人姓名。买牌者与捐资者及效力者是有区别的。这种把精神上的表彰与经济上的回报结合起来的做法，保证百氏义祠经济实力不断提高，影响不断扩大，在华侨慈善事业、公益事业发展史上都有特殊意义，有一定的文献价值。

六　佚名氏《兴水宫怡里清水祖师公碑记》

清水祖师者，道化成于闽之稽山[1]，烟火分于莲之太溪[2]。吾人之航海经商，奉祀于怡里[3]，其英灵赫濯，莫不殆彰焉。每有祈求，如响斯应[4]。或施以药饵，立起沉疴[5]；或示以趋金，利获倍多[6]。盖其福佑于吾人也厚矣。思欲以报神光，奈独力难支，集众公举谋，及闽粤商贾之民庶，而筹创建新宫焉。众情踊跃，一旦而缘金普足，佥曰善哉斯举。遂择地于埠之东，卜云其吉，鸠工庀材，凡六阅月而庙成，一殿一亭，旁翼两庑。虽未尽其轮奂之美[7]，亦足以庆其落成耳。从此庙貌维新，历千秋而不朽，声灵显著，阅万古而常存，可谓神人均安矣。是为之序。

注释

[1]“道化句”：句意谓，清水祖师修炼道行，完成于福建的稽山。

[2]“烟火”句：句意谓，其香火分炉于莲山之太溪。

[3]怡里：印尼地名。此句意谓，吾辈航海经商，把清水祖师的灵位香火从太溪请到印尼的怡里，供奉祭祀。

[4]句意谓，人们每次向清水祖师神灵祈求，很快有回报。

[5]句意谓，有时庙里施药，多年的疾病马上有起色。

[6]句意谓，有时神灵指示你向哪里投资，能获利许多倍。

[7]句意谓，虽然新宫还未能达到美轮美奂的程度。

评析

此碑立于印度尼西亚的亚齐，作于1888年。所记清水祖师是福建人信仰的道教神灵，被华侨带到印尼，建立宫殿，供人祭拜，据说十分灵验。可见道教与佛教一样在印尼华人社会流行。文中提到的印尼地名在何处，待考。选自傅吾康主编《印度尼西亚华文铭刻汇编》第一册，新加坡南洋学会1988年出版，第53页。

七　李源发《重建西兴宫碑记》

把东坡旧无观音亭。亭之建，始自漳泉人来此经商，以佛国遗俗演象教真传[1]，名曰“西兴宫”，盖欲使疑者卜，病者祷，商旅安，货物聚也。自咸丰辛酉开，即西历一千八百六十一年，道士不戒，祝融肆威[2]，清净之地，顿成焦土。时李源修[3]为甲必丹职，而为雷珍兰[4]者林顺茂、李联益也，相与喟然，曰：“夫事有其举之，莫之废也，今是亭也，毁于火，是宜修。举顾费浩，若之何?”爰议先以借利兴造，扩旧基祀大士[5]，留隙地作墟场[6]。盖竹屋，招百工，年收其值还以借项。不数年，又易竹屋为砖瓦，中覆盖一大万山，号曰“公司地”，用绵久远。众曰若然，是三人有大造于坡，而亦佛所默佑也。然外洋素少宫观，其工匠若无成式。源发曰：“是举也，特以造福于坡，且使唐人[7]之不忘本焉，则召唐之工匠宜。”乃命其子康泝，涉大海回唐山，遴工匠十余人，庀材而大举。其兴工也，癸酉十二月三日；其告成也，丙子[8]十二月，盖闰年四载而成。亭两进，并左右盖两回廊。是后也，费大而不损坡中一钱，赖神灵故墟场旺[9]，不然余三人虽焦心殚力，敢云济哉。复乙酉己杀公司地[10]，邻火延烧，其地尽为灰烬。丁亥[11]特重修之，惜乎林顺茂、李联益时皆物化[12]，不获再共集大功。源发惧坠两君之劳[13]，独力支撑，并就亭之剥者新之，圮者葺之。计大修两次，皆克有成。虽曰人力，岂非佛灵哉。今者轮焕（奂）一新，香火尤盛，恐年久莫详所自，用摭颠末而勒石[14]，俾后之人知亭之由来。佛之造福，而坡亦永兴无替焉。是则不负余之苦心，亦不负林顺茂、李联益之巨劳也夫。

经理人大清诰封资政大夫合（荷）国钦命玛腰职衔二十三年岁次丁酉西历一千八百九十七年李源发立碑。

注释

［1］象教真传：释迦牟尼离世，弟子以木为佛，以形象教人，故称象教。

［2］句意谓，由于道士不警惕而发生火灾。祝融，火神。

［3］李源修：按前后文，此句中李源修应为李原发，“修”疑为字误。

[4] 雷珍兰：官职名称。

[5] 大士：指观音大士。

[6] 墟场：市场。

[7] 唐人：中国人。下句唐山，指中国。

[8] 前句癸酉为 1873 年，下句丙子为 1876 年。

[9] 句意谓，依靠神灵庇佑，市场经营兴旺。

[10] 乙酉：1885 年，“己”下疑有缺字。杀公司地：削减公司用地。

[11] 丁亥：1887 年。

[12] 物化：物故，死去。

[13] 句意谓，我李源发畏惧废坠林、李二君的劳绩。

[14] 句意谓，因而摘述修建西兴宫的始末而刻于石碑。

评析

此文选自傅吾康主编《印度尼西亚华文铭刻汇编》第一册，第 391 页。记述印尼西苏门答腊把东坡（今名巴东）西兴宫的修建经过。1861 年遭火灾后，由李源修、林顺茂、李联益三位侨领发起重修，在扩大旧基以祀观音大士之外，又利用空地建设商城出租，收租金以还借款。数年后改竹屋为砖瓦，费用巨大，由于商城兴旺，而不用地方民众捐钱。1885 年被邻舍火灾牵连而被焚。两年后李源发又重建，继后又大修两次，到 1897 年，宫殿焕然一新，香火尤盛。一系列工程并没有采取传统募捐方式，而是开发土地，出租商城，以租金用于重建修缮。这种办法，今天东南亚各国如新加坡、马来西亚仍然实行。祠庙、宫观、会馆把属于他们的土地、房产开发为商城和餐馆，以租金充当公益活动的资金来源。与雅加达义祠的集资手段虽有所不同，都具有史料价值。

八　郑泰兴《泗水文庙董事立碑》

夫孔圣古今无二，致华夷[1]原是一家。山东有孔庙，中国圣君所设始也。泗水南洋有文庙，始自先君[2]与诸绅商所仿筑也。观其庙貌，甚合圣室，后世留传，教徒幸甚。窃谓此今文庙筑新，由（又）旧浅隘偏居僻巷，户家蔽前，违人目的[3]。由此绅商会议改良，筹款重兴，幸矣。文庙董事等员，好善不倦，向余劝捐，增地扩张，余亦欣然允诺。而泗邑绅商，见义勇为，同心协力，解囊捐助，集腋成裘，建成大宇，兼兴学校。重要教育，爱我华人，渐进文明，去邪归正，大良风气，使之将来后生进步，人才特色（出），如斯有望，华族之幸福也。我先为华族贺矣。前人创业，后有继承，赞成此举，无乃董事等员之功效也，吾人感颂，后人无不感激。如是彰然之公德也[4]。

大清光绪卅式年丙午桂月中浣[5]泗水甲必丹郑泰兴敬撰。

注释

［1］华：华人。夷：外国人。

［2］先君：子女称逝去的父亲。

［3］违人目的：遮蔽人们的视线。

［4］句意谓，这显然是一件公德之事。

［5］光绪三十二年，为 1906 年。桂月中浣：八月中旬。浣的本义是洗涤。唐朝规定，官员每十天洗浴一次，称为休沐日。

评析

此碑立于泗水，作者父子都是当地侨领。文庙与学校合而为一，是中国各地的普遍做法，也反映了印尼华人对孔子和教育的重视。选自傅吾康主编《印度尼西亚华文铭刻汇编》第一册，新加坡南洋学会 1988 年出版，第 697 页。

九　林国浩《建筑华山冢亭序》

窃维荒骼设埋，美周官之厚泽；枯骨命葬，颂西伯之深仁[1]。此好善之君子所由，追念前徽，而必致意于坟冢之筑修，祠亭之建设，为要务也。汉埠自侨胞居寓以来，旧有实杂冢祠[2]。高清辉翁，乃筑一亭于其际，名曰“青山亭”，取其草木苍翠，畅茂条建，有发滋生之象。但其地狭窄，其势低洼，每遇淋雨，棺骸必受其浸渍，履其地者，莫不触目而伤心。迨己酉春，闽粤诸侨董等会议，群向该埠政府禀请，别给一冢地，恩准给予，名为“华山冢”。就中分为两段，一广东区处，一则福建区处，两域已明其经界，地势亦觉其宽耸。至己酉秋，适杨章成翁荣任甲政[3]于斯，出为提倡，邀全商翁吴印光坪、陈印石奇[4]等，共襄盛举，各捐巨赀，创筑该冢，周围坚固，并建一亭，以为往来行人风雨晦明所籍庇。今已鸠工告竣，因颜其亭曰“华山亭”，犹取其春禴秋赏，礼仪不忒，有祖国祭祀之规由。是四达、五达、六达，黄泉可免溢滋；上殇、中殇、下殇，白骨无忧壅湿，俾九原[5]有知，定必歌夫适彼乐土，爰得我所[6]之安兮。噫！斯冢也。斯亭也，实侨胞之幸福。得建而成，而原其缘起之端，则由杨甲政及吴、陈二翁乐施不倦、见义勇为，功良足多也，其阴骘诚非浅口矣。爰是为序。一千九百零九年屋多末月哑沙反舟绒答咪[7]侨董甲政林国浩谨识。

注释

[1] 句用西伯埋枯骨典故，西伯即后来的周文王，修池沼，见枯骨，命吏埋葬之。

[2] 实杂冢祠：百姓乱坟和祭祀多神的祠堂。实杂，当为“什杂”。

[3] 甲政：即甲必丹。

[4] 句意谓，邀集全埠商界大老，吴公光坪、陈公石奇等。在对方姓和名之间加“印”字，是表示尊重。在中国上层社会，直呼姓名是不太礼貌的，或在姓名后加先生，或简称某先生、某君，或仅称名之后加先生。如本文在姓名之间加“印”字较少见。

[5] 九原：九泉，即阴间。

[6] 适彼乐土，爰得我所：是《诗经 · 魏风 · 硕鼠》中的句子。原意是到我所理想的安乐之处，此处借指死者在九泉之下得到安息之地。

[7] “屋多”至“答咪”下 11 字是印尼语，可能是一种封号。

评析

此碑立于北苏门答腊，作于 1909 年，比较具体地介绍许多人士齐心合力建造华山亭义冢的经过。选自傅吾康主编《印度尼西亚华文铭刻汇编》第一册，新加坡南洋学会 1988 年出版，第 268 ~ 270 页。

十　佚名氏《椰嘉达古城会馆成立序言》

本会馆之成立，皆赖热心昆仲[1]尽量赞助，踊跃捐输，及筹备委员会同人负责策划，积极办理，购屋兴建。几经非小困苦，数度波折，始抵于成，而获今址，既云幸也，亦可谓知天不负苦心人矣。但思古城之名由来[2]，盖所以纪念三国时刘、关、张、赵[3]四公事迹耳。乱世豪俊，四海闻名，虽异姓兄弟，而情如手足。共存荣，同患难，轻福（富）贵，重气节，始终如一，可谓情至义尽，足为我后世鉴也。窃思吾人设立斯会馆之目的，盖因远离祖国，谋生此地，数年来苦无团结，每遇清明春祭之时，无定址，有事业生[4]应声而无门，此倡建本会之所由立也。其宗旨无非以谋联络感情，促进互助，团结合作，和衷共济为原则。是故吾人欲得人助者，恒须助人，方能达于互相扶助之境，而符合本会设立之意焉。现查本会馆前堂初步工作虽告落成，而后堂计划迫于财政，尚待续理。望我伯叔兄弟，群策群力，再接再励，今后应要继续更加努力，以厥其成[5]，而达尽善尽美之举，是为幸也，此序。古城会馆筹备建筑委员会同人谨启。

注释

[1] 昆仲：兄弟。此为泛指。

[2] 古城之名由来：相传刘备、关羽、张飞兄弟三人失散后在古城重聚，后世连续演出的三国戏中，有《古城会》一出。由于异姓兄弟，义重如山的观念，被许多海外华人所接受和推崇，新加坡、马来西亚、印尼皆有古城会馆，以求广泛团结，不分姓氏，有别于宗姓会馆。

[3] 刘、关、张、赵：小说《三国演义》只提到刘、关、张三人结拜为异姓兄弟，没有赵云。后世民间作家因为赵云跟随刘备，效忠刘氏父子时间最长，最为忠诚，于是把赵云称为四弟。见于清代戏剧唱词，以及新、马、印尼的古城会馆塑像。

[4] 事业生：从全句体会，事业生可能是侍应生之误。

[5] 以厥其成：应为“以臻其成”。

评析

明代以后，关公信仰普及全国各地，并由华侨传至海外。东南亚各地有许多关帝庙，有的奉祀关羽一人，有的兼及刘备、张飞，还有的包括赵云在内。新加坡也有刘、关、张、赵古城会馆，由上述四姓合建，初期在三马路，1866 年迁至直落亚逸街 10 号。马来西亚也有刘、关、张、赵会馆，四姓会馆的宗旨是提倡义气，虽异性而亲同手足，患难相助，不离不弃，始终如一。本文对其意义作了比较充分的阐述，语言通俗浅白。作于 1950 年。选自傅吾康主编《印度尼西亚华文铭刻汇编》第二册上卷，新加坡南洋学会 1988 年出版，第 99 页。

第四编　家教、兴教之文

简 说

家庭教育是人生教育的起点和基础。中国历来重视家庭教育，西周即有胎教之说，周公所作《尚书·无逸》是最早的家训。周公是武王之弟，成王之叔，时摄国政。此文告诫年轻的成王勤劳政事，知稼穑之艰难，勿贪图安逸。中国第一部家训专书是北周颜之推的《颜氏家训》，是历代家训之祖。目前中国流行较广的家书是清末曾国藩的《曾国藩家书》，一百多年来家喻户晓。

由于中国周边各国均受中华文化的影响，他们也重视家庭伦理道德教育。比较知名的家训文献如日本菅原道真的《菅家遗诫》、佚名氏《童子教》《伊势贞亲家训》《多胡辰敬家训》等；朝鲜著名的是《李退溪家书》，原为汉文，现已译成韩文。越南陈新嘉所作《婆心悬镜录》，仿《颜氏家训》体例，辑录或创作数十则正反面故事，对家庭成员和社会进行实例教育，是一本兼具文学性和训诫意义的教材。东南亚兴教之文主要是华社民间集资兴办各类学校，修缮校舍，改善办学条件的碑记，以及报刊发表的提倡多种学校，实行全民教育的文章。周边各国学者就国家办学方针，强调道德教育为先，自我修身为本，修己及人，改良社会，纠正不良风气等发表各种建议和批评意见。本编还有些文章，将家庭和谐的故事，回忆家风，父祖遗嘱留给子孙，都有教育意义。

朝鲜家教、兴教之文

一　李齐贤《姐弟相讼》

孙知枢抃，廉按庆尚[1]，人有弟与姊相讼者。弟曰："一女一儿为同产[2]，何姊独得父母之财，而儿无其分耶？"姊曰："父临亡，举家产付我，汝所得者，缁衣冠各一、绳鞋一两、纸一卷而已。父契[3]具存，胡可违也？"讼之积年未决。公召二人至前，问曰："若父殁时母安在？"曰："先殁。""若等于时年各几何？"曰："姊有家矣[4]，弟髫龀耳[5]。"公因谕之曰："父母之心，于儿女均也。夫岂厚于长年有家之女，而薄于无母髫龀（龀）之儿耶？顾儿之所赖者，姊也。若遗财与姊等[6]，恐其爱之或不至，养之或不全耳。儿既长，则用此纸作状，服缁冠、衣履、绳鞋以告于官，将有能辨之者。其独遗四物者，意盖如此。"二人者闻而感悟，相对而泣。公遂中分[7]而与之。

注释

[1] 廉按庆尚：任庆尚道廉访使。

[2] 同产：同胞，同一父母所生。

[3] 父契：父亲的遗嘱。

[4] 有家：成家，已婚。

[5] 髫：头上束短发。龀（chèn）：换牙。句意谓弟弟才七八岁。

[6] 与姊等：与姐姐相等。

[7] 中分：平分。

评析

李齐贤（1288～1367），高丽末期著名作家，其生平前面已介绍。

这个故事见于李氏散文著述《栎翁稗说·前编》，记叙了一桩奇特的案件。父亲过世时担心姐弟二人平均分配，幼子为姐姐所嫉妒而受伤害，故意将遗产留给女儿，而只给儿子留下告状用的衣服和纸。看完这则故事，人们不禁为那位父亲的良苦用心而感叹。在近年来中国的遗产诉讼中，常有兄弟姐妹因分产而争吵不休的情况。孙氏的判决是公正的，其分产原则对今天的中国人也有参考意义。

孙抃（？～1251）是高丽高宗时人。他任庆尚道廉访使时的这段断案故事，亦见于《高丽史·孙抃传》，当是从《栎翁稗说》引述。孙抃年代与李齐贤相去不远，《栎翁稗说》属于实录性质。

二 李榖《师说赠田正夫别》

师之说多矣，然其道不一，而其位不同者，亦不可不知也。以道而言，有圣人、贤人、愚人之师焉；以位而言，有天子、诸侯、卿士、庶人之师焉。其事则德义也，术艺也，句读也，自天子至于庶人，未有不资其师而成其名者也。天子、诸侯、卿士、庶人，其位虽不同；圣人、贤人、愚人，其道虽不一，而所以磨砻其事业，变化其气质者，未尝不系其师，而德义、术艺、句读之教则一也。训之句读以习其文，传之术艺以适其用，传之德义以正其心。师之为师，亦勤矣哉。姑以庶人之师言之，必将喻以孝悌忠信，使之亲其亲，死其长。至于巫医、乐师、百工之技，其数虽小，亦不专心致志，则不能矣。为之师者，威之可也，扑之可也，委而去之可也[1]。如不得教之之道，则强者必梗，弱者必怠。迁业而废事，辱父母，恶乡党，奸宄窃发，而狱讼繁兴。等而上之，卿、大夫、士，其为害也，必倍于是矣。又等而上之，诸侯以至于天子，其道愈大，而其任愈重；其位愈高，而其资愈深矣。夫天子、诸侯，生于富贵，长于逸豫，志满而势尊，奴视士人，而其外傅之严，未若左右之狎。或效声色狗马，或献珍奇异味，盲聋其耳目，淫蛊其心志，而戕贼其德义者，辐凑[2]而不已，应接之不暇。

其褒衣博带，难进易退之士，而与佞幸便嬖、摇尾乞怜之人，较亲疏，争得失，戛戛乎其难矣。古之为教者，虽天子、诸侯之子，必使之入学，日与端人正士游居息食，熏陶德性，知尚齿贵德之义，而无溺冠[3]针毡之事，故师道可行也。虽然，凡为人师，必先正己，未有己不正而能正人者也。

潭阳田正夫，同年士也。今王之入宿卫也，实从之。时王为世子[4]，而正夫以句读进[5]。今既正王位，而犹春秋甚富[6]。实古之就外傅之时，其句读之训，术艺之教，德义之传，无不可偏废也。比之庶人，比之卿、大夫、士，尤不可不重也。期至于圣若贤，尤不可不勉也。上有天子，下有卿士、庶人，尤不可不慎也。为之师不亦勤矣哉。正夫其必先正其己，而正王心。毋为声色、狗马、珍奇、异味之所先，毋为佞倖、便嬖之所夺，斯可已。是其道大，故任重；德高，故责深。岂若庶人之师，而威之，扑之，委而去之乎。岂直卿士之师，而其害倍于庶人而已乎。孟子曰：惟大人能格君心之非[7]。一正君而国定矣。大人者，盖师严道尊之谓也。正夫之从王而之国也，责予赠言。予为师说，而终之以孟子之言，正夫以为如何？

注释

[1] 句意谓，作普通人的老师，学生如不专心学习，老师可以威吓他，鞭打他，弃而离去。

[2] 辐凑：聚集。

[3] 溺冠：汉高祖刘邦初期不喜儒生，曾取儒冠小便。

[4] 世子：国君或亲王之子。

[5] 以句读（dòu）进：以出任句读之师而进入世子府中。

[6] 句意谓，如今世子已正（继承）王位，可能是亲王归其封地，可见不是太子。春秋甚富，意谓他还年轻。

[7] 此句意谓，只有品行正大的人，能够阻止君王心中错误的想法。出《孟子·离娄上》。

评析

本文选自《东文选》卷九六。

作者李榖，第三编已介绍。这篇《师说赠田正夫别》，实为赠序。其友田氏将从某亲王归其封地，亲王年少时，田氏曾任其教师，现在亲王还年轻，田氏身份是外傅。所以此文特别强调，自天子、诸侯、卿士、庶人必有师，教之孝悌、忠信、德义、礼义、句读是必修基础课。还要教育他与什么人接近，效法追求什么。对于帝子王孙之师比凡人之师要求更高，其道大而任重，德高而责深，先正己而后正人。这些道理讲得深刻恳切，文章写得层次分明，对古代出任贵族子弟的师傅之职者尤为重要。

三　李毂《宁海府新作小学记》

礼州小学，掌书记李天年之所作也。李君既佐府[1]，见诸生曰："本国乡校之制，庙学同宫，几乎亵矣[2]，而又引诸童子，使之群聒于大成之庭[3]，其为亵益甚矣。"乃与诸生谋于父老，卜地于府之东北，役以农隙，不日而成。当中而殿，以垂鲁司寇之像[4]；左右为庑，以为击蒙[5]之所。乃廊乃垣，既轮既奂。于是择诸生之稍长者为之教诲。君日一至，考其勤慢，而劝惩之。虽祈寒暑雨，不敢或怠。由是凡民有子，口可离乳者，莫不就学焉。居一年，君捧笺贺丁亥正旦[6]，既至京，教官有阙，权补成均学谕[7]。一日途遇宁海诸生之应举赴京者，曰："而府之小学其规已成矣，但其屋宇苟非时葺[8]，则易至于颓坏。子宜托好文者，录其始末，而示诸后，使无坠成功。"诸生遂来求余记。余惟本国文风之不振也久矣。盖以功利为急务，教化为余事。自王宫国都以及州县，凡曰教基，鲜不废坠。李君乃能留意于斯，可谓知所先务矣。独不知小学之规，当读何书，当肄何事[9]，若曰习句读斯可矣，何必问洒扫应对进退之节；工篇翰则足矣，何必学礼乐射御书数之文。此乃乡风村学耳，予为诸生耻之，诸生勉旃[10]。其屋宇之废兴，当有任其责者[11]，兹不论。至正七年五月既望记。

注释

[1] 佐府：掌书记是州府行政长官的助理，故称"佐府"。佐，辅佐，动词。

[2] "庙学同宫"二句：孔庙与府县之学合署办公，作者认为近乎轻慢，不够庄重。

[3] 群聒：人群众多，声音嘈杂。大成之庭：孔庙之正殿称大成殿。

[4] 鲁司寇之像：指孔子像，孔子曾任鲁国司寇。

[5] 击蒙：启蒙。去其童蒙，以发其昧。

[6] "君捧笺"句：意谓李君代宁海府长官进京呈送庆贺丁亥年元旦的表章，此为当时礼制。

[7] "教官"二句：意谓国立大学成均馆的教官出缺，李天年被任命暂时代理教谕。

[8] 苟非时葺（qì）：如果不能应时修葺。

[9] 肄（yì）：学习。

[10] 勉旃：努力。旃（zhān）：语助词。

[11] “屋宇废兴”句，意谓修葺校舍的事，应该是行政人员的责任，我这里就不多谈了。

评析

本文选自《东文选》卷七一。这篇文章记述宁海书记李天年为该府新建小学校舍，使学校与孔庙分设，并为之选择教师，建立规制，督察学生勤惰，分别给以奖惩，得到当地民众的肯定。李书记后来调到京城成均馆（大学）任教职。李天年遇见赴京应科举的宁海府的考生，让其委托好文者，为学校写一篇记文。考生遂找到李穀，请求为学校作一篇记文。李穀在前一大段文字中叙述新建学校、整顿教学的经过，后面一段，批评自国都以及州县不重视文教，“以功利为急务，教化为余事”，“文风之不振也久矣”，“李君乃能留意于斯，可谓知所先务矣”。但是又指出，乡风村学，不知小学之规，不应该把庙与学分开。不能停留在“习句读”“工篇翰”，而不知“洒扫应对进退之节”，“礼乐射御书数之文”，而这些正是在孔庙中的必修学问。所以他鼓励诸生必须继续努力。而在中国，在越南、琉球乃至东南亚，孔庙与儒学大都是合一的。

四　郑规《病中戒子孙书》

教子当以义方，事亲莫如得礼。兹申治命[1]，用训诸孤[2]。尝观世俗之丧亲者，不求圣人制礼之本意，惟从释氏荐福之浮言，徒务乎七日之斋，余事于三月而葬。世滔滔而莫觉，人贸贸而竞趋。礼义不明，彝伦以斁[3]。予其病此者久矣，汝其听我而念哉。予纵年数之尚多，其奈疾病之不殄。呜呼！岂能久于斯世，惟恐迫于西山[4]。即有一朝之变故，慎勿三宝[5]之归依。文公有不作之论[6]，千载不灭；尼父示无违之训[7]，万世不亡。且彼堂狱之殊[8]，云是善恶之报。果有王者，必无私心。矧[9]予平日之所为，不悦于彼；岂汝一时之追赙，得行其间[10]。况气聚则形凝性具，气散则魄降魂升。此理甚明，夫人易晓。安有既死于此者，可以复生于彼乎[11]？敢告汝曹，敬听予命，无财为悦，贤者不取焉。以死伤生，圣人所戒也。汝等勿过毁以灭性，毋厚葬以取欺，毋惑风水向背之论，毋从金火禁忌之说。但当安厝之是卜[12]，岂曰祸福之所关。酌古今以从宜，称有无以行礼。呜呼！得正而毙[13]，吾又何求，非礼妄行，汝岂为孝。毋替[14]此令，永示后昆[15]。

注释

[1] 申：申述。治命：指清醒时的指示。反义词是乱命，指昏迷时的指示。语出《左传》魏犨所云。

[2] 诸孤：众子孙。

[3] 彝伦：常规。斁（yì），败坏。语出《尚书·洪范》篇。

[4] 西山：古人常以日薄西山比喻人寿将尽。

[5] 三宝：佛教称佛、法、僧为三宝。

[6] 文公有不作之论：《孟子·滕文公下》"圣王不作，诸侯放恣，处士横议，杨朱、墨翟之言盈天下"。是说圣人之道不兴，各种谬论遍于天下。

[7] 尼父示无违之训：尼父，指孔子。他在《论语·里仁》篇说过：事父母应"以敬，不违"。《论语·为政》中孟懿子问孝，子曰："无违。"均指无违父母之训。

[8] 堂狱之殊：天堂地狱的分别。

[9] 矧：况且，上古常见转折词。

[10] 这几句是说，我平时作为，不为佛教徒所喜欢，现在你们搞厚葬荐福活动，等于向他们讨好行贿，行得通吗？

[11] 这几句批评生死轮回之说。

[12] 安厝之是卜：选择平安地方放置灵柩。卜，原指卜卦，此指选择。

[13] 得正而毙：合于正确礼仪规矩而死去。这是曾子临死前说的话，见《礼记·檀弓》。

[14] 替：废弃。

[15] 后昆：后代子孙。

评析

郑规生平不详，从其父郑良生（？～1392）、其弟郑矩（1350～1418）推知郑规大约生活在高丽王朝末期至朝鲜王朝初期。这篇遗嘱选自《东文选》卷六二。文章要求子孙在他去世后，实行薄葬，不要搞烦琐的宗教仪式厚葬。他认为人的生死是气之聚散，不可能轮回转世，不要相信风水、五行禁忌之说。这些见解，继承了中国积极的生死观、丧葬观，值得赞扬。

五　权近《永兴府学校记》

立庙以祀先圣[1]，立学以教子弟，遍天下历万岁而不废。盖人之有天性，固不可不学，而学之为道，尤不可不讲圣人之书也。国家[2]令府州郡县莫不置庙学[3]，遣守令以奉其祀，置教授以掌其教，盖欲宣风化，讲礼义，作成人才，以禅文明之治也。岁戊寅春，枢相孙公，以东北面都巡问使兼尹永兴府，既下车[4]，适值上丁[5]躬行释奠，观其庙学，隘陋颓腐，泫然出悌（涕），欲更营之。且其地势卑湫，不足改为。退而咨于父老曰：生民以来，未有盛于孔子，天下古今，靡不祠之。而府庙学湫隘若此，宁不愧欤？况治人之道，莫先于学。北界邻狄[6]，旧尚武而不崇文，顽犷之俗，今犹未革。而府最钜，为诸郡所视效。盍新营构，兴儒讲道，以为之倡乎。众口佥同，议以克合。乃相少尹[7]旧庐之基，厥土爽垲，厥势环拱，乃治其位，乃兴其工，星焉往来[8]，躬自劝督。少尹李公云实，亦乐助之。邑人前判事李用和，实干其役。圣庙黉舍[9]，咸中厥位。楼其南而门其下，不数月而告成。聚诸生金濂等六十余人，教育惟勤。前成均乐正[10]金公稠适，以教授官至[11]。孙公喜之，劝讲益力，渐磨经术，学有日进。越明年，己卯之科生员赵叙、金濂、李阳敷等，皆自是学褎（褏）然而起，擢中科第，盖自是府置学以来所未有。实赖孙公劝课之功，金公教诲之力也。永乐纪元之夏[12]，金公复为司艺，阳敷亦为博士，偕仕成均[13]。予以不才，忝知馆事[14]。二子具言孙公尽心兴学之事，请记颠末，以示永从。予惟三代之学，皆所以名人伦六籍之书，亦所以明斯道，居是学，而读是书者，当思有以求其道，亦思有以厚其伦。为臣尽忠，为子尽孝，以至长幼朋友，随所往而各尽其职，此乃儒者之实学也。徒泥章句，不治身心，华其文辞，以徼利达而已者，非吾孙公兴学之意也。孙公开国元勋，笃信好善，君子也。予故重之，今闻二子之言，益知公之为政，急于先务，以是施之，优于一国矣，故并及之。永乐癸未秋八月日。

注释

[1] 句意谓，建立孔庙以祭祀孔子。

[2] 国家：指朝鲜中央政府。

[3] 庙学：指孔庙（又称文庙）和学校。中国明清时期，各地州府县皆将二者合而为一，只有北京的孔庙与国子监一分为二，但仅一墙之隔。

[4] 下车：指就职，不是字面意义上的下了马车。

[5] 上丁：农历每月上旬的丁日。自唐以后，历代王朝规定每年仲春（二月）、仲秋（八月）的上丁之日为祭祀孔子的日子。

[6] 北界邻狄：永兴府北边与少数民族为邻。

[7] 相：考察。少尹：府尹，相当于明清之知府，少尹相当于同知。

[8] 星焉往来：当为"星夜往来"。

[9] 圣庙黉舍：孔庙和校舍。

[10] 前成均乐正：前任成均馆音乐教授。成均馆相当于国立中央大学，今韩国仍有成均馆大学。

[11] 以教授官至：被任命为永兴府学教授官职到任。明清之教授不是学衔，而是官职，相当于府学校长。

[12] 永乐纪元之夏：明成祖永乐元年的夏天。

[13] 句意谓，金先生再次担任司艺，学生阳敷也担任博士，二位一起在成均馆任教职。此博士不是学位，而是官职。

[14] 忝知馆事：凑合着主管成均馆事务。此时，权近担任成均馆大司成，相当于大学校长。忝，自谦之词。

评析

选自《东文选》卷八十。权近（1352～1409），高丽王朝末期、朝鲜王朝初期文臣、学者，曾任成均馆大司成。这篇《永兴府学校记》讲述永兴府学校校舍重建经过和效果。府尹（知府）孙公见校舍隘陋颓腐，乃选中少尹旧宅基地商量重建，由邑人李君主其事，不数月而成。由前成均馆教师金公出任教授，他努力劝学授课，次年即有三名学生科举中试。数年后，金公回到成均馆任职，其学生李阳敷任成均馆博士，为永兴府历来所未有的盛事。于是作者受命作记，赞扬孙公、金公兴教之功，及其在朝鲜大力弘扬儒学的贡献。此文作于永乐癸未（1403）担任成均馆大司成之时。

六　姜希孟《训子五说序》

训子［五］说者，无为子[1]为其子龟孙作也。曷为训之？训其所不逮也。曷不自揆而滥为之说欤？其言则俚，而其意则古，昔圣贤之遗意也。何以不敢直斥而微示其意欤？父子之间言犹婉也。龟儿之解官归学[2]也，或云爵禄不可辞也，或云学业当及时也，所论不同，使人不能［不］眩于去就，于是谕以文（大）义。令赴学籍犹恐有所缺漏，略示笔谈，且勖[3]之曰："日省[4]乎此，深究其旨，则去就之分明，而进德之事熟，靡不为涓埃[5]之补。"窃观子朱子与长子受之书[6]曰："大抵勤谨二字，循之而上有无限好事。"吾虽未敢言，而窃为汝愿之。反之而下，有无限不好事，吾虽不欲言，而未免为汝忧之。汝若好学，在家足以读书作文，讲明义理，不待远离膝下。汝既不能，今遣汝者，恐汝在家汩于世务，不得专意。汝若到彼，奋然勇焉（为），力改故习，一味勤谨，则吾犹望焉。不然则与在家一般，他日归来，只是旧时伎俩人物，汝将何面目归见父母亲戚乡党故旧欤？无忝[7]尔所生，在此一行。噫！古昔贤哲父子之间，劝勉之思，恳恻之情，亦足想见矣。夫父之于子，犹农夫之于嘉谷也，养谷不成，终罹饿馁之患；教子无成，竟致孤危之祸。其粪壤耘耔之法，训诲厉翼之方，曷尝少弛于心欤！而况垂老之年，支多不荣[8]，齿留双颗，夏日冬夜，追悼无期，稠人众会，念至涕零。居然为一段怪物，为汝冀望之情，当如何耶！此吾说之所以作也。为人父者，体吾情而教子；为人子者，悯吾情而孝亲，则庶几乎[9]吾说之非空言矣。

注释

［1］无为子：姜希孟自号。

［2］解官归学：辞去官职，回到学校读书。

［3］勖（xù）：勉励。

［4］省：反思。

［5］涓：细流。埃：微尘。两字组成形容词意为微小。

［6］朱子与长子受之书：指朱熹给长子朱受之的信，见《朱子大全》。

［7］忝（tiǎn）：意为辱没。

［8］支：四肢。不荣：指气血、津液亏损，脏腑、经脉失养。

［9］庶几乎：差不多了。

评析

姜希孟（1424～1483），朝鲜前期作家，著有笑话集《村谭解颐》以及《矜阳杂录》。其《训子五说》包括五篇文章，此文是前面的序言，选自《续东文选》卷十七。

七 姜希孟《溺桶说》

大市僻处，官置溺桶，备市人之急。士子窃溲者，抵以不洁之罪。市傍有士夫，畜不才子[1]，潜往溲之。父知之，禁之痛[2]，子犹不听，日溲不止。主者欲梃之[3]，畏父威，未敢发。一市人莫不非之，子犹欣然，自以为得计。人有谨饬不敢溲者[4]，子反非笑曰："怯哉若人，何畏缩乃尔。吾日溲犹无患，何惧欤！"其父闻其肆[5]，呼啧其子曰："市廛乃万人之海，众目所萃，汝以士子，公然白日溲溺其中，能无愧乎！秪（祇）见贱恶而祸或随之，顾有何利而敢犯如此？"子曰："始也，吾亦见士子之溲溺也，未尝不唾面辱之。一日欲溲甚急，姑且溲溺桶而甚便，自是非溲此心不安。始则于吾溺也，人共喧笑，中则笑者渐稀，稔[6]而莫吾止也，今则众共傍视，而莫有非者。然则吾所溺也，宜无伤事体矣。"父曰："噫！汝已为人所弃矣。始人之共笑者，人皆以汝为士子，冀其因此而改行也；中也笑者渐稀，然犹以汝为士子也；今也傍视而无人诋者，人不以人类待汝也。汝观夫犬彘之溲于途中，人尚齿笑欤！人而为非不为人齿笑者，其此之类也，不亦可悲之甚欤！"子曰："傍人不非而翁乃非之，疏者公而亲者私，何公者不我非，而私者反非我欤？"父曰："惟公故视汝之非，弃汝不齿，终无非诋，稔愤甚惨[7]；惟私故见汝之非，痛心疾首，犹冀万一之改，其情可哀。汝且观之世无亲者，当无规者。我死之后，当知我言。"子出语人曰："老翁无闻知，禁我若此。"居无何，其父下世[8]，已而子往溲故处，忽闻脑后生风，毒梃加额，不觉浑（晕）倒[9]，绝而复苏。诘其梃者曰："何物死虏，敢尔搪（唐）突。吾溲于此，几近十年，阖市人无敢谁何，何物死虏，敢尔搪（唐）突。"梃者云："阖市稔愤，而今得伸，汝尚摇喙[10]欤。"缚置（致）市中，争以瓦砾掷之。其家舁归[11]，逾月不起，追思父训悲泣。自讼[12]曰："诚哉！夫子之言也，镆铘[13]藏于戏笑，卵翼隐于震怒[14]，今虽欲闻至论，复可得欤！"呜咽不自胜，叩（稽）颡于柩前[15]，誓改前行，卒为善士云。

注释

[1] 畜（xù）不才子：养了一个不成才的儿子。

[2] 禁之痛：痛加禁罚。

[3] 梃之：用木棍打他。

[4] 谨饬：谨慎小心。

[5] 肆：放肆。

[6] 稔：熟悉。在此句中当熟视无睹讲。

[7] 稔惯甚惨：积惯很深。

[8] 下世：去世，死去。

[9] 此句意谓一顿狠毒的棍棒打到额头上，失去知觉昏倒。

[10] 摇喙：多嘴。

[11] 其家舁归：他的家人把他抬回来。

[12] 自讼：自我检讨。

[13] 镆铘：亦作莫耶，宝剑名。句中指暗中杀人的匕首。

[14] 卵翼隐于震怒：貌似鸟之以翼孵卵，实际上隐藏震怒。

[15] 叩颡于柩前：叩头于其父灵柩之前。

评析

此文讲述儿子有在市集尿桶小便的不良习惯。父亲批评多次不改，儿子的理由是旁人并不反对，慢慢容忍了。父亲告诉儿子：市人开始耻笑，是希望你改正，笑者渐少是还存有希望，市人不说是不把你当人了。儿子还是不听父言。父亲死后，他仍去市上小便，结果遭到痛打。这时他才想起父亲教诲的一片苦心。文章没有典故，语言平顺通达，层层深入说理，说服力很强。不过，市上溺桶，平民可用而士大夫不可用，反映了封建社会的等级观念。选自《续东文选》卷十七。

八　金寿恒《答集、协》

前后每见汝等书，多有匆匆之意[1]，已知其奔走游戏，不能从容作书矣。似闻汝等终日出游，全废书册云。前者书中勿为冒寒浪游之意，果安在哉？

此必汝等以余远出为幸，乘时游拿[2]，不念余远虑之意，此乃不知事父之道也。余虽远出，汝母在焉，而不从教训，则此乃不知事母之道也。人而不知父母，其可谓之人乎？

汝等虽不知父母，父母为子之心，不得不忧虑。汝等之勤学成人，固不可望，而当此严寒，追逐杂类[3]，日夜游戏，必生大病。大病若生，则余与汝母之忧虑当如何耶？今日所望，只在于勿为游拿而已，学与不学，有不暇论也。黄教官[4]家，亦勿往学可也。

注释

[1] 多有匆匆之意：从来信中看出许多匆匆忙忙之意。

[2] 游拿：游戏，打架，斗殴。

[3] 杂类：杂七杂八，不是正经的事情。

[4] 黄教官：待考。

评析

金寿恒（1629～1689），朝鲜王朝中期文人，曾任宰相，被诬陷，赐死，后来昭雪，有《文谷集》。本文选自该书卷二八“书牍”类。受信人“集”“协”是他两个儿子的名字，集，指金昌集（1648～1722）；协，指金昌协（1651～1708），后来都是有成就的文学家。这封家书批评他俩，不要因为父亲出远门，就乘机游戏，追逐杂类，全废书册。况且严寒之际，终日出游，必生大病，增父母之忧，可见不知事父母之道。此信文字浅近，含意深笃，叮咛告诫，充满浓浓的父爱。

九　梁得中《与从弟书》

静夫[1]之来，得接手书之问，如对真面目，喜可知也。因以展拜辞笔，可想其时精神筋力之强健不衰，又可贺也。但认（询）之静夫，则一室湛乐[2]之余，优哉游哉，聊以卒岁而已，无复谈经、说史、论文、讨义之滋味，甚可惜也。士生此世，纵不能立身扬名，岂肯甘自枯落，泯泯没没，奄过百年乎？吾于此中，有数件文字讲论经史，而左右森立无非《褰裳》[3]，于说论无可开喙[4]，唯与儿子辈，时时相对说及而已。明秋南下，准拟与君剧论[5]，以续少日小心斋[6]旧业。君须从今为始痛改旧习，日以经籍自娱，使吾相对刮目[7]如何？

注释

[1] 静夫：送信者的名字，当亦亲近之人。

[2] 湛乐：享乐。

[3] 褰裳：《诗经·郑风》中的篇名，属于爱情诗。这句是说身旁左右排列都是《诗经》中的作品。

[4] 说论：正直的言论，正当的道理。开喙：张开嘴巴。句意谓，对于正当的道理无可讨论者。

[5] 剧论：热烈讨论。

[6] 小心斋：作者少年时读书的书斋名。

[7] 相对刮目：意谓你的学识增长了，我将刮目相看。

评析

梁得中（1665～1742），朝鲜王朝中期文人，有《德村集》，此文选自该书卷九。从弟，又称堂弟，叔或伯之子。此信告诫从弟，不要只顾享乐，优哉游哉，聊以卒岁，不能自甘落后，无所作为。应该痛改旧习，日以经籍自娱。通篇主旨是勉励努力读书向上。

十　丁若镛《示学渊家诫》（摘要）

修身以孝友为本，于是有不尽分，虽复学识高明，文词彪炳，便是土墙施缋[1]耳。我修既严，其取友自然端正，同气相求，不必加勉也。老夫阅世久，且备尝艰险，周知人情。凡薄于天伦者，不可近，不可信，虽忠厚勤敏，尽诚事我，切不可近，毕竟背恩忘义，朝温暮冷。盖天下之深恩厚义，未有加于父母兄弟，彼且轻背之如彼，矧于朋友哉？此易知之理也。汝等切须记取，凡不孝子不可近，凡兄弟不深爱者不可近。观人先察内行，若见其不是处，即宜回光反照[2]，怕我亦有是病，便当猛下功夫。昔我先人，与南居韩公特相友善，孝子也。亦粤我王考[3]，与沙谷尹正字公特相友善，孝子也。用保厥世[4]，不失令名[5]。及余之身，取友不端。砺镞淬锋者，多出畴昔之亲交[6]，吾是以悟之。

注释

[1] 土墙施绣：在泥土墙上绣花。

[2] 回光反照：原意指太阳下山之前余光反照大地，此处指见人有错，反过来对照自己，若有类似错误，立即改正。

[3] 粤：文言句首助词，无义。王考：先祖父。

[4] 用保厥世：因此保全其一生。厥，其。

[5] 不失令名：没有丧失美好的名声。

[6] 句意谓，帮助我克服缺点、锻炼提高者，都是过去亲近的好朋友。砺，磨砺。镞，箭头。淬，淬火。锋，刀刃。

评析

丁若镛（1762～1836），朝鲜王朝后期著名哲学家、实学思想家。出身贵族，28岁出仕，历任正言、修撰、御史。有《與犹堂全书》，内容涉及政治、经济、哲学、宗教、医学、农学、工程等许多方面。其家诫见文集卷十八。学渊是其子的名字。这段文字主要谈论交友之道，凡薄于天伦、不爱父母、不友兄弟、忘恩负义者，不可近。是深沉切实，出自肺腑之言。

十一　丁若镛《示二子家诫》（节选）

世间衣食之需，财货之物，皆幻妄空花，服之则敝，饵之则腐，传之子孙，则终归荡散。唯散与冷族贫交者，永久不灭。猗顿之库藏无迹[1]，疏傅之黄金尚嗓[2]，金谷之步障成尘[3]，范家之麦舟犹轰[4]，何以故？有形者易坏，无形者难灭。自用其财者，用之以形；以财施人者，用之以神。形享以形，期于敝坏；神享以无形，不受变灭也。凡藏货秘密，莫如施舍，不虞盗夺，不虞火烧，无牛马转输之劳，而吾能携至身后，流芳千载。天下有此大利哉？握之弥固，脱之弥滑，货也者，鲇鱼也。

注释

[1] 句意谓，猗顿仓库中的财宝已经湮灭没有痕迹。猗顿：春秋末战国初出生于鲁国的富商。

[2] 疏傅：西汉宣帝时太傅疏受、少傅疏广，告老还乡，皇帝赐黄金数十斤。尚嗓：还很有名声。

[3]“金谷”句：金谷园是西晋巨富石崇的花园。石崇为了炫富，在通往金谷园的道路两旁以锦缎作布障五十里。后来石崇被诛杀，他的财富化为尘土。

[4]“范家”句：北宋大臣范仲淹之子范纯仁，从苏州以船运麦，途中遇见诗人石曼卿，亲人死去无以为殓。范纯仁把一船麦子送给石曼卿，回家后向父亲报告此事。范仲淹说：你何不连船一起送他渡过难关？范纯仁说，已经这样做了。范氏后辈为纪念先辈高义，以“麦舟堂”作为范氏堂号。“麦舟犹轰”谓赠麦舟义举，使二范之大名鼎鼎，影响巨大。“犹轰”与前句“尚噪”义近。

评析

此文告诫二子，财货二物，与其传之子孙，不如散之于冷族贫交者。“藏货秘密，莫如施舍”。“自用其财者，用之以形；以财施人者，用之以神”。“有形者易坏，无形者难灭”。把施舍散财的意义，提高到哲学的高度。全文通俗易懂，最后一句。“握之弥固，脱之弥滑，货也者，鲇鱼也”。这个的比喻很有趣。鲇鱼浑身光滑，抓住它，握得越紧，它尽力挣扎滑脱越快。捕捉鲇鱼的人都有此体会。

十二　丁若镛《又示二子家诫》（摘录）

君子著书传世，唯求一人之知，不避举世之嗔，如有知我书者，若其年长汝等，父事之；倘与为敌[1]，汝等结为昆弟亦可也。

尝见先辈著述，其卤（鲁）莽寡陋者，多为世所宗，而详核淹博者，反受摈斥，遂亦湮没而不传。反复思惟（维），不得其故，近始悟之。君子正其衣冠，尊其瞻视，凝默端坐，俨然若泥塑人，而其言论笃厚严正，如是然后能威服众人，风声所覃[2]，遂至久远。若惰慢佻儇[3]，杂以谐诙，虽其所言，深中理窾，人亦莫之肯信。生前不能树立根基，死后自然日就泯灭，此事理当然耳。天下卤莽者多，通透者少，孰肯舍其易见之威仪，别求难识之义理哉？高妙之学，知音益少，虽复道绍周孔[4]，文轶扬刘[5]，亦莫之见知也。汝等知此，姑缓钻研之工，首务矜持之业，习为静坐，如铁山嶷然[6]。待人接物，先须检点气象，觉自己本领得立，然后渐当留意著述，即片言只字，皆为人所珍护也。若自视太轻，如土委地，斯亦已焉而已矣。

注释

[1] 为敌：指年龄相当，非指成为敌人。

[2] 覃：延及，延伸。

[3] 佻儇：佻，轻薄巧诈。儇，轻浮。

[4] 道绍周孔：道德高尚，继承周公、孔子。

[5] 文轶扬刘：文章超过扬雄、刘向。

[6] 巍然：高峻貌。

评析

这段文字教育儿辈，凡著述，要先有道德修养，言论笃厚严正，才能威服众人，影响深远。待物接人，须检点自己的气质，形象，庄重矜持，然后渐当留心著述。主旨即先道德而后文章。他还提倡静坐，修心养性，与宋儒程颐见解相近。

十三　宋秉璿《上叔父书》

窃伏闻朝廷与彼竟成和亲[1]，从兹以往，数千里礼义之邦，将趋于禽兽之域，奈何！奈何！此事虽曰修复旧好，而彼受洋夷之节制[2]，则其实何异于与洋贼结和哉！呜呼！丙子南汉之事，所谓中国入于夷狄者也。[3]幸赖诸老先生修攘之功，得免于左衽[4]。而至今日矣，又与犬羊相亲，则其祸有甚于戎虏，而人类化为禽兽者也。今见君臣上下，正当栗栗危惧[5]，以思远大之虑。奈何一时气象，舒缓泄沓，略与平日无异，而反以一"和"之一字，使作讳世之道耶[6]？此诚痛苦寒心者也。

士君子不幸而当如此时节，出处去就，宜有所在而不可苟焉[7]，顷闻以彼船所过之事进疏[8]，则何不以赵先生请斩其使之说尾陈而一奏耶[9]？虽其不遇，就足使天理民彝[10]赖而不坠矣。然殷之三仁，所行不同，而夫子称许之[11]。则书所谓自靖自献者，正合于今日道理[12]。

以侄愚见，当用孔孟去齐鲁[13]之义，解绂归里[14]，全吾所守，则可以扶树[15]于无穷矣。此非侄之意也，士友之见亦如是。而若或迟缓，则来头进退，必有维谷[16]之忧。即上一疏，即蒙许递。不日下还，千万伏望。

注释

[1] 与彼竟成和亲：彼，指日本。1876 年（丙子）2 月，日本以武力强迫朝鲜签订《江华条约》。从此门户开放，日本及英美等国势力侵入朝鲜。世界近代史学者认为，江华条约类似鸦片战争后中国与英国签订的南京条约。

[2] 彼受洋夷节制：日本在明治维新之前被迫向美国英国开放门户，受其节制。明治维新之后，日本国力迅速增强，七八年后即决策“征韩”。下句“洋贼”指美英等西方侵略者。

[3] “丙子南汉”句：南汉，指五代十国时刘隐、刘岩兄弟建立的南汉政权（917 ~ 971）。唐末，刘隐任岭南节度使，管控广东、广西及交阯北部地区。911 年，后唐朱温封刘隐为南海王。刘隐死后，刘岩称帝，拟国号为大越国。遭老臣反对，刘岩也自认为是汉代刘邦的后裔，公元 917 年改称南汉。当时人认为，以“汉”为国号符合中国正统观念，以“越”为国号则成为夷狄之邦。916 年是丙子年，976 年也是丙子年，故宋秉璿引中国历史对比当时朝鲜局势。

[4] 左衽：古代中国中原人民的前襟向右掩，而当时少数民族的衣服前襟多向左掩。孔子曾经说：“微管仲，吾其被发左衽矣。”意谓如果没管仲相齐桓公尊王攘夷，我们就成为披发左衽的夷狄之人了。

[5] 栗栗危惧：感到恐惧和危险，语出《尚书·汤诰》。栗栗，发抖的样子。

[6] 此句意谓，当局以“和亲”为托词，而掩盖屈辱求和的真相。讳，有意避忌而不直言。

[7] 句意谓，当时局危难之际，离开官场或就任公职，应当坚守原则，不可有苟且之心，得过且过，马虎敷衍。

[8] “彼船所过之事”句：1875 年 5 月至 10 月，日本派出“云扬号”军舰，先后到朝鲜釜山海域、汉城江华湾示威、开炮、挑衅。朝军还击后，日军登陆攻击、掠夺，史称“云扬号事件”。1876 年 2 月，日方以解决“云扬号”事件为借口，派使臣率千余士兵到江华岛，与朝方谈判。朝方被迫签订江华条约。

[9] “赵先生”句：待考。

[10] 民彝：人与人相处的道德准则。

[11] “殷之三仁”句：《论语·微子》篇记：殷纣王暴虐，“微子去之，箕子为之奴，比干谏而死”。孔子称赞：“殷有三仁焉。”

[12] “书所谓自靖自献者”句：指各人自己考虑理想志向，自谋如何献身于国事。“书”指《尚书》。《尚书·微子》篇：“自靖，人自献于先王。”孔颖达疏：“各自谋行其志，人人自献达于先王，以不失道。”

[13] 孔孟去齐鲁：鲁国执政者季桓子接受齐国女乐，破坏礼制，孔子愤而离开鲁国。孟子因齐襄王不能行仁政而离开齐国。

[14] 解绂（fú）归里：辞官回乡。绂指古代系官印纽的丝绳，代指官印。

[15] 扶树：扶持正气，树立典范。

[16] 维谷：进退维谷。指或进或退皆处于困境，语出《诗经·大雅·桑柔》。

评析

本文选自杜宏刚等主编《韩国文集中的清代史料》，广西师范大学出版社 2008 年出版，第 17 册，第 233 页。作者宋秉璿（1836～1905），曾任成均馆祭酒，嘉善大夫，大司宪。此文作于 1876 年 2 月。日本强迫朝鲜订立江华条约后，宋氏反对议和，认为是“与犬羊相亲……而人类化为禽兽者也”。为此感到“痛苦寒心”。立即上书，请叔父转递。还说此书中的意见，不仅代表他个人，士大夫朋友也是如此，反映了当时朝鲜抗日派的共同心情。1894 年甲午战争后，日本控制了朝鲜，宋氏又作上叔父书，认为“五百年礼义（仪）之邦，入于黑窣窣之地。天壤易处，冠屦倒置。自生民以来，又未有若此时者”。由于他多次上书讨贼，70 岁时仍冒死力谏朝廷屈服，遭到日本侵略者迫害，下囚致死。宋秉璿去世五年后，日本完全吞并朝鲜。

日本及琉球家教、兴教之文

一　菅原道真《菅家遗诫》（节选）

凡有乐之惠（会）式者，有因汉乐[1]，有因和乐[2]。虽然，三家五子之调乐，本朝之眉目也。然则令神游于幽玄微妙之域，使民归于淡水涧户之屋。但蕃乐[3]、催马乐，朗咏之御游，又是异乐之一调，清水（暑）露台之逸兴也。尤至其奥旨，使感鬼神之一助也。

凡诗赋之兴，其旨趣与歌乐一般也。加之诗者，直五伦十等之列，纠敌国旧雠之癖赋者，述长舌短手之便，通不备鹿样（?）之何，尤以诗赋之二什，其德用与歌乐至一，合理之便能也。

至二三事，凡歌什咏吟之弄者，鬼神交游之梯阶，夫妇偶和之基也。鬼神交游，万品生育之则，举国纯一，千物繁荣焉。夫妇偶和者，则民生淳质，旱水各趣也。

凡放鹰猎兽之远游者，王者临国之机不可过。虽然，逸兴与珍猎之二游，违王者之望者。令民至荒芜之田，令物落不慈之役。嗟乎，放鹰猎兽之差别，无远虑之难，宜尽成功焉。

凡鹰犬者，便田猎，幸民望。但遥越民望，眈鹰肯（?），非守门，养狡犬之利，不可思议之至也。

凡山海川泽之利，为口泽[4]莫求之。假令虽为田家[5]，不可及细网戟击[6]之猎。

凡国学所要，虽欲论涉古今，究天人[7]，其非和魂汉才[8]，不能阚其阃奥[9]矣。

注释

[1] 因：因袭。汉乐：传自中国的音乐。

[2] 和乐：日本本国音乐。

[3] 蕃乐：少数民族音乐。

[4] 口泽：指口腹之欲，食欲。

[5] 田家：指专事田猎之家，猎户。

[6] 细网：网目很小，能捕捞小鱼；戟，一种锋利的武器，其端为矛，旁有钩，能捕杀大小野兽。此句意在保护生态。

[7] 究天人：研究天人之际的学问，即自然科学和社会科学。

[8] 和魂：指日本民族精神。汉才：指中国的才学。

[9] 阃奥：深邃的内室。比喻学问或事理精微深奥所在。

评析

作者生平已见日本山水风物之文菅原道真《书斋记》之作者简介。《菅家遗诫》是菅家对后代的训诫，有十几段，涉及政事、社会、文艺、修身、持家、治学等。每段数句或十几句，没有长篇大论。节选数段，有的是谈论音乐、诗赋，有的是议论游猎，有些字词不明其义。翰林学士藤原定常称之为“儒门之秘文”。本文及下面的《实语教》《童子教》皆选自日本东京1945年排印本《续群书类从》第三十二辑下。

二　佚名氏《实语教》

山高故不贵，以有树为贵。人肥故不贵，以有智为贵。富是一生财，身灭即共灭。智是万代财，命终即随行。玉不磨无光，无光为石瓦。人无（不）学无智，无智为愚人。仓内财有朽，身内财无朽。虽积千两金，不如一日学。兄弟常不合，慈悲为兄弟。财物永不存，四大日日衰[1]，心神夜夜暗。幼时不勤学，老后虽恨悔。尚无有所益，故读书勿倦。学文勿怠时。除眠通夜诵，忍饥终日习。虽会师[2]不学，徒如向市人。虽习读不复，只如计邻财。君子爱智者，小人爱福人。虽入富贵家，为无财人者，犹如霜下花。虽处贫贱门，为有智人者，宛如泥中莲。

父母如天地，君师如日月，亲族譬如苇，夫妻犹如瓦。父母孝朝夕，君师仕昼夜，交友勿诤事。己兄尽礼敬，己弟致爱顾。人而无智者，不异于木石。人而无孝者，不异于畜生。不交三学友[3]，何游七觉林[4]。不乘四等船，谁渡八苦海[5]。八正道[6]虽广，十恶人不往[7]。无为都虽乐，放逸辈不游。敬老如父母，爱幼如子弟。我敬他人者，他人亦敬我。己敬人亲者，人亦敬己亲。欲达己身者，先令达他人[8]。见他人之愁，即自共可患。闻他人之喜，则自共可悦。见善者速行，见恶者速（忽）避。好恶者招祸，譬如响应音。修善者蒙福，宛如随身影。虽富勿忘贫，或始富终贫。虽贵勿忘贱，或先贵后贱。

夫难习易忘，音声之浮才。又易学难忘，书笔之博艺。但有食有法，亦有身有命。犹不忘农业，必莫废学文。故末代学者，先可案此书。是学问之始，身终无忘失。

注释

[1] 四大日日衰：《老子》以道大、天大、地大、王大为四大，佛教以地、风、水、火为四大，与句意皆不相符。此处或指酒、色、财、气四大嗜好，使人日日衰弱。

[2] 会师：拜会老师，求师。

[3] 不交三学友：当指三种人不可交朋友，一亲情淡漠者，二唯利是图者，三言而无信者。

[4] 七觉林：佛教修行七种内容，又称七觉支，一念觉支，二择法觉支，三精进觉支，四喜觉支，五轻安觉支，六定觉支，七舍觉支。

[5] 八苦海：佛教用语，指生苦、老苦、病苦、死苦、怨憎会苦、恩爱别离苦、求不得苦、五取蕴苦。

[6] 八正道：佛教修养目标：正见、正思维、正语、正业、正命、正精进、正念、正定。

[7] 十恶人不往：佛家认为的十大罪恶，一杀生，二偷盗，三邪淫，四妄语，五两舌，六恶口，七绮语，八贪心，九嗔恨，十愚痴。这十种人不可交往。

[8] “欲达”源自《论语·雍也》：“己欲达而达人。”意谓自己要事事行得通，同时也要使别人事事行得通，推己以及人。

评析

《实语教》及《童子教》皆为日本江户时期平民普及性教材，作者不详。“实语”意同格言谚语。此文内容是教导为人处世基本经验和道德原则，前半段反复说明读书、求知的重要性；后半段宣讲正确的人伦关系，孝父母，爱兄弟，敬他人，亲善远恶，勿忘贫贱等。主要观念源于儒家，也吸收佛家一些习惯用语。全文除少数三句一组外，都是不太工整的五言对句，间用比喻，说理清楚，语言通俗，不讲究押韵，易懂好记。同类文章，中国古代多有。如《逸周书》之《王佩解》，《淮南子》的《说林训》，刘向《说苑》中的《谈丛》，直到清末民初，坊间还有《昔时贤文》之类流行。《实语教》从内容到形式都是仿效中国同类文献而写作的。

三　佚名氏《童子教》（节选）

夫贵人前居，显露不得立，遇道路跪过。有召事敬承，两手当胸前，慎不顾左右，不问者不答，有仰者谨闻。三宝尽三礼[1]，神明致再拜。人间成一礼，师君可顶戴。过墓时则慎，过社[2]时则下。向堂塔[3]之前，不可行不净。向圣教[4]之上，不可致无礼。人伦有礼者，朝廷必有法。人而无礼者，众中又有过，交众不杂言。事毕者速避，触事不违朋。言语不得离，语多者品少。老狗如吠友，懈怠者急食。疲猿如贪果，勇者必有危。夏虫如入火，钝者又无过，春鸟如游林。人耳者付壁，密而勿谗言。人眼者悬天，隐而勿犯用。车以三寸辖，游行千里路。人以三寸舌，破损五尺身。口是祸之门，舌是祸之根。使口如鼻者，终身敢无事。过言一出口，驷追不及舌[5]。白圭珠可磨，恶言玉难磨[6]。祸福者无门，唯人在所招[7]。天作灾可避，自作灾难逃[8]。夫积善之家，必有余庆矣。又好恶之处，必有余殃矣。人而有阴德[9]，必有阳报[10]矣。人而有阴行，必有照名（明）矣。信力坚固门，灾祸云无起。念力强盛家，福祐（佑）月增光。心不同如面，譬如水随器。不挽他人弓，不骑他人马。前车之见覆，后车之为诫。前事之不忘，后事之为师。善立而名流，宠极而祸多。人死而留名，虎死而留皮。治国土贤王，勿侮鳏寡矣。君子不誉人，则民作怨矣。入境而问禁，入国而问国，入乡而随乡，入俗而随俗。入门先问讳，为敬主人也。君所无私讳，无尊二号也。愚者无远虑，必可有近忧[11]。如用管窥天，似用针指地[12]。神明罚愚人，非杀为令惩。师匠打弟子，非恶为令能。生而无贵者，习修成智德。贵者必不富，富者未必贵。虽富心多欲，是名为贪

（贫）人。虽贫心欲足，是名为富人。师不训弟子，是名为破戒。师呵责弟子，是名为持戒。蓄恶弟子者，师弟堕地狱。养善弟子者，师弟至佛果。不顺教弟子，早可返父母。不和者拟宥，成怨敌加害。顺恶人不避，绁[13]犬如回柱。驯善人不离，大船如浮海。随顺善友者，如麻中蓬直。亲近恶友者，如薮中荆曲。离祖付疏师，习戒定惠业。根性虽愚钝，好自致学位。一日学一字，三百六十字，一字当千金，一点助他生。一日师不疏，况数年师乎。师者三世契，祖者一世昵。弟子去七尺，师影不可踏。观音为师孝，宝冠戴弥陀。势至[14]为亲孝，头戴父母骨，宝瓶纳白骨。朝早起洗手。摄意诵经卷。夕迟寝洒足，静性案义理。习读不入意，如醉寝谚语[15]。读千卷不复，无财如临町。薄衣之冬夜，忍寒通夜诵。法（乏）食之夏日，除饥终日习。醉酒心狂乱，过食倦学文。温身增睡眠（眼），安身起懈怠。

注释

[1] 三宝：佛家以佛、法、僧为三宝。三礼：儒家以祭祀天、地、宗庙之礼为三礼。

[2] 社：祭祀土地神之所。古代以社稷（土神和谷神）为国家的象征，备受尊重，人们经过社稷所在地要下车下马。

[3] 堂塔：当指佛堂、佛塔。

[4] 圣教：此处当指孔子之圣像。

[5] 驷追不及舌：西汉刘向《说苑》之《谈丛》有“出言不当，驷马不能追也”。后世成语概括为“一言既出，驷马难追”。驷马，古代以四匹马驾车为最快的交通工具。

[6]“白圭”二句：出《诗经·大雅·抑》篇：“白圭之玷，尚可磨也；斯言之玷，不可为也。”意谓，白色的玉石如果有污点可以磨掉，人的言论如有污点是不可磨灭的。

[7]“祸福”二句：出道教典籍《感应篇图解》：“祸福无门，唯人自招。”

[8]“天作灾”二句：出《孟子》引古语：“《太甲》曰：天作孽，犹可违；自作孽，不可活。”

[9] 阴德：指不为人知的善事。

[10] 阳报：佛教讲因果报应，有现世报、来世报。人们作善作恶，当世即得报应，不待来世，称为阳报，即现世报。

[11]“愚者”二句：即成语“人无远虑，必有近忧”，本文作者为凑五言句而加以修改。

[12]“如用管”二句：人们概括为“管窥”“锥指”，形容所见者极小。

[13] 绁（xiè）：牵引牲畜的绳索。

[14] 势至：即大势至菩萨，他头顶宝瓶，内装父母遗骨，以资怀念。后来因为修成正道，头顶遗骨化作一片光明。

[15] 谚语：应为谵（chǎn）语，说梦话。

评析

《童子教》属于青少年启蒙教材，与《实语教》属于成人普及性教材，二者对象不同，内容和语言表达也有区别。《实语教》全文96句，以儒家伦理为主，只是掺用少量佛家习惯用语而已。其文章有中心，有层次，可读性强。《童子教》315句，内容广泛，编排混杂。多为日常生活经验和为人处世基本准则，取材不专主某家某派。孝亲、重学、敬师讲得略多些。前半段160多句，全部用于说道理；后半段夹杂许多故事。有苏秦、张仪、匡衡、车胤、倪宽等人刻苦读书的故事，二十四孝中的董永卖身、郭巨埋儿、王祥卧冰、孟宗哭竹等孝父母故事，每个人都是两句话。后半段的佛教色彩尤为明显，宣扬因果报应，崇佛修道，入地狱，下苦海、登七宝殿、上须弥山，以及观音、势至、阿育、摩尼故事和布施行为，占了相当多篇幅。全文有大量常见成语，把中国的四字对句改变成五言对句。如：前事不忘，后事之师；祸福无门，唯人自招；人无远虑，必有近忧；人死留名，虎死留皮；入乡随俗，入门问讳。在《童子教》中成了五言对句。也有改成五言单句的，三言对句的成语。可以看出深受中国传统伦理文化的影响。但是，在中国古代和近代蒙童教材中，佛教的成分通常比较少见。在日本此类教材中，佛教的影响显然比中国更广泛、更深刻。少数字句不好懂，可能是日本谚语。本书节选前半部分，后半部分从略。

上述《菅家遗诫》《实语教》《童子教》原文，还有《多胡辰敬家教》（日文），皆蒙日本京都大学道坂昭广教授寄赠，谨志。

四　高岳五常《建立奖学院状》

在原行平[1]：幸逢泰运，猥列崇班。愚心所企，欲罢不能。昔闲隆（院）赠太政大臣[2]，志深忧道，虑切求贤。开学舍于别馆，贻善诱[3]于一门。故藤氏之生，犹多才子。鸡蹠已饱[4]，麟角不稀[5]。学之为用，不其然乎？但见贤思齐[6]，已有先式；钦慕人迹，为日久矣。由是置一茅宅，开以学亭。宗室苗绪[7]，志道齿（龄）德者，当得休舍，号［曰］奖学院。

坊接大学寮，取求学（道）之便也；门对劝学院，表择邻[8]之意也。又聊设田园之业，以资箪瓢之费[9]。其郡县顷亩，具列别纸。又位田封户，同以分入。岂谓久远之资（输），愿有涓埃之益[10]。凡厥一院行事，唯欲准劝学院之例而已。夫悬朱（珠）虽微，造舟犹阔。不有众川之添，何成一流之大？若当时当（后）代，有裨补此院，扶持此业者，区区之志，千载不朽矣。

注释

[1] 在原行平：在原行平（818～893）是日本平安时代平城天皇皇太子阿保亲王的次子，同时也是诗人。官位正三位・中纳言。仿劝学院于881年在京都左京三条创办奖学院。

[2] 昔闲隆（院）赠太政大臣：日本的中央官制，关白是天皇之下最高执政长官，正一位。其次是太政大臣，从一位。此处是指藤原冬嗣（755～826），通称闲院左大臣，曾创立劝学院。

[3] 善诱：循循善诱。善于循序渐进地引导别人学习。语出《论语・子罕》篇。

[4] 鸡蹠已饱：鸡蹠应作“鸡跖”，鸡足踵。古人视为美味。语本《吕氏春秋・用众》：“善学者若齐王之食鸡也，必食其跖数千而后足。”句意谓在藤原冬嗣的劝学院里，学子博采众长，为饱学之士。

[5] 麟角不稀：俗称稀见之物为凤毛麟角。句意谓由于学馆之设，人才辈出，已经不像凤毛麟角那样稀少了。

[6] 见贤思齐：语出《论语・里仁篇》，意谓见到贤德之人要向他看齐。

[7] 宗室苗绪：天皇宗室子孙，贵族子弟。

[8] 择邻：选择好的邻居，如孟母择邻。

[9] 以资箪瓢之费：箪是盛食物的圆形小竹器，瓢是用葫芦壳的一半做成的饮水器。此句意谓作为最简单的生活费用。箪瓢典出《论语・雍也》，孔子形容颜渊生活贫苦，只用“一箪食，一瓢饮”。

[10] 涓埃：指细小的流水和尘土。此句中指微小的增益。

评析

此文选自《本朝文粹》卷五。书前总目录是《为在纳言建立奖学院状》，别本正文之前题为《建立奖学院状》，题下括弧内有一行小字为：宅一区，在左京三条。意在说明奖学院之地点。作者生卒年不详，曾任大外记。“状”，相当于请示报告。所谓“奖学院”，是为大学生建立的馆舍。日本从奈良—平安时代起，仿效唐朝制度，设大学寮为中央政府管理教育和考试的机构，同时也是国立大学，设文章、明经、明法、明算等科，学生多来自贵族子弟。后来，大学寮有时也专指大学生馆舍。高岳五常此文，强调建立奖学院，改善学生居住环境，有利于培养人才。此举对日本高等教育有一定促进作用，日本许多著名文学家皆出身“文章生”。

全文骈散兼用，散句更多些。熟典为主，个别的较生僻（如“鸡蹠”）。

五　庆滋保胤《劝学会所欲建立堂舍状》

古（由）起会以降[1]十六个年，缁素[2]归心，内外[3]劝学，善哉此会，未曾有之。但有会名无会处，每至期日，借求诸寺。若有谤法之伦是惜，若有触秽之事可避者[4]，其奈有期之会何？岂可不叹乎？假使一度延之避（阙）之[5]，人之心自怠，我会空废焉，不能无寺。

去年甲州司马刑部郎中（秀）施入[6]地一处。彼何人乎，与善如是？我等何不造一堂于其中乎？呜呼！不闻蚊声成雷，不见狐腋作裘[7]。莫辞官无俸禄，莫道家太贫窭，唯是力之所任，志之所欲，虽一钱一粒，虽寸铁寸（尺）木，所不为（亦）嫌也。古今有造高堂大馆者，宁非旅宿乎？有堆黄金美玉者，又是浮云也。我等适赴（起）此堂，永修此会，世世生生，见弥陀佛；在在处处，听《法华经》。是大目（因）缘也，是大善根[8]也。若有故人党结之外，同心合力之徒，可以随喜[9]，可以颂叹。今记事由，所唱如件[10]，请各劝之，勿以忽诸。天延三年[11]九月十日。

注释

［1］起会以降：发起劝学会以来。

［2］缁素：指僧俗。僧人常着黑色衣服，即缁衣；俗人多着白色衣服，即素衣。

［3］内外：方内方外，指佛教徒与非佛教徒。

［4］以上二句意谓，若遇到诽谤佛之徒而感到遗憾的，若有腌臜不洁之物是可避的。

［5］此句意谓，假如一度因上述原因而更改会期另择地点。

［6］施入：施舍。今语为捐赠。

［7］狐腋作裘：狐狸腋下皮毛轻软，集中多条狐腋而制成裘衣，十分珍贵。成语“集腋成裘”，意谓众力合力成就盛事。

［8］善根：佛教语，谓人所以为善之根性。

［9］随喜：佛教语，见人做善事而乐意参加。

[10] 所唱如件：所倡议拟办的事见附件。本文题目之后有三行小字："堂一宇，一间四面，可有礼堂、廊二宇，各七间僧俗房。屋一宇，七间炊爨所。"

[11] 天延三年：天延是日本圆融天皇年号，其三年为公元975年。

评析

本文选自《本朝文粹》卷十三，全书目录的题目是《劝学会所欲建立堂舍状》，而文章之前的题目是《劝学会所欲被故人党结同心合力建立堂舍状》。实际上是面向公众的化缘启事，所倡建立"劝学会所"，实即学佛的课堂。作者庆滋保胤（934～997），《本朝文粹》作"庆保胤"。出身阴阳历算世家，偏爱文学，对策及第后，声名大噪，曾任大内记。身在朝廷，心在山林，宽和二年（986）出家，法号寂心。《本朝文粹》卷十二还记录他所作《劝学会所赠日州刺史橘倚平牒》，内容与此状相近。还兼收橘倚平的回函。可以看出当时官府和民间对佛教教育的重视。《本朝文粹》卷五所录高岳五常《建立奖学院状》，该院是面对贵族子弟，学习内容不限于佛教典籍的劝学会所。

庆氏此文通俗浅近，不用典故，目的是让普通民众看得懂，踊跃捐献。庆氏的名作是《池亭记》，也很平易，虽信佛而少用佛教语。两文皆给人以亲近感。本文所引为手写影印本，有不少俗字、行书，草书，很不规范，不易辨认。

六　义堂周信《深耕说》

空华叟[1]郊居无事，出游泛观。田野桑柘之间，有大麦同亩而异熟[2]者，怪之。质[3]诸老农，曰："惰农为也。"问其所以，曰："凡地耕而浅者，所种之物，必早熟而不茂；深而耕者，所种之物，必晚成而肥硕也。"是以善学稼者，患乎耕之浅，不患成之晚也。而彼惰者，用力弗专，所以耕有深浅，而熟有早晚也。嗟乎！今之吾徒也，耕道不深[4]，而患名之晚[5]者，岂无愧于老农之言也耶！余窃有感于中，遂书以告同学端介然。端介然，深耕者之徒也。

注释

[1] 空华叟：作者自称。

[2] 同亩而异熟：同一块土地的麦子，成熟期却不同。

[3] 质：问。

[4] 耕道不深：对学问之道下功夫不深。

[5] 患名之晚：苦于成名太晚。

评析

义堂周信（1325～1388），号空华道人，幼年出家，精研儒学禅理，汉文学造诣很深，散文学韩愈、柳宗元。有《空华集》二十卷（本文选自此书）、《空华日用工夫略集》（日记）四卷，还有语录诗抄等。江户时代著名学者斋堂正谦的《拙堂文话》很欣赏义堂《深耕说》，言其："说理核实，意在笔先。"此文以耕种喻治学，深耕者虽晚成而果实肥硕，浅耕者虽早熟而不茂。批评今之学者，不患耕道之不深，而患成名之晚，这种人就是惰农。此文对于治学问和干事业，都有深刻的指导意义。

七　安井息轩《三计塾记》

三计者何？一日之计在朝，一年之计在春，一生之计在少壮之时也。何以名吾塾？虑诸生之晏起[1]与春嬉也。凡游吾塾者，皆有志于此道者也，何为过虑其晏起与春嬉也？人少则恃于年，气盛则动于物，恃于年而动于物，惰嬉之所由生也。惰嬉既生，则一生之计亦荒矣。物之生于天地间，唯人为贵，而我得为人；人以男为贵，而我得为男；男以士为贵，而我得为士。天之与我厚矣！而君父资我，使我学至大至高之道，则又士中之最厚者也！而终不自标异于世，蠢蠢乎游嬉于走尸行肉[2]之中为得计，与虱栖裈何择[3]？故入吾塾者，不可不思三者之计也！思之有术焉：一生之计在一年，一年之计在一日，日复一日，心与习化，见夫惰嬉者，邈焉不接于心[4]，然后天与君父之恩皆可得而报，而我之所以为责者伸矣。此三计之本也。

注释

[1] 晏起：晚起，睡懒觉。

[2] 走尸行肉：中国成语作“行尸走肉”。

[3] 与虱栖裈何择：与虱子躲在人的裤缝中有什么分别？语出阮籍《大人先生传》。

[4] 邈焉不接于心：藐视之不放在心上。

评析

安井息轩（1799～1876），江户后期著名学者，儒学造诣颇深，又雄于文。旅日中国学者黄遵宪称赞他为“日本第一儒者”。安井息轩在明治前后，曾任教授、儒师，其塾名为“三计塾”。这篇《三计塾记》，提倡抓紧少年时光，早日立志。“一日之计在朝，一年之计在春，一生之计在少壮之时”，这是中国普遍流行的观念。“少壮不努力，老大徒伤悲”，是常用成语。作者加以发挥，用来教导学生。此文选自陈福康《日本汉文学史》中册，上海外语教育出版社 2011 年出版，第 408～409 页。

八　程顺则《庙学纪略》[1]（节选）

琉球国僻处海外，风俗质朴。自明初通中朝，膺王爵……虽东鲁之教泽渐濡，而尼山之仪容未睹。及万历间，紫金大夫蔡坚，始绘圣像祀于家，望之俨然，令人兴仰止之思。嗣而紫金大夫金正春……于康熙十一年请立庙。王允其议……塑像于庙。又明年，行春秋释菜礼[2]。既新轮奂，复肃俎豆，恍如登阙里之堂，躬逢其盛也。创始之功洵不祧[3]矣……从此睿藻辉煌，如睹龙文凤彩。监生[4]归国，与人言孝言忠。孰非圣泽之所及者，远且大耶！顺则仰瞻旷典，感激欢忭，载笔特书，以志一时之盛云。

按兴学之始，例延中国大儒，教授生徒，如明之毛擎台讳鼎、曾得鲁、张五官、杨明州四先生，至今国人能道之。夫木有根本，学有渊源，四先生教泽及于我国，炳若日星，及今弗纪，后将无有传之者。至于四先生以前，则不可考矣。顺则不敢以疑似漫笔，亦信则传之，疑则阙之之意也。或从成均[5]归，命主师席者，亦间有之。

又按旧例，以紫金大夫一员司教，每旬三六九日，诣讲堂，稽察诸生勤惰，兼理中国往来贡典，并参赞大礼。历年久远者，无从记其姓氏。今所可考者，明万历间郑迵以官生入监[6]，返国后授长史，旋擢斯职。其后则有蔡坚、金正春、郑思善、周国俊（国俊以正议大夫授紫金大夫职）、王明佐、蔡国器、蔡铎为之。又按金正春司教时，令周国俊讲解经学。续奉王谕，止于久米村内，无论大夫、都通事[7]及通事等中，择文理精通者一人为讲解师。始于郑弘良，继则曾夔（原名益，避王世子讳改今名）、郑明良、蔡应瑞、蔡肇功、程顺则、梁津、王可章、郑士纶节次为之。又择句读详明者一人为训诂师，始于郑永安，继则郑明良、王可法、蔡应祥、蔡灼、郑士纶、林谦、梁承宗节次为之。于康熙二十二年[8]荷册封天使汪公林公奏允该国官生入国学，以沾同文之化。王乃以梁成楫、阮维新、蔡文溥应诏。及奉旨归国后，即令为讲解训诂之师，三人更番为之。厥后又有程顺性、周新命为讲解师。蔡文汉、蔡温、陈其湘、蔡绩、梁天骥为训诂师。继此而主师席者，岁月云遥，姓名不一，是所望于后之君子秉笔续纪，则中山一毡可绵绵弗替矣。

顺则夙禀鲁钝，浅见寡闻，读书穷理，有志未逮。弟思圣所以垂训万世者也，师所以传道解惑者也，今喜王尊圣隆师，诸大夫崇儒重道，以仰副圣天子教化无外至意。故将建庙兴学颠末，并记于此。时康熙四十有五年[9]岁次丙戌一阳月（仲冬）望后三日，中山王府进贡正议大夫后学程顺则敬识。

注释

[1] 庙学：庙指至圣庙，中国称文庙。学，中国指县学、府学，或曰儒学，与文庙合署办公。春秋两季祭奠孔子，平时教育生员。府学学官称教授，州称学正，县称教谕，副职称训导。琉球仿中国明清学制，亦在文庙开办儒学，简称“庙学”。本文有些文字与《至圣庙记》重复，故有所删节。

[2] 释菜礼：古代各级官学开学时举行祭奠孔子典礼，略相当于今开学典礼。

[3] 洵：实在。不祧：在祖庙中地位不变。

[4] 监生：国子监生员。明代在南京、北京设两所国子监，清代合二为一。今北京市东城区国子监街，旁边就是孔庙。国子监是中央国立大学，各省每年选送优秀生员入监学习，朝鲜、越南、琉球等国派贵族子弟来华入监学习，一般三年后毕业回国。明清常有富人捐资获得监生名誉，这种捐监并不到北京或南京“坐监”读书。

[5] 成均：周代大学，后世泛指中央最高大学，相当于明清的国子监。现在韩国的成均馆大学，仍

使用中国古代的名称。

[6] 以官生入监：以琉球政府公派学生身份入国子监。外国少数民间人士也可以通过捐资入中国国子监读书，相当于今之自费留学生。

[7] 都通事：总翻译官。

[8] 康熙二十二年：1683 年。

[9] 康熙四十五年：1706 年。

评析

此文选自《中山诗文集》，主要内容是介绍琉球庙学历任教师的情况。从明代起兴学校（当时还不是“庙学”），延聘中国大儒毛、曾、张、杨四先生。明万历间，监生回国后任学校长史（秘书长），清康熙初期，金正春以紫金大夫任司教（教育部长），选用文理精通者郑弘良等九人相继为讲解师，讲解经学。又择句读详明者郑永安等八人相继为训诂师。康熙二十二年以后，以梁成楫等三人为讲解训诂之师。此后又有多人分别任讲解师、训诂师。庙学教师多数是从中国学成归国的留学生。作者记录他们的姓名，是为了体现国王“尊圣隆师”和诸大夫“崇儒重道”的精神，以传之久远，绵绵弗替。此文是琉球教育史上的重要文献，也是中外教育合作交流的具体见证。

越南家教、兴教之文

一　吴时任《教议》（节选）

窃惟教化国家急务，风俗天下大事。本朝教法，有乡学，有国学，有教条，有学规。近来颁布宣扬，载在册府，砥砺至矣，提防备矣。而式化尚迟，淳风未挽，日移于浇薄而不自觉，皆由家庭之教谕，乡国之习学，徒教以文，而不教之行，所以致然。今之辞华富丽，才迈豪识者，实不乏人。此等于世务无所不通，人情无所不晓，惟不教之以行，故或傲上为高，倨长为笑，不好自修，而好言国是；不务为己，而务为人谋。以雄辩之颊舌，文险诐之心胸；以昂藏之头颅，蔽谲怪之肺腑。朝庭今日命一官，且諰諰然曰："此人由苞苴[1]，彼人由奥援[2]。"自己非实有操行，但高谈以眩俗子之听闻。庙堂今日出一令，且纷纷然曰：此事为不善，彼事为难行。自己未必有经纶，但雄辩之以鼓愚民之心志。士风至此，殆如宋儒所谓："加儒冠而挟策者。"侥幸窃禄则为冗官[3]，奔竞依人则为冗役[4]。无事所事刁唆，吏效之则为奸为猾，民效之则为顽为诈。法之不能齐，刑之不能禁。至所以教之之道，未有以复其本善而遏[5]其所由。夫阴阳失调，昔人以为足惧，而廉耻道消，毁誉失真，乃为可畏。教化之不可忽也如此。

伏惟圣主以不世出之资[6]，久其道而天下化成。尧舜躬教化于上，又当有敬敷五教[7]，匡直而辅翼之。非但教之以文，而且教之以行；非但教之以行，而且表其行谊[8]者，以为士劝；绌其浇薄者，以为士惩。精选国学直讲之官，以为士范。

注释

[1] 苞苴：指送礼，行贿。

[2] 奥援：暗中支持。

[3] 冗官：多余的无用的官员。

[4] 冗役：多余的无事的役吏。

[5] 遏：阻止。

[6] 不世出之资：不是每个时代都能出现的天才。

[7] 五教：五常之教，父义、母慈、子孝、兄友、弟恭 。

[8] 行谊：品行，道义。

评析

此文主要讨论教育应该培养什么样的人才。作者认为，不能只看文辞富丽、才迈豪识者。指责那些以“傲上为高，倨长为笑，不好自修，而好言国是”，“以雄辩之颊舌，文险诐之心胸；以昂藏之头颅，蔽谲怪之肺腑”之类“豪士”。这种人入仕则为奸猾、顽诈之徒。建议乡国之学对于生徒，“非但教之以文，而且教之以行；非但教之以行，而且表其行谊者，以为士劝；绌其浇薄者，以为士惩”。这些意见是可取的，至今对于人材选拔教育，仍有参考价值。本文选自《越南文学总集》第 8 册第 471 页。

二 武范启《却弟子请寿书》

寿有一百二十为上寿，百为中寿，八九十为下寿。中古始以百为上，八九十为中，七十为下，六十之耆得太古之半，中古强半不与焉。耆龄于寿，非二古也[1]，世愈下而年愈贵也。古人寿其亲，有岁祝，有日祝。诗《豳风》[2]“为此春酒，以介眉寿”，岁祝也。老莱子舞斑日戏于庭[3]，日祝也。《论语》知年[4]，扬子爱日[5]，即其义也。以十年为节，亦非古也。故其礼不著于经。圣莫盛于孔，儒莫衰于朱[6]，试观洙泗堂坛[7]、鹅湖精舍[8]，亦曾有此礼否？若果有之，不应经传中阙此。六十为寿，其起于近世明矣。唐子美[9]云：人生七十古来稀。七十而稀，宜六十（七十）之为寿也……

注释

[1]“耆龄于寿”二句：耆，古称六十为耆。句意谓，六十而祝寿，并非于古制之外另立一端。二古，与古制不同。

[2]《豳风》：《诗经》十五国风之一，“为此春酒”二句见《豳风》之《七月》篇。意谓，用这春天的酒祈求长寿。

[3]“老莱子”句：老莱子，周代楚国人，性至孝。为了让父母高兴，他虽年已七十，还扮成小孩，穿彩色衣服，作戏于庭以娱亲。斑，色彩斑斓。

[4]《论语》知年：《论语·里仁》：“父母之年，不可不知也，一则以喜，一则以惧。”喜，喜其高寿；惧，来日无多。

[5]扬子爱日：西汉扬雄《法言·孝至》：“不可得而久者，事亲之谓也，孝子爱日。”意谓孝子珍惜奉养父母时日无多。

[6]朱：指南宋朱熹。明清时期批评程朱学派者认为，儒学至朱熹而衰。

[7]洙泗：洙水和泗水是鲁国两条河。堂坛：讲学的课堂。句意指孔子讲学之处。

[8]鹅湖精舍：江西铅山县有鹅湖书院，南宋时朱熹、陆九渊、吕祖谦等在此讨论哲学问题，而后书院声名大噪，改名鹅湖精舍。

[9]唐子美：指唐人杜子美，即杜甫。其《曲江》诗有云：“人生七十古来稀。”

评析

武范启（1807～1872），阮朝学者、文学家，1866年，他六十岁时，弟子为他祝寿。他不同意，认为，六十为寿不合古礼，乃近世之风，不足为法式。此文选自《越南文学总集》第8册。

三　武范启《藤罗麻说》

客有为藤萝麻说者，并其饼予之余，食而美，颂其说而感焉。夫藤萝麻者，人之所弃也。客独取之，岂好异哉，甘于饼，神于医，彼固有可受之实[1]者。不见取于人，而见表于客，物之有遭者如是夫。抑余闻之，凡物之生，贵全其质而已。好恶迁于人[2]，而美恶之实定于物。物岂以好恶为盛衰哉？藤萝麻之未遇也，群然于丛园杂卉中，彼无所善者。今焉为客之所表，使其不知客愿则止，如其愿而登之名园，砌以砖墙而采之，而饼之，藤萝麻之所存者几希。吾之所谓不幸，安知非彼之所谓幸也。虽然君子之持心恕[3]，故其好恶公；故其取舍审[4]。能公而审，又能以礼用之，天下无弃物矣。客推此心广之，物之为藤萝麻者何限。

注释

[1] 可受之实：可以为人们所接受的实际材质。

[2] 好恶迁于人：喜欢不喜欢，因人的变化而变化。迁，变动，转移。

[3] 持心恕：心怀宽广。

[4] 取舍审：取舍人或物的态度慎重。

评析

此文是一篇论人才的文章。藤萝麻是一种常见植物，可以食用、入药，但人们并不重视它。有客以之作饼，送给本文作者，并附一篇解说之文。作者食饼而美，有感而赞其说。本文主旨是讲，世间之物有美恶，人的感觉有好恶，藤萝麻平常贱物，遇上好之者则成为席上之饼，如果没有人喜欢它则园中杂草而已。作者认为，士君子之好恶要公平，取舍于物要审慎，则天下无弃物矣。扩而大之，选人用人也是如此。此文以小见大，寓深旨于浅近，对为人处世很有启发。此文选自《越南文学总集》第 15 册，第 405 页。

四　佚名氏《人影问答记》（节选）

余一日于书轩临镜，忽有一人造前[1]，自称锐江道子。余举目视之，丰姿体貌酷肖于己[2]，心甚怪之，揖之同坐。因笑谓余曰："吾子知道乎？"

余应之曰："昔吾夫子谓，知之为知之，不知为不知，是知也[3]。吾子以之[4]。夫道之为体，其大无外，其小无内，自一身一家，推而至于国于天下，无物不有，无时不然。至哉道乎，能贯彻而兼该之者鲜矣。是故孔门三千之徒，一贯之旨[5]惟曾子曰唯。而舜之命禹，亦曰道心惟微[6]。观此，则古人以学与道为一。凡学便是道底，到得极至处，则夫达而在上，虽南面垂衣而已苦不与[7]；穷而在下，虽曲肱蔬食，而乐在其中。用之则行，舍之则藏，于吾何有哉？时乎未遇，为巢为由[8]；志苟可行，为伊为周[9]。盖其处也，以身徇道；而其出也，以道徇身。圣贤不作，学道不明，世之为士者，学与道始歧而为二。……"

“元不知道为何物件，此后世之志所以不及古之才全德备者无他，学与书异，身与道悖耳。贤者不能以博求，于是始设科目[10]以限人。然自科目之法行，而士之去道愈远。驰骛乎青紫之乡[11]者，寻章摘句；惟系乎富贵之得不得，又安知夫道糠秕耶？率此而行之，纵使幸侥一第[12]，将何所不至哉？有以之而阿谀取容者，有以之而卑下凡猥者，有以之而欺君误国、残民害物者，何莫非斯人也。夫以学圣人之学，而其所行反戾[13]于圣人之道，若斯人辈，得非名教中之罪人欤？”

余闻客言，沉思良久，曰：“噫！言道非难，知道为难。知道非难，行道为难。知之而能行之，不亦难乎。夫天生四民，士农工商；为士则道难。然则舍此而择于三者之间，其何居？”

客瞿然曰：“吾子所见左矣。四民之中，惟士为贵，而农次之，若夫工商末技，君子所不道。吾子虽非小哲，然贤希圣，士希贤，乍闻吾子安之知之答，谅非造道得半，纵未入室，亦已升堂，为山九仞，岂可亏功于一篑。吾子家世业儒，祖宗之肇造，父兄之恢拓，以有于今，兹功名事业，如此其赫奕，文章道艺，如此其盛人，吾子舍此，将何择哉？……”

余乃大悟，若深有契于心焉，遂不觉大笑曰：“古云，人心不同，如其面然。未有如子之与我，面同而心且同也，繄子者谁？莫是余否？”曰：“是。”

注释

[1] 造前：到我眼前。

[2] 酷肖于己：非常像我自己。

[3] “知之为知之”三句：出《论语·为政》篇。

[4] 吾子以之：先生您依从此语。

[5] 一贯之旨：《论语·里仁》篇记：孔子对曾子说：“吾道一以贯之。”曾子说，是的。门人问曾子什么意思，曾子说：“夫子之道，忠恕而已。”

[6] 道心惟微：“人心惟危，道心惟微”，出于《尚书·大禹谟》，尧以是传之舜，舜以是传之禹。

[7] 南面垂衣：南面而坐，垂衣裳而治天下，即称王称帝。己苦不与：我苦于不能与之同类。

[8] 为巢为由：成为巢父、许由那样鄙视帝王的高士。

[9] 为伊为周：成为伊尹、周公那样的辅国执政大臣。

[10] 设科目：指设立科举制度，开进士、明经等科目以取士。

[11] 青紫之乡：高级官场。青紫是高官专用的服色。

[12] 幸侥一第：侥幸而科举及第。

[13] 戾：违背。

评析

本文选自《越南文学总集》第7册，第648~650页。作者待考，文中说他家世业儒，父兄恢拓，功名事业赫奕，文章道艺盛大，有学者推测，有可能是吴时任或其弟吴时璜。此文采用人影问答的方式，实际上是自问自答，以表达对道与学的关系以及人生理想的见解。作者认为，道与学本为一体，现在歧而为二，违背圣人之道。他所谓“道”，即修身、齐家、治国、平天下的大道，亦即道德修养。所谓“学”，即考科举，写文章，寻章摘句的学问。那些一心想通过科举以求富贵者，乃是名教的罪人。文章强调，言道非难，知道为难；知道非难，行道为难。士农工商，唯士为贵。坚持道学合一的理念和用之则行、舍之则藏的生活原则。这些都来源于中国儒家思想。

主客问答式被古代文体学家称为“设难体”。从西汉东方朔《答客难》、扬雄《解嘲》到韩愈《进学解》……一直到晚清李慈铭的《答仆诮文》，作者代不乏人，用以表达自我价值观乃至伤时感世、大发牢骚。越南此文正是对中国“设难体”的效法，以镜中之影与本人对话，亦颇别致。

五 陈新嘉《恭兄享福》

凤楼东村人名社正权，往南圻[1]贸易，得利甚丰，浪于浮费奢华。家有亲兄，既聋且瞽，已傲又顽，日向正权妻求借供酒食，若不与，则骂随之。氏甚抑苦[2]久矣，及夫回，泣以告。社正权色颜不变，亲就家兄辞谢[3]，并将钱百贯与绢布，制衣裙以御寒。此后减浮费奢华，得利，贮为供给家兄。兄亦不敢烦扰于家矣。兄死厚葬之，尽礼，于乡邻皆称赞。及某年乘海船往南圻，同团十三艘，出港数日，遇风波，帆裂樯折，沉破八只。伊船[4]破舱，保得一棹，随浪浮沉，漂百余里，泊岸广平汛口[5]。赖得渔船拯起，同船溺者三十余人，生还八九人，独社正权飘风流最远。其于少时术数断云[6]：“死必水厄[7]，自修获免。”或者以弟事兄转移之机焉[8]。享年八十有五，福寿俱全。由是谓妻曰："夫妇一死，犹可再新。兄弟一死，不可再得者与！"

注释

[1] 南圻：法国殖民者把越南全境分为北圻、中圻、南圻三部分。

[2] 氏：指正权之妻。抑苦：感到压力而苦恼。

[3] 句意谓，亲自到其兄家中道歉。

[4] 伊船：他那条船。

[5] 广平：今广平省。汛口：汛地，明清时期防汛军队驻地，此指重要港口。

[6] 术数：算命的方术家。断云：推断说。

[7] 必死水厄：必死于水中灾难。

[8] 句意谓，可能因其事兄积德而使原来的厄运出现转机。

说明

此文选自《越南汉文小说集成》第十三册，陈新嘉著《婆心悬镜录》。陈新嘉（1827～?），号美甫，出身官宦之家，有著作多种。此书作于1897年，包括六十则各自独立的短文，皆四字为题，中心思想是彰善惩恶，以具体的人物故事宣扬为人处世、修身齐家之伦理道德。文体与《颜氏家训》相似，语言通俗浅近，很像是一部劝世教材。《恭兄享福》表扬弟弟事兄恭谨，耐心，周到，后遇海难，九死一生，终享高寿之福。文章虽夹杂一些迷信成分，其劝善之用心是值得肯定的。

六　陈新嘉《一贫一富》

上福平望[1]同胞黎氏，兄名俨，弟名侃。弟甚孝悌仁慈，凡益于父母兄弟者，不辞辛苦，欢喜乐为。而兄鄙吝，一己之外，一毫不肯利及所亲，弟屡谏之不听。十年间，兄富有数万，生三子，妻儿衣食，自奉风流[2]。其祭祖宗与事双亲，一皆丝毫俭朴[3]。弟极贫，一日兄笑弟曰："愈修愈穷，不修富如石崇[4]。"弟默然不答。既而三载，三子疾病连绵，相继而死，兄夫妻俱染麻风之症。召弟悔曰："吾平生不听弟言，以至于此，今悔何及。死后弟当承祀先人，是望。"言毕，遂自缢[5]，弟厚葬。弟生二子，长黎侃[6]，中明命二年辛巳恩科乡贡[7]；次黎促，后登庠榜[8]。贫能孝亲悌长，福享裕后光前[9]。

注释

[1] 上福，县名，陈时属国威中路。平望：社名。

[2] 自奉风流：自己家中生活享受豪华。

[3] 句意谓，祭祖宗事父母一丝一毫皆极简单，十分吝啬。

[4] 石崇：西晋著名富豪，生活极端奢华。

[5] 自缢：上吊自杀。

[6] 长黎侃：似有误，儿子不可能与父亲同名。

[7] 明命：阮朝第二帝年号（1820～1841）。恩科：于通常三年一次科举考试之外，再增加一次，表示皇帝对士子开恩，故谓之恩科。乡贡：越南的乡试初试及格称秀才，其中优秀者称贡生或乡贡。

[8] 后登庠榜：后来登上庠生名榜。庠生是秀才的别称。

[9] 裕后：使后代富裕。光前：使前辈有光采。在科举制度时期，得中秀才、举人、进士，其前辈（父、祖）和后人（子、孙）都感到格外荣耀。这是古代中国、越南、朝鲜社会上相当普遍的价值观。

评析

此文用兄弟对比的事例，证明只图自家生活享受，不敬祖先和父母者，必然家破人亡；孝悌仁慈，孝父母，敬兄弟，不辞贫苦者，后代一定发达。

七 陈新嘉《孝前孝后》

三带之白鹤[1]阮有选，家有双亲，资基物力，薄于自奉。妻子粗饭布衣，唯勤于甘旨温凊[2]。虽有众弟与姊妹，各愿月养[3]，听各保养儿女，劝从学业。至于家先祭礼[4]，世俗支离补敛，一一谓女人从夫，不干敛祭[5]。严约与诸弟子侄男女妻儿，每日至晚分，按分换番，就父母处问安[6]，方可各回所业。若风雨，蓑笠而来，欠［缺］者罚笞十下。集已成风，常如一日。高堂偕[7]八十有七。弄彩四代[8]，共二百名氏[9]。偶年疫气。有选五十九岁，忽死……一夜复魁，［天宫］更增孝友为之票表，寿九十五，考终。鉴诫有选之子若孙，继志述事，晨昏定省[10]，甘旨温凊亦如之。

注释

[1] 三带、白鹤：都是地名。

[2] 甘旨：甜美食品。温凊：冬温夏凊的省称，冬天温被使暖，夏天扇席使凉，形容事亲极孝。下面似乎缺一句"以奉父母"。

[3] 句意谓兄弟各家自愿分月奉养父母。今天中国某些多子女家庭也是如此奉养老年父母。

[4] 家先祭礼：对家族先辈的祭祀之礼节。

[5] 不干敛祭：中国旧习俗，女子出嫁，不参与娘家祭祀典礼，不入祠堂。

[6] 句意谓，子孙们按辈分轮班向父母或祖父母请安。

[7] 高堂：年老父母。偕：皆。

[8] 弄彩四代：四代人都很孝顺。弄彩，春秋时老莱子年七十，常着五彩衣，作婴儿戏于亲前以娱父母，后世便成为老而孝亲的典故。

[9] 其家族大小有二百人，说明人丁兴旺。

[10] 晨昏定省：古礼，子女对父母早起后晚睡前都要请安问好。省，读 xǐng，省亲的省。

评析

这个故事主旨是赞扬孝敬父母，家族和谐。文章末段有迷信色彩，删去未录。大意是，阮有选五十九岁染病死去，被带到天宫，吏员查阅名册后说，此人年寿已满，但奉天帝批示，他孝于家庭，感化妇孺，加寿三纪(36 年)，即引还阳，以劝积善之家。阮有选果然活到九十五岁。同样因积善而延年的传说，从战国到清代的《聊斋志异》，历代不绝如缕，是奖善罚恶与因果报应的结合。越南此类故事也是从中国传统文化中学习和借鉴的。去其糟粕，取其精华，可以古为今用，外为中用。

八 陈新嘉《利乐同心》

山南人姓陈字秀善，建屋于龙编铺[1]，织纱缎为业。工伴[2]数十人，聚居无有不和者。间有欠雅，秀善曰："吾有术焉。一铺之中，人品安能一齐。有刚者，有柔者，有勤者，有懒者，每率偏性[3]，各造浮言，而是非起矣。吾置之不听，唯以情待，以理解之，谓世俗不过三文钱渡尚有因缘[4]，况与诸君一年相处。诸君在吾铺中，莫不尽心尽力，岂可因口头细故，彼此怀疑。"每逢佳节，必就举杯欢饮，笑谈欢乐。尝谓人曰："苏秦能和六国[5]，吾不能和一铺哉！工伴和后，能同心合力，生理乐业，安得无倍利乎。”闻者皆以为法。《易》曰：“二人同心，其利断金[6]。”往往如请人财利，取信于朋友，不肯偏信于内助[7]。西人诸番[8]，亦以万心如一，至公无私，何事不成。秀善婆心，和言利乐。

注释

[1] 龙编铺：地名，在河内市内。下文中的“铺”，指店铺，工场。

[2] 工伴：工友，店中伙计。

[3] 每率偏性：各人从自己个性出发。

[4] 句意谓，人们付三文小钱同乘渡船过河，尚有同舟共济的缘分。

[5] “苏秦”句，苏秦是战国时外交家，曾游说齐、楚、韩、赵、魏、燕六国，联合对抗秦国。

[6] 这两句话出自《易经·系辞上》，后世常用来说明团结起来力量大。

[7] 内助：妻子，俗称内当家。

[8] 西人诸番：指西洋各国之人。

评析

此文介绍一位纺织厂主善待工人，讲究团结，凝聚合力。对于不同个性和不同表现者，以情相待，以理化解矛盾，不因细故彼此生疑。这种经营管理经验，不但当时难能可贵，今天也是值得借鉴的。

九　佚名氏《太公家教》（节选）

一日相逢，万劫因缘。四海之内，皆兄弟也。同道者，千里之寻；不同道者，过门不及。有智者不在年高，无智者徒劳百岁。人离乡则易，物离乡则贵。国正天心顺，官清民自安。王以民为本，民以食为天。王有良将，家有贤妻。兄弟如手足，夫妻如衣服。千家万家一家好，千草万草一草香。日日养客[1]不贫，夜夜偷人不富。入山逢虎易，开口告人[2]难。人贪财而死，鸟贪食而亡。罗网之鸟，悔不高飞；悬钩之鱼，悔不忍饥[3]。人心如铁，官法如炉。守分愁难入，无贪祸不侵。

注释

[1] 养客：指佃客、雇工、店铺伙计等。古代提倡东家应善待如客。

[2] 告人：向他人借贷。

[3] 悔不忍仇："仇"疑为"饥"之误字。

评析

此文引自王小盾等编《越南汉喃文献目录提要》序言，台湾中研院中国文哲研究所印行。20世纪90年代，王小盾等在河内西郊披阅群书时，发现一种手抄本的《太公家教》，写于启定元年（1916），流于越南民间，而未被官方书库收藏。它只有16页，采用汉字正文和喃字小注的体式，竟是一篇地道的骈体文。据王重民《敦煌遗书总目索引》，《太公家教》是敦煌写本最多见的一套文献集，其内容是采摭诗书经史俗谚之语，规劝少年子弟遵循社会伦理和社会准则，是一种长期流行的童蒙读本。王小盾指出，《太公家教》的书名，唐人李翱，宋人王明清、胡仔，元人陶宗仪，明代的《雍熙乐府》都曾提到，说明这种书自唐以来传承有绪，在民间的影响一直不曾衰落。王小盾据明人严从简《殊域周咨录》，确认《太公家教》在明代已传入越南。但该件手抄本究竟是何人所作，尚难确认。可以肯定，不可能直接来自唐宋，或许是在清代。目前坊间有多种《幼学琼林》，系明末至清中期至民国初年多人增补而成，是以四六句向儿童传输基本常识的读本。越南抄本《太公家教》与民国初《幼学珠玑》有些谚语竟然相同，应是时代相近的产物。

十　邓束许《劝学文》

学问乃社会进化文明之要约[1]，国民隆兴富庶之梯阶，省心修身之大道，处己接物之良方，其有益于社会人群者不知凡几[2]。

况吾辈国破家亡，他乡寄迹。凡为国民者当尽其责任。欲尽其责任非学问不可，非革命学问更不可。

夫以法贼贪残野心最富[3]，彼欲吾民之久困，吾族之速亡。故专用最低程度教育者授之，使我青年英锐精神转作颓柔之特性，冲天鹏鸟更[4]为驯服之马牛。

呜呼！国民之兴亡恃乎青年、青年教育。教育如此其弊，青年如此其愚，将何以竞争于世界者？将何以负担国民之重责者乎？

注释

[1] 要约：重要条件。

[2] 不知凡几：不知道一共有多少。

[3] 法贼：指法国殖民者。最富：最多、最大。非富有之“富”。

[4] 冲天鹏鸟：《庄子·逍遥游》说，北海有鲲鹏之鸟，一飞冲天。后世比喻人有远大志向。更：动词，变更。

评析

本文选自《越南文学总集》第18册，第648页。作者邓束许（1870～1931），生平待考。此文中说：“吾辈国破家亡，他乡寄迹。”可见他在1884年法国控制越南之后，流亡国外。这篇文章题为《劝学文》，劝说越南青年，要重视学问，发展教育，而且要学习革命之学问，要受较高级的教育，不能限于最低程度教育，要胸怀大志，作冲天鹏鸟，不作驯服马牛，要肩负起隆兴国家之责任。这是一篇思想性极高的文章，文字浅近，是面向大众的宣传品。最初发表于何时何处，待考。

马来亚、新加坡兴教之文

一 佚名氏《萃英书院碑文》

我国家[1]治隆于古，以教化为先，设为庠序[2]，其由来久矣。然地有宽严之异，才有上下之殊，立教虽属无方，而讲学尤宜得所，信乎士林之攸归，在乎黉宇之轮奂也[3]。新嘉坡自开创以来，土俗民风，虽英酋[4]之管辖，而懋迁有无，实唐人之寄旅，迄于今越四十有年矣[5]。山川钟灵，文物华美，我闽省之人，生于斯，聚于斯，亦实繁有徒矣。苟不教之以学，则圣域贤关之正途，何由知所向往乎？于是陈君巨川存兴贤劝学之盛心，捐金买地，愿充为党序之基，欲以造就诸俊秀，无论贫富家子弟，咸使之入学。故复举十二同人共劝董建，且又继派诸君以乐成其美。择日兴工，就地卜筑，中建一祠为书院，崇祀文昌帝君、紫阳夫子[6]神位，东西前屋连为院中公业。经于咸丰甲寅年工成告竣，因颜其院曰“萃英”。盖萃者聚也，英者英才也，谓乐得英才而教育之。每岁延师，设绛帐于左右中堂讲授，植桃李于门墙。夫莫为之前，虽美弗彰；莫为之后，虽盛弗传。今者陈君巨川能行义举，倡建学宫，不惜重金买地为址，而十二君曾举荐、陈振生、杨佛生、林生财、许行云、陈俊睦、梁添发、薛荣樾、曾德璋、洪锦雀、薛茂元、陈明水又能同心好善，鸠工经始，以乐观厥成。且此都人士亦皆能接踵其美[7]，输财以助讲贯之需，其好善之心，上行下效，若影之随行，如响之和答，诚有不期然而然者，岂非一举而三善备哉！他日斯文蔚起，人人知周孔之道，使荒陬遐域，化为礼义之邦，是皆巨川君与十二君以及都人士之所贻也。后之问俗者，亦将有感于斯举之高风。故为之序，且复列买地筑舍并捐金诸芳名于贞石，以共垂于不朽云耳。

注释

[1] 我国家：当时东南亚华侨都称自己是中国人，“我国家”指中国。

[2] 庠序：中国古代学校的名称。

[3] 上述几句意谓，讲学应该到合适的场所，学界人士愿意来投奔，也在乎学校房屋美观。轮奂，美轮美奂，形容建筑物美观、华丽。

[4] 英酋：指英国派驻新加坡的总督，当时新加坡是英国统治的海峡殖民地。称总督为“英酋”，略带鄙视之意。

[5] 越四十有年矣：从 1819 年英国人莱佛士向天猛公租借新加坡岛算起，到 1861 年，已经四十多年了。

[6] 文昌帝君：中国民间和道教尊奉的神祇，掌管士人功名禄位，故为读书人所信仰。紫阳夫子：指朱熹。他是宋代大学者、思想家、教育家。在旧时读书人心目中，有时将朱夫子与孔夫子并称，故崇祀之。

[7] 接踵其美：接下去继续办好书院这件美事。

评析

此文作于 1861 年，选自丁荷生、许源泰主编《新加坡华文铭刻汇编（1819—1911）》，广西师范大学出版社 2017 年出版，第 358 页。萃英书院是由新加坡初期华人领袖陈金声（字巨川）所创办。他在创立崇文阁五年后，又领导同人捐款购地，在新加坡厦门街倡建萃英书院。当时新加坡华社和马六甲密不可分，马六甲的华文教育起步甚早，1815 年已有九间华文私塾学堂，学生 150 名。萃英书院是由地方领袖出钱，请教师在公众地方设塾，招收家境贫寒子弟入义学，故厦门街至今仍称为“义学口”。早期的课程教导《三字经》《千字文》《幼学琼林》，以及四书五经、书法与珠算等传统学科，并崇祀“文昌帝君”与“紫阳夫子”等文化神。萃英书院维持了一百年，1954 年，并入福建会馆所主办的校群而停止办学。

二　佚名氏《兴建崇文阁碑记》

今夫道之大原出于天，其实体备于圣，而其流传则赖乎文，文之所在即道之所在，亦即圣与天之所在也。盖天生圣人，间世独出，能及其身以范围一时，不能留其身以曲成为世。故立说著书垂诸久远，则文实天之元气，而为人之所共钦者也。今圣天子崇儒重道，稽古右文[1]，六宇[2]承风，咸遵圣教，虽山陬海澨[3]，各自别其土疆；而户诵家弦，亦兴起于学问焉。况新嘉坡为西洋之名胜，蛮徼之咽喉，商贾贸易，行旅往来，我中国民多生长于斯者哉。于是陈君巨川鸠[4]众力而劝盛举，光前烈[5]以示来兹也，[择]地于岛[?]翼之西偏，于道光己酉年[6]兴建，至咸丰壬子年[7]落成。其巍然在上者所以崇祀梓潼帝君[8]也，其翼然在下者所以为师生讲受也，侧为小亭以备焚化字纸。每岁仲春，济济多士，齐明盛服以承祭祀，祭毕并送文灰而赴于江。因颜[9]之曰崇文阁，所以宏正道，宪章文武，贤[?]而入圣域也。虽僻陋在夷，与文物之邦异，然人杰地灵，古今一理。斯阁也，背冈峦而面江渚，左连凤寺，右接龙门[10]。山川既已毓秀，文运遂卜咸亨。从兹成人小子，读孔孟之书，究洛闽[11]之奥，优柔德性，培养天真。化固陋为文章，变鄙俗为风雅。则斯阁之建，其有裨于世道人心者岂鲜浅哉。谨将捐资姓名共勒贞珉[12]，俾后来知所本云。

注释

［1］今圣天子：指同治皇帝。稽古：稽考古道。右文：尊崇文化。古人以右为尚。

［2］六宇：即六合，指天地四方。

［3］山陬（zōu）：山的角落。海澨（shì）：海边。

［4］鸠：同“纠”，纠集。

［5］前烈：先贤。

［6］道光己酉年：1849 年。

［7］咸丰壬子年：1852 年。

［8］梓潼帝君：道教之神，又称文昌帝君，古时认为他是主管文运功名之神，中国各地多建有文昌宫或文昌阁，这种风俗也带到南洋华社。

［9］颜：此处作动词用，题写匾额。

［10］凤寺：凤山寺。龙门：龙门山。均在新加坡市郊。

［11］洛：指宋代洛阳人程颐、程颢。闽：指南宋朱熹，曾寓居福建。此处举程朱以代表儒学。

［12］贞珉：指上等石材。珉，似玉之石。

评析

此文选自陈育崧、陈荆和合编《新加坡华文碑铭集录》，1970 年香港中文大学出版。碑立于新加坡西郊。崇文阁是一所华文学校，始建于 1849 年，落成于 1852 年，立碑于 1867 年，即同治六年，它是新加坡第一所华文学校，后来改为崇福女学，福建会馆办事处亦附设于此，五年后陈巨川先生又创建萃英书院。为保护古迹，福建会馆斥资重修崇文阁，2003 年竣工。这篇 1867 年碑文作者未著姓名，文章充分反映出当地华侨对中华文化的崇敬和华文教育的重视，有很高的史料价值。

三 佚名氏《大山脚义学堂碑》

窃思创始者难矣，守成者岂易耳。溯我大山脚大伯公[1]，尝置园埔，为我华人贸易市货之所。设秤以收其税，递年约金数百，以无常务，迄今三十余载。董斯常者，前后迭更，而贤否各异，智庸不一。视公尝为奇货，以任事为荣华。或托词开销，则云归回禄[2]。迨至己丑[3]，睹园中荒烟蔓草，仍一旷埔[4]耳。稽历年所积，计金千余。嗣经余等商众酌议，移借筹谋。始筑宫后之店，维继营菜市之市。今秋添建书房，数年之间，今昔迥殊。昔之蔓色青青，今为屋宇叠叠矣；昔之秤税数百，今增店租盈千矣。设学以育英材，蛮夷之俗，竟成礼仪之邦矣。值神诞而演黎园[5]，费由常给，合港共庆欢乐矣。岂任事之材不同，亦运地之兴则异。虽因人展布之效，实赖神默鉴之功。惟愿后之人维继斯事者，旷（扩）而充之，是余之所厚望。爰志斯言，以垂永久，是为序。

注释

[1] 大山脚：马来西亚雪兰峨州一处地名。大伯公：相当于中国的土地爷，新马各地多有大伯公祠，如同土地庙。此句末或缺一“祠”字。

[2] 回禄：指火灾。

[3] 己丑：根据碑文后记，此指光绪十五年，1889 年。

[4] 旷埔：空旷场地。

[5] 黎园：义同梨园，本指戏班子，此指地方戏剧。

评析

碑文首先介绍大山脚贸易市场由荒凉到茂盛的发展经过，可见先贤开发之不易，接着说明今秋添建书房，设立义学堂的理由。义学堂就是免费公共学堂，“设学以育英材，蛮夷之俗，竟成礼仪之邦”，而且还有酬神活动和戏剧演出，使合港同乐，足见华侨对文化教育事业之尽心尽力。文字不多，但层次清楚，记述具体，事理明晰，具有一定的史料价值和文学价值。

此碑现存大山脚福德正神庙外，碑文收入《大山脚福德正神庙成立百年纪念特刊》。本文转引自卢成荣《大山脚义学堂碑发现记》，（载马来西亚《学文》杂志第 9 期，2016 年 4 月出版）。1918 年该义学堂改制为日新学校。

四　林克谐《论职业教育之必要》

凡人之不论富贵贫贱，苟同生于世界也，必有职业。有职业则富贵者不致坐縻廪粟，花天酒地；贫贱者不致颠连沟壑，坠入恶途。

夫吾国土地，非谓不广，人口非谓不众，然而不能与世界诸雄国相齐并驾者，何也？皆因其国民之多无职业所致也。吾国无业游民，其小丰者，恃其先人之遗产，不思所以振作，日惟游手好闲，荒淫无度，卒至财枯力竭，家毁业荡，且污及祖先之令名；下流者，因其衣食之难济，不思图谋正业，日惟纠党结伙，横行乡里，穷困无援，则抢夺劫掠，卒至身罹法网，死亡随之，上累及父母，下危及妻子。盖如此无业之游民，不只害及身家，滋扰地方已也，且捣乱国家。若不早加设法制止，为患伊于胡底[1]，又焉能望若辈共谋社会之发达，国家之富强也哉？

是故欲谋社会之发达，国家之富强者，必自人人有职业始也。人之既有职业，或则为职任所缚，放荡不得；或则因衣食有给，奸谋不兴；使富者加富，贫者亦不致趋于饿殍[2]，流为盗贼也。是职业之关系于人国，岂浅尠[3]哉？晚近以来，谈国事者，莫不以振兴教育为救国之要务。然教育非谓不振矣，学校非谓不兴矣，而国家之贫弱如故，人民穷困无业者亦如故，推厥原因，无非长教育者[4]，不注重职业教育之所致也。吾每目击我国高小、中学之学士，毕业以后，多半不能将其所学者以为生活，徒以耗费财力，虚度时日，而不济于事也。是职业之教育，岂可漠视乎？窃思负教育之责者，有以提倡实行之（此文原载《叻报》1919 年 2 月 17 日）。

注释

[1] 伊于胡底：疑问句，到什么地步为止呢？

[2] 饿殍（piáo）：饿死的尸体。

[3] 尠（xiǎn）：少。

[4] 长教育者：指掌管教育的领导者。“长”（zhǎng）字于此作动词用。

评析

本文及下文之作者林克谐（1892～1954），字稗生，海南文昌人，新加坡著名社会评论作家。祖父、父子三代从事航运，经营商业，往返中国和南洋各地。林先生十五岁赴新加坡，半工半读入当地学校，青灯苦读。孙中山在南洋从事革命活动时，林君秘密加入同盟会，此后常往返于广东和新加坡之间。1919～1921 年，任新加坡《叻报》编辑，主持《本坡新闻》《京省要闻》《附刊》。1925 年，卒业于新加坡养正学校师范科，旋执教于育英学校。中间曾短期经商，此后长期笔耕，生活、工作于新加坡，1954 年逝世。其作品以时评、政论居多，或用真名，或用笔名。哲嗣林徐典教授辑录其父在《叻报》工作三年间的文章 139 篇，集成《林稗生政论集》，由星洲世界书局于 1969 年出版。该书内容广泛，关切时局和社会实际。书中关心教育者有许多篇，除本书所选两篇之外，还有涉及女学、义学、夜学，以白话文为课文，支持留学生，慎择校长等。全书文章以白话文居多，文言文为少数，皆浅近通畅，不用典故，少用虚字。在 20 世纪 20 年代报刊上，此类文体仍是常见之文。从 20 世纪 20 年代末到 30 年代，白话文才逐渐占据南洋报刊主体地位。

五　林克谐《论通俗学校之必要》

夫国家之强弱，非视其国民知识之高下为准衡乎？国民知识之高下，非视其识字与否为定断乎？鉴夫欧美各国，可以知其端矣。顾今日吾国，其国民之知识为何如？识字者有几乎？盖称为五百兆之众，其识字者，百无一二焉。以此而言强国，何异于缘木求鱼[1]？

晚近以来，国人虽亦知非使人人识字，普及教育，无以救危亡。于是乎振兴教育之声浪愈唱愈高，学校之设立，愈推愈广。内而都会城镇，乡市村落，外而侨居他邦，虽蕞尔[2]小区，无处不有吾人之学校在焉。然卒未能使之普及者，究何因哉？曰："不注重通俗教育也。"试观今之所谓学校者，大抵为国民高小、中学、大学、专门等校，而通俗学校，则不多觏[3]矣。彼国民学校者，乃儿童学校。国民以上之学校，又乃儿童升阶之学校，非长年失学之学校也。长年失学之学校，即通俗学校者是已。试观吾国之国民，除老大儿童外，其长年失学者奚止百兆之数乎？以如此大多数不识文字，不知国家为何物之年壮国民，而参伍社会[4]，其虽受教育之国民，不受彼浊气所侵淫者几希！

纵目以观，今日之社会为何如？吾人可以深然长思矣。窃今日不欲富强国家则已，苟欲富强也，非从事改良社会决不可；欲改良社会，非陶冶多数之长年失学者又乌乎可？欲陶冶此等失学之众民，非广设通俗学校，又曷得而可也？

盖通俗学校既已广设，则长年失学者，得可随地而问津焉，得入其中而陶冶焉。于是而普通智识由此进，国家大体由此明，其智识既进，大体既明，则今日沉迷阴黑之社会，必变为光明良好之社会。长年失学捣乱社会不知国家为何物之国民，必变为爱国爱种之国民。

尝观琼[5]侨胞在十年前其智识之低下，几与安南[6]、印度等。后由先觉者首创通俗学校，鼓吹不识字之壮年侨胞，在闲暇之时，使其就学。近其智识虽不能驾他属良秀者而上之，然其在今日之社会上，亦知有我琼侨焉。凡既经受有通俗教育者，今亦知其国家社会焉。但惜乏绝力之鼓吹，查本坡在今日，仅得十校而已。一傅众咻[7]，难求其齐，故不能致绝顶之文明，诚为憾事者也！然纵不能得绝顶之文明，惟以今日琼侨之智识观之，较之十年前者，信夫其相去也固远甚。此非通俗学校栽培之力耶？

呜呼！通俗教育关系于失学者如是其要，其失学者，关系于国家社会也又如此其危，有心于教育者，有心于国家社会者，对于通俗学校，曷得不急起而推广之耶？（此文原载《叻报》1920 年 2 月 27 日）

注释

[1] 缘木求鱼：爬到树上去抓鱼，意谓不可得，语出《孟子·梁惠王上》。

[2] 蕞（zuì）尔：形容比较小的地方。

[3] 觏（gòu）：遇见。

[4] 参伍社会：进入社会，参与社会活动。

[5] 琼：琼州，在海南岛。

[6] 安南：即越南之古称。

[7] 一傅众咻：语出《孟子》，意谓一人教导时，众人在旁喧闹，那是学不好的。

评析

此文专论通俗教育，主张向成年人中的文盲或半文盲者普及教育。这是十分重要的意见。林氏文集中还有其他关于教育的文章，都与他重视全民教育的思想有关。

六　黎伯概《但将方寸地，留与子孙耕》

世人但重遗产，不知遗言、遗行、遗德、遗泽、遗书、遗著、遗稿，俱可传子孙。盖言行、德泽、著述、草稿，俱吾心血所造成。诸遗书则吾习前贤之物，与遗产无异也。而精采倍多，精神所在，岁月长久。若遗产徒然物质，可以破产，未必长属子孙。且身后子孙争产兴讼，数见不鲜，反为不美。何若言行德泽，著述之善，将作人之法，传之子孙，更无流弊。子孙之贤否不可知，其能效法前人否不可知，其能胜过前人否亦不可知。但我之作人，可告来世，区区方寸，所留子孙者如此。唯不道德之恶事，决不可做。道德五千年仍然传统，由前推后，决仍可行。此所谓地，所谓耕，系属心田，有类佛家因果报应之说。余之说实异，乃吾国自有之学理，而余融会而出之者也。

评析

本文作于 1942 年，选自黎伯概《名医黎伯概先生诗文集》中的《处世箴言》。该“箴言”包括79篇，每篇题目取自《集韵增广昔时贤文》，每题为独立的四言对句，或七言对句，或七言四句，而且有韵。该书辑录者不知姓名，内容多是为人处世的格言俗语，在民间流传甚广。黎氏将书中两句或四句为题发挥成一篇篇短文，律己励世，诫勉家人及后学，“将唤后生之率教者而讲明之”。《昔时贤文》原有的两句话，强调“方寸地”，即心田，德性，乃佛家观念。黎氏此文扩而大之，包括遗言至遗稿等方面，有精神的，也有物质的。黎氏既是道德楷模，也是著作家，诗文名家，他希望这些方面都能为子孙所继承，是理所当然的心愿。

七　黎伯概《遗嘱》（节录）

所望于儿孙者，则积善以安身保家昌后，治产以正德利用厚生。学可以淑身[1]，凡日用事物，皆学之实习，而不尽在书本文字。惟理可以去惑，凡一切动作，皆理所隐寓，而当察本末是非。处家当孝友和乐，伦常不易[2]，处世之道：言忠信，行笃敬，交友待人以礼，处事接物以诚，能改过迁善[3]，不瞒昧自欺。《五经》《四书》，必熟览以进德，科哲两学[4]，可兼通以成才，则于做人之道，大端已立，愆谬[5]少矣。尔兄弟三人，其各按余所言，分段细察，毋忽毋怠，贻谋所系，有余庆焉！

注释

[1] 淑身：使自身善良。

[2] 伦常不易：纲常伦理不改变。

[3] 迁善：向善。

[4] 科哲两学：科学与哲学两种学问。

[5] 愆（qiān）谬：过失、错误。

评析

本文选自《名医黎伯概先生诗文集》，新加坡书局1977年出版。作者黎伯概，其生平已在本书第二编《新加坡、马来亚纪实传记和谐传》中介绍。其《遗嘱》在诗文集中，本文是当中的一段。据该书编辑者许云樵教授之《后记》介绍，黎伯概先生的后人，皆能恪守遗训，各有所长。至20

世纪70年代末，子孙执业西医者有九人。蜚声当时，堪称杏林世家。

八　佚名氏《梦生亭记》

东陵为星岛胜地，丘阜起伏，佳木笼葱，花香鸟语，挹清爽之晨氛；碧瓦红垣，映绚烂之夕照。一坡斜迤，万绿丛阴，徜徉乎经禧道[1]上，巍然壮拔雄阔者，是即吾校屹立其间之大观也。张君梦生，吾校董事长也，才拟端木[2]，富致猗陶[3]，生平对社会文教公益及其他慈善福利诸事业，靡不殚力提倡，而于吾校发展过程中，其倡导赞助之功绩尤多足述者。当一九三七年，张君慨然贷出巨资，购置禧街二九号与校舍毗连之会馆馆址，使馆校合一，奠定平衡发展之鸿基。战后吾校复兴，拥有东陵新址，乃实行附益扩充，去岁增建堂皇之新校舍，今岁填辟广大之运动场，及巩固之停车房，于时张君复捐资壹万伍千元，并躬亲监督工程筹划一切，以底于成[4]。凡此积极为吾校谋建设，始终一贯之热诚，微张君曷克臻此[5]。斯亭之建，额以芳名，盖以表扬张君之劳绩，亦寓激劝之意焉耳。抑有进者，亭之名固以崇德纪功，而亭之用，又可为校景点缀，及作为音乐室与员生游息之地，寓纪念于建设，后之游斯亭者，其亦闻风兴起，益谋发扬光大，完成全部优美之硕划[6]，蔚为星岛东陵之名胜焉。公元一九五三年十月，启发学校新校落成开幕典礼筹委会谨志。

注释

[1] 经禧道：新加坡市中心一条街道名，在乌节路附近。

[2] 才拟端木：端木赐，孔子弟子子贡，具有经商和外交才能。句意谓，张梦生先生的才能比得上子贡。

[3] 富致猗陶：其财富达到春秋时猗顿和陶朱公的水平。

[4] 以底于成：以致完成。

[5] 句意谓，如果不是张先生何能达到如此成就。

[6] 硕划：巨大计划。

评析

启发学校在二战前原为私立，新加坡共和国成立后改名公立启发小学，

1985 年从东陵迁至西海岸道，美学教育是其特色课程之一，2018 年该校曾组团到中国广东省梅州市进行访问和交流。这篇《梦生亭记》主要赞扬启发学校董事长张梦生先生捐资、督工，扩建新校舍的贡献，因此建梦生亭以资纪念，且作音乐室及休息之地。文章语言通畅、圆满、周到。选自丁荷生、许泰源主编《新加坡华文铭刻汇编（1819—1911）》，广西师范大学出版社 2017 年出版，第 334 页。

印尼、泰国兴教之文

一　佚名氏《倡建金德院、明诚书院前道路碑记》

考先王建置街衢沟渠，以济行人之艰，而又修除道路，仁惠广布，万民歌功颂德焉。我吧先人创立金德院[1]、明诚书院[2]，以及造桥铺路，无非为吧人整齐风范计也。故每逢朔望之期，男妇老幼，文人学士，拈香礼神，必由此道以行。现际路途崩坏，崎岖险阻，不独乘舆有脱辐之嗟，而且徒步有褰裳[3]之苦，□目击心伤。思夫家庭祸转为福，必望佛祖以相庇护。子孙目能识丁，必藉文公以为提撕[4]。意欲请工修理，以便吧人之来往。然家无千金之积，有其心而无其力。于是遍劝吧人欣心帮助，聚毛成裘，以成其事。如有不及费用者，余愿承之。今则低者补之，坏者修之，道路平坦，行走无虞[5]矣。是前人创之于前，而后人修之于后。有一点之善心，神明谅亦必报应之。余愿望后人修心积德，凡此路中，若有崩坏之处，亦乐捐修理，神人共鉴，未必无少补云。是为序。

注释

［1］吧：指雅加达。金德院，当地一所佛院。

［2］明诚书院：雅加达华人所建华文私塾，1787 年始创时称明德书院。

［3］褰裳：卷起衣裤，免得沾泥浸水。

［4］文公：指韩愈，他在广东潮州兴办教育，使当地文风大盛，至今受到潮人纪念。提撕，提携。

［5］无虞：无忧虑。

评析

此碑立于雅加达，作于1846年，选自傅吾康主编《印度尼西亚华文铭刻汇编》第二册上，新加坡南洋学会1988年出版，第11页。这篇碑文是为集资修筑书院前之道路所立碑而作，可以反映出当地华侨对华人教育的关切。此文作者未著姓名，文中两次提到“余”，似为个人口气。语言朴拙，不善修辞，而拳拳便民兴教之意可嘉。

二　佚名氏《巴城中华会馆兴办义学堂公启》

以四千余年神明之胄[1]，远处海外，番[2]其举止，番其起居，番其饮食，番其礼法，华语且不识，遑知有中学。诗书且不读，遑知有孔孟，其弊随地有之，而且巴城有（尤）甚。盖巴城立埠数百年，华众数十万，或生长于斯，或服贾是邦。闽人也，客人[3]也，广人[4]也，恒格格不相入。除货物交易外，老死不相往还，秦越肥瘠[5]，绝不关心，可叹者一。金德之院，安恤之庙，男女膜拜，泥首[6]祷祀，络绎不绝。独于二千余年之教主[7]，则耳不闻其名，口不诵其经，心不仪其形。其有终身不履中土者，更不知有大成之殿与至圣之称[8]，悖道而驰，可叹者二。义学之设，二百余年，训蒙之师，所在多有，求能造就一二聪颖子弟，诵习经文，发明文义，讲求掌故，属缀词章，已不可得，灭聪塞明，可叹者三。有此积弊，坐视不顾，论种类则自生自灭，论圣训则或存或亡，岂不哀哉！某等不敏，独拳拳于会馆孔庙学堂诸端，正为此也。今既荷蒙政府允许给予开办，集众公议；于会馆中先设立小学校一区，变通中国办法，参以东西洋教科章程，详立科表，教以认字、串字、习算、作论，以及东西各国语言文字之入门。天算地舆[9]之初级，分班按序，日新月异。凡众商子弟，酌量捐资入学，以扩见闻，将来经费既充，拟推广于荷领[10]各州府，而巴城特总其成焉。庶几风气所开，人皆务实，由幼学而普通，由普通而高等，由高等而专门，十年以后，人才蔚起，雪野蛮之耻，洗半教之名[11]，是幼学一科为巴城育才之始基，实即寰宇太平之成算。凡我同志，想不河汉[12]斯言。仅将简明章程，节录于后，以冀大君子快睹而奖成之，某等幸甚，大局幸甚……

注释

[1] 胄：后代。

[2] 番：古时称外国人为番人，外国为番邦。下面四个番字句，意谓仅知学习外国举止、饮食、起居、礼法。

[3] 客人：客家人。

[4] 广人：广东人。

[5] 秦越肥瘠：秦人肥，越人瘦，指各地身体体型不一。

[6] 泥首：叩首于地，表示崇敬。

[7] 教主：此指孔子。

[8] 大成之殿：各地孔庙之正殿。至圣：孔子的尊号。

[9] 天算地舆：指天文、地理之课程。

[10] 荷领：荷兰所统治地区。当时印尼为荷兰殖民地，划分印尼为若干州府。

[11] 半教之名：当时西洋人讥笑中国妇女不受教育，故称中国为半教之国。

[12] 河汉：比喻言论迂腐，不切实际，典出《庄子》。

评析

此碑立于雅加达，作于1900年，转引自黄昆卓著《印度尼西亚华文教育发展史》第四章《印尼近代新式华侨教育的诞生与发展（1901—1941）》，外语教学与研究出版社2007年出版。印尼华侨真正具有社团性质的团体是1900年3月成立的巴城雅加达中华会馆。同年7月，董事会决定创办学堂，向全体华侨发出公启。1901年3月，正式成立中华学堂。1912年中华民国成立后，改称中华学校。这篇公启，首先说明兴办华文学校的意义，在于团结华侨，传承中华文化；然后介绍主要课程以及长远规划。比起五十年前创办明德学堂仅仅为了认识华文，目光更为远大，是印尼华教史上的一篇重要文献。

三 姚尔融《苏东中学筹建校舍碑记》

棉兰为苏东首府[1]，吾侨离乡背井，远涉重洋，生息经营于斯者，垂百年历史，生聚教训，二者栖需。是以远识之士，于民国纪年前[2]，倡办学校，养正侨童，风声所树，远近景从，不数载，苏岛[3]一方，有校数十所。此吾侨肆力教育，发扬文化，久称为华侨光荣史中之一页。但所办学校均限于小学，而莘莘学子毕业以后，欲就地升学而无由。民国拾陆年柒月间，吾侨先觉及热心侨众，抱其提高深造侨童学问之宏愿，倡议设立中学。风声所播，各界响应。由侨众大会公推丘清德、温发金、张念遗、谢联棠、张尚岳、张篮田、丘荣庆、刘炳寅、徐贡觉、李承宗、叶燕浅、朱仓、许友志、丘炳茂、沈升辉、刘锡康、韩贵彝、张达荣、杨绍卿、王知堂、黄汉卿等君为筹备委员。绸缪[4]三载，惨淡经营[5]，至民国贰拾年春间，本校校舍始告竣工。兹谨将各界捐款芳名，照章勒石，以彰盛德，而励来兹！中华民国贰拾壹年，公元壹玖叁贰年贰月伍日 惠阳姚尔融书。苏东中学筹备大会谨立

注释

[1] 棉兰：是印尼东苏门答腊省的首府。

[2] 民国纪年前：民国元年之前，即清末。

[3] 苏岛：指苏门答腊全岛。

[4] 绸缪（chóu móu）：修补，加固。

[5] 惨淡经营：在困难环境中艰苦经营。

评析

此碑立于棉兰，作于1932年，作者生平不详。此文简单记述苏东中学建立的经过，可以看出印尼华侨热心教育的盛情。引自傅吾康主编《印度尼西亚华文铭刻汇编》第一册，新加坡南洋学会1988年出版，第145页。

四　佚名氏《倡建坤德女学校碑记》

处二十世纪中而欲以蚩蚩[1]不教之民，与列仪[2]交朋义胜，不待智者而知其无能为也。然□教育者必探其本源，本源者何？振兴女学之谓也。盖女子为国民之母，能养成贤母则国本日强，英才辈出，较之空谈教育者，实事半功倍焉。但我国古来未尝不以德言工容曰最女士[3]，而求其克当斯义者胃（为）不多。无他，束缚之，钳制之，使其无一毫生气，虽语以四德[4]，终属无益。无怪西人目我国为半教国也。近二十年来，东西文化灌输内地，贤母良妻淑女之教日染耳鼓，黄魂[5]振起，举国士女，罔不风从

而起。视我女侨，冥冥仍如故也，靡靡仍不悛[6]也。毋亦风气所迄，阻于南暨[7]。德化所渐，限于女流耶？我同人感焉忧之，确见今日大势，非扩充教育，不足以振起我国民；非建女学，不足以培养其根本。则有热心义士，发大愿力，合众善长。或作大木而成室，或加一篑[8]以为山。遂于三数日间，集款二万余铢，就七圣妈[9]后广肇公司原有□□建筑坤德女学校一所，同人合力，数月告成。规模虽未极大观，然有基自期勿坏，从此我侨女得免不学之讥。噫！谁之力欤？同人曰，是非诸君捐款之力不至此！爰勒芳名于石，以志不朽云。

注释

[1] 蚩蚩：愚昧无知貌。

[2] 列仪：当指列国，仪是误字。

[3] 曰最女士：此句或有脱字，当为“曰最佳女士”。

[4] 四德：妇女的四项基本品德，即妇德、妇言、妇功、妇容。

[5] 黄魂：黄种人之灵魂，此指中国国民精神。

[6] 悛（quān）：悔改。句意谓妇女们仍然稀里糊涂没有改变。

[7] 暨：及，南暨：极南之处。

[8] 篑：古时盛土的竹器。成语有“功亏一篑”，出自《论语》。

[9] 七圣妈：曼谷地名。

评析

坤德女学校于民国六年（1917）创建于泰国曼谷，发起人是广肇公司的董理陈永长、简静珊、林简相。此前的民国四年（1915），广肇公司已倡建明德学校，三年后又建坤德女校。中国古代八卦，以乾代表男性，以坤代表女性，所谓“坤德”即指妇女道德。而此文已不限于古代之妇德、妇言、妇功、妇容四德，内容有所扩大，以便与列国交往，这种观点无疑是进步的。此碑立于曼谷，作者未著姓名。文章对女子教育有很高的评价。认为女子为国民之母，贤女为强国之本。广肇公司是当时东南亚有名的华侨贸易公司，除印尼之外，在新加坡、马来亚、泰国皆有广肇公司业务活动。本文选自傅吾康主编《泰国华文铭刻汇编》，台北新文丰公司 1998 年出版，第 181 页。文中有个别文字因为原文模糊不清，不够通畅。

五 叶云舫《进德学校建筑寄宿舍碑记》

夫善始善终，古有明训。我客属进德学校[1]，自开办迄今，十有余稔[2]。始虽由我热心各父老惨淡经营，当时因经济、地方关系，仅先建正身一庭会社校舍，除三楼为关帝庙，余供礼堂、教室，办事应接各室外，寄宿舍尚未计及。教员与学生则租赁本校门首左侧房屋为宿舍，湫隘嚣屋[3]，不宜与居。且年来远处学生，日见增多，无处收容，致多向隅[4]。则宿舍之建筑，诚不容缓矣。先是由各热心父老筹集款项，在本校右侧购地一方，预备为建筑之用。旋因经济困难，事从中生。民国十年，云谬膺本校校董，遂与各董事商议，众皆曰善。但无米之炊，巧妇难为。由众集议，发簿捐题，蒙诸君子资助，不旬月而巨款毕集，复举云总理其事。自唯绠短汲深[5]，岂能胜任，念事关公益，勉为其难，以尽天职。授事以来，捐各回事，鼎立扶助，鸠工庀材，于十三年夏间兴襄，冬间告竣。用去款项八千余末。而今学校右旁宿舍岿然，校中办事人得以安居其间，而莘莘学子亦得所庇宇矣。此事由云总其成，非得诸同事勷助之力，曷克臻此[6]。兹将捐助芳名及捐金额勒石，爰述其源起如左。民国十五年十一月叶云舫记。

注释

[1] 进德学校，由旅居曼谷的客家人创办于民国初年。

[2] 稔：年。古代称谷物成熟为一年。

[3] 湫：潮湿。隘：狭仄。嚣：吵闹。

[4] 向隅：面向墙角，表示失望。

[5] 绠短汲深：水井很深而提水的绳子短。比喻费用巨大而经费短缺。

[6] 曷克臻此：怎么能达到如此地步。

评析

此碑立于曼谷，作于1926年，作者生平不详。本文简要叙述侨居曼谷的客家人扩建进德学校宿舍的经过。此文选自傅吾康主编《泰国华文铭刻汇编》，台北新文丰公司1998年出版，第182页。

第五编　域外文论及其他

简　说

本书是古典散文选本，故于文论偏重论“文”。论“诗”之文在朝、日、越的总集中甚多，故从略；其他五国尚未见专门论“文”之文，故入选者有些是诗文兼论。有几篇书信，不是家书也无关教育，但内容重要，颇有特色。如，日本吞并琉球之后，琉球林世功向中国恭亲王上绝命书，向德宏等《致李鸿章请愿书》，请求中国帮助驱逐日寇；越南巢南子《海外血书》，痛斥法人灭绝越人之阴谋。这些爱国志士的雄文，气冲霄汉，义薄云天，具有很高的历史意义和政治价值，应该大力宣扬，故附录于文论之后入选。

朝鲜文论

一 崔瀣《东人之文序》

东方远自箕子，始受封于周[1]，人知有中国之尊。在昔新罗全盛时，恒遣子弟于唐，置宿卫院，以肄业焉。故唐进士有宾贡科[2]，榜无阙名。以逮神圣开国，三韩归一[3]，衣冠典礼，实袭新罗之旧，传之十六七王，世修仁义，益慕华风，西朝于宋，北事辽金。熏陶渐渍，人才日盛，灿然文章，咸有可观者焉。然而俗尚淳庬，凡有家集，多自手写，少以板行[4]，愈久愈失，难于传广。而又中叶失御，武人变起倏忽，昆冈玉石遽及俱焚之祸。尔后三四世，虽号中兴，礼文不足，因而继有权臣擅国，协（胁）君罔民，旷弃城居，窜匿岛屿，不暇相保，国家书籍，委诸泥涂，无能收之。由兹已降，学者失其师友渊源，又与中国绝不相通，皆泥寡闻，流于浮妄。当时岂曰无秉笔者，其视承平[5]作者，规模盖不相侔[6]矣。幸遇天启皇元[7]，列圣继作，天下文明，设科取士，已七举矣，德化丕昌[8]，文轨不异。顾以予之疏贱，亦尝滥窃挂名金榜，而与中原俊士得相接也。间有求见东人文字[9]者，予直以未有成书对，退且耻焉。于是始有撰类书之志。东归十年，未尝忘也。今则搜出家藏文集，其所无者，遍从人借，裒会采掇，校厥异同。起于新罗崔孤云[10]，以至忠烈王[11]时，凡名家者。得诗若干首，题曰五七；文若干首，题曰千百；骈俪之文若干首，题曰四六。总而题其目曰东人之文。於戏！是编本自得之兵尘煨烬之末，蠹简抄录之余，未敢自谓集成之书。然欲观东方作文体制，不可舍此而他求也。又尝语之曰：言出乎口，而成其文。华人之学，因其固有而进之，不至多费精神，而其高世之才，可坐数也。若吾东人，言语既有华夷之别，天资苟非明锐，而致力千百，其于学也，胡得有成乎？尚赖一心之妙，通乎天地四方，无有毫末之差，至其得意，尚何自屈而多让乎彼哉[12]！观此书者，先知其如是而已。

注释

［1］“东方”句：东方，指朝鲜。箕子：殷纣王叔父。周武王灭殷，箕子率五千遗民东迁至朝鲜半岛北部，建立国家，与中国保持友好关系。

［2］宾贡科：隋末开科取士，有进士、明经等科，唐代继续完善，吸收藩国子弟来唐学习，特为外国留学生设宾贡科，考试及格后，可取得进士等功名，并可以在中原担任各级官职。

［3］神圣开国：指王建建立高丽王朝。三韩归一：三韩，古代朝鲜半岛有三个小国，马韩为首，次为辰韩、弁韩。后被新罗兼并。此句把统一全朝鲜半岛归功于高丽王建，是夸张之词。

［4］少以板行：很少刻版印行。

［5］承平：太平盛世。

［6］相侔：相等，相同。

［7］皇元：大元，中国元朝仁宗于1313年重开科举，到崔瀣编《东人之文》时，已举行七次。崔瀣活动期正当中国元朝，所以尊称“皇元”。

［8］德化丕昌：道德教化大为昌盛。

［9］东人文字：指朝鲜人所作文章。朝鲜自称“东人”“东国”“东方”。

［10］崔孤云：崔致远（857～?），新罗后期诗人、骈文家，12岁入唐学习，18岁中宾贡科进士，后来长期担任淮南节度使高骈书记，29岁回国，对传播中华文化有巨大贡献，今存《桂苑笔耕集》。

［11］忠烈王：高丽王朝第25代君主，1274年至1308年在位。

［12］“至其得意”句：意谓，朝鲜作家的文章，得意之作，何必自贬而谦让于中国的作家。彼：指中国。多让：过分谦让，礼貌用语。

评析

此文选自《东文选》卷八四。作者崔瀣（xiè）（?～1340），高丽末期学者，曾任大司成（国立大学校长），所编辑《东人之文》，分为诗歌、古文、骈文三部分，今存骈文集《东人之文四六》140余篇。此文概述他编辑《东人之文》的经过和心态，后世朝鲜学者对此书评价很高。

二　徐居正《进〈东文选〉笺》

功德巍乎难名，治教既隆于前代；文章焕焉可述，制作有待于明时。肆辑新编，庸尘睿览。窃念自结绳变为书契，而吾道寓于文辞。虞典夏谟[1]之精微，实百王传授心法；周诰殷盘[2]之灏噩，乃三代政教时宜。兹先圣六经之并行，与元气四时而迭运。然时数有盛衰之异，而文章有高下之殊。南华十篇书[3]，变化奇崛；左氏一部传，泛滥浮夸[4]。幸未丧于斯文，犹可寻于堕绪。汉而唐，唐而宋，百家并兴；风变骚，骚变诗[5]，众体俱作。观其辞虽互有工拙，要其归皆本于性情。盖欲从于流传，必在汇而删定。昭明选众作[6]，而古文尚在；德秀粹群英，而正宗独传[7]。皆能代有成编，是以人得遍览。粤我海隅之地，古称文献之邦，箕子演九畴[8]，东民始受其赐；罗人入唐学[9]，北方莫之或先。文风大振于高丽，德教极盛于昭代[10]。间有名世之士，亦皆应期而生。上姚姒[11]，下鲁邹[12]，鼓吹六籍[13]；追班马[14]，驾屈宋[15]，驰骋诸家。苟求之数千百年，能言者非一二计。扣之小，扣之大，虽各异音；工于文，工于诗，各尽所长。是之谓物之善鸣也，孰不曰文不在兹乎[16]。弟遗稿存者几希，而收录得之盖寡。台铉之编成国鉴者[17]，失之疏略；崔瀣之著为东文者[18]，病于阙遗。是固儒者之轸心[19]，抑亦文雅之欠事。恭惟体舜精一，继尧文思，烛风雅与政相通，念文辞载道之器，俾裒往哲之精粹，以资来学之范模。臣恭祗奉纶音[20]，遍购缥帙[21]，本乏相马之眼，未辨骊黄[22]；虽切测海之心，曷分泾渭[23]。祗竭心力，粗加品甄。倘体例有合于规模，而采掇不遗于封菲[24]。庶无遗珠于探海，敢言拣金于披沙。通前后凡几百人，得诗文总若干卷。聊进供于乙览，庶流星于燕闲。择焉不精，纵未究作者之志；敏以好古，何惭述而之（不）作[25]。（选自《续东文选》卷十一）

注释

[1] 虞典夏谟：指《尚书》中的《虞书》《夏书》。

[2] 周诰殷盘：指《尚书》中的《周书》《商书》。

[3] “南华”句：南华指《庄子》，道家称《南华经》，内篇七，外篇十五，杂篇十一。此句言“南

华十篇书”，是为了与下句“左氏一部传”凑成字数相对等的对偶句，取其约数以代指全书。

[4]“左氏”句：左氏指《春秋左氏传》，简称《左传》，韩愈曾批评“左氏浮夸”。

[5]“风变骚”二句：指从《诗经》的《国风》，演变为楚辞的《离骚》，再演变为五言、七言诗。

[6]“昭明”句：梁昭明太子萧统编选《文选》，多为骈文，也有古文。

[7]“德秀”二句：南宋真德秀编选《文章正宗》，备受重视而得以流传。该书不收骈文。

[8]“箕子”句：箕子是商纣王叔父，力谏不从，佯狂为奴。周武王克商，向箕子请教治国之道。箕子乃陈述九条大法，即《尚书》之《洪范》篇“九畴”。箕子不臣于周，携“九畴”及五千殷遗民东走朝鲜，建国家，筑城邦，都平壤，传子孙九百余年，史称箕氏王朝。

[9]“罗人句”：新罗统一朝鲜半岛后，派大批子弟入唐学习。

[10] 昭代：政治清明时代，常用以称颂本朝。

[11] 姚姒：指舜、禹。相传舜为姚姓，禹为姒姓。

[12] 鲁邹：指孔子、孟子的故乡，此代指孔孟之道。

[13] 六籍：六经。今存五经，原有《乐经》已佚。

[14] 班马：史学家班固、司马迁。

[15] 屈宋：文学家屈原、宋玉。

[16]“文不在兹乎”：《论语·子罕》篇，子曰“文王既没，文不在兹乎”。意谓，周文王已经去世了，周文化不都在我这里吗？朝鲜王朝士大夫视本国为“东方邹鲁”，中华文化在半岛长期传扬，优于他邦。

[17]“台铉”句：指高丽学者金台铉，他编选《东国文鉴》（今佚）。

[18] 崔瀣（？~1340）：高丽王朝学者，他编选《东人之文》，分为诗歌、古文、骈文三编。今存《东人之文四六》140 余篇。

[19] 轸心：伤心。

[20] 纶音：帝王的旨意。

[21] 缥帙：本意指书衣，此指书卷。

[22]“相马”二句：《列子·说符》篇记，相马专家伯乐向秦穆公推荐九方皋相马，挑来一匹好马。穆公问：甚么马？回答是黄色母马。拉来一看，是黑色公马。穆公谓伯乐，此人黑黄雌雄分不清，何能相马？伯乐说：此人相马，“得其精而忘其粗，在其内而忘其外”，“视其所见，而不视其所不见”，所以颜色没记清。请试马，果然是千里马。后世以此事告诫人们，要集中精力认识事物的本质特征，不要只注意表面现象。作者此句意在自谦，未必能辨别作品的优劣。

[23]“测海”二句：意谓我虽有以蠡（螺壳）测海之心，怎么能分辨泾水清、渭水浊呢？亦自谦挑选文章难辨优劣。

[24] 封菲：封，应为葑，蔓菁，今之萝卜。菲，葸菜。二者皆可食，但根、茎味苦。《诗经·邶风·谷风》：“采葑采菲，无以下体。”意即不因其根苦而不食。此句意谓，不因某些文章有缺点遗而不取。

[25] “敏以好古”二句：《论语·述而》篇，子曰“我非生而知之也，好古敏以求之者也”。同篇自称“述而不作”。作者此句意谓，我是好古敏求的人，编这本述而不作的书，并不感到惭愧。

评析

此文作者徐居正（1420～1488），号佳亭，24岁点状元，历任集贤院博士、兼弘文馆、艺文馆大提调、左赞成，五次入宫任职，掌科举23年，学识渊博，文学、史学、语言学、天文、地理、医药皆精通。最重要的贡献是编选《东文选》，共133卷，其中22卷为诗赋，其余111卷为文，收文章1500余篇，起于新罗，止于李氏朝鲜初期，是朝鲜半岛汉文学总集中的巨擘，其价值相当于中国的《昭明文选》。这篇《进〈东文选〉笺》，是向国王报告他编辑《东文选》的基本宗旨。首先概述中国文章发展的历程，列举虞典、夏谟、周书、殷盘、左传、庄子，“汉而唐，唐而宋，百家并兴；风变骚，骚变诗，众体俱作”。特举萧统《昭明文选》和真德秀《文章正宗》为代表。次段略论朝鲜学习汉文学的历史，自“箕子演九畴……罗人入唐学……文风大振于高丽……追班马，驾屈宋，驰骋诸家……工于文，工于诗，各尽所长”。但千余年来，遗集存者很少。金台铉的《东国文鉴》“失之疏略”，崔瀣的《东人之文》“病于阙遗”，人们感到遗憾。第三段讲他奉接圣旨，遍购典籍，精心挑选，前后得作家数百人，得诗文若干卷，书成敬呈圣览。从这篇文章可以看出他对中国文学史相当精熟，叙述线索清晰，评述周到允当，是我们了解朝鲜学界的中国文学史观和当时朝鲜文学总集状况的重要文献。本书的原则是不收骈体文，但徐氏此文太重要了，故破例收录。从骈体文看，也是相当工整、精当的好文章。

三　申从濩《东文粹跋》

晋挚虞著《文章流别》，后世祖述之者七十余家。卷帙之多，可汗牛矣。传之未久，而散亡无遗，其得脱于炷灯拭案之余者，则虫蚀鼠锈于风窗雨壁之中。今欲求其残编断简，已无得矣。当其初，莫不疲情役虑，博搜广采，以为千万岁不可泯灭之书，而竟至于是，何耶？盖集文之士，或务于繁，或过于简。琨瑶碔砆[1]，混揉不分者，失于繁也；求宝而弃悬黎，相马而失骅骝[2]者，失于简也。书成而世不重之，其不为覆瓿则幸矣，尚何望其久传耶。宇宙间精英之气钟于人，而为文章，如丰城之剑[3]，高邮之珠[4]，其光彩烂然，足以不朽于无穷矣。彼七十余家所集，可谓富矣，其间岂无不朽之文，而卒与其书俱泯，深可慨也。所独传者，惟《文选》、《文粹》、《文鉴》[5]。然李陵书词句还浅，非西汉之文，而统则有之[6]；张登[7]三赋，锵然有玉振之音，而铉则有之。东莱所编，似胜选粹[8]，而先儒病其泛也。上下千百年之间，所传只此，而其失又如此。则信乎集文之难精也。吾东方文词始于新罗，盛于高丽，至我朝而极矣。往时集贤诸公编《东方文粹》若干卷，藏在秘阁者久矣。沾毕斋[9]得而可之，然于其中不无病焉。顾稍加增削之，又续以近时之作。夫文以理胜为主，不于其理而徒屑屑于文字之末，以雕缋组织为巧，以谲怪险涩为奇，则皆公所不取。惟切世用，明义理，然后取之。取舍合其公，繁简得其中，其永传于后世也决矣。昔周益公序《文鉴》，东莱一读，命藏之[10]，盖未当其意也。益公乃翰苑大手笔，其所作犹不满人意，则况浅薄如从濩者乎。然迫于公之严命，缀数语于卷后，想一读之后命藏之矣。

注释

[1] 琨瑶：美玉。碔砆：同珷玞，似玉之石。

[2] 悬黎：夜明珠。骅骝：千里马。

[3] 丰城之剑：据说西晋豫章丰城常有紫气冲霄，雷焕为丰城令，掘地得二剑，其一赠张华，其一自佩。一日剑忽跃出堕水，化为龙而去。后世成为典故。

[4] 高邮之珠：据宋沈括《梦溪笔谈》载，扬州高邮湖中有夜明珠。

[5]《文选》：南朝梁萧统所编，亦称《昭明文选》。《文粹》：北宋姚铉所编《唐文粹》。《文鉴》：南宋吕祖谦所编《宋文鉴》。

[6] “李陵”三句：《文选》收录西汉李陵《答苏武书》，后世有人怀疑非李陵作，萧统误收。

[7] 张登：唐人，《唐文粹》收其赋三篇，有人疑为伪作。

[8] “东莱”二句：吕祖谦所编《宋文鉴》，似乎胜过《昭明文选》和《唐文粹》，还是有人嫌太泛。

[9] 沾毕斋：朝鲜学者，待考。

[10] “周益公”二句：南宋周必大，封益国公，故人称周益公，是文章高手。他为吕祖谦《宋文鉴》作序，吕祖谦不满意，命人收藏起来不用。

评析

《东文粹》是继《东文选》之后的一部朝鲜历代文选。不是单纯的续编，而是有续有增有删，比《东文选》卷帙小而精。编者申从濩这篇《东文粹跋》，前段言文集选辑之不易，或失于繁，或失于简。古代文章后世总集只有萧统《文选》、姚铉《唐文粹》、吕东莱《宋文鉴》三家，然而尚有不尽人意之处，可见总集难精。后段言朝鲜总集已有集贤殿学士徐居正等所编《东文选》，申从濩认为其中仍有毛病，所以又编《东文粹》。此书以近世为主，对徐编有增删，取“惟切世用，明义理”而不“屑屑于文字之末”。这就是该书的编选宗旨。从申文可以看出当时朝鲜文坛的价值倾向。此文选自《续东文选》卷七。

四　王性淳《丽韩十家文钞序》

古未有以文名，始于郑之辞命，加草创、讨论、修饰、润色之功而致其美[1]。夫子之门身通六艺者七十余人，而文学独属之子游、子夏[2]。自是，文章世为一科，其业益广，其术益精。然必以独禀之气，用专一之功，言既本于六经，法度、神化，兼极其致，然后可以与于作者之林。若经术富矣，而修辞无法，则如野战失纪之师，散乱溃决而莫可戢[3]，无可也；法度立矣，而神化不至，则语皆板实而精光微昧，无可也。譬如衣木偶以锦绣，虽具仪形，而无动作屈伸之节，夫其难也如此。故世之操觚[4]者多，而能传者鲜矣。东国自新罗时已习为文辞，逮于高丽及韩，益以彬彬，作者前后相望。高者固飞腾而入于古，而下者犹庶几于典型。顾前未有品题[5]，并举混称，争相优劣，讫无定论，学者往往以是病之。沧江金先生[6]崛起崧阳，以古文名天下，其造诣之深，识鉴之精，所谓庖丁氏之目无全牛者[7]。尝以为本邦古文之学，金公富轼倡之于高丽，而李公齐贤继之，其后三百年，张公维明之于韩，而李公植、金公昌协、朴公趾源、洪公奭周、金公迈淳、李公建昌，相继而作。虽或体裁之有别，而同为文家之正宗，可以模楷后人。手录其文，表为九家，属光武末[8]浮海之淮南[9]，以九家者畀性淳藏之，其后每抵书，未尝不以九家为言。性淳窃自以为，先生之文，已盛传于天下，则丽韩之文之选，先生不居其一不可。况先生与李建昌氏相好，而同唱古文，一时有韩柳之目[10]，彼此不可少一，是非性淳之责乎。遂就九家重加增删，益以先生，以为《丽韩十家文钞》。盖因先生之所成，故易为力焉。呜呼！以唐宋之文之盛，而茅鹿门特表八家[11]，后人无异议。今此十家者，在东国亦可谓增一近滥，损一有憾，与唐宋八家并传而无愧者也。若其得于六经之有浅深，法度神化之有长短者，则非性淳浅陋之所敢一一尽言也。后之览者，其尚默会而心融矣哉。

注释

［1］“郑之辞命”二句：语出《论语·宪问》，孔子说，郑国写作外交辞令，“裨谌草创之，世叔讨论之，行人子羽修饰之，东里子产润色之”。说明古代公文写作十分认真。

［2］子游、子夏：二人都是孔子的学生，孔子曾把学生的专长分德行、政事、言语、文学四类，认为子游、子夏擅长文学（见《论语·先进》）。但此“文学”指文章学术，非指文学艺术。

［3］戢（jí）：收集。

［4］操觚：执笔为文。

［5］品题：把文章分为品第，加以评点，成为专门选本。

［6］金先生：金泽荣，详见评析。

［7］庖丁氏之目无全牛：语出《庄子》，形容对事物认识精当，得其肯綮。

［8］光武末：光武是朝鲜李氏王朝第二十六位国王高宗的年号，此前，李朝用明朝、清朝年号。1897 年，高宗定国号为大韩，改元光武。1907 年，高宗被日本殖民统治者废黜，其子纯宗继位。1910 年日本吞并朝鲜，光武年号使用了十三年。

［9］浮海之淮南：金泽荣在日本吞并朝鲜前后，流亡到中国南通、淮南各地。

［10］“一时”句：当时人认为金泽荣、李建昌与韩愈、柳宗元相当。

［11］茅鹿门：明代茅坤号鹿门，编选《唐宋八大家文钞》，后人皆认同这个选本，流传至今不衰，王性淳以茅坤的选本自比。

评析

本文选自《丽韩十家文钞》，1921 年南通刊印。1910 年日本吞并朝鲜之后，爱国志士古文家金泽荣（1850 ~ 1927）流亡到中国，和中国教育家张謇成为好朋友，并定居南通，编纂韩国文献资料多种，其中有《丽韩九家文》。其弟子王性淳又增补金泽荣的古文，合为《丽韩十家文钞》。丽，指高丽，韩，指朝鲜李氏王朝，此书未选新罗骈文。入选作家有：高丽金富轼、李齐贤，朝鲜张维、李植、金昌协、朴趾源、洪奭周、金迈淳、李建昌、金泽荣。1915 年，梁启超为此书作序，充分肯定朝鲜作家的爱国精神。王性淳的序文，提出衡文的标准——经济，法度，神化，显然受桐城派影响。姚鼐提出义理、考据、辞章三要素，刘大櫆提出神理、气味、格律、声色，曾国藩加上“经济”（经国济世）。王性淳所谓“法度”，即方苞的“言有序”；所谓“神化”，即刘大櫆“神理、气味”之概括。《丽韩十家文钞》不选骈俪和辞赋，可见金泽荣和王性淳的选文标准接近纯粹的“古文”。

日本文论

一　虎关师炼《答藤丞相》

文者有散语焉，有韵语焉，有俪语焉。散语者，经史等文也。韵语者，诗赋等文也。二语共见虞夏商周以来诸书焉。俪语者，表启等文也，出于汉魏之衰世矣。刘子[1]曰："文章与时高下。"因此而言，俪语卑矣。汉末以降，三国两晋用偶语，至南北朝尤盛焉。唐而改南北朝之弊，故斥杨王卢骆[2]之俪语，复韩柳[3]之古文。古文者，雅言也。雅言者，散语也。唐亡而为五代，又用偶语焉。宋兴而救五代之弊，故又斥西昆之俪语，复欧苏[4]之古文。故知散语者行于治世，俪语者用于衰代焉。又夫散语有韵，有偶。韵语有散，有偶。俪语阙焉。崇古文，卑四六[5]者是也。本朝之文，用四六者，盖我遣唐使，入太学同诸生受业。此时，唐文未复古文。杨王之后，韩柳之先也。国家淳质，不察所由，以始习之俗，成后传之风耳。伏惟阁下，辅政化，贵典坟[6]，振颓纲，拯冗迹。况兹文弊在其所好乎？因从容谕明主，使天下学古文，斥四六。跨汉唐，阶商周。宁非文明之化兴于当代乎？

注释

[1] 刘子：刘勰，引句大意见《文心雕龙》。

[2] 杨王卢骆：唐初杨炯、王勃、卢照邻、骆宾王四位骈文家。

[3] 韩：韩愈。柳：柳宗元。都是唐代古文家。

[4] 西昆：指宋初流行的西昆体，文体浮艳。欧苏：欧阳修、苏轼，宋代古文家。

[5] 四六：骈体文之一体。常用上四下六对句，宋以后概指骈体文。

[6] 典坟：三坟五典，概指上古文献。

评析

虎关师炼（1278～1346），是镰仓末期的高僧，博学多才，汉学修养很高，他的《济北集》包括诗偈、专论、古文、骈文、随笔和诗话。他的《答藤丞相》，阐述其骈散发展观。说明骈散的不同用途和衰变情况，明显地尊散轻骈，建议执政的藤丞相，"辅政化，贵典坟，振颓纲，拯冗迹……使天下学古文，斥四六……文明之化兴于当代"。

从平安时代（794～1191）后期到镰仓时代（1192～1333），日本学者称为五山文学时代，即由僧侣文学主导文坛的时代，相当于中国的南宋至元朝中期。这时，中国文坛以古文为主，骈文为次。日本学者亦重散轻骈。但是在禅门文字中仍有不少短小体裁，如疏、启、祭文等习用骈体。

虎关师炼同时又编选了一部《禅仪外文》，选宋代禅师所作疏、榜、祭文，作为范式，供禅门学习。稍后还有大颖梵通所著《四六文章图》，可见骈体文在佛门仍有一定市场。

二　伊藤长胤《作文真诀》

文虽行之余，而所以明道解经者，非由此则不能，其所关系亦不细焉。然孟浪之徒[1]，未会其诀[2]，抗颜挥毫，丑态满纸。予尝厌之，因分科条，以矫其失。盖文之妙在乎人，之所以不能言者，委曲剀到[3]，平稳详悉，易见易知。使读之者无一事之不晓，辨之者无一喙之可置[4]。无毫点饰，无毫造作，而后可以当君子之论矣。若夫争奇乎字句之间，逞妍乎遣词之中，理本平也，而故使之险[5]；事本易也，而故使之涩[6]。好使事[7]，好使字[8]，皆以文为技者，而非寓理之文也。然非道熟文熟者则不能，此文之本也。其必有斯本，而后可语斯诀矣。元禄戊寅[9]之岁，伊藤长胤原藏甫识。

注释

[1] 孟浪之徒：轻率的人。

［2］诀：诀窍。

［3］剀到：中肯。

［4］无一喙之可置：没有一处可以插嘴。

［5］句意谓，道理本来是平常的，却故意使之怪异，耸人听闻。

［6］句意谓，典故本来是容易懂的，却故意弄得艰涩。

［7］使事：用典。

［8］使字：炼字。

［9］元禄戊寅：1698 年。元禄是东山天皇的年号。

评析

此文作者不详其生平著作，摘自佚名氏编《文林良材》。此文作者认为，文章的作用在于明道解经寓理，道熟而后文熟，理平而后文章平稳详悉，易见易知。认为这才是文章真诀。反对争奇于字句，逞妍乎遣词，用险事，好涩字以为技。《文林良材》全书讲古文作法，字法、句法、章法、篇法、文体等知识，附录多篇范文，属于教材性质，有元禄十四年（1701）刊本。

三　中井履轩《赠石原有文序》

予喜论文，论文莫善于取譬。今夫鞴鞯[1]之饬，金铁银铜，嵌鋈镂刻，好玩者爱古而不喜新。均一物也，古者贵而新者贱，其值不啻倍蓰[2]也。于是乎有奸工模仿古物，质轻文浮，烂之以硝石，腐之以淤泥，才离炉锤，即为古物。鋈剥嵌落，刻画刓弊[3]，然后系以彩绦，藉以文锦，以炫乎千金之子，得赢盖多矣。但有赏鉴者，乃弃而弗顾焉。然则古物竟不可为，而新又不为人喜，今之为工者不亦难乎？曰，不然。其质坚重，其文条畅，金铁银铜，唯意所用，嵌镂鋈刻，唯心所规，极功而不纤，致美而不靡，端庄温文，典而不失古意者，今之良也。则赏鉴者不以新而舍焉，何必剥落刓弊之为哉！近世为复古之学者，妄以古文为竞，剽窃蹈袭，以为古文。朵颐[4]冷炙，流涎残沥，模经之烧痕，仿史之厥文，寸断咫割，凑合成篇。锦绣百结，间以卉服，险怪腐烂，丑态万状，乃大言以钓誉。其为奸工也，不亦大乎？然而为其炫惑者，滔滔皆是；弃而弗顾者，天下几人？故知剽窃非文，而后可以语文矣。由是推之，其所谓学者可知已。石原子尝与予论文，于吾言冥然莫逆于心[5]。临别，遂笔而赠之，曰：予之乡多好文辞者，其尝以是告之！嗟乎，世之奸工，不特器与文也。模仿其威仪，刓弊其廉隅[6]，剥落其气节，腐烂其言语，内小人而外君子，以炫惑乎人而规利[7]者，不少。然则虽不好文辞者，亦不可以不告。

注释

[1] 鞞鞛（bǐng běng）：指刀鞘。

[2] 倍蓰：倍，一倍；蓰，五倍。

[3] 刓（wán）弊：用手把握久而磨其棱角。

[4] 朵颐：鼓腮嚼食。

[5] 莫逆于心：意气相投。

[6] 廉隅：棱角。

[7] 规利：谋利。

评析

作者中井履轩（1732～1817），简介已见前。这篇《赠石原有文序》，反对写文章一味模仿古人，提倡创新。全篇以鉴赏文物为喻。收藏者好古而不喜新，同样的东西，古者贵而新者贱，价值相差很大。于是就有人制造假古董，故意增加斑痕锈迹，剥落腐蚀之状，获利往往很多。近世写文章也是如此，妄以古为贵，剽窃蹈袭，模经仿史，凑合成篇，丑态万状，大言以钓誉。这种现象在中国明代已有，前后七子中的李梦阳、李攀龙主张，学古文尺尺寸寸不离古法，传记学《左传》《史记》，议论学贾谊，碑志学班固，效其用词造句，如临摹古画，受到公安派等有识之士的批判。文坛复古风气也传到日本，所以中井履轩提出尖锐批评。

四　安井息轩《文论》

自“立言”列“三不朽”[1]，操觚之士[2]呶呶乎多言矣哉。然或数百年而堙[3]，或数十年而堙，或身未死而世无复知有是言者。其卓然立于千载者，盖无几耳，安在其为“不朽”哉？夫“德”至矣，虽则隐处，天下传称之，百世之下，可以激顽兴懦，固非事业施于一世者之所能及也，况于其能被诸当世者乎？功则次焉，然亦能拨乱反诸正，转衰为盛，生民以荫，国家以安，其为不朽固宜矣。而世乃欲以空言与二者争光于千载，顾不难乎？盖言有本有末：气如烈焰，势如浩河，波澜以拓之，抑扬以激之，伏应有度，接开有趣，金声而玉振之，是求于末者也；仁以贯之，忠以翼之，参之情义，以折其衷，伍之时势，以通其变，其寓于物，发于不得已，而止于不可行，而孝友慈祥之意每行于其中，是求于本者也。言与道离，犹无载之车，其转虽利，其谁行之？是故善立言者，必先求道，道既通矣，融化而出之。以言于制度文物，彰著而核；以言于治民济众，慈良而怛[4]，以言于料敌御侮，明辨而晰。微摘其蕴，大批其窾[5]，事势民情，烛照而数计之。以至乎山之耸于上，水之湛于下，禽兽虫鱼之扰扰于两间[6]，刻镂雕琢，无复遁形。而一与世相关，感慨系此，使读者感愤激昂，以兴起于百世之下，大可以治世安民，小可以尚志修行，然后言可得而立也。然言之不文，不足以行远，故本既得矣，又必求之末。其字必炼，其句必洁，其章必劲，而其篇必赏。权而衡之，以视其平；磨而切之，以察其句。若荆璞[7]出于山，琢而成之，则存乎其人矣。若夫专求之末，必驰于机变之功，浸淫乎邪径，虽绚烂可观，久之则其味索然竭矣。是谓之技，与侏儒俳优何择？又安望其能与夫二者并立于天地之间乎哉？

注释

［1］三不朽：古人称立德、立功、立言为三不朽。语出《左传》。

［2］操觚之士：执笔写作之人士。

［3］堙：堙塞。

［4］怛（dá）：勤劳。

［5］大批其窾：抓住关键处深加剖析。语出《庄子》。窾：同“窾”。

［6］两间：天地之间。

［7］荆璞：荆山之玉，未剖剥之前称为璞。

评析

安井息轩（1799～1876），作者简介已见前引《三计塾记》。这篇《文论》可以称为文学价值论。先说一般人写文章，或数十年或数百年就淹没无闻了，卓然立于千载者很少，不可与立德、立功之不朽者争光。下面进而论述要想立言不朽，应该如何如何。强调有本有末，所谓“本”就是思想内容，贯以仁忠，参之情义，孝友慈祥之意行于文中，言不离道，可以治民济众，料敌御侮，烛照事势民情。大可治世安民，小可尚志修行，然后其言得立。所谓“末”就是形式技巧，字必炼、句必洁、章必劲、篇必赏，权衡而平之，磨琢而成之。若舍本求末，虽绚烂可观，久之则其味索然，怎么能与立德立功并立于天地之间呢？其见解相当全面允当，以内容为主而又不轻视形式。他所谓“立言”包括政治、社会、哲学、史学各种学问的研究在内，而对文学创作尤其重要，题目为《文论》，乃广义之文，亦即广义之“立言”。

五 川田瓮江《文章指归序》

元禄[1]中，萱园诸子倡李王古文词[2]，开口辄曰秦汉秦汉，而吾未见其能秦汉也。及宽政三博士[3]出，更崇尚韩欧，驱一世纳之唐宋八家范围之中，而吾未见其能唐宋八家也。何者？五帝不同德，三王不相袭礼，文章之道与时变化，不必是古非今，又不必爱新厌旧。是故我写吾意，斐然成章，谓之能文。彼曰秦汉，曰唐宋，未下笔时共挟已亡国号于胸中，断断乎坚持门户者，过矣！方今词坛无盟主，后进子弟喜讲清文，气运所赴，势不得不然。唯是一代大家，朴如亭林[4]，炼如尧峰[5]，正如望溪[6]，高古如竹垞[7]，雄伟奔放如雪苑[8]、勺庭[9]，异曲同工，皆足以相师法。乃置而不问，顾学李渔、张潮[10]小说家者流，自诧曰新奇。夫果僻于所好，秦汉唐宋且不能无流弊，况晚近作者，詹詹绮语，其何可取之有？山梨县有泉生著《文章指归》，首举清文，而明，而元，而宋，陟远自迩，不画年代，而又每篇附以诸儒评论，使读者除去偏见，兼收众美。吾窃嘉其用心之公且平也。向者吾选历代古文若干首，字栉句梳，细加批评，名曰《文海指针》，持以其清文一卷，先脱稿，付之剞劂[11]，一时流传，殆遍海内。于是世或有谓今日文格一变，吾为之首倡者。盖彼未见全书，辨针尖所指，其致疑亦不为无以。此编一出，一则为我补阙，二则代我雪冤，吾安得不喜而序之。

注释

［1］元禄：日本东山天皇年号，相当 1688～1703 年。

［2］李王：李指李攀龙（1514～1570），王指王世贞（1526～1590）。他们主张“文必秦汉，诗必盛唐”。

［3］宽政：日本光裕天皇年号（1789～1800）。三博士：包括尾藤二洲（1747～1813）、柴野栗山（1736～1807）、古贺精里（1750～1817）。

［4］亭林：清初顾炎武（1613～1682）字。

［5］尧峰：清初汪琬（1624～1691）号。

［6］望溪：方苞（1668～1749）号。

［7］竹垞：朱彝尊（1629～1709）号。

［8］雪苑：清初侯方域（1618～1655）号。

［9］勺庭：清初魏禧（1624～1680）号。

［10］李渔（1611～1680）：清初戏剧家。张潮（1650～约 1709）：清初小说家。

［11］剞劂（jī jué）：曲型刀。此指雕版印刷。

评析

川田瓮江（1830～1896），学者、文人。明治前参与藩政，明治后出任文部省、宫内省官职，以及图书馆、博物馆、华族女校、东宫侍讲、东京帝国大学教授等文教职务，是明治初年文坛二大宗之一（另一大宗为垂野成斋）。《文章指归序》的基本观点是，批评日本文坛或学中国明代的秦汉派，或学唐宋派。他主张，文章之道与时变化，不必是古非今，不必喜新厌旧。清代顾炎武、方苞、汪琬、魏禧等古文家，皆足师法，而李渔、张潮等小说家，自标新奇而已。所以他赞成有泉所编《文章指归》，首举清文，然后是明、元、宋，去除偏见，兼收众美，是持心公平之选，为川田本人所编《文海指计》（专选清文）补缺。从此序中可以看出当时日本文坛深受中国文坛的影响。

六　牧野藻洲《上山县含雪侯爵书》（节选）

其二，改革从来学弊，矫枉过直，而其失反有甚焉者是也。夫我国古昔姑置之。德川氏锁国年久[1]，凡学问唯以国学、汉学为自足，海外事情瞢不谙熟。是以米舰始来浦贺[2]，上下狼狈失措。而当时所谓有识志士，忧国之为，自今观之，则亦多不过区区井蛙之见[3]耳。迨维新中兴，奋然改革学制，务竭力于欧米新学[4]。教者、学者，惟其言语风俗之习，汲汲然不能及是惧。而至曩时所崇尚之国学、汉学，则一切弃置不复顾。甚者欲举凡我国民所用汉字，尽易之以罗马字；或议并我国字而废之。夫国语、国字者，一国之命脉，而其消长盛衰，国之兴亡系焉。今猝欲废之，妄矣！我国用汉字二千年矣，不为不久。久则难变。强而变之辄乱。昔者满清起自朔方[5]，奄有支那，其初议禁汉人用汉字，易以满字，严法莅之；未几扞格百出，其事竟寝[6]。英国征服印度，令国人悉学英语英字；而至今士民所用，未能尽从。彼其挟战捷之积威，而莅即亡之邦国，犹且如此；况今圣世宽仁之政，人民各得自由，岂得妄挟武力强迫，而俾行其所不便者乎？且我国在东亚诸国，同文之邦支那、韩国，皆各有与我互相关系不可得离者。而欧米各国，久朵颐垂涎[7]于支那沃富之地，而彼其自以为竟不可及于我日本国者，其所原因虽不一而足，然文字之相同实居其首矣。露国[8]有汉学之设，米国有汉文之教，其他列国近时颇留心于支那教学。当是之时，我邦反欲弃旧来斯学，举而全废之，谦未知其果何心也。

注释

[1] 德川氏：从1603年至1867年，德川幕府一直控制日本政权，采取闭关锁国政策。

[2] 米舰始来浦贺：1853年，美国军舰首次开到日本江户湾，叩开日本锁国大门。浦贺是日本东京湾的港口。

[3] 井蛙之见：井底之蛙，坐井观天，所见者小。典出《庄子·逍遥游》，后世用以形容见识狭隘。

[4] 欧米新学：即中国所谓西学，包括社会科学和自然科学。

[5] 朔方：北方，满族兴起于中国东北，故称朔方。

[6] 寝：停止。

[7] 垂涎：流口水。

[8] 露国：俄国。今天日文仍用“露国”翻译“俄罗斯”。

评析

牧野藻洲（1862～1937），名谦次郎，号藻洲，出身儒学家庭，历任开成中学教师、大东文化学院教头、早稻田大学教授，是明治至昭和时期著名学者，著有《日本汉学史》等。他这封信作于1908年，收信人是明治元老、枢密院议长山县有朋，含雪是对方的号。此信针对明治以后日本教育界一些乱象提出一系列意见，本书所选第二段是关于汉字使用问题。明治维新后，改革学制，竭力于欧美新学，置国学、汉学于不顾，甚至有人主张废国民所用汉字及日本字，尽易之以罗马字。对此，牧野表示坚决反对，日本用汉字二千年了，强而变之必乱，日本与东亚之韩国、中国关系密切，文字相同是重要条件。英国征服印度，令国人悉学英文，结果未能尽从。俄国、美国已有汉字之教学，当是之时，日本反而弃旧图新，全废汉字，不知某些人心里是怎么想的。牧野此文章卓有见地。关于日本是否废汉字，争论了很长时间，结论是仍须保留，不可尽废，至今仍然如此。韩国至今仍保留部分汉字。此文选自陈福康《日本汉文学史》下册，上海外语教育出版社2011年出版，第288~290页。

琉球文论及其他

一　陈元辅《程仲扶〈焚馀稿〉序》

白之为仙[1]，贺之称鬼[2]，其才迥不侔矣[3]。泌之赋棋[4]，勃之序阁[5]，其年不可及矣。然年之修短，究非才之所能定也，听诸天而已。吾门程雪堂，有子抟万，早岁能诗，每以生长海外，未得见余为憾。且言其梦寐之间，如或见之，向往于余，亦可云至。余果何以得此于抟万耶，抟万虽稚龄[6]，力于学，即卧疴[7]床蓐，手不释卷。有如此之人，天不老其才，反促其算[8]，天乎不可问矣。丙戌[9]冬雪堂来闽，袖抟万焚馀数首，乞余序之。余阅至再[10]，明畅流转，字字欲仙，非鬼才也？不禁为雪堂惜，且为抟万伤之。使天假之以年，窥杜陵之堂奥[11]，大程氏之家声[12]，正未可量。夫何白雪之歌未终，芳兰之花已谢。仙耶鬼耶，余又何能测之。抟万已不得见余而长逝，余复不得见抟万而且老矣。悠悠此恨，永隔幽明[13]，仅留残稿数行，助余之太息。康熙戊子蒲月既望闽中陈元辅昌其氏撰。

注释

[1] 白之为仙：李白被后世称为诗仙。

[2] 贺之称鬼：李贺被后世称为诗鬼。

[3] 迥（jiǒng）：远。侔（móu）：相等。

[4] 泌之赋棋：李泌作《棋赋》，甚得好评。

[5] 勃之序阁：王勃作《滕王阁序》，传诵千古。

[6] 稚龄：很幼小的年纪。

［7］卧疴：卧病。

［8］天不老其才：上天不让这样的才子年老，反而使其生命短促。算：指命中注定的寿命。

［9］丙戌：康熙四十五年，1706年。

［10］余阅至再：我阅读两遍。

［11］窥杜陵之堂奥：杜陵，指唐代诗人杜甫。堂奥：本义指厅堂、内室，后来借指深刻义理意境。

［12］大程氏之家声：扩大程氏家族的声望。

［13］永隔幽明：永远生死相隔。幽，指阴间；明，指人世。

评析

此文选自《中山诗文集》。程仲扶，是程顺则次子，名抟万，十一岁能诗，十四岁早夭，被誉为鬼才，遗诗编为《焚馀稿》。陈元辅在这篇序文中，对这位短命才子十分欣赏，深切哀悼。比之于同样享年不永的李贺、王勃，称赞其诗“明畅流转，字字欲仙”，哀叹其“白雪之歌未终，芳兰之花已谢”。尤其遗憾的是，抟万曾做梦见到陈元辅老师，陈老师却始终未见抟万，留下悠悠长恨。序言中这些发自肺腑的语言，感人至深。十四岁的琉球少年诗人，庶几可与中国明末清初十六岁的神童，为国家呕心沥血的天才诗人夏完淳齐名诗史了。

二 陈元辅《雪堂燕游草序》

诗以道性情也，而劳臣、孝子、骚客、征夫，往往寄性与情于湖山、林麓、城邑、亭台间，而篇什乃擅名于一代[1]。故史迁[2]浮江淮、游涿鹿，而文奇；老杜[3]潦倒曲江、夔府[4]而诗皆悲壮，历落可诵。予夙有山水癖，忆与徐雪樵、林果公、卢赟仲三先生，掷杯拍案，耳热言志时。予独以为倘得一日出绾郡符[5]，若维扬，若姑苏，若武林，刺此三州[6]，政和年丰，部内无事，着青丝履，披白袷衣，日徜徉于江光、岳色、酒旗、歌扇中，与往来二三君子问柳寻花，传觞染翰，使都人咸称使君风流，足千古矣，三先生闻而乐之。忽忽而至二十余年，三先生墓木将拱[7]，而予两鬓如蓬，亦颓然自废也。回首旧游，能不悲哉！因思前寄沔水别驾陆士佩诗，有“春风握手话西湖”之句。又赠别有云：画船闲泛广陵秋。怀人有云：青衫披月上苏台。予虽老，又何尝忘此胜游乎。吾门程子宠文，奉其国命，来朝京师，自发棹至燕邸，又自出都至解缆，历时八阅月[8]，计往返万有余里。凡所过之通都大邑，所游之古刹荒祠，与所交之名公巨卿，皆著之于诗。而三州佳丽，搜奇抉胜，尤多吟咏。予曩寓之空言，兹乃得之游览，予愧程子矣。程子攻诗有年，为中山之秀。今复得睹九重宫阙[9]之巍峨，以及大江南北、湖山林麓、城邑亭台之壮丽，以真性情为真文章，追太史、工部风[10]，予窃有望焉[11]，爰寿梨枣[12]，以鼓吹后来，而同文之化无远弗届[13]，亦概可见矣。时戊寅花朝友生[14]陈元辅昌其题于琼江草堂。

注释

[1] 篇什乃擅名于一代：以其文章著名于一代。

[2] 史迁：汉代司马迁，以《史记》擅名于汉代。

[3] 老杜：唐代杜甫。

[4] 夔府：今重庆奉节县，唐时设夔州，辖奉节、云阳、巫山、巫溪等地，杜甫穷居夔州多年。

[5] 出绾郡符：绾（wǎn），掌控。郡符，郡太守的印符。出绾郡符，即外放出任郡太守。古代郡太守相当于清代的知府。

[6] 刺此三州：刺史，唐宋刺史相当于清代知府，此句意谓能担任扬州、苏州、杭州（武林）的刺史。刺史是名词，句中以刺作动词用。

[7] 墓木将拱：坟墓旁所植松柏称墓木。将拱，墓木之干将近一握。拱，此指两手拇指食指相对形成圆圈，直径如碗口大小。在此句中形容三先生去世已久。此语原典出自《左传》。

[8] 八阅月：经历八个月。

[9] 九重宫阙：指北京的紫禁城宫殿巍峨。

[10] 追太史、工部风：认为程氏的文章可以追得上太史公司马迁和工部拾遗杜甫的风格。

[11] 此句意谓，我心中暗暗地寄予厚望。陈元辅是程顺则的老师，故用长辈对晚辈的口吻。

[12] 爰寿梨枣：乃刊刻成书以长期保存。梨木和枣木质地较坚硬，古时用以刻书。寿：非指人寿，而是指刻书之后保存期长。此为祝颂语，若作者自谦语，则用“乃祸梨枣”，意即刊刻我不像样的作品，是糟蹋梨枣之木了。

[13] “同文”句：意谓琉球与中国同属中华文化，其影响深远，无处不达。

[14] 戊寅花朝友生：戊寅，康熙三十七年，1698 年。花朝：农历二月初二，俗称花朝节，此时百花盛开。友生：有时是老师对门生的自谦称，常指朋友。语出《诗经 · 小雅 · 常棣》。

评析

此文选自《中山诗文集》。《燕游草》是程顺则的一本诗集，内容是记述他从福建到北京游历的见闻，“所过通都大邑，所游古刹荒祠，所交名公巨卿”，九重宫阙，大江南北，湖山林麓、城邑楼台，皆笔之于诗，以真性情为真文章，可追史迁、老杜，完成了陈元辅当年的夙愿，故陈大为赞赏。《燕游草》今在《中山诗文集》中，是琉球古诗的精华，陈元辅的评价不为过誉。

三　王登瀛《中山诗文集序》

由来文教可以移风，德政可以易俗，二者感人甚速也。孔子曰：“德之流行，速于置邮而传命[1]。”琉球国僻处海滨，隔断汪洋，去中华不啻[2]万里之遥。自明初始通中国，纳贡膺爵[3]，至洪武二十五年，遣闽人三十六姓，入其国，教其子弟。万历年间又补六姓往铎焉，自明初及末，计有二百七十余年之久，未闻中山有著作。自皇清定鼎以来，我皇上文教覃敷，薄海内外[4]，闻风向化，莫不知学，中山独称其最。康熙十三年间，建立圣庙，行春秋释奠礼。从此诗歌文章，累牍成编，非文教德政感人之速哉。予谈经驿楼，得交蔡君声亭、鲁君虞臣、程君宠文诸君，深知中山人文之盛。续读中山国王祝翰林汪太翁中书林太母二寿序，水清玉润，气夺钟岳。及读诸君子游草[5]，或咏物，或赠答，或怀古思乡，出诸性情，皆有太史公之笔[6]，予拍案称奇。时吾门从游诸子告予曰：汇梓成集[7]可乎？予曰善哉，亟授梨枣[8]，俾人知中山国王，及王戚内外诸臣，文献骎骎，后采风列国者，登之庙堂，播诸雅乐，与中华并辔联镳[9]。余深嘉其言，书此并以勖后之学者。康熙辛丑孟夏望[10]后道山老人王登瀛阆洲氏题于柳轩。

注释

［1］速于置邮而传命：这是孔子的话，见《孟子·公孙丑上》。古代于水陆大道置邮亭驿站，设专人驿马，用接力办法迅速传达命令。“德之流行”指德政和文化的影响力。

［2］去中华：距离中国。不啻（chì）：不止。

［3］纳贡：进献贡物。膺爵：接受封爵。

［4］薄：动词，普及。如《尚书·益稷》“外薄四海”。

［5］诸君子游草：各位先生游历各地的诗稿。

［6］皆有太史公之笔：皆得太史公司马迁的笔法。

［7］汇梓成集：梓，雕刻印书的木板。句意谓，汇集诗文作品，刻印成为书籍。

[8] 亟授梨枣：快点交给以梨枣之木刻版者。

[9] 并辔联镳：并驾齐驱。辔：驾驭牲口的嚼子和缰绳，合称辔头。镳：马嚼子，衔在口中，露出口外者可以系铃。

[10] 康熙辛丑：1721年。孟夏望：农历五月十五日。

评析

此文选自《中山诗文集》，作者王登瀛，是中国出使琉球的使臣。《中山诗文集》正文前有三篇序文，除王序之外，另两篇作者分别是郑晃、任五伦，皆中国使臣。他们都对这部文集大加赞扬，简要介绍两国文化交流的经过，肯定琉球学习中华文化所取得的成绩。任五伦的序文还对文集中的部分作品分别点评，文长不录。这些序言证明中国政府官员对琉球文学创作的支持和重视。

四 蔡铎《雪堂纪荣诗序》

孤山栽梅[1]，彭泽种柳[2]，濂溪爱莲[3]，从来贤人君子往往托之花木，以寓其萧然高寄，旷然物外之怀，风何古欤？至于召之棠[4]。窦之桂[5]，田之荆[6]，王之槐[7]，此又和气致祥，瑞蔼家国，而流芳于奕世[8]者。

今程子宠文之以凤尾蕉受赐于王世子也则异是。盖宠文为中山乔木[9]，有岩谷幽兰之雅度，兼山川香草之风流，筮仕[10]以来，虽舟车跋涉，莫敢告劳，知名于国中久矣。

王世子爱其才，嘉其绩，特沛此隆恩，殆异数也。按凤尾蕉即铁树，一名海棕，劲节凌霜，饶有古意。毋亦励乃节而旌厥忠乎？诚可作传家之宝，与寻常宠赉[11]徒作鉴赏之珍者，自有间[12]矣。宠文膺兹旷典[13]，拜手稽首，敬奉于雪堂中。是日开宴，集诸僚友，赋诗纪荣。予思圣天子[14]握符御宇，声教诞敷。而我王国，夙被同文之化，亦骎骎[15]有吟咏风。虽无吐凤之章，聊效雕虫之技。俾知栽培德意，千载一时，宁仅出内苑仙株，移赐近臣，为班联生色也哉。予忝从大夫之后[16]，敬为之倡云。中山王府紫大夫蔡铎声亭氏敬撰。

注释

［1］孤山栽梅：孤山是杭州西湖北面小岛，宋代林和靖隐居于此，终生不娶，喜欢栽梅养鹤，自称梅妻鹤子。咏梅名句有："疏影横斜水清浅，暗香浮动月黄昏。"

［2］彭泽种柳：彭泽指陶渊明，曾任彭泽令，他有名作《五柳先生传》，称"宅边有五柳"。

［3］濂溪爱莲：濂溪指北宋哲学家周敦颐，其名作《爱莲说》传诵千古。

［4］召之棠：召，指西周召公奭，武王弟，为政得民心，巡行乡邑，坐甘棠树下，决刑狱事，百姓信服，怀其人而不伐其树。《诗经·国风·甘棠》咏赞其事。

［5］窦之桂：五代宋初窦仪兄弟五人相继及第，老前辈冯道赠诗以"丹桂五枝芳"之句赞美。

［6］田之荆：据梁吴均《续齐谐记》，田氏兄弟分家产，堂前有一株高大荆树，商定各取一段。次日荆树突然枯死，兄弟大惊，认为一树同根生，不愿再分割，树犹如此，人何以堪。兄弟乃不分家，和谐共处，荆树竟又回春。

［7］王之槐：北宋名相王旦，庭院有三槐，其祖父预言，吾家必出三公，后来果然如此。

［8］奕世：累世。

［9］中山乔木：将程顺则比喻为中山国的乔木，栋梁之材，有幽兰雅度而兼文采风流。

［10］筮仕：古人将出仕，必先卜筮问吉凶。

［11］宠赉：赉（lài），赐予。宠赉，受国王恩宠而赏赐。

［12］有间：有区别。

［13］旷典：旷世之典。空前绝代之隆重恩典。

［14］圣天子：此指清朝皇帝。下句"我王国"，指琉球国。

［15］骎（qīn）骎：本意是形容马跑得快，后借喻事业发展迅速，此句指琉球受中国影响，文教事业和吟诗咏歌之风气发展很快。

［16］予忝从大夫之后：忝，自谦词，表示有愧。句意谓，我很惭愧也在大夫之列。"从大夫之后"是孔子自谦之语，出《论语·宪问》。

评析

此文选自《中山诗文集》。作者蔡铎（1644～1724），二十岁任通事（翻译官），二十三岁到福州留学。回国后任庙学教师，1688 年以贡使身份访华，著作有《观光堂游草》。清代著名学者梁章钜读过他的诗，认为"工于吟咏"，"不必遥深，亦自冷然可诵"（《南浦诗话》）。这篇《雪堂纪荣诗序》是为程顺则所著《雪堂纪荣诗》而作。"雪堂"是程顺则的号。纪荣诗是一部众人合集，共同赞美程顺则获王世子特赠凤尾蕉这一殊荣。凤尾蕉，即铁树，树干坚硬似铁，树叶散开似凤尾，要长到十几年才开花，人们用"铁树开花"形容难得一见。文章借此形容程顺则多次出使中国，劲节似铁，雅度如兰，世子所赐，非寻常鉴赏之珍，乃旌其忠而励其节，有深意焉。于是“开宴，集诸僚友，赋诗纪荣”。最后颂天子及国王，“栽培德意，千载一时”。纪荣诗作者数十人，皆署明官职，可见朋友们都感到荣幸。文章开始列举中国古代许多托花木以寄高风亮节的典故，再论及程大夫、王世子和群僚聚会，井然有序，典雅得体。

五　蔡温《致程大夫宠文[1]书》（节选）

惟足下饱读经书，坚守礼法，每窥周程[2]之室，若探仁义之源，固当代之君子也。不佞[3]信之久矣。奈昨所赐书内，似有哀悼尤怨之意，不佞实为足下惜焉。……四子俱不幸短命[4]，先乎足下而亡。此岁因贡船归，既闻讣音，深为之嗟叹。是诚人家之最凶者，而人情之所当深悼者也。然凶吉祸福之致而至者，命也。君子必俟命于天而不苟疑，岂有尤怨之理耶？不佞反复阅书，乃不得已强逞愚见，聊述一二。

盖人身生死，万物成坏，以及智愚贤否、穷达荣辱之类，皆命之所致，而非人力之所容也。夫命者，虽圣人亦未如何而已。故伯鱼先乎孔子而亡[5]，颜路后于其子而存[6]，尧有丹朱[7]，舜有商均[8]，伯夷就饿[9]，比干受害[10]，如此等类，非各人之命而何哉？足下书内又有“何报”等语，不佞愈为足下惜焉。大都世俗指命以为善恶之报，或归罪于父祖，或求免于神佛，此世俗之惑，而非君子所顾也。夫为善者，众皆爱之；为不善者，众皆嫉之。夫嫉与爱，如影随形，如响应声，即所谓善恶之报也，命岂然耶？命迟速亦非必由善恶之所致，故善人或逢不幸，而不善之人或逢幸者，往往有之。此皆足下之所深知，而非不佞之可言也。

足下素爱不佞，相交以心，故忘愚陋，谨酬数语，乞垂察昭是幸。

注释

[1] 程大夫宠文：指程顺则，字宠文，曾任紫金大夫。

[2] “窥周程”句：研究北宋理学家周敦颐、程颢、程颐的学问。

[3] 不佞：即不才，没有才能，朋友间自谦词。

[4] “四子”句：程顺则有四子，第三子抟云，十一岁夭亡。数月后，长子抟九，二十二岁早逝。

次子抟万，两年之后早夭，得年十四岁。二十五年后，四子抟霄（1692～1729）逝去，享年三十六岁。这时程顺则六十七岁，老年丧子，不胜哀痛，故蔡温致函劝慰。

[5]“伯鱼”句：孔子之子孔鲤，字伯鱼，先孔子而亡故，享年四十八岁。

[6]“颜路”句：孔子弟子颜渊之父，父子均师事孔子，颜渊短命而死于其父之前。

[7]丹朱：尧之子，不肖，故尧禅位于舜。

[8]商均：舜之子，不肖，故舜禅位于禹。

[9]伯夷：伯夷、叔齐，商末高士，投奔于周文王。武王伐纣，伯夷、叔齐认为是以臣弑君，不义，隐居首阳山，不食周粟，饿死。

[10]比干：商纣王之叔。纣王暴虐，比干强谏，纣王怒而杀之，剖其心。

评析

本文转引自陈福康《日本汉文学史》下册第352～353页，上海外语教育出版社2011年出版。

作者蔡温（1681～1761），二十七岁时到福州留学二年，回国历任国师、三司官，治理农林、水利，三十五岁曾访华，著作有《澹园诗文集》。他是程顺则的忘年交，得知程氏四子皆早卒，甚哀伤，乃作此文。认为人的生死、智愚、成败、穷达，皆命所致，举孔子、颜路、尧、舜为证，说明圣人亦莫之如何。针对程氏来书“何报”之疑，质问是什么报应呢？作者批评佛教因果报应说，世人相信命之穷达寿夭乃上辈为善为恶之报应，求之佛祖可得免。作者明确回答：此乃“世俗之惑”。人的命运与善恶无关，善人可能不幸，恶人可能幸运，故不必信从。作者相信宿命论，这是其局限性；但又反对报应论，这是其积极性。为了消解老朋友的哀伤，文章反复开导，解惑释疑，诚恳真切，难能可贵，不难看出中华文化对他的深刻影响。

六 林世功《上恭亲王绝命书》

琉球国陈情通事林世功谨禀：为以一死泣请天恩迅赐救主存国以全臣节事。

窃功因主辱国亡，已于客岁[1]九月随同前进贡正使耳目官毛精良等，改装入都[2]，叠次匍叩宪辕[3]，号乞赐救，各在案。惟是作何办法，尚未蒙谕示。昕夕焦灼，寝馈俱废。泣念功奉主命，抵闽告急，已历三年。不图敝国惨遭日人益肆鸱张[4]，一则宗社成墟[5]，二则国主、世子见执东行[6]，继则百姓受其毒虐，皆由功不能痛哭请救所致，已属死有余罪。然国主未返，世子拘留，犹期雪耻以图存，未敢捐躯以塞责。今晋京守候又逾一载，仍复未克济事，何以为臣？计惟有以死泣请王爷暨大人俯准，据情具题传召驻京倭使[7]，谕之以大义，威之以声灵，妥为筹办，还我君王，复我国都，以全臣节，则功虽死无憾矣。谨禀。

光绪六年[8]十月十八日。

注释

[1] 客岁：去年。此信作于 1880 年，故称 1879 年为客岁。

[2] 改装入都：化装秘密北上，进入北京。

[3] 宪辕：指恭亲王府，在今北京什刹海西。

[4] 鸱张：嚣张、凶暴。鸱（chī），猛禽。

[5] 宗社成墟：宗，宗庙，供奉历代祖先之庙宇；社，社稷，社供土地之神，稷供奉谷神，中国明清两代社稷坛在今北京中山公园内。成墟：成为废墟。

[6] “国主”句：1879 年，日本把琉球国王尚泰和世子归仁俘虏，押到日本。

[7] 驻京倭使：驻北京的日本公使。

[8] 光绪六年：公元 1880 年。

评析

作者林世功（？～1880），是琉球国于 1868 年向中国派出的留学生，学成归国后，任国学之大师匠、世子之讲师。1876 年奉命赴福州向中国报告日本强制“册封”琉球为藩国的侵略行径。1879 年又北上从事救国活动。同年 3 月，日本突然向毫无国防力量的琉球派出军警人员要求交出政权，4 月宣布改琉球为冲绳县。随即把国王和世子以及文物、档案、印玺掠夺到日本。琉球国王拼死反抗，派员到天津见李鸿章，请求中国派兵驱逐日军出境。清政府虽与日方力争，但未能出兵相助。1880 年 11 月，林世功又到北京以个人名义向总理各国事务衙门（即外交部）的恭亲王上书，谴责日本暴行，以死恳请中国出兵。自知不会有结果，乃壮烈自杀。林世功这种爱国精神，光照千古，彪炳万代，是琉球人民至死不屈精神的最有力的见证。此文转引自陈福康《日本汉文学史》下册《附：琉球汉文学概述》，上海外语教育出版社 2011 年出版，第 365 ~ 366 页。

七　向德宏、魏元才《致李鸿章请愿书》

具禀，琉球国陈情陪臣国戚紫巾官向德宏等，为下情迫切，泣恳恩准据情奏请皇猷，迅赐兴师问罪，还复君国，以修贡典事。

窃宏等奉主命，来津求援，瞬将十年[1]。国主久羁敌国[2]，臣民火热水深。宏不忠不诚，以致未能仰副主命[3]。乃近住日本之华裔，带来敝国密函，内云“日人又胁迫敝国主再幽日京。且紫巾官金培义等，于客岁九月间由闽回国，才到国后，日人拘禁狱中，至今不放”等情。前来闻信之下，肝胆崩裂！嗟乎，人谁无君？又谁无家？乃俾敝国惨无天日！惟所以暂延残喘者，仰仗天皇之援拯耳！兹幸法事大定[4]，天朝无事之日，即敝国复苏之时也。若复任日本横行，彼将谓天朝置敝国于度外。数百年国脉，从是而斩[5]，其祸尚忍言哉！伏惟傅相老中堂[6]，入赞机宜，出总军务，天朝柱石，久已上俞下颂，中外仰如神明，必救敝国于水火，登之于衽席[7]。为此沥情再叩相府，呼号泣血，恳求老中堂恩怜惨情，迅赐奏明皇上，严申天讨，将留球日人尽逐出境，庶乎日人狡逞之心从是而戢[8]，敝国主得归宗社，亡而复存。非特敝国君民永戴圣朝无疆之德，且与国共安于光天化日之下，是有国之年仰沐皇上恩施，实出傅相老中堂之赐也。敝国上自国主，下至人民，生生世世，感戴皇恩宪德于无既矣！临禀苦哭，不胜栗悚待命之至！须至禀者。

注释

[1] 此信写于 1885 年 7 月。十年前的 1876 年 12 月，向德宏奉琉球国王尚泰之命，秘密来华，奏陈日本阻止琉球向中国朝贡之事，请求援助。

[2] 国主久羁敌国：日本于 1879 年派军警侵入琉球，掳走国王及世子，幽禁于东京。

[3] 未能仰副主命：意谓我未能完成国主的使命。

[4] 仰仗天皇，指中国皇帝，不是指日本天皇。法事大定，指 1883 年 12 月至 1885 年 4 月，中法战争，中国虽胜却签订屈辱的中法条约。

[5] 斩：断。

［6］傅相老中堂：指李鸿章。李鸿章的官衔有太子太傅、文华殿大学士，所以称“傅”“中堂”，他还是直隶总督、北洋通商大臣，掌控北洋水师和外交事务，权重一时。

［7］衽席：卧席。句意谓，将敝国从水深火热中拯救出来，置于安稳的卧席之上。

［8］戢：收藏、收敛。

评析

此文转引自陈福康《日本汉文学史》下册第374～375页，《附：琉球文学概述》，上海外语教育出版社2011年出版。作者向德宏（曾任琉球国紫巾官）、魏元才等，1879年7月，曾来华向李鸿章发出第一封求救信，1885年7月，又上第二封信，痛切陈情，请求中国出兵，驱日复国，均未得到结果。后来他们辗转流亡各地，最后客死中国。此信与林世功上恭亲王书一样，都是琉球爱国志士以血泪书写的重要历史文献。

越南文论及其他

一　吴时任《论文示弟学逊氏》（节选）

……顷因陈子“文章太极之粹”一句，静思甚有意味。太极文章，上著为日月星辰，中发为圣贤经传，下辩为川岳河海。而日月星辰，山岳河海，所以错行流时之情不可见，其形则可得而知。惟圣经贤传，尽发太极之性情形体。夫太极者，道也。性情形体，道之隐质也，有待于文章而著。

自生民以来，文章之圣，莫如孔子。孔子文章，见其六经。六经之蕴，只是浑然一太极。太极之道，六经特载之尔。然则，六经者舟也，道者舟中人也。孔子以道为体，以六经为舟。故曰百家风涛，而中流帖然不动。杨朱、墨翟、韩非、李斯之徒，破坏之而不沉。如日月星辰，昏霾不能掩其光明；山岳河海，烟雾不能损其高深，是之谓太极之粹。

孟子七篇以后，扬之《太玄》，韩之《原道》，周之《易通》，程之《易传》，张之《启蒙》，邵之《经世》[1]，皆六经之余裔。然其发挥阃奥，主意不一。朱子[2]出而集其大成。朱子文章，大要从六经舟中补缉渗漏，而其粹在《大学》《中庸》[3]……于浑然无所穷际而求其归宿，不出真积、力践、主敬、穷理。真积、力践，其体也；主敬、穷理，其用也。朱子之后，真德秀、魏了翁、许衡、姚枢、刘因、吴澄[4]之徒，盖文章家之知道者。而其真见则刘因为长。刘因《退斋记》曰：“挟老氏[5]之术者，以一时之利害，节量天下之休戚，其终必至其误国害民。然而犹立万物之表，而不受其责焉。且方以孔孟之时义，程朱[6]之名理，自居不疑，而人亦莫之夺。”此其文章之有理，盖有深识孔孟程朱之妙处矣。……故尝曰：孔子之文章，一太极也。孟子以后之儒，太极生两仪[7]也。朱子以后之儒，两仪生四象[8]也。四象变化而物类繁类。既繁类矣，则不能纯粹，其弊至其驳。苟既驳矣，则所谓文章者，土苴（糟粕）焉耳。不能变化其气质，存养其心性，徒入禅庄[9]去了。虽欲省吾身，截吾文，去华就实，删讹为淳，而不可得矣。

注释

[1] 此句指扬雄之《太玄》，韩愈之《原道》，周敦颐之《通书》，程颐之《易传》，张载之《正蒙》，邵雍之《皇极经世》，皆儒学家推崇的阐发儒家思想的名作。

[2] 朱子：指南宋大儒朱熹。

[3]《大学》《中庸》：原本是《礼记》中的两篇文章，宋人抽取出来，与《论语》《孟子》合编为《四书》。此句中认为朱熹文章之精华在《大学》《中庸》的注解中，即《四书章句》中，该书是朱熹用力最勤之作。

[4] 真德秀（1178～1235）和魏了翁（1178～1237）是南宋著名理学家，许衡（1209～1281）、姚枢（1203～1280）、刘因（1249～1293）、吴澄（1249～1333）是元代著名儒学家。

[5] 老氏：指道家老子、庄子的学说。

[6] 程朱：指宋代理学家程颐、程颢和朱熹学派。

[7] 两仪：指阴阳。

[8] 四象：指木、火、金、水。或指青龙、白虎、朱雀、玄武。

[9] 禅：指佛教的禅宗，此处泛指佛学。庄，指庄周，此处泛指道家之学。

说明

原文选自《越南文学总集》第 8 册，第 504～506 页。此文着重说明，写文章的宗旨在于阐发圣经贤传之精粹，批评“高谈转空，意心茫昧”，不切实际，反对禅学和道学，提倡“去华就实，删讹为淳”。本文有助于了解越南思想界和文学界的历史情况。

二　吴时任《星槎纪行序》

古今文章，得称家者为难，得称大家者为尤难。大家者持世机杼之谓。有锦绣之机杼，有布帛之机杼。然锦绣之流或为史[1]，布帛之流或为野。

可谓之文章家，不可谓之大家。文章家能持其世者，不一而足。诗、赋、歌、行、辨、论、记、志、序、跋、解、释、骈偶、散行，蕴之于心术，发之于词章。犹如锦绣之悦人目，布帛之适人体，是为之文章家。其中能兴起人，能感发人，则莫大乎诗。故于诗专呼为家。

我越以文献立国，诗胎于李，盛于陈[2]，大发扬于皇黎洪德间[3]。一部全越诗，古体不让汉、晋，近体不让唐、宋、元、明。戛玉敲金，真可称诗国。就中求其机杼大段，可称诗家者蔡吕唐、白云庵诸公，此外茫乎渺矣。暨夫皇黎中兴以后，名家之诗，杂见于使华[4]作。其或寻幽访古，触景生情，去国怀乡，因事道意。残膏剩馥，可以沾后人。至于锦绣而不史，布帛而不野，则惟《星槎纪行》集，盖巧笑美目之素者欤？是集乃侍中御史潘台公奉使祝嘏年[5]所作，公以会元冠翰苑，家世为名进士，文章机杼得诸先宰相致仕大人[6]所传。其为文贵典雅浑厚，以实践作骨子，稍以绮罗繻缝之。然涉程、朱之藩，而逾屈、宋之阀[7]，入尹、旦[8]之室，而超李、杜之衢[9]，如锦绣布帛用无不宜。殆中古以来，我国文章大家罕有而仅见焉也。

注释

[1] 史：此指虚浮。典出《论语·雍也》："文胜质则史"。

[2] 李：越南历史上的李朝（1009～1225）。陈：越南历史上的陈朝（1225～1400）。

[3] 皇黎：指黎利所建立的后黎朝。洪德是黎圣宗的年号（1470～1497）。

[4] 使华：出使中华。

[5] 奉使祝嘏年：奉命出使中华，向中国皇帝祝寿。

[6] 先宰相致仕大人：此指潘御史的父亲，曾任宰相，后来退休，故称致仕大人。

[7] 屈、宋之阀：屈原、宋玉之门。

[8] 尹、旦：指西周尹吉甫、周公旦。据说《诗经》中有些作品出自二人之手。

[9] 李、杜：李白、杜甫。衢，道路。以上"阀""室""衢"，皆借以形容中国古代诗歌的高级境界。

评析

此文选自《越南文学总集》第8册第518页。《星槎纪行》是吴时任的朋友潘某出使中国所作诗文集。该序认为，诗人称家甚难，越南诗坛称家者很少，而潘公使这部诗集成就很高，如锦绣而不史，如布帛而不野，可比肩《诗经》，超越屈宋和李杜，是越南文坛罕有仅见者。

三　裴阳历《土音文章》（节选）

……义安[1]文章，多雄劲而少华。盖文者，心之声也，气质如此，故发之为文亦如此。惟其气质如此，故不事华饰，鲜以文章自名。前代而土城胡奉旨公尊[2]，席上赋诗百篇，亦迫于道人请题而后见。洪德骚坛二十八宿[3]，义安无一人。当时罗山潘参政公福谨，南塘邓尚书公明壁，皆号能诗，然亦不预[4]，盖由于此。近世诸公，生长都畿[5]，遂有时集（存）世，亦气味之一变也。

义安风俗纯厚，固在生质之美，亦朝廷体有以成之。旧制，解额四十有余[6]，三年一科，充贡[7]者众。其中登进士者，效用于庙廊；累中场者[8]，从政于县府。余虽无地尽用，然既充贡，便为乡里所推重，民间事俗，多所质正。礼义廉耻，相劝为善，自朝廷大臣以及州郡官长，待遇有礼，民间情弊靡不询访。故下情得以上通，而奸恶无所逃，转移动化[9]，皆由于此。而国家之所以固结民心，维持邦本者，皆于焉攸赖。近试法有次通纳钱三贯者[10]，虽一时权宜，取济之术，然有才学者，有稍通考，有能文考，人才悉无所遗，而流品亦自甄别。

注释

［1］义安：越南地名，古称演州，李朝改义安州，今为义安省。

［2］胡奉旨公尊：指胡如，曾任翰林院承旨。

［3］洪德：黎圣宗年号（1470～1497），圣宗爱诗文，于洪德二十五年（1494）成立骚坛会，集合学士申仁忠等二十八人成立诗社，称二十八宿，圣宗自称圣骚坛元帅。

［4］不预：不曾入选骚坛二十八宿。

［5］都畿：指京城河内。

［6］“解额”句：指每次科考，义安可以录取四十多名贡生。

［7］充贡：充当贡生。中国的贡生是秀才中的优秀人才而贡献于国子监者，越南亦如此。

［8］累中场者：越南学习中国开科取士的考试制度，陈朝规定，乡试初试及格称秀才，乡试复试及格称举人，会试初试及格称进士，会试复试及格称翰林。“累中场者”当指举人。

［9］转移动化：转变社会风气，推动人文教化。

[10] 氼通纳钱三贯：中国明清两代，秀才经过岁考，文理平通者可成为贡生。文理尚通属于第二等。但若捐钱，也可以成为与贡生相当的监生。

评析

此文选自《越南文学总集》第 8 册，第 274 页。前半段谈文章，后半段论科举。作者生平不详。文章指出，乂安地方文风多雄劲而少华丽，乃士人气质如此。由于风俗纯厚，士人经过科举入仕者颇多，或于庙廊（朝廷中枢），或从政县府，不仕之贡士亦为乡里所重，提倡“礼义廉耻，相劝为善”，民情经常询访，下情得以上达，可以转变风气，推动教化。文章不赞成捐钱以通过初级科举考试。应改进考试办法，使人才悉无所遗，品流亦自甄别。

四　范廷琥《文体》

余尝考我国文献，李（朝）文古奥苍劲，仿佛汉（朝）人。如太祖《都龙编诏》、太宗《声罪王安石檄文》、仁宗遗诏之类是也。陈（朝）文稍逊于李（朝），然典雅葩艳，议论铺叙，各擅所长。视之汉唐诸名家之文，多得其形似。间有三数篇，虽杂诸汉唐集中，不能辨也。前黎顺天[1]以后，文之传者颇多。惟阮公廌《永陵神道碑》《下嫁卫国长公主制》，武公永帧《进封太宗奉陵充媛制》，虽工力不齐，然体裁气魄，皆可追踪古者。若顺天《平吴大诰》，绍平[2]台谏议诸疏，洪德[3]《南征占城诏》，皆当时大手笔。而其积气不厚，创体务新，或字字句句，不能一一稳妥；或前后首尾，精粗纯驳不能相通。视之李、陈，颇有登山下坡之辨。其不能遍举者，又从而可知矣。明德、大正[4]之间，气势日下。骚人文士竟趋于轻浮，盖又视前黎为尤逊者。

注释

[1] 前黎顺天：前黎，指黎利所建立的后黎朝。顺天是他所用年号（1428～1434）。

[2] 绍平：黎太宗年号，1434～1439 年。

[3] 洪德：黎圣宗年号，1470～1497 年。

[4] 明德：莫朝太祖莫庸年号，1527～1529 年。大正：莫太宗莫登瀛年号，1530～1540 年。

评析

本文选自《越南汉文小说集成》第十六册《雨中随笔》，上海古籍出版社 2002 年出版。作者范廷琥（1766 ~ 1832），字松年，号东野樵，出身官宦之家。少年入国子监，适逢内乱，隐于乡村，著述颇多，《雨中随笔》是其中之一，属于笔记散文。此文题为《文体》，泛论李朝、陈朝、后黎朝之文章，所举皆骈体文。认为一代不如一代，其趋势与中国元、明时期相同。

五　范廷琥《四六文体》

四六文，盖古诗之变体也。古诗六义比兴为多，故四六文率用骈俪雕琢之工，汉时四六体最浑灏[1]，而未有声律。唐人声律稔顺[2]，文辞葩丽。宋人因之，然气力较灭。仁宗以后，苏氏父子始创为新格[3]，不尚搜刻华艳，行灏气于对偶之中，自成一家机轴。盖赋体多而比兴少，是又四六体之一变也。元明以后，含茹不及唐，而浑灏亦不及宋，想亦气运使然。我国四六，则因元明之体而杂就之者。洪德间，《安邦试录》四六文，曾为内地所称，亦见其一斑耳。尝考李、陈、莫四六之文，及国朝[4]制策章表，盖端庆[5]前后，为淳漓升降一大机轴。就中端庆以前，警句甚多，而其立言大意，通篇气魄，无可瑕类者亦鲜。端庆以后，涉于疏散轻浮。至于中兴[6]，而弊尤甚。盖或一句一联，自开门面，语其淳漓浮浇、繁杀[7]斟酌得宜者，不多见焉。

注释

[1]“汉时”句：西汉尚无骈文，当指东汉后期至建安时代。

[2] 稔顺：熟练，顺畅。骈文讲究声律是唐代一些人的风气。

[3]“苏氏”句：实际上唐四六演变为宋四六是以欧阳修和苏轼为代表，史称欧苏新四六。

[4] 国朝：指范氏前期生活的后黎朝。

[5] 端庆：后黎朝威穆帝年号，1505 ~ 1509 年。

[6] 中兴：指范廷琥后期生活的阮朝。

[7] 繁杀：繁简。

评析

本文选自《越南汉文小说集成》第十六册，范廷琥《雨中随笔》。此文对中国骈文发展的见解，与同时期中国学者意见相近。对于越南骈文的描述，是有价值的评论资料。《文体》《四六文体》均为原有题目。

六　佚名氏《中兴文体》（节选）

我越文献之传，实始于士王（士燮 xiè），继盛于李、陈，文章巨擘，如莫挺之、阮忠彦、黎仲适诸名公[1]，雄文大笔，蔚然名家。迨我朝圣宗淳皇帝垂情古典，主张斯文，睿思渊深，天情云发。时则申仁忠、杜润并副骚坛，侍从诸词臣，号称二十八宿[2]。鸿儒巧匠，川涌云蒸，天南之集，琼苑之歌，明良锦绣之诗，皆一时之极笔也。暨乎闰位，僭干道统，无所系属，舍淳以浇，士风遂坏。中兴之初[3]，张皇武功，六十余年之弊习，未暇厘革。学者仍讹袭谬，破句读以为佳，摘俚语以为奇，之乎也者以为雅，行文之体，则有曰然、曰盖、曰故、曰过接[4]。“盖”“故”字义难通甚，而所谓“然”者，句之发头，冲决无义理，旨殊意隔，亦须牵连过接，方得为工。末填胡僧咏史之言，以结其末。诗赋楷于书题，前后本文字，多倒用四六，拙于官样，寻常俗套，句语牵长[5]。国万群方，何等字法；诗千赋百，何等学规。虽以文鸣世，如阮实、胡仕杨、邓公瓆、陶公正、韶仕琳辈，亦无文彩（采）可观，文弊质穷，鲜克正之。虽有黎僖等诸贤为之相，阮廷柱等为之师，习之久，复之难，群讥众排，卒未能也。先生以旷世之才，任斯文之重，摅幽发粹，剖微穷深，有所撰述，一皆意以为主，气以为辅，用字必精，造语必奇，闳肆尖新，而不失其规矩；雄浑奇崛，而不离于风骚。长河巨浸，浩放无涯，非时文之程墨所能累；生龙活虎，变化莫御，非俗学之格制所能羁。义已极于性情，辞亦溢于天理，始虽骇于俗，卒大显于时。以至经籍疑义，辞旨肯綮，读者不能以句，莫不爬梳剖析，细入秋毫，又皆译以国语音[6]，明白易晓，使学者不迷于其途焉。其有功于儒教，岂浅浅云乎哉！

呜呼！科举之设，上之所以待士，而士所以进用之阶也。昔人论科举之文曰：义理明，则文字议论益有精神光彩；躬行心得者有素，则形之高计时事，敷陈治体，莫非溢中肆外之文。异哉今之所谓文也，思索纸上之陈言，檃栝增损，以就对偶之体，而无运意生字之妙，以议论则不足以中人情当物理，以规矩则日流于浮靡。正如倡家[7]涂朱傅粉，以博人暂顷之乐，而识者早已识破其不中用矣。光顺[8]之初，虽尚辞章之学，然其气力雄豪，词意浑厚，为士以名节道义为重，故洪德、景统之际，号称极盛。逆莫之篡[9]，为国死节者，多出于科目中人。中兴以后[10]，文体日益卑弱，文词日甚拙底，然浑厚之气未散，当时登用之儒，经纶政事，名望风采，皆有可观。五六十年以来，上之教之，下之学之，争事章句之末，雕镂缡绘，穷极奢丽；嫩月鲜蒲之作，真个极其尖巧，求其可观于实用，寥然无闻，习尚胥靡浸淫，以至亡国。而仗节死义之士，自李陈知兵公、阮尚书公而外，亦不多见。戊申年，陈名案（昭统元年黄甲）过关求救，北人[11]见其诗，叹曰："南人英华尽露于文章，而骨力不足以称之。"固宜不能救其亡，盖寓讥嘲之意也。噫！可慨也哉！《日知荟》说："世之治也，人敦实行而去浮华；世之乱也，人务虚名而竞文藻。故文运关乎国运。"

注释

[1] 巨擘：大拇指。引申为居首位、最杰出。莫挺之（1272？～1346），陈朝著名诗人，状元。阮忠彦（1289～1370），陈朝大臣，诗人。

[2] 我朝圣宗淳皇帝：我朝，指后黎朝。圣宗，1460～1497年在位。他提倡儒学，喜爱诗文，组织"骚坛会"，自称骚坛元帅，集合学士二十八人为二十八宿，其中申仁忠等为副元帅。

[3] 中兴之初：指阮福映建立的阮朝初期。

[4] 然、盖、故：是八股文中的常用转折词。"过接"：八股文中，在"破题""承题""起讲"之后，转入"初股"之前，有一段文字称为"过接"。

[5] 通常的骈文中的四六对仗，是上四下六，也可以反过来上六下四。"官样"，"俗套"指八股文固定格式。"句语牵长"，八股文多用长句。此文自注："时文体（指八股文）多倒字。万国群方（指外交文书）倒用押韵。"

[6] 国语音：把用汉字写作的文章注上越南读音。

[7] 倡家：娼妓。

[8] 光顺：后黎圣宗年号。

[9] 逆莫之篡：1527年，莫登庸夺后黎之帝位，建立莫朝，统治顺化以北地区，史称北朝。

[10] 中兴以后：指阮福映统一南北，建立阮朝以后。

[11] 昭统元年：1787 年。昭统是郑氏扶持的后黎末代皇帝愍宗的年号。次年，郑氏及后黎朝被西山王朝所消灭。当时后黎一些官员过关（镇南关，今称友谊关）向中国求救。北人，指中国人。南人：指越南人。

评析

此文选自《越南汉文小说集成》第 17 册，佚名氏著《山居杂述》。该书共有 130 余则笔记文。当代研究者认为，其成书当在阮福映建立阮朝以后，乃至中期。《中兴文体》包括三大部分，第一部分揭露当时科举考试文章之弊端和乱象。第二部分是摘录“武尚书公钦命”之《武探花晟谱记》之末段，纵论陈朝、后黎朝之文章，有所肯定，更多的是批评。第三部分以佚名氏作者本人的意见为主，评论从后黎圣宗至当下科举之文的状况，每况愈下，文体卑弱，习尚胥靡，骨力不足，以至亡国（当指后黎朝彻底灭亡）。最后的结论是：“世之治也，人敦实行而去浮华；世之乱也，人务虚名而竞文藻。故文运关乎国运。”这些教训是值得吸取的。

七　巢南子《海外血书》（节选）

奇哉！奇哉！我国人今日其尚拥被高眠探囊狂喜也。幸灾乐祸，昔人以为至愚，我国人之聪明俊秀者，竟以此一科隽也[1]。忍耻忘仇，世界以为大辱，我国人之光荣赫奕者，竟由此一途显也。呜呼！亦奇矣！天下惟中庸[2]为可久，今我国人如是好奇，窃恐其不能久也。

请陈其愚妄之说[3]：

其一曰：法人之处心积虑，必欲尽灭我人种乃止；

其二曰：我人若因循观望，必至我族类尽绝乃止。

我国土地所发达之财货甚多（如茶、桂、金、银、铜、锡、铅、铁等类），人工所发达之财货甚少（如时标、千里镜、轻气球、风雨针等[4]类可以远输于洋国者）。土地所出之财货甚多，则于法人有大利。人力所制造之财货甚少，则为法人所不需。彼法人所垂涎于我国者，此土地之所产耳。……

财货日见其膨胀，而毫无肉人分食之忧[5]，此法人所谓莫大之大利益也。法人获此，有不距跃三百乎[6]？其为尽绝我人种之说一也。

…………

我国民现时不知户庭乡曲外有何世界，不知饮食男女外有何事业，愚诚甚矣，此法人之所喜一也。

我国民现时闻自由独立之说，则神魂上天。见西服洋枪之形，则四体投地。弱诚甚矣。此又法人所深喜也。

虽然物穷则变，塞极则开。我国人若不拒绝[7]，数百年后，安知愚者不豁然而智乎，安知弱者不猛然而强乎？

…………

莫如及今之时，我国人甚愚且甚弱，乘其方愚弱而锄剪之，绝后患之萌芽，保无穷之福利，法人胜算，有过此乎？此又法人必尽绝我国人种之说一也。

虽然法人处心甚深，而用计甚谲[8]，其绝我人种之法有数端：

其一为阴朘血脉[9]之毒，富者不自知其穷。其一为阳剥肌肤[10]之谋，贫者不能胜其苦。总归于我人种绝灭则已耳。

何谓阴朘？法人所最利者我财也。然一旦尽倾我筐箧囊橐而有之，则我必骤穷，骤穷必暴怒，联络五十兆之人众，而逞一旦之暴怒[12]于法，法人其能高枕乎？

法人乃为柔恶之手段，阴刮而徐嚼咽之。

此项赋税，今年增一厘，明年增一厘，税日增而纳税者不觉阴炙[13]。某条租银，今年增一款，明年增一款，银岁耗而输银者不觉坐枯[14]。

…………

我国人之财但有去路而无来路，岂有不血脉尽枯乎？……

我国人今后不出十年，必无可以为生之法者，此法人绝我人种之妙策也。

何为阳剥？法人见我人丁之繁，而贫户穷夫，又居国人十之八九，法人恶其繁而利其贫也，于是逼之以驱羊之狼手，诱之以养狙之谲谋[15]。

谓某役有雇银，谓某役有支款，谋某兵即应选，谓某兵即俟催，纳之于枪炮之中，驱之于岚瘴之地。今日征调若干兵，明日催发若干役。阳下雇金之美令，阴施夺饷之荷条。行者委尸于道途，居者填命于沟壑。彼贫户无知，穷丁贫食，始惑于雇金之利，终死于刀鞭之荷。……

吾人哀痛万端，而法人固喜吾策之行，快吾手之辣也。

推此种种苦状，我国人更十年后，其尚有噍类[16]乎？此又法人绝我人种之捷法也。

总之，法人以禽兽畜我，以草菅[17]视我。畜之以禽兽者，投之以食，伺其肥而烹宰之。视之以草菅者，践踏诛刈，焚烧锄槊[18]，无或顾惜。法人之于我人，何以异此？

…………

坐寝与牛马鸡豚同栏，往来与油炭污秽相伴。呈禀未及，鞭笞遽加。榷银[19]稍迟，拳踢即到。推此一事，凡事皆然。法人固谓彼南人禽兽也[20]，草菅也，待之当如是也。

以我国人之愚且弱，其能生存于狼心毒手之下乎？

…………

如我辈于此，喘息尚存，举国同奋，外招强邻之声援，内起江山之英雄。积沙可以成山，衔石亦能填海。

法欲绝我，如我之不可绝何？然我观其愚且弱之我国人，必不肯出此策也。

得过一日，且过一日。得过一年，且过一年。蒙蒙睡魔，奄奄懒鬼。使法人得尽施其愚我弱我阴朘我阳剥我之狡计。呜呼！殆矣！噬脐何及[21]矣！

我国人上自故家世族，中而绅士富豪，下而平民走卒，以至天主教徒、六省洋族，固皆世戴南天、履南土，为我南国[22]堂堂丈夫。决无一人不念国恩，决无一人不愤仇敌，决无一人不疾异种，决无一人不欲得西人而食肉者。而何为不自奋发耶？则因循观望之说误之也。……我生不时，何辜于天[23]？我惟有愿我国人之还魂耳！

注释

[1] 科隽：科举时代称考中者为科隽，即某方面的俊杰。

[2] 中庸：不偏不倚谓之中庸，是一种人生哲学。

[3] 陈其愚妄之说：此句为作者自谦之词，意同“陈述愚见”。

[4]“时标”句：即钟表、望远镜、氢气球、寒暑表和风向针等现代仪器。

[5] 肉人：皮肉结实体型壮大之人。此句指没有强壮者来分食、争食。

[6] 距跃三百：站起来跳跃三百次。语出《左传》僖公二十八年。此句中表示特别高兴。

[7] 拒绝：此句指拒绝愚昧，接受自由独立等新观念。

[8] 谲（jué）：诡诈。

[9] 阴朘血脉：暗中减少血脉。朘（juān）：减少。

[10] 阳剥肌肤：明显剥削皮肉。

[11] 逞一旦之暴怒：指一旦发动暴动。

[12] 阴炙：暗中受到煎烤。

[13] 坐枯：不知不觉中被榨干。

[14] 养狙之谲谋：语出《庄子·齐物论》。养猴子的老人称为狙公，给猴子早上发三颗栗子，下午发四颗，众猴怒；狙公改为朝四暮三，则众猴喜。后世用“朝三暮四”比喻反复无常，玩弄手法欺骗人。

[15] 噍类：能吃东西的动物，指人类。

[16] 草菅（jiān）：菅是一种多年生的草。“草菅人命”是成语，意谓视人的生命如野草。

[17] 锄槊：锄头和长矛。此句中意谓像焚烧锄割野草一样残杀人命。

[18] 榷银：税金。榷（què）：征税。

[19] 谓彼南人禽兽也：认为他们越南人是禽兽。

[20] 噬（shì）脐何及：噬，用嘴巴去咬。脐，肚脐。噬脐何及，指不能实现的事，引申为后悔莫及。

[21] 句中“南天”“南土”“南国”，指越南的天空、土地和国家。

[22]“我生不时”二句意谓，我生不逢时，我什么时候得罪了上天呢？这是作者的愤激之词。

评析

此文选自《越南文学总集》第18册，作者巢南子，是笔名，生平待考，他侨居海外，故题为《海外血书》。作者以浅白的文言文，揭露、控诉法国殖民者种种罪恶阴谋和狠毒行径，指出其目的在于“榨取我血脉，剥削我肌肤，从而灭绝我种族”。同时批评国民尚处于愚昧、闭塞之中而不自觉。文章号召全越南各阶层民众，举国同奋，团结对敌，努力自强，早谋独立之国策，以还我国魂。这是一篇充满阳刚之气的“血性”之书，富于强烈的爱国精神和救亡图存气概，读后感人肺腑。原文较长，选入本书时作了删节。

新加坡文论及其他

一　黎伯概《几康集自序》

诗之为用，至今日收效甚微，然而不能即废。盖发乎情，动乎感，除情感外，固无所谓诗也。声韵趣味，实情感之低回激昂耳。尼山[1]诗教，温柔敦厚，何莫非深于感情使然？环堵穷而六舍弃[2]，片言起而古今通。诗境之大，渊乎莫测。故自其浅者言之，按拍循腔[3]，眼前事实，人人可吟。至其怀抱风度，则固有别。余养疴[4]三年，情感犹在，坐卧斗室，无以自迁[5]，至取眼前事实而为诗歌，聊以长吟送日。间亦妙想天开，别有蹊径，暇日特褒（裒）而存之，都[6]百余首，名曰《几康集》。志病体之近健康，可静而俟也。机处巢痕，皆留爪迹。吾之诗境，镞镞日新，绝不使流光虚度，漫无趣味也。

注释

［1］尼山：代指孔子。

［2］六舍弃：当指舍弃七情六欲。

［3］按拍循腔：按照古诗的节拍声律写作。

［4］养疴：养病。

［5］自迁：自我排遣。

［6］都：汇总，总共。

评析

黎伯概（1872～1943），作者前已介绍。“几康”，接近康复。此文为其自编诗集的序言，作于1939年中风以后，强调诗之为用在乎言情，抒发怀抱，并且不落俗套，不能漫无趣味。这些见解都是积极的。

二 张礼千《与许云樵论治印书》

云樵先生大鉴：

往承逞示，拜（并）象神像影片、《南洋学报》，诸获教益，至深感谢。分茅岭石刻拓文，得登《南洋学报》，藉资广询，固所企望。其中沈寐叟（曾植）[1]跋文，首句“交州汉之郡国”，排版“交”字似误植“庆”字，希有以刊正。前奉象神影片，其石当就地取材，是产于南洋方域中，然比于国内所产，有类于浙江昌化印石。此类印石材，以浙江之青田、昌化、闽之寿山[2]，出产为著，俗称为珉石[3]。就《寿山石考》及篆刻诸书所言，此等珉石，古来已有雕琢为用器，至采作刻印，始于明初王冕（元章，浙人）[4]，先试用于青田石，其后篆刻家广取于寿山、昌化。明嘉靖间，丈（文）三桥、何雪渔[5]为石篆浙歙二派开宗。元章号煮石山农，传为因烘坚印石，得奏重刀[6]，遂以煮石自号，其所作印，未得经见。而自丈（文）、何以迄明末，名家石印，前清故宫，以致西泠印社[7]，及海内鉴藏家，多有收存。其印多经火烘，殊非罕见。印石经烘，或有裂纹，或无裂纹，而其质地反加坚硬，与伊黎（于阗）、缅甸白玉[8]，经火后，外观相若，质地更加坚硬，亦相若，有至难于分判。近时粤闽售石印之拜（材），尚有火烘石印一种。而伪造古王（玉）者，又有以煆石之材，仿造古玉成器，以假火坚，而混充之，亦传世甚久，不始于今日。惟此类珉石造器，加烘瓷釉，以此象神一像为初见。因其为图外之物，故远求于异方之访证，以致渎闻[9]。顷又有再渎者，近见阮丈（文）达[10]故物，缅茄鼻烟壶[11]，是粤闽特产，而种传缅甸。敢将影片二张，并琐言三纸，奉希指导。宋代潮州许申玉印，有关于云翁宗谱[12]，附一纸尘鉴。叶遐翁印《淮海长短句》[13]，称最善本，奉赠一册备览。又有以新旧圆（原）籍及影印本向各图书馆求售，中多适用之书，想为知采者所不拒。敢以影印本目录一册，书目大小共十二张，又引谱目录三纸，影片二张，附上。希备得荐于知者，倘机缘有恰，想未至以纷缤致青［睐］也。端此敬候大安！敦复书室[14]谨启。1952年×月×日。

注释

［1］沈曾植（1852～1922）近代著名学者，浙江嘉兴人，光绪六年（1880）进士，曾任职总理各国事务衙门，1901年任南洋公学校长，他博古通今，学贯中西，蜚声中外。

［2］“此类印石材”句：产于浙江青田的印章石是中国篆刻艺术运用最广的石材；产于浙江临安昌化镇的昌化石，其中的鸡血石最为名贵；产于福建晋安的寿山石与产于内蒙古的巴林石，以上四种合称中国四大印章名石。

［3］珉石：似玉之石。

［4］王冕：元末（1287～1359）浙江诸暨人，字元章，号煮石山农，画家、诗人、篆刻家。

［5］文三桥：文彭（1498～1573），明代篆刻家，湖南衡山人，长住苏州，著有《文三桥先生印谱》，其父文徵明，诗文、书画、篆刻，均称大家。何雪渔（1530～1604），明代篆刻家、书法家，江西婺源人，与文彭在印坛齐名，著有《雪渔印谱》，是皖派篆刻宗师。

［6］得奏重刀：石因烘而坚，故用重力使刀。

［7］西泠印社：位于杭州西湖孤山路畔，是中国研究篆刻艺术的学术团体，创建于1904年，迄今已有110多年，其篆刻艺术列入国家级非物质文化遗产。

［8］伊黎（于阗）、缅甸白玉：新疆伊犁不产玉，此句应指于阗，亦称和阗，自古产玉。

［9］渎闻：渎，亵渎，轻慢，对人不恭敬。此处为谦词，意为此象神图是珉石所造，非玉石，以致亵渎先生的听闻。

［10］阮文达：阮元（1764～1849），清代大学者，历官礼、兵、户、工四部侍郎，浙江、江西、河南巡抚、湖广、两广、云贵总督，体仁阁大学士，清代文人之最显达者，去世后朝廷赐谥文达。他在经史、数学、天文、舆地、金石、校勘各方面成就很高，刻书很多，嘉惠学林，影响至巨，众推一代文宗。

［11］缅茄鼻烟壶：缅茄，是缅甸及云南出产一种木本植物种子之外壳，甚坚硬，去其内实，可制清代上层流行的鼻烟壶，成为著名文玩，随后许云樵之复函有详细介绍。

［12］云翁宗谱：云翁，指赵云壑（1874～1955），江苏苏州人，书画、篆刻皆得吴昌硕之神，而不徒袭其貌。著有印谱。句中“云翁”是尊称。

［13］“叶遐翁”句：叶遐翁，即叶恭绰（1881～1968），广东番禺人，书画家，收藏家，曾任中央文史馆副馆长。《淮海长短句》全名为《淮海居士长短句》，北宋词人秦观（1049～1100）的词集，秦观号淮海居士，是婉约派大家。

［14］敦复书室：是张礼千的书房，亦以此自称。随后许云樵复信即以室名代称张礼千。

评析

本文选自《许云樵来往书信集》，廖文辉、曾维龙纂注，新纪元学院马来西亚族群研究中心2006年出版，第238页至239页。

张礼千（1900～1955），江苏南汇人，毕业于英国多利大学数学系，20世纪30年代初到南洋，曾任职新加坡华侨中学、马六甲培风中学，因支持学生运动被英国殖民当局驱逐出境，1939年返新加坡，历任《星洲日报》编辑、南洋学会常务理事，之后北上重庆，任南洋研究所研究员，东方语文专科学校校务主任、代校长，1949年任北京大学东方语文系教授，1955年含冤去世。张礼千毕生精研南洋史地，主要著作有：《马来亚历史概要》(1940)、《马六甲史》(1941)、《槟榔屿志略》(1946)、《南洋华侨与经济之现势》(1946)、《中南半岛》(1947)、《东西洋考之针路》等。此文由一枚象神照片所用之石（估计为微型石刻）谈到国内印石之种类、烘石、仿玉之石等，附录还谈及“缅茄鼻烟壶”“宋代玉印”等，足见精于此道，对了解中国篆刻用石历史很有帮助。

《许云樵来往书信集》原件系手写本，有些字迹模糊、潦草，不易辨认，辑录时难免有误判，本文中有数处我作了校正，于原文之后以（　）表示正字。注释中使用的是校正字，原书无书名号，为校正者所加。

三　陈翼经《绿天庐诗文集序》（节选）

古人云：“诗以言志，文以载道。”言志者，言心所蕴之志也。人生天地间，日与万汇[1]相接触，睹花鸟之争妍，云霞之变幻，人事之沧桑，世态之炎凉。每有所感，发而为情，葆塞五中[2]，不宣不快，此志也，真情也。有真情然后有真诗，故为诗者，必须解脱，性灵，然后其诗乃可传也。此诗以言志之义也。

载道者，载己所悟之道也。夫道原为一，然在人观之，则为万殊[3]。或见其刚，或识其柔，或体其常，或观其变。各以其气质、禀赋、学问、经历之不同，而所悟之道乃异。故所著之文章，超然独特，犹沉檀[4]之异香，钟鼓之异响，以不雷同为贵焉，此文以载道之义也。

二者必须出诸性灵，发挥作者之人格，然后能使读者感味，应声滴泪，可收廉顽立懦[5]，移风易俗之功。要非徒具形式，徒事堆砌者所可同日而语也。然而此种诗文，求之晚世[6]，可多得哉？

注释

[1] 万汇：万物。

[2] 五中：五内。指心、肝、脾、肺、肾。

[3] 万殊：千差万别。

[4] 沉檀：指沉香、檀香两种木质香料。

[5] 廉顽立懦：使顽夫廉，懦夫有立志。语出《孟子·万章下》。

[6] 晚世：近世。

评析

本文是陈翼经为马来西亚管震民所著《绿天庐诗文集》所作的序言之前半部分。管震民（1880～1962），本书第二编已介绍。他从事教育长达42年，平生酷爱诗文写作。1955年，集合诗文作品为《绿天庐诗文集》，上卷为诗集、收古近体诗数百首，下卷为文钞，收各体古文七十余篇。陈翼经是管先生的文友，生平无考。序言强调诗文必须出自真性灵，解脱束缚，发挥人格，移风易俗，提高道德水准。而不要徒具形式，堆砌词句。这种文学见解是传统的，在20世纪50年代仍是可贵的。

泰国文论及其他

一　陈棠花《致许云樵书》

云樵先生：

顷奉华翰，不胜喜慰。弟以抛砖引玉之意，缪（谬）蒙先生不弃，频予教导，感系奚如！抑亦益知先生史学之湛深，弟后生辈望尘莫及也。尊稿容《明史暹罗传考释》稿发表完毕后，即予发表。《明史暹罗传》稿，弟原曾与老〔丁〕先生商定分二期发表完毕，但今又被指出尾段须连续三期始能发表完毕，故新稿俟下期一并刊出或不可能，则再下一期也，祈谅之。

蒙先生邀往住地实地踏勘，厚谊隆情，永佩不忘。弟最赞同此举，惜弟在报社工作，如困槽枥[1]，不能稍离职务。溯任《华侨》《曼谷》而又《华侨》翻译[2]，六七年来，除有正式休假外，未尝请假，旧报社不可一日无翻译，欲找人代工，亦难找寻。故弟唯守如处子[3]，面壁工作而已。即暹内地，除北至和富里以外，其他地均未一游，每念及此，徒增忉怛[4]耳。兹唯祝先生顺利进行，他日实考所得，有所示教。弟以稿愿附骥尾[5]之愿足矣。

关于专号事，弟经向报社当局询悉，乃系仍以星期刊发专号，改头换面而已，并非另刊月刊。专号之性质，系以一时发生之时事为其对象，如德掸问题[6]也。关于暹国为题旨，现仍未定将以何事为题，故未能详告，届时弟将另行奉告。1949 年 10 月 22 日

注释

[1] 如困槽枥：槽：喂牲畜的食槽。枥：马食槽或马棚。句意谓，困于生计而不得不辛苦工作。

[2] 溯任《华侨》《曼谷》而又《华侨》翻译：似指历任泰国《华侨日报》和《曼谷日报》之翻译。

[3] 守如处子：守职如处女，不能随便外出。

[4] 忉怛（dāo dá）：忧劳貌。

[5] 附骥尾：小虫附着于千里马的马尾而行千里。比喻仰仗名人而取得成就，常用于自谦。

[6] 德掸问题：指中国的德宏地区与缅甸的掸邦边界问题，两地相邻，故不时发生纠纷，泰方亦颇关心。

评析

本文选自《许云樵来往书信集》，廖文辉、曾维龙纂注，新纪元学院马来西亚族群研究中心 2006 年出版，第 51 页。作者陈棠花（1908 ~ 1983），泰国华裔学者。著作有：《泰国古今史》（1982，泰国文协出版）、《暹罗国志》（1938，春山印务公司）、《暹罗地理》、《郑和通史暹罗考》（泰国华文印务局 1974 年出版）、《泰文典籍妈祖神话》等。许云樵是著名的南洋史地专家，有《南洋史》《马来亚史》《马来亚近代史》等，生平详见本书第二编许云樵《戴君荣传》的作者简介。

从陈棠花这封信中可以看出许先生对陈先生"频予教导"，邀请他"实地踏勘"，足见许先生治学之认真和对陈先生的关爱，使对方由衷感激。

二　李仰唐《南园诗存序》（一）

人生自五十以往，少日朋好，欲求密迩相过从者，不易得也。况俱各耄年[1]，而文酒会合，又在他乡数千里之外乎？初，余与丁梦尘、陈宏、石稜、张图南诸人，时约登楼畅饮，酣余吟咏，率以为常，诚闲散人乐事。惜丁陈两君已归道山[2]，思之不胜怅惘。厥后参加者，遂至一十二人。且复结南园诗社，以南香园月一为宴谈之聚，因以为名。简学斋[3]诗云："古来贤豪士，常愿生同时。同时不同气，偶合终成离。"念我侪自结交以来，已历十有余年，或者数年。诗词唱和，踪迹往来，未曾少间。非意气相怜，肝肠互照，能如是亲密且久耶！夫诗词遣兴，陶冶性灵，与物无竞。使穷贱易安，幽居靡闷，温柔敦厚，言者无罪，闻之足戒，何乐而不为？计至今已积诗数百首，兹拟各检出若干首付刊。以资留念，盖恐日久遗忘散佚，非敢以之传世，亦雪泥鸿爪[4]之意云尔。澄海李仰唐序，时年八十有三。

注释

［1］耄年：耄耋之年，八十岁以上。

［2］归道山：去世。

［3］简学斋：待查。

［4］雪泥鸿爪：苏轼有诗云："人生到处知何似，应似飞鸿踏雪泥。泥上偶然留指爪，鸿飞那复计东西。"

评析

南园诗社是由旅居泰国南部的华侨华人组成的文学团体，每年聚会一次，以文会友，其作品集结为书，首任社长李仰唐先生撰写序一。作于1977年，简述诗友相聚结社的情谊，和写诗的宗旨：陶冶性灵，与物无竞，温柔敦厚，言者无罪，闻者足戒。

三　佚名氏《南园诗存序》（二）

人之所好者同则近，近则情日滋，进而休戚相关，游止相从，已不为所好者所囿域。诗可以群，厥义大哉！南园同人非工诗，第窃好之，奚足结社以诗鸣，盖亦寓诗可以群[1]之意也。溯自李仰唐、丁梦尘、陈宏、张图南辈，每值佳辰令节，集茶坊酒馆，存问清谈，继以赋咏为乐。赞赏不常有，而辩难切磋，往往争一字至移晷[2]，未曾以诘质深求生愠色。十载与（于）兹，陈宏、丁梦尘、邢雪亭先后下世，然参与代接，唱和弥盛。偶及某时某事，某人某句，某改某字，某拟某题，篇章遗散，稽考罔据，抚今缅昔，兴致减弛。甲寅春，黄去病倡立诗社，议成，选李仰唐长之[3]。月必一会，会必人有诗。积稿迨丙辰，堪传诵者固鲜。若鉴乎思旧感时，抒怀述志，原萃同人之心声，宁忍尽弃。爰各采数首，编为一册。冠以名誉社员珠玉，次亡友遗作，同人诗殿之[4]，曰南园诗存。非藉以博虚望，标风雅，惟记所好者虽同，而襟抱不一。觞唫鳞爪，莫任湮泯。况复世变难推，聚散靡定，方其注念盍簪，豫暇开卷，仿佛晤言一室之中，斯为美矣。或谓风月山水，旨藐辞微，抑知白发殊乡，谋限粱稻，羽翎燕雀，慕绝高翔。舍笔墨陶遣，聊轻物虑，又安能自适耶？编者序。

注释

[1] 诗可以群：《论语·阳货》篇记孔子说："诗，可以兴，可以观。可以群，可以怨。""群"通常理解为诗可以结交朋友，增进群体和谐。

[2] 移晷：晷是古代计时器，圆盘向日，中有长针，随日影移动。移晷，意谓经过较长时间。

[3] 长之：为之长。句意谓选举李仰唐为社长。

[4] 三句意谓，以名誉社员作品为首，其次为亡友遗作，同人之诗放在最后。殿之，作为殿军。

评析

《南园诗存序》（二）由编辑者撰写。以朴实真诚的文字，反映出他们对古典诗词的爱好和高雅的心态，

《南园诗存》，由南园诗社编集，泰国曼谷1977年高吉印务局承印，新加坡国立大学中文图书馆有收藏，共数十首，竖排细刻，十分精致。

四　佚名氏《南园诗存续集序》

《南园诗存续集》校理将竟。难者[1]曰："初集时论莫一，复不惮烦？[2]"或则曰：夫才分丰约，学殊湛薄[3]。或性情各别，发于赋咏之间，遂参差其趣尚。故才丰学湛者，开卷惟疵谬错杂，轻之，宜也。性情异者读之，无动于中，亦宜也。然观其感旧之恳挚，极缟苎邻笛之风义。至若行乐登临，嘉会投赠，触绪兴怀，涉笔以宣，正人情之常，奚必责其咳唾之悉工[4]？信乎此，则《南园诗存》颇有足谅者矣。曾谓海外诗风，虽耆宿零落，犹幸嗣响启秀[5]，地有其人，芳规壮观，炳焕东南[6]。同仁才约学薄，安能晰辨声病，百韵琳琅，攀附翰墨之列。遥吟俯唱，历久而不废者，赖以拓胸襟、舒郁闷耳。宁为[7]延誉当世，取悦时流而作耶？近年课稿滋繁，恐春梦之无痕，效鸿爪之印雪[8]，略芟柞浮蔓，编为《南园诗存续集》，聊供温习。乃友好咸知，拙已难藏。郢匠之运斤[9]成风，期望殷切。苟绳以萃英撷华，则沙纵能排，金靡可简[10]，惭恧罔既。编者序。

注释

[1] 难者：责难、批评者。

[2]“初集”句：意谓《南园诗集》初集出版后，评论意见不一，今又编续集，不嫌烦吗？

[3]“才分”二句：人的才能有的丰富，有的单调；人的学问，有的深厚，有的单薄。

[4]“奚必”句：何必苛求作者随意吟咏之句都很精致呢。古人形容诗作句句皆佳为“咳唾珠玉”。

[5]“耆宿”二句：虽然老一辈诗人纷纷零落，但继起的后辈作者已发出芬芳。

[6] 炳焕东南：泰国地处东南亚。句意谓当地的文学作品在东南亚地区发出光彩。

[7] 宁为：岂为，疑问副词。

[8] 鸿爪之印雪：语出苏轼诗，后世比喻往事留下的痕迹。

[9] 郢匠之运斤：语出《庄子·徐无鬼》：匠石挥斧削去其搭档郢人鼻尖的白粉而不伤其鼻。郢人死后，匠石不再表演此项绝技。此句意谓期望知音朋友亲密合作。

[10]“沙纵”二句：成语有“批沙拣金”。此二句意谓，即使沙子可以排除，但其中的金子也无可简选。表示此诗集中好的作品很少。所以下面说惭愧无及。均为自谦之词。

评析

《南园诗存续集》，泰国南园诗社编，曼谷高吉印务局1980年3月印行。序文仅署名“编者”。从这篇文章中可以看出20世纪七八十年代泰国华人古诗词唱和不断，后继有人，“芳规壮观，炳焕东南”。这本诗集正是中华文化在海外的传承和发扬的成果。

同样的诗社在马来西亚的麻坡、槟城、太平等地也存在，与泰国华人诗词社团常有联系，21世纪还继续活动。其中有几本诗词集的序言是用骈体文写的，已在拙著《中华古今骈文通史》之《外编：域外骈文创作》中作了介绍。本书不收骈文，读者可以参看。

后　记

本书前言已经说明按题材分类再依国别编排的框架，目录已经体现。现在全书文章编辑大体就绪，注释评析基本完成。后记再从文章国别加以统计如下：朝鲜 67 篇，日本 48 篇，越南 52 篇，新加坡和马来西亚 45 篇，印尼 17 篇，泰国 14 篇，琉球 13 篇，全书合计 256 篇。朝、日、越之汉字古文写作时间长，有总集，故入选者较多。其他五国的汉文写作时间短，尚无大型总集，故入选者较少。

在收集域外古典散文过程中，得到许多朋友的热情帮助。国内主要有：中国社会科学院文学研究所刘宁研究员、王达敏研究员，外国文学研究所田小华研究员，近代史研究所杨天石研究员、曾景忠编审，北京大学常森教授、上海外国语大学陈福康教授、湖南师范大学陈蒲清教授。国外主要有：韩国启明大学的李钟汉教授、诸海星教授，培材大学赵殷尚教授，日本京都大学道坂昭广教授，越南陈文亮硕士、黎氏秋荷硕士，新加坡国立大学林徐典教授、华中初级学院吕振端博士，马来亚大学张惠思博士，博托拉大学徐威雄博士，新纪元学院廖文辉博士等。还有许多朋友帮助解决作者生平，写作背景，历史事件，文章中的人名、地名、方言、特殊典故等疑难问题，人数太多，恕不一一列举。

2021 年 3 月 21 日

图书在版编目（CIP）数据

域外古典散文选注评析 / 谭家健编著. -- 北京：社会科学文献出版社，2021.12
（中国社会科学院老年学者文库）
ISBN 978-7-5201-9520-1

Ⅰ. ①域… Ⅱ. ①谭… Ⅲ. ①古典散文-鉴赏-世界 Ⅳ. ①I106.6

中国版本图书馆 CIP 数据核字（2021）第 261480 号

中国社会科学院老年学者文库
域外古典散文选注评析

编　　著 / 谭家健

出 版 人 / 王利民
责任编辑 / 宋淑洁
责任印制 / 王京美

出　　版 / 社会科学文献出版社
地址：北京市北三环中路甲 29 号院华龙大厦　邮编：100029
网址：www.ssap.com.cn
发　　行 / 市场营销中心（010）59367081　59367083
印　　装 / 唐山玺诚印务有限公司

规　　格 / 开　本：787mm × 1092mm　1/16
印　张：26.75　字　数：401 千字
版　　次 / 2021 年 12 月第 1 版　2021 年 12 月第 1 次印刷
书　　号 / ISBN 978-7-5201-9520-1
定　　价 / 158.00 元